HEYNE <

Das Buch

Immer wieder träumt Eric von dem Engel in einer apokalyptischen Landschaft, und immer deutlicher wird dabei das unheimliche Gefühl, dass die düsteren Bilder eine Botschaft enthalten – oder vielleicht auch eine Warnung. Und dann beginnt sich die Wirklichkeit, auf deren Boden der Junge bisher mit beiden Füßen zu stehen glaubte, zu verändern. Eric wird in geheimnisvolle Unglücksfälle hineingezogen und hat es nur seinem Schutzengel zu verdanken, dass er jedes Mal wieder heil herauskommt. Doch dann verschwinden Erics Eltern und geraten in die Gewalt des Schwarzen Engels. Als der Junge versucht seine Eltern zu befreien, wird er in den Kampf zwischen den weißen und schwarzen Engeln hineingezogen, der mit gnadenloser Härte in der schwarzen Kathedrale wütet ...

Die Autoren

Wolfgang und Heike Hohlbein zählen zu den erfolgreichsten und meistgelesenen Fantasy-Autoren des deutschsprachigen Raums. Sie wurden unter anderem mit dem »Preis der Leseratten« (ZDF) und dem »Phantasie-Preis der Stadt Wetzlar« ausgezeichnet, und ihr gemeinsames Erstlingswerk, der phantastische Roman *Märchenmond*, wurde mit bisher über 500 000 verkauften Exemplaren zum Bestseller.

Im Wilhelm Heyne Verlag liegen außerdem vor: *Märchenmonds Erben – KatzenWinter – Schattenjagd – Dreizehn – Die Bedrohung – Die Prophezeiung – Unterland*

WOLFGANG & HEIKE
HOHLBEIN

Krieg der Engel

WILHELM HEYNE VERLAG
MÜNCHEN

Verlagsgruppe Random House FSC-DEU-0100
Das für dieses Buch verwendete FSC-zertifizierte Papier *München Super* liefert Mochenwangen.

2. Auflage
Vollständige Taschenbucherstausgabe 08/2006

Printed in Germany 2006
Umschlagillustration und Umschlaggestaltung:
© Nele Schütz Design, München
Druck und Bindung: GGP Media GmbH, Pößneck
ISBN-10: 3-453-59501-7
ISBN-13: 978-3-453-59501-9

http://www.heyne.de

Der Engel brannte. Sein Gewand, sein Haar und die gewaltigen Schwingen standen in Flammen und seine ganze Gestalt schien wie in einen Mantel aus gleißender Helligkeit gehüllt zu sein, so grell und weiß, dass es fast unmöglich war, ihn anzusehen. Hoch aufgerichtet und mit weit gespreizten Armen und Flügeln stand er auf dem Dach eines nur schattenhaft erkennbaren Gebäudes, das eine große Kirche sein konnte, vielleicht auch eine Kathedrale, aber auch das genaue Gegenteil, ein böses, verdorbenes Ding, das sich hinter der scheinbar Vertrauen und Sicherheit verheißenden Form verbarg. Furcht lag wie etwas Greifbares über der Szenerie, die sich unter einem angstvoll hingeduckten Himmel schwarz und endlos von einem Horizont zum anderen erstreckte. Auf dieser gewaltigen Einöde bewegten sich ... Dinge, aber ihre Konturen schienen sich in einem beständigen Prozess der Auflösung und des Wiederentstehens zu befinden, sodass es unmöglich war, sie zu identifizieren.

Der Cherub schlug mit den Flügeln und Flammen spritzten in alle Richtungen auseinander. Manche erloschen, kaum dass sie sich von der Lichtgestalt gelöst hatten, anderen war noch ein kurzer Moment feuriger Existenz vergönnt, ehe sie verblassten und dann ebenfalls verschwanden, manche aber stürzten auf das Dach herab und versuchten zu der Engelsgestalt zurückzukehren, als wären sie von einem eigenen, bösen Willen beseelt, der ihnen befahl, ihr Vernichtungswerk zu Ende zu führen.

Zum zweiten Mal schlug der Engel mit den Flügeln und diesmal explodierte eine wahre Flutwelle von Licht und Hitze rings um ihn herum. Hier und da begann das Dach zu schwelen, wo sich die Gluthitze durch die Ziegel gefressen hatte und

das hölzerne Tragwerk darunter in Brand setzte, aber das strahlende weiße Licht, das den Cherub von innen heraus zu erfüllen schien, hatte nun an Intensität abgenommen. Das ehemals strahlend weiße Gefieder des Engels war jetzt angesengt und begann sich hier und da in einen hässlichen Braunton zu verfärben und auf dem Gesicht des Geschöpfes standen jetzt nicht nur mehr Furcht und Anspannung geschrieben, sondern auch Schmerz. Gut und Böse fochten ihren endlosen Kampf, aber es schien, als sollte die Seite des Lichts dieses Mal unterliegen. Die konturlosen Dinge hatten sich der Kathedrale genähert. Ein beständiges Kriechen und Gleiten hatte sich über der Ebene ausgebreitet und aus der Furcht, die die Luft erfüllte, wurde allmählich etwas Anderes, Gewaltigeres.
Ein stöhnender Laut kam über die Lippen des Engels; das erste Geräusch, das das unheimliche Schweigen der apokalyptischen Szenerie durchbrach. Er spreizte die Flügel noch weiter, sammelte sichtbar Kraft und stieß sich dann mit einer einzigen Bewegung vom Dachfirst ab. Im ersten Moment schien es, als gewänne er wie ein bizarrer, brennender Feuervogel an Höhe, aber schon nach einem Augenblick wurde klar, dass seine Kräfte nicht ausreichten. Er begann zu taumeln, kippte auf die Seite und näherte sich in immer größer werdenden Spiralen dem Boden. Die Düsternis unter ihm bewegte sich nun schneller. Schatten strömten wie umgekehrte Wellen auf der Oberfläche eines schwarzen Sees dem Punkt entgegen, an dem der Cherub den Boden berühren musste, und das fantastische Geschöpf spürte wohl die Gefahr, denn es schlug noch einmal verzweifelt mit den Flügeln, um an Höhe zu gewinnen, und genau in diesem Moment endete der Traum und Eric wachte auf.
Wie immer.
Er war in Schweiß gebadet und sein Herz hämmerte so wild, dass er es bis in die Fingerspitzen fühlen konnte. Er hatte einen leicht salzigen Geschmack im Mund, weil er sich im Traum auf die Zunge gebissen hatte, und ein Teil der körperlichen Furcht war ihm aus seinem Traum herüber in die Wirklichkeit gefolgt.

Eric starrte die dunkle Zimmerdecke über seinem Kopf an, wartete einige Sekunden lang vergeblich darauf, dass er wieder einschlief und sich der Traum fortsetzte, und sah dann resignierend ein, dass keines von beidem geschehen würde. Er war viel zu aufgeregt, um sofort wieder einschlafen zu können, und er würde nicht erfahren, ob der Engel den kriechenden Schatten entkommen war.
Wie immer.
Eric drehte den Kopf nach links und stellte mit einer Mischung aus Resignation und Ärger fest, dass es kurz vor halb sieben war – gerade spät genug, dass es sich nicht mehr lohnte, sich noch einmal herumzudrehen, die Decke über den Kopf zu ziehen und weiterzuschlafen.
Wie immer.
Eric stand auf, schlurfte ins Bad und knipste das Licht an. Als er in den Spiegel über dem Waschbecken blickte, sah ihm ein blasses, übermüdet aussehendes Gesicht entgegen – ein Gesicht, von dem er sich vage erinnerte, dass es einmal gut ausgesehen hatte, oder zumindest nicht wie das eines an Bulimie leidenden Gespenstes.
Aber das war, bevor die Träume angefangen hatten.
Er drehte den Hahn auf, schauderte in Erwartung der Eiseskälte und schöpfte sich dann tapfer zwei Hände voll kaltem Wasser ins Gesicht. Es half, wenn auch nicht so sehr, wie er es sich gewünscht hätte. Seine Haut war jetzt rot und er sah nicht mehr völlig aus wie der Tod auf Latschen, aber die dunklen Ringe unter seinen Augen waren geblieben und seine Hände zitterten immer noch leicht. Er würde heute in der Schule wieder seine liebe Mühe haben, dem Unterricht zu folgen – wie immer.
Eric konnte selbst nicht genau sagen, wie lange ihn dieser unheimliche Traum nun schon plagte – vier oder fünf Wochen vielleicht, schließlich hatte er nicht Buch geführt –, und er kam gottlob nicht jede Nacht.
Aber oft genug, um ihn allmählich fertig zu machen.
Eric streckte dem hohlwangigen Gespenst im Spiegel, das

einmal ein ganz normaler Fünfzehnjähriger gewesen war, die Zunge heraus, drehte den Wasserhahn zu und schlurfte in sein Zimmer zurück.
Am Anfang hatte er diesen Traum für einen ganz normalen Albtraum gehalten, selbst als er das zweite und sogar das dritte Mal wiedergekommen war – so etwas sollte es geben. Er hatte sich unauffällig erkundigt und herausgefunden, dass Albträume sich manchmal wiederholten.
Aber zwanzig- oder dreißigmal?
Es war immer derselbe Traum und er hörte auch immer an derselben Stelle auf, ganz kurz, bevor sich entschied, ob der Engel entkam oder sein Schicksal besiegelt war, und er war nicht nur deshalb unheimlich. Das hätte ihn nicht besonders überrascht. Wenn Albträume nicht unheimlich und angsteinflößend wären, wären sie schließlich keine Albträume, oder? Was das wirklich Unheimliche an diesem Traum war, war die Art, auf die er ihn träumte. Manchmal kam es ihm so vor, als wären es gar nicht seine eigenen Gedanken. Sie waren so ... fremdartig.
Eric verscheuchte auch diesen Gedanken, schaltete die Badezimmerbeleuchtung hinter sich aus und das Licht in seinem Zimmer ein und streifte den Engel, der mit hängenden Schultern und zerrupftem Gefieder in dem Stuhl vor seinem Schreibtisch saß, mit einem flüchtigen Blick, bevor er zum Bett ging und sich anzuziehen begann. Seine Mutter würde ihn sicher wieder auf diese traurig-besorgte Art ansehen, wenn er eine halbe Stunde eher als nötig herunterkam, aber vermutlich wieder wie üblich nichts sagen, sondern nur –
Engel?
Eric erstarrte. Seine Hände fühlten sich plötzlich eiskalt an und etwas wie eine Armee unsichtbarer, eiskalter Spinnenbeine rannte seinen Rücken herab. Ihm wurde abwechselnd heiß und kalt und er wusste plötzlich, was es hieß, an seinem eigenen Verstand zu zweifeln. Die Wahrheit war natürlich ganz simpel. Er war allein in seinem Zimmer. Hinter ihm saß kein Engel und auch sonst nichts und niemand. Er hatte sich die Gestalt nur eingebildet; vielleicht ein kleines Abschiedsge-

schenk seines Albtraums, der sich vorgenommen hatte, ihn nun auch im Wachsein zu ärgern.
Er war allein. Er war felsenfest davon überzeugt.
Aber warum hatte er dann Angst davor, sich herumzudrehen?
Eric fiel auch die Antwort auf diese Frage im selben Moment ein, in dem er sie sich selbst stellte. Er hatte in den letzten Wochen so viel über Träume, Ängste und das Unterbewusstsein gelesen, dass er sich glattweg zutraute, ein Psychologiestudium zu beginnen. Er benahm sich wie ein kleines Kind, das Angst vor dem Monster unter seinem Bett hatte und sich die Bettdecke über den Kopf zog, weil es glaubte, das Ungeheuer könnte es nicht sehen, so lange es das Ungeheuer nicht selbst sah. Er musste jedes bisschen Mut, das er in sich fand, zusammennehmen, um sich mit einem Ruck herumzudrehen.
Der Sessel vor seinem Schreibtisch war leer. Es saß kein Engel darin. Und es hatte auch nie einer darin gesessen.
Eric grinste breit, drehte sich wieder herum und zog sich zu Ende an. Während er es tat, sah er mehrmals über die Schulter zu dem leeren Sessel zurück. Er kam sich dabei selbst lächerlich vor, konnte aber nichts dagegen tun.
Er sah auf die Uhr. Noch gute zwanzig Minuten bis zu dem Moment, in dem er normalerweise aufstand und in die Küche ging, um zu frühstücken. Er konnte seine Mutter unten im Haus leise hantieren hören. Wenn er jetzt hinunterging, würde sie natürlich wissen, dass er wieder schlecht geschlafen hatte, und sich Sorgen machen. Zwanzig Minuten waren entschieden zu lange, um herumzusitzen und seiner Fantasie zu erlauben, Kapriolen zu schlagen.
Er ging zum Schreibtisch, zog sich den Sessel heran und schaltete den Computer ein. Zwanzig Minuten waren genau richtig, um noch ein bisschen im Internet zu surfen, ohne dass seine Telefonrechnung gleich wieder ins Unermessliche stieg. Sein Vater war alles andere als knickrig, aber in den letzten Monaten war seine Rechnung manchmal dreistellig gewesen und er hatte die eine oder andere spitze Bemerkung losgelassen, die Eric gewarnt hatte.

Ungeduldig wartete er, bis der Computer hochgefahren war, dann zog er das Mikrofon zu sich heran und sagte: »WinCim starten.«
Der Bildschirm flackerte und der Computer sagte mit einer etwas knarzigen Stimme: »Ganz wie Ihr befehlt, Euer Gnaden.«
Während er darauf wartete, dass das Programm startete, huschte ein flüchtiges Lächeln über Erics Lippen. Er hatte seinem Computer nicht nur das Hören, sondern auch das Antworten beigebracht, und zwar in einer Tonart, wie sie ihm gebührte – Erics Meinung nach. Heute amüsierte ihn dieser unterwürfige Tonfall jedoch nur mehr in Maßen.
Das Programm meldete sich und Eric sagte: »Internetverbindung herstellen. Suchmaschine starten. Suchbegriffe: Engel, Träume, Apokalypse, schwarze Kathedrale – aber ein bisschen plötzlich!«
»Ich beeile mich, so sehr ich kann, o Hochwohlgeborener«, antwortete der Computer eilfertig. Eric lächelte noch breiter. Dieses neue Programm war wirklich Klasse – genau wie der Rechner selbst, ein Pentium-IV-Prozessor mit neunhundert Megaherz Taktfrequenz, der noch gar nicht im Handel erhältlich war. Sein Vater hatte diesen Prototyp von der letzten Messe mitgebracht und ihn Eric in einem Anfall von Großzügigkeit geschenkt. Manchmal hatte es gewisse Vorteile, wenn man Eltern hatte, bei denen Geld keine Rolle spielte.
Erics Lächeln erstarrte, als der Computer zum dritten Mal versuchte, das eingebaute Modem zu initialisieren und dann mit einem verlegenen Hüsteln sagte: »Es tut mir unendlich Leid, Hochwohlgeborener, aber es scheint da ein kleines ... äh ... technisches Problem zu geben.«
»Welches?«
»Es ist mir leider nicht möglich, eine Telefonverbindung aufzubauen«, antwortete der Computer in fast weinerlichem Ton. »Bitte verzeiht, o Allerdurchlauchtigster, aber nach genauer Analyse meiner Datenbänke besitzt Ihr keine –«
»Ja, ja, ich weiß«, knurrte Eric. »Halt die Klappe.« Er konnte

sich schon ungefähr vorstellen, wo das Problem lag. Er war vor einer Woche über das Telefonkabel gestolpert und hatte dabei die Buchse halb aus der Wand gerissen. Das Kabel hatte einen ganz altmodischen Wackelkontakt. Das war wieder einmal typisch – Hardware für teures Geld, die von einem Teil von geringerem Wert außer Gefecht gesetzt wurde!
Eric zog die Schublade auf, nahm einen kleinen Schraubendreher heraus und beugte sich im Sessel zur Seite und nach unten. Auf diese Weise erreichte er die Telefonbuchse beinahe. Es fehlte vielleicht noch ein halber Zentimeter.
Eric verzog das Gesicht, streckte sich, so weit er konnte, und ließ den Sessel ein wenig kippen. Jetzt erreichte er die Buchse und fummelte mit einiger Mühe den Schraubendreher in den winzigen Schlitz der Schraube. Der Sessel kippte ein bisschen mehr. Wäre Eric aufgestanden und unter den Tisch gekrochen, wäre die ganze Sache in zwei Minuten erledigt gewesen. Schließlich musste er nur zwei Schrauben lösen, das Kabel wieder richtig festklemmen und den Deckel festschrauben. So brauchte er mindestens sieben oder acht Minuten, in denen er im Sessel nach unten und zur Seite gebeugt hing, und bekam schließlich einen Krampf im rechten Handgelenk. Aber das Telefon funktionierte jetzt.
»O Allerdurchlauchtigster, die Telefonverbindung könnte jetzt problemlos hergestellt werden«, flötete der Computer.
»Ja, ja, ich weiß«, sagte Eric gepresst. »Lass mich nur noch diese Schraube richtig festziehen, okay?«
Er stocherte mit seinem Werkzeug nach der letzten Schraube, beugte sich noch etwas weiter vor und das Unglück geschah: Er rutschte mit dem Schraubendreher ab und rammte die Spitze des Werkzeugs zielsicher in die unmittelbar daneben angelegte Steckdose.
Eric schrie erschrocken auf. Funken stoben. Die Steckdose füllte sich mit flackerndem blauem Licht und stank durchdringend nach verbranntem Kunststoff. Der Griff des Werkzeuges war isoliert, sodass Eric keinen elektrischen Schlag bekam, aber er erschrak derart, dass er eine hastige Bewegung

machte – und der Sessel umkippte. Eric keuchte vor Schreck, ruderte wild mit Armen und Beinen und suchte verzweifelt nach einem Halt. Unglücklicherweise fand er auch einen: Er bekam einen Kabelstrang zu fassen.
Der Monitor auf der Schreibtischplatte über ihm ging mit einem letzten Flackern aus, als die Kabel brutal aus seiner Rückseite herausgerissen wurden, neigte sich mit einem Ruck nach vorne und begann dann vom Schreibtisch zu stürzen!
Eric war sich seiner Lage vollkommen bewusst: Er lag hilflos auf dem Rücken. Sein linkes Bein war unter der Armlehne des Bürosessels eingeklemmt und so verdreht, dass er sich wunderte, dass es nicht gebrochen war, und plötzlich erinnerte er sich auch wieder daran, wie schwer der Monitor war; sein Vater und er hatten ihn gemeinsam auf den Schreibtisch gewuchtet, von dessen Kante er nun herunter- und direkt auf sein Gesicht zu stürzen drohte. Das verfluchte Ding würde seinen Kopf zermatschen wie ein Vorschlaghammer eine reife Tomate.
Im buchstäblich allerletzten Moment bewegte sich der Sessel und der Monitor, der schon auf halbem Weg nach unten war, prallte schräg von der Armlehne ab und stanzte fünf Zentimeter neben Erics Gesicht ein Loch in den Parkettfußboden. Statt seinen Kopf in die nächste Etage hinunter zu hämmern, wurde der Monitor zusammengestaucht, drehte sich wie ein bizarr geformter Kreisel halb um seine eigene Achse und zerbarst.
Der dumpfe Knall, mit dem die Bildröhre implodierte, musste noch drei Häuser weiter zu hören sein!
Als das Dröhnen und Klingeln in seinen Ohren allmählich nachließ, hörte er die aufgeregten Stimmen seiner Eltern von unten. Der Schlag würde sie treffen, wenn sie hereinkamen und ihn so liegen sahen!
Er versuchte sich in die Höhe zu stemmen und ein so scharfer Schmerz schoss durch sein Hüftgelenk, dass er beinahe laut aufgeschrien hätte. Er verbiss es sich nur, um seine Eltern

nicht noch mehr zu erschrecken, die die Treppe heraufgepoltert kamen.
In der nächsten Sekunde wurde die Tür aufgerissen und seine Eltern stürmten herein. Seine Mutter wurde kreidebleich, machte einen Schritt und blieb dann wie vom Donner gerührt wieder stehen. Sie schlug die Hand vor den Mund und stieß einen kleinen, heiseren Schrei aus.
»Mir ist nichts passiert«, sagte Eric hastig. »Wirklich! Ich bin völlig okay.«
Irgendwie erzielten seine Worte nicht ganz die erhoffte Wirkung. Auch in den Augen seines Vaters war plötzlich so etwas wie Entsetzen.
Dann folgte Eric den Blicken der beiden und er spürte, wie aus seinem Gesicht alle Farbe wich.
Seine Eltern hatten gar nicht ihn angestarrt, sondern die gut fünfzehn Zentimeter lange, gebogene Glasscherbe, die sich zwei Finger breit neben seinem Ohr in den Fußboden gebohrt hatte ...
»Was ... ist denn hier ... geschehen?«, murmelte sein Vater stockend.
Seine Mutter keuchte: »Um Gottes willen, Eric! Bist du verletzt?«
»Nein!«, ächzte Eric. »Mir fehlt nichts. Nur mein Bein ...«
»Oh, sicher«, sagte sein Vater. »Warte! Beweg dich bloß nicht!« Hastig trat er an den Stuhl, griff nach Erics Bein und drehte und schob es vorsichtig aus seiner misslichen Lage heraus, ohne ihm dabei vollends das Hüftgelenk auszurenken. Seine Mutter half ihm aufzustehen und nutzte die Gelegenheit gleich, um ihn einer kritischen Musterung zu unterziehen.
»Und dir ist auch wirklich nichts passiert?«, fragte sie. »Du sagst das nicht nur, um uns zu beruhigen? Was ist mit deinem Gesicht?«
Eric hob die Hand ans Gesicht und spürte erst jetzt, dass er aus einer Anzahl winziger Schnittwunden blutete. Bisher hatte er sie nicht einmal bemerkt, aber jetzt, als er um sie wusste,

taten sie auch prompt weh. »Das ist wirklich nichts«, sagte er. »Ein paar Kratzer, mehr nicht.«
»Verglichen mit dem, was hätte passieren können«, fügte sein Vater hinzu. »Was mich zu einer Frage zurückbringt, die ich in diesem Zusammenhang schon einmal gestellt habe, wenn mich meine Erinnerung nicht trügt: Was ist hier passiert?« Er hob die Hand und unterbrach Eric, bevor dieser überhaupt etwas sagen konnte: »Nein, warte – ich will sehen, ob ich nicht von alleine darauf komme: Da hätten wir einen halb geschmolzenen Schraubenzieher in der Steckdose, ein paar abgerissene Kabel unter dem Tisch, einen umgeworfenen Stuhl und nicht zuletzt einen 14-Zoll-Monitor mit einem Gewicht von zweiundvierzig Kilogramm, der jetzt zerbrochen am Boden liegt, sofern er nicht in deiner Bettdecke, der Matratze und den Wänden steckt, heißt das.« Er seufzte. »Also, das sieht mir entweder nach dem fürchterlichsten Computer-Absturz aller Zeiten aus oder nach einer typischen Eric-Aktion.«
Erics Mutter starrte ihren Mann finster an. »Das ist nicht witzig.«
»Ich lache ja auch gar nicht«, antwortete Vater. »Im Gegenteil: Sieh dich doch hier einmal um: Es sieht aus wie nach einem Tieffliegerangriff! Das halbe Zimmer ist verwüstet. Das ganze Haus hätte in die Luft fliegen können. Eric hätte einen tödlichen Stromschlag erhalten können. Der Monitor hätte ihn erschlagen können und die Glasscherben hätten ihn in kleine Stücke schneiden können. Habe ich etwas vergessen?« Er nickte grimmig. »O ja, er hätte sich das Hüftgelenk brechen und den Rest seines Lebens verkrüppelt sein können. Nein, ich lache ganz bestimmt nicht!«
»Die Hauptsache ist doch wohl, dass ihm nichts passiert ist, oder?«
»Natürlich«, bestätigte Vater. »Aber das ist ein reines Wunder. Oder er hat gleich ein ganzes Bataillon Schutzengel gehabt!«
Eric war klug genug, in diesem Moment vorsichtshalber gar nichts zu sagen. Aber es war seltsam: Als er sich herumdrehte und hinter seinen Eltern das Zimmer verließ, da hatte er für

einen Moment das Gefühl, so etwas wie ein tiefes, resignierendes Seufzen zu hören.

»Engel?« Frau Wellstadt-Roblinsky legte ihre ohnehin schon zerfurchte Stirn in Falten, zog die Augenbrauen zusammen und nahm dann die Brille ab. Sie maß ihn mit einem Blick, als hätte er etwas Unanständiges zu ihr gesagt, und sagte dann noch einmal und mit seltsamer Betonung: »Engel?«
»Engel«, bestätigte Eric. »Diese großen, weißen Kerle mit Flügeln und –«
»Ich weiß, was ein Engel ist«, unterbrach ihn die Studienrätin. »Übrigens sehen längst nicht alle so aus, wie du sie beschrieben hast, aber das nur am Rande.« Sie setzte ihre Brille wieder auf. »Ich war nur ein bisschen erstaunt, dass du mich ausgerechnet danach fragst. Ich dachte immer, ihr jungen Leute interessiert euch nur für Computer, Diskotheken und Marihuana.«
»Das stimmt auch«, antwortete Eric und fügte hastig hinzu: »Bis auf das mit dem Marihuana, heißt das. Aber ich interessiere mich wirklich für Engel. Es ist gar nicht so einfach, etwas darüber in Erfahrung zu bringen.«
»Das ist sogar sehr einfach«, widersprach Wellstadt-Roblinsky. »Man muss einfach nur in den richtigen Büchern nachschlagen. Du weißt doch, was das ist? Das sind die Dinger voller dünner Blätter, auf denen so komische Zeichen stehen. Manchmal sind auch Bilder drin.«
Eric sah sie irritiert an. Er konnte beim besten Willen nicht sagen, ob die Studienrätin ihn nun auf den Arm nahm oder ob sie diese Worte wirklich ernst meinte. Frau Doktor Wellstadt-Roblinsky war selbst in dem altehrwürdigen Gymnasium, das Eric besuchte, ein reiner Anachronismus. Ihr Alter war ein gut gehütetes Geheimnis, aber böse Zungen behaupteten, dass man sie vor dreißig Jahren bei Renovierungsarbeiten in einem Keller gefunden hätte, wo sie uralte Folianten aus dem Lateinischen ins Mittelhochdeutsche übertrug.
Natürlich war das übertrieben, aber Tatsache war, dass sie die

sechzig schon weit hinter sich hatte. Die meisten Schüler auf dem Gymnasium machten sich lustig über sie, manche verehrten sie aber auch regelrecht und ihre fachliche Kompetenz war unbestritten. Das war auch der Grund, aus dem Eric heute nach Schulschluss nicht mit seinen Klassenkameraden losgezogen war, sondern vor dem Haupteingang gewartet hatte, bis sie herauskam.

Er hatte eine ganze Weile geschwiegen und die Studienrätin schien wohl anzunehmen, dass sie ihn mit ihrer spöttischen Bemerkung verletzt hatte, denn sowohl ihr Tonfall als auch ihr Gesichtsausdruck wurden etwas weniger streng. »Entschuldige, aber ich bin wirklich etwas überrascht. Du interessierst dich tatsächlich für Engel?«

»Ja«, antwortete Eric. Er begann schon fast zu bedauern, dass er sich überhaupt an die Studienrätin gewandt hatte. Vorhin war es ihm als gute Idee vorgekommen, aber jetzt war er nicht mehr sicher. »Es ist nur wirklich nicht leicht, etwas darüber in Erfahrung zu bringen. Ich meine: außer diesem esoterischen Quatsch und irgendwelchen Horrorgeschichten.«

»Und da hast du gedacht, du fragst einfach das alte Gespenst, das sowieso nicht mehr alle Tassen im Schrank hat und sich wahrscheinlich freut, euch Jungvolk eine ihrer verrückten Geschichten erzählen zu können«, vermutete Wellstadt-Roblinsky. Aber diesmal klang ihre Stimme amüsiert und das Funkeln in ihren Augen war gutmütiger Spott, kein verletzender. Dann wurde ihr Blick ernst.

»Irgendwie habe ich das Gefühl, dass du wirklich Probleme hast«, sagte sie. »Wie ist dein Name?«

»Eric«, antwortete Eric. »Ich gehe in Doktor Hofbauers Klasse.«

»Ja, ich erinnere mich«, sagte Wellstadt-Roblinsky nickend. »Er hat zwei- oder dreimal über dich gesprochen. Warum wendest du dich nicht an ihn, wenn du Sorgen hast?«

»Weil er mir nicht helfen kann«, antwortete Eric offen. »Er unterrichtet Mathematik und Englisch –«

»Und ich Geschichte und Religionslehre«, sagte Wellstadt-

Roblinsky. »Also wissen wir schon einmal, dass du kein Sprachenproblem hast und auch kein mathematisches. Muss ich dir jetzt jedes Wort einzeln aus der Nase ziehen?«
»Das ist nicht ... so einfach zu erklären«, sagte Eric zögernd. Er sah sich verstohlen um, ob nicht etwa einer seiner Freunde noch in Sichtweite war. Ohne dass er selbst sagen konnte, warum, wäre es ihm fast peinlich gewesen, in Begleitung der alten Studienrätin gesehen zu werden.
»Und ich habe nicht den ganzen Tag Zeit«, sagte Wellstadt-Roblinsky und machte auf der Stelle Anstalten, sich herumzudrehen und zu gehen.
»Ich ... schlafe seit ein paar Wochen schlecht«, sagte er hastig. »Ich habe Albträume.«
»Von Engeln«, vermutete sie.
»Ja«, bestätigte Eric. Nun war es heraus, aber er fühlte sich kein bisschen erleichtert. »Und heute Morgen habe ich geglaubt, einen Engel in meinem Zimmer zu sehen.«
»Das klingt aber nicht nach einem Albtraum«, sagte Wellstadt-Roblinsky. »Engel sind doch nichts, was einem Angst macht. Normalerweise jedenfalls.«
»Es ist auch nicht der Engel, der mir Angst macht«, antwortete Eric, »sondern ... alles andere.«
»Das klingt eher nach einem Fall für einen Arzt«, antwortete sie knapp. »Hast du mit deinen Eltern darüber gesprochen?«
»Sicher«, log Eric. Er hatte es tatsächlich einmal versucht, von seiner Mutter aber nur Sorge und von seinem Vater genug Spott geerntet, um ihm jede Lust auf einen zweiten Versuch zu nehmen. Normalerweise verstand er sich sehr gut mit seinen Eltern und konnte mit ihnen über alles reden, aber wenn es um seine Träume ging, dann reagierten sie plötzlich völlig anders.
»Und was haben sie gesagt?« Sie schüttelte den Kopf. »Warte. Ich kann es mir denken: Dass es wahrscheinlich harmlos ist und nichts zu bedeuten hat. Oder dass du im schlimmsten Fall zum Arzt gehen solltest, falls die Träume doch nicht von selbst aufhören, habe ich Recht?«

»Hm«, machte Eric.
»Du siehst krank aus, Junge«, sagte Wellstadt-Roblinsky. »Oder auf jeden Fall sehr erschöpft. Was hältst du davon, wenn wir in das Café dort drüben gehen und ich dir eine heiße Schokolade spendiere – es sei denn, es wäre dir unangenehm, in Begleitung des Schul-Unikums gesehen zu werden.«

Es war ihm peinlich, aber das hätte er natürlich niemals zugegeben und schon gar nicht in ihrer Gegenwart. Immerhin opferte Frau Wellstadt-Roblinsky einen Teil ihres freien Nachmittages, um sich die Sorgen eines Schülers anzuhören, der nicht einmal in ihre Klasse ging.
Und das tat sie mit großer Geduld. Nachdem sie in das kleine Café gegangen und auf Erics Drängen hin in der hintersten Ecke Platz genommen hatten, bestellte sie die versprochene heiße Schokolade für ihn und einen doppelten Cognac für sich und nachdem ihre Bestellung gekommen war, begann Eric zu erzählen. Als er fertig war, nippte er an seinem Glas und wartete darauf, dass Wellstadt-Roblinsky etwas sagte. Sie griff jedoch nur nach ihrem Glas und nahm einen kleinen Schluck.
Eric nutzte die Wartezeit, um sich verstohlen in dem Eiscafé umzusehen. Er erblickte eine unangenehm große Anzahl bekannter Gesichter, was ihn aber nicht überraschte. Das Eiscafé lag schräg gegenüber dem Gymnasium und es lebte praktisch von den Schülern, die nach Schulschluss oder auch in den Pausen hierher kamen, um einen Teil ihres Taschengeldes auszugeben. Etliche seiner Mitschüler hatten ihn wohl auch erkannt und sahen nun fragend oder auch spöttisch in seine Richtung. Nachschub für den Pausentratsch.
»Das ist wirklich ein sehr seltsamer Traum«, sagte Wellstadt-Roblinsky nach einer geraumen Weile und immer noch ohne ihn anzusehen. »Seltsam – er erinnert mich an etwas, aber ich kann nicht sagen, woran.« Sie gab sich einen Ruck. »Was weißt du über Träume?«
»Nicht mehr als alle anderen auch«, sagte Eric.

»Also praktisch nichts«, fuhr sie fort. »Träume sind nicht so unsinnig, wie die meisten glauben. Oft sind sie Warnungen, die wir uns selbst zukommen lassen – Warnungen vor einer Krankheit, die wir noch nicht körperlich fühlen, vor etwas, vor dem wir Angst haben, ohne es uns eingestehen zu wollen, vor einer Gefahr, die wir spüren.«
Eric nickte. Das alles hatte er schon bei seinen eigenen Recherchen herausgefunden, aber aus dem Mund der alten Lehrerin hörte es sich irgendwie ... überzeugender an. Realer.
»So etwas wie das, was dir im Moment passiert, ist gar nicht so ungewöhnlich«, fuhr sie fort. »Anscheinend will dir dein Unterbewusstsein irgendetwas sagen. Vielleicht ist es nur ein schlimmer Zahn, der sich auf diese Weise bemerkbar macht – lach nicht, ich meine das ernst.«
»Und wenn es nicht so ist?« Eric nippte wieder an seiner Schokolade.
»Dann musst du versuchen, den Grund herauszufinden«, sagte Wellstadt-Roblinsky. Eric sah aus den Augenwinkeln, wie ein weiterer Gast das Eiscafé betrat. Etwas war seltsam an ihm, aber Eric konnte nicht sagen, was. Er sah auch nicht genauer hin.
»Was weißt du über Engel?«
»Dass sie mythische Wesen sind«, antwortete Eric. »Gottes Diener und so. Manchmal auch seine Krieger.«
»Also nichts«, seufzte Wellstadt-Roblinsky. »Sie sind viel, viel mehr als das. Du hast bestimmt eine Menge über sie gelesen oder gehört. In letzter Zeit sind sie ja ein bisschen in Mode gekommen, nicht wahr? Aber weißt du, das meiste stimmt nicht. Es macht mich traurig, wenn ich sehe, wofür man sie so alles missbraucht. Dabei sind sie etwas Wunderbares. Aber sie können auch gefährlich sein, weißt du?«
Eric antwortete nicht sofort, weil in diesem Moment Stimmen hinter ihm laut wurden. Einer der Gäste beschwerte sich darüber, dass das Eis in seinem Becher geschmolzen war.
»Ehrlich gesagt, weiß ich es nicht«, antwortete er mit einiger Verspätung. Er war nicht ganz sicher, ob es klug war, weiterzu-

reden, tat es aber dann doch. »Und ganz ehrlich gesagt: Ich habe noch nie so richtig über Gott und Religion und all diese Dinge nachgedacht.«

»Wer hat das schon«, sagte Wellstadt-Roblinsky leichthin. »Nicht einmal ich bin sicher, ob ich wirklich an Gott glaube.«

»Wie bitte?« Eric riss ungläubig die Augen auf. »Aber Sie ... unterrichten Theologie!«

»Religionslehre«, verbesserte sie ihn. »Das ist ein Unterschied. Außerdem hatte ich nicht gesagt, dass ich Agnostikerin wäre.«

»Aber was?«, fragte Eric. Hinter ihm wurde eine zweite, heftig keifende Stimme laut, die feststellte, dass die Bananenmilch so schmeckte, als käme sie gerade aus der Mikrowelle.

»Ein Agnostiker ist jemand, der an gar nichts glaubt«, erklärte Wellstadt-Roblinsky lächelnd. »Dazu gehöre ich gewiss nicht. Weißt du, dies alles hier –« Sie hob ihr Cognac-Glas und machte eine ausholende Bewegung damit, die die goldfarbene Flüssigkeit darin hin und her schwappen ließ, und Eric erkannte eine verzerrte Spiegelung, wie von einer Gestalt, die sich ihnen von hinten näherte »– diese Welt mit all ihren Menschen und Tieren und Pflanzen, dieses ganze gewaltige Universum mit all seinen unzähligen Sonnen und Planeten ... das alles ist einfach viel zu groß und zu wunderbar, um nur durch einen reinen Zufall entstanden zu sein. Und ich will einfach nicht glauben, dass das alles keinem höheren Zweck dient. Es muss etwas da sein, was alledem einen Sinn gibt.«

So hatte Eric das noch gar nicht gesehen. Er hatte die Wahrheit gesagt, als er behauptete, noch nie wirklich über Gott und Religion nachgedacht zu haben, aber was die grauhaarige Studienrätin ihm da gerade erzählt hatte, das ... gefiel ihm einfach.

»Insofern glaube ich natürlich an Gott, wenn man ihn als höhere Macht ansieht, die die Geschichte des Universums lenkt«, fuhr Wellstadt-Roblinsky nach einem Schluck Cognac fort. »Allerdings glaube ich nicht, dass er sich dafür interessiert, ob du deiner kleinen Schwester Kaugummi stiehlst oder bei der letzten Beichte gelogen hast. So ähnlich verhält es sich mit den Engeln, weißt du? Sie sind viel, viel älter als das Christentum. Unser Glaube ist gerade mal zweitausend Jahre alt, aber wenn du genau hinsiehst, dann findest du Engel in Kulturen, die viel, viel älter sind. Sie haben sie anders genannt und manchmal auch anders beschrieben, aber sie sind da.«

»Und was sind sie, wenn nicht Gottes Diener?«, fragte Eric. Allein bei diesen Worten kam er sich schrecklich albern vor.

»Vielleicht Boten aus einer anderen Welt?«, fragte Wellstadt-Roblinsky. »Vielleicht auch nur Bewohner einer höheren Ebene ... ich weiß es nicht. Aber dieser Traum, von dem du mir erzählt hast ... er erinnert mich an irgendetwas. Wenn ich nur wüsste, woran. Es sei denn ... Nein. Das kann nicht sein.«

Sie nippte wieder an ihrem Cognac, trank aber diesmal nicht, sondern verzog das Gesicht und blickte fast angeekelt in ihr Glas. Eric setzte im gleichen Moment seine Schokolade an die Lippen – und hätte sie um ein Haar quer über den Tisch gespuckt.

Die Schokolade war so heiß, dass er sich Zunge und Lippen daran verbrannt hatte. Und noch während er darüber nachdachte, wie es überhaupt möglich war, dass das Getränk nicht abgekühlt, sondern im Gegenteil heißer geworden war, wurde auch das Glas so heiß, dass er es mit einem Schrei fallen ließ und aufsprang. Das Glas prallte auf den Tisch und zerbarst in tausend Scherben und auch Frau Wellstadt-Roblinsky sprang mit einem Ruck in die Höhe und ließ ihr Glas fallen. Noch bevor es auf dem Tisch aufschlug, sah Eric, dass die Flüssigkeit darin regelrecht kochte.

Ihre erschrockenen Schreie waren nicht die Einzigen. Eric fuhr herum und sah eine Szene, wie sie unheimlicher kaum noch sein konnte.

Fast alle Gäste waren von ihren Stühlen aufgesprungen, schrien wild durcheinander, aber einige waren auch sitzen geblieben und starrten wie gelähmt auf ihre Gläser oder Eisbecher, deren Inhalt zu kochen begonnen hatte.

Die Temperatur in der Eisdiele war nicht um ein Grad gestie-

gen. Aus der summenden Klimaanlage kam ein kühlender Luftstrom und es war schon eher zu kalt als zu warm hier drinnen. Trotzdem begannen überall auf den Tischen und auf der Theke die Getränke zu kochen und das Eis zu schmelzen und ebenfalls Blasen zu werfen.
Dann begriff er auch, warum – oder zumindest, was der Ausgangspunkt dieser unheimlichen, unfühlbaren Hitzewelle war. Der Fremde, der die Eisdiele betreten hatte.
Er ging langsam weiter und überall da, wo er entlangschritt, begannen die Getränke und das Eis in ihren Behältern zu brodeln. Die Kaffeemaschine explodierte, kochend heiße braune Flüssigkeit spritzte in alle Richtungen. Hinter der Theke schossen verschiedenfarbige Geysire aus geschmolzenem Eis hervor und regneten auf die Angestellten und Gäste der Eisdiele herab und auf dem Glasregal explodierten nacheinander sämtliche Flaschen mit Likören und Schnäpsen, die darauf aufgereiht waren. Das Bersten von Glas mischte sich in den Chor von Schreien, der die Eisdiele mittlerweile erfüllte.
Die unheimliche Gestalt kam näher. Bisher hatte Eric sie nur aus den Augenwinkeln gesehen oder als Spiegelung in einem Glas, aber selbst jetzt, als er sie direkt ansah, konnte er sie nicht deutlicher erkennen. Es war, als stünde er einem Schatten gegenüber, dem auf unheimliche Weise der Körper abhanden gekommen war.
Die Welle unsichtbarer Hitze folgte dem Schatten wie das Kielwasser einem Schiff, das durch den Ozean pflügte. Die Tasche eines Schülers, achtlos auf einem Stuhl abgestellt, blähte sich auf und verspritzte kochende Cola in alle Richtungen. Und das Unheimlichste war: Eric konnte das Gesicht des Schattens immer noch nicht erkennen. Es war eindeutig da, doch es war, als würde sein Blick einfach davon abprallen, wie ein Lichtstrahl von der Oberfläche eines auf Hochglanz polierten Spiegels.
Dann fiel ihm noch etwas auf und das war vielleicht das Schlimmste von allem: Hinter der schattenhaften Gestalt war noch Etwas. Etwas Dunkles, beinahe Konturloses, das hinter

und über seinen Schultern emporragte, wie ein Umhang, den der Wind bauschte ...

... oder ein Paar riesiger schwarzer Flügel.

Eric prallte mit einem erschrockenen Krächzen zurück und stieß dabei einen Stuhl um. Niemand nahm auch nur Notiz davon. In der Eisdiele war mittlerweile so etwas wie Panik ausgebrochen: Jungen und Mädchen liefen kreischend durcheinander oder suchten ihr Heil in der Flucht und der Besitzer des Eiscafés stand mit aufgerissenem Mund und Augen vor dem Chaos, in das sich sein Lokal verwandelt hatte. Keiner außer Eric schien die unheimliche Gestalt auch nur zu bemerken.

Aber sie kam weiter auf ihn zu.

Nicht ungefähr in seine Richtung. Nicht zufällig. Sie bewegte sich zielsicher und ganz genau auf Eric zu.

»Wer ... wer bist du?«, stammelte Eric. »Was willst du von mir?«

Die Gestalt erstarrte für einen Moment. Ihre gewaltigen, rauchigen Schwingen bewegten sich und eine neuerliche Welle der Verwüstung lief durch den Raum. Die Tür des Kühlschranks flog auf und spie einen Vulkan dampfend heißer Flüssigkeit aus, die nur wie durch ein Wunder niemanden verbrühte, in den Blumenvasen begann das Wasser zu kochen und an der Wand hinter Eric zerplatzte ein Heizungsrohr und spuckte heißen Dampf aus.

Der schwarze Engel ging weiter, hob einen dunklen, nicht ganz stofflichen Arm und deutete mit einer rauchigen Hand auf Eric. Dann machte er einen weiteren Schritt. Eric prallte mit einem entsetzten Keuchen zur Seite und der schwarze Engel ging einfach weiter und auch sein Arm blieb weiter ausgestreckt, als hätte er gar nicht gemerkt, dass der, auf den er eigentlich deutete, schon gar nicht mehr da war.

Eric fuhr herum und sah, dass er sich getäuscht hatte. Er war gar nicht der Einzige, der die unheimliche Schattengestalt sah ...

Wellstadt-Roblinsky war zurückgewichen und presste sich zitternd gegen die verspiegelte Wand. Ihre weit aufgerissenen

Augen starrten den schwarzen Engel an und der Ausdruck darin war pures Entsetzen.
»Nein!«, stammelte sie. »Das nicht! Nicht ... nicht du!«
Der schwarze Engel ging weiter. Sein ausgestreckter Arm deutete starr auf die Studienrätin und eine seiner rauchigen Schwingen glitt nur um Haaresbreite an Erics Schulter vorbei. Obwohl sie ihn nicht einmal wirklich berührte, stöhnte Eric laut auf. Er hätte sich nicht einmal gewundert, hätte sein Blut in diesem Moment zu kochen begonnen – schließlich war auch Blut eine Flüssigkeit –, aber das genaue Gegenteil war der Fall: Er spürte eine unheimliche, quälende Kälte, die seinen Körper von innen heraus zu Eis erstarren zu lassen schien, und ein Gefühl von Grauen und Furcht, das alles überstieg, was er sich bis zu diesem Moment auch nur hätte vorstellen können. Mit einem unsicheren Schritt stolperte er zur Seite und fiel nur deshalb nicht hin, weil er gegen die gläserne Verkaufstheke prallte. Das Glas war beschlagen und warm, weil darunter Pfützen aus geschmolzenem Eis brodelten. Eric nahm es kaum zur Kenntnis – so wenig wie das heillose Chaos, in das sich das Café mittlerweile endgültig verwandelt hatte. Er konnte auch nicht mehr richtig sehen. Er hatte das Gefühl, dass sich auch auf seinen Augäpfeln jetzt schon winzige Eiskristalle gebildet hatten.
Trotzdem nahm er wahr, dass sich der Höllenengel weiter bewegte, den Tisch erreichte und einfach hindurchschritt!
»Nein!«, schrie Wellstadt-Roblinsky. »Nein! Ich habe nichts gesagt! Ich habe ihm kein Wort verraten, das schwöre ich! Bitte nicht!«
Die Schattengestalt ging weiter, watete mühelos durch die Tischplatte und schloss die Arme um die Lehrerin und plötzlich verschwand die verspiegelte Wand, gegen die sie sich gerade noch mit aller Kraft gepresst hatte, und machte etwas wie einer von Flammen und schwarzem, brodelndem Pech gebildeten Tür Platz. Dahinter erstreckte sich eine gewaltige, bis zum Horizont reichende Ebene, auf der graue, konturlose Dinge herumkrochen. Eine aufgedunsene, düsterrote Sonne

stand tief an einem niedrigen Himmel, der eine kränkliche Farbe hatte. Am Horizont erhoben sich Berge, schroff und gezackt wie Messerklingen, und davor, riesig und düster, ein gewaltiges Gebäude mit zwei spitzen, nebeneinander aufragenden Türmen.

Die Kathedrale aus seinem Traum!

Die Erkenntnis traf Eric mit solcher Wucht, dass er für einen Moment einfach erstarrte und wie gelähmt dastand, um das unheimliche Bild anzustarren. Es war die Szenerie aus seinem Traum, perfekt bis ins letzte Detail hinein, nur aus einem anderen Blickwinkel betrachtet.

Als die Lähmung von ihm abfiel, war Wellstadt-Roblinsky verschwunden, so spurlos, als hätte es sie nie gegeben. Die Tür und mit ihr der Blick in jene höllische Albtraumlandschaft begann zu verblassen.

Aber der schwarze Engel war noch da.

Er hatte sich herumgedreht und obwohl Eric sein Gesicht und seine Augen immer noch nicht sehen konnte, spürte er doch, dass sein Blick nun unmittelbar auf ihm ruhte. Er hatte die Hand wieder gehoben und sein Arm deutete auf ihn.

Eric wollte zurückweichen, aber er konnte es nicht. Er stand genau wie die Studienrätin mit dem Rücken an der verspiegelten Wand. Es gab keinen Fluchtweg.

Der schwarze Engel kam näher und breitete Arme und Flügel zugleich aus und eine Woge alles verschlingender Dunkelheit überrollte die Welt. Die Eisdiele, das Chaos, die explodierenden Gläser und Flaschen, die flüchtenden Gäste und alles andere waren verschwunden und rings um ihn herum erstreckte sich plötzlich die gewaltige graue Einöde aus seinem Traum. Unerträgliche, stickige Hitze und Schwefelgestank schlugen über Eric zusammen. Er wollte schreien, aber die Luft, die er einzuatmen versuchte, verätzte seine Kehle, als wäre es flüssige Säure. Der Boden, der wie harte Lava ausgesehen hatte, war in Wirklichkeit so weich und nachgiebig wie Gummi, fast als ob er auf etwas ... Lebendigem stünde, und etwas riss und zerrte mit winzigen, spitzen Zähnen an seinen

Beinen. Eric wagte es nicht, nach unten zu sehen, und er hätte auch keine Gelegenheit mehr dazu gefunden, denn der schwarze Engel versetzte ihm einen so harten Stoß vor die Brust, dass er aus dem Gleichgewicht geriet und mit wild rudernden Armen nach hinten kippte. Er wusste mit unerschütterlicher Sicherheit, dass er sterben würde, wenn er auf dem grässlichen Boden aufschlug.

Er berührte ihn nicht einmal.

Von einer Sekunde auf die andere hüllte ihn ein grelles, strahlend weißes Licht ein, heller als alles andere, was er jemals gesehen hatte, und trotzdem so sanft, dass es seine Augen nicht blendete. Eine unwiderstehliche Kraft packte ihn, riss ihn in die Höhe und nach vorne und hätte ihn gegen den schwarzen Engel geschleudert, wäre nicht in diesem Moment ein wirbelndes weißes Etwas aus dem Nichts aufgetaucht und hätte diesen von den Füßen gerissen. So prallte er gegen einen der billigen Plastiktische, riss ihn um und stürzte zu Boden.

Die Albtraumlandschaft war verschwunden. Er war wieder in der Eisdiele und vor ihm taumelten der schwarze und ein zweiter, strahlend weißer Engel in einem wütenden Zweikampf verschlungen durch den Raum. Ihre Flügel peitschten, zerschmetterten die gläserne Verkaufstheke und zertrümmerten die Einrichtung und Eric konnte die Kraft spüren, die hinter ihren Schlägen steckte. Es war ein Kampf der Giganten, das Aufeinanderprallen zweier Urgewalten, die seit Anbeginn der Zeiten existierten und seit Anbeginn der Zeiten verfeindet waren.

Doch der schwarze Engel siegte. Sein Gegner war so groß und so beeindruckend wie er, aber der Höllenengel musste ungleich stärker sein als er, denn nachdem er den ersten Moment der Überraschung überwunden hatte, bereitete es ihm keine besondere Mühe, seinen Gegner herumzuwirbeln und mit solcher Wucht gegen die Wand zu schleudern, dass sämtliche Spiegel zerbarsten und seine peitschenden Flügel auch noch den Rest der Einrichtung zerschmetterten.

Ein zweiter und dann ein dritter Engel traten rechts und links von Eric aus dem Nichts und stürzten sich auf ihren Widersa-

cher und das Café verwandelte sich in ein Chaos aus zerberstendem Glas, splitternden Spiegeln und zertrümmerten Möbeln und wirbelndem weißem und schwarzem Gefieder, reißenden Krallen und dumpfen, krachenden Schlägen.
Plötzlich wurde es wieder heiß, unvorstellbar, glühend heiß, und für einen winzigen, grässlichen Moment hatte Eric das Gefühl, im Zentrum eines weiß glühenden, lodernden Feuerballes zu stehen, dann schien ihn eine unsichtbare Riesenhand zu packen und quer durch die Eisdiele zu schleudern. Im hohen Bogen flog er durch das Fenster und landete gute fünf oder sechs Meter entfernt mitten in einem Hagel aus Glasscherben und Holzsplittern auf der Straße.

Er wurde bereits am nächsten Morgen wieder aus dem Krankenhaus entlassen und Erics Meinung nach war schon dieser Aufenthalt um gute anderthalb Tage zu lang gewesen.
Ihm fehlte nämlich rein gar nichts. Er war zwar ein bisschen benommen gewesen, nachdem er wie eine lebende Kanonenkugel aus dem Haus katapultiert worden war, aber als die Feuerwehr und nur einige Augenblicke später auch ein Krankenwagen eintrafen, da war er schon wieder auf den Beinen. Natürlich hatten ihm alle Proteste nichts genutzt. Die Sanitäter hatten sich zwar mit eigenen Augen davon überzeugen können, dass er bis auf ein paar Schrammen unversehrt geblieben war, aber das hatte sie trotzdem nicht daran gehindert, ihn kurzerhand in den Rettungswagen zu verfrachten und ins nächstgelegene Krankenhaus zu bringen.
Eric war es in diesem Moment beinahe recht gewesen. Vor dem brennenden Gebäude hatte sich schnell ein regelrechter Menschenauflauf gebildet – der noch dazu zu einem Großteil aus Schülern des gegenüberliegenden Gymnasiums bestand – und Eric war froh, den neugierigen Fragen auf diese Weise zu entkommen. Sehr viel weniger froh war er dann allerdings, als seine Eltern eine Stunde später in der Klinik auftauchten und ihm mitteilten, dass er bis zum nächsten Morgen dableiben würde. Nur zur Beobachtung.

Aber nun hatte er es ja hinter sich. Seine Mutter hatte ihn gleich nach dem Frühstück abgeholt und sie hatten die Klinik durch einen Nebeneingang verlassen. Eric hatte sich darüber gewundert, doch als sie aus der Tiefgarage fuhren, sah er einen Wagen des lokalen Radiosenders vor dem Haupteingang parken und daneben mindestens ein halbes Dutzend Männer und Frauen, die sich offenbar gelangweilt unterhielten. Einige von ihnen hatten Kameras, Kassettenrekorder und tragbare Aufnahmegeräte umgehängt.
»Journalisten«, sagte seine Mutter kopfschüttelnd. »Ich weiß ja, dass es wichtig ist, dass es sie gibt, aber manchmal können sie einem ganz schön auf die Nerven gehen.«
Eric sah in den Rückspiegel, bis sie an der nächsten Kreuzung abbogen und die Journalisten aus dem Spiegel verschwanden. Erst dann ging er auf die Worte seiner Mutter ein.
»Waren sie etwa auch schon bei uns zu Hause?«
»Etwa?« Seine Mutter lachte leise. »Sie haben uns regelrecht belagert. Die Kerle hätten auch glatt dein Krankenzimmer gestürmt, wenn dein Vater den Chefarzt der Klinik nicht so gut kennen würde.«
»Und was hat er gemacht?«
Seine Mutter lachte wieder und diesmal klang es wirklich erheitert. »Na ja, nach den Papieren und dem, was im Computer stand, hast du ein Zimmer im zweiten Stock gehabt, in der Unfallstation. Ich glaube, sie haben während der Nacht ein halbes Dutzend von den Kerlen da rausgeworfen.«
Eric ginste. »Und wo war ich wirklich?«
»Auf der Entbindungsstation«, antwortete seine Mutter fröhlich. »Wie gesagt: Manchmal ist es nicht schlecht, ein paar einflussreiche Menschen zu kennen.«
Das Telefon klingelte. Seine Mutter sah in den Rückspiegel und lenkte den Wagen an den Straßenrand, bevor sie abhob. »Ja?«
Eric sah ebenfalls in den Spiegel. Einen Moment lang befürchtete er, die Journalisten hätten ihre kleine Finte durchschaut und würden sie nun verfolgen, aber die Straße hinter ihnen blieb leer.

»Nein, wir sind auf dem Weg«, sagte seine Mutter und einen Augenblick später: »Niemand ... Das wird wohl nicht nötig sein ...« Sie warf einen raschen Blick zu Eric. »Gut. Sagen wir in ... zwanzig Minuten. Oder vielleicht besser dreißig.«
Sie hängte ein, ohne sich verabschiedet zu haben, und fuhr nach einem kurzen Blick in den Rückspiegel wieder los.
»Ärger?«, fragte Eric.
»Nein«, antwortete seine Mutter. Nach einer Sekunde fügte sie hinzu: »Das war die Polizei.«
Eric hob nur die Schultern. Anders als die meisten seiner Klassenkameraden und Freunde machte ihn ein Anruf der Polizei bei seinen Eltern nicht nervös, denn er gehörte fast zum Alltäglichen. Seine Eltern waren beide ziemlich erfolgreiche Rechtsanwälte und bekamen oft Besuch von der Polizei und Staatsanwaltschaft. Aber an diesem Anruf war irgendetwas anders gewesen, das spürte er auch.
»Sie kommen in einer halben Stunde zu uns, um sich mit dir zu unterhalten.«
Auch das überraschte ihn nicht besonders. Immerhin war praktisch rings um ihn herum eine Eisdiele in die Luft geflogen und es grenzte schon an ein Wunder, dass dabei niemand ernsthaft zu Schaden gekommen war. »Und?«, fragte er.
»Was – und?«, gab seine Mutter zurück.
»Du wirst doch nicht nervös, nur weil ein Polizist zu uns kommt, um ein Protokoll für die Versicherung aufzunehmen«, sagte Eric.
»Nein, das sollte ich nicht«, gestand seine Mutter. »Aber du hast Recht. Irgendetwas an der Geschichte gefällt mir nicht. Deshalb habe ich auch darauf bestanden, dass sie zu uns kommen, statt dich gestern im Krankenhaus zu verhören. Na ja ... wir werden es sehen.«
Sie waren tatsächlich nicht mehr weit von zu Hause entfernt. Seine Mutter lenkte den Wagen in die schmale, von Villen und Einfamilienhäusern gesäumte Straße, in der sie wohnten, griff zum Telefon und wählte ihre eigene Nummer. »Andrea? Wir sind jetzt gleich da. Du weißt Bescheid.«

»Das klingt ja richtig geheimnisvoll«, sagte Eric, nachdem sie wieder eingehängt hatte.
»Eher lästig«, antwortete seine Mutter. Sie deutete mit einer Kopfbewegung nach vorne, und als Erics Blick der Geste folgte, verstand er, was sie damit gemeint hatte. Ihr Haus lag am Ende der Straße, hinter einem gepflegten Vorgarten, der allein die Größe so manchen Reihenhauses hatte. Ungefähr ein halbes Dutzend Wagen parkte am Straßenrand und Eric hätte die Kameras und Kassettengeräte der Männer davor nicht einmal mehr sehen müssen, um zu wissen, um wen es sich handelte.
»Sag nicht, sie waren die ganze Nacht da.«
»Nein«, antwortete seine Mutter und zog eine Grimasse. »Aber die Ersten sind schon vor dem Frühstück angekommen.«
Sie gab Gas. Der Wagen beschleunigte beinahe lautlos und jagte das letzte Stück mit verbotswidrigen achtzig Stundenkilometern dahin, dann trat seine Mutter so hart auf die Bremse, dass Eric sich am Sitz festklammerte, und riss das Lenkrad nach rechts. Der Mercedes schoss zwischen zwei der geparkten Wagen hindurch, hüpfte die Auffahrt hinauf und raste mit solchem Tempo auf die offen stehende Garage zu, dass Eric es fast mit der Angst zu tun bekam. Trotzdem sah er in den Rückspiegel. Zwei oder drei der Reporter hatten ihre Kameras gehoben und fotografierten, was das Zeug hielt, und ein besonders dreister Vertreter der Journalistenzunft rannte gar hinter ihnen her.
Der Mercedes glitt in die Garage und kam mit quietschenden Reifen zum Stehen und noch bevor seine Mutter den Zündschlüssel herumgedreht hatte, begann sich das Garagentor zu schließen. Deshalb also der Anruf bei Andrea, ihrer Haushälterin, dachte Eric. Sie stand jetzt vermutlich hinter irgendeinem Fenster und hielt die Fernbedienung für das Garagentor in der Hand.
Der Reporter schien einzusehen, dass er das Wettrennen gegen das Garagentor verlieren würde, denn er begann lauthals zu rufen: »Frau Classmann! Bitte! Ich habe nur ein paar Fragen!«

Erics Mutter kam mit schnellen Schritten um den Wagen herum und riss die Tür auf. »Wie gesagt: Manchmal sind sie lästig«, seufzte sie. »Steig aus. Und kein Wort.«
Eric gehorchte, aber er dachte sich seinen Teil. Das Benehmen seiner Mutter war so wenig normal wie die Journalisteninvasion vor dem Haus und der Klinik. Irgendetwas stimmte hier nicht. Und aus irgendeinem Grund wollte seine Mutter nicht mit ihm darüber reden.
Das Garagentor schlug mit einem dumpfen Geräusch zu und sperrte nicht nur das Tageslicht aus, sondern schnitt dem Reporter auch noch das Wort ab, aber sie konnten hören, dass er auf der anderen Seite weiterschrie. Seine Mutter starrte das Garagentor an, runzelte die Stirn und murmelte etwas, was sich wie »Hausfriedensbruch« anhörte, dann drehte sie sich mit einer schnellen Bewegung herum.
Im Haus angekommen, sagte sie: »Vielleicht gehst du nach oben und ziehst dich um. Sie werden bald hier sein.«
Eric konnte nicht widersprechen. Er trug noch immer die Kleider von gestern, die vollkommen verdreckt und zerrissen waren – seine Mutter hatte schlichtweg vergessen, ihm andere Sachen mitzubringen, und er hatte ja schlecht im Krankenhaus-Nachthemd nach Hause gehen können. So stellte er keine Fragen, sondern eilte mit raschen Schritten die Treppe hinauf und in sein Zimmer. Sein Blick streifte den Schreibtisch. Der zerbrochene Monitor war bereits entsorgt worden und Andrea hatte auch alle Spuren der Beinahe-Katastrophe beseitigt, so weit ihr das möglich gewesen war. Auf dem Bett lag eine neue Decke und die Glasscherben und Elektroniktrümmer waren verschwunden.
Und auf dem Schreibtisch lag eine schneeweiße Feder.
Eric erstarrte mitten im Schritt. Sein Herz schien auszusetzen und er hatte das Gefühl, von einer eiskalten Hand berührt zu werden. Für einen Moment konnte er nicht einmal mehr atmen, geschweige denn den Blick von der mehr als handlangen, strahlend weißen Feder lösen.
Plötzlich war alles wieder da. Er hatte in dieser Nacht zum

ersten Mal seit langem nicht geträumt, was vielleicht daran lag, dass man ihm gleich nach seiner Einlieferung ins Krankenhaus ein leichtes Beruhigungsmittel gegeben hatte, aber nun war nicht nur die Erinnerung an den Albtraum wieder da, sondern auch die an alles andere. Er hatte es bisher erfolgreich geschafft, nicht an die apokalyptischen Visionen zu denken, die ihn während des Brandes heimgesucht hatten (denn um nichts anderes konnte es sich gehandelt haben), aber nun stürzten die bizarren Bilder wie eine Flutwelle wieder über ihm zusammen.

Eric presste die Lider so fest zusammen, dass bunte Punkte und kleine weiße Lichtblitze über seine Netzhäute flimmerten, aber als er die Augen öffnete, war die Feder immer noch da.

Eric atmete bewusst tief ein und aus, versuchte das Chaos in seinen Gedanken irgendwie zu besänftigen und trat schließlich mit schnellen Schritten an den Kleiderschrank. Vielleicht half ihm diese banale Tätigkeit ja auch, wieder in die ganz banale Wirklichkeit zurückzufinden. Anscheinend hatte ihn eines der herumfliegenden Trümmerstücke wohl doch heftiger am Kopf getroffen, als er wahrhaben wollte. Die Feder war nicht da. Sie konnte gar nicht da sein, denn ihre Existenz zuzugeben hätte bedeutet, zumindest die Möglichkeit einzuräumen, dass in seinem Sessel tatsächlich ein Engel gesessen hatte und dass er gestern wirklich Zeuge geworden war, wie sich zwei Engel einen Kampf von wahrhaft biblischen Ausmaßen lieferten.

Er zog sich in aller Ruhe um, blieb dann noch stehen und drehte sich erst nach einer Weile um. Die Feder war nicht da, dessen war er vollkommen sicher.

Die Feder lag nach wie vor auf seinem Schreibtisch und hätte ihn wahrscheinlich angegrinst, wäre sie dazu in der Lage gewesen. Erics Hände begannen zu zittern.

Die Tür ging auf und Andrea kam herein, wie immer ein strahlendes Lächeln auf ihrem dunkelbraunen, rundlichen Gesicht und die Haare zu einem strengen Knoten zurückgebunden.

Die jamaikanische Haushälterin hatte prinzipiell immer gute Laune, wie die meisten ihrer Landsleute, aber heute schienen ihre freundlichen Augen noch heller zu strahlen als sonst.
»Eric, wie schön, du zurück!«, rief sie. »Ich war in großer Sorge! Du auch wirklich nicht verletzt?«
Eric schüttelte knapp den Kopf. Normalerweise amüsierte er sich über Andreas Art zu reden, aber heute war ihm nicht nach Lachen zumute. Er begrüßte Andrea nicht einmal, sondern hob nur den Arm und deutete zitternd auf den Schreibtisch.
»Diese ... Feder«, murmelte er stockend. »Wo ... wo kommt sie her?«
Andrea blickte die Feder stirnrunzelnd an und eine Sekunde lang wünschte er sich, sie würde ihn verwirrt ansehen und fragen: »Was für eine Feder?«, aber stattdessen hob sie nur die Schultern und sagte: »Sie lag auf dem Boden. Gestern, als Fernsehen kaputtgegangen ist.«
Eric sparte es sich, sie darauf hinzuweisen, dass es einen Unterschied zwischen Fernseher und Monitor gab. Er sagte überhaupt nichts, sondern machte ein paar Schritte auf den Schreibtisch zu und blieb wieder stehen. Die Feder hatte eine seltsame, fast unwirkliche Farbe. Weiß, aber ein Weiß, wie er es noch nie zuvor gesehen hatte. Es schien von innen heraus zu leuchten, aber nicht auf eine Art, dass sie im Dunkeln sichtbar gewesen wäre. Es war fast unmöglich, sie mit Worten zu beschreiben, aber etwas sehr Seltsames, Fremdes und zugleich Warmes ging von ihr aus.
Andrea schien es ganz ähnlich zu ergehen wie ihm. Sie sah ihn stirnrunzelnd an, aber dann streckte sie die Hand aus und hob die Feder auf. Ein seltsames, fast glückliches Lächeln erschien in ihren Augen.
»Was für eine Feder das?«, fragte sie. »Ich nie zuvor gesehen. Von welchem Vogel? Sie wunderschön!«
Eric hob die Schultern. Was hätte er sagen sollen? Dass er ebenfalls so etwas noch nie gesehen hatte (außer auf dem Rücken eines Engels, ha, ha, ha) und dass sie wunderschön war?

»Es tut gut, sie anzufassen«, sagte Andrea. Ihre Finger streichelten die Feder fast zärtlich. »So weich.«
Eric trat näher und streckte die Hand aus, aber Andrea zögerte, bevor sie ihm die Feder reichte. Es fiel ihr schwer, sie wegzugeben. Und als sie es tat und Eric die Feder berührte, verstand er auch, warum.
Sie fühlte sich nicht an wie eine Feder. Sie fühlte sich an wie ... Nein. Er konnte das Gefühl nicht beschreiben. Es ähnelte nichts, was er jemals gespürt hatte. Er wusste nur, dass es wunderschön war.
»Deine Mutter sagt, du herunterkommen, wenn fertig«, sagte Andrea. Ihr Blick hatte Mühe, sich auf sein Gesicht zu richten und nicht wieder zu der weißen Feder in seiner Hand zu irren. Er hatte das Gefühl, dass sie sie ihm am liebsten aus der Hand gerissen hätte.
»Danke, Andrea«, sagte er. »Ich komme sofort.«
Die Jamaikanerin drehte sich herum und ging und Eric folgte ihr fast unmittelbar. Die Feder behielt er in der Hand. Sie einfach einzustecken wäre ihm wie ... Gotteslästerung vorgekommen.
Was für ein seltsames Wort – für ihn. Aber in den letzten Tagen schossen ihm sowieso die seltsamsten Dinge durch den Kopf.
Seine Mutter wartete im Wohnzimmer auf ihn und sie war nicht allein. Zwei Männer unterschiedlichen Alters saßen auf der Couch und sahen ihm entgegen und dass sie Polizisten waren, sah man ihnen so deutlich an, als hätten sie sich ein neonfarbenes P auf die Wangen tätowieren lassen. Die beiden konnten allerdings keine typischen Beamten sein, denn sie waren mindestens eine Viertelstunde zu früh.
»Eric, das sind Kommissar Schollkämper und Inspektor Breuer«, sagte seine Mutter. »Ich habe dir ja erzählt, dass sie mit dir reden wollen.«
»Hallo, Eric«, begrüßte ihn Schollkämper. Er machte sich nicht die Mühe aufzustehen, aber sein freundliches Lächeln wirkte echt. Sein Blick blieb für eine Sekunde auf der Feder in

Erics Händen haften und er runzelte die Stirn. Aber er sagte nichts, sondern wartete geduldig, bis Eric auf der Couch neben seiner Mutter Platz genommen hatte.
»Du kannst dir ja denken, warum wir hier sind«, begann er.
»Wegen des Feuers«, vermutete Eric.
Schollkämper und Breuer tauschten einen raschen Blick.
»Auch, ja«, sagte Schollkämper schließlich. »Erzähl uns doch bitte, was du erlebt hast.«
»Nicht so rasch«, sagte Erics Mutter, bevor er antworten konnte. »Bevor mein Sohn auch nur irgendetwas sagt, hätte ich gerne gewusst, was das hier eigentlich ist. Ein offizielles Verhör?«
Schollkämper verdrehte die Augen, aber er beherrschte sich und sagte in freundlichem Ton: »Nein. Jedenfalls noch nicht.«
»Noch?«
»Wir untersuchen das Feuer, bei dem gestern immerhin ein beträchtlicher Sachschaden entstanden ist«, antwortete Breuer mit kühler Stimme an seiner Stelle. »Und bei dem auch –«
»Bei dem es auch noch einige ... ungeklärte Umstände gibt«, fiel ihm Schollkämper ins Wort. Er warf seinem Kollegen einen warnenden Blick zu.
»Ungeklärte Umstände?«
Schollkämper nickte. »Es gab eine ziemlich heftige Explosion«, sagte er. »Die Spezialisten von der Feuerwehr konnten allerdings bis jetzt nicht herausfinden, was da explodiert ist.« Er zuckte mit den Schultern. »Ich meine: Es war eine Eisdiele, kein Waffenlager oder eine Treibstofffabrik. Da war nichts, was hätte explodieren können.«
»Vielleicht in einem anderen Teil des Gebäudes«, vermutete Mutter. »Im Keller.«
»Das war auch unser erster Gedanke«, antwortete Schollkämper. »Aber die Experten der Feuerwehr sagen nein. Die Untersuchungen sind natürlich noch nicht abgeschlossen, aber zumindest bis jetzt haben sie nicht die geringste Spur eines Brandbeschleunigers gefunden.«
»Brandbeschleuniger?«, fragte Eric.

»Benzin, Nitro-Verdünnung, Sprengstoff ...«, sagte Breuer mit einer wedelnden Handbewegung. »Alles, was einen Brand eben beschleunigt. Oder auch eine Bombe.«
»Vielleicht ist Eric ja mitten in einen Mafia-Krieg hineingeplatzt«, sagte Mutter. Es sollte ein Scherz sein, aber Schollkämper sah sie mit großem Ernst an und nickte dann.
»Daran haben wir auch schon gedacht, nicht zuletzt, weil der Besitzer des Eiscafés tatsächlich Italiener ist. Aber selbst der verheerendste Sprengstoff löst sich nicht völlig auf, wenn er explodiert. Er hinterlässt Spuren, die man analysieren kann.«
»Und solche Spuren haben wir bisher nicht gefunden«, fügte Breuer hinzu.
»Und was hat das alles mit Eric zu tun?«, fragte Mutter.
»Es ist so, dass Ihr Sohn sich in unmittelbarer Nähe des Explosionszentrums befand«, erklärte Schollkämper. »Ganz davon abgesehen, dass er ein schon an ein Wunder grenzendes Glück gehabt hat, ist er möglicherweise der einzige Zeuge, den wir haben. Vielleicht hat er irgendetwas beobachtet, was uns weiterhilft.«
Erics Mutter überlegte einen Moment angestrengt, dann nickte sie. »Das klingt logisch. Beantworte ihre Fragen ruhig, Eric.«
Schollkämper schenkte ihr einen geradezu vernichtenden Blick, beherrschte sich aber auch jetzt und wandte sich wieder an Eric.
»Versuch dich bitte zu erinnern, Eric«, sagte er. »An alles. Jede Kleinigkeit –«
»– und wenn sie noch so unwichtig erscheint, ich weiß«, unterbrach ihn Eric. »Ich sehe auch Kriminalfilme.«
Schollkämper schmunzelte, aber Eric schüttelte den Kopf. »Ich muss Sie enttäuschen. Ich habe gar nicht viel gesehen. Nur ein grelles Licht –«
Und das Tor zur Hölle. Klar, was denn sonst.
»– und dann spürte ich eine furchtbare Hitze –«
Und außerdem habe ich einen schwarzen Engel gesehen, der gegen einen weißen gekämpft hat. Sicher.

»– und dann gab es eine schreckliche Explosion, die mich auf die Straße hinausgeschleudert hat. Das war schon alles.«
»Und es hat dir das Leben gerettet.« Schollkämper wandte sich an Erics Mutter. »Die Kleider, die Ihr Sohn gestern getragen hat – wo sind sie?«
»Wahrscheinlich auf dem Weg in die Mülltonne, wie ich Andrea kenne«, antwortete Mutter. »Ich nehme an, Sie wollen sie im Labor untersuchen lassen. Ich lasse sie Ihnen heraussuchen.«
»Gut«, sagte Schollkämper. »Dann wäre nur noch ein Punkt zu klären. Was hast du in der Eisdiele gewollt, Eric?«
»Gewollt?«, fragte Mutter verständnislos. »Was soll er schon gewollt haben? Ein Eis essen, nehme ich an.«
»Das mag sein«, sagte Schollkämper. »Trotzdem wäre es mir lieber, wenn Ihr Sohn diese Frage selber beantworten würde. Also, Eric: Was wolltest du dort? Wirklich nur ein Eis essen?«
»Nein«, gestand Eric nach kurzem Zögern. »Ich war mit Frau Wellstadt-Roblinsky dort.«
»Mit wem?«
»Einer Lehrerin aus der Parallelklasse«, sagte Eric.
»Aber nicht deine Klassenlehrerin?«, vergewisserte sich Schollkämper.
»Nein«, antwortete Eric. »Ich kenne sie kaum.«
Wieder tauschten die beiden Polizisten einen Blick und noch bevor Eric weitersprechen konnte, sagte Mutter: »Ehe Eric jetzt noch ein Wort sagt, sollten Sie mir vielleicht erklären, worauf Sie hinauswollen, meine Herren.«
»Rufen Sie sonst seinen Rechtsanwalt?«, fragte Breuer spöttisch.
»Halten Sie die Klappe, Breuer«, sagte Schollkämper, aber es war zu spät. Nicht nur die Stimme seiner Mutter, sondern die gesamte Stimmung des Gesprächs kühlte merklich ab, als sie weitersprach.
»Das wird wohl kaum nötig sein. Ich bin seine Rechtsanwältin.«
»Und die Frau des möglicherweise neuen Bürgermeisters, ich

weiß«, antwortete Breuer ungerührt. »Aber das beeindruckt uns nicht, wissen Sie? Wir untersuchen hier einen Mordfall.«
»Mord?!« Eric richtete sich kerzengerade auf und auch seine Mutter fragte alarmiert: »Wieso Mord?«
»Das wissen wir noch gar nicht«, sagte Schollkämper mit leicht erhobener Stimme. Er maß seinen Kollegen mit einem Blick, als hätte er ihm am liebsten den Kopf abgerissen. »Im Augenblick ist Frau Doktor Wellstadt-Roblinsky nur verschwunden.«
»Und was –«
»Allerdings spricht leider viel dafür, dass sie bei der Explosion ums Leben gekommen ist«, fuhr er unbeeindruckt fort. »Und Ihr Sohn, Frau Classmann, war nun einmal der Letzte, der sie lebend gesehen hat.«
»Was uns zu der Frage bringt, wie jemand eine solche Explosion überleben konnte.«
»Wollen Sie ihm vielleicht vorwerfen, dass er noch am Leben ist?«, fragte Erics Mutter.
»Um das ganz klar zu machen«, mischte sich Schollkämper hastig ein. »Ihr Sohn steht unter keinerlei Verdacht und wird auch nicht beschuldigt. Aber mit großer Wahrscheinlichkeit ist ein Mensch ums Leben gekommen und wir müssen die genauen Umstände klären, das verstehen Sie doch sicher.«
»Schon, aber –«
»Es ist schon in Ordnung«, sagte Eric. Seine Mutter sah ihn stirnrunzelnd an, aber er nickte und sagte: »Ich beantworte die Frage gerne. Ich habe schließlich nichts zu verbergen.«
Seine Mutter sah nicht so drein, als wäre sie sehr begeistert, aber sie hob nur die Schultern und Eric fuhr an den Kriminalbeamten gewandt fort: »Ich wollte etwas von ihr wissen und da hat sie mich in die Eisdiele eingeladen.«
»Was wolltest du wissen?«, fragte Breuer scharf.
Eric antwortete: »Etwas über Engel.«
Breuer zog überrascht die Augenbrauen hoch, aber Schollkämper sagte gar nichts,und nach ein paar Sekunden fuhr Eric in leicht verlegenem Ton fort: »Frau Wellstadt-Roblinsky war

Religionslehrerin und außerdem kannte sie sich sehr gut in Geschichte aus und ich wollte etwas über Engel wissen, also habe ich sie um Rat gefragt.«

»Wieso?«, wollte Breuer wissen. »Aus welchem Grund interessiert sich ein junger Bursche wie du für Engel?«

Diese Frage solltest du ihm lieber nicht beantworten.

»Und warum nicht?«, gab Eric zurück.

»Ich mag es nicht, wenn meine Fragen mit Gegenfragen beantwortet werden«, sagte Breuer scharf und diesmal wurde er von seinem Kollegen nicht unterbrochen.

Besser, er hörte auf die Warnung. Breuer führte etwas im Schilde, das spürte er.

»Das Thema interessiert mich eben«, antwortete er. »Und ich dachte, sie könnte mir etwas darüber erzählen.«

Und sag ihnen auf keinen Fall, was in der Eisdiele wirklich passiert ist.

»Natürlich nicht. Ich bin doch nicht –«

Eric brach mitten im Satz ab. Die beiden Polizisten blickten ihn verwirrt an und auch seine Mutter runzelte die Stirn. Und erst in diesem Moment wurde ihm klar, dass keiner von ihnen diese Worte gesagt hatte. So wenig wie die davor!

Eric sah sich erschrocken im Zimmer um. Sie waren allein. Da war niemand, der zu ihm hätte sprechen können! Aber er hatte die Worte doch ganz deutlich gehört!

»Ja?«, sagte Breuer nach einer Weile. »Was wolltest du gerade sagen?«

»Nichts«, murmelte Eric. »Es ging eben um Engel, das ist alles. Das Thema beschäftigt mich. Aber es gibt keinen besonderen Grund.«

»Ich glaube dir nicht, Junge«, sagte Breuer geradeheraus. Zu Erics Überraschung nahm seine Mutter diese Behauptung ruhig zur Kenntnis und der jüngere der beiden Polizisten fuhr fort: »Diese Lehrerin war an deiner Schule nicht sehr beliebt. Die meisten deiner Kameraden haben sich lustig über sie gemacht. Du auch, wie wir wissen. Und plötzlich gehst du mit ihr ein Eis essen und plauderst über Engel?«

Nimm dich vor dem Burschen in Acht. Er verheimlicht dir etwas.

Es kostete Eric große Mühe, sich nicht schon wieder erschrocken umzusehen. Diesmal war er sicher, dass keiner der drei anderen etwas gesagt hatte. Na wunderbar! Jetzt fing er auch schon an, Stimmen zu hören!

»Es war aber so«, sagte er stur.

»Sicher«, spöttelte Breuer. »Und die Feder, die du da in den Händen hältst, stammt wahrscheinlich aus den Flügeln deines persönlichen Schutzengels.«

»Ganz genau«, antwortete Eric kühl. Er hatte gar nicht gemerkt, dass seine Finger die ganze Zeit über mit der weißen Feder gespielt hatten. »Er ist ziemlich gut. Das muss er wohl auch sein, sonst hätte ich die Explosion nicht überlebt.« Er sah, wie es in Breuers Augen zornig aufblitzte. »Ganz zu schweigen von dem Angriff des schwarzen Engels, der Wellstadt geholt hat und auch mich in die Hölle verschleppen wollte.«

Schollkämper hatte alle Mühe, nicht zu grinsen, aber Breuer sah aus, als würde er gleich platzen. »Du wirst einen verdammt guten Schutzengel brauchen, wenn du so weitermachst«, sagte er gepresst.

»Den hat er schon«, mischte sich Mutter ein. »Zwei, um genau zu sein. Ich betrachte das Gespräch damit als beendet. Guten Tag, meine Herren.«

Breuer wollte auffahren, aber Schollkämper legte ihm beruhigend die Hand auf den Unterarm und stand auf. »Selbstverständlich, Frau Classmann. Sie denken dann bitte daran, uns Erics Kleidungsstücke zuzusenden?«

Er wartete die Antwort gar nicht erst ab, sondern drehte sich herum und nickte Eric zu. »Auf Wiedersehen, Eric.«

Und das sagte er auf eine Art, die keinen Zweifel daran ließ, dass sie sich wieder sehen würden und dass dieses Wiedersehen vielleicht unter Umständen stattfinden würde, die weitaus unangenehmer waren als die heutigen.

Erics Mutter starrte den beiden Polizeibeamten finster nach.

Sie sagte nichts, sondern schwieg, bis sie nicht nur das Zimmer verlassen hatten, sondern auch das Geräusch der Haustür von draußen hereindrang, aber dann seufzte sie tief und wandte sich mit ernstem Gesicht an ihren Sohn.
»Das war jetzt zugleich sehr geschickt und auch sehr dumm«, sagte sie.
»Wieso?«
»Du hast deinem Vater und mir gut zugehört«, antwortete Mutter. »Angriff ist oft wirklich die beste Verteidigung. Die Geschichte von dem schwarzen Engel hat ihnen jedenfalls den Wind aus den Segeln genommen. Aber andererseits hast du ihr Misstrauen damit nur geschürt. Wenn du wirklich nichts zu verbergen hast, dann hast du so etwas gar nicht nötig. Hast du etwas zu verbergen?«
»Nein!«, sagte Eric mit Nachdruck. »Ich schwöre dir, dass –«
»Ich bin jetzt nicht deine Mutter«, unterbrach sie ihn, »sondern deine Rechtsanwältin. Brauchst du eine?«
Eric starrte seine Mutter eine Sekunde lang vollkommen schockiert an. Es war klar, dass ihm auch seine Mutter nicht glaubte.
»Ich ... ich sage die Wahrheit«, murmelte er. »Ich wollte von ihr wirklich etwas über Engel wissen. Es ist wegen dieses Traumes.«
»Du träumst ihn immer noch?« Seine Mutter klang besorgt. Er hatte seinen Eltern natürlich von seinem immer wiederkehrenden Traum erzählt, aber seit gut einer Woche hatte er ihn nicht mehr erwähnt.
»Fast jede Nacht«, gestand er.
»Das hättest du mir sagen sollen«, sagte seine Mutter in leicht vorwurfsvollem Ton. »Wir hätten zu Doktor Reichert gehen können.«
Und genau aus diesem Grund hatte er nichts mehr von dem Traum gesagt. »Ich brauche keinen Gehirnklempner«, sagte er.
Seine Mutter lächelte flüchtig. »Doktor Reichert ist kein Gehirnklempner, er ist Psychoanalytiker und ein sehr guter

Freund deines Vaters. Vielleicht hätte er dein Problem mit einem einzigen Gespräch beseitigen können.«
Ja, und sich selbst gleich dazu, dachte Eric. Er hatte nicht vergessen, was WIRKLICH passiert war.
»Ich werde gleich für heute Nachmittag einen Termin mit ihm vereinbaren«, fuhr seine Mutter in einem Wage-es-nicht-zu-widersprechen-Tonfall fort, den Eric normalerweise selten von ihr zu hören bekam. »Und jetzt rufe ich deinen Vater an. Diese beiden Polizisten gefallen mir nicht. Sie führen irgendetwas im Schilde.«
»Gegen mich?« Das konnte Eric sich nicht vorstellen.
»Vielleicht auch gegen deinen Vater«, antwortete Mutter. »Der Wahlkampf steht vor der Tür. Dein Vater hat gute Chancen, der neue Bürgermeister dieser Stadt zu werden. Er ist ziemlich beliebt, aber gerade deshalb hat er auch eine Menge Feinde. So ist das nun einmal in der Politik. Es wäre gewissen Leuten ein Fest, ihm etwas am Zeug zu flicken. Ein paar Gerüchte reichen da manchmal schon.« Sie stand auf. »Ich rufe ihn jetzt an. Und danach mache ich einen Termin mit Doktor Reichert aus.«

Den ganzen Vormittag über belagerte ein halbes Dutzend Reporter das Haus. Als Erics Vater gegen eins kam, hatte er alle Mühe, sich zum Haus durchzukämpfen, aber das schien nicht der einzige Grund zu sein, aus dem er so übler Laune war.
Eric ging nicht sofort hinunter, sondern machte nur die Tür auf und lauschte. Seine Eltern unterhielten sich im Treppenhaus mit leiser, aber sehr erregter Stimme und noch bevor er wirklich etwas verstehen konnte, gingen sie ins Wohnzimmer und schlossen die Tür hinter sich. Das war deutlich genug.
Es verging ungefähr eine halbe Stunde, bis sein Vater ihn hinunterrief. Voller unguter Vorahnungen ging Eric nach unten. Sein Vater erwartete ihn mit finsterem Gesicht und seine Mutter sah sehr besorgt drein.
»Was ist passiert?«, fragte Eric fast schüchtern.

»Oh, nichts«, grollte sein Vater. »Außer dass die Telefondrähte in meinem Büro glühen und ich wahrscheinlich schon Millionär wäre, wenn ich eine Würstchenbude für die Reporter aufgestellt hätte, die mein Büro belagern.«
»Oh«, machte Eric. »Das ... tut mir Leid.«
Sein Vater schüttelte den Kopf. »Entschuldige. Ich weiß, dass es nicht deine Schuld ist. Aber es ist diesen Aasgeiern von der Presse ein wahres Fest, die Sache genüsslich auszuschlachten.«
Eric sagte nichts darauf, denn wenn sein Vater so gelaunt war wie jetzt, dann war mit ihm nicht gut Kirschen essen.
»Wir fahren gleich los«, sagte seine Mutter. »Doktor Reichert erwartet uns in einer halben Stunde.«
Sein Vater warf einen finsteren Blick zur Tür. »Dann bestelle ich am besten schon einmal einen Panzerwagen«, grollte er, »damit wir uns einen Weg durch diese sensationslüsterne Meute da draußen bahnen können.«
Eric ging in den Flur, nahm seinen Parka vom Haken und steckte, fast ohne es selbst zu merken, die Feder, die er die ganze Zeit über in der Hand gehalten hatte, in die Jackentasche, ebenfalls ohne es eigentlich zu merken. Es hatte etwas ungemein Beruhigendes, die weiße Feder einfach nur zu berühren.
Sie gingen in die Garage und nahmen in Vaters schwerem Volvo Platz. Eric war in diesem Fall regelrecht froh, obwohl er normalerweise viel lieber in Mutters Mercedes-Coupé fuhr. Aber die abgedunkelten Scheiben des Volvo würden sie vor den neugierigen Blicken der Journalisten schützen, die mittlerweile nicht nur das Haus belagerten, sondern auch schon einen Teil des Vorgartens erobert hatten. Erics Vater brauchte trotzdem zwei oder drei Minuten, um die Straße zu erreichen, dann gab sein Vater Gas und gottlob war keiner der Journalisten verrückt genug, es auf eine Verfolgungsjagd ankommen zu lassen. Sein Vater schien allerdings damit zu rechnen, denn er sah mehrmals in den Rückspiegel, und obwohl es einen Umweg bedeutete, legte er einen Teil der Strecke auf der Stadtautobahn zurück, über die er den Wagen mit verbotenen

zweihundertdreißig Stundenkilometern jagte, um eventuelle Verfolger abzuschütteln.
Sie schwiegen die ganze Fahrt über, und auch als sie vor dem modernen Bürogebäude hielten, in dem Doktor Reicherts Praxis lag, sagten sie kein Wort. Reicherts Praxis befand sich im sechsten Stock des Gebäudes. Er war das, was Erics Mutter manchmal spöttisch als Schickimicki-Arzt bezeichnete, und nahm für eine Stunde ein Honorar, das dem halben Monatsgehalt eines Landarztes entsprach. Aber er war trotzdem ein sehr guter Analytiker und außerdem ein sehr netter Mann. Eric hatte schon mehrmals mit ihm gesprochen, wenn Reichert seine Eltern besucht hatte. Aber er hatte noch nie beruflich mit ihm zu tun gehabt. Und er hätte sich auch nicht träumen lassen, dass das einmal passieren würde.
Zumindest während der ersten Viertelstunde war davon jedoch nichts zu spüren. Reichert komplimentierte Erics Eltern freundlich, aber mit Nachdruck hinaus und sie redeten eine Weile über dies und das. Smalltalk nannten das die Erwachsenen, eine belanglose Unterhaltung, die dazu diente, das Eis zu brechen. Aber sie erfüllte ihren Zweck auch. Nach einer Weile spürte Eric, wie die innere Anspannung ebenso wich wie die Abwehrhaltung, mit der er hereingekommen war.
Reichert schien den Moment auch zu spüren, denn er lächelte plötzlich und wechselte dann das Thema. »Deine Mutter hat mir am Telefon erzählt, dass du unter Albträumen leidest«, sagte er.
»Aha«, murmelte Eric. »Es wird ernst.« Er sah sich demonstrativ um. »Wo ist die Couch?«
Reichert lachte. »Diese Zeiten sind vorbei. Ich war es leid, dass mir die Hälfte meiner Patienten immer eingeschlafen ist, bevor die Stunde vorüber war. Heute machen wir das anders. *Wenn du nicht spurst, gibt es ein paar Elektroschocks oder ich rufe meinen Assistenten, der dir die Beine bricht.«*
Sie lachten beide, aber irgendetwas an Reicherts Lachen störte Eric. Es wirkte nicht hundertprozentig echt. Fast als hätte er einen Teil dessen, was er gesagt hatte, durchaus ernst gemeint ...

Eric verscheuchte den Gedanken. Er war übernervös. So begann er Reichert von seinem Traum zu erzählen. Der Arzt hörte wortlos zu, und es gelang Eric auch nicht, in seinem Gesicht zu lesen. Es wirkte interessiert, enthielt sich aber jeglicher Wertung. Erst als Eric fertig war, lehnte er sich in seinem schweren Ledersessel zurück, verschränkte die Arme vor der Brust und sagte: »Das ist eine sehr interessante Geschichte. Sie erinnert mich an etwas aus der Bibel.«
»Die Bibel? Die habe ich nicht gelesen.«
»Ich weiß«, sagte Reichert. »Es steht auch nicht so darin ... aber die Stimmung ist ziemlich apokalyptisch. Das sagt dir doch etwas, oder? Die Apokalypse. Die Offenbarung des Johannes.«
Eric schüttelte nur den Kopf und Reichert sah ein bisschen enttäuscht drein, lächelte aber gleich darauf wieder. »Er war ein netter alter Kerl. Ein bisschen kauzig vielleicht, aber nett. Nur leider ein fürchterlicher Schwarzseher.«
»Wie bitte?« Eric blinzelte. »Von wem sprechen Sie?«
Reichert machte eine wegwerfende Handbewegung. »Und was war gestern?«
»Gestern?«
»In dem Eiscafé«, antwortete Reichert. »Was ist da passiert? Ich meine, was ist wirklich passiert, *du verlogenes kleines Miststück?«*
Diesmal verschlug es Eric tatsächlich die Sprache. Er war nahe daran, einfach aufzustehen und zu gehen, beherrschte sich dann aber. Vielleicht war das einfach Reicherts – zugegeben sonderbare – Art, mit seinen Patienten umzugehen.
Dann geschah etwas Seltsames: Er hatte sich fest vorgenommen, es nicht zu tun, aber er begann beinahe gegen seinen Willen dem Psychoanalytiker auch noch den Rest der Geschichte zu erzählen, angefangen von dem Engel, den er am Morgen gesehen zu haben glaubte, bis hin zu den schrecklichen Ereignissen in der Eisdiele. Er ließ nicht die winzigste Kleinigkeit aus. Während er sprach, stand er auf und ging mit langsamen Schritten zum Fenster. Er konnte von dort aus

einen Großteil der Stadt überblicken, aber in diesem Moment war an diesem Anblick nichts besonders Schönes. Der Himmel hatte sich mit schweren, sehr tief hängenden Regenwolken bezogen und das Licht begann allmählich grau zu werden. Ein wenig erinnerte ihn das Bild an den unheimlichen Himmel aus seinem Traum. Darüber hinaus konnte er auch sich selbst und eine verzerrte Spiegelung des Zimmers hinter sich erkennen. Reichert hatte sich mit seinem Sessel herumgedreht und sah ihn an. Als er nach einer geraumen Weile noch nichts sagte, fragte Eric ganz leise: »Werde ich verrückt, Herr Reichert?«

»Verrückt?« Reichert lachte leise. »Nicht mehr als der Rest der Menschheit.«

Eric fand das nicht komisch. Er schwieg. Eine seltsam unwirkliche Stimmung hatte von ihm Besitz ergriffen. Es war, als wäre das graue Licht von draußen herein und irgendwie in seine Seele gekrochen.

»Nein, verrückt klingt diese Geschichte nicht«, fuhr Reichert fort. »Nur sehr seltsam. Vor allem von jemandem, der behauptet, mit der Bibel und Religion nichts am Hut zu haben, *du verlogene kleine Ratte.*«

Allmählich reichte es Eric. In gewissen Kreisen mochte es ja im Moment schick sein, viel Geld zu bezahlen, um sich beleidigen zu lassen, aber er fand das ganz und gar nicht okay. Er war nahe daran, es zu sagen, hob aber dann nur die Schultern und murmelte: »Aber es war so ... realistisch.«

»Es kam dir realistisch vor«, verbesserte Reichert. »Das haben Halluzinationen nun einmal so an sich. Manchmal kommen sie einem wirklicher vor als die Wirklichkeit.«

»Das war keine Halluzination«, beharrte Eric. Er sah Reicherts Spiegelbild in der Fensterscheibe an und zog die linke Augenbraue hoch. Hinter dem Sessel des Psychoanalytikers war das blasse Spiegelbild einer fast zwei Meter großen Engelsgestalt zu erkennen, die verzweifelt mit den Armen gestikulierte. Es sah fast komisch aus – oder hätte es zumindest, wäre es für Eric nicht zugleich auch der Beweis gewesen, dass aus seinem schleichenden mittlerweile ein galoppierender Wahnsinn zu werden schien.

»Dazu war es viel zu realistisch«, fuhr er fort, schloss die Augen und drehte sich mit einem Ruck herum, bevor er sie wieder öffnete. »Ich weiß, was ich gesehen habe.« Ach ja, wusste er das? Klar. Engel zum Beispiel, die in der Gegend herumstanden und Grimassen schnitten. Sehr witzig.

»Davon bist du überzeugt«, antwortete Reichert ruhig. Hinter seinem Sessel stand natürlich kein Engel, ebenso wenig, wie gestern einer auf Erics Sessel gesessen hatte. »Wenn du eine medizinische Erklärung brauchst, bitte schön: Du hast einen schweren Schock erlitten. Du wärst fast ums Leben gekommen. Vielleicht hast du sogar gesehen, wie deine Lehrerin gestorben ist, möglicherweise auf eine sehr schreckliche Art. Dein Bewusstsein ist mit den schrecklichen Bildern nicht fertig geworden und hat sie durch etwas ... anderes ersetzt.«

»Sie meinen, ich bin völlig ausgeklinkt«, fragte Eric böse. »Total gaga, meschugge?«

»Solche Dinge haben nichts mit Verrücktheit zu tun. Im Gegenteil: Sie sind ein Schutzmechanismus unseres Bewusstseins und sehr wichtig, damit wir keinen geistigen Schaden nehmen – *außer bei kleinen Arschlöchern wie dir natürlich, die sich nur wichtig machen wollen.«*

»Das reicht jetzt«, sagte Eric. »Ich finde Ihren Humor nicht im Geringsten komisch, Herr Reichert.«

»Humor?«

»Seit ich rede, beleidigen Sie mich andauernd.«

»Beleidigen? Dich?« Reichert war ein begnadeter Schauspieler. Hätte Eric es nicht besser gewusst, hätte er geschworen, dass er wirklich keine Ahnung hatte, wovon er sprach.

»Wenn Sie es noch einmal tun, gehe ich«, sagte er ernst. »Und was meine Halluzination angeht: Ist das vielleicht auch eine Halluzination?«

Er zog die Feder aus der Tasche und hielt sie Reichert hin. Das Ergebnis überraschte ihn, denn Reichert prallte davor zurück,

als hätte er ihm eine Tarantel hingehalten, die noch mit den Beinen zappelte.
»Das ... ist eine Feder«, sagte er gepresst. Kein Zweifel: Es war ihm unangenehm, sie auch nur anzusehen. »Und?«
»Sie lag gestern Morgen auf meinem Schreibtisch«, sagte Eric triumphierend.
»Was beweist das schon?«, fragte Reichert. »Tu sie weg!«
Eric gehorchte. Sein ungutes Gefühl verdichtete sich fast zur Gewissheit. Er wusste nur nicht, worüber.
»Im Klartext: Ich lüge«, sagte Eric.
»Keineswegs«, antwortete Reichert und sein Gesicht veränderte sich. Es färbte sich schwarz und war plötzlich nicht mehr das eines grauhaarigen, fünfzigjährigen Mannes mit freundlichen Augen, sondern das eines Fremden, alterslos und von einer kaum in Worte zu fassenden, brutalen Schönheit. *»Das Ganze ist eine Intrige, gegen dich, aber vor allem gegen deinen Alten. Wenn wir mit ihm fertig sind, dann ist er so weit, dass kein Hund auch nur ein Stück Brot von ihm nimmt. Dauert gar nicht lange.«*
»Was bedeutet das?!«, keuchte Eric.
Reichert, der nun wieder Reichert war, blinzelte verstört. »Wie bitte?«
Eric sparte es sich, überhaupt zu antworten. Er wollte nur noch hier weg. Er fuhr auf dem Absatz herum und rannte aus dem Zimmer.

Für die nächsten beiden Nächte blieb er von seinem Albtraum verschont, aber dafür wurden die Tage zu einer unangenehmen Zeit – auch wenn es mehr seine Eltern waren, die sie durchlebten, und insbesondere sein Vater.
Wenn Eric nach Hause kam, war sein Vater jetzt fast immer niedergedrückt oder schlechter Laune, und ein paar Mal, als Eric ins Zimmer kam, verstummten seine Eltern mitten im Gespräch und sahen ihn erschrocken an; ein Benehmen, das er von ihnen nicht kannte. Und obwohl seine Eltern jeder entsprechenden Frage geschickt aus dem Weg gingen, war ihm

klar, dass alles mit seinem Unfall zu tun hatte. Die Reporter hatten Blut geleckt und gaben einfach nicht auf. Wie sein Vater es einmal ausdrückte, würden sie so lange graben und wühlen, bis sie etwas gefunden hatten, und zur Not auch eine Leiche in seinen Keller legen, falls sie trotz aller Schnüffelei keine darin finden würden. Er machte sich Sorgen um seinen Wahlkampf, der zwar offiziell erst in gut zwei Wochen begann, in Wirklichkeit aber bereits in vollem Gange war.

Es waren nicht nur die Medien, die ihnen zu schaffen machten. Auch die Polizei ließ nicht locker. Am Nachmittag des dritten Tages nach seinem denkwürdigen Besuch bei Reichert erhielt Eric eine offizielle Vorladung, sich zu einem Verhör auf dem Polizeipräsidium einzufinden. Sein Vater riss sie in Fetzen und erklärte übellaunig, dass seine Kanzlei sich darum kümmern würde.

Aber Eric wusste, dass das nicht stimmte. Möglicherweise würde er nicht zu diesem speziellen Verhör erscheinen müssen, aber die Sache war damit noch lange nicht erledigt.

Er musste etwas tun. Das Ganze war nicht seine Schuld, aber es war irgendwie durch ihn ins Rollen gekommen und es war seine Sache, es auch jetzt wieder in Ordnung zu bringen.

Und nachdem er eine Weile darüber nachgedacht hatte, hatte er auch eine Idee, wie.

So verließ er schon kurz darauf unter einem Vorwand das Haus und schlich sich durch den annähernd parkgroßen Garten, um auf der anderen Seite des Grundstücks über die Mauer zu steigen und damit den Journalisten zu entkommen, die immer noch nicht ganz abgezogen waren.

Eric sah sich sehr aufmerksam in alle Richtungen um, entdeckte aber nichts, was ihm irgendwie verdächtig erschien, und marschierte los. Er musste nahezu auf die andere Seite der Stadt, um zu seinem Ziel zu gelangen, und so hielt er das erste Taxi an, auf das er traf – was natürlich eine kleine Ewigkeit zu dauern schien. Mit Taxen war es irgendwie dasselbe wie mit der Polizei: Man sah sie ununterbrochen – es sei denn, man brauchte sie dringend.

Er wartete, bis das Taxi abgefahren war, dann drehte er sich herum und schlenderte scheinbar gemächlich die Straße hinunter. Er ging einmal an dem Haus vorbei, in dem Wellstadt-Roblinsky gewohnt hatte, und suchte dabei die Straße in beiden Richtungen mit Blicken ab. Hier und da parkte ein Wagen, aber sie waren allesamt leer. Zumindest so weit er es beurteilen konnte, wurde das Haus nicht beobachtet.

Eric machte am Ende der Straße kehrt, ging den Weg zurück, den er gekommen war, und konzentrierte sich diesmal ganz auf das schmale, alte Haus, in dem Wellstadt-Roblinsky gewohnt hatte. Es war vollkommen unauffällig: alt, ein bisschen schäbig und nicht besonders groß. Eric war enttäuscht. Irgendwie hatte er etwas anderes erwartet, so eine Art Hexenhäuschen vielleicht oder eine heruntergekommene Villa. Aber in dieser Geschichte lief ja offenbar nichts so, wie er es erwartete.

Eric sah auf die Uhr, dann in den Himmel hinauf. Es hatte bereits zu dämmern begonnen und in spätestens zwanzig Minuten würde es wohl dunkel sein. Zeit genug, einmal um den Block zu gehen und zu versuchen, auf die Rückseite des Hauses zu gelangen.

Zum ersten Mal wurde Eric klar, dass das, was er plante, schlicht und einfach Einbruch war. Aber er verscheuchte den Gedanken schnell, bevor er wirklich erschreckend werden konnte. Er hatte im Moment andere Probleme – zum Beispiel das, wie er überhaupt in das Haus hineinkommen sollte. Wenn alle Türen und Fenster verschlossen waren, würde ihm das kaum gelingen. Er hatte keine Ahnung, wie man eine Tür oder ein Fenster aufbekam, ohne das Schloss zu beschädigen und eine Scheibe einzuschlagen – und das würde er ganz bestimmt nicht tun.

Da er nicht besonders schnell ging, war es tatsächlich dunkel geworden, bis er die Rückseite des Hauses erreichte. Es sah aus, als hätte er Glück: In den beiden benachbarten Gebäuden brannte kein Licht und auf der Straße herrschte nur mäßiger Verkehr. Niemand nahm Notiz von ihm, als er das Gar-

tentor öffnete und dem schmalen Weg folgte, der sich zwischen Erdbeersträuchern und sorgfältig gepflegten Blumenrabatten zum Haus hin schlängelte. Zumindest dieser Garten passte zu dem Bild, das er sich von Wellstadt-Roblinsky gemacht hatte, wenn schon sonst nichts anderes.
Erics Herz begann heftig zu klopfen, während er sich dem Haus näherte. Seine Zweifel, ob er das Richtige tat, wurden mit jedem Schritt stärker. Schließlich kam er zu dem Entschluss, die Entscheidung sozusagen dem Schicksal zu überlassen: Wenn er ein offenes Fenster oder eine unverschlossene Tür fand, würde er weitermachen, und wenn nicht, auf der Stelle wieder nach Hause gehen; und das höchstwahrscheinlich im wortwörtlichen Sinne.
Das Schicksal entschied sich gegen ihn. Es gab nur eine einzige Tür und zwei schmale Fenster, die er erreichen konnte, ohne auszuprobieren, ob er irgendein Talent als Fassadenkletterer hatte, und sie alle waren fest verschlossen. Wellstadt-Roblinsky war eben eine sehr ordentliche Person gewesen. Eric atmete fast erleichtert auf, drehte sich herum und da erscholl hinter ihm ein scharfes, metallisches Klicken. Verwirrt drehte sich Eric wieder herum und sah, wie die Tür, die er gerade überprüft hatte, wie von Geisterhand bewegt aufschwang.
Das war unheimlich. Eric war sicher, dass sich die Tür, als er daran rüttelte, um keinen Millimeter bewegt hatte. Jetzt schien sie ihn geradezu einzuladen, das Haus zu betreten.
Eric schob die Tür hinter sich wieder ins Schloss und blieb ungefähr eine Minute vollkommen reglos stehen, um zu lauschen und seinen Augen Gelegenheit zu geben, sich an das schwache Licht hier drinnen zu gewöhnen. Er hörte nichts, aber nach einer Weile nahm er schattenhafte Konturen und Umrisse wahr.
Soweit er es erkennen konnte, befand er sich in einer ganz normalen, kleinen Küche. Die Luft roch ein bisschen muffig.
Er griff in die Tasche und zog die mitgebrachte Stablampe heraus, schaltete sie aber nicht ein. Stattdessen tastete er sich

halb blind durch die Küche, überquerte einen kleinen Flur und fand sich in einem überraschend weitläufigen, mit unheimlich geduckten Umrissen voll gestopften Zimmer wieder. Er hob die Lampe, schaltete sie aber auch jetzt nicht ein. Stattdessen tastete er eine Weile herum, bis er den Lichtschalter gefunden hatte. Er drückte ihn und unter der Decke erwachte ein altmodischer Kronleuchter zum Leben. Natürlich würde man den Lichtschein draußen auf der Straße sehen, trotz der schweren Samtvorhänge, die vor den Fenstern hingen. Aber der grelle Strahl einer Taschenlampe, der durch die Zimmer huschte, erregte garantiert mehr Aufsehen.
Eric sah sich neugierig um. Aus den kauernden, unheimlichen Umrissen waren altmodische Möbel geworden, keine Antiquitäten, sondern einfach nur ein Sammelsurium alten Krempels – ungefähr so, wie er es auch erwartet hatte. Es gab ein Bücherregal, dessen Inhalt er einer kurzen Inspektion unterzog – ein paar Romane, ein zehnbändiges Lexikon und etliche Bildbände mit Kunstdrucken der größten Gemälde aus den Museen der Welt, insgesamt nichts Besonderes (sah man davon ab, dass sämtliche Bücher aussahen, als wären sie gestern erst gekauft worden) –, eine Kommode mit Sammeltassen und winzigen Nippesfiguren aus Porzellan und einen schweren Schrank, hinter dessen Türen sich aber auch nichts Aufregenderes verbarg als ein Service aus Meißner Porzellan und ein paar Fotoalben. Dieses Zimmer sah ganz genauso aus, wie er es sich vorgestellt hatte.
Er löschte das Licht, durchsuchte das benachbarte Schlafzimmer und ging dann wieder in die Diele zurück, um die schmale Treppe nach oben zu gehen. Er fand ein weiteres Schlafzimmer, das aber sichtlich seit Jahren nicht mehr benutzt worden war, und ein unaufgeräumtes Büro, das Wellstadt-Roblinskys Arbeitszimmer sein musste. Schulbücher und Aktenordner stapelten sich auf einem riesigen Schreibtisch und die Bücher in diesen Regalen sahen eindeutig benutzt aus.
Eric war enttäuscht, aber auch ein wenig misstrauisch. Dieses ganze Haus entsprach so sehr seinen Erwartungen, dass es

schon fast grotesk schien. Er kam sich vor wie in einer Theaterkulisse. Das Haus einer alternden, allein stehenden Lehrerin, die zu einem Gutteil noch in der Vergangenheit lebte – aber das Haus einer Frau, die beim Anblick eines schwarzen Engels sagte: Ich habe nichts gesagt! Ich habe ihm kein Wort verraten, das schwöre ich! ...?
Nein.
Irgendetwas stimmte hier nicht. Gerade weil hier alles so normal aussah, war er jetzt sicherer denn je, dass Wellstadt-Roblinsky ein Geheimnis hatte. Aber wo sollte er danach suchen? Es gab noch einen Platz, wo er nicht nachgesehen hatte: den Keller. Eric löschte das Licht, eilte die Treppe hinunter und schaltete nun doch seine mitgebrachte Taschenlampe ein, weil er den Lichtschalter nicht fand.
Im ersten Moment verlor sich der Lichtstrahl fast in der Weite des Raumes. Der Keller war uralt, sichtlich älter als der Rest des Gebäudes, und war ziemlich sicher auf den Überresten eines noch viel älteren errichtet worden, ein gemauertes Gewölbe, das die gesamte Grundfläche des Hauses einzunehmen schien. Der grelle Lichtstrahl der Taschenlampe riss spinnwebverhangene Möbel und aufeinander gestapelte Kisten und Kartons aus der Dunkelheit, tastete hierhin und dorthin und kehrte schließlich zu seinem Ausgangspunkt zurück. Keine Tür. Kein Durchgang zu einem anderen Raum. Irgendetwas störte ihn an dem Bild, aber er wusste nicht, was. Außerdem wurde es Zeit, dass er von hier verschwand, bevor er am Ende noch erwischt wurde. Er durchquerte mit schnellen Schritten den Flur und steuerte die Küche an, um das Haus auf demselben Wege zu verlassen, auf dem er es betreten hatte –
Und blieb abrupt stehen. Sein Blick war auf die Nachtstromspeicherheizung gefallen und plötzlich wusste er, was ihn dort unten im Keller gestört hatte. Das Haus wurde mit Strom beheizt. Er hatte in keinem Zimmer einen Ofen gesehen – wozu also lagerten unten im Keller mindestens drei Tonnen Briketts?

Er fuhr auf dem Absatz herum, lief in den Keller zurück und durchquerte ihn diesmal ganz.
Der Briketthaufen war höher als er und mindestens fünf Meter breit. Langsam ließ er sich in die Hocke sinken, streckte die Hand nach einem Brikett aus und war nicht einmal überrascht, als es ihm nicht gelang, es aus dem Haufen zu lösen und es auch keinen Schmutz an seinen Fingern hinterließ. Das konnte es gar nicht, denn es bestand aus Plastik oder lackiertem Pappmaschee, wie auch der Rest des gesamten Kohlehaufens.
Eric stand wieder auf. Jetzt, wo er wusste, wonach er zu suchen hatte, dauerte es nur noch ein paar Minuten und er hatte den Ziegelstein in der Wand gefunden, der ebenso falsch war wie der Briketthaufen – als er darauf drückte, verschwand er halb in der Wand und etwas klickte. Der künstliche Brikettberg teilte sich entlang einer haarfeinen Linie in der Mitte. Eric quetschte die Finger in den Spalt und erweiterte ihn mit einiger Mühe. Die falschen Briketts waren wirklich aus Pappmaschee, das auf ein krumm und schief zusammengezimmertes Holzgestell aufgeklebt worden war. Eric wusste jetzt auch, warum es hier unten keine Lampe gab. Bei hellem Licht wäre der Schwindel sofort aufgeflogen.
Jemand hatte sich große Mühe gegeben, etwas zu verbergen.
Jetzt war der Spalt breit genug, um sich hindurchquetschen zu können, und Eric fand sich wie erwartet vor der Rückwand des Kellers wieder. Vor ihm befand sich ein gut anderthalb Meter hoher, grob in die Wand gebrochener Durchgang. Dahinter herrschte Dunkelheit, aber der Dicke des Mauerwerks nach zu schließen führte er nicht in einen geheimen Raum, sondern ins benachbarte Gebäude.
Das überraschte ihn nun wirklich. Er hatte nach einer geheimen Tür gesucht, vielleicht einem Schrank, hinter dem sich eine Kammer befand – aber das?
Gebückt trat Eric durch die mehr als meterdicke Mauer, richtete sich wieder auf und ließ den Strahl seiner Taschenlampe kreisen. Das grelle Licht brach sich auf Glas und schimmern-

dem Kristall, auf poliertem Stein und Metall ... Er spürte, dass er sich in einem sehr großen Raum befand.
Eric machte einen Schritt und im selben Moment wurde es hell um ihn herum und er stand einem gewaltigen schwarzen Engel gegenüber.
Er schrie auf, prallte zurück und verlor vor lauter Schrecken das Gleichgewicht. Eric fiel schwer auf den Rücken und sah für einen Moment Sterne. Die Taschenlampe zerbrach klirrend.
Mit klopfendem Herzen öffnete er die Augen wieder. Der schwarze Engel stand noch immer mit weit ausgebreiteten Schwingen über ihm und wahrscheinlich würde er auch noch die nächsten hundert oder hunderttausend Jahre so dort stehen, denn er war kein wirklicher Engel, sondern eine überlebensgroße Statue aus poliertem schwarzem Stein.
Eric atmete auf, schüttelte den Kopf über seine eigene Schreckhaftigkeit und stand umständlich auf. Obwohl er genau wusste, dass es unmöglich war, konnte er den Eindruck nicht abschütteln, dass ihm der Blick der steinernen schwarzen Augen folgte.
Er ging mit vorsichtigen Schritten um die Statue herum und sah sich mit klopfendem Herzen um. Seine Verblüffung stieg mit jedem Augenblick – wortwörtlich. Er konnte nicht sagen, was er erwartet hatte, aber das hier übertraf alles.
Er war zwar in einem anderen Gebäude, aber der Raum, der ihn nun umgab, reichte spielend aus, um den gesamten Straßenzug aufzunehmen. Allein die Decke, die von gewaltigen gotischen Spitzbögen getragen wurde, erhob sich gute hundert Meter über seinem Kopf, wenn nicht zweihundert, so genau ließ sich das nicht sagen.
Die Tiefe des Gebäudes war noch ungleich gewaltiger. Eric vermochte nicht zu sagen, wie weit es sich vor ihm erstreckte, Hunderte von Metern, wenn nicht Tausende. Und es war durch und durch unheimlich. Vor und neben ihm befanden sich endlose, schwarze Sitzbänke, deren Armlehnen und Füße mit bizarren Schnitzereien verziert waren. Das Licht, das grau

und irgendwie krank wirkte, strömte durch riesige spitze Glasfenster herein, die in düsteren Farben bemalt waren. Der schwarze Engel war nicht die einzige Statue. Überall an den Wänden, auf den Simsen, in Nischen und Alkoven standen bizarre Statuen, alle aus schwarzem, poliertem Stein gemeißelt, die Engel, aber auch Dämonen, Monster und schrecklich verzerrte Menschengestalten darstellten. Weit entfernt, sodass er es eigentlich mehr erahnte als wirklich sah, erhob sich etwas, das wie ein gigantischer schwarzer Altar aussah.

Es war dieser Anblick, der ihm klar machte, wo er war.

Er war in der schwarzen Kathedrale aus seinem Traum!

Eric hatte das Gefühl, innerlich zu Eis zu erstarren. Er hatte nicht einmal Angst. Er fühlte etwas, aber dieses Gefühl war ... so fremd, dass er es nicht in Worte fassen konnte, nicht einmal in Gedanken. Ein Gefühl von Endgültigkeit lag in der Luft, das ihn erschauern ließ.

Dann, urplötzlich und ohne die geringste Vorwarnung, schlug die Angst zu, die er bisher vermisst hatte. Eric schnappte fast verzweifelt nach Luft, bekam keine und torkelte wie ein Betrunkener herum. Mit voller Wucht prallte er gegen die Engelsstatue, verlor beinahe schon wieder das Gleichgewicht und fing sich im letzten Moment wieder, indem er sich an dem schwarzen Stein festklammerte. Es war ein unangenehmes, fast schmerzhaftes Gefühl, ein Kribbeln und Prickeln in den Fingerspitzen, das wie eine riesige Woge durch seine Glieder schoss und ihn von innen heraus zu Eis erstarren zu lassen schien. Zugleich war es ihm fast unmöglich, seine Hände wieder von dem schwarzen Stein zu lösen.

Er registrierte eine Bewegung aus den Augenwinkeln und irgendetwas daran war so grässlich, dass es den Vorhang aus Angst durchbrach, der sich über seine Gedanken gesenkt hatte, und ihn von neuerlichem, noch größerem Entsetzen gepackt herumfahren ließ.

Hinter dem schwarzen Altar bewegte sich etwas. Es war viel zu weit entfernt, als dass er es erkennen konnte, aber es war

riesig und bedrohlich, ein wabernder Schatten aus Krallen, Reißzähnen und gigantischen schlagenden Flügeln, der mit einem eher spür- als hörbaren Knurren auf ihn zufloss und Furcht wie eine unsichtbare Woge vor sich herschob.
Eric riss sich mit einer gewaltigen Willensanstrengung von dem Anblick los, taumelte um die Engelsstatue herum und erreichte mit letzter Kraft den Durchgang und endlich konnte er wieder atmen.
Vollkommene Dunkelheit umgab ihn. Er griff blind um sich, fühlte morsches Holz und lackiertes Pappmaschee, das unter seinen Fingern zerbröselte, und riss mit der Schulter auch noch einen Gutteil des nachgeahmten Briketthaufens in Stücke, als er weiterstolperte.
Auf der anderen Seite des weitläufigen Kellers schimmerte ein blasses Licht, das vom ebenen Ende der Treppe kam. Eric war in Sicherheit. Er wusste, dass ihm das ... Ding nicht folgen würde, einfach weil es ein Teil einer anderen, unvorstellbar fremden Schöpfung war und so wenig in seiner Welt leben konnte wie Eric umgekehrt in der der schwarzen Kathedrale, aber allein die Erinnerung an seinen Anblick machte es ihm schier unmöglich, stehen zu bleiben. Die Taschenlampe war auf der anderen Seite von ... von irgendetwas eben – zurückgeblieben, sodass er keine Möglichkeit hatte, sich zu orientieren und ununterbrochen gegen Hindernisse stieß, aber er taumelte trotzdem weiter. Keuchend vor Angst erreichte er die Treppe und hetzte sie hinauf.
Erst als er die Treppe hinter sich gebracht hatte und am ganzen Leib zitternd im Flur hockte, ließ die Panik ein wenig nach. Sein Herz hämmerte noch immer bis in seine Fingerspitzen hinein und sein Hals tat weh, aber er konnte sich nicht mehr erinnern, ob er geschrien hatte oder nicht.
Unsicher und sorgsam darauf bedacht, nicht einmal in die Richtung der Kellertreppe zu blicken, stemmte er sich in die Höhe und lief wieder in die Küche. Er prallte gegen etwas, das umfiel und klirrend in Stücke brach, aber das beachtete er nicht einmal. Und wenn das Haus hinter ihm abgebrannt

wäre, es wäre ihm auch gleich gewesen. Mit fliegenden Fingern riss er die Tür auf, stolperte ins Freie und hob erschrocken die Hand vor die Augen, als sich ein greller Lichtstrahl auf sein Gesicht richtete.
»Na, wenn das keine Überraschung ist«, sagte eine Stimme. Sie kam ihm vage bekannt vor, aber er wusste nicht, woher.
Der Lichtstrahl blieb einen Moment an seinem Gesicht haften, dann senkte er sich und Inspektor Breuer sagte: »Guten Abend, Eric. Schön, dass wir uns so bald wieder sehen.«

Die Rückfahrt zum Polizeipräsidium erfolgte in beharrlichem Schweigen. Breuer redete zwar die ersten fünf Minuten ununterbrochen auf ihn ein, wurde dann aber immer einsilbiger und sagte schließlich gar nichts mehr, als er begriff, dass Eric nicht antworten würde. Er schloss mit einer gehässigen Bemerkung, die irgendetwas damit zu tun hatte, dass er der Sohn eines Rechtsverdrehers war (dieses Wort schien er ganz besonders zu genießen), aber Eric hörte gar nicht richtig hin. Er war viel zu sehr damit beschäftigt, sich vorzustellen, was sein Vater wohl sagen würde, wenn er ihn in einer oder zwei Stunden abholte.
Sie fuhren auf den Hof des Polizeipräsidiums und Breuer entblödete sich nicht, ihm tatsächlich Handschellen anzulegen, bevor er aus dem Wagen stieg. Dabei grinste er so breit, als versuche er seine eigenen Ohren zu verspeisen, und zwar beide gleichzeitig.
Statt den Aufzug zu nehmen, gingen sie vier Treppen hinauf, wie Eric annahm, aus keinem anderen Grund als dem, dass Breuer seine Beute möglichst vielen seiner Kollegen präsentieren wollte. Nachdem sie das Gebäude, das nach Erics Gefühl ungefähr die Abmessungen eines Flugzeugträgers zu haben schien, endlich durchquert hatten und dabei mindestens einer Million Menschen begegnet waren, die ihn spöttisch anblickten, gelangten sie endlich in Breuers und Schollkämpers Büro.
Der ältere Polizist saß über einen aufgeschlagenen Akt auf

seinem Schreibtisch gebeugt da und rauchte eine Zigarre, als Eric und sein Kollege hereinkamen. Er sah Eric überrascht an und als sein Blick auf die Handschellen fiel, verdüsterte sich sein Gesicht.
»Was soll dieser Unsinn?«, herrschte er Breuer an. »Haben Sie zu viele amerikanische Kriminalfilme gesehen? Machen Sie diese Dinger ab, und zwar ein bisschen flott!«
Breuers Grinsen wurde noch breiter. Er kramte seinen Schlüsselbund hervor, hatte es aber alles andere als eilig, Erics Handschellen zu lösen. Während er so ungeschickt daran herumfummelte, als täte er es zum ersten Mal, erklärte er feixend: »Da haben wir einen ganz schweren Jungen gefasst, Chef.«
»Was soll das heißen?«, fragte Schollkämper, während er an seiner Zigarre sog und eine dicke blaugraue Qualmwolke von sich blies.
»Ich habe ihn dabei erwischt, wie er in Doktor Wellstadt-Roblinskys Haus eingebrochen ist«, antwortete Breuer.
Schollkämper wäre fast die Zigarre aus dem Mund gefallen. »Wie?«
Breuer nickte heftig. »Nachbarn haben beobachtet, wie er sich vor dem Haus herumgedrückt hat«, sagte er. »Sie haben eine Streife alarmiert. Ich habe den Funk verfolgt. Die Adresse kam mir bekannt vor und da ich zufällig in der Nähe war ...«
»Ist das wahr?«, fragte Schollkämper.
Eric nickte knapp.
»Du bist tatsächlich in das Haus eingebrochen?«
»Die Tür war offen«, murmelte Eric.
»Er hat eine Scheibe in der Küche eingeschlagen und ist durch das Fenster eingestiegen«, behauptete Breuer.
»Wie bitte?!«, fragte Eric ungläubig. »Aber das ... das stimmt doch gar nicht!«
»Und was ist das?« Breuer griff grob nach Erics Arm und riss seine linke Hand in die Höhe. Quer über den Handrücken verlief ein dünner, noch frischer Kratzer. Eric hatte ihn bisher noch nicht bemerkt. Vermutlich hatte er ihn sich zugezogen, als er gegen die Engelsstatue geprallt war. Er sagte nichts.

»Wir werden die Glasscherben untersuchen«, sagte Breuer fröhlich. »Es sollte mich nicht wundern, wenn wir die passenden Blutspuren an den Splittern finden.«
»Aber ich sage doch, dass die Tür –«
»Lassen wir das jetzt erst einmal beiseite«, unterbrach ihn Schollkämper. »Was mich viel mehr interessiert ist: Warum bist du in das Haus eingebrochen, egal ob durch Tür oder Fenster?«
»Ich bin nicht eingebrochen«, antwortete Eric stur. »Ich wollte nur ...«
»Was?«
Eric senkte den Blick. Schon auf dem Weg hierher hatte er sich den Kopf über die Antwort auf diese Frage zerbrochen, die er selbstverständlich erwartet hatte. Er wusste es einfach nicht. Die Wahrheit konnte er unmöglich sagen, aber jede Lüge, die er den Polizeibeamten auftischen konnte – und erst recht seinem Vater! –, hätte keine zehn Sekunden standgehalten.
»Ich glaube, ich sage jetzt lieber gar nichts mehr«, murmelte er.
»Das ist dein gutes Recht«, meinte Schollkämper. »Aber es ist schade. Früher oder später finden wir es sowieso heraus, und es wäre einfach besser für euch, wenn du mit uns zusammenarbeitest.«
Eric schwieg stur weiter und was sollte er auch sagen? Alles, was er hätte sagen können, hätte es nur noch schlimmer gemacht.
»Du bist dir anscheinend nicht darüber im Klaren, wie ernst deine Situation ist«, sagte Schollkämper. »Das war kein Dumme-Jungen-Streich. Es war Einbruch, möglicherweise sogar Diebstahl, das wird sich zeigen.«
»Ich habe nichts mitgenommen«, sagte Eric.
»Das wird sich zeigen«, wiederholte Schollkämper. »Im Moment interessiert es mich auch nicht. Ich verstehe nur eins nicht: Vor ein paar Tagen hast du noch Stein und Bein geschworen, dass du Frau Doktor Wellstadt-Roblinsky kaum gekannt hättest. Und nun erwischen wir dich dabei, wie du in

ihr Haus ein ... dringst.« Er hatte etwas anderes sagen wollen, sich aber im letzten Moment verbessert.
»Wer hat dich geschickt?«, fragte Breuer.
»Niemand!«, sagte Eric heftig.
»Was wolltest du dann dort?«, hakte Schollkämper nach.
»Ich ... ich wollte etwas nachsehen«, sagte Eric.
Du hältst jetzt besser den Mund.
»Natürlich. Was?«
Du solltest wirklich nichts mehr sagen. Du redest dich um Kopf und Kragen.
Eric sah sich verstohlen um – aber offensichtlich nicht verstohlen genug, denn Breuer grinste und sagte: »Versuch es erst gar nicht. Du würdest nicht einmal bis zur Tür kommen.«
Eric verzichtete darauf, ihn dahingehend zu belehren, dass er keineswegs nach einem Fluchtweg Ausschau gehalten hatte, sondern nach dem Besitzer der Stimme, die offensichtlich nur er hörte. Und warum auch nicht? Schließlich existierte sie ja auch nur in seinem Kopf.
Aber eingebildet oder nicht: Sie hatte Recht. Er war dabei, sich um Kopf und Kragen zu reden.
»Ich sage jetzt nichts mehr«, sagte er.
»Du willst deinen Anwalt sprechen, ich weiß«, sagte Breuer hämisch.
»Meinen Vater.«
»Was dasselbe ist.« Breuer zog eine Grimasse. »Aber wie du willst. Wir rufen ihn an. Aber bis er hier ist, wanderst du erst einmal in den Bau.«
»Was?«, krächzte Eric. Er warf Schollkämper einen Hilfe suchenden Blick zu, aber der Kommissar hob nur bedauernd die Schultern und sog an seiner Zigarre.
»Mach deine Taschen leer«, verlangte Breuer. »Alle. Hose, Hemd, Jacke ...«
Eric wusste, dass es keinen Sinn hatte, sich zu widersetzen. Außerdem war in seinen Taschen nichts, was niemand sehen durfte. Er häufte alles, was er bei sich hatte, auf Schollkämpers Schreibtisch: Kleingeld, einen abgelaufenen Straßenbahnfahr-

schein, ein uraltes, rostiges Taschenmesser, ein Päckchen Papiertaschentücher und als Letztes die weiße Feder.
»Darf ich die behalten?«, fragte er.
»Kommt nicht in Frage«, schnappte Breuer, aber Schollkämper brachte ihn mit einem ärgerlichen Grunzen zur Räson.
»Was soll der Unsinn?«, fragte er. »Haben Sie Angst, dass er die Gitterstäbe damit durchsägt oder die Wache zu Tode kitzelt?« Er nickte Eric zu. »Behalte sie.«
»Danke«, murmelte Eric und steckte die Feder ein.
»Ist das jetzt alles?«, fragte Breuer.
Eric nickte und Breuer fragte stirnrunzelnd: »Und was ist mit dem Umschlag, den du in deiner rechten Jackentasche hast?«
»Da ist kein –«, begann Eric und brach verdutzt ab, als seine Hand in die Tasche glitt und einen dicken, staubigen Umschlag aus vergilbtem Papier hervorzog.
»Du hast also nichts mitgenommen, so, so«, sagte Breuer und nahm ihm den Umschlag ab. »Dann lass dieses Nichts doch einmal sehen.«
»Aber ich ... ich habe keine Ahnung, wo das herkommt!«, beteuerte Eric. »Ich habe ihn noch nie zuvor gesehen, das schwöre ich! Er war gerade noch nicht in meiner Tasche!«
Das war wohl so ziemlich das Falscheste, was er im Moment hätte sagen können. Schollkämper runzelte die Stirn und in Breuers Augen blitzte es wütend auf. »Willst du damit sagen, ich hätte es dir untergeschoben?«, fragte er scharf.
Der Gedanke hatte etwas Verlockendes. Aber Eric wusste auch, dass es nicht wahr war. Breuer hatte den Umschlag nicht in seine Tasche praktiziert. Es war so, wie er gerade gesagt hatte: Der Umschlag war einen Moment zuvor einfach noch nicht da gewesen!
»Nein«, sagte er halblaut. »Natürlich nicht. Entschuldigen Sie.«
»Na, dann sind wir uns ja einig«, sagte Breuer böse. Er riss die Tür auf und rief auf den Flur hinaus: »Wachtmeister! Bringen Sie unseren Besucher in eines unserer Gästezimmer!«

Eric hatte damit gerechnet, dass sein Vater ihn in längstens einer Stunde abholen würde, aber die Stunde verstrich, ohne dass sich die Tür seiner Zelle öffnete, und danach auch noch eine zweite und allmählich begann er sich Sorgen zu machen.
Er zweifelte keine Sekunde daran, dass Schollkämper seinen Vater unverzüglich angerufen hatte. Das musste er. Es gelang Eric nicht, den Kriminalkommissar richtig einzuschätzen – seine Freundlichkeit mochte ebenso geschauspielert sein wie die aggressive Art Breuers übertrieben –, aber er war sicher, dass er ein sehr gewissenhafter Beamter war. Außerdem war sein Vater nicht irgendwer und Schollkämper würde sich hüten ihm eine Gelegenheit zu bieten, ihn mit Dienstaufsichtsbeschwerden und Strafanzeigen zu bombardieren.
Es gab nur zwei mögliche Erklärungen: Schollkämper hatte seinen Vater nicht erreicht oder sein Vater wollte ihn nicht abholen. Er traute ihm durchaus zu, dass er ihn erst einmal eine Nacht lang hier schmoren ließ, bevor er kam.
Also gut, dachte er resigniert. Verbrachte er eben seine erste Nacht im Knast.
Der Gedanke hatte trotz allem etwas fast Komisches: Eric hatte wie jedermann schon zahlreiche Filme gesehen, die im Gefängnis spielten, und er hatte sich immer gefragt, wie es wohl wirklich dort sein musste. Jetzt hatte er die Antwort.
Langweilig.
Die Zelle war klein, vielleicht zwei mal fünf Meter, und bis auf eine unbequeme Pritsche, ein Waschbecken und eine offene Toilette vollkommen leer. Das schmale Fenster unter der Decke war mit fingerdicken Eisenstäben vergittert und die Abdeckung der Lampe bestand aus unzerbrechlichem Plastik.
Die Eisentür war hellblau gestrichen und hatte auf der Innenseite keine Klinke. Er war seit gerade zwei Stunden hier und ihm fiel schon jetzt fast die Decke auf den Kopf. Bis morgen früh würde er vor Langeweile vermutlich durchdrehen.
Aber vielleicht, dachte er sarkastisch, konnte er sich ja die Zeit damit vertreiben, sich selbst zu erklären, was für eine bodenlose Dummheit er begangen hatte. Er verstand mittlerweile

selbst nicht mehr, warum er eigentlich ins Haus der Studienrätin gegangen war. Was um alles in der Welt hatte er zu finden gehofft?
Er wusste nur, dass das, was er gefunden hatte, viel zu fantastisch gewesen war, um Wirklichkeit zu sein.
Eine Halluzination, das war die Antwort. Eine ziemlich sonderbare Halluzination, die Eisdielen explodieren ließ und Federn auf seinem Schreibtisch zurückließ, aber es musste eine Halluzination gewesen sein, denn es gab weder Engel noch schwarze Kathedralen noch ... Schatten-Dinger, die direkt aus einem Gemälde von Hieronymus Bosch entsprungen sein konnten und versuchten, ihn in den Wahnsinn zu treiben.
Ihm wurde klar, dass seine Gedanken sich im Kreise drehten. Es hatte keinen Sinn, mit Logik an ein Problem heranzugehen, das nicht logisch war. Dann wurde ihm klar, dass dieser Gedanke an sich schon einen Fehler barg: Es gab keine Antworten, die man nicht auf logische Weise herausfinden konnte, sofern man alle dazu notwendigen Fakten kannte. Es gab allerhöchstens Antworten, die einem unlogisch vorkamen. Er erinnerte sich an einen Satz, den er einmal in einem Sherlock-Holmes-Roman gelesen hatte: Wenn man alle falschen Antworten und das Unmögliche eliminiert, mein lieber Watson, dann muss die letzte Antwort, so unwahrscheinlich sie auch klingen mag, zwangsläufig die Wahrheit sein.
Ja, mein lieber Watson, dachte er spöttisch, und welche Antwort ist nun die Letzte, die übrig blieb? Dass er verrückt war oder dass er wirklich einen Engel gesehen hatte?
Das stumme Zwiegespräch, das er mit sich selbst führte, amüsierte ihn für einen Moment so sehr, dass er sogar die missliche Lage vergaß, in der er sich befand. Eric lachte leise, griff kopfschüttelnd in die Jackentasche und zog die Feder heraus. Ihre Berührung übte eine warme, beruhigende Wirkung auf ihn aus, wie immer, aber das änderte nichts daran, dass er sich nach wie vor hundsmiserabel fühlte. Wie immer diese Geschichte weitergehen würde – sie würde schlecht weitergehen.

Die Feder in seiner Hand leuchtete auf. Es war nur ein kurzes, hellweißes Flackern, kein Blitz, der seine Augen blendete, sondern ein Huschen, als wäre für einen kurzen Moment die Sonne aufgegangen.
Eric blinzelte. War er jetzt völlig verrückt geworden?
Das Flackern wiederholte sich und diesmal schien es noch heller und intensiver zu sein. Er verspürte ein eigenartiges Gefühl. Es war das Gefühl einer Warnung. Eine Bedrohung kam auf ihn zu, aber sie ging nicht von der Feder aus. Etwas geschah. Etwas Schlimmes.
Eric setzte sich nervös auf der unbequemen Pritsche auf und sah sich um. Er sah nichts Auffälliges, aber nach ein paar Augenblicken hörte er etwas, als scharrten eisenharte Krallen über Metall oder Stein.
Es kam von der Tür.
Eric drehte mit einem Ruck den Kopf und erkannte seinen Irrtum.
Das Geräusch kam nicht von der Tür.
Es kam aus der Tür.
Im Inneren der massiven Eisenplatte bewegte sich etwas.
Die Tür schien sich auf unheimliche Weise verflüssigt zu haben, als bestünde sie nicht mehr aus massivem Metall, sondern aus einer Art hellblauem Quecksilber, das sich allen Gesetzen der Logik und Naturwissenschaft widersetzte und lotrecht an der Wand stehen blieb. Und unter seiner Oberfläche bewegte sich etwas ...
Das Scharren und Kratzen wurde stärker. Etwas wie ein Gesicht bildete sich, floss wieder auseinander und entstand neu, um gleich darauf wieder mit seinem Untergrund zu verschmelzen, dann eine Kralle, riesig und klauenfingrig, die sich gegen die Oberfläche der Tür drückte wie gegen zähes, unzerreißbares Gummi. Schließlich ein Stück eines Flügels.
Eric schrie gellend auf und sprang in die Höhe und die Feder in seiner Hand berührte dabei flüchtig das eiserne Bettgestell. Funken stoben hoch und ein Stück des Bettgestells fiel zu Boden, so säuberlich abgeschnitten wie von einem Skalpell.

Eine Sekunde lang starrte Eric die Feder aus hervorquellenden Augen an und berührte sie dann unendlich vorsichtig. Sie fühlte sich nach wie vor warm und beschützend an, weich, beinahe schon flauschig. Und trotzdem hatte sie gerade vor seinen Augen eine massive Eisenstange so mühelos durchschnitten wie ein heißes Messer ein Stück Butter.
Aus dem Kratzen und Scharren war mittlerweile ein lautstarkes Reißen geworden. Eric sah wieder auf und erkannte, dass die Gestalt des Höllenengels deutlich an Kontur gewonnen hatte. Noch war er in der eisernen Fläche gefangen, aber es konnte nicht mehr lange dauern, bis er sie durchbrochen hatte – und Eric hatte nicht die geringsten Zweifel daran, weshalb er gekommen war.
Eric musste hier raus! Aber der einzige Weg hinaus führte durch genau die Tür, die sich gerade vor seinen Augen in einen Höllenengel verwandelte.
Und durch das Fenster.
Ganz plötzlich war ihm klar, was er zu tun hatte.
Eric sprang auf, riss das schwere Bettgestell in die Höhe und lehnte es schräg gegen die Wand unter dem Fenster. Er schleuderte die Matratze zur Seite, kletterte über die quietschenden Sprungfedern nach oben und schlug mit der Feder zu, ohne auch nur darüber nachzudenken, was er tat. Sie glitt durch Metall und Glas, ohne dass er auch nur den geringsten Widerstand spürte.
Eric hörte einen entsetzlichen, reißenden Laut, warf einen gehetzten Blick über die Schulter zurück und schrie erneut auf. Der schwarze Engel hatte die Eisentür verlassen. Die Metallplatte war unversehrt und der Engel richtete sich zu seiner ganzen imponierenden Größe auf. Er hatte die Schwingen nicht einmal annähernd gespreizt und trotzdem füllten sie die Zelle von einer Wand zur anderen aus. Seine seelenlosen schwarzen Augen fixierten Eric mit einer Kälte, die schlimmer war als jeder Hass, der darin hätte sein können. Ohne Mühe streckte er den Arm aus und erreichte Eric, obwohl dieser nahezu unter der Decke der Zelle klebte.

Eric schlug verzweifelt noch einmal mit der Feder zu. Die letzte Eisenstange fiel klirrend zu Boden und Eric warf sich nach vorne und zwängte sich durch das schmale Fenster.
Es war zu spät. Die Hand des schwarzen Engels schloss sich um sein Fußgelenk und zerrte ihn zurück. Eric schrie vor Entsetzen und Schmerz und klammerte sich mit aller Kraft am Fenster fest, aber das einzige Ergebnis war, dass er sich die Handflächen blutig schürfte und mehrere Fingernägel einbüßte. Der schwarze Engel zog ihn mühelos zurück und hob die andere, zu einer Klaue geformte Hand zu einem tödlichen Hieb.
In diesem Moment verschwand die Wand hinter dem Höllenengel und Eric blickte wieder auf die unheimliche, düstere Ebene aus seinem Traum, die Welt der schwarzen Kathedrale. Eric schenkte ihr jedoch nicht einmal einen flüchtigen Blick, sondern starrte fassungslos auf das gigantische, wabernde Ding, ein schattenhaftes graues Monster, das sich mit einem dumpfen Knurren aufbäumte – und den Schwarzen Engel zurückriss!
Der Höllenengel brüllte vor Überraschung und Wut auf und wandte sich seinem neuen Gegner zu und Eric begriff die Chance, die ihm noch einmal geschenkt worden war. Er rappelte sich hoch, kletterte so schnell er konnte zum Fenster hinauf und quetschte sich hindurch.
In aller Aufregung hatte er eine Kleinigkeit vergessen: Die Zelle lag nicht ebenerdig, sondern im vierten Stockwerk des Gebäudes.
Es ging viel zu schnell, als dass er noch irgendetwas hätte tun können. Eric flog regelrecht aus dem Fenster, versuchte sich noch im Sprung herumzuwerfen und nach dem Fenster zu greifen und fiel dann wie ein Stein in die Tiefe. Die Welt schlug einen taumelnden, vier- oder fünffachen Salto um ihn herum und der Boden schien ihm regelrecht entgegenzuspringen.
Den Bruchteil einer Sekunde, bevor er auf dem eisenharten Beton aufschlug, wurde er von zwei starken Armen ergriffen und aufgefangen. Plötzlich schien sich die ganze Welt weiß zu

färben und der letzte bewusste Eindruck, den er hatte, bevor er in Ohnmacht fiel, waren Wärme, eine sanfte, weiche Berührung und das Rauschen großer, weißer Schwingen.

Er erwachte mit Kopfschmerzen, einem Gefühl von quälendem Durst und etwas, woran er sich in den letzten Tagen und Wochen schon beinahe gewöhnt hatte: die Erinnerung an einen Albtraum. Wobei zumindest das Ende dieses Traums eigentlich kein Albtraum gewesen war, sondern eher etwas, was in die Kategorie völlig verrückt gehörte. Er erinnerte sich noch, aus dem Fenster gefallen zu sein, und danach hatte er sich doch tatsächlich eingebildet, von einem leibhaftigen Engel aufgefangen zu werden! Anscheinend war er ziemlich heftig auf den Kopf gefallen.

Er öffnete die Augen und blickte in das Gesicht eines Engels, der neben ihm saß und auf ihn herabsah.

Eric schloss die Augen, zählte in Gedanken bis zehn und öffnete sie dann wieder. Der Engel war immer noch da.

»Aha«, murmelte Eric. »Ich bin also tot.«

Der Engel schüttelte den Kopf. Sein schulterlanges, von einem sanften weißen Schimmer umgebenes Haar bewegte sich dabei wie eine Flut aus flüssigem Licht.

»Ich wünschte, es wäre so«, sagte er.

»Wie bitte?«, murmelte Eric.

Der Engel hob erschrocken die Hand. »Entschuldige bitte. Ich meine natürlich: Leider ist die Erklärung nicht ganz so einfach.«

»Aha«, sagte Eric noch einmal. »Dann habe ich mir also den Schädel eingeschlagen und bin jetzt völlig plemplem.«

»Was heißt das – plemplem?«, fragte der Engel. Seine Stimme war so schön und sanft wie sein Gesicht und ebenso wie dieses ließ sie keinerlei Rückschlüsse darauf zu, ob Eric einem Mann oder einer Frau gegenübersaß. Wahrscheinlich keinem von beidem.

»Meschugge«, antwortete Eric. »Durchgeknallt. Gaga. Belämmert.« Er sah seinem Gegenüber an, dass es nicht die

geringste Ahnung hatte, wovon er sprach, und fuhr fort: »Ich meine, ich habe doch nur Halluzinationen, oder? Du bist doch nicht wirklich da?«
»Eure Sprache ist seltsam«, sagte der Engel. »So kompliziert, aber auch sehr blumig. Doch um deine Frage zu beantworten: Ich bin schon wirklich da; allerdings kommt das darauf an, wie man Wirklichkeit definiert. Im esoterischen Sinne zum Beispiel –«
»Schon gut«, unterbrach ihn Eric. »Vielleicht klären wir das später.«
Er setzte sich auf und sah sich um. Sie befanden sich auf dem Innenhof des Polizeipräsidiums, unmittelbar unter dem Fenster, aus dem er gestürzt war. Glasscherben und zerschnittenes Metall bedeckten den Boden ringsum. Nur ein kleines Stück entfernt stand eine gewaltige Eiche, deren weit ausladendes Blätterdach fast ein Viertel des Hofes überspannte, und Eric sah gut ein Dutzend Einsatz- und Zivilfahrzeuge der Polizei. Im Haus brannten zahlreiche Lichter, aber bisher schien seine Flucht noch nicht bemerkt worden zu sein. Außerdem war es fast schon unheimlich still.
»Wir sollten von hier verschwinden«, sagte er. »Bevor jemand merkt, dass ich weg bin.«
Er wollte unverzüglich aufstehen, aber der Engel machte eine besänftigende Handbewegung. »Niemand hat bisher etwas gemerkt. Wir haben Zeit. Ich muss dir ... das eine oder andere erklären.«
Eric starrte den Engel an, dann sah er sich noch einmal um. Erneut fiel ihm die unheimliche Stille auf und dann noch etwas: In der gewaltigen Baumkrone über ihm bewegte sich kein einziges Blatt. Hinter einigen der erleuchteten Fenster erkannte er die Silhouetten von Menschen, aber auch sie rührten sich nicht, sondern waren bewegungslos wie Scherenschnitte.
»Du ... du willst mir nicht etwa erzählen, dass du die Zeit angehalten hast oder so was?« Seine Stimme und seine Hände begannen um die Wette zu zittern.

»Nein. Das kann ich nicht«, antwortete der Engel mit einem verzeihenden Lächeln. Nach zwei oder drei Sekunden fügte er hinzu: »Wir befinden uns neben der Zeit.«
»Ach so«, sagte Eric. »Warum hast du das denn nicht gleich gesagt?«
»Ich hatte Angst, dass du es nicht verstehst«, antwortete der Engel.
»Wer bist du?«, murmelte Eric.
Statt zu antworten, seufzte der Engel tief und deutete dann zur Baumkrone hinauf. »Siehst du diesen Baum? Normalerweise hätte ich dich nur abgelenkt, sodass du von den Ästen abgefangen worden wärest. Du hättest dir möglicherweise einen Arm oder ein Bein gebrochen, aber du hättest es überlebt und die Leute hätten dich beglückwünscht und gesagt, dass du einen Schutzengel gehabt haben musst.«
»Und das hatte ich auch«, vermutete Eric. Gut, dann war er eben verrückt. Diese Art von Halluzination war ihm immer noch lieber als die meisten, die er zuvor erlebt hatte. »Bist du das – mein Schutzengel?«
»So könnte man es nennen«, antwortete der Engel.
»Aber du bist kein normaler Engel«, sagte Eric. »Ich meine: Du hast doch gerade gesagt: normalerweise. Was ist denn diesmal schief gegangen? Hätte ich dich nicht sehen dürfen?«
»Oh, das passiert oft«, antwortete der Engel. »Manchmal lässt es sich nicht vermeiden, dass unsere Schutzbefohlenen uns sehen. Wir reden dann manchmal auch mit ihnen, um sie zu warnen oder ihnen einen Rat zu geben. Aber natürlich löschen wir anschließend ihre Erinnerung an diese Begegnung aus.«
»Und wie sollen sie euren Rat beherzigen, wenn sie sich nicht daran erinnern?«, fragte Eric.
Der Engel zog es vor, nicht darauf zu antworten. »Diesmal ist es leider ein wenig komplizierter«, erklärte er. »Deswegen muss ich ja mit dir reden. Wir kennen uns schon ziemlich lange, auch wenn du nichts davon weißt. Du bist nicht unbedingt ein ... pflegeleichter Klient, um es einmal so auszudrücken.

Aber das nur am Rande. Es gibt ein Problem, weißt du? Und ich fürchte, ein ziemlich großes.«
»Tatsächlich?«, fragte Eric mit gespieltem Erstaunen. »Welches?«
»Azazel«, antwortete der Engel.
»Awas?«
»Azazel«, wiederholte der Engel geduldig. »Eigentlich lautet sein Name anders, aber das könntest du nicht aussprechen. In eurer Sprache käme Azazel ihm sehr nahe. Du hast ihn kennen gelernt.«
»Der Schwarze Engel«, vermutete Eric. »Ich habe ihn kennen gelernt, danke. Meine letzte Begegnung ist gerade ein paar Minuten her. Wenn dieses andere Vieh nicht aufgetaucht wäre, dann hättest du wirklich etwas zu tun gehabt.« Er kniff die Augen zusammen. »Du hast mich auch gerettet, als ich ihm das erste Mal begegnet bin und er mich in diese komische Hölle gezerrt hat.«
»Armageddon«, sagte der Engel. Er seufzte. »Ja. Und damit hat dein Problem angefangen. Du hättest die Ebenen von Armageddon nie betreten dürfen. Dadurch ist er auf dich aufmerksam geworden. Ich fürchte, er wird nicht eher ruhen, bis er dich in seine Gewalt gebracht hat. Aber keine Angst, ich werde dich beschützen, soweit es in meiner Macht liegt.«
Der letzte halbe Satz gefiel Eric ganz und gar nicht, aber er machte sich auch keine allzu großen Sorgen. Schließlich erlebte er das alles nicht wirklich, sondern lag vermutlich auf der Intensivstation des Krankenhauses und fantasierte im Koma.
»Trotzdem gibt es ein paar Dinge, die du wissen musst«, fuhr der Engel fort. »Azazel ist einer der mächtigsten Fürsten der Unterwelt. Er ist der Herr über Armageddon und gebietet über zahlreiche niedere Dämonen und andere schreckliche Kreaturen. Er wird nicht ruhen, dich zu verfolgen, auch wenn er dich so bald nicht mehr so offen angreifen wird wie heute Nacht.«
»Und wenn, dann würden du und deine Kumpel mich schon verteidigen, nicht wahr?«, spöttelte Eric.

»Ich fürchte, dass ich Azazel allein nicht gewachsen bin«, gestand der Engel.
»Aber du bist doch nicht allein. In der Eisdiele habt ihr ihn ganz schön verdroschen.«
»Das habe ich nicht«, sagte der Engel ernst. »Ich bin ein Schutzengel, kein Krieger. Es gelang mir, ihn zu überraschen, aber mehr nicht. Hätte der Kampf noch einen Moment länger gedauert, so hätte er mich vernichtet.«
»Und ich dachte immer, Engel könnten nicht lügen«, sagte Eric. »Oder hast du wirklich vergessen, dass ihr zu dritt wart?«
»Ich war allein«, behauptete der Engel.
»He, he – ich habe die beiden anderen gesehen«, erinnerte Eric.
»Das war ich«, beharrte der Engel. »Wir sind durchaus in der Lage, an mehreren Orten zugleich zu sein. Zeit bedeutet für uns nicht dasselbe wie für euch. Jedenfalls nicht immer.«
»Das waren allerdings keine unterschiedlichen Orte!«, sagte Eric triumphierend.
»Auch ein Schritt weiter ist ein anderer Ort«, sagte der Engel – von der anderen Seite. Eric drehte den Kopf und sah, dass die weiße Lichtgestalt plötzlich zweimal da war. Allerdings nur für einen Moment.
»Ich könnte ihn nicht besiegen«, seufzte der Engel. »Aber wie gesagt: Er wird dich nicht wieder offen angreifen, jedenfalls nicht so bald. Aber er wird versuchen, dich einzuschüchtern. Er wird versuchen, dir Angst zu machen oder auch dich zu verlocken. Du musst ihm widerstehen. Es wird nicht leicht werden. Azazel ist nicht nur ein schrecklicher Krieger, sondern auch verschlagen und listig. Du musst auf der Hut sein.«
»Aber warum eigentlich?«, wunderte sich Eric. »Ich meine: Ich habe ihm nichts getan, oder? Außerdem: Was hat es mit meinen Träumen auf sich? Ich hatte sie schon lange, bevor ich diesem Azazel begegnet bin. Lange vorher.«
»Das ist nicht so leicht zu erklären«, antwortete der Engel. »Unsere Welt gehorcht anderen Gesetzen und Regeln als die

eure. Vergangenheit, Gegenwart und Zukunft sind nicht das, wofür ihr sie haltet. Es ist schwierig zu erklären, weißt du? Und es ist auch nicht nötig, dass du es verstehst. Wichtig ist nur, dass du dich vorsiehst. Er wird nichts unversucht lassen, um dich unter seine Kontrolle zu bringen, aber du darfst seinen Versuchungen nicht erliegen.«

»He, he – nicht so schnell!«, sagte Eric. »Was soll das heißen: mich unter Kontrolle zu bringen? Du meinst, er will mich umbringen?«

»Azazel hatte wohl vor, dich zu töten, aber der Alte Feind hat ihn daran gehindert.« So wie er das sagte, klang es beinahe so, als ob er diesen Umstand bedauerte. »Aber das ist kein Grund, dich jetzt sicher zu fühlen. Ich werde über dich wachen, aber dazu brauche ich auch deine Mithilfe. Jeder Schutzengel ist am Ende immer nur so gut wie der, über den er zu wachen hat.«

»Aber das ergibt doch überhaupt keinen Sinn!«, protestierte Eric. »Ich bin doch nur ein ganz normaler Junge. Wenn dieser Azazel wirklich ein so mächtiger Höllenfürst ist, wie du sagst, welches Interesse sollte er dann an mir haben? Ich bin einfach nicht wichtig genug für so etwas!«

»Da täuschst du dich, Eric«, sagte der Engel sanft. »Jeder Mensch ist wichtig, so wie alles, was er tut oder auch unterlässt. Selbst eine Winzigkeit kann am Ende das Schicksal der ganzen Welt verändern, so wie die Schicksale ganzer Völker manchmal ohne Auswirkungen bleiben. Ich habe Kulturen untergehen sehen, weil ein Kind einen Schmetterling getötet hat. Die Regeln, nach denen diese Welt funktioniert, sind nicht so einfach, wie ihr Menschen glaubt. Der Alte Feind ist selbst auf dich aufmerksam geworden.«

»Der Alte Feind.« Eric erinnerte sich. »Das Ding, das ich in der Schwarzen Kathedrale gesehen habe?« Der Engel nickte.

»Der Schatten, der Azazel zurückgehalten hat, gerade eben. Wer ist das?«

»Der Alte Feind«, wiederholte der Engel. Es kam Eric so vor, als schaudere er ein bisschen, als er diesen Namen aussprach.

»Er ist das Böse an sich. Er hasst alles Lebende und er kennt kein Erbarmen und kein Mitleid. Er ist so alt wie die Schöpfung selbst und er wird existieren, solange die Sterne am Himmel stehen.«
Es dauerte einen Moment, bis Eric wirklich begriff. »Moment mal«, sagte er. »Du ... du willst sagen, dass ... dass ich den Teufel gesehen habe?!«
»Man könnte ihn so nennen«, sagte der Engel. »Obwohl es das nicht wirklich trifft. Nimm dich vor ihm in Acht.«
»Aber das ist doch lächerlich!«, sagte Eric. »Wenn er der Leibhaftige wäre, dann müsste er nur mit den Fingern schnippen, um mich zu vernichten!«
»Es ist ihm nicht erlaubt, offen in eurer Welt zu handeln«, antwortete der Engel. »Selbst er muss sich an gewisse Gesetze halten. Doch auch seine Schergen sind gefährlich. Schon der kleinste seiner Dämonen ist ein Furcht einflößender Gegner.« Er atmete hörbar ein. »Doch nun ist es genug«, wechselte er das Thema. »Ich werde dir deine Erinnerungen an dieses Gespräch lassen, weil es wichtig ist, dass du weißt, mit welchem Gegner du es zu tun hast. Nun aber muss ich gehen.«
Er schnippte mit den Fingern und im nächsten Sekundenbruchteil befanden sie sich nicht mehr auf dem Hof des Polizeipräsidiums, sondern in Erics Zimmer.
»Oh«, sagte Eric. »Das ist ja noch praktischer als beamen.«
Der Engel blinzelte verständnislos, aber er sagte nichts, sondern stand auf, offenbar um zu gehen, doch Eric hielt ihn noch einmal zurück.
»Hast du denn gar keine Angst?«, fragte er. »Ich könnte allen erzählen, was du mir gesagt hast.«
»Das könntest du«, sagte der Engel. »Aber wer«, fügte er mit einem fast mitleidigen Lächeln hinzu, »würde dir schon glauben?«

Als Eric das Zimmer verließ, hörte er seinen Vater unten im Wohnzimmer telefonieren, und er blieb einen Atemzug lang stehen. Dann beschleunigte er seine Schritte und gab sich

Mühe, auf die selbstverständlichste Art der Welt ins Wohnzimmer hineinzugehen. Sein Vater stand am Fenster und telefonierte mit seinem Handy, und als Eric hereinkam, sagte er in energischem Ton: »Zum letzten Mal: Ich bin nicht interessiert. Und ich habe im Moment wirklich keine Zeit für so etwas. Guten Abend.«

Er schaltete ab, steckte das Handy in die Brusttasche seines Hemdes und drehte sich zu Eric herum. »Wo warst du die ganze Zeit?«, fragte er in leicht ungeduldigem Ton. So sehr es Eric auch wunderte: Er hatte offensichtlich noch keine Ahnung, was sich in den letzten Stunden zugetragen hatte.

Statt direkt zu antworten, machte Eric eine Kopfbewegung auf das Telefon in der Hemdtasche seines Vaters und fragte: »Ärger?«

»Ja ... nein.« Sein Vater zog eine Grimasse. »Die Kerle gehen mir einfach auf die Nerven.«

Damit konnte er nicht Schollkämper und Breuer gemeint haben. »Welche Kerle?«

»Die Heiligen Brüder der Letzten Tage oder wie sie sich nennen.« Sein Vater zuckte mit den Schultern. »Irgendwelche Fanatiker eben. Was weiß ich.«

»Fanatiker? Du meinst: irgendeine Sekte?« Sein Vater nickte. »Aber was hast du denn damit zu tun?«

»Nichts«, antwortete sein Vater mit einem schiefen Grinsen. »Ich bin eben mittlerweile eine Person öffentlichen Interesses, wie man so schön sagt. Du würdest mir nicht glauben, wenn ich dir erzähle, welche Spinner manchmal bei mir anrufen.« Er blinzelte. »Was ist mit deinen Sachen passiert? Bist du gestürzt?«

Eric sah an sich herab und stellte erst jetzt fest, dass seine Kleider den Sturz aus dem Fester nicht annähernd so gut überstanden hatten wie er. Auch seine Handflächen waren zerschunden.

Noch während er fieberhaft über eine Antwort nachdachte, klingelte das Handy seines Vaters und rettete ihn.

Oder auch nicht, denn als sein Vater das Gerät einschaltete

und sich meldete, da lauschte er nur einen Moment und sagte dann: »Guten Abend, Herr Schollkämper. Was kann ich für Sie tun?«
Erics Herz machte einen fast schmerzhaften Sprung in seiner Brust und sein Mund fühlte sich plötzlich so ausgetrocknet an, als wäre er eine Woche lang durch die Wüste gelaufen.
Ein paar Sekunden vergingen, dann wurden die Augen seines Vaters groß. »Wie bitte?«
Um ein Haar wäre Eric auf dem Absatz herumgewirbelt und weggelaufen, aber was hätte das schon genutzt?
»Und wo ist er jetzt?«, fragte sein Vater. Dann änderte sich sein Gesichtsausdruck und er fragte: »Sind Sie sicher?« Eine kurze Pause. »Das ist seltsam, Herr Kommissar«, sagte er dann. »Er steht nämlich direkt vor mir ... Nein, ein Irrtum ist ausgeschlossen. Ich bin durchaus noch in der Lage, meinen eigenen Sohn zu identifizieren. Möchten Sie mit ihm reden?«
Er hielt Eric das Telefon hin, offenbar ohne Schollkämpers Antwort auch nur abzuwarten, und Eric griff danach und sagte: »Ja?«
»Eric?« Schollkämpers Stimme war reine Fassungslosigkeit.
»Ja«, antwortete Eric. »Guten Abend, Herr Schollkämper.«
Sag nichts. Leugne einfach alles ab. Du bist niemals dort gewesen!
Ein Engel, der ihn zum Lügen aufforderte. Das war bemerkenswert.
»Aber ... aber was tust du ... du denn zu Hause?«, stammelte Schollkämper.
»Ich wohne hier«, antwortete Eric. »Was kann ich für Sie tun?«
Zwei oder drei Sekunden lang herrschte vollkommenes Schweigen, dann sagte Schollkämper: »Gib mir deinen Vater.«
Eric reichte das Telefon schweigend an seinen Vater zurück und dieser hörte eine ganze Weile lang ebenso schweigend zu, dann sagte er: »Aber das ist doch lächerlich ... Gut, wenn Sie darauf bestehen ... Wir erwarten Sie.« Er beendete das

Gespräch, ohne sich auch nur zu verabschieden, und wandte sich in eisigem Tonfall an Eric.

»Hast du mir etwas zu sagen?«

»Nein«, beteuerte Eric. Er fühlte sich nicht gut dabei, seinen Vater zu belügen, aber er wusste einfach, dass es besser war, auf den Rat des Engels zu hören.

»Wo warst du die ganze Zeit?«, wollte sein Vater wissen.

»Ich wollte ins Kino«, antwortete Eric, »aber als ich an der Kasse stand, ist mir aufgefallen, dass ich gar kein Geld eingesteckt hatte. Also bin ich zurückgekommen.«

»Und was ist mit deinen Kleidern passiert?«

»Das war meine Schuld«, sagte Eric mit gespielter Zerknirschung. »Ich wollte den Reportern aus dem Weg gehen und bin über die Gartenmauer geklettert. Dabei bin ich gestürzt.«

»Das ist kein sehr glaubhaftes Alibi«, sagte sein Vater. Er klang trotzdem erleichtert.

»Alibi?! Brauche ich denn eins?«

Sein Vater beantwortete die Frage nicht direkt, sondern machte ein verärgert wirkendes Gesicht. »Und du warst auch nicht im Haus von Frau Wellstadt-Roblinsky?«

»Ich?«, ächzte Eric. »Ich weiß nicht einmal, wo sie wohnt – beziehungsweise gewohnt hat. Was ist denn los, um Himmels willen?«

»Wenn ich das nur wüsste«, murmelte sein Vater. »Das Einzige, was ich genau weiß, ist, dass hier irgendjemand lügt. Schollkämper behauptet, du wärest verhaftet worden, als du in die Wohnung deiner Lehrerin eingebrochen bist.«

»Was?!«

»Aber er behauptet auch, dass du seit zwei Stunden in einer Zelle im Polizeipräsidium sitzt.« Er seufzte. »Allmählich verstehe ich nichts mehr.«

Sein Vater tat ihm Leid. Aber Eric konnte seine Verwirrung nicht aufklären. Selbst wenn er ihm rückhaltlos die Wahrheit gesagt hätte – was hätte es schon genutzt? Nicht einmal für ihn selbst ergaben diese unheimlichen Ereignisse einen Sinn und er hatte sie immerhin am eigenen Leibe erlebt.

Es vergingen ungefähr zehn Minuten, bis es an der Tür klingelte. Erics Vater sah überrascht auf und Eric runzelte die Stirn. Schollkämper und Breuer mussten regelrecht geflogen sein, um die Strecke vom Polizeipräsidium hierher so schnell zurückzulegen.
Nebeneinander gingen sie zur Tür und Vater öffnete.
Ein greller Blitz blendete sie. Vater hob überrascht die Hand vors Gesicht und Eric blinzelte. Trotzdem sah er, dass keineswegs die beiden Polizeibeamten vor der Tür standen. Vielmehr war es ein hoch gewachsener, schlanker Mann mit dunklem Haar, der einen Fotoapparat in der linken und ein Tonbandgerät in der rechten Hand hielt. Eric erkannte ihn sofort wieder: Es war der Journalist, der auch schon seiner Mutter so aufdringlich nachgelaufen war.
Und er hatte nichts von seiner Penetranz eingebüßt. »Herr Doktor Classmann!« begann er. »Nur eine Frage! Ist es richtig, dass Ihr Sohn –«
Er kam nicht weiter. Erics Vater knallte ihm die Tür so heftig vor der Nase zu, dass das ganze Haus zu erbeben schien.
»Verschwinden Sie!«, rief er durch die geschlossene Tür hindurch. »Wenn Sie in einer Minute noch auf meinem Grundstück sind, rufe ich die Polizei!«
»Meinen Informationen zufolge ist sie bereits auf dem Weg hierher!«, rief der Journalist zurück. »Warum reden Sie nicht mit mir? Ist Ihnen nicht daran gelegen, unseren Lesern auch Ihre Version der Geschichte mitzuteilen?«
»Es gibt keine Geschichte«, murmelte Erics Vater. Er drehte sich um und sah Eric auf eine Weise an, die diesen erschauern ließ. Er sagte nichts, doch Eric spürte ganz genau, was in seinem Vater vorging. Er wusste, dass Eric ihm etwas verschwieg, und dieses Wissen stimmte ihn traurig.
Sie gingen ins Wohnzimmer zurück. Vater schaltete den Fernseher ein und tat so, als verfolge er interessiert das Programm, um jedes weitere Gespräch zu unterbinden, und für einen Moment war Eric nun doch so weit, ihm alles zu erzählen. Aber was hätte das schon genutzt.

Nach einer Ewigkeit, wie es schien, klingelte es erneut und diesmal standen tatsächlich die beiden Polizisten vor der Tür, als Erics Vater aufmachte. Beide waren außer Atem, als wären sie tatsächlich die ganze Strecke vom Präsidium hierher gerannt, und auf beider Gesicht erschien ein Ausdruck ebenso vollkommener Fassungslosigkeit, wie Eric ihn vorhin in Schollkämpers Stimme gehört hatte.

Schollkämpers erste Worte galten jedoch nicht ihm. »Was ist denn da draußen los?«, fragte er, nachdem er hereingekommen war und Vater die Tür hinter den beiden geschlossen hatte. »Da hat sich ja eine ganze Armee von Reportern zusammengerottet.«

»Vielleicht hat ihnen ja jemand einen Tipp gegeben«, grollte Vater.

»Wenn Sie damit auf uns anspielen, muss ich Sie enttäuschen«, sagte Breuer, zwar an seinen Vater gewandt, aber ohne seinen Blick auch nur für eine Sekunde von Erics Gesicht zu nehmen. »Wir haben nicht mit der Presse geredet. Dazu waren wir bisher auch viel zu sehr beschäftigt.«

»Damit, sich irgendwelche verrückten Geschichten auszudenken«, vermutete Vater unfreundlich.

»Bitte, Herr Classmann.« Schollkämper hob beruhigend die Hände. »Lassen Sie uns in Ruhe über alles reden. Es gibt da ... einige Dinge zu klären.«

»Das scheint mir auch so«, sagte Erics Vater kühl. Er drehte sich um, ging ins Wohnzimmer zurück und machte eine knappe Geste zur Couch hin. »Nehmen Sie Platz.«

Schollkämper und sein Kollege gehorchten. Schollkämper schien es kaum möglich, seinen Blick von Eric zu wenden, aber Breuer sah sich demonstrativ um und fragte dann: »Ihre Gattin ist nicht hier, Herr Classmann?«

»Nein«, antwortete Vater. »Sie kommt erst in zwei Stunden zurück.«

»Dann kann also auch niemand bestätigen, dass Ihr Sohn den ganzen Abend über zu Hause war«, vermutete Breuer.

»Nein«, sagte Vater ruhig. »Aber das wird auch kaum not-

wendig sein. Ich meine: Sie wollen doch wohl nicht wirklich bei dieser absurden Behauptung bleiben, dass mein Sohn in das Haus von Frau Doktor Wellstadt-Roblinsky eingebrochen wäre? Und dass er gleichzeitig in einer Ihrer Gefängniszellen sitzt und neben mir steht, um mit Ihnen zu telefonieren?«
Breuer setzte zu einer Antwort an, aber Schollkämper kam ihm zuvor. »Wir müssen noch einiges klären, aber es wäre möglich, dass ... es da ein paar Missverständnisse gegeben hat.«
»Missverständnisse?«
»Eine Verwechslung, wenn Ihnen dieses Wort lieber ist«, sagte Schollkämper unbehaglich.
»Lieber wäre mir gar kein Wort«, antwortete Vater kalt. »Vor allen keines, das ich morgen in irgendeiner Boulevard-Zeitung lesen muss.«
»Ich versichere Ihnen, dass wir mit dieser Invasion da draußen nichts zu tun haben«, sagte Schollkämper ernst. »Ich versichere Ihnen, dass die Presse nichts von diesem Vorfall weiß. Jedenfalls nicht von uns.«
Eric war vollkommen verwirrt. Er hatte mit klopfendem Herzen auf das Eintreffen der beiden Kriminalbeamten gewartet und er hatte sich fast verzweifelt gefragt, wie er seine vorgebliche Unschuld beweisen sollte; bei all den Fakten, die es gegen ihn gab, angefangen bei der blutigen Schramme an seiner Hand über die Zeugenaussagen der mindestens drei Dutzend Polizisten, die ihn im Präsidium gesehen hatten, bis hin zu seinen Fingerabdrücken, die er überall im Haus der Studienrätin hinterlassen haben musste. Und jetzt versuchte Schollkämper nicht einmal, auch nur eines dieser Argumente vorzubringen?
Er tat es auch weiter nicht, sondern schenkte ihm nur einen neuerlichen, zutiefst verwirrten Blick, fuhr sich nervös mit der Zungenspitze über die Lippen und griff dann in die Manteltasche. Als er die Hand wieder hervorzog, hielt sie einen dicken, braunen Briefumschlag.
Eric konnte ein erschrockenes Zusammenzucken nicht unter-

drücken, als er den Umschlag erkannte. Es entging weder seinem Vater noch den beiden Polizisten, aber keiner von ihnen sagte etwas dazu.
»Der eigentliche Grund unseres Hierseins ist auch nicht diese unglückselige Geschichte«, fuhr Schollkämper fort. »Auch wenn sie es indirekt ausgelöst hat. Wir waren heute Abend noch einmal im Haus von Frau Doktor Wellstadt-Roblinsky und dabei fanden wir dies hier.«
Er öffnete den Umschlag und entnahm ihm einen Stapel eng beschriebener, sorgfältig zusammengefalteter Blätter. Einige von ihnen schienen Siegel und auffällige Stempel zu tragen. Sie sahen allesamt sehr alt und allesamt sehr amtlich aus.
Während er seinem Vater die Papiere reichte, fuhr er fort: »Frau Doktor Wellstadt-Roblinsky scheint eine sehr vermögende Frau gewesen zu sein, Herr Classmann. Sie war nicht nur die Besitzerin des Hauses, das sie selbst bewohnte, sondern auch der benachbarten Gebäude.«
»Und?«
»Tatsächlich sieht es so aus, als ob ihr der gesamte Block gehört hat«, fuhr Schollkämper fort. »Das ist schon erstaunlich, nicht? Eine alternde Studienrätin, die nur in gebrauchten Kleidungsstücken herumlief, die sich ihre Bücher im Antiquariat kaufte und manchmal lange Fußmärsche zurücklegte, um das Geld für die Straßenbahn zu sparen. Und nun stellt sich heraus, dass sie Immobilien im Wert von mehreren Millionen besaß.«
»Das ist exzentrisch, aber auch nicht so außergewöhnlich«, sagte Erics Vater. Er blätterte die Papiere durch, machte sich aber nicht die Mühe, sie aufmerksam zu studieren. »So etwas kommt immer wieder vor. Ich hatte einmal das Testament eines Obdachlosen zu vollstrecken, der im wahrsten Sinne des Wortes verhungert ist. Der Mann war Millionär.« Er reichte Schollkämper die Papiere zurück.
»So etwas habe ich auch schon gehört«, antwortete Schollkämper und steckte die Papiere wieder ein. »Aber in diesem Fall liegen die Dinge etwas anders. Natürlich brauchen wir

noch ein wenig Zeit, um alles genau aufzuklären ... aber wie es scheint, hatte die Verstorbene seit einigen Jahren tatsächlich enorme Geldprobleme. Jemandem muss es gelungen sei, sie in eine ziemlich üble Situation zu manövrieren. Die Banken machten plötzlich Schwierigkeiten bei der Verlängerung ihrer Hypotheken, das Finanzamt hat die Steuererklärungen der letzten zehn Jahre noch einmal nachgeprüft und gewisse Unregelmäßigkeiten festgestellt, die Ämter bombardierten sie mit einem Mal mit Auflagen und uralten Bauvorschriften, die seit fünfzig Jahren nicht mehr angewendet wurden ...« Er hob die Schultern. »Sie wissen ja, wie so etwas geht.«
»Nein«, sagte Erics Vater eisig. »Das weiß ich nicht.«
»Vor einem knappen Jahr bekam Frau Wellstadt-Roblinsky ein Angebot, ihren Besitz zu verkaufen«, sagte Breuer. »Sogar zu einem anständigen Preis. Unglückseligerweise wollte sie nicht verkaufen. Die Grundstücke befinden sich seit Jahrhunderten in Familienbesitz. Und nun ist die arme Frau tot und wie es aussieht, gibt es auch keine Erben.«
»Was wollen Sie damit sagen?«, fragte Erics Vater.
»Nichts«, antwortete Breuer. »Sollte ich denn etwas andeuten wollen?«
»Ich weiß nichts von dieser Geschichte«, sagte Vater. Er beherrschte sich, aber nicht mehr ganz so perfekt, wie Eric es gewohnt war. In seiner Stimme zitterte ein ganz sachter Unterton von Wut.
»Das hoffe ich«, sagte Breuer. »Für Sie, Herr Doktor Classmann. Oder sollte ich besser sagen: Herr Bürgermeister in spe?«
»Das Einzige, was Sie jetzt noch sagen sollten, ist gute Nacht«, sagte Vater kalt. »Das Gespräch ist beendet. Bitte verlassen Sie mein Haus.«
»Selbstverständlich.« Schollkämper stand auf und gab Breuer ein Zeichen, dasselbe zu tun. »Bitte entschuldigen Sie noch einmal die späte Störung. Falls wir noch Fragen haben, können wir sicherlich mit Ihrer Mitarbeit rechnen?«
»Sicher«, antwortete Vater. »Und mit der meiner gesamten Kanzlei. Gute Nacht.«

Schollkämper nickte. »Wir finden allein hinaus.«
Die beiden Polizisten gingen. Eric wartete, bis er hörte, wie draußen auf dem Flur die Haustür ins Schloss fiel, dann wandte er sich zu seinem Vater und fragte: »War das jetzt klug? Du hast sie praktisch rausgeworfen.«
»Am liebsten hätte ich noch etwas ganz anderes getan«, sagte sein Vater. Seine Stimme zitterte immer heftiger. »Nein, es war nicht klug! Aber das ist ... ungeheuerlich!«
»Ich verstehe überhaupt nichts mehr«, murmelte Eric. »Was hat das zu bedeuten? Ich meine: Was hast du mit den Geldproblemen von Frau Wellstadt-Roblinsky zu tun?«
»Nichts!«, antwortete sein Vater heftig. Er schrie fast. »Aber du hast diesen übereifrigen jungen Polizisten ja gehört! Das waren ja schon keine versteckten Andeutungen mehr, sondern ... ach, ich weiß nicht!« Er sprang auf und begann ruhelos im Zimmer auf und ab zu gehen. »Das ist ungeheuerlich«, sagte er immer wieder. »Ungeheuerlich.«
Eric fühlte sich immer elender. Er hatte seinen Vater noch nie so erlebt, und es tat ihm fast körperlich weh, ihn in diesem Zustand zu sehen. »Es tut mir so Leid«, murmelte er. »Ich wollte nicht –«
»Du?« Sein Vater blinzelte. Er sah völlig verwirrt drein. »Wie kommst du auf die Idee, dass du irgendetwas damit zu tun hast?«
»Du hast sie doch gehört! Außerdem hat alles mit mir angefangen. Wenn ich nicht ...«
Sein Vater hörte ihm gar nicht zu.
»Du hast nichts damit zu tun«, sagte er scharf. »Jemand versucht mir etwas anzuhängen und er benutzt dich als Werkzeug dafür. Das ist schlimm, aber es ist nicht deine Schuld, hörst du? Ich will so einen Unsinn nicht noch einmal hören, verstanden?«
»So einfach ist es nicht«, begann Eric, aber nur, um sofort wieder und in noch schärferem Ton von seinem Vater unterbrochen zu werden:
»Schluss, habe ich gesagt! Ich dulde nicht, dass du in diese

Geschichte hineingezogen wirst! Mit den Burschen werde ich schon fertig, keine Angst. Ich habe gewisse Mittel und Wege, mich zu verteidigen.«

Daran zweifelte Eric keine Sekunde. Aber er bezweifelte, dass sein Vater wusste, mit wem er es wirklich zu tun hatte. Das Gesicht des Schwarzen Engels tauchte vor seinem inneren Auge auf und er schauderte.

»Geh bitte in dein Zimmer«, sagte sein Vater. »Ich muss ein paar Anrufe erledigen.«

Eric stand ohne ein weiteres Wort auf und verließ das Zimmer. Sein Vater war jetzt wirklich nicht in der Stimmung, mit ihm zu reden, und schon gar nicht über Engel und Albträume. Und dabei hatte er das Gefühl, dass der eigentliche Albtraum noch nicht einmal richtig begonnen hatte.

Es gab keinen Grund mehr, dem Unterricht fernzubleiben, und so ging Eric am nächsten Tag wieder zur Schule. Sein Vater selbst fuhr ihn und Eric betrat das Schulgebäude mit klopfendem Herzen und ganz bewusst so spät, dass ihm gerade noch Zeit blieb, in die Klasse zu eilen und seinen Platz einzunehmen, ehe auch schon die Klingel ertönte und der Unterricht begann. Er hatte keine Lust, mit seinen Mitschülern – nicht einmal mit den wenigen Klassenkameraden, mit denen ihn so etwas wie eine lockere Freundschaft verband – über das schreckliche Geschehen zu sprechen und immer wieder dieselben Fragen zu beantworten. Als er hereinkam, verstummten die gemurmelten Gespräche in der Klasse sofort und fast alle starrten ihn an. Selbst sein Lehrer machte da keine Ausnahme.

Schon in der ersten Pause bildete sich ein regelrechter Menschenauflauf um ihn herum und ob er wollte oder nicht, er musste die Geschichte mindestens ein Dutzend Mal erzählen. Dabei hatte er gar nicht so viel zu berichten. Er blieb bei der offiziellen Version, wonach er nur einen grellen Blitz gesehen hatte und erst auf der Straße wieder zu sich gekommen war. Trotzdem wiederholte sich das Geschehen in der nächsten und auch in der übernächsten Pause und Eric sah dem Schulschluss mit Besorgnis entgegen. Er war regelrecht erleichtert, als ihn Herr Albrecht, der Biologielehrer, nach dem Klingeln aufforderte, noch ein wenig zu bleiben. Einige seiner Mitschüler warfen ihm mitleidige oder schadenfrohe Blicke zu, aber Eric ignorierte sie und geduldete sich, bis auch der Letzte gegangen war.

Albrecht saß hinter seinem Pult und korrigierte mit einem Rotstift in einem Heft und er sah erst hoch, als nicht nur der letzte Schüler gegangen war, sondern auch der Lärm draußen auf dem Flur verging.

»Willst du dich nicht noch einen Moment setzen?«, fragte er.

»Wenn ich muss«, antwortete Eric. Er war Albrecht dankbar, dass er ihm ein wenig Luft verschafft hatte, aber nun begann er sich voller Unbehagen zu fragen, was er eigentlich von ihm wollte.

Albrecht klappte das Heft zu und lächelte auf eine fast väterliche Art. »Ich habe dich nicht gebeten, hier zu bleiben, weil ich etwas von dir will. Ich hatte nur das Gefühl, dass du vielleicht ganz froh bist, wenn ich dir einen Vorwand liefere, nicht mit den anderen hinauszugehen. Sie haben dich in der Pause ja schon fast erdrückt.« Er schlug das nächste Heft auf. »Ich habe hier noch eine Viertelstunde zu tun«, fuhr er fort, »und wenn du willst, kannst du so lange hier bleiben.«

»Gerne«, antwortete Eric leicht verwirrt. So viel Rücksichtnahme hätte er Albrecht gar nicht zugetraut, der nicht gerade zu den beliebtesten Lehrern an der Schule zählte. Und wie um seine Worte unter Beweis zu stellen, senkte Albrecht seinen Blick wieder auf das Heft und fuhr fort, Häkchen und Randbemerkungen mit rotem Kopierstift zu machen.

Eric sah ihm einige Augenblicke unschlüssig dabei zu, dann drehte er sich herum und ging zum Fenster. Die Straße unter ihm wimmelte mittlerweile von Schülern, die in verschiedene Richtungen davonstürmten oder auf den Bus warteten, der in guten fünf Minuten kommen würde. Vielleicht war es wirklich besser, wenn er wenigstens so lange wartete. Jetzt dort über

die Straße zu gehen, musste einem Spießrutenlauf gleichkommen.
Fast ohne sein Zutun wanderte sein Blick über die Straße zu dem ausgebrannten Straßencafé hin und er verspürte ein eisiges Frösteln. Von den beiden Polizisten wusste er ja, dass sich der Brand nicht auf die Eisdiele beschränkt hatte, aber er hatte nicht geglaubt, dass es so schlimm war. Das gesamte Gebäude war zerstört. Auch die Fenster in den darüberliegenden Stockwerken hatten sich in geschwärzte rechteckige Löcher verwandelt und selbst ein Teil des Daches war in Mitleidenschaft gezogen worden. Dass die beiden benachbarten Häuser nicht ebenfalls niedergebrannt waren, kam Eric fast wie ein Wunder vor – auch wenn dieses Wunder in Wahrheit wohl eher dem raschen Eintreffen der Feuerwehr zu verdanken war. Die rußgeschwärzte Fassade im Erdgeschoss war mit Brettern vernagelt und der Bürgersteig davor großräumig abgesperrt; was die neugierigen Schüler natürlich nicht davon abhielt, sich die Nasen an den Schalbrettern plattzudrücken, mit denen die Tür und die zerbrochenen Fenster zugenagelt worden waren. Eric fragte sich, was sie dort eigentlich zu sehen erwarteten. Das Eiscafé war vollkommen ausgebrannt.
Nach einigen Minuten kam der Bus und verschlang einen Großteil der wartenden Schüler. Als er abfuhr, war die Straße fast leer. Nur vor dem ausgebrannten Eiscafé auf der anderen Straßenseite standen noch ein paar Jungen und linsten durch die Ritzen zwischen den Brettern. Es wurde Zeit zu gehen.
Eric nahm seine Tasche vom Pult, ging zur Tür und blieb noch einmal stehen, um sich von Albrecht zu verabschieden. Als er sich herumdrehte, fiel sein Blick auf die aufgeschlagene Aktentasche des Lehrers. Ein Stück eines Buches war zu erkennen, auf dessen Einband ein schreiend bunter Singvogel prangte. Und plötzlich fiel ihm etwas ein, woran er eigentlich schon vor ein paar Tagen hätte denken können.
»Darf ich Ihnen eine Frage stellen?«, fragte er.
»Nur zu. Dazu bin ich schließlich da.« Albrecht sah ihn an, ohne den Stift aus der Hand zu legen.

»Ihr Hobby sind doch Vögel, nicht?«, fragte Eric mit einer Kopfbewegung auf das Buch.
»Ich bin Hobby-Ornithologe, wenn du das meinst«, bestätigte Albrecht. Er grinste. »Jedermann hier weiß das. Schließlich zieht man mich oft genug damit auf. Warum?«
Eric zögerte noch einen ganz kurzen Moment, aber dann zog er die Feder aus der Tasche – er trug sie immer bei sich – und reichte sie Albrecht. »Ich dachte, Sie könnten mir vielleicht sagen, von welchem Vogel diese Feder stammt.«
»Das dürfte kein Problem sein«, antwortete Albrecht. Er drehte die Feder in den Händen, rückte seine dünne, randlose Brille zurecht und fuhr im begeisterten Ton eines Menschen fort, der über sein liebstes Hobby sprach. »Das ist eine ... nein, das ist es nicht ... es sieht beinahe aus wie ... nein, eher die Feder eines ... oder vielleicht ...«
»Sie kennen sie nicht«, vermutete Eric. Er war nicht überrascht, aber im Grunde auch nicht enttäuscht. Einen Versuch war es immerhin wert gewesen. Es hätte ja sein können, dass Albrecht sie als die Schwanzfeder eines südmesopotamischen Waldtrappen-Brillenkeifers oder so etwas identifiziert hätte ... Eric steckte die Feder wieder ein. »Danke, dass ich noch bleiben durfte.«
Albrecht nickte nur kurz und wandte sich wieder den Schulheften zu.
Die Straße bot einen fast normalen Anblick. Die meisten Schüler waren verschwunden und selbst die Belagerungsarmee vor der ausgebrannten Eisdiele war abgezogen.
Seltsamerweise verspürte Eric den Wunsch, ebenfalls dorthin zu gehen. Irgendetwas schien von dem ausgebrannten Gebäude auszugehen; etwas wie eine düstere Verlockung, die unmöglich in Worte zu fassen war, aber dafür umso deutlicher zu spüren.
Eric stellte mit einer Mischung aus Staunen und Beunruhigung fest, dass er seine Richtung geändert hatte und nun quer über die Straße auf das Gebäude zuging. Er wollte stehen bleiben, aber nicht einmal das konnte er. Mit zielstrebigen

Schritten überquerte er die Straße, duckte sich unter dem rotweißen Plastikband hindurch, mit dem der Bürgersteig abgesperrt war, und hielt erst an, als er unmittelbar vor dem vernagelten Eingang stand.

Was wollte er hier? Noch vor zehn Minuten, als er oben am Fenster gestanden und seine Mitschüler beobachtet hatte, hatte er sich geschworen, nicht einmal in die Nähe des ausgebrannten Gebäudes zu gehen. Und jetzt benahm er sich genauso wie sie.

Aber wenn er schon einmal hier war, konnte er genauso gut nachsehen, was es denn hier Interessantes gab.

Als er sich herumdrehte, glitt sein Blick noch einmal über die Fassade des Schulgebäudes, und er sah eine schemenhafte Gestalt, die hinter einem Fenster im zweiten Stock stand und auf ihn herabsah. Albrecht. Es war ihm unangenehm, dass der Lehrer ihn beobachtete, aber nun war es zu spät.

Eric versuchte einen Blick durch die Spalten zwischen den Brettern zu werfen. Im ersten Moment sah er nur Dunkelheit, aber seine Augen gewöhnten sich rasch an das schwache Licht im Inneren des Gebäudes.

Es gab allerdings immer noch nichts Interessantes zu sehen. Der Raum war so vollkommen ausgebrannt, wie es überhaupt nur ging. Die gesamte Einrichtung war buchstäblich zu Asche zerfallen, in der hier und da zerschmolzenes Glas und Metall glänzte, und die vom Löschwasser der Feuerwehr zu einer fast gleichmäßigen schwarzen Schlammschicht auf dem Boden zusammengebacken worden war. Tische, Stühle, selbst die gläserne Verkaufstheke waren einfach verschwunden und die Spiegel an den Wänden waren nicht nur geborsten und schwarz, sondern an zahlreichen Stellen regelrecht geschmolzen. Jetzt verstand er auch, warum sich Feuerwehr und Polizei so sehr den Kopf über die Ursache der Katastrophe zerbrachen. In dem schmalen Raum mussten kurzzeitig Temperaturen wie in einem Hochofen geherrscht haben.

Oder wie in der Hölle ...

Eric wünschte sich, diesen Gedanken nicht gedacht zu haben.

Es war lächerlich, aber er begann sich selbstständig zu machen und weigerte sich auch hartnäckig, wieder hinter die Tür in seinem Bewusstsein zurückzukehren, auf der in großen Buchstaben BLÖDSINN stand. Im Gegenteil. Was, wenn alles wirklich wahr gewesen war? Wenn er sich alles nicht nur eingebildet, sondern wirklich erlebt hatte?
Ein rasches Flackern lief über die skurrile Plastik aus Ruß und zusammengeschmolzenem Glas, die einmal die verspiegelte Rückwand gewesen war, und für den Bruchteil einer Sekunde, einen winzigen, zeitlosen Moment nur, glaubte er eine gewaltige trostlose Ödnis zu sehen, eine unendliche Ebene unter einem grauen, geduckten Himmel.
Erics Hand kroch in die Jackentasche und schloss sich um die Feder. Die Berührung beruhigte ihn, aber das unheimliche Gefühl blieb. Dort drinnen, in diesem von Schatten und Asche erfüllten Raum, war etwas.
Aber er wollte gar nicht wissen, was.
Eric drehte sich herum – und sah sich drei hoch gewachsenen, kräftigen Burschen gegenüber, die vollkommen lautlos hinter ihm aufgetaucht waren. Er kannte sie. Sie gingen in die Parallelklasse und genossen einen gewissen, nicht besonders guten Ruf, hatten ihn bisher aber stets in Ruhe gelassen.
»Nanu, wen haben wir denn da?«, fragte ihr Anführer, ein dunkelhaariger Bursche, der einen Kopf größer war als Eric und ungefähr doppelt so schwer.
»Wenn das nicht unser reiches Muttersöhnchen ist«, grinste der Bursche links von ihm.
»Wahrscheinlich will er sich überzeugen, ob er auch wirklich ganze Arbeit geleistet hat«, ätzte der dritte im Bunde, ein dürrer Bursche namens Jan, der das Gesicht einer bissigen Ratte hatte.
»Ganze Arbeit?«, fragte Eric. Eine innere Stimme warnte ihn, lieber still zu sein. Die drei waren als Rüpel und Streithähne bekannt, aber nicht als Schläger. Trotzdem war es besser, sie nicht unnötig zu provozieren.
»War echt Klasse, wie du die alte Wellstadt-Roblinsky abser-

viert hast«, sagte der Dunkelhaarige, der Klaus hieß, hämisch. »Wie hast du das hingekriegt?«
»Ich habe nichts damit zu tun«, antwortete Eric ernst. »Und das wisst ihr ganz genau.« Er musterte die drei nacheinander und so ruhig, wie er konnte. »Darf ich jetzt gehen oder wollt ihr mich noch ein bisschen herumschubsen?«
Im ersten Moment wirkten die drei einfach nur verblüfft, aber dann begann der Anführer der Dreierbande plötzlich laut und schallend zu lachen, warf den Kopf in den Nacken und schlug Eric so kraftvoll auf die Schulter, dass dieser ächzte und ein Stück in die Knie ging.
»Du bist in Ordnung, Kleiner«, grinste er. »Keine Angst. Wir wollen nichts von dir. Wir sind nur ein bisschen neugierig. Immerhin warst du dabei.«
Eric atmete innerlich auf. »Das kann ich verstehen«, sagte er. »Aber ich muss euch enttäuschen. Ich kann mich kaum an etwas erinnern. Nur an einen großen Knall. Wahrscheinlich habe ich von der ganzen Sache weniger mitgekriegt als ihr.«
»Verstehe«, sagte Klaus. »Und jetzt bist du hier, weil du gehofft hast, dass der Anblick deinem Gedächtnis ein wenig auf die Sprünge hilft. Hat's geklappt?«
Einen so komplizierten Gedanken hätte Eric dem Burschen gar nicht zugetraut. Er schüttelte den Kopf. »Nein. Vielleicht gibt es auch gar nichts, woran ich mich erinnern könnte. Ich muss jetzt wirklich los.«
Er wollte zwischen den dreien hindurchgehen und noch bevor er den ersten Schritt tun konnte, konnte er sehen, wie sich ein Schatten über die drei Jungen senkte und im selben Augenblick schien irgendetwas in ihren Augen zu erlöschen: ein kleines Stück ihres Menschseins, dessen Anwesenheit ihm überhaupt erst bewusst wurde, nachdem es nicht mehr da war, und an dessen Stelle sich nun etwas Anderes, Düsteres befand.
Eric machte einen zweiten, schnelleren Schritt und Klaus legte ihm abermals die Hand auf die Schulter und hielt ihn fest. »Obwohl ...«, sagte er nachdenklich. »Die Idee mit dem Rumschubsen war vielleicht gar nicht so schlecht. Wenigstens für

den Anfang.« Damit stieß er Eric so heftig gegen den Bretterverhau, dass ihm die Luft wegblieb.
»Aber wirklich nur für den Anfang«, kicherte sein Kumpan und boxte Eric in den Magen.
Ganz instinktiv spannte er sich, um zurückzuschlagen, beherrschte sich aber im letzten Moment. Er hatte keine Chance gegen diese Übermacht und wenn er sich wehrte, gab er den Jungen wahrscheinlich nur einen Vorwand, erst richtig loszulegen. Es würde schon nicht so schlimm werden. Immerhin waren sie auf einer belebten Straße.
Als hätte er seine Gedanken gelesen, gab Klaus seinen beiden Kumpanen einen Wink, ihn festzuhalten, und begann dann die Bretter vor dem Eingang des Eiscafés abzureißen. Eric erschrak, als er sah, mit welcher Leichtigkeit er es tat. Der Bursche war viel stärker, als er geglaubt hatte.
»Haltet ihn fest«, knurrte Klaus. »Wollen wir doch mal sehen, ob wir dem Gedächtnis unseres Freundes nicht ein bisschen auf die Sprünge helfen können.«
Knackend fielen die letzten Bretter zu Boden. Klaus verschwand in der gewaltsam geschaffenen Öffnung und seine beiden Freunde zerrten Eric grob hinterher.
Obwohl das Feuer mehrere Tage her war, war die Luft noch immer von Brandgeruch erfüllt – und von noch etwas anderem. Schwefelgestank. Er war ganz sicher, dass es durchdringend nach Schwefel roch.
Langsam, um den beiden Jungen keine Gelegenheit zu geben, ihn wieder zu schlagen, hob Eric den Kopf. Er erwartete halbwegs, anstelle der Rückwand noch immer das Tor zur Hölle zu sehen, wurde aber enttäuscht. Die Wand war wieder eine Wand.
Für eine Sekunde.
Dann hob Klaus die Hand und machte eine herrische Bewegung, und die Wirklichkeit flackerte (Eric hatte keinen anderen Ausdruck dafür) und riss gleich darauf auseinander. Vor ihnen lag die Tür zur Welt der Schwarzen Kathedrale, das Tor nach Armageddon. Die Ebene war so endlos und öde wie immer.
Aber sie war nicht mehr leer.

Eric gerann fast das Blut in den Adern, als er die schattenhafte Gestalt sah, die sich mit langsamen Schritten auf das Tor zubewegte. Es war nur ein flacher, tiefenloser Schatten, riesig und mit einem Paar gewaltiger Flügel.
Eric bäumte sich auf und versuchte sich loszureißen, aber die beiden Jungen waren viel zu stark für ihn.
»Haltet ihn fest«, sagte Klaus. »Da ist jemand, der unseren Freund sprechen will.« Seine Stimme schien nicht mehr die eines Menschen zu sein. Ein unheimliches, hallendes Echo war darin, das aus einem bodenlosen Abgrund heraufzuschallen schien. Er drehte den Kopf und sah Eric an und sein Gesicht schien sich auf Furcht einflößende Art verändern zu wollen. Es geschah nicht wirklich, aber unter seinen brutalen Zügen schien plötzlich etwas Düsteres, Unmenschliches zu sein, das herauswollte, ohne es ganz zu schaffen.
»Machen wir, Boss«, kicherte das Rattengesicht. Auch seine Stimme hatte sich auf eine zischelnde, heisere Art verändert, und als Eric ihn ansah, da war sein Gesicht wirklich zu dem einer Ratte geworden.
Der Anblick gab Eric für einen Moment jene übermenschliche Kraft, wie sie normalerweise nur die schiere Todesangst freizusetzen vermag. Er riss sich los, schleuderte die Ratte und den zweiten Jungen zu Boden und wirbelte herum und Klaus machte eine zornige Bewegung in seine Richtung. Eric stolperte, fiel der Länge nach hin und rollte sich instinktiv auf den Rücken.
Das Tor nach Armageddon war noch immer geöffnet. Der Schwarze Engel war näher gekommen. Noch wenige Schritte und er hatte die Tür in die Wirklichkeit erreicht.
Plötzlich arbeiteten Erics Gedanken mit einer absoluten, selten erlebten Klarheit. Er hatte immer noch Angst, aber sie spielte irgendwie keine Rolle mehr. All seine verzweifelten Bemühungen, die unheimlichen Ereignisse der letzten Tage als Halluzinationen abzutun, kamen ihm mit einem Mal lächerlich vor. Es war alles wahr.
Aber wenn es so ist, dachte er, wo um alles in der Welt ist dann mein verdammter Schutzengel?

Vielleicht würde ihm die Feder helfen! Sie hatte ihn schon einmal in letzter Sekunde gerettet.
Er griff in die Jackentasche und die Ratte trat ihm mit solcher Wucht auf das Handgelenk, dass er vor Schmerz aufschrie. In der nächsten Sekunde beugte sich der andere Junge herab und zerrte ihn grob auf die Füße. Auch sein Gesicht hatte sich verwandelt, allerdings nicht in das einer Ratte, sondern in etwas, das Eric lieber nicht genauer erkennen wollte.
»He, he, was hast du denn da?«, zischelte die Ratte. »Lass doch mal sehen!«
Er riss Erics Hand aus der Jackentasche und griff selbst hinein, und das war ein Fehler. Eric hörte ein hässliches Zischen und im nächsten Moment brüllte die Ratte schrill auf, presste die Hand unter die Achsel und hüpfte auf einem Bein durch den Raum.
Eric machte einen Schritt zur Seite, drehte sich herum und trat dem anderen mit voller Wucht gegen das Knie. Der Bursche kreischte und fiel zu Boden und Eric sah eine Bewegung aus dem Augenwinkel und duckte sich. Klaus' zupackend vorgestreckte Arme griffen ins Leere, dann stieß er einen überraschten Schrei aus und beschrieb einen fast schon komisch anzusehenden Salto über Erics Rücken hinweg, der in einer ziemlich unsanften Bruchlandung endete, während der er auch noch den Rattengesichtigen von den Füßen riss. Die drei bildeten einen strampelnden und kreischenden Knäuel auf dem Boden.
Erics Gedanken rasten. Er musste weg hier, aber wie? Zwischen ihm und dem Ausgang befanden sich die drei Jungen, die schon wieder auf die Füße zu kommen begannen, und hinter ihm rückte Azazel heran. Der einzige andere Ausgang befand sich dort, wo vor ein paar Tagen noch die Verkaufstheke gestanden hatte, und war ebenfalls mit Brettern vernagelt.
Er hatte keine Wahl. Eric fuhr herum, zog den Kopf zwischen die Schultern und rammte das Hindernis mit seinem ganzen Körpergewicht aus dem Weg.

Es ging leichter, als er erwartet hatte. Die Barriere bestand nur aus dünnem Sperrholz, das noch dazu schlampig zusammengenagelt war, und unter seiner Schulter einfach zersplitterte. Eric stolperte in den dahinterliegenden, unbeleuchteten Gang, fand sein Gleichgewicht im letzten Moment wieder und warf einen Blick über die Schulter zurück. Klaus und die Ratte waren mittlerweile schon wieder auf den Beinen und setzten wutschnaubend zur Verfolgung an.
Eric beschleunigte seine Schritte. Er war in einem schmalen, sehr langen Korridor, von dem mehrere Türen abzweigten. Die Räume dahinter waren dunkel und voller Ruß und Trümmer; es gab keine Fenster. Aber am Ende des Korridors lag eine schmale Treppe, die ins nächste Stockwerk hinaufführte. Er unterdrückte den Impuls, sich noch einmal zu seinen Verfolgern herumzudrehen, und raste die Treppe hinauf, so schnell er nur konnte. Das angesengte Holz ächzte bedrohlich unter seinem Gewicht und ein Teil des Geländers brach ab und fiel polternd in die Tiefe. Ohne anzuhalten stürmte er die Treppe in die zweite und anschließend dritte und letzte Etage des Hauses empor.
Auch die Wände hier oben waren rußgeschwärzt. Das Feuer hatte nur wenige Minuten gebrannt, aber es hatte selbst hier oben alles verheert. Die Zeitungen hatten ja keine Ahnung, wie nahe sie der Wahrheit gekommen waren, als sie von einem wahren Höllenfeuer geschrieben hatten.
Seine Flucht war beinahe zu Ende. Der Korridor führte nicht zu einer weiteren Treppe, sondern endete vor einer glatten Wand, in der es nicht einmal ein Fenster gab. Eric hätte vor Enttäuschung fast aufgeschrien. Er hatte darauf gesetzt, einen Dachboden zu finden, vielleicht sogar einen Durchgang zum Nachbarhaus. Jetzt saß er in der Falle.
Er hörte die Schritte seiner Verfolger hinter sich die Treppe heraufpoltern. Eric warf sich durch die erstbeste Tür und fand sich in einer ausgebrannten Wohnung. Sie musste schon vorher leer gewesen sein, denn es gab keine Reste von Möbeln oder anderen Einrichtungsgegenständen, nur geschwärzte

Wände, von denen nicht nur die Tapeten, sondern zum Teil auch der Putz heruntergebrannt waren. Auf dem Boden lag eine zentimeterdicke Ascheschicht, die trocken war und verriet, dass das Löschwasser der Feuerwehr nicht bis hier heraufgekommen war.

Und in der seine Spuren so deutlich zu sehen sein mussten, dass er ebenso gut auch rote Leuchtraketen abschießen konnte ...

Er stürmte weiter, durchquerte mit Riesenschritten das Zimmer und stolperte in einen weiteren, kleineren Raum – und der Fußboden brach ein.

Feuer und Hitze mussten die Substanz des Gebäudes wohl weit stärker in Mitleidenschaft gezogen haben, als es den Anschein hatte. Eric landete mit ausgebreiteten Armen und Beinen auf dem Rücken in der Etage darunter und sah für einen Moment nur bunte Sterne.

Als er wieder klar sehen konnte, starrten drei Albtraumgesichter auf ihn herab.

Klaus' Gesicht war zu der Billig-Version des Schwarzen Engels geworden, nur dass aus seiner Stirn jetzt zwei kleine, stumpfe Hörner wuchsen, neben ihm geiferte eine menschengroße, boshafte Ratte mit zitternden Schnurrhaaren und kleinen schwarzen Knopfaugen und das dritte Gesicht wollte Eric nicht genau erkennen. Die drei schnatterten wild durcheinander und starrten mit einer Mischung aus boshafter Schadenfreude und Enttäuschung zu ihm herunter.

Eric richtete sich auf die Ellbogen hoch – und erstarrte mitten in der Bewegung, als er ein bedrohliches Ächzen und Knistern hörte. Der Boden unter ihm zitterte. Eine Sekunde lang verharrte Eric vollkommen reglos, dann begann er sich unendlich behutsam herumzudrehen.

Der Fußboden zitterte stärker. Eric hörte ein Knistern und Rascheln, als läge er auf dünnem Eis, und dann gab der gesamte Fußboden unter ihm nach.

Eric warf sich verzweifelt nach vorne, bekam den Rand des jäh entstandenen Lochs zu fassen und biss die Zähne zusammen, als sein eigenes Körpergewicht versuchte ihm die Arme aus

den Gelenken zu reißen, und warf einen Blick an seinen strampelnden Beinen vorbei nach unten.
Vielleicht war das keine ganz so gute Idee.
Der Raum unter ihm war ebenso verwüstet wie der Rest des Gebäudes, aber alles andere als leer. Vor dem Brand musste er wohl als Lager gedient haben, denn der Boden war übersät mit verkohlten Kartons, zwischen denen Millionen und Abermillionen scharfkantiger Glassplitter und -scherben glitzerten. Wenn er dort hinunterfiel, war sein Leben keinen Pfifferling mehr wert. Er würde aufgespießt wie ein Schmetterling auf der Nadel eines übereifrigen Sammlers.
Der Anblick ließ Eric schaudern und wieder nach oben blicken.
Über ihm schnatterten und plapperten die drei Höllenkids weiter aufgeregt durcheinander. Vermutlich schließen sie gerade Wetten darauf ab, dachte Eric grimmig, ob ich es schaffe oder nicht und ob ich mit dem Bauch oder mit dem Rücken nach oben aufgespießt werde.
Er hatte allerdings nicht vor, ihnen diese Genugtuung zu gönnen.
Verbissen kämpfte er sich Zentimeter für Zentimeter weiter in die Höhe. Und vielleicht hätte er es sogar geschafft, hätte das morsche Holz nicht unter seinem Gewicht nachgegeben.
Seine linke Hand griff plötzlich ins Leere. Eric klammerte sich nur noch mit einer Hand fest und spürte, wie auch seine Rechte Millimeter für Millimeter abzurutschen begann. Über ihm klatschten die drei Jungen johlend vor Begeisterung Beifall, und seine Hand glitt weiter, rutschte endgültig ab –
Und starke Finger legten sich von oben um sein Handgelenk und hielten ihn fest! Eric hätte vor Erleichterung beinahe aufgeschrien. Sein Schutzengel war gekommen, um ihn zu retten. Zwar im letzten Moment, aber er war da.
Er sah nach oben und blinzelte überrascht. Der namenlose Cherub hatte sich verändert. Er war jetzt etwa sechzig Jahre alt, hatte graues, dünn gewordenes Haar und trug eine randlose Brille, wie sie vor ungefähr fünfundzwanzig Jahren aus

der Mode gekommen waren. Seine Flügel waren verschwunden und statt eines fließenden weißen Gewandes trug er jetzt einen billigen braunen Sommeranzug aus dem Versandhaus.
Keuchend vor Anstrengung zog Albrecht Eric weiter in die Höhe, griff mit dem anderen Arm auch noch zu und hievte ihn aus dem Loch heraus. Er sah erschrocken, aber auch vollkommen verstört drein.
»Eric!«, stammelte er atemlos. »Um Gottes willen, was tust du denn?«
Statt zu antworten, trat Eric rasch einen weiteren Schritt vom Rand des Lochs zurück und deutete dann nach oben und Albrecht legte den Kopf in den Nacken und wurde kreidebleich. Die drei Höllenkids starrten noch immer durch das Loch in der Decke zu ihnen herab und ihre Gesichter sahen alles andere als begeistert aus.
»Was zur Hölle ... ?«, murmelte Albrecht.
»Genau das«, knurrte Eric. »Und wenn Sie sie nicht näher kennen lernen wollen, dann verschwinden wir lieber von hier!«
Tief im Inneren war Eric fast erleichtert. Albrecht sah die drei Albtraumgesichter auch! Endlich hatte er einen Beweis dafür, dass er nicht verrückt war!
Albrecht starrte die drei Gesichter noch eine Sekunde lang an, dann fuhr er auf dem Absatz herum und rannte davon, so schnell er nur konnte. Eric folgte ihm und im selben Moment polterten auch über ihnen schwere, hastige Schritte. Die Jagd ging weiter, aber nun hatte er eine Chance.
Er holte Albrecht ein, als der Lehrer die Treppe erreicht hatte. Nebeneinander stürmten sie die morschen Stufen hinab und Albrecht keuchte: »Um Gottes willen! Was war das?!«
»Später!«, antwortete Eric. Er warf einen hastigen Blick über die Schulter zurück. Ihre Verfolger waren noch nicht zu sehen, aber er konnte ihre schweren Schritte hören und ihre wütenden Stimmen. »Wo kommen Sie überhaupt her?«
»Ich habe gesehen, wie die drei Burschen dich hier reingezerrt haben«, antwortete Albrecht, »und wollte dir helfen. Aber das

... das waren doch nicht diese drei ... Dinger von eben, oder?« Das letzte Wort klang schrill, als hätte er panische Angst davor, dass Eric seine Frage bejahen könnte.
»Keine Ahnung«, antwortete Eric ausweichend. »Ich erkläre Ihnen alles, sobald wir hier raus sind, einverstanden?« Soweit er das konnte. Und wenn sie hier herauskamen. Wo blieb dieser verdammte Schutzengel?!
»Und wie!«, antwortete Albrecht.
Sie hatten die Treppe hinter sich gebracht, stürmten den Flur entlang und rasten dann nebeneinander die letzte Treppe hinab. Jetzt noch der kurze Flur und das ausgebrannte Eiscafé und sie waren in Sicherheit.
Als sie in den brandgeschwärzten Raum hineinstürmten, brach die Decke zwischen ihnen und dem Ausgang auf und ein tückisches Rattengesicht lugte zu ihnen herab.
Albrecht keuchte und blieb so abrupt stehen, dass Eric gegen ihn prallte und ihn fast aus dem Gleichgewicht gebracht hätte, und Eric schrie plötzlich gellend auf.
Rattengesicht war nicht die einzige Gefahr.
Das Tor nach Armageddon stand noch immer offen und der Schwarze Engel ragte düster und bedrohlich dahinter hoch. Aus irgendeinem Grund konnte oder wollte er es nicht durchschreiten, aber Eric konnte seinen Zorn und die bodenlose Gier, die die finstere Gestalt erfüllte, fast körperlich spüren.
Inmitten eines Regens aus Trümmern und rieselndem Staub stürzte Ratte endgültig zu Boden und richtete sich wieder auf. Er fauchte wütend. Seine Hände hatten sich in Pfoten verwandelt, an denen gefährliche Krallen blitzten und die er nun gierig in ihre Richtung ausstreckte und nur noch wenige Schritte hinter sich konnte Eric die beiden anderen Verfolger hören.
»Raus hier!«, schrie er.
Albrecht ließ sich das nicht zweimal sagen. Er erwachte endlich aus seiner Erstarrung, bewegte sich mit einem sonderbaren, knurrenden Laut auf Rattengesicht zu und versetzte ihm

eine schallende Ohrfeige, als Ratte mit seinen Klauen nach ihm zu schlagen versuchte. Der Dämonenjunge wurde zurückgeschleudert, landete ziemlich unsanft auf dem Hinterteil und stieß einen verdutzten Laut aus und Albrecht rannte ihn endgültig über den Haufen. Dicht hinter ihm raste Eric auf den Ausgang zu.

Sie hatten ihn fast erreicht, als sich eine hoch gewachsene Gestalt davor schob. Zwei, drei grelle Blitze flammten hintereinander auf und Albrecht und Eric rissen gleichzeitig geblendet die Arme vor die Gesichter und prallten zurück.

Diese winzige Verzögerung reichte. Ratte sprang mit einem Zischeln herum und schlug Zähne und Klauen in Albrechts Hose und auch Eric fühlte sich von unmenschlich starken Händen gepackt und zurückgerissen.

Er schlug blindlings zu und spürte auch, wie seine Faust mit einem albtraumhaften Gesicht kollidierte, aber sein Gegner zeigte sich davon wenig beeindruckt. Erics Arme wurden auf den Rücken gedreht und ein Tritt in die Kniekehlen zwang ihn halb zu Boden. Er wäre gestürzt, hätten ihn die zwei Höllenkids nicht gleichzeitig auch festgehalten. Er bäumte sich auf, schrie und wehrte sich nach Leibeskräften, aber es nutzte nichts. Er wurde gnadenlos auf das Tor zugezerrt, hinter dem noch immer der Schwarze Engel wartete, und kopfüber hineingeworfen.

Hitze, Schwefelgestank und loderndes rotes Licht hüllten ihn ein. Er überschlug sich, prallte gegen etwas Weiches, das unter seinem Gewicht zurückwich, und hörte etwas wie ein zorniges Knurren, dann schlug er hart auf dem rauen Stein auf und blieb einen Moment lang benommen liegen.

Als er sich wieder aufrichtete, hatte sich seine Umgebung verändert.

Er war nicht mehr in dem ausgebrannten Eiscafé, aber rings um ihn herum erstreckte sich auch nicht die öde Ebene von Armageddon, wie er erwartet hatte. Vielmehr befand er sich in einem düsteren, von Spinnweben und Staub und alten Möbeln erfüllten Raum ohne Fenster und Inspektor Breuer

saß vor ihm in der Hocke, richtete den Strahl einer Taschenlampe auf sein Gesicht und sagte feixend:
»Das ist jetzt das zweite Mal, Kleiner. Noch einmal und du gibst einen aus.«

Wenigstens verzichtete Breuer diesmal darauf, ihm Handschellen anzulegen, was wahrscheinlich einzig an Schollkämpers Anwesenheit lag. Dafür verfrachteten sie ihn allerdings in einen Streifenwagen, nicht in Schollkämpers privates Fahrzeug, fast als wäre ihnen daran gelegen die ganze Angelegenheit so peinlich wie möglich für ihn zu gestalten und Eric verwettete im Stillen seine rechte Hand, dass Breuer liebend gerne auch noch das Martinshorn und die Sirene eingeschaltet hätte. Keiner der beiden stellte im Übrigen auch nur eine Frage.
Es verging fast eine Stunde, in der Eric auf dem Rücksitz des Streifenwagens saß, bevor sie losfuhren. Er wäre in dieser Zeit am liebsten in die Polster hineingekrochen. Der Wagen stand zusammen mit drei oder vier anderen Polizeifahrzeugen am Straßenrand direkt vor Wellstadt-Roblinskys Haus – denn nichts anderes als der Keller genau dieses Hauses war es gewesen, in dem sich Eric wiedergefunden hatte, nachdem ihn die beiden Kerle durch das Tor gestoßen hatten – und natürlich gingen in dieser Zeit zahllose Passanten vorüber. Etliche blieben auch stehen, angelockt und neugierig geworden durch das große Aufgebot der Polizei, und viele blickten auch in die Polizeiwagen hinein. Eric konnte nicht verstehen, was sie redeten, aber ihre Blicke und vor allem das hämische Grinsen, das er auf mehr als einem Gesicht sah, sprachen für sich. Es war die peinlichste Situation, die er jemals erlebt hatte.
Immerhin blieb ihm auf diese Weise genug Zeit, sich über Verschiedenes klar zu werden. Zum Beispiel darüber, welchen Sinn dieses Polizeiaufgebot hatte. Es galt heute keineswegs ihm. Während er dasaß, das Haus ansah und so tat, als wäre die neugierige Meute, die grinsend zu ihm hereinstarrte, gar nicht da, trugen zahlreiche Beamte Kisten, Kartons und

Wäschekörbe voller Bücher und Papiere aus dem Haus der Studienrätin. Er wurde Zeuge einer Hausdurchsuchung.
Die zweite Frage, die ihn plagte, war die, wie zum Teufel er eigentlich hierher gekommen war, und sie war schon etwas schwieriger zu beantworten. Die beiden Jungen hatten ihn durch das Tor gestoßen, doch statt in der verderbnisvollen Umarmung des Schwarzen Engels war er in Wellstadt-Roblinskys Keller gelandet; unweit der Stelle, an der der Durchgang zur Schwarzen Kathedrale stand. Es musste eine Verbindung zwischen diesen beiden Toren geben, obwohl sie kilometerweit auseinander lagen. Aber wenn der Cherub ihm die Wahrheit gesagt hatte, dann besaßen die Naturgesetze in der düsteren Welt der Schwarzen Kathedrale ohnehin nur beschränkte Gültigkeit.
Was ihn zur dritten – und eindeutig am schwersten zu beantwortenden – Frage brachte:
Was um alles in der Welt hatte das Ganze zu bedeuten?
Hatte der Engel ihm nicht gesagt, dass Azazel ihm nichts mehr tun würde, ja, es gar nicht durfte? Und dass er ihn allenfalls in Versuchung bringen würde – was immer das auch heißen mochte? Eric hatte bisher noch nicht wirklich darüber nachgedacht, aber er hatte sich unter »jemanden in Versuchung führen« eindeutig etwas anderes vorgestellt, als ihn mit Faustschlägen und Fußtritten zu traktieren.
Und die wichtigste – und vor allem nicht beantwortbare – Frage von allen war: warum? Was war an ihm so besonders oder anders, dass er die Aufmerksamkeit eines boshaften Höllenfürsten auf sich gezogen hatte?
Er würde die Antwort auf all diese Fragen jetzt nicht finden, aber er würde wahrscheinlich verrückt werden, wenn er noch länger in diesem Wagen saß und darauf wartete, dass etwas geschah. Ungeduldig zog er am Türgriff, der sich natürlich nicht rührte, und versuchte dann mit demselben Ergebnis die Scheibe herunterzudrehen. Umsonst. Der Wagen war so sicher wie ein Gefängnis. Wäre er das nicht, dann hätte Breuer ihn wohl kaum ohne Bewachung zurückgelassen.

Aber schließlich war er schon einmal aus einem richtigen Gefängnis entkommen ...
Er griff in die Tasche, zog die Feder heraus und betrachtete sie einen Moment lang nachdenklich. Sehr behutsam und jederzeit bereit, die Hand wieder zurückzuziehen, berührte er die Tür mit der Feder – schließlich wollte er sich seinen Weg diesmal nicht gewaltsam ins Freie bahnen. Die Feder fraß sich jedoch nicht Funken sprühend wie ein Laserschwert durch Kunststoff und Metall, wie er beinahe erwartet hatte, sondern leuchtete nur blass und die Tür sprang mit einem leisen Klicken auf. Eric steckte die Feder wieder ein, stieß die Tür vollends auf und stieg aus dem Wagen. Er hatte nicht vor, wegzulaufen, und so wartete er, bis gerade kein Polizeibeamter zu sehen war, und schlenderte dann gemächlich zum Haus hin. Ein uniformierter Polizist kam ihm entgegen, als er die Tür öffnete, stockte einen Moment im Schritt und runzelte die Stirn, ging aber dann weiter und auch Eric setzte seinen Weg fort und ging ins Wohnzimmer. Der Raum hatte sich verändert. Als er das letzte Mal hier gewesen war, war er ordentlich aufgeräumt gewesen. Jetzt herrschte ein heilloses Chaos. Sämtliche Schranktüren und Schubladen standen offen und zwei Polizisten waren damit beschäftigt, auch noch das letzte Fitzelchen Papier aus dem hintersten Winkel zu kramen. Offensichtlich hatten sie Anweisung, alles mitzunehmen, was nicht niet- und nagelfest war.
Einer der Männer bemerkte Eric und sah mit einem Ruck auf.
»Was tust du denn hier?«, fragte er stirnrunzelnd.
»Ich suche Kommissar Schollkämper«, improvisierte Eric. »Man hat mir gesagt, er wäre hier.«
Der Beamte schwieg einen Moment. Er sah Eric an, als überlege er krampfhaft, woher er ihn kannte. Eric hätte ihm die Frage beantworten können: Er hatte ihn draußen gesehen, auf dem Rücksitz des Streifenwagens. Das Gedächtnis des Mannes schien jedoch nicht so gut zu sein wie sein eigenes, denn er zuckte mit den Achseln und deutete mit dem Daumen über die Schulter zurück.
»Im Nebenzimmer.«

Eric bedankte sich mit einem Kopfnicken und ging zwischen den Beamten hindurch in Wellstadt-Roblinskys Schlafzimmer, wo er nicht nur Schollkämper, sondern auch Breuer antraf. Die beiden müssen in einem früheren Leben wohl einmal siamesische Zwillinge gewesen sein, dachte er spöttisch. Er hatte bloß einmal Breuer ohne seinen Kollegen gesehen.
Breuer riss die Augen auf und schnappte nach Luft wie ein Fisch auf dem Trockenen, als er Eric sah, und Schollkämper, der gerade dabei war, sich eine Zigarre anzuzünden, fiel vor lauter Schrecken das Feuerzeug aus der Hand.
»Was ... was machst du denn hier?«, stammelte Breuer.
»Ich hatte das Gefühl, Sie haben mich vergessen«, antwortete Eric. »Und da wollte ich nachsehen, ob alles in Ordnung ist.«
»Du wolltest abhauen!«, behauptete Breuer und machte einen Schritt auf ihn zu.
»Klar«, antwortete Eric. »Deshalb bin ich ja auch hierher gekommen und habe Ihre Kollegen extra gefragt, wo ich Sie finde. Das mache ich immer so, wenn ich abhauen will.«
Breuers Gesicht verdüsterte sich. »Wie bist du aus dem Wagen herausgekommen?«
»Wahrscheinlich haben Sie die Tür nicht richtig abgeschlossen«, sagte Schollkämper. Er bückte sich nach seinem Feuerzeug, setzte seine Zigarre in Brand und sah Eric misstrauisch an.
»Ich weiß ganz genau, dass ich die Tür abgeschlossen habe«, grollte Breuer. »Also noch einmal, Junge: Wie bist du aus dem Wagen herausgekommen?«
»So genau weiß ich das selbst nicht«, antwortete Eric, was nicht einmal unbedingt gelogen war. »Die Tür ging einfach auf. Vielleicht ein technischer Fehler.« Er zuckte mit den Schultern. »Was tun Sie hier?«
»Ich glaube nicht, dass dich das etwas angeht –«, begann Breuer, wurde aber sofort von seinem Kollegen unterbrochen.
»Das ist eine Hausdurchsuchung«, sagte Schollkämper. »Kannst du dir denken, wonach wir suchen?«
»Sollte ich?«, fragte Eric.
Schollkämper hob die Schultern. »Das frage ich mich eben.

Aber vorab, nur damit dein Vater mir nicht hinterher einen Strick daraus dreht: Das hier ist kein Verhör. Wir unterhalten uns einfach nur ein bisschen, okay? Du musst keine meiner Fragen beantworten, wenn du nicht willst, hast du das verstanden?«

Eric nickte. »Und wenn ich es doch tue, kann und wird alles vor Gericht gegen mich verwendet werden?«, vermutete er grinsend.

Schollkämper grinste ebenfalls und paffte an seiner Zigarre. »Du siehst wirklich zu viele Kriminalfilme, Eric«, sagte er. »Glaubst du denn, dass es eine Gerichtsverhandlung geben wird?«

»Keine Ahnung«, antwortete Eric. »Ich glaube nur, dass Sie mir aus irgendeinem Grund etwas anhängen wollen. Ich verstehe nur nicht, wieso.«

»Dir?« Schollkämper schien ehrlich überrascht. Er schüttelte heftig den Kopf. »Um das klar zu sagen: Wir wollen niemandem etwas anhängen und dir am allerwenigsten. Im Gegenteil: Wir stehen auf deiner Seite.«

»Dann haben Sie aber eine komische Art, das zu zeigen«, sagte Eric.

»Anscheinend ist dir gar nicht klar, wo du da hineingeraten bist«, sagte Breuer. »Als du das erste Mal hier gewesen bist – wer hat dich da geschickt? Dein Vater?«

»Nein«, antwortete Eric.

»Wer dann?«

»Niemand«, beharrte Eric. »Niemand hat mich geschickt.«

»So wenig wie heute, nicht wahr?«, fragte Schollkämper ärgerlich. »Irgendwie habt ihr Wind von dieser Hausdurchsuchung bekommen und du bist noch einmal hergekommen, um etwas zu holen, was uns nicht in die Hände fallen darf.«

»Und was soll das sein?«, fragte Eric.

»Das fragen wir dich«, antwortete Breuer scharf. »Die Besitzurkunden für diese Immobilien können es nicht sein. Die hast du ja das letzte Mal schon gefunden.«

»Ich weiß überhaupt nicht, wovon Sie reden«, sagte Eric.

»Und ich glaube, es ist besser, wenn ich jetzt nichts mehr sage.«
»Dein Vater hat dich gut angelernt«, sagte Breuer böse.
Schollkämper machte eine besänftigende Geste. »Versteh doch, Eric, dass wir es gut mit dir meinen – und sogar mit deinem Vater.«
»Wie bitte?«, ächzte Eric.
Schollkämper nickte. »O ja, ich weiß, dass es anders für dich aussehen muss und für ihn wahrscheinlich erst recht, aber wir versuchen ihn nur zu beschützen.« Seine Stimme wurde leiser und sein Lächeln fast väterlich. »Siehst du, wir haben uns ein wenig über deine Familie erkundigt. Deine Mutter ist nicht nur eine erfolgreiche Juristin, die zwar seit Jahren nicht mehr praktiziert, aber dennoch einen ausgezeichneten Ruf unter ihren ehemaligen Kollegen genießt, sondern auch eine mindestens ebenso erfolgreiche Architektin, und dein Vater leitet eine der renommiertesten Anwaltskanzleien in dieser Stadt und hat darüber hinaus jede Chance, unser nächster Bürgermeister zu werden. Deine Eltern sind ziemlich vermögend, um nicht zu sagen reich, aber das hier ist mehrere Nummern zu groß für sie.«
»Das hier?«
Schollkämper machte eine ausholende Geste. »Es geht um Immobilien, Junge«, sagte er. »Irgendjemand ist scharf auf die Häuser und Grundstücke, die Frau Doktor Wellstadt-Roblinsky gehört haben, und dieser Jemand benutzt ganz offensichtlich deine Eltern, um seine schmutzigen Pläne zu verwirklichen.«
»Und dich«, fügte Breuer hinzu.
»Du solltest uns alles erzählen«, sagte Schollkämper. »Glaub mir, wir finden die Wahrheit am Ende sowieso heraus. Manchmal dauert es ein bisschen, aber im Allgemeinen ist die Polizei nicht annähernd so schlecht wie ihr Ruf.«
»Und auch nicht so dumm«, fügte Breuer hinzu.
Eric maß ihn mit einem langen Blick von Kopf bis Fuß und sagte: »Na ja ...«

Breuers Gesicht verfinsterte sich, aber Schollkämper lachte herzhaft, sodass es sein Assistent bei einem ärgerlichen Blick in Erics Richtung beließ.
»Also warum erzählst du uns nicht, wie du hierher gekommen bist?«, fragte Schollkämper.
»Wenn das alles ist«, sagte Eric. »Ich wollte es gar nicht, wissen Sie? Und es wäre auch gar nicht passiert, wenn dieser verdammte Engel seine Aufgabe ordnungsgemäß erfüllt hätte.«
Breuer blinzelte und Schollkämper nahm die Zigarre aus dem Mund und fragte: »Engel?«
»Mein Schutzengel«, bestätigte Eric. »Der, dem die Feder gehört, mit der ich mich aus der Gefängniszelle befreit habe, erinnern Sie sich? Also, er war nicht da und deshalb musste ich alleine mit Rattengesicht, dem nachgemachten Schwarzen Engel und dem anderen Monster fertig werden. Am Anfang hat es ganz gut geklappt, aber dann bin ich abgestürzt und hätte mich um ein Haar selber zu Schaschlik verarbeitet und am Schluss ist Ratte dann durch die Decke gekommen und die drei haben mich überwältigt und mich durch das Tor nach Armageddon geschubst. Ich hatte ganz schön Angst, kann ich Ihnen sagen. Schließlich stand Azazel selbst da und hat auf mich gewartet.«
»Azazel«, murmelte Breuer.
»Der Schwarze Engel«, sagte Eric. »Der echte Schwarze Engel, nicht die billige Woolworth-Ausgabe. Also, um das zu Ende zu bringen: Ich dachte, es wäre um mich geschehen, aber er hat mich nicht einmal angerührt. Vielleicht hat es ihm der Alte Feind ja verboten, obwohl ich mir nicht vorstellen kann, wieso. Aber statt in der Schwarzen Kathedrale habe ich mich plötzlich im Keller dieses Hauses wiedergefunden. Und das ist eigentlich schon alles.«
Breuer sah aus, als würde ihn jeden Moment der Schlag treffen. Schollkämper nahm die Zigarre aus dem Mund und sagte eisig: »Du hattest deine Chance, mein Junge.«
»Aber ich habe die Wahrheit gesagt!«, versicherte Eric – vollkommen zu Recht. Trotzdem hatte er alle Mühe, nicht gleich vor Lachen herauszuplatzen.

»Wenn ich eins nicht leiden kann, sind das Klugscheißer, mein Junge!«, sagte Schollkämper.
Eric sah ihn aufmerksam an, aber in seinen Augen war keine brodelnde Dunkelheit, wie in denen Reicherts, als er sich einer solchen Ausdrucksweise befleißigt hatte, nicht der Schatten des Schwarzen Engels, sondern nur ganz normale, menschliche Wut. Davon allerdings mehr als genug.
»Bringen Sie ihn weg, Breuer«, sagte er kalt.
»Und wenn er wieder abhaut?«
»Sorgen Sie gefälligst dafür, dass das nicht passiert!«, sagte Schollkämper. »Sie sind mir persönlich dafür verantwortlich. Meinetwegen ketten Sie ihn an den Auspuff!«
Breuer sah so aus, als würde er liebend gerne genau das tun, aber dann packte er Eric nur grob an der Schulter und stieß ihn vor sich her zum Ausgang. Als sie das Haus verließen, ergriff er ihn fest an Ellbogen und Handgelenk und Eric fand sich zum zweiten Mal binnen kurzer Zeit im Zentrum allgemeiner Aufmerksamkeit, denn nun wurde er tatsächlich wie ein auf frischer Tat ertappter Einbrecher zum Streifenwagen geführt. Breuer stieß ihn unsanft auf die Rückbank, knallte die Tür zu und riss heftig ein paar Mal am Schloss, um sich davon zu überzeugen, dass sie auch wirklich verschlossen war, dann nahm er selbst auf dem Beifahrersitz Platz und drehte sich mit grimmigem Gesicht zu ihm herum.
»Ich dachte, Sie wollten mich am Auspuff festketten«, sagte Eric, den wohl irgendwie der Teufel ritt.
Breuers Gesicht verdüsterte sich noch mehr, aber dann beherrschte er sich und sagte überraschend sanft: »Wir meinen es doch wirklich gut mit dir, Junge.«
»Ach?«, sagte Eric spitz. Aber insgeheim fragte er sich auch, ob er Breuer nicht Unrecht tat. Letztendlich machte der Polizist nur seine Arbeit und wahrscheinlich machte er sie sogar gut.
»Glaubst du etwa, ich könnte dich nicht verstehen?«, fragte Breuer. »Ich war auch einmal so alt wie du und ich hätte niemals etwas auf meine Eltern kommen lassen. Mein Gott, mein Vater hätte sich mit den gestohlenen Kronjuwelen in der

Hand erwischen lassen können und ich hätte ihn immer noch verteidigt. Es ehrt dich, dass du so zu deinen Eltern stehst. Das ist heute gar nicht mehr so selbstverständlich, glaub mir. Aber in diesem speziellen Fall tust du ihnen damit keinen Gefallen.«

»Kommt jetzt die Masche: großer Bruder?«, fragte Eric feindselig.

»Als ich in deinem Alter war«, antwortete Breuer ungerührt, »da hätte ich mir einen großen Bruder gewünscht, der mir manchmal sagt, was ich tun soll.«

»Wie schade, dass ich nicht Sie bin«, schnappte Eric. Dabei fragte er sich, warum er eigentlich so feindselig war. Vielleicht weil Breuers Worte mehr Wahrheit enthielten, als er zugeben wollte?

Breuer seufzte. »Hast du schon einmal den Begriff: Die Kinder der Letzten Tage gehört?«, fragte er.

»Die Kinder der Letzten Tage?« Irgendetwas klingelte in Erics Gedächtnis, aber er wusste nicht, was. »Was soll das sein?«

»Eine Sekte«, antwortete Breuer. »Offiziell darf man sie natürlich nicht so nennen, aber sie sind genau das – eine Sekte. Und zwar eine von der ganz üblen Sorte.«

»Damit habe ich nichts zu tun«, sagte Eric. »Und bevor Sie fragen: meine Eltern auch nicht.«

»Da haben wir andere Informationen«, sagte Breuer.

»Sie müssen sich täuschen«, beharrte Eric. »Ich wüsste es, wenn es so wäre.« Aber wusste er es wirklich? Er erinnerte sich. Sein Vater hatte etwas in dieser Art erwähnt, als er hastig das Telefon eingehängt hatte. Vielleicht nicht genau diesen Namen, aber doch etwas Ähnliches.

»Dann frag deine Eltern einmal, woher ihr Vermögen stammt«, sagte Breuer.

»Das kann ich Ihnen sagen!«, antwortete Eric heftig. »Mein Vater hat eine kleine Erbschaft gemacht, als er noch Student war. Davon hat er ein Stück Ackerland am Stadtrand gekauft und daraus ist nach zehn Jahren erstklassiges Bauland geworden! So einfach war das!«

»Ich weiß«, antwortete Breuer. »Die Frage ist nur, woher er wusste, dass sich der Wert des Landes binnen zehn Jahren verhundertfachen würde.«
»Er hatte einfach Glück«, behauptete Eric. »Was soll das? Sind Sie neidisch?«
Er drehte demonstrativ den Kopf zur Seite und Breuer begriff wohl, dass er nicht weiter über das Thema reden wollte, denn er sagte auch nichts mehr, drehte sich wieder herum und kurbelte das Seitenfenster herunter.
Eric starrte stur aus dem Fenster, aber hinter seiner Stirn tobte das reine Chaos. Er war wütend auf Breuer, aber da war auch noch mehr. Ob er es zugeben wollte oder nicht, Breuers Worte begannen bereits zu wirken. Er spürte einen leisen, aber nagenden Zweifel. Was, wenn vielleicht doch ein Fünkchen Wahrheit an seinen Behauptungen war?
Ein Wagen fuhr vorüber und irgendetwas daran erregte Erics Aufmerksamkeit und riss ihn aus seinen düsteren Überlegungen. Er sah hoch und begriff im nächsten Moment auch, warum.
Es war wirklich ein sehr außergewöhnlicher Wagen – eine jener riesigen schwarzen Limousinen, wie man sie normalerweise nur in amerikanischen Spielfilmen sah, ganz einfach, weil die meisten deutschen Straßen zu eng für ein solches Schlachtschiff waren. Der Wagen hatte drei Türen auf jeder Seite und allein seine Kühlerhaube musste länger sein als ein normaler Kleinwagen. Er fuhr sehr langsam vorüber und obwohl seine Scheiben abgedunkelt waren, hatte Eric das intensive Gefühl, von jemandem aus seinem Inneren durchdringend angestarrt zu werden.
Auch Breuer sah dem Wagen nach, bis er das Ende der Straße erreicht hatte und der Fahrer ihn mit einiger Mühe um die Kurve bugsierte. Als er verschwunden war, ging die vordere Tür auf und Schollkämper beugte sich herein.
»Rutschen Sie hinters Lenkrad, Breuer«, befahl er. »Wir bringen unseren Ehrengast nach Hause. Nicht dass er am Ende noch von einem Vampir angefallen wird.«

Das Schicksal gewährte Eric noch eine Gnadenfrist: Weder seine Mutter noch sein Vater waren zu Hause, als Breuer sich den Spaß machte, den Streifenwagen die Auffahrt hinaufzufahren und direkt vor der Tür zu parken. Er musste dreimal klopfen, bevor die Tür endlich aufging.
Aber es war nur Andrea, die öffnete. Offensichtlich hatte sie die Besucher schon durch das Fenster begutachtet, denn ihr Gesicht zeigte nicht die leiseste Regung, als sie die beiden Polizeibeamten und den Streifenwagen im Hintergrund sah.
»Ja?«, fragte sie knapp.
»Herrn Classmann, bitte«, sagte Schollkämper.
»Die Herrschaften sind nix zu Hause«, antwortete Andrea. »Kommen spät.«
»Aha«, murrte Schollkämper. »Und was genau heißt das?«
»Viel spät«, antwortete Andrea. »Nix wissen.«
»Können Sie uns denn verraten, wo wir sie finden?«, fragte Breuer. »Im Büro sind sie nicht. Dort haben wir bereits angerufen.«
»Viel spät«, sagte Andrea stur. »Nix wissen ich. Nix verstehen.«
Schollkämper seufzte, aber Eric hatte alle Mühe, nicht vor Lachen laut herauszuplatzen. Andrea verstand perfekt Deutsch und sie sprach es auch ziemlich gut. Er hatte bis jetzt gar nicht gewusst, dass sie auch eine so hervorragende Schauspielerin war. Er versuchte ihr einen anerkennenden Blick zuzuwerfen, aber Andrea sah überallhin, nur nicht in seine Richtung.
»Das darf doch nicht wahr sein«, seufzte Schollkämper. »Heute bleibt mir aber auch nichts erspart! Also gut, sagen Sie Herrn Classmann –«
»Ich nix verstehen«, unterbrach ihn Andrea. »Herrschaften nix da. Kommen viel spät.«
»Also gut.« Schollkämper verdrehte die Augen. »Dann sag du deinen Eltern, dass wir später wiederkommen und dass wir mit ihnen reden wollen. Mit euch dreien, ist das klar?«
»Eltern kommen viel spät«, grinste Eric. »Ich nix können versprechen.«

In Schollkämpers Augen blitzte es Unheil verkündend auf. »Aber ich verspreche dir etwas«, sagte er gefährlich leise. »Nämlich, dass du mich von einer ganz anderen Seite kennen lernen wirst, wenn du versuchst, dich über mich lustig zu machen! Dein Vater soll mich anrufen, sobald er zurück ist, und du rührst dich nicht aus dem Haus, ist das klar?«
»Klaro!«, antwortete Eric und salutierte zackig, sodass seine Hacken zusammenknallten.
Schollkämper japste nach Luft und Breuer ergriff ihn bei den Schultern und zerrte ihn fast gewaltsam zum Wagen zurück – wahrscheinlich, dachte Eric, bevor er explodieren konnte. Er sah den beiden Polizisten nach, bis sie in den Wagen gestiegen und abgefahren waren, dann drehte er sich herum und ging ins Haus. Andrea schloss die Tür hinter ihm und kaum hatte sie es getan, da fiel die Maske der Verständnislosigkeit und stoischen Ruhe von ihr ab.
»Was hast du getan?«, fragte sie mit schriller Stimme. »Wieso Polizei dich bringen nach Hause? Du wollen deine Eltern unglücklich machen?!«
Eric musste sich beherrschen, um nicht noch breiter zu grinsen – was Andreas heiligem Zorn nur noch mehr Nahrung gegeben hätte. Die Familie war der Jamaikanerin heilig und alles, was ihren Frieden bedrohte, kam einer Gotteslästerung gleich.
»Ich habe nichts getan, Andrea«, versicherte er. »Es ist alles ganz anders, als es –«
Die falsche Antwort. Andrea griff wie eine Furie nach seinem Arm – und prallte zurück, kaum dass sie ihn berührt hatte. Aus dem gerechten Zorn in ihren Augen wurde für einen kurzen Moment etwas, was blankem Entsetzen gleichkam. Sie wich noch einen weiteren Schritt zurück, schlug die linke Hand vor den Mund und machte mit der anderen das Kreuzzeichen vor Gesicht und Brust.
»Was du getan?«, flüsterte sie mit bebender Stimme. »Ich spüren ... Böses.«
Eric war für einen Moment vollkommen verstört. Andrea konnte doch unmöglich wissen, was ihm zugestoßen war!

»Woher ... weißt du das?«, fragte er stockend.
Andrea bekreuzigte sich erneut und wäre wahrscheinlich um einen weiteren Schritt zurückgewichen, hätte sie nicht bereits mit dem Rücken an der Tür gestanden. Unter ihrer kakaobraunen Haut war ihr Gesicht bleich geworden.
»Du hast berührt bösen Geist«, flüsterte sie. »Alten, sehr, sehr bösen Geist. Was du getan?«
»Ich habe nichts getan«, versicherte Eric. Obwohl es ihm selbst fast ein bisschen komisch vorkam, hatte er plötzlich das intensive Bedürfnis, sich vor Andrea zu rechtfertigen. »Oder doch, aber es ... es ist anders, als du denkst. Ich bin –«
»Ich nix wollen wissen!«, fiel ihm Andrea ins Wort. Sie bekreuzigte sich schon wieder. »Du mir nichts erzählen! Du verloren!« Sie wechselte urplötzlich ins »Patois«, ihre Heimatsprache, die außerhalb Jamaikas wahrscheinlich kein Mensch auf der Welt verstand, und überschüttete Eric mit einem wahren Wortschwall, dann fuhr sie auf dem Absatz herum und stürmte so schnell davon, wie sie nur konnte.
Eric sah ihr stirnrunzelnd nach. Er hätte gerne über Andreas sonderbares Benehmen gelacht, aber es ging nicht. Irgendwie schien ihre Furcht auf ihn übergesprungen zu sein. Etwas von ihren Worten hing noch immer düster und unheildräuend in der Luft. Als er die Treppe zu seinem Zimmer hinaufging, musste er sich gegen das unheimliche Gefühl wehren, dass ihn seelenlose Augen aus den Schatten heraus anstarrten.
Eric versuchte diesen Gedanken zu verscheuchen. Es gelang ihm nicht und allein das machte ihn schon wieder wütend. Auch das war neu und beunruhigend. Natürlich wurde er dann und wann zornig, wie jedermann. Aber seit ein paar Tagen war er fast immer entweder schlecht gelaunt oder hatte Angst. Er fragte sich, ob er überhaupt jemals wieder so fröhlich und unbekümmert sein würde wie vor seiner schicksalhaften Begegnung mit dem Schwarzen Engel.
Er knallte die Tür zu seinem Zimmer hinter sich zu, drehte den Schlüssel im Schloss und sagte laut in die Stille hinein: »Also gut! Wo bist du?«

Niemand antwortete. Eric sagte noch einmal: »Zeig dich! Ich weiß, dass du hier bist!« und begann sich dabei immer alberner vorzukommen. Er stand tatsächlich da und unterhielt sich mit einem leeren Zimmer!
Gerade, als er zum dritten Mal rufen wollte, raschelte es neben ihm, und als er sich herumdrehte, sah er eine zusammengesunkene weiße Gestalt in seinem Schreibtischstuhl sitzen.
Der Engel bot einen Anblick des Jammers. Seine Flügel hingen traurig herab. Seine Schultern waren weit nach vorne gesunken und sein Gesicht war das personifizierte schlechte Gewissen.
Das alles hinderte Eric nicht daran, ihn auf der Stelle anzupflaumen. »Schön, dass du dich auch mal wieder blicken lässt! Ich hätte deine Hilfe vorhin gebrauchen können, weißt du! Ich hatte eine ziemlich unangenehme Begegnung mit drei lustigen Typen. Aber ich nehme an, du warst verhindert. Hattest du einen wichtigen Drehtermin beim Fernsehen? Was war es? Reklame für eine Versicherungsgesellschaft oder musstest du Frischkäse vorkosten?«
»Ich bin gefeuert«, sagte der Engel leise.
»Das trifft sich gut!«, grollte Eric. »Ich hätte richtig Lust, dich –« Er stockte. »Was hast du gesagt?«
»Ich bin gefeuert«, wiederholte der Engel. Er breitete die Hände aus und seufzte tief. »Rausgeschmissen. Geschasst. Auf die Straße gesetzt.«
»Aber ... aber warum denn?«, murmelte Eric verstört. Für einen Moment musste er gegen die lächerliche Vorstellung eines Engels ankämpfen, der in der Schlange vor dem Arbeitsamt stand und um einen neuen Job ansuchte. Er ging zum Bett, setzte sich auf die Kante und fragte noch einmal. »Wieso?«
»Deinetwegen«, seufzte der Engel.
»Meinetwegen?!« Eric setzte sich kerzengerade auf.
Der Engel machte eine besänftigende Handbewegung und seine Flügel raschelten. »Es ist nicht deine Schuld«, sagte er rasch. »Du kannst nichts dafür. Die Geschichte ist etwas komplizierter.«

»Ich habe Zeit«, sagte Eric. Deinetwegen. Aber das fügte er nur lautlos und in Gedanken hinzu. Trotzdem sah ihn der Engel ein bisschen verletzt an, so, als hätte er diesen Gedanken gelesen.
»Du warst meine letzte Chance«, murmelte der Engel.
»Ich? Wieso?«
Es dauerte einen Moment, bis der Engel antwortete. Offensichtlich war es ihm unangenehm, über das Thema zu reden.
»Ich ... bin nicht besonders gut als Schutzengel«, gestand er schließlich. »Das war ich noch nie. Seit fünfhundert Jahren habe ich ein Versetzungsgesuch nach dem anderen eingereicht, aber ich habe nicht einmal eine Antwort erhalten.«
»Was wolltest du denn werden?«, fragte Eric.
»Krieger!«, antwortete der Engel wie aus der Pistole geschossen. »Ich wollte zu den himmlischen Heerscharen gehören. Oh, wie sehr habe ich mir gewünscht, am Kampf gegen die Armeen der Finsternis teilhaben zu dürfen! An der Spitze der göttlichen Armee in die Schlacht von Armageddon zu fliegen – aber sie haben mich nicht gelassen. Nicht einmal geantwortet haben sie auf meine Eingaben und dabei habe ich sie mit Formularen regelrecht bombardiert!«
»Du solltest weiter als Schutzengel arbeiten«, sagte Eric. »Ich nehme an, um dich zu bewähren.«
»Ich kann das nicht«, sagte der Engel. Es klang fast ein bisschen bockig. »Ich habe kein Talent für so was! Du machst dir ja keine Vorstellung, was es bedeutet, Schutzengel zu sein. Vierundzwanzig Stunden am Tag auf der Hut!«
Eric konnte es sich vorstellen. Er selbst besaß ein gewisses Talent darin, sich immer wieder in die haarsträubendsten Situationen zu bringen. Wenn er allein an die Aktion mit der Steckdose dachte ...
»Am schlimmsten sind Kinder«, sagte der Engel. »Diese kleinen, die gerade aus den Windeln heraus sind und nicht mehr krabbeln wollen, aber auch noch nicht richtig laufen können. Diese ... Teppichratten!«
Teppichratten? Eric grinste. Er selbst hatte zwar keine Ge-

schwister, aber seine Eltern hatten dann und wann Besuch von einem etwas jüngeren Ehepaar, das seine dreijährige Tochter mitbrachte. Er konnte sich ungefähr vorstellen, was der Engel meinte.

»Du kannst dir nicht vorstellen, wie das ist!«, ereiferte sich der Engel. »Zuerst kriechen sie über den Teppich und reißen die Katze am Schwanz. Die will es ihnen natürlich heimzahlen und während du noch damit beschäftigt bist, ihre Zähne und Krallen abzulenken, steht Junior schon auf und überschätzt dabei seine Kräfte. Du hast immer noch mit der Katze zu tun, die ihre miese Laune jetzt an dir auslässt, und der liebe Kleine fällt nach vorne und hält sich prompt an der Tischdecke fest, worauf die Kaffeekanne umfällt. Noch während du Junior zur Seite schubst, damit er sich nicht verbrüht, springen die Eltern auf und brüllen durcheinander und der Knirps fängt natürlich an zu plärren und reißt die Tischdecke vollends herunter, komplett mit Geschirr und jeder Menge spitzer Gabeln und Messer. Du wirfst dich dazwischen und wirst halbwegs aufgespießt. Während du ein halbes Dutzend Mordinstrumente aus deinen Flügeln klaubst, arbeitet sich der süße Kleine unter der Tischdecke heraus und tritt dem Hund auf die Pfote, der natürlich nach ihm schnappt, worauf der Knirps noch lauter anfängt zu brüllen und die Alten Zeter und Mordio schreien. Junior rennt davon und fällt prompt auf die Nase und wo er schon einmal am Boden ist, probiert er gleich einmal aus, was passiert, wenn man mit dem Finger in der Steckdose pult. Du rast also in den Keller und versuchst die richtige Sicherung zu finden, und zwar bevor der Knirps gegrillt wird, und als du es geschafft hast und wieder nach oben willst, kommst du gerade noch rechtzeitig, um zu sehen, wie Junior kopfüber die Treppe runterfällt, weil er von der Katze gejagt wird, der er die Barthaare lang gezogen hat. Du fängst ihn im letzten Moment auf und verstauchst dir dabei jeden Knochen im Leib und zum Dank vergisst der liebe Kleine auf halber Strecke, dass er eigentlich schon aus den Windeln raus ist und pinkelt dir das Kleid voll!«

Eric konnte nicht mehr anders: Er begann schallend zu lachen.
Der Engel blickte ihn finster an. »Das ist nicht lustig.«
»Ich finde es komisch«, kicherte Eric. »Eine tolle Geschichte.«
»Wieso Geschichte?«, nörgelte der Engel. »Ich habe es erlebt. Mit dir.«
Eric sah den Engel einen Moment lang betroffen an, aber dann schüttelte er den Kopf. »Das kann überhaupt nicht sein«, sagte er überzeugt. »Wir haben nie Haustiere gehabt.«
»Mit gutem Grund«, grollte der Engel. »Die Katze ist weggelaufen und den Hund haben deine Eltern weggegeben, nachdem du ihm den Schwanz mit Nagellackentferner eingerieben und dann angezündet hast.«
»Oh«, sagte Eric. »Aber ... aber so schlimm war es doch nicht immer, oder?«
»Ach was«, sagte der Engel mit einem säuerlichen Lächeln. »Nur die ersten sieben oder acht Jahre. Danach wurden die Sachen wirklich gefährlich.«
»Oh«, sagte Eric noch einmal. Der Engel blickte eine Weile finster zu Boden und schließlich fragte Eric, den das schlechte Gewissen plagte: »Aber deshalb haben sie dich nicht gefeuert, oder?«
»Nein«, gestand der Engel. »Du hättest Azazel niemals treffen dürfen.«
»Aber das ist doch nicht deine Schuld!«, protestierte Eric. »Der Schwarze Engel ist hinter mir her, nicht ich hinter ihm!«
»Das spielt keine Rolle«, sagte der Engel. »Es war meine Aufgabe, dies zu verhindern. Ich habe sie nicht erfüllt und nun muss ich die Strafe dafür erleiden.«
»Und wie sieht diese Strafe aus?«, fragte Eric zögernd. »Ich meine, du ... du kommst nicht in die Hölle oder so was?«
»Natürlich nicht.« Der Engel lächelte flüchtig, aber nur für eine Sekunde, dann nahm sein Gesicht wieder den traurig-resignierenden Ausdruck an, der die ganze Zeit darauf gewesen war. »Aber ich bin zurückgestuft worden. Ich kann nicht

mehr in den Himmel und ich kann mich auch nicht mehr neben der Zeit bewegen.«

»Das heißt, du kannst auch nicht mehr ... zugleich an verschiedenen Orten sein?«, fragte Eric stockend.

Der Engel nickte traurig. »Tatsächlich wurden mir die meisten meiner Engelskräfte genommen«, sagte er. »Ich bin nun kaum mächtiger als ihr.«

»Aber du kannst noch fliegen?«, fragte Eric erschrocken.

»Kannst du gehen?«, fragte der Engel zurück.

»Und was ... geschieht nun mit dir?«

Der Engel seufzte. »Das ist noch nicht entschieden«, sagte er. »Man hat mir versichert, sich meines Falls anzunehmen. Bis es so weit ist, muss ich hier bleiben, in der Welt der Menschen.«

»Du kannst selbstverständlich bei mir bleiben. Nach all dem Ärger, den ich dir bereitet habe, ist das ja wohl das Mindeste.«

Der Engel lächelte traurig. »Das ist nett gemeint, aber ich fürchte, du hast nicht ganz verstanden.«

»Du hast gesagt, dass sie schnell entscheiden wollen.«

»In naher Zukunft«, bestätigte der Engel. »Aber in naher Zukunft bedeutet nicht in naher Zukunft. Nicht nach euren Maßstäben.«

»Sondern?«, fragte Eric.

»Zweihundert Jahre«, sagte der Engel unglücklich. »Vielleicht auch dreihundert. So lange muss ich hier bleiben.«

Eric sagte eine ganze Weile gar nichts. Schließlich seufzte der Engel: »Vielleicht nehme ich dein Angebot an und bleibe eine Weile bei dir. Möglicherweise kann ich so doch noch das Schlimmste verhindern. Ich darf es zwar nicht, aber darauf kommt es jetzt auch nicht mehr an.«

»Du darfst nicht ... ?« Eric legte den Kopf schräg und sah den Engel verstört an. Dann keuchte er erschrocken: »Moment mal! Soll das heißen, dass ... dass du nicht mehr mein Schutzengel bist?«

»Ich bin entlassen«, erinnerte der Engel. »Fristlos.«

»Aber ich bekomme einen neuen?«, fragte Eric. »Einen neuen Schutzengel, meine ich.«

»Ich fürchte, nein«, gestand der Engel kleinlaut.
»Aber wieso denn nicht!«, protestierte Eric. »Ich brauche ihn jetzt dringender denn je! Azazel und ... und dieses andere Ding!«
»Der Alte Feind.« Der Engel seufzte. »Gerade das ist das Problem, weißt du? Man ist der Meinung, dass es keinen Sinn mehr hat. Nun, wo der Alte Feind selbst auf dich aufmerksam geworden ist, könnte dich selbst der mächtigste Engel nicht mehr retten ... vielleicht Gabriel oder Michael, aber die sind anderweitig beschäftigt. Keiner meiner ehemaligen Kollegen würde sich freiwillig mit Azazel anlegen. Geschweige denn mit dem Alten Feind selbst.«
»Du hast es getan«, sagte Eric.
»Und du siehst das Ergebnis vor dir«, sagte der Engel traurig. »Es tut mir Leid. Man ist höheren Orts der Meinung, dass deine Seele bereits verloren ist. Jeder weitere Versuch, sie zu retten, wäre nur ein unnötiges Opfer.«
»Und so was nennt sich himmlische Gerechtigkeit!«, grollte Eric. »Im Klartext: Ich kann alleine sehen, wie ich mit diesen Viechern fertig werde!«
»Ich werde dir helfen«, versprach der Engel mit einem verlegen wirkenden Lächeln. »Soweit ich das noch kann.«
Eric war erschüttert. Er hatte sich noch nicht sehr viel mit Theologie und kirchlichen Dingen beschäftigt, aber hieß es denn nicht, dass Gott jede einzelne Seele so wichtig sei wie das Schicksal der gesamten Menschheit? Und nun ließen sie ihn einfach fallen, nur weil sie Angst vor diesem Dämon hatten?
Er war empört und der Gedanke weckte seinen Trotz.
»Wie ist dein Name, Engel?«, fragte er.
»Den könntest du nicht aussprechen«, antwortete der Engel. »Aber du kannst mich Chep nennen. Das kommt ihm ziemlich nahe. Und so sagen viele andere Engel auch zu mir.«
»Chep, gut«, knurrte Eric. »Dann hör zu, Chep. Es ist mir gleich, was dein Boss denkt oder irgendwelche Betonköpfe in den himmlischen Verwaltungsetagen! Du und ich, wir werden

diesen Azazel in den Hintern treten, dass er bis in die siebte Hölle zurückfliegt, ist das klar?«
Chep seufzte tief.

Seine Eltern kamen spät zurück. Es war bereits dunkel und Eric sah ihnen vom Fenster seines Zimmers aus dabei zu, wie sie den Wagen in die Garage fuhren. Noch bevor sich das Tor wieder ganz schließen konnte, rollte ein zweiter Wagen die Auffahrt hoch, ein schwerer, dunkelblauer Ford, den er nach einer Sekunde des Überlegens als Schollkämpers und Breuers Dienstwagen identifizierte. Die beiden Polizisten mussten entweder die ganze Zeit auf seine Eltern gewartet haben oder sie hatten sich telefonisch mit ihnen verabredet; wahrscheinlich Letzteres.
Eric war immer noch der Meinung, dass Angriff die beste Verteidigung sei. Also verließ er sein Zimmer, um seinen Eltern – und vor allem Schollkämper und Breuer – entgegenzugehen. Kaum aber war er auf dem Flur, da kam ihm Andrea entgegen.
»Ich dich müssen sprechen«, sagte sie. Ihre Stimme klang hastig, fast schon gehetzt, und in ihren Augen flackerte unterdrückte Angst.
»Jetzt nicht«, sagte Eric. »Meine Eltern –«
»Doch jetzt«, unterbrach ihn Andrea. »Wichtig.«
Irgendetwas in ihrer Stimme und in ihrem Blick machte Eric klar, dass es wirklich wichtig war. Er lauschte einen Moment nach unten und konnte hören, wie sein Vater mit irgendjemandem sprach – Schollkämper oder Breuer –, dann hob er die Schultern und deutete mit einer Kopfbewegung auf die Tür, die er gerade erst hinter sich geschlossen hatte. »Also gut. Aber nur eine Minute. Ich glaube nicht, dass Vater heute allzu geduldig ist.«
»Eine Minute, gut«, antwortete Andrea, während Eric die Tür öffnete und sie ihm zurück in sein Zimmer folgte. Kaum hatte er die Tür wieder geschlossen, da sprudelte sie auch schon los.
»Ich dir getan Unrecht«, sagte sie. »Du entschuldigen. Ich

spüren Böses und denke, du böse, aber das nicht wahr. Du berührt Böses, aber nicht selbst böse. Du in großer Gefahr.«
»Wem sagst du das?«, seufzte Eric.
Andrea schien ihm gar nicht zuzuhören. »Ich dir helfen«, sagte sie. »Ich machen mächtigen Zauber, das gut gegen böse Geister. Du nehmen – bitte.«
Sie griff in die Kitteltasche und zog ein handtellergroßes Gebilde heraus, das aus Federn, bunten Holzperlen und gefärbten Lederschnüren bestand. Eric streckte zwar ganz automatisch die Hand danach aus, zögerte aber dann, es zu ergreifen.
»Was ist das?«, fragte er misstrauisch.
»Mächtiger Zauber«, antwortete Andrea. »Gut gegen böse Geister. Vertreiben Dämonen.«
»Wieso kennst du dich mit so etwas aus?«, fragte Eric.
»Meine Familie auf Jamaika viel Zauber«, erklärte Andrea. »Meine Tante große Voodoo-Priesterin. Sie mir gezeigt.«
»Voodoo?« Eric schüttelte zaghaft den Kopf. »Aber das ist doch ... Unsinn.« So wie Engel, Dämonen und Jungen, die sich in Ratten und Teufelsgestalten verwandelten?
»Du nehmen«, beharrte Andrea. »Du nicht glauben, dann nicht schaden. Du glauben, dann vielleicht helfen. Nehmen, bitte.«
Dieser Argumentation konnte sich Eric kaum verschließen. Außerdem spürte er, wie viel Andrea daran gelegen war, dass er ihren Zauber nahm. Und sie hatte Recht: Es konnte auf jeden Fall nicht schaden. Er streckte die Hand nach der Figur aus und schloss die Finger darum und für einen Moment verspürte er ein warmes, wohltuendes Gefühl, ganz ähnlich dem, das ihm die Engelsfeder vermittelt hatte, nur vielleicht nicht ganz so stark.
»Danke«, sagte er.
»Du immer bei dir tragen«, schärfte ihm Andrea ein. »Mächtiger Schutzzauber.«
»Das werde ich«, versprach Eric fast feierlich. Er steckte den Gegenstand ein – in die linke Tasche, nicht in die, in der er die

Engelsfeder trug – und ging wieder zur Tür. »Aber jetzt muss ich wirklich nach unten. Meine Eltern warten bestimmt schon auf mich.«
»Und Polizei«, sagte Andrea. »Sie mich geschickt, dich holen.«
Eric verließ das Zimmer, eilte die Treppe hinunter und ging ins Wohnzimmer, wo er nicht nur seine Eltern traf, sondern auch Schollkämper und Breuer.
Schon die Art, wie sie dasaßen, machte jede weitere Erklärung beinahe überflüssig. Seine Eltern saßen nebeneinander auf der Couch, ein wenig zu steif aufgerichtet und in angespannter Haltung, während Breuer bewusst lässig in einem Sessel lümmelte. Schollkämper hatte die Schultern gesenkt und das Kinn nach vorne geschoben. Er erinnerte Eric an einen Stier, der überlegte, wie er seinen Gegner am besten auf die Hörner nehmen konnte. Spannung lag wie etwas Greifbares in der Luft.
»Eric!« Sein Vater nickte ihm zu und gab ihm mit einer Geste zu verstehen, dass er neben ihm Platz nehmen sollte. Eric gehorchte und setzte sich zwischen seinen Vater und seine Mutter.
Für geschlagene zehn Sekunden herrschte Schweigen, dann sagte Vater: »Mein Sohn ist jetzt hier, Herr Schollkämper. Sie können ihm Ihre Frage stellen.«
Schollkämper musterte erst ihn finster, dann Eric und hob eine schmale Aktentasche vom Boden auf. Umständlich öffnete er sie und zog eine Anzahl großformatiger Fotografien heraus, die er allerdings mit der Rückseite nach oben auf den Tisch legte.
»Eigentlich habe ich nur eine einfache Frage an dich, Eric«, begann er. »Wann hast du Doktor Albrecht das letzte Mal gesehen?«
»Doktor Albrecht? Unseren Biologielehrer?« Für einen Moment drohte Eric fast in Panik zu geraten. Er hatte damit gerechnet, dass Schollkämper ihn fragen würde, was er schon wieder im Haus der Lehrerin gewollt hatte – aber das?

»Falls es keinen zweiten Doktor Albrecht an deiner Schule gibt, ja«, antwortete Schollkämper mühsam beherrscht. »Also: Wann hast du ihn das letzte Mal gesehen?«
»Heute«, antwortete Eric. »Er hatte die letzte Stunde.«
»Und danach nicht mehr?«, schnappte Breuer. »Deine Klassenkameraden behaupten, dass du noch länger geblieben bist, als die Schule vorüber war.«
»Das bestreite ich ja auch gar nicht«, antwortete Eric. »Er hat mich gebeten, noch einen Moment zu bleiben.«
»Wieso?«
»Meine letzte Biologiearbeit war nicht so toll«, antwortete Eric. »Er wollte mit mir darüber reden. Warum?«
»Das frage ich mich mittlerweile auch«, mischte sich sein Vater ein. »Was soll dieses Verhör?«
»Nur einen Moment noch, Herr Classmann«, sagte Schollkämper. Er wandte sich wieder an Eric. »Du bleibst also dabei, dass du Herrn Albrecht nicht mehr gesehen hast, nachdem du das Schulgebäude verlassen hast?«
Etwas warnte Eric, sich seine Antwort genau zu überlegen, aber es war bereits zu spät. Er nickte und hörte sich selbst sagen: »Ja.«
Irgendetwas in Schollkämpers Augen sagte ihm, dass das die falsche Antwort war.
»Und wie«, fragte Schollkämper triumphierend, »erklärst du dir dann das hier?«
Er drehte die Fotografien herum und Eric hatte das Gefühl, innerlich zu Eis zu erstarren.
Plötzlich wusste er, was er vergessen hatte.
Die beiden Fotos zeigten Albrecht, ihn selbst und die drei Rüpel aus der Parallelklasse, allesamt in eine wilde Keilerei verstrickt. Sie waren sich ziemlich ähnlich, so als wären sie kurz hintereinander aufgenommen worden; im Abstand von allerhöchstens einer Sekunde.
Die beiden Blitze, die Albrecht und ihn geblendet und ihre Flucht letztendlich vereitelt hatten, waren auch im Abstand von weniger als einer Sekunde erfolgt ...

»Nun?«, fragte Schollkämper, als er nicht antwortete, sondern die Bilder nur fassungslos anstarrte.
Eric sagte immer noch nichts, aber sein Vater beugte sich vor und riss ihm eines der Fotos aus der Hand. Er wurde blass, als er einen Blick darauf warf.
»Ich ... weiß gar nicht, was Sie von mir wollen«, murmelte Eric.
»Das kann ich dir sagen!«, entgegnete Breuer scharf. »Doktor Albrecht ist verschwunden und die drei Jungen aus deiner Schule ebenfalls. Seit diese Bilder gemacht worden sind, hat sie niemand mehr gesehen. Das ist schon ein merkwürdiger Zufall, nicht wahr?«
»Was wollen Sie damit sagen?«, fragte Vater, noch bevor Eric antworten konnte.
»Dass jetzt der zweite Lehrer derselben Schule spurlos verschwunden ist, nachdem er zuletzt zusammen mit Ihrem Sohn in diesem Gebäude gesehen wurde«, antwortete Schollkämper.
»Spurlos verschwunden?« Erics Vater zog die Augenbrauen hoch. »Nach ein paar Stunden kann davon ja wohl kaum die Rede sein. Wann wurde dieses Foto gemacht?« Er wartete Schollkämpers Antwort gar nicht ab, sondern drehte das Bild herum und blickte stirnrunzelnd auf die winzigen Buchstaben und Ziffern, die auf seiner Rückseite aufgedruckt waren.
»Sind diese Angaben korrekt?«, fragte er dann.
»Ich nehme es an«, antwortete Schollkämper.
Vaters Stirnrunzeln vertiefte sich. »Das ist allerdings merkwürdig«, sagte er.
»Wieso?«, fragte Schollkämper misstrauisch.
»Nun, wenn diese Angaben stimmen, dann wurden diese Bilder auf die Minute genau zur selben Zeit gemacht, zu der Ihr Assistent meinen Sohn im Keller des Hauses von Frau Wellstadt-Roblinsky aufgegriffen haben will.« Er reichte Schollkämper das Bild zurück. »Sie sehen also, es kann gar nicht Eric sein. Immerhin liegt die Schule fast am anderen Ende der Stadt.«

Schollkämper riss ihm das Bild regelrecht aus der Hand, drehte es herum und starrte auf den Aufdruck. Dann tat er dasselbe mit seinem Exemplar. »Das ... das kann überhaupt nicht sein«, stammelte er. »Da muss ein Irrtum vorliegen!«
»Ja, das scheint mir auch so«, sagte Erics Vater kühl. »Ich würde es allerdings begrüßen, wenn Sie in Zukunft alle Irrtümer ausschließen, bevor Sie hierher kommen und haltlose Anschuldigungen gegen meine Familie vorbringen.«
Schollkämper sah für einen Moment so hilflos drein, dass er Eric beinahe Leid tat.
»Woher kommen die Bilder überhaupt?«, fragte Erics Mutter.
»Ein Pressefotograf hat sie gemacht«, sagte Breuer. Er nahm Schollkämper eines der Fotos aus der Hand und betrachtete abwechselnd Eric und das Bild.
»Presse?«, fragte Vater alarmiert. »Soll das heißen, dass ich diese Bilder morgen früh in irgendeiner Zeitung bewundern darf?«
»Darauf habe ich keinen Einfluss«, sagte Schollkämper feindselig. »Immerhin herrscht in diesem Land Pressefreiheit.«
»So lange sie die Wahrheit druckt, ja«, sagte Vater grimmig. »Ich kann mich ja wohl darauf verlassen, dass sie bestätigen, dass sich mein Sohn zum fraglichen Zeitpunkt am anderen Ende der Stadt aufgehalten hat, oder?«
Schollkämper schwieg, aber Breuer sagte aufgebracht: »Aber das ist doch Ihr Sohn auf den Bildern!«
»Eine gewisse Ähnlichkeit ist nicht abzustreiten«, sagte Vater kalt. »Aber er kann es unmöglich sein. Es sei denn, Ihre Uhr geht falsch, Herr Breuer.«
Breuer sagte nichts mehr, aber er starrte Eric fast mordlüstern an. Nachdem fast eine Minute dieses unbehaglichen Schweigens vergangen war, sagte Erics Vater: »Wenn sonst nichts mehr anliegt, meine Herren ...?«
»Es liegt tatsächlich noch etwas an.« Schollkämper räusperte sich, schob eines der Fotos wieder in seine Aktenmappe und ließ das andere demonstrativ auf dem Tisch liegen. »Sagt Ihnen der Name Aspach etwas? Stefan Aspach?«

Vater überlegte einen kurzen Moment angestrengt, dann nickte er. »Ein ehemaliger Studienkollege von mir. Ich habe ihn seit damals nicht mehr gesehen. Warum fragen Sie nach ihm?«

»Er war derjenige, der Ihnen seinerzeit geraten hat, Ihr ganzes Geld in dieses Stück Land zu stecken, nicht wahr? Das Land, durch das Sie reich geworden sind.«

»Ein Tipp unter Freunden«, sagte Vater. »Ist das verboten?«

»Natürlich nicht. Sie haben also seit dem Studium nichts mehr von ihm gehört?«

»Nein.«

»Aber ich«, sagte Schollkämper. »Stefan Aspach nennt sich heute Astartus. Er ist der Leiter Der Kinder der Letzten Tage, einer Sek ... Religionsgemeinschaft, die sich seit ein paar Jahren einer wachsenden Anhängerschaft erfreut. Haben Sie schon von ihnen gehört?«

»Flüchtig«, sagte Vater. »Aus der Zeitung – wie jedermann eben.«

»Das ist seltsam«, sagte Schollkämper. »Nach den Informationen, die uns vorliegen, haben Die Kinder der Letzten Tage versucht, das Grundstück Frau Wellstadt-Roblinskys zu erwerben. Ihr Name ist dabei mehrmals gefallen.« Er sah Erics Mutter an. »Und Ihrer auch.«

»Wie bitte?«, fragte Vater. »Das ist absurd. Ich bin Rechtsanwalt, kein Makler.«

»Ich kann nur weitergeben, was uns gesagt wurde«, sagte Schollkämper. »Sie sollen sozusagen als Unterhändler genannt worden sein. Die Kinder der Letzten Tage wollen auf diesem Grundstück wohl eine Art ... Kirche errichten. Sie nennen es natürlich anders: Versammlungsort. Aber es läuft auf dasselbe hinaus. Jedenfalls wurden Sie als Verhandlungsführer benannt. Und Ihre Gattin als Architektin.«

»Das ist doch grotesk!«, sagte Mutter. »Ich kenne diese Leute nicht einmal! Wer hat das behauptet?«

»Das kann ich Ihnen nicht sagen«, antwortete Schollkämper. »Aber er muss wohl hinlängliche Beweise für seine Behauptungen haben. Immerhin genug, um auch die Staatsanwaltschaft zu überzeugen.«

»Die Staatsanwaltschaft?«, fragte Vater.

Schollkämper nickte. »Sie werden in den nächsten Tagen eine entsprechende Vorladung bekommen.«

»Und Sie konnten es sich natürlich nicht verkneifen, uns diese frohe Botschaft persönlich zu überbringen«, sagte Vater feindselig.

»Ich wollte Ihnen noch eine Chance geben, das Schlimmste abzuwenden«, sagte Schollkämper. »Ich weiß, wie diese Sekten arbeiten, glauben Sie mir. Sie zahlen am Schluss bei der Geschichte drauf, ganz egal, was sie Ihnen auch versprechen.«

Erics Vater wollte auffahren, aber Mutter machte eine rasche Geste und wandte sich an den Kriminalbeamten. »Ich bin sicher, dass sich alles aufklären wird, Herr Schollkämper«, sagte sie. »Weder mein Mann noch ich haben irgendetwas mit dieser ominösen Sekte zu tun, glauben Sie mir. Vielleicht hat sich Aspach einfach an seinen früheren Studienkollegen erinnert und wollte ihm wieder einmal einen Gefallen tun, indem er ihm diesen lukrativen Auftrag zuschanzte –«

»Den ich niemals annehmen würde«, fügte Vater hinzu.

»– und in diesem Zusammenhang ist ihm dann vielleicht auch mein Name eingefallen«, fuhr Mutter fort. »Ich habe seit Jahren nicht mehr als Architektin gearbeitet, aber früher habe ich das eine oder andere Haus gebaut, das zumindest in Fachkreisen für ein gewisses Aufsehen gesorgt hat. Die ganze Angelegenheit wird sich aufklären. Wir werden gleich morgen mit Stefan Aspach Kontakt aufnehmen und alles wird sich als großes Missverständnis herausstellen.«

»Ja, darauf wette ich«, grollte Schollkämper. Er stand auf. »Erzählen Sie das dem Staatsanwalt. Vielleicht glaubt er Ihnen ja.« Er nickte Breuer zu. »Gehen wir.«

Die beiden Polizisten verließen das Wohnzimmer und Eric und sein Vater folgten ihnen. An der Tür tauschten Schollkämper und Vater noch ein paar Unfreundlichkeiten aus und Breuer nutzte die Gelegenheit, sich noch einmal zu Eric herumzudrehen und ihm zuzuraunen: »Diesmal bist du noch einmal davongekommen, aber das bleibt nicht so. Ich weiß nicht, wie du es gemacht hast, aber ich kriege es heraus, das schwöre ich!«

Eric antwortete nicht darauf. Was hätte er auch sagen sollen? Er war im Grunde genauso verstört und erschrocken wie der junge Polizist. Er hätte jede Menge darum gegeben, hätte er Breuer einfach die Wahrheit sagen können – und hätte dieser ihm geglaubt.

Aber das war leider unter keinen Umständen denkbar. Weder das eine noch das andere.

Die beiden Polizisten verabschiedeten sich steif und gingen und Erics Vater wandte sich um und ging ins Wohnzimmer zurück. Eric folgte ihm und kaum hatte er es betreten, da fuhr sein Vater auf dem Absatz herum und herrschte ihn an:

»Und jetzt zu dir, mein Herr Sohn! Würdest du mir erklären, was du eigentlich vorhast?«

»Ich ... verstehe nicht«, stammelte Eric. Der Ton, in dem sein Vater ihn angefahren hatte, überraschte ihn vollkommen. So hatte sein Vater noch nie mit ihm geredet, ja, so hatte er ihn überhaupt noch nie erlebt.

»Willst du mich ruinieren oder reicht es dir für den Anfang, wenn meine politische Karriere den Bach runtergeht?«, fragte sein Vater. »Was zum Teufel ist passiert? Wo ist Albrecht und was sind das für drei Burschen auf dem Foto?«

»Aber das bin ich doch gar nicht!«, verteidigte sich Eric.

Sein Vater riss das Bild vom Tisch, das Schollkämper liegen gelassen hatte, und schrie ihn nun wirklich an: »Das bist du nicht?! Ich werde doch wohl noch meinen eigenen Sohn erkennen!«

»Aber du hast doch selbst gesagt –«

»Ich weiß, was ich gesagt habe!«, brüllte sein Vater. »Ich habe Schollkämper mit einem juristischen Winkelzug aus dem Konzept gebracht! Du kannst von Glück sagen, dass sein Assistent offensichtlich zu dumm ist, die korrekte Uhrzeit abzulesen! Wäre es anders, dann hätte keine Macht der Welt ihn noch davon abhalten können, dich mitzunehmen! Was ist da passiert? Wer sind diese drei Jungen und wo ist Albrecht geblieben?«

»Ich weiß es nicht«, gestand Eric. Er warf einen Hilfe suchenden Blick zu seiner Mutter hin, aber sie starrte nur wortlos zu Boden. Er begriff, dass er von ihr keine Hilfe zu erwarten hatte. Es tat weh, aber er konnte sie verstehen. Wahrscheinlich hatte auch sie ihren Mann noch nie in einer solch aggressiven Stimmung erlebt.

»Ich weiß es nicht ist ein bisschen wenig«, sagte sein Vater scharf.

»Die drei haben Streit gesucht«, erklärte Eric. »Sie sind dafür berüchtigt. Ich bin nur an ihnen vorbeigegangen, da haben sie mich schon gepackt und in das Haus gezerrt, um mich zu verprügeln. Albrecht hat alles vom Fenster aus beobachtet und wollte mir helfen, das ist alles.«

»Das ist alles?«, fragte sein Vater misstrauisch.

»Mehr weiß ich jedenfalls nicht«, sagte Eric. »Ich bin weggelaufen.«

»Und hast deinen Lehrer mit diesen drei Schlägern allein gelassen?«, fragte Vater. »Ich wusste ja gar nicht, dass mein Sohn ein Feigling ist.«

»Das reicht jetzt aber!«, mischte sich Mutter ein. »Was soll er machen? Sich umbringen lassen?«

»So schlimm wäre es schon nicht gekommen«, antwortete Vater.

»Ach? Immerhin ist Doktor Albrecht seitdem spurlos verschwunden. Und die drei Kerle auch«, entgegnete Mutter scharf.

Der wütende Ausdruck auf dem Gesicht seines Vaters verschwand. Vermutlich tat ihm sein eigener Ausbruch schon längst wieder Leid. Schließlich hob er die Schultern und seufzte tief.

»Also gut«, sagte er. »Wir fahren gleich morgen früh zusammen zur Polizei und du gibst ganz genau das zu Protokoll, was du mir gerade erzählt hast. Wir werden sagen, dass du Angst

hattest und einfach losgerannt bist. Zufällig hast du die Polizisten gesehen und bist in das Haus gelaufen, um sie um Hilfe zu bitten ... was wolltest du überhaupt dort?«
»Ich ... weiß es nicht«, sagte Eric stockend. »Ich dachte, ich ... ich würde vielleicht irgendetwas finden, was dich entlastet. Aber das war wohl nicht sehr klug, oder?«
»Nicht besonders«, sagte sein Vater. »Entschuldige, dass ich vorhin so grob war. Aber ich weiß allmählich schon nicht mehr, wo mir der Kopf steht. Ich hatte heute Nachmittag ein sehr langes und ziemlich unangenehmes Gespräch mit der Parteizentrale. Wenn morgen früh wirklich dieses Foto in der Zeitung erscheint, dann kann ich meinen Wahlkampf vergessen.«
Eric erschrak. Daran hatte er noch gar nicht gedacht. »Aber kannst du es denn nicht verhindern?«
»Verhindern?«
»Du hast doch Einfluss«, sagte Eric. »Du kannst doch ein paar Leute anrufen –«
»Damit sie zu allem Überfluss auch noch schreiben können, dass ich versuche, die Pressefreiheit zu beschneiden?«, unterbrach ihn sein Vater. »Hältst du das für eine gute Idee?«
»Nein«, gestand Eric.
»Ich auch nicht.« Sein Vater seufzte. »Ich kann gar nichts anderes tun, als den Kopf einzuziehen und zu hoffen, dass es nicht allzu schlimm wird. Aber ich fürchte fast, das wird es.«
»Ich an deiner Stelle würde lieber darüber nachdenken, wie wir deinen Freund Stefan erreichen«, sagte Mutter. »Wenn das, was dieser Polizist erzählt hat, stimmt, dann ist er die weitaus größere Gefahr.«
»Er ist nicht mein Freund«, knurrte Vater gereizt. »Ich habe ihn seit über zwanzig Jahren nicht mehr gesehen!«
Eric hielt den Moment für günstig, sich unauffällig zurückzuziehen. Er verabschiedete sich mit einem Kopfnicken, verließ das Wohnzimmer und rannte die Treppe hinauf.
Oben angekommen schloss er die Tür hinter sich ab und rief laut: »Chep! Wo bist du? Ich brauche deine Hilfe!«

»Falls ich dazu in der Lage bin.« Der Engel erschien in der Mitte des Zimmers und sah ihn traurig an.
»Du weißt, was passiert ist?«
»Woher?« Chep schüttelte den Kopf. »Ich lausche doch nicht.«
»Chep!«
»Also gut, ja«, gestand der Engel. »Es könnte sein, dass ich das eine oder andere mitbekommen habe.«
»Dann musst du mir helfen!«, sagte Eric aufgeregt. »Wir müssen Albrecht finden. Noch heute Nacht!«
»Unmöglich«, sagte Chep überzeugt.
»Soll das heißen, du weißt nicht, wo er ist?«
»O doch«, antwortete der Engel. »Ich weiß es. Aber dort, wo er ist, können wir ihn nicht erreichen. Niemand kann das.«
»Wo?«, beharrte Eric.
»Er ist in Armageddon«, erklärte Chep. »Azazel hat ihn. Er ist ein Gefangener der Schwarzen Kathedrale. Genau wie deine Lehrerin.«
»Frau Wellstadt-Roblinsky?«
Chep dachte einen Moment nach, dann nickte er. »Ja, so nannte sie sich, glaube ich – in eurer Welt.«
»In unserer Welt?«
Chep nickte, sah sich einige Augenblicke lang suchend im Zimmer um und setzte sich schließlich auf die Bettkante. »Sie war einmal eine von uns«, sagte er.
Eric riss ungläubig die Augen auf. »Die Wellstadt-Roblinsky? Ein Engel? Was ist passiert?«
»Passiert?« Chep verstand offensichtlich den Sinn dieser Frage nicht.
»Ich meine: Wieso ist sie kein Engel mehr? Wurde sie verstoßen? Hat sie etwas falsch gemacht?«
Chep sah ihn noch einen weiteren Moment verständnislos an, doch dann hellte sich sein Gesicht auf und er schüttelte den Kopf. »Oh, jetzt verstehe ich. Nein, sie wurde nicht verstoßen. Wir können das, weißt du? Manchmal entschließt sich einer von uns, ein Leben als Mensch zu führen. Er wird geboren,

wächst auf und stirbt schließlich und danach setzt er seine Existenz als Engel fort. Ziemlich viele von uns tun das – dann und wann.«
»Und ... von der anderen Seite auch?«, fragte Eric. Er hatte plötzlich einen bestimmten Verdacht.
»Die andere Seite?«
»Die Dämonen«, erklärte Eric. »Azazel und seine Bande.«
Chep lächelte. »Sicher. Aber natürlich vergisst man im Moment seiner Geburt sofort sein vorheriges Leben als Engel. Später aber erinnert man sich an alles.«
Trotzdem, dachte Eric, muss das wohl die Erklärung sein, warum manche Menschen schon zu Lebzeiten wahre Teufel sind – oder auch reine Engel.
»Und was passiert mit uns normalen Sterblichen, wenn unsere Zeit abgelaufen ist?«, fragte er. »Werden wir dann als Engel wiedergeboren?«
Chep schüttelte den Kopf und sagte sehr ernst: »Diese Frage darf ich dir nicht beantworten. Und selbst wenn ich es dürfte, so würde ich es nicht wollen.«
»Wieso?«
»Was sollte ich antworten?«, fragte Chep. »Ja oder nein? Sagte ich nein, dann würdest du allen Mut verlieren, denn du könntest glauben, dein Leben und das aller anderen Menschen wäre ohne Sinn und am Ende stünde ohnehin nur das große Vergessen. Sagte ich ja, worum solltest du dann noch kämpfen? Wozu sich mühen, wenn man nicht verlieren kann?«
»Also gut«, murmelte Eric enttäuscht. »Wenn du dir in der Rolle des großen Geheimnisvollen gefällst, dann sag mir wenigstens, wie wir Wellstadt-Roblinsky und Albrecht befreien können.«
»Das können wir nicht«, antwortete Chep. »Die Seelen derer, die in der Schwarzen Kathedrale gefangen werden, sind für alle Zeiten verloren.«
»Aber ich brauche sie!«, protestierte Eric. »Wenn Wellstadt-Roblinsky und Albrecht nicht wieder auftauchen, bekommt mein Vater gewaltigen Ärger mit der Polizei!«

»Das tut mir Leid«, sagte der Engel. »Aber es ist uns nicht erlaubt, uns in die Belange der Menschen einzumischen.«
»Ohne die Einmischung von einem von euch wäre das alles gar nicht erst passiert«, grollte Eric.
Chep sah ihn nur an und so fuhr er nach einem Moment fort: »Dann lass wenigstens diese Bilder verschwinden! Mein Vater ist erledigt, wenn sie morgen in der Zeitung erscheinen!«
»Die Bilder verschwinden?«, wiederholte Chep stirnrunzelnd.
»Die Negative, alle Abzüge, einfach alles!«, bestätigte Eric. »Das kannst du doch wohl, oder?«
»Ich könnte es«, bestätigte Chep. Er klang beinahe empört. »Aber ich werde es ganz gewiss nicht tun. Ich bin doch kein Dieb!«
»Und so etwas nennt sich Schutzengel«, seufzte Eric.
»Ex-Schutzengel«, korrigierte ihn Chep. »Und ein ziemlich müder dazu. Wenn du mich im Moment also nicht mehr brauchst ...« Er sah sich suchend um. »Wo kann ich schlafen?«
»Schlafen?«, ächzte Eric.
»Selbstverständlich«, antwortete Chep. »Auch wir müssen ruhen.«
Eric schüttelte den Kopf. »Jetzt fehlt nur noch, dass du mich fragst, wo das Klo ist«, sagte er. »Ich meine, ihr ... ihr müsst doch nicht wirklich ...?«
»Das ist eine sehr indiskrete Frage«, antwortete Chep tadelnd. »Außerdem weiß ich es längst. Also?«
»Leg dich doch hin, wo du willst«, knurrte Eric. Er drehte sich herum. »Ich habe noch zu tun. Warte nicht auf mich.«
Chep antwortete nicht und als Eric noch einmal über die Schulter zurücksah, wusste er auch, warum. Der Engel hatte sich da, wo er gerade war – nämlich auf Erics Bett – ausgestreckt und schnarchte leise.

Er hatte nichts mehr zu tun, aber nach der Aufregung der letzten halben Stunde wäre es ihm einfach nicht möglich gewesen, sich ins Bett zu legen und einzuschlafen, als wäre gar nichts

geschehen. So stromerte er noch eine Weile durchs Haus. Er ging in die Küche, trank ein Glas Milch – irgendwo hatte er einmal gelesen, dass Milch das beste natürliche Schlafmittel sei, aber wenn, dann verfehlte es heute seine Wirkung –, verbrachte einige Minuten auf der Terrasse und blieb auch dort nicht lange; seine Eltern hatten die Vorhänge zugezogen, sodass sie ihn nicht sahen, doch er hörte ihre gedämpften, aber deutlich angespannten Stimmen durch die Scheibe hindurch und außerdem ... war ihm der Garten unangenehm.
Er konnte es nicht anders ausdrücken. Eric hatte sich niemals vor der Dunkelheit gefürchtet, aber nun ...
Es fiel ihm schwer, das Gefühl in Worte zu kleiden. Es war wie vorhin, als er die Treppe hinaufgegangen war: Er glaubte zu spüren, wie ihn unsichtbare, seltsame Dinge aus der Nacht heraus anstarrten. Etwas Erwartungsvolles, Lauerndes lag in der Luft und gerade an der Grenze des überhaupt noch Hörbaren war ein sonderbares Rascheln und Knistern zu vernehmen, so als kröche eine Armee kleiner, bizarrer Wesenheiten auf unzähligen harten Beinchen auf ihn zu. Er musste wieder daran denken, was Chep ihm über Azazels Diener erzählt hatte, und ein eisiger Schauer lief über seinen Rücken. Wahrscheinlich war nichts davon wahr. Eric hatte mehr und mehr das Gefühl, dass der ehemalige Schutzengel sich gerne wichtig machte. Aber in diesem Moment, als er auf der Terrasse stand und in die Dunkelheit hinausblickte, die den Garten wie eine Mauer umgab, glaubte er jedes Wort. Er konnte die Armee der Finsternis geradezu sehen, wie sie näher kroch, Myriaden winziger, gepanzerter Geschöpfe mit schimmernden Facettenaugen, Beißzangen und vielgliedrigen Beinchen, die ...
Schluss!
Eric würgte den Gedanken fast gewaltsam ab. Er würde seiner Fantasie nicht erlauben, ihn auch noch fertig zu machen. Die Schrecken, die die Wirklichkeit für ihn bereithielt, waren schon schlimm genug. Mit einem Ruck drehte er sich herum und ging.

Allerdings nicht direkt zurück ins Haus. Stattdessen überquerte er die Terrasse und betrat die zweite der beiden großen Doppelgaragen, die rechts und links an das Haus angebaut waren. Sie war noch nie als Garage benutzt worden und sie beherbergte auch jetzt kein Automobil, sondern etwas, bei dessen Anblick das Herz jedes Kindes höher geschlagen hätte.
In der Mitte des Raumes stand eine zwei mal sechs Meter große Platte, auf der eine winzigkleine Spielzeugstadt im Entstehen begriffen war. Dies war das Reich seines Vaters, sein Refugium, in das er sich manchmal nach einem besonders harten Arbeitstag für eine oder zwei Stunden zurückzog, aber auch schon einmal eine ganze Nacht durchmachte.
Früher einmal war diese Anlage eine ganz normale Spielzeugeisenbahn gewesen, wie sie viele Kinder (und noch mehr Väter) ihr Eigen nannten. Aber sein Vater hatte bald bemerkt, dass ihn die Eisenbahn im Grunde nicht sehr interessierte. Der große Spaß an der Sache war der Bau winziger Landschaften, Wälder, Flüsse und Gebäude. Am Anfang hatte er noch Fertigmodelle aus dem Zubehörangebot der verschiedenen Eisenbahnhersteller benutzt, aber schließlich hatte er angefangen, wirklich alles selbst zu bauen. Und da sein Vater Perfektionist war, hatte er natürlich nicht irgendetwas gebaut, sondern ein maßstabgetreues Modell ihrer Heimatstadt, wie sie vor sieben- oder achthundert Jahren einmal ausgesehen hatte. Eine fünf Zentimeter hohe Mauer umgab die gesamte Tischplatte und dahinter erhoben sich Dutzende kleiner, aus Styropor, Pappe, Streichhölzern, Plexiglas und allen anderen denkbaren Materialien genau nachgebauter Gebäude. Sein Vater hatte den Ehrgeiz entwickelt, das Modell so genau wie möglich zu gestalten, und so konnte man an zahlreichen Häusern Türen und Fenster öffnen. Hier und da kräuselte sich auf Knopfdruck Rauch aus einem Kamin und unter den Straßen waren dünne Magnetfolien angebracht, sodass sich einige der Fuhrwerke und Reiter tatsächlich bewegten, wenn man den entsprechenden Schalter betätigte. Diese Modelle waren das

Einzige, was sein Vater fertig gekauft hatte, aber er hatte sie eigenhändig neu bemalt und seine Mutter mehr als einmal an den Rand eines Nervenzusammenbruchs getrieben, wenn er dabei das ganze Haus mit Farbe bekleckerte oder sich ein gutes Hemd versaute. Dass der Grundriss der Stadt und auch das Aussehen der meisten Häuser auf historischen Plänen beruhte, war natürlich Ehrensache.
Eric trat nachdenklich an das Modell heran. Sein Vater schätzte es nicht besonders, wenn er allein hier hereinging, aber er hatte nicht vor, irgendetwas anzurühren. Sein Blick suchte nur die Stelle, an der das zwanzig Zentimeter große Modell des Gymnasiums stand. Es war in einem historischen Bau untergebracht, und so unterschied sich das Modell kaum von dem richtigen Haus, das Eric kannte und in das er fast jeden Tag ging. Die Dachkonstruktion war ein wenig anders und es gab keine Blitzableiter, Dachrinnen und Satellitenantennen, aber das war auch schon beinahe alles.
Eric löste seinen Blick von dem winzigen Pappmaschee-Gebäude und ging halb um den Tisch herum, und erst als er es sah, wurde ihm überhaupt klar, wonach er gesucht hatte.
Es war wirklich seltsam. Fast schon unheimlich. Auch das Haus von Frau Wellstadt-Roblinsky und die angrenzenden Gebäude sahen in diesem Modell genauso aus wie in der Wirklichkeit. Die ganze Stadt hatte sich verändert. Der Verlauf vieler Straßen war gleich geblieben, aber wo sich auf dem Modell winzige Fachwerkhäuser oder einfache Holzbauten erhoben, da standen heute moderne Bürogebäude, hübsche Einfamilienhäuser oder große Wohnkomplexe. Selbst die Stelle der kleinen Burg, die sich am anderen Ende der Spielzeugstadt erhob, hatte heute ein moderner Industriekomplex eingenommen. Nur dieser Straßenzug schien vollkommen unverändert zu sein.
Eric war ziemlich verwirrt. Das Modell zeigte die Stadt im frühen Mittelalter. Und es war vollkommen unmöglich, dass so viele Jahrhunderte an einem ganz normalen Wohnhaus vorübergingen, ohne ihre Spuren daran zu hinterlassen.

Andererseits aber konnte er sich einfach nicht vorstellen, dass seinem Vater ein solcher Fehler unterlief.
»Sie haben es die ganze Zeit über immer wieder originalgetreu aufgebaut«, sagte eine Stimme hinter ihm.
Eric fuhr herum und sah sich seinem Vater gegenüber. Er hatte die Garage so lautlos betreten, dass er ihn nicht einmal gehört hatte. Eric versuchte sich rasch eine Ausrede zurechtzulegen, die seine Anwesenheit hier erklärte, aber sein Vater schien ihm das Eindringen in sein privates Heiligtum nicht übel zu nehmen, denn er deutete auf das Modell von Wellstadt-Roblinskys Haus und sagte: »Du wunderst dich, dass es noch genauso aussieht wie im dreizehnten Jahrhundert, nicht wahr? Aber ich habe es korrekt gebaut. Die älteste Skizze, die ich gefunden habe, stammt aus dem Jahre zwölfhundertvierzig. Seither befindet sich dieser ganze Straßenzug immer im Besitz derselben Familie. Er wurde in verschiedenen Kriegen mindestens dreimal komplett zerstört und sie haben ihn jedes Mal wieder genauso aufgebaut, wie er war. Seltsam, nicht?«
Eric nickte. »Du hast dich also doch nach dem Haus erkundigt.«
»Ich weiß, was du jetzt sagen willst.« Sein Vater seufzte tief. »Die Polizei könnte es herausfinden und dann stünde ich ganz schön dumm da. Aber bis vorhin war mir überhaupt nicht klar, von welchem Haus sie überhaupt reden. Wenn Schollkämper noch einmal hierher kommen sollte, dann zeige ich ihm einfach dieses Modell. Vielleicht glauben sie mir ja.«
»Schollkämper würde dir nicht einmal glauben, wenn du ihm die Uhrzeit sagen würdest«, sagte Eric.
»Vielleicht merken sie es gar nicht«, murmelte sein Vater. »Ich war im Stadtarchiv, nicht im Katasteramt.« Er seufzte. »Lässt du mich jetzt bitte allein? Ich möchte noch ein wenig basteln.«
Eric ging ohne ein weiteres Wort. Sein Vater wollte nicht wirklich an seiner Anlage arbeiten, sondern nur seine Hände beschäftigen und dabei seine Gedanken ordnen, das war ihm klar. Und er respektierte es.
Er spielte einen Moment lang mit der Idee, zu seiner Mutter

zu gehen, tat es dann aber doch nicht. Als er draußen auf der Terrasse gestanden hatte, waren die Stimmen seiner Eltern am Schluss ziemlich laut geworden. Wahrscheinlich hatten sie sich gestritten. Vielleicht war es am besten, wenn er sie jetzt beide vollkommen in Ruhe ließ.
Aber er war auch noch immer viel zu aufgedreht, um sich schlafen zu legen. Vielleicht war Andrea ja noch wach. Er hatte ohnehin noch die eine oder andere Frage, die er ihr stellen wollte.

Die jamaikanische Haushälterin wohnte in einem kleinen Anbau hinter dem Haus, der aus drei winzigen Zimmern bestand und Eric viel zu klein vorkam, um menschenwürdig darin zu leben, nach Andreas eigenen Worten aber größer war als das gesamte Haus, das sie zusammen mit ihrer Familie auf Jamaika bewohnt hatte. Sowohl Eric als auch seine Eltern gingen nur sehr selten dorthin. Privatsphäre wurde in diesem Haus groß geschrieben, und das galt auch für ihre Angestellte. So hatte Eric auch ein entsprechend schlechtes Gewissen, als er an ihre Tür klopfte. Es war mittlerweile beinahe elf. Vielleicht lag Andrea auch schon im Bett und schlief und würde wenig begeistert sein, wenn er sie nach einem langen, anstrengenden Arbeitstag weckte, um sie mit seinen Sorgen zu belästigen.
Seine Überlegungen erwiesen sich jedoch als überflüssig. Er musste nur ein einziges Mal klopfen, da erklangen auf der anderen Seite der Tür schlurfende Schritte und Andrea machte auf.
Eric hätte um ein Haar laut losgelacht. Andrea hatte sich ziemlich verändert. Sie trug jetzt einen rosaroten Morgenmantel mit Rüschen, Spitzen und Blumenmuster, wie man ihn sonst noch allerhöchstens in alten Filmen aus den fünfziger Jahren sah, und abgewetzte Filzpantoffeln, die mindestens fünf Nummern zu groß waren. Ihr Haar war voller Lockenwickler, in denen Nadeln von der Abmessung eines Schaschlikspießes steckten (auf den zweiten Blick wurde ihm klar, dass es

Schaschlikspieße waren) und dazu eine schwere Hornbrille, die ihr Gesicht vollkommen zu bedecken schien. In der linken Hand hielt sie ein buntbemaltes Stöckchen mit einem Federbusch am Ende.
»Ach, Eric«, begann sie, bevor er noch etwas sagen konnte. »Ich schon gewartet auf dich. Ich gewusst, dass du kommen.«
Da hat sie mehr gewusst als ich, dachte er erstaunt. Er selbst hatte sich vor einem Moment ja erst entschieden, hierher zu kommen. Er trat an ihr vorbei und warf einen raschen Blick in die Runde, während Andrea die Tür schloss und zu seiner Verwunderung die Kette vorlegte. Das Zimmer war klein und hoffnungslos voll gestopft und es spiegelte mehr von Andreas Mentalität, als ihm bisher klar gewesen war: Überall lagen buntbestickte Spitzendeckchen. An den Wänden hingen Ikonen und in goldfarbene Plastikrähmchen gefasste Heiligenbildchen und auf den Regalen und in den Schränken stand mindestens ein Dutzend Marienstatuen. Der Fernseher lief mit abgestelltem Ton und das Licht kam von mehreren Kerzen, die auf dem kleinen Tisch brannten. Der Geruch von Weihrauch hing in der Luft und auch noch etwas anderes, Süßliches.
Vollkommen konträr zu dem, was sie gerade gesagt hatte, drehte sich Andrea zu ihm herum und fragte: »Warum du nicht im Bett? Spät.«
»Das geht nicht«, antwortete Eric. »In meinem Bett liegt ein Engel und schnarcht.«
Die Worte taten ihm sofort wieder Leid. Andrea musste annehmen, dass er sie auf den Arm nehmen wollte. Aber sie wirkte nicht verletzt, sondern sah ihn nur einen Moment lang sehr nachdenklich an, dann fragte sie: »Warum du hier?«
Eine gute Frage, dachte Eric. Er hätte etwas darum gegeben, hätte er die Antwort gewusst. Schließlich griff er fast hilflos in die Tasche und zog den Gegenstand heraus, den Andrea ihm gegeben hatte. »Ist das ... echt?«, fragte er zögernd.
»Echt?« Andrea legte den Kopf auf die Seite.
»Ich meine: Ist es wirkliche Magie? Du glaubst daran?«

»Schutzzauber«, antwortete Andrea. »Es dich beschützen vor bösem Geist.«
»Siehst du und deshalb bin ich hier«, seufzte Eric. Er sah sich zögernd um und setzte sich schließlich auf die Couch, wobei er fast Mühe hatte, zwischen all den bestickten Brokatkissen überhaupt einen Platz zu finden. »Du hast mir vorhin die Wahrheit gesagt, oder? Diese Voodoo-Sache. Ich meine: Deine Tante ist wirklich eine Voodoo-Hexe?«
»Voodoo-Priesterin«, korrigierte ihn Andrea.
»Entschuldige«, sagte Eric rasch. »Genau das meinte ich auch.«
»Nein, meintest du nicht«, antwortete Andrea. »Du dich machen lustig über Voodoo. Du keinen Respekt vor altem Glauben. Aber das falsch. Geister sehr mächtig. Und haben sehr wenig Humor.«
»Erzähl mir etwas über sie«, bat Eric.
»Du wollen wissen über Geister?«, fragte Andrea misstrauisch.
»Vor allem über böse Geister«, antwortete Eric.
»Warum?«
Eric seufzte. »Weil ich es mit einem zu tun habe«, sagte er. »Ich weiß, das klingt verrückt, aber –«
»Nicht verrückt«, unterbrach ihn Andrea. »Schlimm. Viel gefährlich. Du nicht einlassen mit bösen Geistern.«
»Dieser Rat kommt etwas zu spät«, sagte Eric. »Ich fürchte, sie haben sich mit mir eingelassen. Ich dachte, du könntest mir vielleicht sagen, wie ... wie man sie wieder loswird.«
»Ich wissen«, antwortete Andrea. »Das Böse dich berührt. Ich kann fühlen. Du in großer Gefahr.«
»Aber ihr Voodoo ...« Eric schluckte das Wort, das er eigentlich hatte sagen wollen, im letzten Moment hinunter, und verbesserte sich »... Priester kennt euch doch damit aus. Es muss doch irgendeinen ... Schutzzauber geben. Ich meine einen, der auch gegen die wirklich üblen Burschen hilft.«
Andrea schüttelte fast erschrocken den Kopf. »Du sprechen von Pela-Tongo«, sagte sie und bekreuzigte sich heftig. »Niemand darf Pela-Tongo rufen. Du zahlen furchtbaren Preis.«

»Pela-Tongo?«, fragte Eric. »Was soll das sein?«
»Großer Geist!«, antwortete Andrea. »Manchmal mächtiger Verbündeter, aber manchmal auch schrecklicher Dämon. Wenn gut gelaunt, dann er dir helfen, aber wenn nicht, er dich vernichten!«
»Das käme auf einen Versuch an, oder?«, fragte Eric. »Ich meine: Wenn der alte Junge einen schlechten Tag hat, schicken wir ihn einfach wieder zurück!«
»Nicht so sprechen über Geister!«, sagte Andrea erschrocken. »Sie hören alles und manchmal werden viel zornig!« Sie bekreuzigte sich erneut und fügte etwas leiser hinzu: »Jeder Pela-Tongo nur einmal rufen. Wenn zweimal rufen, Pela-Tongo sehr zornig. Er dich verderben!«
»Einmal würde mir ja reichen«, seufzte Eric. »Andrea, ich meine es ernst. Ich habe einen ziemlich üblen Burschen am Hals und er wird nicht aufgeben. Ich brauche irgendetwas, was ihm gewachsen ist.«
Andrea überlegte einen Moment, in dem sie ihn so durchdringend anstarrte, dass er sich fast unwohl in seiner Haut zu fühlen begann. Schließlich nickte sie, aber er sah, wie schwer ihr die Bewegung fiel.
»Ich dir helfen«, sagte sie. »Aber nicht Pela-Tongo beschwören. Vielleicht er vernichten deinen Feind, aber vielleicht auch er vernichten uns alle.« Sie wedelte mit dem Federstöckchen in ihrer Hand. »Du großen Fehler begangen, dich mit Geistern einzulassen. Du dummer Junge.«
»Ich habe mich nicht mit ihnen eingelassen!«, protestierte Eric. »Sie sind zu mir gekommen!«
»Geister niemals kommen von allein«, beharrte Andrea. »Nur kommen, wenn gerufen. Du vielleicht nicht einmal wissen, dass du sie gerufen, aber du getan.«
»Wie denn wohl?«, murrte Eric. »Bis vor ein paar Tagen wusste ich ja noch nicht einmal, dass es sie gibt.«
»Jedermann weiß«, sagte Andrea. »Geisterwelt und Menschenwelt nicht so verschieden. Geister überall. Um uns herum. In der Luft. In den Bäumen. In der Erde. In Menschen

und Tieren. Wenige Menschen wissen, aber viele Menschen spüren.« Sie wedelte erneut mit ihrem Stöckchen und die Kerzen auf dem Tisch begannen zu flackern, als wäre ein unfühlbarer Luftzug durch das Zimmer gefahren. »Jetzt gehen. Ich muss Vorbereitungen treffen. Ich dir sagen morgen oder übermorgen.«
Falls ihm noch so viel Zeit blieb, dachte Eric.

Eric hatte eine unruhige Nacht und er erwachte buchstäblich schlagartig, indem er nämlich aus dem Bett fiel und mit einem Knall auf dem Boden landete, der im ganzen Haus zu hören sein musste.
Erschrocken richtete er sich auf, sah sich benommen um und versuchte sich zu erinnern, wo er überhaupt war. Er war in sein Zimmer gekommen und hatte Chep schlafend und wie eine Kettensäge schnarchend auf seinem Bett vorgefunden. Seine weit ausgebreiteten Flügel hatten fast das gesamte Bett eingenommen, sodass Eric sich gerade noch mit Mühe und Not auf die Kante quetschen konnte.
Mit dem bekannten Ergebnis.
Er rieb sich den schmerzenden Schädel, überlegte einen Moment, ob er Chep – am besten mit einem Fußtritt, der ihn auf der anderen Seite aus dem Bett beförderte – wecken sollte und entschied sich dagegen. Chep schnarchte noch immer wie ein Maschinengewehr mit Ladehemmung und vermutlich würde er ziemlich gereizt reagieren, wenn er ihn jetzt weckte. Er konnte im Moment alles gebrauchen, nur keinen schlecht gelaunten Engel.
»Engel haben niemals schlechte Laune«, murmelte Chep im Halbschlaf, öffnete ein Auge und gähnte ungeniert.
»Aha!«, sagte Eric. »Du liest also doch meine Gedanken!«
»Nur wenn sie sich mit mir beschäftigen«, murmelte Chep. Er öffnete auch das andere Auge, stemmte sich auf die Ellbogen hoch und blinzelte Eric verschlafen an. »Guten Morgen. Hast du gut geschlafen?«
»Nicht besonders«, sagte Eric.

»Ich auch nicht«, sagte Chep gähnend. »Dein Bett ist zu schmal für zwei. Wir müssen eine andere Lösung finden.«
»Gute Idee«, sagte Eric.
Chep sah sich suchend im Zimmer um. »Hast du kein Gästebett, in dem du schlafen könntest?«
Eric ersparte sich die Antwort, die ihm auf der Zunge lag, musterte den Engel nur noch einen Moment lang finster und ging dann ins Bad. Er brauchte fünf Minuten, um seine Morgentoilette zu beenden, und als er zurückkam, verließ er das Zimmer, ohne den Engel auch nur noch eines Blickes zu würdigen. Chep hätte es vermutlich auch gar nicht bemerkt. Er hockte mit untergeschlagenen Beinen auf dem Bett, hatte die Hände gegeneinander gelegt und den Kopf gesenkt, sodass Eric im ersten Moment annahm, er würde beten. Dann aber fiel ihm auf, dass Chep nicht etwa die Hände gefaltet hatte, sondern die Fingerspitzen mit großer Kraft gegeneinander presste, was seiner Haltung mehr Ähnlichkeit mit der eines Yoga-Meisters verlieh. Ein Engel, der meditierte?
Er fand seine Eltern beim Frühstück. Sein Vater sprach mit gedämpfter Stimme in sein Handy, das er gegen sein Ohr presste, aber Mutter lächelte ihm freundlich zu und bedeutete ihm mit einer wortlosen Geste, Platz zu nehmen. Eric gehorchte. Die veränderte Stimmung fiel ihm auf. Sein Vater sprach zwar mit seiner ruhigen, fast emotionslosen Rechtsanwaltsstimme, aber auch ihm war eine spürbare Erleichterung anzumerken. Etwas war passiert. Und zur Abwechslung schien es wohl einmal etwas Angenehmes gewesen zu sein.
Vater telefonierte noch eine Minute, dann klappte er sein Handy zusammen, schaltete es aus und ließ es in seiner Jackentasche verschwinden. »Na also!«, sagte er in fast schon fröhlichem Tonfall. »So schwer war das doch gar nicht! Ich habe für heute Nachmittag einen Termin.«
»Bei wem?«, fragte Eric.
Sein Vater hatte zwar mit seiner Mutter gesprochen, antwortete aber in Erics Richtung.
»Stefan Aspach«, sagte er. »Oder Astartus, wie er sich heute

nennt. Seine Sekretärin war sehr zuvorkommend. Ein Gespräch mit ihm und alles wird sich aufklären. Mit ein bisschen Glück ist der ganze Albtraum heute Nachmittag vorbei.«
»Und ... die Zeitung?«, fragte Eric zögernd. »Was ist mit dem Foto?«
»Nichts«, antwortete Vater.
»Nichts?«
»Nichts«, bestätigte Vater strahlend. »Ich habe heute Morgen sämtliche Tageszeitungen gekauft. Nirgendwo ist auch nur die kleinste Meldung, geschweige denn ein Bild. Wahrscheinlich war ihnen die Sache doch zu heiß.«
Eric nickte zwar, aber er hatte trotzdem eine ziemlich konkrete Vorstellung davon, was wirklich geschehen war. Er leistete Chep in Gedanken Abbitte. Der Engel hatte am Schluss wohl doch noch eingesehen, dass manchmal ein kleines Unrecht nötig war, um ein größeres zu verhindern.
Sie frühstückten in zwar nicht gerade ausgelassener, aber doch zum ersten Mal seit Tagen in nicht mehr niedergeschlagener Stimmung zu Ende und Eric und sein Vater fuhren ins Polizeipräsidium, damit er seine Aussage machen konnte. Schollkämper zeigte sich wenig begeistert und Breuer konnte sich die eine oder andere gehässige Bemerkung nicht verkneifen, aber da Eric stur bei seiner Aussage blieb, hatten sie keine andere Wahl, als sie zu akzeptieren. Sie verließen das Präsidium und Vater lenkte den Wagen in Richtung Stadtmitte, statt in die entgegengesetzte Richtung, wie Eric erwartet hatte.
»Wohin fahren wir?«, fragte er.
»Zur Schule«, antwortete sein Vater. »Keine Sorge – ich habe bereits angerufen. Du bist für die nächsten Tage vom Unterricht befreit. Bei deinem Notendurchschnitt ist das Gott sei Dank kein Problem. Aber wir müssen auf Dauer eine andere Lösung finden.«
»Eine andere Lösung? Wofür?«
Sein Vater warf einen Blick in den Rückspiegel und setzte zum Überholen an und für einen Moment runzelte er die Stirn – als hätte er etwas gesehen, was ihm nicht gefiel. Auch Eric dreh-

te sich halb im Sitz herum und gewahrte einen riesigen amerikanischen Straßenkreuzer von nachtschwarzer Farbe, der ihnen zu folgen schien. Aber als sein Vater Gas gab, fiel er rasch zurück. Wahrscheinlich hatte er es sich nur eingebildet.
»Ich habe mit deinem Schuldirektor telefoniert«, sagte sein Vater. »Nach allem, was in den letzten Tagen passiert ist, halten wir es beide nicht für eine gute Idee, wenn du einfach in deine Klasse zurückgehst, als wäre nichts geschehen.«
»Wie?«, murmelte Eric überrascht. »Ich soll ... die Schule wechseln?«
»Nur für eine Weile«, sagte sein Vater besänftigend. »Vielleicht für zwei, drei Monate – bis ein bisschen Gras über die Sache gewachsen ist.« Er zögerte einen Moment, dann fügte er mit einem unbehaglichen Räuspern hinzu: »Wenigstens, bis der Wahlkampf vorüber ist.«
»Der Wahlkampf« ,wiederholte Eric. »Aber was habe ich denn mit deiner Kandidatur für das Bürgermeisteramt zu tun?«
»Leider eine ganze Menge«, seufzte sein Vater. »Es ist nicht deine Schuld. Du kannst wirklich nichts dafür und es tut mir auch unendlich Leid. Aber es ist nun einmal so. Glaubst du wirklich, dieses ganze öffentliche Aufsehen wäre passiert, wenn du nicht mein Sohn wärst?« Er schüttelte heftig den Kopf. »Bestimmt nicht. Du wärst ein ganz normaler Junge, der großes Glück gehabt hat, einen schrecklichen Unfall zu überleben. Eine kleine Notiz in der Zeitung, mehr nicht. Leider bist du aber nicht irgendwer, sondern der Sohn eines Mannes, der für das Bürgermeisteramt kandidiert und die besten Aussichten hat, die Wahl auch zu gewinnen, und deshalb hat sich die Presse so auf die Geschichte gestürzt. Es gibt doch kein größeres Vergnügen, als einem Prominenten etwas am Zeug zu flicken. Und jetzt auch noch die Geschichte mit Albrecht ...« Er seufzte erneut. »Du könntest in den nächsten drei Monaten keinen Schritt mehr machen, ohne beobachtet zu werden. Das möchte ich dir ersparen. Es tut mir wirklich Leid. Ich habe sogar überlegt, meine Kandidatur zurückzuziehen.«
»Nein«, sagte Eric heftig. »Das will ich nicht.«

»Ich wusste, dass du so reagieren würdest«, sagte sein Vater. »Also müssen wir eine andere Lösung finden.«
»Aber gleich die Schule wechseln? Ist das nicht ein bisschen drastisch?«
»Wer spricht davon, sie zu wechseln?«, fragte sein Vater. »Ich rede von einer kleinen Pause. Drei Monate, vielleicht bis zu den Ferien. Wir könnten ein gutes Internat für dich finden. Oder«, fügte er hastig hinzu, als Eric protestieren wollte, »wir engagieren einen Privatlehrer für dich.«
»Ich will in kein blödes Internat«, sagte Eric.
Sein Vater lächelte flüchtig. »Wir finden schon eine Lösung. Dein Direktor ist derselben Meinung wie ich.«
»Na wie schön«, maulte Eric. »Dann braucht ihr meine Meinung ja nicht mehr.«
»Wir werden nichts tun, was du nicht willst«, sagte sein Vater. »Keine Sorge.«
Und damit endete das Gespräch trotz der versöhnlichen Worte seines Vaters mit einem Missklang, der nachhaltig dafür sorgte, dass sie für den Rest der Fahrt kein Wort mehr miteinander wechselten.
Wenigstens nicht, bis sie an Wellstadt-Roblinskys Haus vorbeikamen.
Sein Vater nahm plötzlich Gas weg und ließ den Wagen nur noch im Schritttempo rollen, und als Eric aufsah, bemerkte er, dass sie an dem Häuserblock entlangfuhren, der der Studienrätin gehört hatte.
»Hältst du das für eine gute Idee?«, fragte Eric.
»Es ist der kürzeste Weg«, antwortete sein Vater.
Das stimmte. Trotzdem: »Und wenn uns jemand sieht? Was tun wir hier überhaupt?«
Vater zuckte mit den Schultern. »Vielleicht wollte ich das Haus einfach einmal sehen, um dessetwillen ich so viel Ärger habe«, sagte er. »Außerdem interessiert mich seine Geschichte. Ich frage mich, warum sich so viele Generationen so große Mühe gemacht haben, es immer wieder wie früher aufzubauen, obwohl es wirklich nicht besonders hübsch ist. Und schon

gar kein architektonisches Meisterwerk. Trotzdem ... Eigentlich ist es schade darum.«
»Schade? Wie meinst du das?«
»Der ganze Block wird abgerissen«, antwortete Vater, während er allmählich Gas gab, sodass der Wagen wieder schneller wurde. »Nachdem dieser Schollkämper mich darauf angesprochen hat, habe ich mich ein wenig schlau gemacht, weißt du? Frau Wellstadt-Roblinsky hat sich zwar verbissen dagegen gewehrt, aber selbst wenn sie noch am Leben wäre, könnte sie es nicht mehr lange hinauszögern. Die Gebäude sind baufällig, und zwar alle. Und sie verstoßen gegen so ziemlich jede Bau- und Brandschutzvorschrift, die ich kenne. Ich fürchte, sobald die Frage der Erbfolge geklärt ist, werden hier die Bagger anrollen.«
»Erbfolge? Hatte Frau Wellstadt-Roblinsky denn Verwandte?«
»Wie es aussieht, nein«, antwortete Vater.
»Und wer erbt das dann alles?«
»Der Staat«, antwortete Vater. »So ist nun einmal das Gesetz. Wenn sich keine Erben finden, fällt der Besitz an die Allgemeinheit. Ich nehme an, man wird alles versteigern.«
»Und wenn sich doch ein Erbe findet?«, fragte Eric.
»Das ist unwahrscheinlich«, antwortete Vater. »Obwohl Frau Wellstadt-Roblinsky ein Testament hinterlassen hat, soviel ich weiß. Aber das soll uns nicht weiter stören. Noch ein paar Tage und der ganze Spuk ist Vergangenheit, du wirst sehen.«
Und damit sollte er Recht behalten – wenn auch auf vollkommen andere Art, als einer von ihnen beiden in Moment auch nur ahnte.

Erics Vater parkte den Wagen dreist unter dem Schild, auf dem »Nur für Lehrkräfte« stand, und ging zusammen mit ihm ins Sekretariat, wo sie sofort ins Direktionszimmer geführt wurden. Pohlmann, ein grauhaariger, elegant wirkender Mann, den man nur einmal ansehen musste, um zu wissen, was man unter dem Wort »Respektperson« zu verstehen hat-

te, begrüßte Erics Vater mit Handschlag und ihn selbst mit einem freundlichen Nicken, aber bevor sie ihr Gespräch überhaupt begannen, forderte er Eric auf, doch bitte in seinem Vorzimmer zu warten.
Eric gehorchte, aber er war ein bisschen verstimmt. Sein Vater hatte ihm immerhin versprochen, dass sie nichts tun würden, womit er nicht einverstanden war. Ihn aus dem Zimmer zu schicken, bevor das Gespräch begann, das möglicherweise über seine Zukunft entschied, steigerte nicht unbedingt sein Vertrauen in dieses Versprechen. Aber andererseits wusste er, dass er sich auf das Wort seines Vaters verlassen konnte, und so schickte er sich und ging gehorsam in Pohlmanns Vorzimmer.
»Setz dich doch, Eric«, sagte Pohlmanns Sekretärin, Frau Faber. Sie war eine dunkelhaarige Frau mittleren Alters, deren strenge Frisur und bewusst konventionelle Kleidung nicht vollends über ihr fröhliches Wesen und das lustige Funkeln in ihren Augen hinwegtäuschen konnten. »Möchtest du etwas trinken? Eine Cola vielleicht?«
Eric hatte eigentlich keinen Durst. Aber er spürte, dass das Angebot freundlich gemeint war, und so nickte er und nahm auf dem zugewiesenen Stuhl Platz, während Frau Faber kurz auf dem Flur verschwand und mit einer rotweißen Getränkedose zurückkam, die sie am Automaten draußen gezogen hatte. Sie war so kalt, dass sie sie unentwegt von einer Hand in die andere wechselte. Eric nahm sie entgegen, stellte sie rasch auf den Tisch und nickte wortlos, als die Sekretärin ihn fragte, ob er ein Glas wollte.
»Möchtest du eine Zeitung?«, fragte sie dann. »Die Besprechung kann länger dauern und ich habe noch eine Menge zu tun.«
Was im Klartext wohl heißt, dass ich mir nicht einfallen lassen soll, sie mit irgendwelchen dummen Fragen zu belästigen, dachte Eric säuerlich. Aber er nickte abermals, obwohl er sich gut vorstellen konnte, welcher Art die Zeitschriften waren, die sie las. Aber immer noch besser, in einer Häkelzeitschrift zu blättern, als vor Langeweile umzukommen.

Frau Faber legte einen ganzen Stapel Illustrierter vor ihm auf den Tisch, in dem sich wirklich für jeden Geschmack etwas fand, dann trollte sie sich hinter ihren Schreibtisch und schaltete ihren Computer ein. Eric warf einen neugierigen Blick auf den Bildschirm und stellte fest, dass die Schule mit einem Betriebssystem arbeitete, das er selbst schon vor drei Jahren als unbrauchbar aussortiert und von seiner Festplatte gelöscht hatte. Eric verzog abfällig die Lippen. Hätte er es nötig gehabt, wäre es ihm ein Leichtes gewesen, sich in den Schulcomputer hineinzuhacken und alle seine Noten auf eins zu setzen.

Und warum tust du es nicht?

Eric sah hoch. Außer Frau Faber und ihm selbst war niemand im Zimmer und die Sekretärin blickte konzentriert auf ihren Monitor. Er musste sich die Worte eingebildet haben.

Er goss sich einen Schluck Cola ein, nippte an seinem Glas und begann dann die Illustrierten durchzublättern. Schließlich entschied er sich für ein wissenschaftliches Magazin, dessen Aufmacher Rasterelektronenmikroskop-Aufnahmen von Ameisen und anderen ganz gewöhnlichen Insekten waren.

Trotz allem schlugen ihn die Bilder sofort in ihren Bann. Es war nicht das erste Mal, dass er solche extrem vergrößerte Aufnahmen sah, aber das erste Mal, dass sie von solcher Brillanz und Farbenpracht waren. Sie wirkten regelrecht lebendig.

Ein Bild faszinierte ihn ganz besonders. Die Bildunterschrift behauptete, dass es sich um eine Staubmilbe handelte, wie sie zu Hunderttausenden in jeder ganz normalen Matratze lebten (Andrea hätte vehement das Gegenteil behauptet), winzige Tierchen, die tatsächlich von Staub und Schmutz lebten und deutlich kleiner als einen Millimeter waren, aber die zweihundertfünfzigfache Vergrößerung machte ein wahres Monster daraus, dessen bloßer Anblick das Alien aus dem gleichnamigen Film schreiend in die Flucht geschlagen hätte. Das Foto war so brillant, dass die Milbe geradezu lebendig wirkte.

»Eine schreckliche Geschichte, das mit Frau Wellstadt-Roblinsky«, sagte Frau Faber.

»Ja«, murmelte Eric. Es fiel ihm schwer, sich vom Anblick des Insekts zu lösen; ein gepanzertes, vielgliedriges Monstrum mit Furcht einflößenden Fresswerkzeugen und halbkugelförmigen, unheimlichen Facettenaugen, die selbst auf dem Foto von bösartigem Leben erfüllt zu sein schienen.
»Irgendwie ist das schon komisch«, fuhr Frau Faber fort, die sein halbherziges Ja offenbar als Zustimmung wertete. »Da war Frau Wellstadt-Roblinsky nun so lange an dieser Schule, dass man sie schon fast zum Inventar gerechnet hatte, aber sie musste erst sterben, damit sich die Leute wirklich an sie erinnern.«
Die Staubmilbe auf dem Bild nickte zustimmend und Eric musste sich beherrschen, um nicht erschrocken aufzuschreien.
»Sie muss schon seit dem letzten Krieg hier an dieser Schule gewesen sein«, fuhr die Sekretärin fort. Sie lachte leise. »Einige behaupten, dass sie mindestens seit dem Dreißigjährigen Krieg hier ist. Dabei war sie so unauffällig, dass man sie manchmal nicht einmal bemerkt hat, wenn sie unmittelbar neben einem stand!«
Die Milbe auf dem Bild nickte heftiger und Eric hörte etwas wie ein leises, papiernes Rascheln. Ihre fingerlangen, rasiermesserscharfen Oberkiefer falteten sich auseinander und streckten sich nach seiner Hand aus. Das Glitzern in ihren tausendfacettigen Augen wurde tückischer und –
Eric klappte die Illustrierte im letzten Augenblick zu. Ein wütendes und zugleich enttäuschtes Zischeln erklang und die Sekretärin löste für einen Moment den Blick vom Monitor, sah kurz in seine Richtung und konzentrierte sich dann wieder auf ihre Arbeit.
»Ich meine, ich habe ein richtig schlechtes Gewissen«, fuhr sie fort. »Da habe ich nun so lange an derselben Schule wie sie gearbeitet und sie ist kaum fort, da habe ich schon alle Mühe, mich auch nur an ihr Gesicht zu erinnern.«
Eric hatte im Moment sehr viel weniger Probleme mit seinem schlechten Gewissen als vielmehr mit der Illustrierten, die sich

auf seinem Schoss heftig hin und her bewegte. Das Papier beulte sich aus, als wollte irgendetwas aus der Zeitung heraus, und das wütende Zischeln und Klappern wurde immer lauter. Plötzlich erschien ein dünner, chitingepanzerter Fühler zwischen den Seiten und zog sich hastig wieder zurück, als Eric mit der flachen Hand auf die Zeitschrift schlug.
»Was tust du da eigentlich?«, fragte Frau Faber stirnrunzelnd.
»Äh ... nichts«, sagte Eric hastig. Er presste mittlerweile beide Hände mit aller Kraft auf die Zeitung, aber es fiel ihm trotzdem immer schwerer, sie niederzuhalten. Etwas Großes, ziemlich Starkes und Hartes versuchte mit aller Kraft, sich daraus zu befreien.
Das Stirnrunzeln der Sekretärin vertiefte sich, aber sie wandte ihre Aufmerksamkeit dann doch wieder dem Computerbildschirm zu.
Die Illustrierte auf Erics Schoss knisterte und raschelte immer stärker. Das Papier beulte sich aus und er konnte deutlich die Konturen eines faustgroßen, gepanzerten Rückenschildes erkennen. Der Verzweiflung nahe schleuderte Eric die Illustrierte zu Boden und trat mit aller Gewalt mit dem Absatz darauf. Ein helles Knacken ertönte, gefolgt von einem schmerzerfüllten Pfeifen, das nach einer Sekunde wieder erlosch.
»Was zum Teufel tust du da?«, fragte Frau Faber. Sie stand auf und kam mit schnellen Schritten um den Schreibtisch herum.
»Aber was ... was soll denn das?«, fragte sie fassungslos, als sie die Zeitschrift unter Erics Absatz sah.
Bevor Eric sich noch eine Ausrede einfallen lassen oder sie auf eine andere Weise daran hindern konnte, ließ sie sich in die Hocke sinken und hob die Illustrierte hoch. Ihr Gesicht verzog sich angeekelt, als sie die glibberige rotgrüne Masse sah, die daraus hervortropfte.
»Igitt!«, keuchte sie und ließ die Zeitung fallen. »Was ist denn das für eine Schweinerei? Was hast du nur getan?«
Noch bevor Eric antworten konnte, geschah etwas, was ihm schier das Blut in den Adern gerinnen ließ: Er hatte sich halb

herumgedreht, um die Sekretärin anzusehen, und dabei streifte sein Blick das Glas und die Cola-Dose, die neben ihm auf dem Tisch standen. Noch vor einer Minute war die Aluminiumdose so kalt gewesen, dass sich fast Raureif darauf gebildet hatte, jetzt dampfte die Flüssigkeit in der Dose und der kleine Schluck, den er in das Glas umgefüllt hatte, begann zu sieden und Blasen zu schlagen.
»Was –?«, murmelte Frau Faber. Ihre Augen weiteten sich ungläubig, als sie Erics Blick folgten.
Mit einem hellen Plopp flog eine einzelne Rose aus der Blumenvase auf dem Schreibtisch, als sich das Wasser darin schlagartig in Dampf verwandelte, und einen Augenblick später explodierte die Thermoskanne der Sekretärin und verspritzte kochend heißen Kaffee in alle Richtungen. Endlich erwachte Eric aus seiner Erstarrung. Er wusste, was dieses unheimliche Geschehen bedeutete.
»Raus hier!«, brüllte er und sprang auf. »Laufen Sie! Rennen Sie um ihr Leben!«
Die Welle körperloser Hitze erreichte den Schreibtisch im selben Moment, in dem sie daran vorbeirannte. Der Monitor explodierte, spie Dampf und einen Hagel winziger, rasiermesserscharfer Glassplitter aus und kippte rückwärts vom Schreibtisch und Frau Faber stürzte mit einem Schmerzensschrei zu Boden und umklammerte ihren linken Arm, der plötzlich mit kleinen, nadelspitzen Glasscherben gespickt war. Eric war mit einem einzigen Satz auf den Beinen und riss sie in die Höhe. Sie wimmerte vor Schmerz, aber darauf konnte er keine Rücksicht nehmen. Noch war von Azazel selbst nichts zu sehen, aber er kannte die Vorzeichen nur zu gut. Der Schwarze Engel würde jeden Moment erscheinen und Eric konnte sich lebhaft vorstellen, was dann geschah. Ohne auf ihre Gegenwehr zu achten, bugsierte er Frau Faber zur Tür, riss sie auf und stieß sie unsanft auf den Flur hinaus.
»Laufen Sie!«, schrie er noch einmal. »Schnell!«
Er konnte nicht sagen, ob sie seinem Rat folgte oder nicht, denn die Ereignisse überschlugen sich: Hinter ihm erscholl

ein Geräusch, als zerrisse Metall, gefolgt von einem bösartigen Pfeifen und Zischen, und Eric fuhr gerade noch rechtzeitig genug herum, um zu sehen, wie die Tür zu Pohlmanns Büro aufflog und der Schuldirektor herausgestürmt kam, dicht gefolgt von Erics Vater.
Das Reißen von Metall wiederholte sich und Eric brüllte: »Weg von der Heizung!«
Gleichzeitig duckte er sich und riss die Arme vor das Gesicht. Er sah trotzdem, dass Pohlmann nicht reagierte, sondern ihn nur belämmert anstarrte, und er befürchtete schon das Schlimmste, doch dann reagierte sein Vater, zwar im allerletzten Moment, aber richtig: Einen Sekundenbruchteil, bevor die beiden Heizkörper unter dem Fenster explodierten und Wände, Möbel und Decke des Raumes mit scharfkantigen Geschossen spickten, riss er Pohlmann zurück in sein Büro und zu Boden.
Sämtliche Fensterscheiben gingen mit einem gewaltigen Scheppern zu Bruch. Eric riss die Arme hoch, krümmte sich zu einem Ball zusammen und spürte, wie rings um ihn herum scharfkantige Metallsplitter in die Wände und den Fußboden hämmerten. Wie durch ein Wunder blieb er unverletzt, nahm die Arme herunter und sah, wie sein Vater und Pohlmann auf allen vieren davonkrochen, um sich in Sicherheit zu bringen.
Eric konnte Azazel selbst immer noch nicht sehen, aber die Woge unsichtbarer Hitze, die durch den Raum tobte, war noch nicht vorüber. Voller Entsetzen sah er, wie sich die Rose, die gerade aus der Blumenvase herausgeflogen war, plötzlich aufblähte, ihre Form verlor und dann zu einem Geysir von auseinander spritzendem grünen und rotem Matsch wurde, als auch die Flüssigkeit in ihrem Inneren zu kochen begann.
Dann hatte Eric einen neuen, noch fürchterlicheren Gedanken: Auch ein menschlicher Körper bestand zum größten Teil aus Flüssigkeit. Wenn die Woge der Vernichtung ihn erreichte, dann würde er herausfinden, wie sich ein Steak in der Mikrowelle fühlte ...
Eric sprang in die Höhe, wirbelte herum und stürzte aus dem

Raum. Die Welle der Vernichtung folgte ihm. Einer der Heizkörper unter der langen Fensterfront explodierte knallend. Noch mehr Glas ging zu Bruch und irgendwo hinter ihm flackerte ein Feuer auf. Eine Sirene begann zu heulen und unter der Decke des altehrwürdigen Gebäudes erwachte eine moderne Sprinkleranlage zum Leben – nur dass sie kein Wasser, sondern kochend heißen Dampf versprühte.
Allerdings nur für eine Sekunde. Dann verwandelte sich auch das Wasser in den Zuleitungen in explodierenden Dampf und sie teilten das Schicksal der Heizkörper und flogen auseinander. Über Eric verwandelte sich die stuckverzierte Decke in ein bizarres Muster aus rechteckigen Rissen, aus denen Dampf und kochendes Wasser und glühend heiße Metallsplitter herabregneten. Ein abgerissenes Rohr brach durch die Decke, sauste wie eine Sense vor ihm herab und verfehlte ihn buchstäblich um Haaresbreite und jetzt begann auch in anderen Teilen des Gebäudes der Feueralarm zu gellen. In spätestens zehn Sekunden würde in dem gesamten Gebäude die helle Panik losbrechen, wenn ungefähr achthundert Schüler gleichzeitig versuchten, ins Freie zu gelangen.
Eric beschleunigte seine Schritte und warf einen Blick über die Schulter zurück.
Hinter ihm explodierte ein Heizkörper nach dem anderen. Die Blumen auf den Fensterbänken verwandelten sich in etwas, das allerhöchstens in einen Horrorfilm gehörte, und spritzten dann auseinander, und selbst der PVC-Belag des Fußbodens wölbte sich hier und da und explodierte dann.
Eric drehte den Kopf wieder nach vorne und sah etwas Großes, Rotes. Es war der Cola-Automat, an dem die Sekretärin vorhin sein Getränk geholt hatte. Wenigstens keine weitere tödliche Gefahr.
Er hatte den Automaten fast erreicht, als er den ersten, dumpfen Knall hörte. Unmittelbar darauf ertönte ein zweiter, noch härterer Schlag und die Vorderfront des mannsgroßen Metallschranks bekam eine Beule, als hätte jemand von innen mit der Faust dagegen geschlagen.

Eric begriff voller Entsetzen, was geschah: Auch die Getränkedosen im Inneren des Automaten reagierten auf Azazels Anwesenheit und explodierten eine nach der anderen! Eine Getränkedose landete im Ausgabeschacht und spritzte kochend heiße Cola durch den Flur.
Eric biss die Zähne zusammen, zog den Kopf zwischen die Schultern und rannte durch den glühend heißen Sprühnebel hindurch, und als er auf selber Höhe mit dem Automaten war, erscholl ein besonders lauter Knall. In der Vorderfront des Apparates erschien ein ausgezacktes Loch mit nach außen gewölbten Rändern und eine Cola-Dose flog wie eine rotweiß lackierte Granate heraus, verfehlte ihn um eine knappe Handbreit und stanzte ein Loch in die gegenüberliegende Fensterscheibe.
Dem ersten Geschoss folgten ein zweites und drittes und dann mehr und mehr. Eric führte einen wahren Slalom zwischen den heranrasenden Cola-Cruise Missiles auf und wie durch ein Wunder entging er dem mörderischen Bombardement.
Er hatte es fast geschafft und wollte schon innerlich aufatmen, als die letzte fliegende Dose seine Schulter traf.
Es war wie der Hammerschlag eines zornigen Riesen. Er konnte ganz deutlich spüren, wie sein Oberarmknochen brach, dann wurde er herumgewirbelt, stürzte schwer zu Boden und fühlte, wie alle Kraft und jedes Gefühl aus seiner linken Körperhälfte wich.
Als er aufsah, stand Azazel vor ihm.
Der Schwarze Engel ragte riesenhaft und bedrohlich über ihm auf, ein Gigant mit einem Paar gewaltiger schwarzer Flügel und scharf umrissenen Konturen, aber ohne Tiefe; nur eine Silhouette, kaum mehr als ein Schatten. Doch allein die Anwesenheit dieses Schattens erfüllte Eric mit einer Furcht, wie er sie noch nie zuvor im Leben verspürt hatte, und er begriff, dass es kein Zeichen von Schwäche war, dass Azazel ihm nur seinen Schatten geschickt hatte. Schon dieser war beinahe mehr, als er ertragen konnte. Wäre der Fürst der Finsternis

selbst erschienen, dann hätte ihn seine bloße Anwesenheit auf der Stelle vernichtet.
Azazel hob die Hand und die Zeit blieb stehen.
Der brodelnde Dampf unter der Decke erstarrte zu einer wolkigen grauen Skulptur. Die Schreie, der Lärm und das Heulen der Sirene verstummten und machten einer fast unheimlichen Stille Platz und nur ein Stück über Erics Kopf erstarrte eine fliegende Cola-Dose zur Reglosigkeit.
Eric nahm nichts von alledem wirklich wahr, sondern starrte mit klopfendem Herzen zu Azazel auf. Noch nie zuvor war er dem Schwarzen Engel so nahe gewesen und noch nie zuvor hatte er sein Gesicht so deutlich gesehen.
Er hatte eine Teufelsfratze erwartet, eine Grauen erregende Visage, deren bloßer Anblick reichte, einen Menschen in den Wahnsinn zu treiben, aber Azazel war ... schön.
Sein Antlitz ähnelte dem Cheps, wenn auch nur entfernt, aber das des Dämons erschien ihm viel edler und kraftvoller als das seines Schutzengels. Es wirkte irgendwie erhaben; im wahrsten Sinne des Wortes übermenschlich schön. Engelhaft. Aber zugleich strahlte es auch eine Härte und Unerbittlichkeit aus, die Eric innerlich schier zu Eis erstarren ließ.
»Wenn du damit fertig bist, mich anzustarren, können wir dann miteinander reden?«, fragte Azazel. Seine Stimme war ein dumpfes Grollen, nicht einmal unangenehm, das aber dieselbe unwiderstehliche Kraft und gläserne Härte ausstrahlte wie der Anblick seines Gesichts.
»Was ... was willst du ... von mir?«, stammelte Eric. Er brauchte fast all seinen Mut, um die wenigen Worte hervorzustoßen. »Du darfst mir nichts tun! Der Alte Feind hat es verboten!«
Azazel lachte; ein Geräusch, unter dem die Welt zu erbeben schien. »Was weißt du vom Alten Feind?«, fragte er. »Anscheinend nichts, denn sonst wüsstest du, dass man seinen Namen besser nicht ausspricht, will man nicht Gefahr laufen, ihn zu rufen. Aber du täuschst dich – ich bin nicht hier, um dir etwas zu Leide zu tun.«
»Was ... willst du dann von mir?«, keuchte Eric. Er stemmte

sich mit zusammengepressten Zähnen in die Höhe. Ein grässlicher Schmerz schoss durch seine Schulter, dass er sich wimmernd vor Pein krümmte.

Azazel beugte sich vor, berührte mit den Fingerspitzen seine Schulter und der Schmerz erlosch wie abgeschaltet. Erics Arm wurde vollkommen gefühllos. »So redet es sich besser«, sagte Azazel.

»Reden?«, fragte Eric misstrauisch. »Worüber?«

Azazel sah eine Weile schweigend auf ihn herab. »Ich will dir ein Angebot unterbreiten«, sagte er dann.

»Aha«, murmelte Eric. »Jetzt sind wir also in der Abteilung: Und führe mich nicht in Versuchung angelangt.«

Azazel lachte. »Du bist tapfer, kleiner Mensch«, sagte er. »Das gefällt mir. In dir schlägt das Herz eines Kriegers. Auch ich bin ein Krieger und ich erkenne eine verwandte Seele, wenn ich sie sehe. Aus diesem Grund will ich dir auch noch eine letzte Chance gewähren, bevor ich dich vernichte.«

»Das ist wirklich zu nett«, sagte Eric. »Aber ich fürchte, ich muss dein großzügiges Angebot ablehnen, auch wenn es mir schmeichelt.« Die Worte klangen ein wenig gepresst, was daran lag, dass sein Arm schon wieder zu schmerzen begann. Azazels erste Hilfe war vielleicht beeindruckend gewesen, hielt aber nicht allzu lange vor.

Der Dämon lächelte, aber seine Augen blieben dabei so kalt wie die der Statue, die Eric in der Schwarzen Kathedrale gesehen hatte. »Wie würde dir ein Leben ohne Schmerzen gefallen?«, fragte er. »Ohne Angst vor Krankheiten und ohne jemals zu altern?«

»Gut«, murmelte Eric. Sein Arm schmerzte immer schlimmer. Kalter Schweiß bedeckte seine Stirn und er hatte Mühe, zu sprechen. »Ich fürchte nur, der Preis ist mir zu hoch.«

»Es ist ein geringer Preis«, widersprach Azazel. »Deine Seele gehört ohnehin mir. Als ich dich das erste Mal berührte, warst du schon mein. Aber ich kann einen Krieger wie dich in meinen Reihen brauchen und so biete ich dir an, zu mir zu kommen und an meiner Seite zu kämpfen.«

»Kämpfen ...« Eric massierte sich seinen schmerzenden Arm. »Das klingt auf jeden Fall interessant. Und gegen wen, wenn ich fragen darf?«
»Gegen die Schwachen«, antwortete Azazel. »Denn es ist ein Grundgesetz der Schöpfung, dass nur die Starken überleben können. Die Schwachen müssen vergehen.«
»So, so«, murmelte Eric. Er musste irgendwie Zeit gewinnen. »Dann müssen wir nur noch definieren, was man unter den Schwachen versteht«, sagte er.
Azazel lachte. »Du gefällst mir, Bursche«, sagte er. »Du bist nicht nur mutig, sondern auch klug. Du versuchst mich in eine Diskussion zu verwickeln, um mich zu verwirren. Aber lass dir gesagt sein, dass ich mit euren größten Philosophen diskutiert habe. Einige von ihnen habe ich überzeugt, zu mir zu wechseln.«
»Einige?«
»Ich habe nie behauptet, unbesiegbar zu sein oder unfehlbar«, sagte Azazel achselzuckend. »Nur ein Dummkopf würde so etwas glauben. Keine Angst vor der Niederlage zu haben ist der erste Schritt auf dem Weg zu ihr.«
»Na prima«, murmelte Eric. »Dann müsste ich eigentlich gewinnen. Ich habe nämlich gewaltige Angst.«
Azazel lachte erneut. »Deine Antwort«, sagte er dann. »Du hast dich noch nicht entschieden.«
»So schnell geht das auch nicht«, antwortete Eric. »Ich brauche noch ein bisschen Zeit. Sagen wir ... fünfzig Jahre? Oder siebzig?«
»Jetzt«, antwortete Azazel hart. »Und bedenke, dass es für mich keinen Unterschied macht, wie du dich entscheidest. Aber für dich. Du bist ganz allein. Die, auf deren Hilfe du vertraust, haben dich längst aufgegeben. Du kannst mir nicht mehr entrinnen.«
»Wenn das so ist, warum gibst du dir dann eigentlich solche Mühe, um mich zu überreden?«, fragte Eric.
Azazel seufzte. »Also gut. Wenn das deine Entscheidung ist ...«

Er beugte sich vor und streckte eine gewaltige, krallenbewehrte Hand nach Eric aus. Eric keuchte, kroch rücklings vor ihm davon und hinter ihm erstrahlte plötzlich ein helles, weißes Licht. Eine Woge der Güte und Sicherheit schien über ihm zusammenzuschlagen und die seelenlose Kälte zu vertreiben, die der Dämon verströmte, und als Eric hinter sich sah, da erblickte er Chep, der inmitten einer lautlosen Explosion aus unglaublich hellem Licht erschien.
Er hatte sich verändert. Von seiner Mutlosigkeit und Schwäche war nichts mehr geblieben. Hoch aufgerichtet und mit weit gespreizten Flügeln stand er da. Sein Gewand und sein Haar flatterten in einem unsichtbaren Wind und auf seinem Gesicht lag ein Ausdruck von heiligem Zorn. Er trug ein armlanges, silberblitzendes Schwert in der rechten Hand und einen schneeweißen Schild mit einem Engelssymbol am linken Arm. Er war endgültig zu dem geworden, was er immer hatte sein wollen: zu einem Krieger, Sinnbild der himmlischen Heerscharen, unter deren Ansturm das Böse einfach zerbrechen musste. Weißes Licht umfloss seine Gestalt wie sichtbar gewordene geballte Kraft und über die Klinge seines Schwertes huschten unentwegt kleine, weiße Flammen. Als er sprach, war seine Stimme wie Donnerhall, der die ganze Welt erzittern ließ.
»Hebe dich hinfort, Unhold!«, befahl er. »Die Seele dieses Knaben ist nicht dein!«
Azazel hob die linke Augenbraue. »Ich glaube doch«, antwortete er.
»Dann kämpfe mit mir darum!«, dröhnte Chep. »Kämpfe und stirb!«
Er schlug mit den Flügeln und rannte los. Mit einem gewaltigen Kriegsschrei riss er sein Schwert in die Höhe und holte mit einem Hieb aus, der den Schwarzen Engel von Kopf bis Fuß spalten musste, und Azazel seufzte, trat gemächlich zur Seite und streckte den Fuß vor. Chep stolperte darüber, schlug lang hin und pflügte mit weit ausgebreiteten Armen und Flügeln und mit dem Gesicht nach unten gute zwanzig Meter weit

über den Fußboden, bevor die Wand am Ende des Korridors seinen Sturz ziemlich unsanft abbremste. Chep ächzte.
»Es ist also deine Entscheidung, zu sterben«, grollte Azazel. »So sei es!«
Er kam wieder näher, aber Eric beachtete ihn gar nicht. Er sah zu Chep hin. Sein Schutzengel hatte sich wieder aufgerappelt und er war noch längst nicht besiegt. Mit Riesenschritten kam er näher und schwang sein Flammenschwert zu einem fürchterlichen Schlag.
Azazel schüttelte den Kopf, richtete sich auf und ließ den linken Arm im Ellbogengelenk nach oben schnappen, sodass sein Handrücken Chep genau ins Gesicht traf.
Chep machte deutlich hörbar: »Umpf!!« Eine Sekunde lang blieb er vollkommen reglos stehen, dann ließ er seinen Schild fallen. Eine weitere Sekunde danach klirrte sein Schwert zu Boden und noch eine Sekunde später fiel der Engel stocksteif nach hinten und blieb reglos und mit verdrehten Augen liegen.
»Trottel«, sagte Azazel kopfschüttelnd. Er seufzte tief. »Nein, es ist nicht befriedigend, gegen einen solchen Gegner zu kämpfen.«
Er sah eine Sekunde lang nachdenklich auf Eric herab, dann bückte er sich und hob Schwert und Schild des bewusstlosen Engels auf. »Kannst du es vielleicht besser?«, fragte er und hielt Eric beides hin.
»Mit einem gebrochenen Arm?«, fragte Eric. »Findest du das vielleicht fair?«
»Habe ich jemals behauptet, fair zu sein?«, grinste Azazel. Er legte Schild und Schwert vor Eric auf den Boden und griff hinter sich, um sich selbst eine Feder auszureißen. »Aber du hast natürlich Recht: Es bereitet keine Freude, gegen einen Feind anzutreten, der sich nicht wehren kann.«
Er beugte sich wieder vor. Eric keuchte vor Schrecken und riss abwehrend den rechten Arm in die Höhe – der linke tat mittlerweile so weh, dass er ihn praktisch nicht mehr bewegen konnte –, aber Azazel tat ihm nichts zu Leide. Vielmehr stach

er den Kiel der schwarzen Feder dicht über der Schulter in sein Hemd und im selben Moment waren nicht nur Schmerz und Taubheit wie weggeblasen, sondern Eric fühlte sich auch von einer Kraft durchströmt, wie er sie nie zuvor verspürt hatte.

Azazel schnippte mit den Fingern und Eric stand urplötzlich auf den Beinen, ohne zu wissen, wieso. Der Dämon lachte, schnippte noch einmal mit den Fingern und wie hingezaubert erschien der Schild an Erics linkem Arm, während seine Rechte den Griff des Silberschwertes umklammerte.

»Weil du doch so viel Wert auf Fairness legst«, sagte Azazel spöttisch.

Fair? Eric hätte fast laut gelacht. Er hatte in seinem ganzen Leben noch kein Schwert in der Hand gehabt, geschweige denn dass er wusste, wie man damit kämpfte.

»Das musst du auch nicht«, sagte Azazel, der offensichtlich seine Gedanken las. »Das Schwert wird dir zeigen, was zu tun ist.« Er machte eine Kopfbewegung auf die Waffe in Erics Hand. »Dies ist die einzige Waffe, die mich zu verletzen mag, vielleicht sogar zu töten. So wie diese –« Er zog ein ebenso langes, aber nachtschwarzes Schwert. »– dich. Es gilt!«

Er griff sofort und mit unglaublicher Schnelligkeit an. Eric sah seinen Hieb nicht einmal kommen und der ungleiche Kampf wäre wohl zu Ende gewesen, noch bevor er wirklich begonnen hatte, hätte nicht das Schwert in Erics Händen wie von selbst reagiert. Nicht sein Arm riss das Schwert, sondern das Schwert riss seinen Arm in die Höhe.

Die Klingen prallten Funken sprühend aufeinander. Eric taumelte unter der Wucht des Schlages zurück, denn Zauberschwert hin oder her, der Dämon war viel stärker als er. Und Azazel setzte sofort nach. Eric parierte einen weiteren, noch heftigeren Schwertstreich mit dem Schild, duckte sich und schlug zurück. Azazel tänzelte lachend zur Seite, schlug mit der flachen Hand gegen seine Waffe und hätte sie ihm um ein Haar aus den Fingern geprellt. Eric stolperte hastig zwei Schritte zurück und hob seinen Schild höher.

»Das müssen wir aber noch ein bisschen üben, scheint mir«, sagte Azazel spöttisch. »Pass auf, ich zeige es dir! Das macht man so! Und so! Und so!«
Und bei jedem »So!« krachte seine Klinge mit größerer Wucht auf Eric herab. Funken sprühten und der Schild an seinem linken Arm dröhnte wie eine Glocke, wenn er Azazels Hiebe abfing.
Eric wich Schritt für Schritt zurück. Irgendwie gelang es ihm, Azazels Schwerthiebe immer wieder im letzten Moment abzufangen, aber er spürte doch, dass er den Kampf am Ende verlieren würde. Azazels Hiebe erschütterten ihn bis ins Mark. Der Dämon war unvorstellbar stark und er legte seine ganze gewaltige Kraft in die beidhändig geführten Hiebe. Noch ein halbes Dutzend solcher furchtbaren Treffer und Eric würde einfach nicht mehr die Kraft haben, Schwert und Schild zu halten.
Als sein Rücken die Wand berührte und es nichts mehr gab, wohin er fliehen konnte, wusste er, dass es vorbei war. Azazels Klinge zuckte zu ihm herab. Eric duckte sich. Die schwarze Klinge riss eine handtiefe Furche in die Wand neben seiner Schulter und Eric stieß ganz instinktiv mit seinem Schwert zu –
und traf!
Azazel keuchte, machte zwei Schritte zurück und presste die Hand auf seinen Oberschenkel, wo ihn Erics Schwert verletzt hatte. Es war nur ein Kratzer, kaum mehr als eine blutige Schramme, aber er blutete. Es war Erics Schwert gewesen, das den ersten Treffer in diesem ungleichen Kampf erzielt hatte, nicht Azazels.
Plötzlich brüllte der Dämon vor Wut, riss sein Schwert mit beiden Händen in die Höhe und griff erneut an. Eric drehte sich im letzten Moment zur Seite, duckte sich so knapp unter der heranzischenden Klinge weg, dass er ihren Luftzug spüren konnte, und stieß Azazel den Schild in den Rücken, als er an ihm vorbeistolperte. Der Schwarze Engel taumelte ungeschickt gegen die Wand, ließ um ein Haar sein Schwert fallen

und Eric nutzte die Gelegenheit, einen weiteren Treffer anzubringen.
Azazel wirbelte herum. »Du!«, brüllte er, außer sich vor Wut. »Du!!«
Seine Hiebe prasselten immer schneller und härter auf Eric herab, aber sie waren auch weniger gut gezielt, sodass es Eric kaum noch Mühe bereitete, ihnen auszuweichen oder sie zu parieren. Und er hatte das Gefühl, mit jedem Atemzug an Kraft und Geschicklichkeit zu gewinnen. Das Schwert in seiner Hand hatte Blut geschmeckt und es wollte mehr.
Und bald war er es, der den Schwarzen Engel vor sich hertrieb, nicht mehr umgekehrt. Azazel keuchte vor Anstrengung. Sein Gesicht war zu einer schweißglänzenden Grimasse verzerrt und er blutete mittlerweile aus einem halben Dutzend Wunden, die zwar allesamt harmlos waren, ihn aber doch viel Kraft kosteten, während Eric bisher nicht einmal einen Kratzer davongetragen hatte.
Schließlich kam es, wie es kommen musste: Azazel machte einen wütenden Ausfall, den Eric mit seinem Schild parierte, und sein nachgesetzter Schwertstreich traf Azazels rechten Arm. Der Schwarze Engel schrie auf, ließ sein Schwert fallen und taumelte zurück und Eric versetzte ihm blitzschnell einen geraden, tief angesetzten Stich. Die Spitze seines Schwertes bohrte sich tief in Azazels Leib. Der Engel ächzte, brach in die Knie und kippte halb zur Seite, ehe es ihm gelang, seinen Sturz mit der linken, unverletzten Hand abzufangen.
Der Dämon stöhnte, ein tiefer, grollender Laut voller Pein. »Du hast ... gewonnen, Mensch«, murmelte er. »Mir scheint, ich habe dich unterschätzt. Bring es ... zu Ende.«
Eric hob das Schwert. Alles in ihm schrie danach, einen letzten, entscheidenden Hieb zu führen, den Dämon zu töten und die schreckliche Gefahr, die nicht nur ihn, sondern auch so viele andere Menschen bedrohte, damit ein für alle Mal zu beseitigen. Das Schwert in seiner Hand zitterte vor mühsam verhaltener Kraft. Eine einzige Bewegung und es wäre vorbei.
Aber er schlug nicht zu. Sein Blick glitt über die Schwertklin-

ge und er sah Azazels Blut auf dem blitzenden Silber, Blut, das so rot war wie sein eigenes. Er hatte erwartet, dass es schwarz sein würde, aber es war rot.

»Worauf wartest du?«, stöhnte Azazel. »Bring es zu Ende. Ich fürchte den Tod nicht. Ich bin ein Krieger!«

Eric ließ sein Schwert sinken. »Ich werde dich nicht töten«, sagte er ruhig.

»Du Narr«, höhnte Azazel. »Glaubst du, das ändert etwas? Du wirst keine Gnade von mir erfahren, wenn wir uns das nächste Mal gegenüberstehen. Töte mich jetzt, solange du die Gelegenheit dazu hast!«

»Nein«, sagte Eric noch einmal, ruhig, aber so bestimmt, wie er nur konnte. »Ich werde niemals ein Lebewesen töten. Nicht einmal dich!«

»Du Dummkopf!«, sagte Azazel verächtlich. »Dann zahle eben den Preis dafür!«

Er hob die Hand und inmitten von Schwärze erschien ein zweiter Schwarzer Engel auf dem Gang, dann ein dritter, vierter, fünfter und schließlich ein sechster. Alle waren mit Schwertern bewaffnet und alle drangen sofort auf Eric ein.

Den Bruchteil einer Sekunde, bevor sie ihn erreichten, warf sich Chep mit einem Schrei auf ihn. Seine gewaltigen weißen Schwingen schlossen sich um Eric und als sie sich wieder öffneten, waren der Engel und Eric nicht mehr in der Schule, sondern in einem rechteckigen, von schattenlosem, weißem Neonlicht erfüllten Raum, der zu einem Großteil von einem überdimensionalen Tisch ausgefüllt wurde, auf dem sich eine Miniaturstadt erhob. Er war in der Garage seines Vaters.

Eric taumelte. Chep war verschwunden, aber Eric trug noch immer Schild und Schwert des Engels und seine Kleider waren über und über mit Blut besudelt, das nicht sein eigenes war. Sein Herz hämmerte, als wollte es im nächsten Moment zerspringen, und er fühlte plötzlich wieder jeden einzelnen Schlag, den ihm Azazel beigebracht hatte. Er wankte und musste sich an der Tischkante festhalten.

Trotzdem fiel ihm auf, dass sich irgendetwas auf der Tisch-

platte verändert hatte. Eine Kleinigkeit nur, aber sie war wichtig. Aufmerksam ließ er seinen Blick über die naturgetreu nachgebaute Spielzeugstadt streifen ... und dann sah er es.
Das Gymnasium.
Sämtliche Fenster im Obergeschoss waren zerborsten und aus den dünnen Höhlen kräuselte sich dünner, grauer Rauch.
Eric starrte das zwanzig Zentimeter große Gebäude schockiert an. Was er sah, war vollkommen unmöglich. Diese ganze Stadt bestand nur aus Styropor, Pappe, Klebstoff und Farbe. Es war nur ein Spielzeug!
Und trotzdem war es so. Das Modell war nicht etwa in Brand geraten. Wäre es so, dann hätte schwarz schmelzendes Styropor an der Außenseite des Gebäudes herablaufen müssen. Die Dachschindeln aus Pappe hätten sich schwarz verfärbt und gerollt und die Luft wäre von beißendem Chemikaliengestank erfüllt gewesen.
Das Modell war nicht angebrannt, es war genau umgekehrt: Er sah das genau angefertigte Modell eines ausgebrannten Hauses!
Eric wandte sich schaudernd ab, sah eine Bewegung aus den Augenwinkeln und drehte sich wieder herum – und erstarrte. Das Modell hatte sich abermals verändert, und das auf eine Weise, die ganz und gar unmöglich schien ...
Das war kein Spielzeug mehr. Was sein Vater da in fast zehn Jahren Arbeit fertig gestellt hatte, war auf eine unmöglich in Worte zu fassende Weise zum Leben erwacht; vielleicht auch zum genauen Gegenteil davon.
Er richtete sich wieder auf, trat einen Schritt zurück und ließ sich dann in die Hocke sinken. Mit klopfendem Herzen beugte er sich vor und betrachtete die Unterseite der riesigen Platte.
Der Anblick war ein Schock, obwohl er halbwegs darauf vorbereitet gewesen war.
Noch vor wenigen Tagen war die Unterseite der massiven Sperrholzplatte ein Gewirr aus Tischbeinen, hölzernen Verstrebungen und vor allem Tausenden verschiedenfarbiger

Kabel, Leitungen und winzigen elektronischen Schaltkästen gewesen.
Jetzt war dort etwas ... Anderes.
Eric konnte nicht sagen, was. Etwas Dunkles, Wogendes, das wie Nebel oder fasernder Dunst aussah, es aber nicht war, sondern ihm nur so vorkam, weil seine menschlichen Sinne nicht in der Lage waren, seine wirkliche Form zu erfassen, das aber eine körperlich fühlbare Aura des Bösen und Feindseligen ausstrahlte.
Eric prallte entsetzt zurück, aber es war zu spät. Etwas wie ein rauchiger, nicht wirklich stofflicher Arm griff aus dem Dunst heraus und versuchte ihn zu berühren. Eric versuchte ihm verzweifelt auszuweichen, schaffte es nicht ganz, verlor durch die hastige Bewegung die Balance und stürzte mit wild rudernden Armen auf die Tischplatte hinab. Es war vollkommen absurd, aber seine größte Sorge in dieser Sekunde, die der Sturz währte, war die, dass sein Vater ihn wahrscheinlich massakrieren würde, wenn er auf sein Modell fiel und die Arbeit eines Jahrzehnts zunichte machte. Er versuchte seinen Sturz noch irgendwie in eine andere Richtung zu lenken, aber er schaffte es nicht.
Statt jedoch in einem Hagel aus berstendem Holz, auseinanderbröselndem Styropor und spritzenden Plastiksplittern aufzuschlagen, landete er auf etwas so Hartem, dass ihm der Aufschlag fast die Sinne raubte.
Einen Moment lang blieb er mit angehaltenem Atem und fest zusammengepressten Augen liegen, wartete, bis der hämmernde Schmerz in seiner Stirn endlich nachließ, und öffnete dann ganz langsam und mit heftig klopfendem Herzen die Augen.
Das Nächste, was er bewusst wahrnahm, war, dass er wieder auf seinen eigenen Füßen stand, sich langsam im Kreis drehte und sich mit offenem Mund und ungläubig aufgerissenen Augen umsah.
Er hatte einen Anblick totaler Zerstörung erwartet, aber rings um ihn herum war rein gar nichts zerstört. Vor ihm breitete

sich eine sanft ansteigende, von Büschen und bunten Wildblumen bewachsene Wiese aus, die irgendwo weit vor ihm in einen dichten Wald überging. Noch unendlich viel weiter entfernt schienen sich Berge zu erheben, Berge, mit denen irgendetwas nicht stimmte, aber sie waren zu weit entfernt, als dass er sagen konnte, was es war.
Langsam drehte er sich weiter. Auch rechts und links von ihm erstreckten sich Gras, Büsche und vereinzelte Bäume. Hinter ihm aber erhob sich eine gut zehn Meter hohe, aus massiven Steinquadern errichtete Mauer, über deren Zinnenkrone sich in regelmäßigen Abständen wuchtige, aus demselben Material erbaute und mit patinierten Schieferziegeln gedeckte Türme erhoben. Nicht besonders weit von ihm durchbrach ein großes, halbrundes Tor die wuchtige Wehrmauer. Es war aus gewaltigen Balken zusammengefügt und mit Hunderten handflächengroßer, schimmernder Ziernägel beschlagen. Das Tor war verschlossen, aber in der Mitte des rechten Torflügels befand sich eine kleine Schlupftür, die nur angelehnt war.
Eric ging mit langsamen, starren Schritten darauf zu, trat hindurch und sah sich fassungslos um. Er stand auf einer schmalen, kopfsteingepflasterten Straße, die sich parallel zur Stadtmauer entlangzog. Zur Linken erhoben sich eine Anzahl schmaler, aber mehrgeschossiger Wohnhäuser in Fachwerk- oder einfacher Ziegelbauweise, während sich auf der anderen Seite das Viertel der Händler und kleinen Handwerker erhob. Wenn er weiter geradeaus ging, würde er zur Stadtmitte kommen, dem Marktplatz und der Kirche und den Vierteln, in denen sich die größeren und aufwendiger erbauten Häuser erhoben. Eric wusste das alles. Er war noch niemals hier gewesen, aber er kannte jedes Haus, jede Straße und jede noch so winzige Einzelheit dieser kleinen Stadt ganz genau. Schließlich war er oft genug dabei gewesen, als sein Vater sie gebaut hatte.
Es *war* die Miniaturstadt – nur dass sie jetzt nicht mehr aus Styropor, Farbe und Klebstoff bestand. Das Pflaster, über das er ging, war genauso echt wie die massiven, leicht unregel-

mäßigen Felsquader, aus denen die Stadtmauer gebaut worden war und die Häuser, die ihn umgaben.
Eric versuchte erst gar nicht, diese neue Unmöglichkeit zu verstehen oder sich auch nur *vorzustellen*, was geschehen sein mochte. Aus irgendeinem Grund hatten die Wirklichkeit und die Halluzinationen die Plätze getauscht und Eric beschloss mit einer Kaltblütigkeit, für die er sich mit einem Teil seines Bewusstseins beinahe selbst bewunderte, das Einzige zu tun, was er sowieso nur tun konnte: nämlich abzuwarten, was geschah, und zu versuchen irgendwie heil aus dieser Geschichte herauszukommen.
Das Einzige, was die Stadt von dem Modell unterschied, war die völlige Abwesenheit von Menschen. Sein Vater hatte die Stadt mit Hunderten winziger, sorgfältig bemalter Figuren bevölkert und Eric hatte schon halbwegs erwartet, nun auch auf deren lebendig gewordene Gegenstücke zu treffen, aber rings um ihn herum zeigte sich nicht die geringste Spur von Leben.
Doch er hörte Geräusche. Sie waren sehr weit entfernt und übten eine beunruhigende Wirkung auf ihn aus. Eric machte die Richtung aus, aus der die Geräusche kamen, und ging dann mit raschen Schritten los.
Je weiter er in die Stadt eindrang, desto mehr Vertrautes sah er – aber zugleich auch das eine oder andere, das ihm neu war. Die Stadt entsprach nicht hundertprozentig dem verkleinerten Modell, das er kannte. Aber schließlich hatte sich ja auch das Modell in den letzten Tagen mehr und mehr verändert. Vermutlich sah es im Moment genauso aus wie die Stadt, durch die er wanderte.
Die Geräusche nahmen allmählich an Lautstärke zu. Eric konnte sie immer noch nicht richtig einordnen, aber sie schienen von vielen Menschen zu stammen und kamen ihm panisch vor. Waren das ... Schreie?
Er bekam die Antwort auf seine eigene Frage schon im nächsten Augenblick und auf weitaus drastischere Art, als ihm lieb gewesen wäre. Er war gerade in eine der schmalen Seiten-

straßen eingebogen. In dem Modell seines Vaters maß sie gerade einmal einen Zentimeter und selbst hier war sie so eng, dass er beide Wände berühren konnte, wenn er die Arme ausstreckte. Es war sehr dunkel hier und merklich kälter als draußen auf der Straße. Eric beeilte sich, sie zu durchqueren, und als er auf der anderen Seite wieder hinaustreten wollte, wäre er um ein Haar mit einem Mann zusammengestoßen, der wie von Furien gehetzt über die Straße jagte.

Er trug altertümliche Kleider, die zu der mittelalterlichen Umgebung passten, war nur wenig größer als Eric, aber mindestens doppelt so schwer. Er wich Eric im allerletzten Moment aus, verlor durch die hastige Bewegung aber das Gleichgewicht und fiel mit zwei ungeschickten Stolperschritten zu Boden. Noch bevor Eric ihm zu Hilfe eilen konnte, rappelte er sich hoch und rannte weiter, ohne auch nur einen Blick zurückzuwerfen.

Der dicke Mann war nicht der Einzige. Als Eric sich herumdrehte, gewahrte er Dutzende von Männern, Frauen und Kindern, die in wilder Panik die Straße entlanggestürmt kamen. Sie rannten, als wäre der Teufel persönlich hinter ihnen her. Alles was Eric jedoch am Ende der Straße erkennen konnte, waren wogende Schatten und die Andeutung vager, aber heftiger Bewegung. Trotzdem hätte er schon blind sein müssen, um nicht zu sehen, dass diese Menschen in reiner Todesangst an ihm vorbeistürmten.

Er versuchte erneut, die Düsternis am Ende der Straße mit Blicken zu durchdringen, aber es gelang ihm nicht. Ein wenig erinnerte ihn der Anblick an die unheimlichen Schatten, die er unter der Tischplatte gesehen hatte, nur dass die wabernde Dunkelheit dort hinten ungleich gewaltiger war. Er musste einfach wissen, was hier geschah!

Eric trat auf die Straße hinaus und versuchte einen der vorbeilaufenden Männer aufzuhalten, erreichte damit aber nicht mehr, als dass er beinahe über den Haufen gerannt worden wäre.

»Bist du verrückt?«, keuchte der Mann. »Was tust du noch

hier? Sie sind durchgebrochen! Lauf um dein Leben!« Und damit stürmte er weiter.

Sie? dachte Eric verwirrt. Wer zum Teufel waren *sie*? Und wo sind sie durchgebrochen?

Er drehte sich herum und wusste die Antwort.

Wie Geister aus aufsteigendem Morgennebel trat eine Anzahl schwarzer, bizarrer Gestalten aus der tanzenden Dunkelheit am Ende der Straße. Es war nicht einmal das erste Mal, dass Eric leibhaftige Dämonen sah, und trotzdem entsetzte ihn der Anblick ebenso sehr, als hätte er ihn vollkommen unvorbereitet getroffen. Offensichtlich gab es Dinge, die nichts von ihrem Schrecken verloren, ganz egal, wie oft man ihnen auch gegenübertrat. Eric war im ersten Augenblick vor Entsetzen wie gelähmt.

Es waren mindestens drei oder vier Dutzend Schreckensgestalten, die aus dem Dunst hervortraten, und das Einzige, was sie gemeinsam hatten, war ihre Farbe. Alle waren schwarz, die Farbe der Macht, die sie geboren hatte, aber von unterschiedlichster Gestalt und Größe – und ausnahmslos abscheulich.

Es gab riesige, stierköpfige Gestalten, kleinere, vielarmige Kreaturen, gepanzerte Scheußlichkeiten, die riesigen Fledermäusen mit fast menschlichen Köpfen glichen, und andere, noch viel unbeschreiblichere Monstrositäten. Die meisten dieser Ungeheuer waren bewaffnet und manche schienen von einer Aura der Dunkelheit und Kälte umgeben zu sein, die man fast greifen konnte. Es war, als hätten sich die Tore der Hölle aufgetan, um ihre schlimmsten Albträume auszuspeien.

Endlich fiel die Lähmung von Eric ab und ihm wurde bewusst, dass sich die Höllenbrut mit bedrohlichem Tempo näherte.

Vor allem der riesige schwarze Minotaurus legte einen wahren Sprint ein und rannte genau auf ihn zu.

Eric konnte den Blick seiner unheimlichen schwarzen Augen beinahe körperlich fühlen. Das Monster kam mit erschreckender Schnelligkeit näher. Eric fuhr herum, um wie alle anderen vor der heranstürmenden Armee des Schreckens zu fliehen, aber sehr schnell wurde ihm klar, wie sinnlos es war, vor dem

Minotaurus davonlaufen zu wollen. Der Stiermensch rannte dreimal so schnell wie jeder Mensch. Eric hatte keine Chance, ihm zu entkommen.
Natürlich versuchte er es trotzdem und er war kaum zwei Schritte weit gekommen, da trat eine riesige, geflügelte weiße Gestalt aus der Gasse heraus, aus der er selbst gerade gekommen war, streckte die Hand aus und riss ihn so derb am Arm herum, dass er vor Schmerz und Überraschung laut aufschrie.
»Chep!«, keuchte er. »Du reißt mir ja den Arm aus!«
Chep antwortete nicht, sondern zerrte ihn nur hinter sich her. Die Gasse war so schmal, dass der Cherub nicht gerade hindurchpasste, sondern seitwärts gehen musste. Trotzdem bewegte er sich so schnell, dass Eric alle Mühe hatte, mit ihm Schritt zu halten. Und er war ziemlich sicher, dass Chep selbst dann nicht angehalten hätte, wenn Eric das Gleichgewicht verlor, sondern ihn notfalls einfach hinter sich herschleifen würde.
Hinter ihnen erscholl ein wütendes Brüllen. Eric sah hastig über die Schulter zurück und erkannte, dass der Minotaurus es offenbar tatsächlich auf ihn abgesehen hatte, denn er zögerte keine Sekunde, hinter ihm herzustürzen. Aufgrund seiner enormen Schulterbreite hatte er dieselben Probleme mit der schmalen Gasse wie Chep, verfügte aber nicht über die gleiche Umsicht wie der Engel. Statt sich zur Seite zu drehen, rammte er seine gewaltigen Schultern in die Gasse hinein, so dass Eric für einen Moment ernsthaft hoffte, er würde einfach darin steckenbleiben wie ein Korken in einem viel zu engen Flaschenhals. Seine Hoffnung wurde jedoch enttäuscht. Keuchend und grunzend vor Anstrengung, aber noch immer erschreckend schnell, quetschte sich der Dämon hinter ihnen durch die schmale Gasse! Als Chep ihr anderes Ende erreichte, hackte der Stiermensch mit seinem Schwert nach Eric und die Klinge verfehlte ihn so knapp, dass sich die Funken schmerzhaft in seinen Nacken brannten, die aus dem Stein hinter ihm schlugen.
Kaum war er im Freien, da riss Chep Eric mit solcher Gewalt

herum, dass er regelrecht an ihm vorbeigeschleudert wurde und nach ein paar ungeschickten, stolpernden Schritten auf Hände und Knie herabfiel. Der Cherub wirbelte herum und spreizte in der Bewegung die Flügel wie ein angreifender Raubvogel und wie hingezaubert erschienen in seinen Händen wieder Schild und Schwert. Er griff den Minotaurus an, noch bevor sich dieser ganz aus der schmalen Gasse herauszwängen konnte.

Der stierköpfige Dämon hatte keine Chance. Cheps Schwerthiebe fuhren mit unvorstellbarer Kraft und Schnelligkeit auf ihn herab. Schon die ersten zwei oder drei Hiebe schlugen dem Minotaurus das Schwert aus der Hand. Die nächsten töteten ihn. Der Dämon überragte selbst den Cherub noch um ein gutes Stück, aber Chep ließ ihm nicht die geringste Chance und er ließ auch nicht die Spur von Gnade walten. Nach weniger als einer halben Minute kippte der Minotaurus blutüberströmt und sterbend nach hinten. Eric hatte Chep noch niemals so wütend erlebt.

Was vielleicht daran lag, dass Chep nicht Chep war.

Eric stemmte sich mühsam hoch und blickte den Engel mit einer Mischung aus Überraschung und Staunen an. »Chep?«, murmelte er.

Über den Leichnam des Tierdämons kroch eine weitere schwarze Scheußlichkeit heran. Der Engel beförderte sie mit einem zornigen Schwertstoß dorthin zurück, wo sie hergekommen war, und wandte für eine Sekunde den Blick in Erics Richtung. »Ich weiß nicht, wer Chep ist«, sagte er, »aber ich weiß, dass du besser von hier verschwindest! Da kommen noch mehr!«

Eric rührte sich nicht, sondern starrte den Engel mit offenem Mund an. Es war eindeutig nicht Chep. Er war ein gutes Stück größer als sein eigener Schutzengel, viel breitschultriger und kräftiger und sein Gesicht wirkte härter. Dieser Engel war wirklich ein Krieger.

Wie er gesagt hatte, versuchten immer mehr und mehr Dämonen über den Leichnam ihres gefallenen Kameraden hinwegzuklettern. Der Engel erschlug sie, wie sie gerade kamen, aber ihre Zahl schien endlos. Trotz seiner erbitterten Gegenwehr wurde der Engel immer mehr und mehr zurückgedrängt und schließlich brach eine wahre Flut schwarzer, albtraumhafter Gestalten aus der Gasse heraus.

Der Engel wehrte sich erbittert, aber er musste Stück für Stück zurückweichen, bis Eric und er sich plötzlich in der Mitte eines Kreises aus geifernden schwarzen Gestalten befanden, die aus allen Richtungen zugleich auf sie eindrangen.

»*Jetzt*!«, schrie der Cherub.

In derselben Sekunde füllte sich die Luft mit dem Rauschen zahlreicher flatternder Schwingen und mehr als ein Dutzend riesiger, strahlend weißer Gestalten stürzte sich auf die Angreifer.

Damit war der Kampf entschieden. Die Dämonen waren noch immer hoffnungslos in der Überzahl, aber den gewaltigen kriegerischen Engeln hatten sie nichts entgegenzusetzen. Die Schlacht tobte nur noch kurz, aber mit erbarmungsloser Härte.

Nicht einer der Dämonen überlebte ihn. Der Zorn der Engel kannte keine Gnade. Die schwarzen Albtraumgestalten wurden eine nach der anderen niedergemacht. Schließlich taumelte eine letzte groteske Gestalt aus der Gasse hervor, nur um direkt in das Schwert eines Cherubs zu laufen. Hinter dem Dämon erschien eine strahlend weiße Gestalt: die erste einer ganzen Reihe, die aus der schmalen Lücke zwischen den Gebäuden kam. Die Engel hatten auch auf der anderen Seite angegriffen und die Höllenarmee in einer klassischen Zangenformation zwischen sich zusammengetrieben.

Aber auch die himmlischen Krieger hatten einen hohen Preis für diesen Sieg gezahlt. Zahlreiche Engel waren verwundet und bluteten und einer lag am Boden und regte sich nicht mehr.

Eric ging mit klopfendem Herzen hin und ließ sich neben dem sterbenden Engel auf die Knie sinken. Er streckte die Hände aus, wagte es aber nicht, ihn zu berühren.

Der Engel stöhnte leise. Er hatte eine schreckliche Wunde dicht über dem Herzen; selbst für dieses mächtige Wesen zu viel, um es zu verkraften. Als er Erics Nähe spürte, öffnete er noch einmal die Augen und Eric konnte sehen, wie etwas daraus wich. Kein Leben im menschlichen Sinne, sondern etwas viel Größeres, Machtvolleres und irgendwie ... Reineres. Eric konnte nicht sagen, was es war, aber er spürte sein plötzliches Fehlen so deutlich, als wäre die Welt um ein Stück ärmer geworden.
»Sei nicht traurig, kleiner Mensch«, sagte eine Stimme hinter ihm.
Eric hob langsam den Kopf, sah aber nicht zu dem Engel auf, sondern ließ seinen Blick langsam in die Runde schweifen. Der Platz vor der Gasse war schwarz von den Leichen der erschlagenen Dämonen. Manche boten selbst im Tode noch einen Anblick, der Eric einen kalten Schauer über den Rücken laufen ließ, aber einige sahen auch fast aus wie Menschen. Beim Anblick all dieser Erschlagenen und Verstümmelten zog sich sein Magen zu einem harten Kloß zusammen. Er sollte sich freuen, dass sie gewonnen hatten, aber er fühlte nicht einmal Erleichterung. Vielleicht weil der wirkliche Sieger in diesem Kampf nicht die Engel waren, sondern der Tod.
Endlich wandte er sich zu dem Engel um. Die Unterschiede zu Chep waren nun nicht mehr zu übersehen. Der Engel war ein Riese, selbst für seine Art. Und er strahlte eine Stärke aus, die Eric frösteln ließ.
»Du hast großes Glück, dass du noch lebst«, fuhr der Engel fort. »Warum bist du nicht weggerannt wie alle anderen?«
»Weshalb beschwerst du dich?«, fragte Eric bitter. »Ich habe euch doch hervorragend geholfen, eure Feinde in die Falle zu locken, oder?«
Für einen Moment verfinsterte sich das Antlitz des Engels. Es gab offensichtlich noch mehr Unterschiede zwischen Chep und ihm, als Eric bisher angenommen hatte. Dieser Engel war nicht ganz so unempfindlich gegen Kritik. »Wir haben diesen Krieg nicht begonnen«, sagte er.

»Das sagen die Sieger vermutlich immer«, murmelte Eric.
»Du hast Mut, kleiner Mensch«, sagte der Engel. »Die wenigsten würden es wagen, so mit mir zu reden.« Er blickte Eric einen Moment lang nachdenklich an, dann fragte er unvermittelt: »Wie hast du mich gerade genannt? Chep?«
»Ich habe dich verwechselt«, sagte Eric knapp. »Kann ich jetzt gehen?«
»Noch nicht«, antwortete der Engel. »Du bist nicht von hier, habe ich Recht?«
»Nein«, sagte Eric.
»Wie kommst du hierher? Hat dir dieser Chep dabei geholfen?«
»Er hat nichts damit zu tun«, antwortete Eric. »Im Gegenteil. Er wollte mich davon abbringen.«
»Was ihm aber ganz offensichtlich nicht gelungen ist«, antwortete der Engel. »Dieser Chep scheint nicht besonders fähig zu sein... Chep...« Er wiederholte den Namen nachdenklich, dann riss er überrascht die Augen auf.
»Chep? Etwa *der* Chep?!«
»Ich weiß nicht, wie viele Cheps es bei euch gibt«, antwortete Eric. »Ich kenne jedenfalls nur einen.« Er begann sich immer unbehaglicher zu fühlen. Das Gespräch zwischen ihm und dem Engel entwickelte sich immer mehr zu einem Verhör.
»Ich eigentlich auch«, sagte der Engel nachdenklich. »Wenn wir über denselben Chep reden, dann wundert es mich allerdings nicht mehr, dass du hier bist.«
»Ich weiß nicht, was du gegen Chep hast«, sagte Eric. »Er kommt meinen Vorstellungen von einem Engel jedenfalls weitaus näher als du.«
»Es gibt Unterschiede«, bestätigte der Engel. »Wir sind Krieger.«
»Das ist Chep auch«, behauptete Eric. »Sogar ein mächtiger Krieger!«
»Chep?« Der Engel riss die Augen noch weiter auf. »Ein Krieger?« Er starrte Eric noch geschlagene fünf Sekunden lang fassungslos an, dann warf er jäh den Kopf in den Nacken und

begann schallend zu lachen. Als er sich wieder beruhigt hatte, beugte er sich vor, rammte die Schwertspitze in den Boden und stützte sich mit beiden Händen auf den Griff.
»Gleichwie«, sagte er, »du musst jedenfalls hier weg. Wir haben den ersten Ansturm zwar überall abgeschlagen, aber sie werden es bestimmt noch einmal versuchen. Ein Kind hat auf dem Schlachtfeld nichts verloren.«
»Da sind wir ja ausnahmsweise mal derselben Meinung«, sagte Eric und blickte sich demonstrativ um. »In welcher Richtung liegt der Ausgang?«
Der Engel sah ihn verständnislos an. »Welcher Ausgang?«
»Der Weg zurück in meine Welt«, antwortete Eric. »Du hast selbst gesagt, ich soll gehen.«
»Weg von hier«, bestätigte der Engel. »Sie können jeden Moment zurückkommen. Lauf in den Westen der Stadt. Dorthin werden sie nicht vordringen.«
»Du hast mich nicht verstanden«, sagte Eric. »Ich will nicht in den Westen oder Osten oder sonstwohin, sondern zurück nach Hause! Wieder in meine Welt!«
»Dafür haben wir keine Zeit«, antwortete der Engel.
»Aber meine Eltern sind in Gefahr!«, sagte Eric aufgebracht. »Ich muss ihnen helfen!«
»Die Eltern vieler sind in Gefahr«, antwortete der Engel. »Ich kann dir nicht helfen. Der Übergang von einer Welt in die nächste kostet zu viel Kraft. Ich werde hier gebraucht.«
Er wollte sich herumdrehen und gehen, aber Eric hielt ihn mit einem raschen Griff am Arm zurück. »Moment mal!«, protestierte er. »Schließlich seid ihr doch dazu da, um uns zu helfen!«
Der Engel blickte wortlos an sich herab und Eric zog die Hand zurück, mit der er ihn festhielt. Erst dann antwortete der Cherub. »Wir sind dazu da, um euch zu helfen? Wie kommst du auf die Idee?«
»Aber ... aber ich dachte ...«, murmelte Eric.
»Was immer du gedacht hast, stimmt wohl nicht«, sagte der Engel kühl. »Und jetzt geh. Ich kann nicht für deine Sicherheit garantieren, wenn –«

Ein schwarzer Blitz vertrieb für einen Sekundenbruchteil das Tageslicht, und als es wieder hell wurde, erschienen überall wie aus dem Nichts Dämonen. Die Engel fuhren blitzartig herum und hoben ihre Waffen, doch diesmal waren die Karten anders verteilt. Die Zahl der Dämonen war ungleich größer als beim ersten Mal, und es waren auch nicht nur die bizarr geformten Schreckensgestalten, die den ersten Angriff geführt hatten, sondern auch etliche schwarze Engel.
Besonders sie machten den Verteidigern schwer zu schaffen. Möglicherweise wären die Engel auch mit dieser viel größeren Anzahl von Dämonen und Tiermenschen fertig geworden, aber ihre nachtfarbenen Gegenstücke waren ihnen vollkommen ebenbürtig. Der Kampf entbrannte sofort und wurde auf beiden Seiten mit gnadenloser Härte geführt, aber diesmal wurden die Engel Schritt für Schritt zurückgetrieben, bis sie sich zu einem dicht geschlossenen Kreis versammelt hatten.
Plötzlich riss die Wirklichkeit ein weiteres Mal auf, doch diesmal drangen keine neuen Dämonenscharen aus der wabernden Schwärze hervor, sondern nur ein einziger, riesiger schwarzer Engel.
Eric erkannte ihn im selben Moment, in dem Azazel auf ihn deutete und mit dröhnender Stimme rief: »Der Junge! Ihm darf nichts geschehen!«
Sofort konzentrierte sich der Angriff der schwarzen Engel ganz auf die Stelle, an der Eric stand. Die Verteidiger schlossen sich nur noch enger zusammen und leisteten erbitterten Widerstand. Erst einer, dann ein zweiter und dritter schwarzer Engel fielen unter den Schwerthieben der weißen und die Zahl der niedergestreckten Dämonen ließ sich nicht einmal mehr schätzen. Der Widerstand war so erbittert, dass Eric für einen Moment sogar Hoffnung schöpfte, die Engel könnten den Angriff auch dieses Mal noch abschlagen.
Wahrscheinlich wäre es ihnen auch gelungen, hätte nicht Azazel in diesem Moment wütend aufgeschrien und sein Schwert in die Höhe gerissen, um sich ebenfalls in den Kampf zu stürzen, und das brachte die Entscheidung.

Schon Azazels erster Ansturm schlug eine Bresche in die Reihen der Verteidiger. Unter den Hieben seines gewaltigen schwarzen Schwertes fielen gleich zwei Engel und noch während Azazel weiterstürmte, drängten Dutzende von schwarzen Engeln und abscheulichen Dämonen in die Lücke, die er in die Reihen der Verteidiger geschlagen hatte.
Die Formation der weißen Engel brach auseinander und nun fiel es den Angreifern nicht mehr schwer, sie einzeln oder in kleinen Gruppen zu stellen, wo sich ihre zahlenmäßige Überlegenheit deutlich bemerkbar machte.
Auch Eric musste sich plötzlich gegen einen hundeköpfigen Dämon verteidigen, der ihm zwar kaum bis zum Gürtel reichte, dafür aber vor Zähnen und rasiermesserscharfen Krallen nur so starrte. Eric wich der Attacke mit einem hastigen Sprung aus und zwischen den nadelspitzen Zähnen der Bestie blieb nur ein Fetzen seiner Hose zurück. Sofort setzte der Hundedämon ihm nach, schlug mit seinen Klauen zu und spuckte Gift und Galle. Eric keuchte vor Schmerz, als die Krallen des kleinen Monstrums seine Wade aufrissen, stolperte einen Schritt zur Seite und trat mit dem anderen Bein zu. Er traf, aber der Dämon wankte nicht einmal, sondern wurde nur noch wütender. Er sprang Eric an, riss ihn von den Füßen und schnappte nach seiner Kehle, als er hilflos auf den Rücken fiel. Eric hatte schon fast mit dem Leben abgeschlossen, als ein gewaltiges silbernes Schwert heranzischte und stattdessen dem des Dämons ein Ende setzte. Noch bevor der Tierdämon ganz von ihm herunterstürzen konnte, zerrte ihn eine schimmernde weiße Hand auf die Füße.
»Du?« Das ebenso schweiß- wie blutüberströmte Gesicht des Kriegerengels tauchte vor ihm auf. Er atmete schwer. »Herr im Himmel, ich wusste nicht, dass *du* es bist!«
Etwas Großes, Schwarzes mit viel zu vielen Armen und entschieden zu vielen Zähnen tauchte neben ihm auf und versuchte sich auf ihn zu stürzen. Der Engel tötete es mit einem zornigen Schwertstreich und baute sich gleichzeitig schützend vor Eric auf. »*Lauf*!«, schrie er. »Wir halten sie auf!«

Wenn er nur gewusst hätte, wohin! Überall auf dem Platz wurde gekämpft. Zahlreiche Dämonen und schwarze Engel waren gefallen, aber auch die Anzahl der Verteidiger nahm drastisch ab. Und mit jedem weißen Engel, der fiel, verschob sich das Kräfteverhältnis weiter zu ihren Ungunsten.
»Da ist der Junge!«, brüllte Azazel erneut. »Ich will ihn haben! Ich töte jeden Einzelnen von euch, wenn er entkommt!«
Eric wirbelte endgültig herum und rannte los. Auf den ersten zwei oder drei Dutzend Schritten gelang es ihm, den Kämpfenden auszuweichen, aber dann stand er plötzlich vor einer fensterlosen Wand, und als er herumfuhr, sah er gleich ein ganzes Dutzend Dämonen auf sich zustürmen. Er hatte sich selbst in eine Sackgasse manövriert! Und von den Engeln hatte er keine Hilfe mehr zu erwarten. Die wenigen, die noch am Leben waren, hatten mehr als genug damit zu tun, sich ihrer Haut zu wehren. Azazel selbst stand in zwanzig Schritt Entfernung da, deutete mit dem Schwert auf ihn und brüllte seinen Kriegern Befehle zu.
Eric machte sich auf das Schlimmste gefasst. Die Dämonen hatten ihn fast erreicht, und obwohl er wusste, wie sinnlos es war, nahm er sich vor, seine Freiheit so teuer wie nur möglich zu verkaufen.
Das Rauschen mächtiger Schwingen erfüllte plötzlich die Luft. Die Dämonen kreischten vor Wut und Enttäuschung wild auf und verdoppelten ihre Anstrengungen, ihre schon sicher geglaubte Beute doch noch zu erwischen, aber sie waren nicht schnell genug: Ein gewaltiger weißer Schatten hüllte Eric ein und riss ihn über den Abgrund zwischen den Welten, und plötzlich war er wieder in der Garage, und Chep stand neben ihm.
»Danke«, murmelte Eric. »Das war... wirklich Rettung in letzter Sekunde.«
»Du ahnst ja gar nicht, *wie* knapp es war«, sagte Chep kopfschüttelnd. Er wirkte sehr ernst, fast ein bisschen ängstlich. »Du darfst nie wieder dorthin gehen, hörst du? Wenn du in *seine* Welt eintrittst, dann bist du ihm ausgeliefert.«

Eric zog es vor, lieber nicht darüber nachzudenken, was der Engel mit diesen Worten meinte – obwohl er es im Grunde natürlich wusste. Stattdessen fragte er: »Bist du unverletzt?«

»Mehr oder weniger«, antwortete Chep ausweichend. »Und du? Ich kann nicht bleiben. Der Kampf mit Azazel hat mich erschöpft. Schaffst du es allein?«

»Klar«, versicherte Eric. Er straffte die Schultern, soweit er es in seinem Zustand überhaupt konnte, und grinste breit, um seine Worte unter Beweis zu stellen. »Geh nur. Ich komme allein klar.«

Chep sah ihn zwar zweifelnd an, nickte aber schließlich und drehte sich um, um mit einem einzigen Schritt im Nichts zu verschwinden, und Eric machte sich auf den Weg ins Haus.

Er hatte seine Kräfte wohl doch überschätzt. Schon auf dem Weg zur Tür wurde ihm schwarz vor Augen und er wäre um ein Haar gestürzt. Mit letzter Kraft öffnete er die Tür und wankte ins Haus.

Er hörte Stimmen. Obwohl es eigentlich nicht möglich war, glaubte er eine davon als die seines Vaters zu identifizieren und auch die anderen kamen ihm irgendwie bekannt vor. Sie klangen erregt. Zur Abwechslung war mal wieder ein Streit im Gange.

Als er weiterwankte, ging eine Tür vor ihm auf und Andrea trat heraus. Sie sah ihn, riss erschrocken die Augen auf und schlug die Hand vor den Mund. Vielleicht sagte sie auch irgendetwas, aber Eric war viel zu schwach, um noch darauf zu achten. Alles begann sich um ihn zu drehen. Er taumelte wie ein Betrunkener hin und her, sah verschwommen, wie Andrea die linke Hand nach ihm ausstreckte – die rechte brauchte sie, um das Kreuzzeichen zu schlagen –, die Bewegung aber nicht zu Ende führte, sondern sich stattdessen bückte und etwas vom Boden aufhob.

Es spielte keine Rolle. Eric fühlte, dass ihm gleich die Sinne schwinden würden, und mobilisierte all seine Kraft, um es wenigstens noch bis ins Wohnzimmer zu schaffen, von wo die aufgeregten Stimmen kamen.

Es gelang ihm. Eric fiel schwer gegen den Türrahmen, ließ das Schwert fallen und sah wie durch einen grauen, immer dichter werdenden Nebel hindurch eine Anzahl verschwommener Schemen. Einer davon hatte das Gesicht seines Vaters, der andere schien seiner Mutter zu gehören, verzerrte sich aber immer wieder vor seinen Augen, sodass er ihn nicht richtig erkennen konnte.

Das Stimmengewirr, das er von draußen gehört hatte, verstummte abrupt und seine Mutter stieß einen keuchenden Schrei aus, sprang in die Höhe und eilte auf ihn zu.

»Eric!«, rief sie. »Um Himmels willen, Eric! Was ist passiert?!«

Eric wollte antworten, aber seine Stimme versagte ihm den Dienst. Seine Mutter eilte zu ihm und schloss ihn in die Arme, aber Eric wehrte sie schwächlich ab und versuchte, sich zu seinem Vater herumzudrehen, der mittlerweile ebenfalls herbeigeeilt war. Jetzt erkannte er auch die beiden anderen Personen, die anwesend waren – Schollkämper und Breuer. Daher also der aggressive Ton, den er gehört hatte.

»Wo ... wo kommst du denn ... her?«, murmelte er. In seinen Ohren rauschte das Blut immer lauter. Hätte seine Mutter ihn nicht festgehalten, wäre er wahrscheinlich gestürzt.

»Ich?« Vater blinzelte. »Dieselbe Frage wollte ich dir gerade stellen!«

»Und ich auch«, fügte Schollkämper hinzu. Eric sah aus den Augenwinkeln, wie sich Breuer bückte und das Schwert aufhob, das er fallen gelassen hatte.

»Aber du ... du warst doch gerade noch in der Schule«, murmelte er.

»In der Schule?« Vater riss die Augen auf. »Eric! Das war vorgestern! Du warst mehr als fünfzig Stunden spurlos verschwunden!«

Und das war eindeutig zu viel. Eric kam zu dem Schluss, dass jetzt der richtige Moment gekommen war, um in Ohnmacht zu fallen.

»Ich weiß, dass das wehtut«, sagte Professor Seybling. »Aber es muss leider sein. Ich mache so schnell, wie ich kann.«
Eric biss die Zähne zusammen und harrte tapfer aus, während die Finger des Arztes schnell und geschickt über seine gebrochene Schulter tasteten. Er hatte die Wahrheit gesagt: Was immer er tat, es tat weh.
Seybling seufzte und hörte endlich auf, an seiner Schulter herumzukneten. »Ich fürchte, ich habe keine so guten Nachrichten«, sagte er. »Wir werden wohl um eine Operation nicht herumkommen. Es ist ein ziemlich komplizierter Bruch.« Er sah Eric nachdenklich über den Rand seiner goldgefassten Brille hinweg an. »Und du kannst dich wirklich nicht erinnern, wie es passiert ist?«
Eric verneinte. Er hatte von Anfang an behauptet, sich an rein gar nichts erinnern zu können, und dabei würde er auch bleiben. Sowohl was den Kampf gegen Azazel anging als auch seinen bizarren Ausflug in die Welt der Miniaturstadt. Was das betraf, war er mittlerweile ohnehin nicht mehr ganz sicher, ob es nicht in Wahrheit nur ein Albtraum gewesen war ...
Er lehnte sich zurück und auch Professor Seybling entspannte sich etwas und verschränkte die Arme vor der Brust. »Darum kümmern wir uns später«, sagte er. »Falls es überhaupt nötig ist. Temporärer Gedächtnisverlust kommt manchmal vor, vor allem nach einem Schock oder einem traumatischen Erlebnis. Aber er vergeht nach einer Weile auch fast immer von selbst. Im Moment kümmern wir uns erst einmal um deine Schulter. Ich werde mit deinen Eltern reden. Wenn sie einverstanden sind, setzen wir den Operationstermin gleich auf morgen früh an.«
»Morgen schon?«, fragte Eric unsicher.
»Je eher du es hinter dir hast, desto eher kannst du auch wieder nach Hause.« Seybling tat die Arme auseinander und stand auf. »Keine Angst. Du kommst wieder vollkommen in Ordnung. Und das mit deinem Gedächtnis kriegen wir auch noch hin.« Er machte eine Kopfbewegung zur Tür. »Deine Eltern warten draußen. Ich rede kurz mit ihnen und schicke sie dann herein, einverstanden?«

Eric nickte, obwohl er das sichere Gefühl hatte, dass Seybling seine Antwort nicht besonders interessierte. Der Professor mochte ja ein guter Arzt sein, aber er gehörte offensichtlich auch zu jenen Ärzten, die es nicht gewohnt waren, ihre Entscheidungen mit ihren Patienten zu diskutieren.
Seybling schloss die Tür hinter sich und bevor er es tat, sah Eric für einen ganz kurzen Moment den Zipfel einer grünen Uniform. Seine Eltern waren nicht die Einzigen, die draußen warteten. Seit gestern Mittag, seit er eingeliefert worden war, stand ein Polizeibeamter draußen vor seinem Zimmer, den Schollkämper dort postiert hatte – als wäre er ein Schwerverbrecher!
»Du darfst es ihm nicht übel nehmen. Er tut nur, was er glaubt, tun zu müssen. Im Grunde meint er es wirklich gut mit dir.«
Eric drehte den Kopf und sah Chep zwischen dem Waschbecken und dem Kleiderschrank aus der Wand hervortreten.
»Chep!«, rief er erfreut. »Ich habe mir schon Sorgen um dich gemacht! Wo warst du die ganze Zeit?«
Der Cherub zuckte mit den Schultern, sodass sein Gefieder raschelte, und lächelte unglücklich. Etwas an seinem Gesicht kam Eric verändert vor. »Ich hatte ... zu tun«, wich er aus.
»Zu tun?«
»Mein Berufungsverfahren läuft«, antwortete Chep. »Frag mal deinen Vater, was das bedeutet. Endloser Papierkrieg. Dutzende von Formularen, die ausgefüllt werden müssen, Eingaben und Anträge. Leumundszeugen müssen beigebracht werden, eidesstattliche Versicherungen abgegeben – das ganze Programm eben.« Er schüttelte sich. »Sei froh, dass du nichts mit solchen Dingen zu tun hast. Ich kann überhaupt nicht verstehen, wie Menschen wie dein Vater so etwas zu ihrem Beruf machen können.«
»Wahrscheinlich werde ich auch einmal Rechtsanwalt«, sagte Eric. »Später, wenn ich studiert habe.«
»Oh«, machte Chep und wechselte das Thema. »Wie geht es dir?«

»Meine Schulter tut weh«, sagte Eric. »Und ich fühle mich allgemein ein bisschen zerschlagen.«
Cheps verwirrtem Blick nach zu schließen verstand er das Wortspiel nicht. Eric fuhr fort: »Aber ich schätze, es hätte schlimmer werden können. Wenn du mich nicht im letzten Moment gerettet hättest ...«
»Das war ja wohl das Mindeste«, antwortete Chep. Er ging mit langsamen Schritten um das Bett herum. »Es war sehr klug von dir, dass du Azazel nicht getötet hast«, sagte er.
»Das hätte ich doch gar nicht gekonnt, oder?« Eric wollte den Kopf drehen, um Chep ins Gesicht zu blicken, der mittlerweile genau hinter ihm stand, aber der Engel legte die Hand unter sein Kinn und drehte sein Gesicht wieder nach vorne.
»O doch, das hättest du«, sagte er. »Aber es wäre zugleich dein Verderben gewesen.«
»Wieso?«
»Hättest du Azazel getötet, so wärst du selbst zum neuen Fürsten der Finsternis geworden«, sagte Chep. »Er wurde schon zahllose Male besiegt und immer nahmen die, die ihn überwanden, seine Stelle ein. Aber nicht für lange. Azazel nährte sich von ihrer Kraft, bis er wieder stark genug war, um abermals die Herrschaft zu übernehmen. Es ist das Prinzip, das zählt, nicht der Leib.«
Seine Hände begannen sanft über Erics Oberarm und Schulter zu streichen. Es tat ungemein wohl.
»Die Schwachen müssen vergehen, damit die Starken herrschen können«, murmelte Eric.
»Was?«
Eric unterdrückte im letzten Moment den Impuls, mit der Schulter zu zucken. Cheps Hände glitten weiter über seinen Arm und etwas wie ein sanftes elektrisches Prickeln schien von seinen Fingerspitzen auszugehen. Erics Schmerzen waren fast vollkommen weg.
»Nichts«, antwortete er. »Nur etwas, was Azazel gesagt hat. Sicher wieder eine von seinen Lügen.«
»O nein, das war keine Lüge«, sagte Chep. »Der Herr der

Schatten hat es nicht nötig, zu lügen. Es ist schon so, wie er gesagt hat. Am Ende müssen die Schwachen weichen, um den Starken Platz zu machen. Aber Stärke bedeutet nicht Grausamkeit und Macht muss nicht bedeuten, unbarmherzig zu werden. Auch ich bin stark. Du bist stark, verglichen mit den meisten anderen Kreaturen auf dieser Welt. Trotzdem quälst du sie nicht, nur weil du Freude daran hast.«

Seine Finger hörten auf, Erics Arm und Schulter zu massieren, und er trat wieder um das Bett herum, sodass Eric ihn ansehen konnte. Nun fiel ihm auch auf, was an Cheps Gesicht ihm verändert vorgekommen war: Die Nase des Engels war deutlich geschwollen.

»Ist es jetzt vorbei?«, fragte Eric.

»Ich bin nicht sicher«, gestand der Cherub nach kurzem Zögern. »Du hast Azazel besiegt und er ist niemand, der eine Niederlage so einfach hinnimmt. Aber du hast ihm auch widerstanden, und das mag ihm zu denken geben. Nicht viele hätten das vollbracht.«

Es dauerte einen Moment, bis Eric begriff. »Du meinst, er wollte, dass ich ihn besiege?«, fragte er.

»Oh, du hast ihn schon in einem ehrlichen Kampf geschlagen«, sagte Chep. »Aber er hat dir die Kraft verliehen, die dazu nötig war. Ich weiß nicht, was jetzt geschehen wird. Sei auf der Hut.« Er lächelte aufmunternd. »Keine Angst – ich werde auf dich aufpassen.«

Eric dachte an das letzte Mal, als Chep versucht hatte, auf ihn aufzupassen, und konnte gerade noch ein Grinsen unterdrücken. Aber natürlich las Chep seine Gedanken und sah plötzlich ein bisschen verletzt drein.

Bevor Eric noch eine Entschuldigung vorbringen konnte, ging die Tür auf. Er drehte sich hastig herum und auch Chep wich mit einem schnellen Schritt zur Tür zurück. Aber herein kamen nicht seine Eltern, wie er erwartet hatte, sondern Schollkämper und Breuer – allerdings dichtauf gefolgt von seiner Mutter. Und jemandem, den Eric zu sehen sich in diesem Moment nun wirklich nicht gewünscht hätte: Doktor Reichert.

»Hallo, Eric«, sagte Schollkämper freundlich. »Wie geht es dir?«
»Diese Frage stellen Sie besser Professor Seybling, Herr Kommissar«, sagte Mutter rasch, noch bevor Eric auch nur einen Laut hervorbringen konnte. »Oder mir.«
»Stellen Sie sich vor, Frau Classmann, das haben wir bereits getan«, sagte Breuer feixend. »Und er sagte, dass Ihr Sohn durchaus vernehmungsfähig ist. Schließlich hat er einen gebrochenen Arm, keine Gehirnerschütterung. Und auch keine verstauchte Zunge.«
Schollkämper machte eine besänftigende Geste. »Ich bitte Sie, Frau Classmann. Das hier ist keineswegs ein Verhör. Wir wollen nur mit Eric reden. Es ist wichtig. Nach allem, was geschehen ist, sollten Sie das auch so sehen. Immerhin wurde dieses Mal auch Ihr Sohn schwer verletzt.«
»Es ist schon gut, Mutter«, sagte Eric rasch. »Früher oder später muss es ja doch sein. Da kann ich es genauso gut auch jetzt hinter mich bringen.«
Seine Mutter sah nicht sehr überzeugt drein. »Bist du sicher?«, fragte sie.
Eric nickte und seine Mutter sagte widerwillig: »Also gut. Aber Doktor Reichert und ich bleiben hier. Und wenn Eric sich nicht wohl fühlt, kann er jederzeit aufhören.«
»Das ist fair«, sagte Schollkämper mit einem Gesichtsausdruck, der das genaue Gegenteil ausdrückte.
Eric sah verstohlen zu Chep hin. Der Engel stand an der Wand unmittelbar neben Reichert und betrachtete den Psychoanalytiker stirnrunzelnd. Erstaunlicherweise hatte ihn bisher noch niemand bemerkt. Konnte es sein, dass nur er in der Lage war, den Cherub zu sehen?
»Du kannst dir vorstellen, warum wir hier sind, Eric«, begann Schollkämper. »Wir wollen gerne von dir wissen, was vorgestern geschehen ist.«
»Ich würde es Ihnen auch gerne verraten«, antwortete Eric. »Aber ich weiß es nicht. Ich kann mich an kaum etwas erinnern.«

»Kaum etwas ist doch schon besser als nichts«, sagte Schollkämper. »Erzähl uns einfach, woran du dich erinnerst.«
Eric mahnte sich in Gedanken zur Vorsicht. Schollkämper machte einen ebenso schwerfälligen wie harmlosen Eindruck, aber er war weder das eine noch das andere, sondern ein sehr aufmerksamer Zuhörer, dem nicht die kleinste Kleinigkeit entging.
»Ich war in Pohlmanns Büro«, sagte er. »Plötzlich ging der Feueralarm los und ich bin losgelaufen und auf den Flur hinausgerannt. Dabei muss ich wohl hingefallen sein. Das ist alles.«
Schollkämper seufzte. »Das ist wirklich nicht besonders viel.«
»Was war vorher?« fragte Breuer. »Bevor der Alarm losging?«
Eric hob die Schultern. »Ich habe mit Frau Faber gesprochen.«
»Worüber?«
»Das ... weiß ich nicht mehr«, antwortete Eric.
Breuer fuhr auf. »Das hat so keinen Sinn! Wir –«
»Da haben Sie vollkommen Recht«, unterbrach ihn Mutter. »Das hat so keinen Sinn. Wenn mein Sohn sagt, er erinnert sich an nichts, müssen Sie ihm das schon glauben. Wenn nicht, sollten wir das Gespräch lieber beenden.«
Eric sah verwirrt zu Chep hin. Der Engel hatte sich von seinem Platz an der Wand gelöst und ging mit langsamen, kleinen Schritten um Reichert herum, ohne ihn dabei auch nur eine Sekunde aus den Augen zu lassen. Eric kam es sogar vor, als sauge er prüfend die Luft durch die Nase ein, wie ein Hund, der Witterung aufnahm. Chep benahm sich wirklich seltsam.
»Aber so geht das doch nicht!«, beschwerte sich Breuer. »Bei allem Verständnis, Frau Classmann! In der Gegenwart Ihres Sohnes verschwinden ständig Leute! Erst Frau Wellstadt-Roblinsky, dann Herr Albrecht. Und jetzt ist die halbe Schule abgebrannt, wir haben ein Dutzend gottlob nur leicht Verletzte und Eric verschwindet für zwei geschlagene Tage und taucht wie aus dem Nichts wieder auf, noch dazu in einem

Zustand, als käme er unmittelbar aus einem Schlachthaus! Da wird doch wohl eine Frage erlaubt sein!«

»Fragen können Sie, so viel Sie wollen«, mischte sich Reichert ein. Er kam näher. Um das zu tun, musste er zwei umständliche Schritte um Chep herum machen, was er auch tat. »Das Problem ist nur, dass Eric sich offenbar nicht daran erinnert, wo er in der fraglichen Zeit war.«

»Oder sich nicht erinnern will!«, schnaubte Breuer.

»Das glaube ich kaum.« Reichert nahm seine Brille ab. Eric schauderte, als er dem Blick des Psychoanalytikers begegnete. Reichert lächelte, aber tief in seinen Augen war eine Düsternis, die Eric nur zu gut kannte.

»Sehen Sie, wenn er wirklich so etwas Entsetzliches erlebt hätte, wie Sie annehmen, dann könnte er wahrscheinlich gar nicht anders, als es sich gewissermaßen von der Seele zu reden – vorausgesetzt er erinnert sich daran«, fuhr er fort.

Breuer musterte ihn feindselig. »Woher wollen Sie das wissen?«

»Ich kenne mich ein wenig mit solchen Dingen aus«, antwortete Reichert, während er eine eindeutig spöttische Verbeugung in Breuers Richtung andeutete. »Gestatten Sie, dass ich mich vorstelle? Maximilian Reichert. Ich bin nicht nur ein alter Freund der Familie Classmann, sondern auch Erics Psychoanalytiker.«

»Na, wunderbar«, murrte Breuer. »Jetzt bringt der Kleine schon seinen eigenen Irrenarzt mit!«

»Breuer!«, sagte Schollkämper scharf. An Erics Mutter gewandt und in sanfterem Ton sagte er: »Bitte verzeihen Sie. Aber an dieser ganzen Geschichte stimmt etwas nicht. Allein das Blut auf Erics Kleidung ... Unser Labor hat versucht, es zu analysieren.«

»Versucht?«

»Versucht«, bestätigte Schollkämper mit einem unglücklichen Seufzen. »Es ist eindeutig Blut, genau wie auf dem Schwert – aber sie konnten nicht sagen, was für ein Blut. Es stammt offensichtlich weder von einem Menschen noch von einem bekannten Tier! Und dann das Schwert selbst! Unsere Spezialisten konnten bisher nicht einmal das Material bestimmen, aus dem es hergestellt worden ist.«

»Vielleicht sind Ihre Spezialisten ja nicht so gut, wie Sie glauben«, sagte Mutter mit beißendem Spott. »Worauf wollen Sie hinaus? Dass mein Sohn vielleicht von Außerirdischen entführt wurde oder mit dem Teufel im Bunde ist?«

»Ich will auf gar nichts hinaus«, sagte Schollkämper unglücklich. »Ich weiß nur, dass hier irgendetwas nicht mit rechten Dingen zugeht.«

»Ja, und zwar Ihre Fantasie!«, sagte Mutter scharf. »Was soll das? Haben Sie zu viele Stephen-King-Romane gelesen? Eric ist kein Feuerkind, das kraft seines Willens Häuser in die Luft sprengen kann, wenn es das ist, was Sie befürchten.«

»Offenbar hat der gute Kommissar Angst, dass als Nächstes dieses Krankenhaus niederbrennen könnte«, sagte Reichert belustigt. Er sah Eric an, lächelte und sagte: »Das wird schon nicht passieren.« *Aber es wäre immerhin möglich, nicht wahr?* fügte etwas in seinem Blick hinzu. Eric schauderte.

»Ich glaube, ich bin jetzt müde«, sagte Eric.

»Wie praktisch«, sagte Breuer. »Aber ewig bleibst du nicht hier, weißt du?«

»Das mag schon sein«, sagte Erics Mutter kühl. »Aber im Moment schon. Und dieser Moment wird wohl auch noch eine oder zwei Wochen dauern. Und jetzt entschuldigen Sie meinen Sohn bitte. Er hat morgen eine schwierige Operation vor sich und braucht seine Ruhe.«

»Selbstverständlich«, sagte Schollkämper. »Dann bis später.« Er gab Breuer einen Wink und die beiden Polizisten gingen. Eric war sicher, dass Breuer die Tür hinter sich zugeknallt hätte, wäre es möglich gewesen – und hätte ihm nicht Professor Seybling die Klinke aus der Hand genommen, der in diesem Moment hereinkam.

»Die beiden sahen aber nicht besonders fröhlich aus«, sagte er.

»Das waren sie auch nicht«, sagte Mutter. »Und ich bin es

auch nicht. Wieso konnten die hier so einfach hereinspazieren? Ich dachte, das hier wäre ein Krankenhaus!«
»Ich werde das sofort abstellen«, versprach Seybling. »Davon abgesehen wird Eric morgen ja verlegt, gleich nach der Operation. Auf die andere Station kommt niemand, keine Sorge.«
»Das wäre noch ein Punkt, über den wir reden müssen«, sagte Erics Mutter stirnrunzelnd. Anscheinend war sie auf dem Kriegspfad. »Diese Operation – ist sie unbedingt notwendig?«
»Ich fürchte, ja«, antwortete Seybling. »Es sei denn, Sie wollen, dass Ihr Sohn für den Rest seines Lebens Probleme hat, den linken Arm zu bewegen. Es ist leider ein sehr komplizierter Bruch, der nicht von alleine abheilen wird. Warten Sie, ich zeige es Ihnen.«
Seybling trat hinter Eric und wie es seine zuvorkommende Art war, zog er das Kissen hinter seinem Rücken heraus, öffnete die Jacke seines Schlafanzugs und streifte sie bis zum Ellbogen herab, ohne ihn auch nur um Erlaubnis zu fragen. Chep, der zwar immer noch hinter Reichert stand, aber wenigstens aufgehört hatte, ihn zu beschnüffeln, begann über das ganze Gesicht zu grinsen.
»Sehen Sie«, sagte Seybling, »der Oberarmknochen hier –«
Er stockte. Seine Finger tasteten – zuerst behutsam, dann immer schneller – über Erics Arm und obwohl Eric nicht einmal in seine Richtung sah, konnte er sich seinen verdatterten Gesichtsausdruck lebhaft vorstellen.
»Einen Moment«, murmelte er. »Das ... das kann doch gar nicht sein!«
»Stimmt etwas nicht?«, fragte Mutter besorgt.
Seyblings Finger drückten mittlerweile so heftig an Eric herum, als wolle er ihm mit bloßen Händen noch ein paar Knochen brechen. »Das ist doch völlig unmöglich!«
»Was ist los?!«, fragte Mutter noch einmal. »Herr Professor! Stimmt etwas nicht?«
»Nein«, stammelte Seybling. »Ich meine: ja. Also...« Er schüttelte hilflos den Kopf. »Wenn ich nicht alles verlernt habe, was ich je wusste, dann ... dann ist der Bruch nicht mehr da.«

Chep grinste wie ein Honigkuchenpferd, während sich auf dem Gesicht von Erics Mutter ein Ausdruck vollkommener Verständnislosigkeit ausbreitete.
»Was soll das heißen – nicht mehr da?«, wiederholte sie. Sie war mit einem Schritt heran, fegte Seyblings Hand zur Seite und starrte Erics Schulter an. »Sie meinen: verheilt?«
»Ich meine: nicht mehr da«, flüsterte Seybling. »Das ist vollkommen unmöglich. Ich habe selbst vor noch nicht einmal einer Stunde –« Er brach ab, fuhr herum und stürmte zur Tür. Er war noch nicht einmal ganz draußen auf dem Flur, da hörte Eric ihn auch schon brüllen, dass man seine Röntgenabteilung frei machen sollte.
Mutter blickte ihm kopfschüttelnd nach, dann wandte sie sich wieder an Eric. »Aber wie ist denn das möglich?«, flüsterte sie. »So sehr kann er sich doch gar nicht geirrt haben. Wir haben die Röntgenaufnahmen doch alle selbst gesehen?!«
»Ich habe keine Ahnung«, sagte Eric. »Vielleicht hat er sich einfach geirrt.«
Seine Mutter sagte nichts mehr, begann aber nun ihrerseits seinen Oberarm und seine Schulter abzutasten. Danach wich sie zwei Schritte von seinem Bett zurück und betrachtete ihre eigene Hand, als könnte sie nicht glauben, was sie soeben gespürt hatte. Sie schüttelte den Kopf. »Ich muss jetzt gehen. Dein Vater erwartet mich. Vielleicht kommen wir später noch einmal gemeinsam, um dich zu besuchen.«
»Tut das«, antwortete Eric. Seine Mutter und Reichert gingen und kaum hatten sie das Zimmer verlassen, da stand Chep vor ihm.
Ohne sich mit einer Begrüßung aufzuhalten, rief Eric: »Ich bin dir wirklich dankbar. Ich hatte keine besondere Lust, mich unters Messer zu legen ... Wie hast du das überhaupt gemacht? Ich denke, du hast deine Engelskräfte verloren?«
»Bis auf ein paar Kleinigkeiten«, sagte Chep. »Aber etwas anderes ist im Moment viel wichtiger.«
»Reichert«, vermutete Eric.
Chep blinzelte. »Woher weißt du das?«

»Irgendetwas stimmt nicht mit ihm«, antwortete Eric. »Das ist wirklich nicht sehr schwer zu erkennen. Er benimmt sich sehr ... seltsam.«
»Das Böse hat ihn bereits berührt«, bestätigte Chep. »Seine Seele ist noch nicht ganz verloren, aber der Einfluss der Finsternis ist stark in ihm. Nimm dich vor ihm in Acht.«
»Wieso kommt mir dieser Satz nur so bekannt vor?«, seufzte Eric. »Gibt es eigentlich noch irgendeinen Menschen auf der Welt, den ich nicht fürchten muss?«
»Nicht mehr sehr viele«, sagte der Engel leise.

Seybling kam keine zehn Minuten, nachdem Erics Mutter gegangen war, zurück, um ihn höchstpersönlich abzuholen, und er wurde so gründlich untersucht, wie noch nie zuvor in seinem Leben. Er wurde geröntgt, durchleuchtet, mit Ultraschall und Infrarot bombardiert, in einen Computer-Tomographen geschoben, gepiekst, gewogen, vermessen und gestochen, musste Blut- und andere, weniger appetitliche Proben abgeben und wurde von ungefähr hundert verschiedenen Ärzten abgetastet und geknetet, bevor Seybling und seine Kollegen entnervt aufgaben.
Am Anfang ließ Eric die Prozedur noch voller geheimer Schadenfreude über sich ergehen, aber bald wurde es ihm zu viel. Als er schließlich erlöst wurde und ein Pfleger ihn mitsamt seinem Bett in den Aufzug schob, um ihn in sein Zimmer zurückzubringen, schlief er erschöpft ein, noch bevor sie ihr Ziel erreichten.
Er erwachte erst am nächsten Morgen, als die Schwester das Frühstück brachte, und schon kurz darauf erschien seine Mutter, die eine große Reisetasche in der Hand trug und verkündete, dass sie ihn mit nach Hause nehmen würde. Eric erhob keine Einwände. Er fühlte sich ausgeruht und kräftig wie schon seit langer Zeit nicht mehr; es gab keinen Grund, noch länger hier zu bleiben.
Gerade als er sich angezogen hatte, kam Professor Seybling herein; wie üblich, ohne anzuklopfen und mit miesepetrigem

Gesichtsausdruck. Außerdem sah er aus, als hätte er die ganze Nacht über kein Auge zugetan – was er wahrscheinlich auch nicht hatte. Unter seinen Augen lagen dunkle Tränensäcke und seine Bewegungen waren fahrig und unkonzentriert.
»Guten Morgen«, sagte er, an niemand Bestimmten gewandt. Dann sah er Eric an und machte ein fast verlegenes Gesicht.
»Oh«, sagte er. »Du willst schon gehen?«
»Warum nicht?«, fragte Erics Mutter, ehe er antworten konnte. »Er ist doch wieder vollkommen gesund ... oder war das auch wieder ein Irrtum?«
Seybling blinzelte müde, ging aber nicht auf den sanften Spott in ihrer Stimme ein. »O nein«, sagte er. »Im Gegenteil. Ich habe selten einen Menschen untersucht, der sich in so guter Verfassung befindet wie Ihr Sohn. Aber ich hatte trotzdem gehofft, dass er ... vielleicht noch einen oder zwei Tage bleiben könnte.«
»Warum?«, fragte Eric. Er konnte Seyblings Behauptung nur bestätigen. Er fühlte sich zwar noch auf eine wohltuende Weise schläfrig, zugleich aber trotzdem so, als könnte er Bäume ausreißen.
»Damit sie noch ein bisschen an dir herumexperimentieren können«, sagte seine Mutter.
Seybling machte ein unglückliches Gesicht. »Das Wort beobachten wäre mir lieber gewesen«, sagte er. »Aber im Grunde haben Sie Recht. Ich verstehe das einfach nicht.« Er zog die Mappe unter dem Arm hervor, die er mitgebracht hatte, legte sie auf den Tisch und klappte sie auf. Eric sah, dass sie eine Anzahl eng beschriebener Seiten und mehrere Röntgenaufnahmen enthielt.
»Sehen Sie selbst«, bat er. »Diese Aufnahmen stammen eindeutig beide von Eric. Auf der einen ist ein sehr komplizierter Splitterbruch zu erkennen. Auf der anderen ...« Er sprach nicht weiter, sondern schüttelte nur den Kopf. Erics Mutter machte sich nicht einmal die Mühe, die Bilder anzusehen.
»Da muss wohl jemandem eine Verwechslung unterlaufen sein«, sagte sie.

»Ich habe Ihren Sohn selbst untersucht«, sagte Seybling. »Mehrmals. Solche Fehler mache ich nicht.«
»Tja, dann kann man wohl nur noch von einem medizinischen Wunder sprechen«, sagte Mutter.
Seybling sah plötzlich noch unglücklicher drein. »Das muss man wohl.«
»Dann können wir ja jetzt gehen«, meinte Erics Mutter. »Wenn nichts mehr anliegt.«
»Das steht Ihnen selbstverständlich frei«, antwortete Seybling mit deutlichem Bedauern in der Stimme, wandte sich dann aber noch einmal direkt an Eric. »Aber du versprichst mir, sofort zu mir zu kommen, wenn sich an deinem Zustand irgendetwas ändert; selbst wenn du nur glaubst, du würdest irgendetwas spüren, okay?«
»Ehrenwort«, versicherte Eric. Es fiel ihm leicht, dieses Versprechen abzugeben – schließlich wusste er, dass sich sein Zustand ganz gewiss nicht ändern würde. Seine Mutter verabschiedete sich zu seinem Erstaunen mit einem herzlichen Händeschütteln von dem Professor und sie verließen das Zimmer.
Draußen auf dem Korridor wartete eine unangenehme Überraschung auf Eric. Er hatte ganz vergessen, dass er ja immer noch sozusagen unter Polizeischutz stand. Der Beamte war nur ein paar Schritte entfernt, warf ihm aber nur einen flüchtigen Blick zu, denn er war in eine heftige Diskussion mit niemand anderem als Reichert verstrickt, der emsig mit einem Stück Papier in der Luft vor seinem Gesicht herumwedelte. Als sie an ihm vorübergingen, machte der Beamte Anstalten, sie zurückhalten zu wollen, wurde aber von Reichert daran gehindert, dessen Stimme immer lauter wurde. Eric achtete nicht darauf, was er sagte. Er hatte das sichere Gefühl, dass er gar nicht hören wollte, was Reichert zu sagen hatte.
Erst als sie wieder im Wagen saßen und losgefahren waren, brach seine Mutter das allmählich unangenehm werdende Schweigen. »Wir müssen uns ein wenig beeilen«, sagte sie. »Dein Vater hat heute Morgen seine erste Wahlkampfveran-

staltung und er möchte, dass ich dabei bin. Ich bringe dich nur rasch nach Hause und fahre dann weiter.«
»Warum kann ich nicht einfach mitkommen?«, fragte Eric.
Seine Mutter hob die Schultern, sagte aber dann: »Du würdest dich nur langweilen. Oder interessierst du dich neuerdings für Lokalpolitik?«
»Nein«, antwortete Eric wahrheitsgemäß. »Aber zu Hause ist es noch langweiliger.« Außerdem wäre er dort allein und er hatte das Gefühl, dass das im Moment nicht gut war. Gleich, was Chep auch behauptete, er war sicher, dass es noch nicht vorüber war.
Seine Mutter tat so, als müsse sie einige Sekunden lang angestrengt über seinen Vorschlag nachdenken, aber Eric spürte, dass sie insgeheim froh darüber war. Immerhin ersparte er ihr einen großen Umweg – und vermutlich war ihr auch nicht allzu wohl dabei, ihn jetzt allein zu lassen.
»Also gut«, sagte sie. »Aber ich warne dich. Du wirst dich zu Tode langweilen.«
Sie hatte ja keine Ahnung, wie sehr sie sich irren sollte.

Die erste Wahlkampfveranstaltung fand in einem großen Biergarten am Stadtrand statt und sie war trotz der noch frühen Stunde erstaunlich gut besucht. Fast alle Plätze waren besetzt – was allerdings daran liegen mochte, dass es kostenlose Würstchen und Erfrischungsgetränke gab – und eine Drei-Mann-Kapelle spielte Unterhaltungsmusik. Für Eric und seine Mutter waren Plätze in der ersten Reihe reserviert, und als sein Vater nach einer halben Stunde kam und unter dem Applaus der Gäste (in den sich einige wenige Pfiffe mischten) das Rednerpult betrat, winkte er ihnen kurz zu, bevor er seine Rede begann.
Eric hörte gar nicht hin. Nicht so sehr, weil ihn Lokalpolitik wirklich nicht interessierte, sondern vielmehr, weil sein Vater die Rede so oft zu Hause geübt hatte, dass er sie praktisch auswendig mitsprechen konnte. Nach kaum fünf Minuten stand er auf und steuerte den Würstchenstand an. Er hatte ausgie-

big im Krankenhaus gefrühstückt, trotzdem aber schon wieder einen gewaltigen Appetit.
Während er das Würstchen aß, erreichte die Rede seines Vaters ihren ersten Lacher – wie er es genannt hatte. Er hatte ganz bewusst einige Scherze und witzige Bemerkungen eingebaut, die Eric zwar mittlerweile nicht mehr komisch fand, die ihre Wirkung auf das Publikum aber nicht verfehlten. Die meisten Zuhörer lachten und hier und da gab es einen spontanen Applaus. Nur eine kleine Gruppe Männer ganz in Erics Nähe reagierte mit Buhrufen und schrillen Pfiffen.
Einige Ordner kamen unauffällig näher und auch Eric betrachtete das halbe Dutzend Burschen stirnrunzelnd. Jetzt, wo er einmal auf sie aufmerksam geworden war, fiel ihm auf, wie wenig sie eigentlich hierher passten. Die Partei, für die sein Vater kandidierte, war dafür bekannt, sich eher an eine konservative Wählerschaft zu wenden, und so waren die meisten Besucher hier im Alter seiner Eltern, gut gekleidete Mittelständler, leitende Angestellte, Facharbeiter und Selbstständige, wie sein Vater es immer mit gutmütigem Spott ausdrückte.
Die fünf Burschen waren nichts von alledem. Der Älteste konnte noch keine dreißig sein und sie hatten ungepflegte Haare und abgerissene Kleidung. Zwei von ihnen hielten Bierflaschen in den Händen, die sie wohl mitgebracht haben mussten, denn Alkohol wurde auf dieser Veranstaltung nicht ausgeschenkt.
Er war anscheinend nicht der Einzige, dem die fünf Störenfriede aufgefallen waren. Eric sah, wie sich eine Anzahl Männer mit den unauffälligen Armbinden der Ordnungskräfte aus verschiedenen Richtungen näherte, um ein Auge auf die Burschen zu werfen. Vielleicht waren diese einzig mit der Absicht hierher gekommen, ein bisschen zu stänkern. Aber wenn, dachte er, würden sie eine Überraschung erleben. Er wusste, dass die Organisatoren der Veranstaltung auch auf so etwas vorbereitet waren.
Eric lehnte sich gespannt gegen den Würstchenstand. Mögli-

cherweise würde der Vormittag ja doch nicht so langweilig enden, wie er angefangen hatte. Wie es aussah, wurde den Zuschauern gleich noch eine kleine Wrestling-Einlage geboten.
Die Burschen fingen erneut an zu johlen und zu krakeelen und einer von ihnen schüttelte seine Bierflasche und bespritzte die vor ihm sitzenden Zuschauer mit Schaum und das war das Zeichen für die Ordner, einzugreifen.
Obwohl es für einen Moment ganz danach aussah (und wohl auch die Absicht der Provokateure gewesen war), kam es nicht zu einer Prügelei. Die Ordner waren nicht nur in der Überzahl, sie hatten offensichtlich auch Erfahrung darin, mit solchen Situationen umzugehen. Ohne viel Federlesens packten sie die Störenfriede und expedierten sie hinaus, und das so schnell und diskret, dass die meisten Zuhörer nicht einmal etwas davon mitbekamen. Eric sah ihnen fast enttäuscht nach. Natürlich war dieser Gedanke nicht nett, allein schon seinem Vater gegenüber, aber ein bisschen Action hätte dieser trägen Veranstaltung seiner Meinung nach ganz gut getan.
Seine Mutter, die wie die meisten hier gar nichts von dem Zwischenfall bemerkt hatte, winkte ihn jetzt zu sich. Eric würgte rasch das letzte Stück seines Würstchens hinunter, warf das dazugehörige Brötchen in die Abfalltonne – es war so zäh, dass es wohl noch vom letzten Wahlkampf übrig geblieben sein musste – und eilte zu ihr.
Seine Mutter hielt ihm den Wagenschlüssel hin. »Ich habe mein Telefon im Wagen vergessen«, sagte sie. »Sei so lieb und hol es mir. Ich muss noch ein paar Anrufe erledigen.«
»Klar«, antwortete Eric. Er war froh, für ein paar Minuten von hier wegzukommen. Während sein Vater unter dem Applaus der Besucher zum letzten Teil seiner Rede ansetzte, verließ er das Lokal und überquerte den großen Parkplatz. Da sie sehr spät gekommen waren, stand Mutters SLK in der allerletzten Reihe.
Eric schloss die Beifahrertür auf und fummelte mit einiger Mühe das Telefon aus der Halterung am Armaturenbrett. Als

er sich wieder aufrichtete und die Tür zuschlug, sagte eine Stimme hinter ihm: »Da schau mal einer an, der Kleine hat aber eine schicke Karre.«
Eric erstarrte für eine Sekunde, drehte sich mit klopfendem Herzen herum und sah dem jungen Mann, der hinter ihm aufgetaucht war, so ruhig wie möglich ins Gesicht. Er hoffte nur, dass man ihm seine Furcht nicht zu deutlich ansah. Es war einer der fünf Rowdys, die gerade aus dem Biergarten geflogen waren. Seine vier Kumpane hatten im Halbkreis hinter ihm Aufstellung genommen und grinsten Eric hämisch an.
»Wahrscheinlich gehört sie ja seinen Eltern«, sagte einer der anderen. »Nike-Schuhe, Adidas-Klamotten und 'ne echte Rolex ... muss eines von diesen reichen Arschlöchern sein, über die der Alte die ganze Zeit plappert.« Seine Stimme klang ein bisschen schleppend. Er war betrunken.
Eric schwieg. Er wusste, dass er seine Angst nicht zu deutlich zeigen, die Burschen aber auf der anderen Seite auch nicht provozieren durfte.
»Vielleicht hat er die Karre ja auch geknackt«, vermutete ein dritter. »Klar! Seht doch hin! Er hat ein Handy geklaut. Hat es ja noch in der Hand!«
»Das gehört meiner Mutter«, sagte Eric. »Genau wie der Wagen.«
»Das kann jeder behaupten«, sagte der, der ihn zuerst angesprochen hatte.
»Es ist aber wahr«, sagte Eric. »Hier, ich habe den Schlüssel.«
Er hielt den Schlüsselbund in die Höhe und begriff eine halbe Sekunde zu spät, dass er das wohl besser nicht getan hätte, denn in den Augen seines Gegenübers blitzte es auf. Bevor Eric reagieren konnte, riss ihm einer der Kerle den Schlüsselbund aus der Hand und machte rasch einen Schritt zurück.
»Den kannst du auch geklaut haben«, sagte er grinsend.
»Ich glaube, der Kleine sagt die Wahrheit«, sagte einer der anderen. »Ich hab ihn vorhin mit so 'ner aufgetakelten Glucke gesehen.«
»Stimmt«, fügte ein weiterer hinzu. »War das nicht die Alte

von dem Typ, der die ganze Zeit solchen Blödsinn ins Mikrofon gelabert hat?«
Die fünf wussten ganz genau, wer er war. Eric vermutete mittlerweile sogar, dass sie ihn keineswegs als zufälliges Opfer ausgesucht hatten, an dem sie ihre schlechte Laune auslassen konnten, sondern ihm ganz gezielt aufgelauert hatten. Allmählich bekam er es wirklich mit der Angst zu tun.
»Na, dann haben wir dir ja wirklich fast Unrecht getan«, grinste der mit dem Schlüssel. Er ging an Eric vorbei, lief mit langsamen Schritten an dem Mercedes vorbei und zog dabei mit dem Schlüssel einen tiefen, bis auf das Blech reichenden Kratzer durch den dunkelblauen Lack.
»Oh«, sagte er hämisch. »Das tut mir jetzt aber Leid.«
»Kein Problem«, antwortete Eric. »Es ärgert nur die Versicherung.«
Wieder die falsche Antwort, das konnte er in den Augen des Burschen lesen, in denen es für eine Sekunde zornig aufblitzte. Aber dann grinste er wieder und irgendwie beunruhigte dieses Grinsen Eric noch mehr.
»Stimmt«, sagte er. »Und so eine kleine Schramme legt so eine Angeberkarre ja schließlich auch noch nicht lahm ... Obwohl ich mich doch lieber davon überzeugen würde, dass alles in Ordnung ist.«
Er gab seinen Kumpanen einen Wink. Eric wurde gepackt und festgehalten und einer der Burschen riss die Wagentür auf. Sie stießen ihn hinter das Lenkrad, während der Kerl mit dem Schlüssel rasch um den Wagen herumeilte, sich auf den Beifahrersitz fallen ließ und den Schlüssel herumdrehte. Er wollte den Motor starten, aber statt des Geräusches des Anlassers war nur die sanfte Stimme des Bordcomputers zu hören, der die Eingabe der Code-Nummer verlangte.
»Scheiß-Technik«, grunzte der Bursche. »Aber du kennst die Nummer doch bestimmt, oder?«
»Ich erinnere mich nicht«, sagte Eric stur.
Das war schon wieder die falsche Antwort. Ein derber Ellbogenstoß ließ ihn nach Luft schnappend hinter dem Lenkrad

zusammensinken. Mit schmerzverzerrtem Gesicht richtete er sich wieder auf und tippte die Nummer ein. Der Bordcomputer bedankte sich artig und der Motor sprang ohne weitere Probleme an.
»Siehst du?«, meinte der Bursche. »Scheint ja alles in Ordnung zu sein. Jetzt machen wir noch eine kleine Probefahrt – nur um ganz sicherzugehen.«
»Probefahrt?«, keuchte Eric.
»Sag nicht, du traust dich nicht«, grinste der Bursche. »Ein so großer Junge wie du! Aber warte, dagegen habe ich was. Das macht dir Mut, du wirst sehen.«
Er griff unter seine Jacke, zog eine schmale Schnapsflasche hervor und schraubte den Deckel ab. Eric wehrte sich aus Leibeskräften, aber er wurde von zwei der Burschen einfach festgehalten. Der andere rammte die Schnapsflasche so fest gegen seine Lippen, dass er die Wahl hatte, den Mund zu öffnen oder ein paar Zähne zu verlieren.
Der hochprozentige Alkohol rann wie Säure seine Kehle hinab. Eric hustete und würgte, aber sein Folterknecht kannte kein Erbarmen. Er setzte die Flasche erst ab, als Eric sie bis auf einen Rest von zwei Fingern Breite geleert hatte. Während Eric sich hustend hinter dem Lenkrad krümmte, goss er ihm den Rest über Kopf und Schultern und warf die leere Flasche dann zu Boden – aber erst, nachdem er sie sorgfältig an einem Zipfel von Erics Hemd abgewischt hatte.
»Du kannst jetzt losfahren«, sagte er.
»Losfahren?«, keuchte Eric. Er hatte immer noch Mühe, Luft zu bekommen, und der Alkohol begann bereits zu wirken. »Aber das ... das kann ich nicht!«
»Dann wird es Zeit, dass du es lernst«, sagte der Bursche hart.
»Ich denke ja ... nicht daran«, sagte Eric. Seine Zunge begann schwer zu werden. »Ich kann gar nicht –«
Eine schallende Ohrfeige schnitt ihm das Wort ab. »Dann lernst du es, und zwar besser schnell!«, schnauzte der Bursche. »Denn wenn nicht, dann machen wir dich platt.«
Er deutete nach hinten, und als Eric in den Rückspiegel sah,

gefror ihm schier das Blut in den Adern. Die vier anderen Burschen hatten ihren eigenen Wagen geholt – einen uralten, rostzerfressenen und zerbeulten, aber nichtdestotrotz riesigen Pickup, dessen Stoßstange allein wuchtig genug erschien, das flache Mercedes-Cabriolet problemlos in den Boden zu rammen.
»Wir geben dir sogar hundert Meter Vorsprung«, feixte der Bursche neben ihm. »Mit einer solchen Rakete dürfte es doch wohl kein Problem für dich sein, uns abzuhängen, oder?«
Er kam nicht weiter. Das Gaspedal senkte sich ohne Erics Zutun bis zum Wagenboden hinab und Eric wurde wie von einer unsichtbaren Hand in den Sitz gepresst, als der SLK mit durchdrehenden Reifen losschoss.
Sein Beifahrer hatte weit weniger Glück. Die jähe Beschleunigung warf ihn nicht nur nach hinten, sondern auch zur Seite. Er griff mit einem Schrei nach oben, verfehlte den Türholm und wurde aus dem Wagen geworfen. Eric sah, wie er sich ein halbes Dutzend Mal auf dem Schotterbelag des Parkplatzes überschlug, dann hatte Eric alle Hände voll damit zu tun, nach dem Lenkrad zu greifen, um den durchgehenden Wagen wieder unter Kontrolle zu bekommen.
Wenigstens versuchte er es.
Der Alkohol entfaltete seine Wirkung fast explosionsartig. Alles drehte sich um Eric, ihm war übel und er sah das Lenkrad nicht nur zwei-, sondern gleich dreifach. Der Wagen schlingerte wild hin und her und wurde dabei immer schneller. Er verfehlte zwei geparkte Wagen um Haaresbreite, aber den dritten rammte er. Glas splitterte.
Eric riss das Lenkrad mit einem Schrei herum, um dem nächsten Hindernis auszuweichen, aber natürlich war die Bewegung viel zu hastig. Der SLK brach nun in die entgegengesetzte Richtung aus und drohte in die Reihe der dort geparkten Fahrzeuge zu krachen.
Eric drehte verzweifelt am Lenkrad, aber es half nichts. Der Wagen schlingerte wild hin und her und Erics Magen versuchte durch seine Kehle zu kriechen, um das Würstchen und

das Krankenhausfrühstück von heute Morgen wieder von sich zu geben. Eric unterdrückte den Brechreiz tapfer, aber das änderte nichts daran, dass er hoffnungslos betrunken war. Der Parkplatz und die angrenzende Straße hüpften vor seinen Augen auf und ab. Er hatte Mühe, überhaupt noch etwas zu sehen. Wo war nur Chep? Wieso war dieser so genannte Schutzengel eigentlich niemals da, wenn man ihn wirklich brauchte?

Der Gedanke genügte. Chep erschien und alles wurde schlimmer.

Plötzlich war der Wagen voller weißem Licht und Federn. Federn in seinem Gesicht, seinem Mund und seinen Augen, Federn zwischen seinen Fingern und vor der Windschutzscheibe. Eric sah nichts mehr, verriss wieder das Steuer und wurde gleichzeitig wie von einem weichen, aber unwiderstehlich starken Ball gegen die Fahrertür gepresst. Neben ihm ächzte Chep, als seine riesige Gestalt und seine noch viel größeren Schwingen in den viel zu kleinen Sitz gequetscht wurden, aber sein Keuchen ging in einem hellen, metallischen Kreischen und Krachen unter, als der Mercedes Funken sprühend an einer ganzen Reihe geparkter Wagen entlangschrammte.

»Was machst du denn da?!«, kreischte Chep.

»Isch verschuche schu ... fahn«, lallte Eric. Er kurbelte am Steuer. Der Mercedes schoss mit heulendem Motor auf die Straße hinaus, drehte sich einmal im Kreis und jagte dann mit kaum vermindertem Tempo weiter. Hinter ihm kreischten Bremsen und ein wahres Hupkonzert erscholl. Allmählich beginnt die Sache richtig Spaß zu machen, dachte Eric betrunken. Es war wie Achterbahnfahren, nur schneller. Er sah in den Rückspiegel. In dem winzigen Ausschnitt, den er in dem Gewusel aus weißen Federn erkennen konnte, das den Wagen ausfüllte, erblickte er einen verbeulten roten Pickup, der ihnen folgte.

»Ja, und zwar zur Hölle!«, heulte Chep. »Willst du uns beide umbringen!!?«

Eric kicherte und sah zwei Wagen auf sich zukommen, die erstaunlicherweise nicht nur vollkommen gleich aussahen, sondern auch von eineiigen Zwillingen gefahren wurden, die beide denselben entsetzten Ausdruck auf den Gesichtern hatten und sogar auf dieselbe Weise gestikulierten, visierte kichernd die Mitte zwischen ihnen an und schaffte es irgendwie, *nicht* mit ihnen zusammenzustoßen.
»Herr im Himmel!«, kreischte Chep, dem die pure Todesangst ins Gesicht geschrieben stand. »Kein Wunder, dass manche behaupten, das Auto wäre eine Erfindung des Teufels! Fahrt ihr alle so?«
»Wasch ... willsch denn?«, lallte Eric. »Isch fahre doch ... gut. Auscherdem bin isch ... total betrunken!«
Während er das sagte, fegte er zwei Mülltonnen und einen Briefkasten vom Bürgersteig, verfehlte um Haaresbreite eine Telefonzelle und kappte den Außenspiegel des Wagens, als er an einem Laternenpfahl entlangschrammte.
Chep starrte ihn an, schaffte es irgendwie, einen Arm unter seinem Gefieder hervorzubekommen, und streckte den Finger nach ihm aus. Da der Wagen noch immer wild hin und her schlingerte, piekste er Eric beim ersten Versuch schmerzhaft ins Auge, dann aber gelang es ihm, Erics Stirn zu berühren, und Eric wurde schlagartig nüchtern.
Nicht dass er sich dadurch auch nur um einen Deut besser fühlte. Im Gegenteil. Ihm wurde nämlich ebenso schlagartig klar, in welch entsetzlicher Gefahr er sich befand. Der Wagen jagte mit annähernd hundert Stundenkilometern über die Straße und selbst ein erfahrener Fahrer hätte alle Mühe gehabt, ihn in der Spur zu halten: Cheps mächtige Gestalt füllte den Innenraum des kleinen Sportwagens fast vollkommen aus, sodass Eric mit aller Kraft gegen die Tür gedrückt wurde und sein Gesicht gegen die Scheibe. Er hatte Mühe, das Lenkrad aus dieser unglücklichen Stellung heraus überhaupt zu erreichen, geschweige denn, dass er es beherrschte. Zu allem Überfluss sah er im Rückspiegel, dass der rostrote Pickup noch immer hinter ihnen her war!

»Chep! Verschwinde endlich!«, brüllte er. »Ich kann so nicht fahren!«
»Entscheidest du dich mal?«, gab Chep ebenfalls schreiend zurück. »Erst soll ich kommen, dann wieder nicht! Außerdem kannst du sowieso nicht fahren! Pass auf!«
Wie aus dem Boden gewachsen erschien ein riesiger Lastwagen vor ihnen auf der Straße. Eric riss am Lenkrad, wich dem Hindernis mit hundertmal mehr Glück als Können aus und Cheps Gesicht machte unliebsame Bekanntschaft mit der Windschutzscheibe.
Irgendwie brachte Eric den Wagen wieder in seine Gewalt. Hinter ihnen begann der Fahrer des Lastwagens wütend zu hupen und ein Blick in den Rückspiegel zeigte Eric, dass der Pickup dem Hindernis ebenfalls auswich und dabei war, aufzuholen.
»Halt an!«, kreischte Chep. »Halt auf der Stelle an!«
»Dann kriegen sie uns!«, schrie Eric zurück. Er sah auf das Armaturenbrett und stellte fest, dass sich der Drehzahlmesser hoffnungslos im roten Bereich befand – kein Wunder, dass der Motor so kreischte –, schaltete in den zweiten und sofort in den dritten Gang. Die fast zweihundert Pferdestärken des SLK entwickelten erst jetzt ihre ganze ungestüme Kraft und Eric und Chep wurden regelrecht in die Sitze hineingepresst, als der Wagen einen schnellen Satz nach vorne machte.
»Nach rechts!«, schrie Chep.
Eric reagierte fast ohne selbst zu wissen, warum. Er trat Kupplung und Bremse gleichzeitig und mit aller Kraft. Der Wagen geriet ins Schleudern, stellte sich quer und die beiden Räder auf der rechten Seite verloren den Kontakt zum Boden. Für eine schreckliche Sekunde drohte er umzukippen, dann fiel er mit einem gewaltigen Krachen zurück und Eric trat das Gaspedal durch. Nahezu im rechten Winkel zu seinem bisherigen Kurs schoss der Mercedes in die Seitenstraße, auf die Chep gedeutet hatte.
Eric fragte sich nur, warum.
Die Straße endete nach vielleicht hundertfünfzig Metern vor

einer massiven Ziegelsteinmauer, auf die sie mit immer noch größer werdender Geschwindigkeit zuschossen.
»Was soll das?!«, schrie Eric. »Diese Straße führt nirgendwohin!«
»Warum fährst du dann hinein?«, brüllte Chep zurück, während er aus weit aufgerissenen Augen auf die näher kommende Wand starrte und sich mit beiden Händen am Armaturenbrett abstützte.
»Weil du es gesagt hast!«, schrie Eric. »Du hast gerufen: rechts!«
»Habe ich nicht!«, schrie Chep. »Ich habe gerufen: Es ist nicht recht, dass ich so enden muss! Und jetzt halt dieses Teufelsding endlich an!!«
»Eine Sekunde noch«, antwortete Eric. Er sah in den Rückspiegel. Ihre Verfolger waren immer noch hinter ihnen und sie hatten weiter aufgeholt, aber sie fuhren eine uralte Klapperkiste, während Chep und er in einem der modernsten und sichersten Automobile saßen, die es gab ...
Eric versuchte die Entfernung zur Wand abzuschätzen und ein paar blitzschnelle Berechnungen anzustellen. Er trat noch einmal aufs Gas, zog dann den Fuß zurück und trat mit aller Gewalt auf die Bremse. Reifen kreischten. Die lange Kühlerhaube des SLK senkte sich wie der Schädel eines angreifenden Stieres, der Anlauf nimmt, um seinen Gegner in den Boden zu rammen, und die Ziegelsteinmauer schien ihnen regelrecht entgegenzuspringen. Chep heulte vor Entsetzen und Eric stemmte sich in den Sitz, starrte die heranrasende Wand an und versuchte seine Berechnungen im Kopf noch einmal zu überprüfen. Im buchstäblich letzten Moment riss er den Wagen zur Seite und trat noch einmal heftig auf die Bremse.
Offensichtlich war es mit seinen Mathematik-Kenntnissen nicht so weit her, wie er geglaubt hatte. Der Wagen schlitterte weiter und prallte mit einem urgewaltigen Knall gegen die Wand. Die Kühlerhaube verformte sich wie ein Luftballon, aus dem schlagartig die Luft entwich, und die Windschutzscheibe verwandelte sich in ein milchiges Spinnennetz aus

Millionen kleinen, rechteckigen Glassplittern. Eric wusste plötzlich, wie sich ein Crashtest-Dummy bei seinem ersten Einsatz fühlt. Er wurde in die Gurte geworfen, dann bliesen sich die beiden Airbags des Wagens mit einem Knall auf und er hatte das Gefühl, vom Faustschlag eines Profiboxers in den Sitz zurückgeprügelt zu werden.
Eric kämpfte die aufkommende Bewusstlosigkeit nieder, öffnete die Augen und begann sich mühsam unter dem prall aufgeblasenen Airbag hervorzuwinden. Neben ihm ächzte und keuchte Chep, der durch seine Größe noch viel hoffnungsloser von dem zähen Kunststoffsack eingeklemmt wurde, aber Eric war viel zu benommen, um ihm zu helfen. Außerdem hätte er gar nicht gewusst, wie.
Er fiel mehr aus dem Wagen, als er kletterte, kroch ein Stück weit auf Händen und Knien davon und richtete sich taumelnd auf.
Die Straße hinter ihnen bot einen Anblick der Verheerung. Der Mercedes war nur noch zur Hälfte als das zu erkennen, was er einmal gewesen war, und der Pickup hatte sich tatsächlich ein gutes Stück weit in die Wand hineingebohrt und war dann völlig auseinander gefallen.
Wie durch ein Wunder hatten seine Insassen den Aufprall jedoch allesamt überlebt. Sie taumelten in diesem Moment mit blutüberströmten Gesichtern aus dem Wrack, ziemlich mitgenommen, aber ganz offensichtlich nicht schwer verletzt.
Nicht schwer genug jedenfalls, um ihn nicht sofort zu sehen ...
Ein eisiger Schrecken durchzuckte Eric, als ihm klar wurde, dass es immer noch nicht vorbei war.
»Dieses verfluchte kleine Miststück«, stöhnte einer der Burschen und rieb sich sein blutiges Gesicht. Ein anderer hob die Hand an den Mund, betrachtete mit stierem Blick den Zahn, der darauf lag, als er sie wieder zurückzog, und zischte dann: »Die kleine Kröte kaufen wir uns!«
Eric warf einen verzweifelten Blick zum Mercedes hin. Aber von Chep hatte er keine Hilfe zu erwarten. Der Engel kämpfte noch immer vergeblich mit dem Airbag.

Also fuhr Eric auf dem Absatz herum und rannte los und die fünf Burschen nahmen dies als Zeichen, alle gemeinsam und brüllend zur Verfolgung anzusetzen.
Eric rannte wie nie zuvor in seinem Leben. Er wusste, dass er von den Schlägern jetzt keine Gnade mehr zu erwarten hatte. Hätten sie es vorhin vielleicht noch dabei bewenden lassen, ihn kräftig zu verprügeln, so waren sie jetzt so wütend, dass sie ihn wahrscheinlich umbringen würden.
Seine einzige Chance war, die Hauptstraße zu erreichen. Eine Menge Leute waren stehen geblieben oder hatten ihre Wagen angehalten und bestimmt hatte irgendjemand die Polizei gerufen.
Aber die Straße war entsetzlich lang. Mit dem Wagen hatte er die hundertfünfzig Meter in wenigen Sekunden zurückgelegt, aber nun schienen sie kein Ende zu nehmen. Als er noch zwanzig Meter von der Kreuzung entfernt war, rollte ein riesiger schwarzer Wagen darauf und hielt an. Er war so lang, dass er die gesamte Einmündung blockierte, eine sechstürige amerikanische Limousine mit abgedunkelten Scheiben und einer seltsamen, ebenfalls schwarzen Kühlerfigur. Die Türen flogen auf und die beiden größten Männer stiegen aus, die Eric jemals gesehen hatte.
Jeder von ihnen musste über zwei Meter messen und ihre Schulterbreite war enorm. Sie trugen schwarze, maßgeschneiderte Anzüge, weiße Hemden und schwarze Krawatten und ihre Augen verbargen sich hinter schwarzen Ray-Ban-Sonnenbrillen. Sie sahen ein bisschen aus wie die großen Brüder der Blues Brothers, nur dass sie keine Hüte trugen und an ihnen überhaupt nichts komisch war, und Eric begriff zum ersten Mal wirklich, warum man Bodyguards manchmal auch Gorillas nannte.
Die beiden nahmen mit vor dem Bauch übereinander gelegten Händen vor dem Wagen Aufstellung und das allein reichte schon. Die bloße Vorstellung dessen, was diese beiden Männer tun konnten, ließ Eric erschauern.
Und offenbar erging es nicht nur ihm so. Eric lief langsamer

und blieb schließlich stehen und drehte den Kopf und er sah, dass auch seine Verfolger das Tempo verringerten und schließlich ganz anhielten. Auf ihren Gesichtern spiegelte sich Überraschung, dann immer mehr Furcht und schließlich trat der erste von ihnen den Rückzug an. Keine zwei Sekunden später wandten sich auch die vier anderen um und liefen davon.
Eric blickte ihnen verstört nach, ehe er sich wieder zu dem schwarzen Wagen und den beiden Bodyguards herumdrehte. Keiner von ihnen hatte sich bisher gerührt, jetzt aber streckte einer der beiden den Arm aus und öffnete die hintere Tür der Limousine. Er sagte nichts, aber der Sinn dieser Einladung war so klar, wie es nur ging. Und vielleicht war es ja mehr als nur eine Einladung.
Eric zögerte. Er hatte plötzlich ein flaues Gefühl im Magen. Es war bestimmt kein Zufall, dass die schwarze Limousine ausgerechnet jetzt aufgetaucht war. Er hatte sie schon zweimal gesehen – einmal vor dem Haus der Studienrätin, das andere Mal, als sie seinem Vater und ihm gefolgt war. Vielleicht war er doch nicht so vollkommen in Sicherheit, wie er bisher angenommen hatte ... Er machte einen Schritt, zögerte, machte noch einen Schritt und drehte sich schließlich noch einmal herum. Chep war mittlerweile aus dem Wagen gestiegen und sah in seine Richtung und hätte der Engel auch nur eine entsprechende Bewegung angedeutet, so wäre er auf der Stelle herumgefahren und davongerannt, so schnell er nur konnte. Aber Chep stand einfach nur da und starrte ihn an und so drehte sich Eric wieder herum und stieg in den Wagen. Der Geruch nach Leder und einem dezenten Herrenparfum hüllte ihn ein und es wurde ein wenig dunkler, als der Bodyguard die Tür hinter ihm schloss und die geschwärzten Scheiben den größten Teil des Tageslichtes aussperrten, sodass er den Mann, der ihm gegenübersaß, im ersten Moment nur als Schatten erkennen konnte.
»Ist alles in Ordnung mit dir, Eric?«, fragte eine dunkle, sehr angenehme Stimme.
»Sie kennen meinen Namen?«, fragte Eric überrascht.

Der Fremde lachte leise. »Ich weiß eine Menge über dich«, sagte er. »Wir passen schon eine ganze Weile auf dich auf. Es tut mir Leid, dass wir heute um ein Haar zu spät gekommen sind – aber du warst einfach zu schnell. Du willst nicht zufällig später einmal Rennfahrer werden?«
Eric blieb ernst. Seine Augen gewöhnten sich allmählich an das schwache Licht hier drinnen und er konnte sein Gegenüber jetzt besser erkennen. Es war ein sehr großer, gut aussehender Mann mit schwarzem Haar, das ihm bis auf die Schultern reichte. Eric schätzte sein Alter auf ungefähr vierzig Jahre. Er konnte seine Augen nicht sehen, denn der Mann trug dieselbe Art altmodischer Sonnenbrille wie seine beiden Leibwächter. Er war von Kopf bis Fuß in Schwarz gekleidet.
»Nein«, antwortete Eric mit einiger Verspätung. »Aber wer ... wer sind Sie?«
»Mein Name ist Astartus«, antwortete der Dunkelhaarige. »Aber du darfst mich Stefan nennen, wenn du das möchtest.«

Eine halbe Stunde später hielt Astartus' sieben Meter langer Straßenkreuzer in der Auffahrt zu Erics Elternhaus und sie stiegen aus. Eric ging voraus. Astartus' Leibwächter waren im Wagen geblieben, sodass sie sich dem Haus allein näherten, und als Eric die Hand hob, um zu klingeln, trat Astartus rasch einen Schritt zur Seite, so als wolle er von drinnen nicht gesehen werden.
Eric kam nicht einmal dazu, den Klingelknopf zu drücken, da wurde die Tür auch schon geöffnet und er sah sich seinem Vater gegenüber.
»Eric! Gott sei Dank! Wir waren schon fast verrückt vor Sorge! Wo bist du gewesen? Was ist passiert? Wir haben den Wagen gefunden und –« Sein Vater brach ab. Er hatte die Worte nur so hervorgesprudelt, ohne Eric auch nur die Chance zu geben, darauf zu antworten, aber nun runzelte er die Stirn. »Was hast du getan?«, fuhr er in schärferem Ton fort. »Großer Gott, du stinkst ja wie eine ganze Schnapsbrennerei! Hast du getrunken?«

Eric hatte nicht mehr daran gedacht, dass ihm der Kerl ja einen Teil des Schnapses über Haare und Kleider gegossen hatte, aber nun wurde ihm der Sinn dieser Aktion schlagartig klar – er bestand darin, dass jemand genau diese Frage stellte. Bevor er sie jedoch beantworten konnte, trat Astartus aus dem toten Winkel neben der Tür heraus, nahm die Sonnenbrille ab und sagte: »Ich glaube, das kann ich erklären.«
Erics Vater riss ungläubig die Augen auf. »Stefan?«, murmelte er.
»Es ist zwar fast zwanzig Jahre her, aber wie ich sehe, erinnerst du dich noch an mich«, sagte Astartus lächelnd. »Entweder habe ich einen besonders schlechten Eindruck bei dir hinterlassen oder wir waren doch bessere Freunde, als ich dachte.«
»Aber was ... ich meine, wie ... wie kommst du denn ...«, begann Vater.
»Er hat mir das Leben gerettet«, unterbrach ihn Eric. Warum hatte er dabei eigentlich das Gefühl, dass an dieser Behauptung etwas nicht stimmte?
»Das Leben ... ?« Sein Vater blinzelte verwirrt. »Also, ich verstehe überhaupt nichts mehr. Kommt erst mal rein.« Er trat zurück, wartete, bis Eric und Astartus an ihm vorbei ins Haus gegangen waren, und schloss die Tür dann hastig wieder. Astartus setzte die Sonnenbrille wieder auf, machte zwei Schritte in den Flur hinein und sah sich dann mit unverhohlener Neugier um.
»Hübsch«, sagte er. »Genauso habe ich es mir vorgestellt. Dein Geschmack hat sich nicht verändert. Er war schon immer gut.«
»Danke für das Kompliment«, sagte Vater. »Aber viel mehr würde mich interessieren, was hier eigentlich los ist.«
»Und mich auch.« Erics Mutter kam aus dem Wohnzimmer, stockte mitten im Schritt und wurde blass, als sie sah, in welchem Zustand sich Eric befand. Ohne ein weiteres Wort eilte sie auf ihn zu, maß ihn mit einem prüfenden Blick von Kopf bis Fuß und sagte dann: »Hauch mich mal an!«

»Ich bin nicht betrunken«, sagte Eric.
»Du riechst aber so«, antwortete Mutter scharf. »Was ist –«
»Ich glaube, das kann ich aufklären«, mischte sich Astartus ein. »Es ist nicht so, wie es aussieht, glauben Sie mir.«
»Na, auf die Erklärung bin ich ja mal gespannt«, sagte Mutter. »Wer sind Sie überhaupt?«
Astartus ging nicht auf ihren herausfordernden Ton ein, sondern trat auf sie zu und streckte lächelnd die Hand aus. »Bitte entschuldigen Sie meine Unhöflichkeit«, sagte er. »Ich habe mich noch gar nicht vorgestellt. Mein Name ist Stefan Aspach.«
Mutter ignorierte seine ausgestreckte Hand, blinzelte überrascht und sah ihren Mann an. »Das ist ...?«
»Stefan«, bestätigte Vater. »Ich habe dir von ihm erzählt.«
»Aber wieso ... ich meine: Was haben Sie mit Eric zu tun? Was ist denn überhaupt passiert?«
»Das werde ich Ihnen gerne erklären«, sagte Astartus. »Ich fürchte, es ist zum Teil meine Schuld. Eric kann jedenfalls gar nichts dafür. Er ist nur ein unschuldiges Opfer, das versichere ich Ihnen.«
»Ich glaube, ich gehe erst einmal duschen«, sagte Eric unbehaglich. »Und saubere Sachen anziehen.«
Er wartete die Antwort seiner Eltern nicht ab, sondern drehte sich um und ging mit schnellen Schritten davon. Er ahnte, dass das Gespräch zwischen Astartus und seinen Eltern alles andere als erfreulich werden würde. Außerdem fühlte er sich in Astartus' Nähe einfach nicht wohl. Möglicherweise tat er ihm damit sogar Unrecht, aber bisher hatte er den Namen des alten Studienkollegen seines Vaters immer nur in unangenehmem Zusammenhang gehört und dazu hatte er in den vergangenen Tagen eine gewisse Abneigung gegen die Farbe Schwarz entwickelt, die Astartus so offensichtlich bevorzugte. Er brauchte einfach eine Weile, um wieder zu sich selbst zu finden.
Als er die Treppe hinaufgehen wollte, hörte er ein Geräusch aus dem hinteren Teil des Hauses und blieb wieder stehen.

Seine Eltern waren mittlerweile zusammen mit Astartus im Wohnzimmer verschwunden und Andrea klapperte in der Küche deutlich hörbar mit Geschirr herum. Und außer ihnen war niemand im Haus.
Vielleicht war Chep zurückgekommen.
Eric drehte sich wieder herum und ging den Flur hinunter. Er hatte mit dem Engel noch ein Hühnchen zu rupfen, und das konnte nicht warten, bis er sich geduscht und umgezogen hatte. Wer wusste schon, was der tölpelhafte Cherub in dieser Zeit wieder alles anstellen würde!
Er folgte den Geräuschen – sie waren seltsam beunruhigend, aber nicht zu identifizieren – und gelangte schließlich zu der Tür, die zu Vaters Bastelzimmer führte. Erics Gesicht verfinsterte sich. Wenn sich Chep an dem Stadtmodell zu schaffen machte, würde Vater der Schlag treffen!
Die Tür war nur angelehnt. In der Garage brannte Licht, aber von dem Engel war nichts zu sehen. Als Eric jedoch in den Raum trat, glaubte er einen Schatten zu erkennen, der sich wie etwas Dunkles, Geflügeltes von der Platte hob und dann verschwand. Vielleicht wirklich nur ein Schatten. Nichts als Einbildung. Nach allem, was er in den letzten Tagen durchgemacht hatte, hatte seine Fantasie jedes Recht, Purzelbäume zu schlagen.
Trotzdem trat er näher und unterzog die Modellanlage einer kurzen, aber aufmerksamen Inspektion. Auf den ersten Blick schien sich nichts verändert zu haben. Selbst das Schulgebäude brannte noch immer (er sah lieber nicht zu genau hin, weil er plötzlich den absurden Gedanken hatte, einen winzig kleinen Cola-Automaten zu erblicken, wenn er durch eines der zerborstenen Fenster sah), und auch alles andere schien vollkommen unverändert zu sein.
Als Letztes wandte er sich der Stelle zu, an der er den Schatten gesehen zu haben glaubte.
Zu seiner Überraschung erkannte er sie wieder.
Der Biergarten, in dem sein Vater am Morgen aufgetreten war, schien wohl schon im Mittelalter bestanden zu haben, denn

Eric erblickte ein ganz genaues, wenn auch etliche Jahrhunderte älter aussehendes Modell davon. Seltsam – bisher war es ihm noch gar nicht aufgefallen, obwohl er oft seinem Vater bei der Bastelei zugesehen hatte.
Er beugte sich neugierig vor und ein kalter Schauer lief über seinen Rücken, als er nicht nur das Gartenlokal erkannte, sondern auch den Parkplatz (auf dem freilich keine Autos standen) und die umgebenden Straßenzüge. Mit klopfendem Herzen folgte er dem Weg, den er selbst am frühen Morgen auf der Flucht vor den Schlägern in ihrem roten Pickup genommen hatte.
Es war alles da: die Straße, die Kreuzung und das querstehende Backsteingebäude, das die Straße zu einer Sackgasse machte.
Eric hatte plötzlich das Gefühl, dass ihm jemand einen Kübel mit Eiswasser über den Kopf gegossen hätte.
Am Fuße der dunkelroten Ziegelsteinmauer lagen die Modelle zweier winziger, hoffnungslos zertrümmerter Pferdefuhrwerke.

Es war nicht dabei geblieben, zu duschen und frische Kleider anzuziehen. Eric war nicht einmal dazu gekommen, sich umzuziehen, denn kaum war er unter der Dusche hervorgetreten, da war ihm schrecklich übel geworden, und er hatte es gerade noch geschafft, sich zum Bett zu schleppen, bevor er so schlagartig eingeschlafen war, als hätte jemand einen Schalter in seinem Kopf umgelegt.
Er erwachte erst nach mehreren Stunden wieder, mit hämmernden Kopfschmerzen, einem Gefühl heftiger Übelkeit im Magen und einem so grässlichen Geschmack im Mund, dass ihm allein davon noch übler wurde. Als er sich aufsetzte, begann sich das ganze Zimmer um ihn herum zu drehen.
Er begriff, was geschehen war. Chep hatte zwar irgendwie die berauschende Wirkung des Alkohols neutralisiert, das Teufelszeug aber anscheinend nicht aus seinem Blut entfernt und nun hatte er schlicht einen grässlichen Kater.

Eric stand langsam auf, taumelte ins Bad und stellte sich ein zweites Mal unter die Dusche, wo er fast eine Viertelstunde blieb, ehe sein Kopf wieder einigermaßen klar war und sein Magen nicht mehr ganz so schlimm revoltierte. Trotzdem fühlte er sich alles andere als wohl, als er zum Kleiderschrank tappte und sich frische Sachen heraussuchte. Er verstand nicht, was manche Erwachsene so toll daran fanden, sich zu betrinken. Er jedenfalls nahm sich vor, in seinem ganzen Leben keinen Alkohol anzurühren.

Er zog sich ungeschickt und mit fahrigen Bewegungen an, stellte zu spät fest, dass er zwei verschiedenfarbige Socken aus der Schublade genommen hatte, und entschied, dass es viel zu mühsam war, sie zu wechseln. Verschlafen knöpfte er das Hemd zu, schlurfte auf den Flur hinaus und wäre fast mit Andrea zusammengestoßen, die sich gerade auf dem Weg zu seinem Zimmer befand.

»Ah, Eric!«, begann sie aufgeregt. »Du wach. Das gut. Ich mit dir reden muss.«

Danach stand Eric nun wirklich nicht der Sinn. Er dachte über irgendeine Ausrede nach, mit der er Andrea möglichst diplomatisch abwimmeln konnte, aber seine Gedanken bewegten sich so zäh wie halb geschmolzener Teer. Ehe er noch den Mund aufmachen konnte, fuhr sie schon heftig gestikulierend fort: »Ich etwas gemacht, dir zu helfen. Hier nehmen! Aber du nur benutzen, wenn in höchster Gefahr! Mächtiger Schutzzauber, aber nur einmal funktionieren!«

Sie hielt ihm ein kleines, in braunes Packpapier eingeschlagenes Päckchen hin und Eric nahm es automatisch entgegen. Er konnte fühlen, dass es etwas Weiches enthielt, mehr aber auch nicht.

»Jetzt gehen«, sagte Andrea. »Deine Eltern schon warten auf dich. Sie viel Sorge.«

»Na und ich erst«, murmelte Eric. Lauter sagte er: »Danke.«

Andrea nickte mit einem verschwörerischen Blick auf das Päckchen in seiner Hand, dann drehte sie sich herum und eilte davon.

Eric blieb ziemlich hilflos zurück. Eine Zeit lang drehte er das Päckchen unschlüssig in den Händen und überlegte, ob er es aufreißen und nachschauen sollte, was darin war, aber auch das erschien ihm im Moment viel zu mühsam. Außerdem konnte er sich denken, was es enthielt: sicher wieder irgendeinen Voodoo-Kram, den Andrea zu seinem Schutz gebastelt hatte. Der Letzte hatte nicht besonders gut gewirkt. Aber er wusste ihre ehrliche Absicht zu schätzen.
Mit hängenden Schultern schlurfte er die Treppe hinunter und steuerte das Wohnzimmer an, aus dem gedämpfte Stimmen drangen. Auf dem Weg dahin kam er an der Garderobe vorbei, an der seine Jacke hing. Er steckte das Päckchen, das ihm Andrea gegeben hatte, in die rechte Jackentasche und setzte seinen Weg fort.
Wie er erwartet hatte, saßen seine Eltern auf der Couch vor dem Fenster. Auf dem Tisch standen drei Kaffeegedecke und im Aschenbecher lag eine qualmende Zigarette. Der Anblick Doktor Reicherts, der in einem Sessel saß, erfreute ihn keineswegs und noch viel weniger der Anblick Schollkämpers und Breuers. Die beiden kommen mittlerweile so oft, dachte er griesgrämig, dass man ihnen eigentlich anbieten sollte, im Gästezimmer einzuziehen. Das würde ihnen das lästige Hin- und Herfahren ersparen.
»Eric! Ich wollte dich gerade holen«, begrüßte ihn sein Vater. »Wir haben Besuch. Die beiden Herren hier haben ein paar Fragen an dich.«
»Was für eine Überraschung«, knurrte Eric.
»Ja, ich freue mich auch, dich zu sehen«, sagte Breuer. »Wir haben auch nur ein paar ganz einfache Fragen an dich, Eric. Es dauert nicht lange.«
»Du musst sie nicht beantworten«, sagte seine Mutter.
»Ich fürchte, doch«, sagte Schollkämper. »Entweder hier oder bei uns auf dem Polizeipräsidium. Die Geschichte von heute Morgen war kein Dummejungenstreich mehr, Frau Classmann, und auch kein Unfall.«
»Das stimmt«, sagte Vater. »Es war ein Mordanschlag auf mei-

nen Sohn. Und ich hoffe, dass Sie bei der Suche nach den Verantwortlichen dieselbe Energie entwickeln, die Sie bisher an den Tag gelegt haben, wenn es darum ging, ihn zu belasten.«
Schollkämper starrte ihn zornig an. »Mordanschlag? Davon ist mir nichts bekannt«, knurrte er. »Für mich ist dies ein Fall von Trunkenheit am Steuer, Fahren ohne Führerschein, gefährlichem Eingriff in den Straßenverkehr, schwerer Sachbeschädigung und mehrfacher Beinahe-Körperverletzung.«
»War das schon alles?«, fragte Vater spöttisch.
»Mir fällt bestimmt noch mehr ein, wenn ich lange genug darüber nachdenke«, grollte Schollkämper. »Die Geschichte von den angeblichen Männern, die Ihren Sohn angegriffen und gejagt haben sollen, kaufe ich Ihnen jedenfalls nicht ab. Warum sollte irgendjemand so etwas tun?«
»Um mich zu diskreditieren«, antwortete Vater. »Sie haben meinen Sohn überwältigt und ihn gezwungen, eine ganze Flache Schnaps zu trinken, und anschließend haben sie ihn hinter das Steuer des Wagens meiner Frau gesetzt. Ich glaube kaum, dass sie seinen Tod wollten, aber ein kleiner Unfall war schon beabsichtigt. Können Sie sich die Schlagzeile in der Zeitung vorstellen? Meine politischen Gegner hätten gejubelt!«
»Lächerlich«, sagte Schollkämper streitlustig. »Wir sind doch hier ...«
»Aber Sie haben den Wagen doch gefunden, mit dem sie ihn gejagt haben, oder?«
Schollkämper schnaubte. »Sicher. Unglücklicherweise wurde er heute Morgen als gestohlen gemeldet und von den angeblichen Rowdys fehlt bisher jede Spur.«
»Da kann ich vielleicht helfen«, mischte sich eine Stimme von der Tür her ein. Eric drehte den Kopf und sah Astartus, der hereinkam. Er hatte ein Handy zwischen Ohr und Schulter geklemmt und hielt einen Notizzettel in der Hand, auf den er etwas geschrieben hatte.
»Wer sind Sie?«, fragte Schollkämper.
Astartus ignorierte seine Frage, klappte sein Handy zusammen und ließ es in der Tasche verschwinden. Dann riss er das

oberste Blatt von seinem Notizblock ab und wedelte damit herum. »Das hier sind die Namen und Adressen von drei der fünf Burschen, die Eric überfallen haben«, sagte er. »Sind Sie daran interessiert?«
Breuer sprang auf und nahm den Zettel an sich und Schollkämper fragte noch einmal und mit misstrauisch zusammengekniffenen Augen: »Wer sind Sie? Und woher haben Sie diese Informationen?«
»Ich kenne eine Menge Leute«, sagte Astartus lächelnd. »Und mir ist daran gelegen, dass nicht Unschuldige für etwas bestraft werden, was sie gar nicht getan haben – genau wie Ihnen doch sicherlich auch, Herr Kommissar, oder? Um Ihre andere Frage zu beantworten: Mein Name ist Astartus.«
»Ast ...?« Schollkämper sog scharf die Luft ein. »Sie sind Stefan Aspach?«
»Das war einmal mein Name«, sagte Astartus, noch immer lächelnd. »Wir legen unsere weltlichen Namen ab, müssen Sie wissen, und mit ihnen alle Sünden und Verfehlungen, die wir in unserem weltlichen Leben begangen haben. Mit dem Eintritt in unseren Orden beginnen wir eine vollkommen neue, spirituelle Existenz.«
»Es ist mir vollkommen egal, wie Sie sich von Ihren Sektenbrüdern nennen lassen, Herr Aspach«, sagte Schollkämper zornig.
»Orden«, korrigierte ihn Astartus. »Wir ziehen die Bezeichnung Orden oder Gemeinschaft vor.«
Schollkämper schnaubte. Mit einer wütenden Drehung wandte er sich zu Erics Vater um. »Das ist also der Mann, den Sie angeblich seit zwanzig Jahren nicht mehr gesehen haben!«
»Das entspricht durchaus den Tatsachen«, sagte Astartus.
»O ja«, knurrte Schollkämper, »deshalb –«
Astartus unterbrach ihn. »Bitte, Herr Kommissar! Ich weiß, worauf Sie hinauswollen. Das Ganze ist nichts als ein großes Missverständnis. Meine Pressestelle hat bereits eine entsprechende Erklärung vorbereitet, die Sie bei Ihrer Rückkehr zweifellos auf Ihrem Schreibtisch vorfinden werden.«

»Uns liegen andere Informationen vor«, sagte Breuer.
»Das weiß ich«, antwortete Astartus. »Bei dem Schriftstück, das Ihnen zugespielt wurde, handelt es sich um ein internes Papier, in dem tatsächlich die Namen der Classmanns erwähnt werden. Ich gebe zu, dass ich ein wenig übereifrig war. Ich hätte sie fragen sollen, bevor ich sie für entsprechende Tätigkeiten vorgeschlagen habe. Ich entschuldige mich dafür, sowohl bei Ihnen als auch bei Herrn Classmann und seiner Gattin. Aber ich versichere Ihnen auch, dass sie nichts von dem gesamten Immobiliengeschäft wussten.«
»Wer soll Ihnen das glauben?«, fragte Breuer spöttisch.
»Sie«, antwortete Astartus. »In diesem Land gilt immer noch der Grundsatz, dass jeder so lange unschuldig ist, bis das Gegenteil bewiesen ist, oder?« Er lächelte. »Sind sonst noch irgendwelche Fragen offen?«
Schollkämper riss ungläubig die Augen auf und auch Erics Vater war sein Erstaunen darüber anzusehen, dass sein Besuch mehr oder weniger seine Gäste aus dem Haus warf.
Die beiden Polizisten erhoben sich. Schollkämper wirkte regelrecht erschüttert und Breuer kochte innerlich sichtbar vor Wut. Vater begleitete sie zur Tür und kam nur wenige Augenblicke danach zurück.
»Das war erstaunlich«, sagte er, in Astartus' Richtung gewandt und in einem Ton, der zwischen Verwirrung und Anerkennung schwankte.
»Man muss mit solchen Menschen umgehen können«, antwortete Astartus. »Es sind kleine Geister, die sich leicht beeindrucken lassen.«
»Ist das wahr, was Sie gerade gesagt haben?«, fragte Mutter. »Das mit dem internen Papier, auf dem unsere Namen stehen?«
»Ich lüge niemals, meine Liebe«, sagte Astartus lächelnd. Er setzte sich. »Ja, ich fürchte, es ist wahr. Ich muss mich dafür entschuldigen. Als wir dieses Projekt planten, stand natürlich die Frage im Raum, wer die Abwicklung der rechtlichen Seite übernehmen sollte, und da erinnerte ich mich Ihres Gatten. Er

genießt einen ausgezeichneten Ruf und da er noch dazu hier in der Stadt ansässig ist, dachte ich mir, ich könnte einen guten Anwalt gewinnen und zugleich einem alten Freund einen lukrativen Auftrag zukommen lassen. In diesem Zusammenhang wurde ich auch auf Sie aufmerksam, Frau Classmann. Sie wissen natürlich, dass man Sie in Fachkreisen schätzt. Viele Ihrer ehemaligen Kollegen bedauern es sehr, dass Sie nicht mehr als Architektin arbeiten.« Er seufzte. »Natürlich wäre der korrekte Weg der gewesen, zuerst Kontakt mit Ihnen aufzunehmen. Aber ich konnte nicht ahnen, dass jemand aus meinem engsten Kreis eine Indiskretion begeht und ein Papier der Öffentlichkeit übergibt, das wenig mehr als eine erste Ideensammlung darstellte.«
»Und es ist auch nicht deine Schuld, wenn sich diese beiden übereifrigen Polizisten daran festbeißen«, fügte Vater hinzu. »Trotzdem – es ist schon eine unglückliche Situation. Noch ein oder zwei solcher Zwischenfälle und ich kann meinen Wahlkampf endgültig vergessen. Wenn ich nur wüsste, wer dahintersteckt!«
»Du glaubst, jemand hätte das alles inszeniert, um dir zu schaden?«, fragte Astartus.
»Eine andere Erklärung gibt es ja wohl kaum noch«, grollte Vater. »Oder glaubst du im Ernst, dass das alles noch Zufall ist?«
»Ich könnte meine Beziehungen spielen lassen«, sagte Astartus. »Ich bin sicher, dass ich herausfinde, wer dahintersteckt.«
»Das ist gut gemeint«, antwortete Vater, »aber ich komme schon allein zurecht.«
»Noch immer so stolz wie früher, nicht wahr?«, lachte Astartus. »Du nimmst prinzipiell keine Hilfe an. Dabei habe ich dir schon geholfen.«
»Und wie?«
»Was glaubst du wohl, warum das Foto nicht in der Zeitung erschienen ist?«, fragte Astartus lächelnd.
»Das warst ... du?«, murmelte Vater.
»Nach den ganzen Problemen, die du meinetwegen gehabt

hast, war das das Mindeste, was ich für euch tun konnte«, sagte Astartus. Er sah auf die Uhr und fuhr leicht zusammen. »O je, schon so spät. Ich würde gerne noch ein wenig bleiben und über alte Zeiten plaudern, aber ich fürchte, wir müssen das auf später verschieben. Das ist das Problem, wenn man für so viele Menschen die Verantwortung zu tragen hat.«
»Schade«, sagte Vater. So wie er sich anhörte, hielt sich sein Bedauern allerdings in engen Grenzen. Er begleitete Astartus zwar noch zur Tür, kam aber so schnell zurück, dass es bestimmt keine herzliche Verabschiedung gegeben hatte.
»Warum warst du so unfreundlich zu ihm?«, fragte Mutter, als er zurückkam. »Vielleicht wäre es gar nicht so dumm, sein Angebot anzunehmen. Wenn er wirklich über so großen Einfluss verfügt, wie er sagt, findet er vielleicht heraus, wer hinter der ganzen Geschichte steckt.«
»Ja«, knurrte Vater, während er sich setzte und nach der Kaffeekanne griff. »Es sei denn, er war es selbst. Das ist nicht mehr der Stefan Aspach, den ich gekannt habe. Er hat sich verändert – und nicht unbedingt zum Positiven!« Er wollte sich Kaffee einschenken, stellte fest, dass die Kanne leer war, und klingelte nach Andrea. »Vielleicht tue ich ihm Unrecht, aber ich bin lieber vorsichtig. Mir ist einfach zu viel passiert, wofür ich einfach keine Erklärung finde.« Er wandte sich zu Eric um und wechselte das Thema. »Ich habe vorhin noch einmal mit dem Direktor deiner Schule telefoniert.«
»Oh«, sagte Eric. Er konnte sich ungefähr vorstellen, was kam.
»Ich will es einmal so ausdrücken«, fuhr sein Vater fort. Er unterbrach sich, als Andrea hereinkam und nach seinen Wünschen fragte, und reichte ihr wortlos die leere Kaffeekanne. Erst als sie wieder gegangen war, sprach er weiter. »Er war recht angetan von meinem Vorschlag, dich bis zum Beginn der Sommerferien vom Unterricht zu befreien. Danach sehen wir dann weiter.«
»Du meinst, ich fliege von der Schule«, sagte Eric.
»Nicht unbedingt.« Vater deutete auf Reichert. »Maximilian

hat zugesichert, ein entsprechendes Attest auszustellen, nach dem du einfach unter enormem Stress gestanden hast und somit nicht für das verantwortlich gemacht werden kannst, was geschehen ist, und –«

»Du meinst, er soll mich für bekloppt erklären?«, fuhr Eric auf.

Das Gesicht seines Vaters verfinsterte sich, aber Reichert lachte. »Davon sind wir nun wirklich weit entfernt«, sagte er. »Es geht nur darum, dich auf möglichst elegante Art aus der Schusslinie zu bringen. Dein Vater hat Recht, weißt du? Du bist nur ein unschuldiges Opfer. Hier geht es einfach um Politik.«

»Sieh es von der angenehmen Seite«, sagte sein Vater. »Du bekommst drei Monate Sonderurlaub. Viele deiner Klassenkameraden würden sonst was dafür tun. Außerdem haben wir noch eine Überraschung für dich.«

»Welche?«

»Wenn ich sie dir verraten würde, wäre es ja keine Überraschung mehr«, sagte sein Vater.

Andrea kam zurück und wieder wurde es für einen Moment still, bis sie die Kaffeekanne abgestellt hatte und wieder gehen wollte, aber Vater rief sie noch einmal zurück.

»Andrea, eine Frage«, sagte er.

Andrea blieb stehen und sah ihn unsicher an. »Ja?«

»Kann es sein«, sagte Vater, »dass ich in der vergangenen Nacht ein Huhn in Ihrem Zimmer gehört habe?«

»Ein Huhn?« Andrea schüttelte erschrocken den Kopf. »Sie sich täuschen. Bestimmt.« Sie ging, ohne die Reaktion auf ihre Antwort abzuwarten, und offenbar auch für Vaters Geschmack etwas zu schnell, denn er blickte ihr finster nach.

»Ich habe ein Huhn gehört«, murmelte er. »Anscheinend wird allmählich jeder in diesem Haus verrückt!«

»Es war ja auch anstrengend genug«, sagte Reichert besänftigend. »Vielleicht solltet ihr euch alle eine kleine Verschnaufpause gönnen. Es ist Wochenende. Ich besitze ein kleines Haus in der Eifel, wie ihr wisst. Warum fahrt ihr nicht für ein

paar Tage dorthin, um zur Ruhe zu kommen? Dort stört euch niemand. Es gibt nicht einmal ein Telefon dort.«
»Das ist nett gemeint, aber ich fürchte, dass ich keine Zeit dafür habe«, antwortete Vater. Er leerte seine Kaffeetasse und stand auf. »Ich muss noch einmal in die Parteizentrale und versuchen, die Scherben zu kitten. Falls es noch etwas zu kitten gibt, heißt das.«
»Überlegt es euch«, sagte Reichert. »Mein Angebot steht jedenfalls.«

Zumindest für dieses Wochenende überlegte sich sein Vater gar nichts. Er hatte wohl auch keine Zeit dazu, denn er war praktisch gar nicht zu Hause, sondern verbrachte fast seine gesamte Zeit in der Parteizentrale, um »Schadensbegrenzung« zu betreiben, wie er es nannte. Eric hütete sich, ihn zu fragen, was genau er damit meinte, so wie überhaupt niemand in der Familie irgendeines der Ereignisse der vergangenen Tage ansprach.
Am Montagmorgen genoss er seinen ersten Tag »Sonderurlaub«. Er genoss ihn tatsächlich, obwohl er es selbst nicht erwartet hätte. Er schlief lange, verbrachte den halben Tag an seinem Computer und einige Stunden vor dem Videorekorder, bis ihm schließlich vor Langeweile schier die Decke auf den Kopf fiel. Er wagte es jedoch nicht, das Haus zu verlassen. Niemand hatte es ihm verboten, aber er war sich darüber im Klaren, dass draußen immer noch Journalisten herumlungern konnten, denen er nicht so gerne über den Weg laufen würde – und darüber hinaus hätte er gar nicht gewusst, wohin er gehen sollte.
Vielleicht zum allerersten Mal fiel ihm wirklich auf, dass er im Grunde keine Freunde hatte. Er kannte natürlich zahlreiche Jungen und Mädchen aus der Schule und auch den einen oder anderen Gleichaltrigen aus der Nachbarschaft, aber ein wirklicher, enger Freund war nicht darunter. Wenigstens keiner, dem er so weit getraut hätte, um ihm alles zu erzählen oder sicher sein zu können, dass die Geschichte nicht spätestens am

nächsten Tag die Runde in der Schule machte, oder gleich in der ganzen Stadt. Bisher hatte er einen solch engen Freund eigentlich nicht vermisst, aber plötzlich spürte er, wie wichtig es war, einen Menschen zu haben, dem man rückhaltlos vertrauen konnte. Das einzige Wesen, für das das galt, war vielleicht Chep, aber der war ja nicht einmal ein Mensch.

Eric stromerte ziellos durchs Haus, als er etwas hörte, was ihn auf der Stelle mitten in der Bewegung innehalten ließ. Es war ein Geräusch, das er zwar kannte, das er aber hier ganz bestimmt nicht zu hören erwartet hatte: das Gackern eines Huhns!

Sein Vater hatte also doch Recht gehabt!

Eric folgte dem Geräusch, gelangte prompt zu Andreas Zimmer und klopfte an. Niemand antwortete. Eric klopfte ein zweites Mal und lauter und diesmal ertönte eine Antwort, auch wenn sie ganz anders ausfiel, als er erwartet hatte: Es war das diesmal unüberhörbare Gackern eines Huhns.

Er drückte die Klinke herunter. Die Tür war nicht verschlossen und er schob sie ein kleines Stück weit auf, zögerte dann und rief Andreas Namen. Das Gackern wurde lauter, aber ansonsten bekam er keine Antwort. Andrea war offensichtlich nicht da.

Erics schlechtes Gewissen machte sich bemerkbar. Es stand ihm nicht zu, Andreas Wohnung zu betreten, ohne sie um Erlaubnis zu bitten, und schon gar nicht in ihrer Abwesenheit – aber seine Neugier war geweckt und er spürte, dass es mit der Anwesenheit dieses Huhns irgendetwas auf sich hatte. Andrea hatte es ganz bestimmt nicht besorgt, um es ihnen gebraten als Abendessen zu servieren.

Er wartete noch eine Sekunde, dann warf er alle seine Bedenken über Bord und betrat die Wohnung. Das Gackern wurde lauter und klang zugleich aufgeregter; als könne das Huhn es kaum noch erwarten, in den Suppentopf zu wandern.

Voller Unbehagen sah er sich um und ging dann ins Nebenzimmer, Andreas Schlafraum.

Wenigstens war er das einmal gewesen.

Jetzt hatte er sich zu ... Eric wusste nicht, wozu, aber er hatte sich drastisch verändert. An den Wänden hingen verschiedenfarbige, größtenteils schreiend bunte Tücher und auf dem Bett lag eine handgestickte Decke, die sonderbare und irgendwie unangenehme Muster zeigte. Überall waren bunte Federn angebracht, einzeln oder zu kleinen Büscheln zusammengebunden, und auf buchstäblich jedem freien Zentimeter standen Kerzen der unterschiedlichsten Form und Größe. Ein seltsamer, nicht besonders angenehmer Geruch hing in der Luft. Zusätzlich hatte Andrea eine große Anzahl hölzerner Masken und kleiner, handgeschnitzter Dämonenstatuen aufgehängt oder auf andere Weise im Zimmer verteilt und dazu noch eine Anzahl anderer ... Dinge, die er lieber nicht erkennen wollte.

Den unheimlichsten Anblick aber bot das, was einmal ihr Nachttisch gewesen war.

Andrea hatte ihn in eine Art Altar verwandelt. Beherrscht wurde er von einer etwa vierzig Zentimeter großen Marienstatue, die aber ebenfalls mit bunten Federn behängt war, sodass sie auf fast obszöne Art zweckentfremdet wirkte, ihre Bedeutung fast ins Gegenteil verkehrt. Rechts daneben stand eine billige Flasche Schnaps aus dem Supermarkt, auf der anderen Seite ein kleines Häufchen von etwas, das Eric auf beunruhigende Weise an die getrockneten Eingeweide kleiner Tiere erinnerte, und genau vor der Marienstatue schließlich stand eine hölzerne Schale undefinierbaren, aber ziemlich unappetitlichen Inhalts.

Und endlich begriff Eric.

Er starrte das Huhn an, das in einem winzigen Käfig direkt neben dem Nachttisch hockte und ihn mit schräggehaltenem Kopf, aber mucksmäuschenstill musterte, als erwarte es etwas ganz Bestimmtes von ihm, und ganz schlagartig wurde ihm klar, was Andrea getan hatte.

Sie hatte ihr Schlafzimmer in einen Voodoo-Tempel verwandelt. Was er sah, waren die Vorbereitungen zu einer Beschwörung.

Er hörte ein Geräusch hinter sich, fuhr herum und sah in Andreas Gesicht, das sich vor Zorn verzogen hatte.
»Was du tun hier?«, fragte sie aufgebracht. »Das meine Wohnung, du verzogener Junge! Ich dir nicht erlaubt, hierher zu kommen! Du gehen! Sofort!«
Ihr Zorn prallte von ihm ab. Er wusste, dass sie nicht so aufgebracht war, weil er ungefragt in ihre Wohnung gekommen war, sondern vielmehr, weil er das hier gesehen hatte.
»Es ist also schlecht, sich mit bösen Geistern einzulassen, wie?«, fragte er leise. »Viel zu gefährlich, nicht wahr? Dann frage ich mich nur, was du hier tust. Welche Voodoo-Gottheit willst du anrufen? Pela-Tongo oder irgendeinen anderen Dämonen, dessen Namen ich wahrscheinlich nicht einmal aussprechen kann?«
»Du nicht wissen, wovon du sprechen!«, antwortete Andrea. Sie sprach noch immer laut und in aufgebrachtem Ton, aber etwas in ihrem Blick hatte sich verändert. Trotz allem wirkte sie unsicher. Ertappt. »Du gehen. Schnell. Nicht gut, du hier sein!«
»Ich rühre mich nicht von der Stelle, bevor du mir nicht gesagt hast, was das alles hier zu bedeuten hat!«, sagte Eric.
»Du gehen!«, beharrte Andrea. »Du sofort gehen oder ich sagen deinem Vater!«
»Prima«, antwortete Eric. »Aber dann müsstest du ihm auch erklären, was das alles hier sein soll.«
Andrea starrte ihn auf eine Art an, dass ihm seine eigenen Worte beinahe augenblicklich wieder Leid taten. Er hatte sie ganz gewiss nicht unter Druck setzen wollen oder sie bedrohen.
»Ich machen ... Schutzzauber«, sagte sie schließlich. »Böse Dinge kommen. Ich spüren. Große Gefahr, für dich, für deine Eltern, für alle hier.«
»Wie kommst du darauf?«, fragte Eric.
Andrea druckste einen Moment herum. »Schlimme Dinge kommen mit schwarzem Mann«, sagte sie schließlich. »Nicht gut, dein Vater lassen ihn ins Haus. Besser wegschicken.«

»Schwarzer Mann?«, wiederholte Eric. Dann verstand er. »Du meinst Astartus? Stefan Aspach?«
Andrea hob die Schultern, was aber wahrscheinlich nur bedeutete, dass ihr dieser Name nichts sagte. »Dieser Mann böse«, sagte sie überzeugt. »Haben schlechte Seele und bringen Böses ins Haus. Besser, dein Vater sich nicht mit ihm einlassen.«
»Ich glaube, da kann ich dich beruhigen«, sagte Eric. »Mein Vater hat schon ganz von selbst gemerkt, dass mit Astartus etwas nicht stimmt.« Er deutete auf den unheimlichen Marienaltar. »Du hattest wirklich vor, einen Geist zu beschwören? Dann musst du ja schreckliche Angst haben.«
Andrea nickte widerwillig. »Spüren große Gefahr«, sagte sie. »Du berührt von Bösem, aber nur berührt. Du stark und jung und können vielleicht widerstehen. Aber schwarzer Mann sein Böses. Ich vorbereitet. Wenn Böses kommen, vielleicht Pela-Tongo beschwören. Vielleicht mich vernichten, vielleicht aber auch vernichten schlechten Geist.«
»Und dann brauchst du das Huhn? Um es zu opfern?«
Andrea nickte erneut. Sie sah ihn nicht an, sondern starrte an ihm vorbei ins Leere. »Dämon verlangen Blut. Blut von Opfertier oder Blut von dem, der ihn rufen. Besser Blut von Opfertier.«
Eric schüttelte seufzend den Kopf, trat auf Andrea zu und legte ihr die Hand auf die Schulter. »Keine Angst«, sagte er beruhigend. »Niemandem wird etwas geschehen. Auch ich habe einen mächtigen Verbündeten, weißt du? Und der verlangt kein Blutopfer.«
»Ich wissen«, sagte Andrea.
Eric blinzelte. »Du ... du weißt von dem Engel? Aber das ist doch unmöglich. Niemand außer mir kann ihn sehen.«
»Andrea nicht dumm«, antwortete die Jamaikanerin ernst. »Sie nicht muss sehen, um Engel zu spüren. Er immer in deiner Nähe, auch wenn du selbst ihn nicht sehen. Er schon immer da gewesen, seit du geboren. Immer auf dich aufpassen.«

Eric atmete innerlich auf. Um ein Haar hätte er sich verplappert, aber gottlob hatte Andrea seine Worte nicht so verstanden, wie er sie gemeint hatte. »Ich habe einen sehr mächtigen Schutzengel«, sagte er.

»Manchmal ein Engel nicht genug«, antwortete Andrea ernst.

»Das kann schon sein«, sagte Eric. »Aber in diesem Fall muss er eben genügen.« Er lächelte aufmunternd, trat zurück und zwang sich selbst zu einem optimistischen Ton, der im krassen Gegensatz zu dem stand, was er wirklich empfand.

»Und jetzt hör auf, dir Sorgen zu machen«, sagte er. »Mit diesem Astartus wird mein Vater schon fertig und mit allem anderen auch. Ich werde niemandem etwas verraten. Aber du solltest irgendwie dafür sorgen, dass das Huhn nicht so laut gackert. Wenn mein Vater es hört und herkommt ...« Er hob die Schultern. »Also im Moment hat er nicht besonders viel Humor, fürchte ich.«

»Dein Vater in großer Sorge«, antwortete Andrea. »Um dich, auch um sich selbst. Spüren vielleicht, dass Zukunft großes Unglück bringt.«

»Damit werden wir schon fertig«, sagte Eric zum wiederholten Mal. »In ein paar Tagen ist der ganze Spuk vorbei, du wirst sehen.«

»In zwei Tagen Vollmond«, sagte Andrea. »Dann böse Geister besonders stark. Du sehr vorsichtig sein. Du noch haben mein Geschenk?«

»Natürlich«, antwortete Eric. »Ich hüte es wie meinen Augapfel.« Er wartete auf eine Antwort, bekam keine und spürte, dass das Gespräch beendet war. Andrea hatte weit mehr gesagt, als sie eigentlich wollte, und er hatte weit mehr gehört, als er eigentlich wollte. Er blieb noch eine Weile unbehaglich stehen, dann verabschiedete er sich von Andrea und ging.

Als er die Treppe zu seinem Zimmer hinaufeilte, erschien Chep auf dem Absatz über ihm, so riesig und trotz seiner strahlenden Sanftmut und Güte so bedrohlich, dass Eric abrupt stehen blieb. Er blickte den Engel an und korrigierte sich dann in Gedanken. Der Cherub wirkte nicht bedrohlich,

sondern tadelnd. Nur war der tadelnde Blick eines Engels etwas anderes als der eines Menschen.
»Das ist nicht dein Ernst, oder?«, fragte Chep.
»Was?«
»Was du gerade gedacht hast«, sagte Chep ärgerlich. »Du willst dich nicht wirklich mit diesem Dämonenkram einlassen?«
»Dämonenkram?« Eric runzelte die Stirn. »Ach, ich verstehe. Du meinst Pela-Tongo.«
»Namen spielen keine Rolle«, antwortete Chep scharf. »Du kannst nicht die Hilfe des Bösen in Anspruch nehmen, um das Böse zu besiegen! Du darfst nicht einmal daran denken!«
»Und warum nicht?«, antwortete Eric. »Von dir habe ich ja nicht besonders viel Hilfe zu erwarten. Wo warst du, als ich mich mit diesem lebenden Mikrowellenherd geschlagen habe?«
Chep sagte nichts, sondern sah ihn nur an, und Eric senkte nach einer Sekunde beschämt den Blick. »Entschuldige«, sagte er.
»Da gibt es nichts zu entschuldigen«, antwortete Chep. »Du hast ja Recht. Ich bin kein besonders guter Schutzengel.«
»Es tut mir Leid!«, sagte Eric noch einmal. »Das war gemein, ich weiß. Aber ich ... ich weiß auch nicht mehr, was ich noch tun soll!«
»Manchmal ist es wichtiger, zu wissen, was man nicht tun soll«, sagte Chep leise. »Glaube mir, du kannst Böses nicht mit Bösem bekämpfen.«
»Es gibt bei uns Menschen ein Sprichwort«, antwortete Eric. »Manchmal muss man Feuer mit Feuer bekämpfen. Ich meine es wirklich nicht böse, Chep. Ich wollte dich nicht verletzen, aber was soll ich denn tun? Du hast es doch selbst gesagt: Du kannst mir nicht helfen, weil man dir den größten Teil deiner Kräfte genommen hat, und die anderen Engel haben mich bereits aufgegeben. Was soll ich also tun? Die Hände in den Schoß legen und abwarten, was Azazel als Nächstes vorhat?«
»Wer ist Azazel? Und mit wem sprichst du da eigentlich?«, fragte eine Stimme hinter ihm.

Eric fuhr so hastig herum, dass er auf der schmalen Treppenstufe fast abgeglitten wäre. Sein Herz machte einen erschrockenen Sprung, als er seine Mutter erkannte. Sie war so leise ins Haus gekommen, dass er sie nicht gehört hatte. Und zu allem Überfluss war sie nicht allein. Doktor Reichert stand neben ihr und blickte stirnrunzelnd zu ihm herauf.
»Mit wem hast du geredet?«, wiederholte seine Mutter. Sie kam näher und spähte misstrauisch an ihm vorbei nach oben. »Hast du Besuch?«
Eric starrte ebenfalls nach oben. Chep stand nach wie vor auf dem Treppenabsatz und sah auf ihn herab, aber ganz offensichtlich konnten seine Mutter und Reichert ihn nicht sehen.
»Mit niemandem«, antwortete Eric.
»Seit wann führst du Selbstgespräche?« Seine Mutter wartete seine Antwort nicht ab. »Komm bitte mit«, sagte sie. »Wir müssen mit dir reden.«
Wir? Eric sah Reichert an und schauderte, als er schon wieder der Dunkelheit in seinem Blick begegnete. Wieso war er eigentlich der Einzige, dem auffiel, dass mit dem Mann etwas nicht stimmte?
Er sagte nichts, sondern folgte seiner Mutter und Reichert in die Küche, wo Mutter die ersten Minuten damit verbrachte die Kaffeemaschine vorzubereiten und Tassen auf den Tisch zu stellen. Zweifellos aus keinem anderen Grund als dem, ihre Gedanken zu ordnen.
»Wir sind zu einem Entschluss gekommen, Eric«, sagte sie schließlich.
»Wir?« Eric sah rasch zu Reichert hin, der seinen Blick aus Augen erwiderte, auf deren Grund Schwärze brodelte.
»Dein Vater und ich«, antwortete Mutter, der sein Blick natürlich nicht entgangen war. »Und ja, Doktor Reichert ist derselben Meinung wie wir, bevor du fragst.«
»Und worum geht es?«
»Um dich«, antwortete seine Mutter. »Ich hätte es dir gerne in einem passenderen Rahmen gesagt, du weißt schon, die Überraschung, von der dein Vater gesprochen hat, aber das

ist jetzt auch schon gleich. Also: Mit deiner Schule ist alles geklärt. Du kannst ohne Probleme bis zu den Ferien pausieren.«
»Aber?«, fragte Eric. Er war ziemlich sicher, dass noch ein Aber kam.
Seine Mutter setzte sich gerade auf. »Diese beiden übereifrigen Polizisten machen immer noch Ärger«, sagte sie. »Anscheinend haben sie es sich in den Kopf gesetzt, dir etwas anzuhängen. Deshalb sind wir zu dem Schluss gekommen, dass es das Beste ist, wenn du eine Weile in Urlaub fährst. Und zwar möglichst weit weg von hier. Wenn du nicht da bist, können sie dir auch nichts tun.«
»Ihr meint dieses Internat in der Schweiz«, vermutete Eric.
»Wer spricht von der Schweiz?«, fragte seine Mutter. Sie hatte plötzlich Mühe, ein Lächeln zu unterdrücken. »Oder von einem Internat? Nein, uns schwebt da etwas ganz anderes vor.«
Sie nippte an ihrem Kaffee, setzte die Tasse wieder ab und kramte in ihrer Handtasche, bis sie Zigaretten und Feuerzeug gefunden hatte.
»Du weißt, dass Andrea schon lange den Wunsch geäußert hat, ihre Familie zu besuchen«, fuhr sie fort, nachdem sie sich eine Zigarette angezündet hatte. »Und da dein Vater und ich in den nächsten Wochen sowieso kaum zu Hause sein werden, haben wir uns entschlossen, ihr zwei Monate Urlaub zu geben. Was hältst du davon, sie zu begleiten?«
Erics Unterkiefer klappte herunter. »Nach ... Jamaika?«, ächzte er.
»Für zwei Monate.« Seine Mutter strahlte. »Eure Tickets sind bereits gebucht. Die Maschine geht nächsten Freitag.«
»Aber ... aber ich ...«
»Wir dachten, du freust dich«, sagte seine Mutter. »Immerhin: acht Wochen Karibik. Wer hat das schon?«
»Natürlich freue ich mich«, sagte Eric hastig. »Es kommt nur so ... so überraschend.«
Natürlich begeisterte ihn die Aussicht, für zwei Monate auf

die Karibikinsel zu fliegen und dort den Sonnenschein zu genießen, aber zugleich hinterließ die Vorstellung auch einen schalen Beigeschmack. Er wusste, dass er seinen Eltern Unrecht damit tat, aber er hatte einfach das Gefühl, dass er abgeschoben wurde – wenn auch sicher auf die denkbar angenehmste Art und Weise.

»Es kommt einfach ein bisschen zu überraschend für ihn«, sagte Reichert. »Wie ich Eric einschätze, ist er niemand, der seine Gefühle so deutlich zeigen kann.

»Das ist schon okay«, sagte Eric bissig. »Vorausgesetzt, Sie kommen nicht mit.«

Seine Mutter runzelte die Stirn, aber Reichert lächelte nur und sagte: »Jedenfalls nicht alle Gefühle.« Seine Augen lächelten nicht. Und ihr Blick sagte ganz deutlich: *Abgeschoben ist schon ganz richtig erkannt, mein Kleiner. Bis ans andere Ende der Welt zwar nicht, aber weit genug.*

Eric stand ohne ein weiteres Wort auf und ging in sein Zimmer hinauf.

In dieser Nacht träumte er das erste Mal wieder von der Schwarzen Kathedrale und dem brennenden Engel. Irgendetwas an diesem Traum hatte sich verändert. Es war nichts Sichtbares. Die Szenerie und der Ablauf des Traumes waren vollkommen gleich und er endete wie immer damit, dass der Engel hilflos in die Tiefe stürzte und Eric erwachte, bevor er sehen konnte, ob es dem Engel vielleicht doch noch gelang, seinen Sturz aufzufangen. Aber während er mit klopfendem Herzen im Bett lag, die Decke über seinem Gesicht anstarrte und darauf wartete, dass die nagende Angst in seinem Inneren wieder dahin zurückkroch, wo sie hergekommen war, wurde ihm der Unterschied klar.

Diesmal hatte er das Gesicht des Engels erkannt.

Es war Chep.

Natürlich gab es eine ganz simple Erklärung dafür, dachte Eric. Er hatte den Engel in den letzten Tagen so oft gesehen, dass er sein Gesicht einfach in den Traum hineinprojizierte.

Vielleicht sahen auch alle Engel gleich aus – woher sollte er das wissen? Außer Chep hatte er ja noch keinen anderen Engel gesehen.
Aber alle diese Erklärungsversuche halfen nichts. Sie mochten noch so logisch sein, aber die Welt, in der er seit einer Weile lebte, hatte mit Logik nicht mehr viel gemeinsam. Dieser Traum wollte ihm etwas sagen, aber er verstand seine Botschaft einfach nicht, so sehr er sich auch bemühte.
Nach einer Weile hörte er auf, sich unruhig im Bett herumzuwälzen, und stand auf. Es war vier Uhr, mitten in der Nacht. Er drehte sich einmal im Kreis, halbwegs in der Hoffnung, Chep zu sehen, aber der Engel war nicht da. Eric war allein. Und er fühlte sich schrecklich allein gelassen.
Ziellos ging er zum Fenster, sah auf die Straße hinab – und erstarrte.
Auf dem kiesbestreuten Weg vor dem Haus stand eine Gestalt. Sie war riesig, schwarz und unglaublich drohend und etwas wie ein flatternder Mantel schien sie zu umgeben. Ebenso gut aber konnten es auch ein Paar gewaltiger schwarzer Flügel sein ...
Eric blinzelte, und als er die Augen wieder öffnete, war die Gestalt verschwunden. Vielleicht hatte er sie sich wieder einmal nur eingebildet. Ganz bestimmt sogar.
Trotzdem dauerte es lange, bis er sich vom Fenster umwandte und wieder zum Bett ging. Und noch sehr viel länger, bis er endlich wieder in einen unruhigen Schlummer sank.

Er war am nächsten Morgen schon sehr früh wach und so war es eine der wenigen Gelegenheiten, bei denen er zusammen mit seinen beiden Eltern frühstücken konnte statt nur mit seiner Mutter.
Sein Vater war überrascht, ihn freiwillig so früh aus den Federn kriechen zu sehen, und machte auch eine entsprechend erfreute Bemerkung. Eric betrachtete ihn mit einem Gefühl leiser Sorge. Er sah nicht gut aus. Er hatte sichtlich zu wenig Schlaf bekommen und war nervös. Die Geschehnisse

der letzten Tage hatten deutlich an seinen Kräften gezehrt. Und dabei hatte der aufreibende Teil des Wahlkampfes gerade erst begonnen.
»Hast du etwas Neues von Astartus gehört?«, fragte Eric, nachdem sie eine Weile über dies und das geredet hatten.
»Nein«, antwortete Vater. »Und das ist auch gut so. Wenn er sich noch einmal melden sollte, werde ich ihm höflich, aber sehr bestimmt klar machen, dass ich keinen Wert auf weiteren Kontakt mit ihm lege. Ich möchte nicht, dass mein Name in einem Atemzug mit den Kindern der Letzten Tage genannt wird.«
»Wieso?«
Vater schnaubte. »Ich habe mich über diese so genannte Religionsgemeinschaft erkundigt«, sagte er. »Es ist eine Sekte und zwar eine der übelsten Sorte! Ihre Mitglieder werden einer systematischen Gehirnwäsche unterzogen, bis sie Astartus und seinen Mitstreitern vollkommen hörig sind. Sie müssen dem Orden alles übereignen – Geld, persönlichen Besitz, Eigentum, Vermögen, einfach alles. Wenn Astartus könnte, würde er ihnen wahrscheinlich auch noch ihre Seelen wegnehmen.« Er machte eine zornige Handbewegung. »Lass uns über etwas Angenehmeres reden. Freust du dich schon auf deinen Urlaub?«
»Natürlich«, antwortete Eric. Das war gelogen, aber er brachte es nicht fertig, seinem Vater die Wahrheit zu sagen. »Weiß Andrea denn schon von ihrem Glück? Ich meine, es ist ja nicht gesagt, dass sie unbedingt begeistert ist, zwei Monate lang mein Kindermädchen zu spielen.«
»Das muss sie nicht«, sagte Vater. »Du wohnst in einem Hotel in Ocho Rios, nur ein paar Kilometer von ihrem Heimatdorf entfernt. Ihr könnt euch jeden Tag sehen, wenn ihr wollt, aber ihr müsst euch nicht auf die Nerven gehen. Ich sage es ihr nachher, sobald –«
Es klingelte. Vater brach überrascht ab, sah auf die Uhr und runzelte die Stirn. »Um diese Zeit? Wer mag das sein?«
Er stand auf und verschwand in der Diele, wo sie ihn einen

Moment mit jemandem reden hörten, dann kam er zurück und schwenkte ein mehrfach gefaltetes Blatt Papier. »Ein Telegramm!«

»Von wem?«, fragte Eric und seine Mutter fragte im selben Moment: »Was steht drin?«

»Das ist höchst sonderbar«, antwortete Vater stirnrunzelnd, während er den Blick starr auf das Telegramm gerichtet hielt. »Es ist von Doktor Johannsson, einem Notar. Wir sollen um neun in sein Notariat kommen. Alle drei. Es geht um den letzten Willen von Frau Wellstadt-Roblinsky«, fügte er nach einer Pause hinzu.

»Aber was haben wir damit zu tun?«, fragte Eric verwirrt. »Ich auch?«

»Das wird er uns sicherlich sagen«, antwortete Vater. Er sah auf die Uhr und zog sein Handy aus der Tasche. »Ich muss noch ein paar Telefonate führen. Entschuldigt mich.«

Noch während er das Zimmer verließ, begann er die erste Nummer zu wählen. Eric und seine Mutter tauschten einen verwirrten Blick. Nach einer Sekunde griff Mutter nach dem Telegramm, das ihr Mann auf dem Tisch liegen gelassen hatte, las es durch und sagte dann: »Geh nach oben und hol deinen Personalausweis. Hier steht, wir sollen unsere Ausweise mitbringen.«

»Meinen Ausweis?« Die ganze Angelegenheit wurde immer mysteriöser. Wozu um alles in der Welt brauchte er seinen Ausweis?

Er hatte kein gutes Gefühl. Trotzdem stand er ohne ein weiteres Wort auf und ging in sein Zimmer, um seinen Personalausweis zu holen. Danach kehrte er zu seiner Mutter zurück und sie sprachen über seinen geplanten Urlaub. Da bis zu seiner Abreise nur noch vier Tage Zeit waren, würden sie sich beeilen müssen, um noch alle nötigen Vorbereitungen zu treffen. Eric war nur halb bei der Sache. Er fragte sich immer noch, was dieser geheimnisvolle Notartermin zu bedeuten hatte – und vor allem, was er mit dem Nachlass der Studienrätin zu schaffen haben mochte! Aber auf diese Weise verging

wenigstens die Zeit und zwei Stunden später, zehn Minuten vor neun, hielten sie auf dem kleinen Parkplatz vor dem Notariat. Und erlebten eine Überraschung. Sie waren nicht die ersten Besucher. Auf dem Parkplatz stand eine riesige schwarze Limousine, die so lang war, dass sie noch ein gutes Stück auf die Straße hinausreichte, sodass die vorüberfahrenden Wagen ihr umständlich ausweichen mussten, was nicht wenige mit ärgerlichem Hupen quittierten.
»Das ist doch ...«, murmelte Vater stirnrunzelnd.
»Astartus«, sagte Eric düster. Sein ungutes Gefühl hatte ihn nicht getrogen.
»Stefan«, bestätigte sein Vater. »Ja. Diese Angeberkarre passt zu ihm. Was hat er mit der Angelegenheit zu tun?«
Sie stiegen aus. Während Eric an der Limousine vorbeiging, betrachtete er sie noch einmal eingehend. Der Wagen hatte etwas ... Beunruhigendes. Alles an ihm war schwarz. Er hatte nicht ein einziges Chromteil. Hinter den getönten Scheiben konnte er die Silhouetten zweier riesiger Männer erkennen; Astartus' Gorillas, die im Wagen zurückgeblieben waren. Und das Beunruhigendste überhaupt war die Kühlerfigur. Sie war schwarz wie alles an dem Wagen und ähnelte auf dem allerersten Blick der berühmten Emily von Rolls-Royce.
Auf den zweiten Blick sah sie eindeutig aus wie ein schwarzer Engel.
Eric sah hastig weg.
Sie betraten das Notariat. Eine Sekretärin begrüßte sie freundlich und bat dann um ihre Ausweise. Nachdem sie sie abgeliefert hatten, wurden sie in ein großes, mit antiken Möbeln ausgestattetes Zimmer geführt, wo Astartus bereits wartete.
Seinem Gesichtsausdruck nach zu schließen war er mindestens genauso überrascht, sie zu sehen, wie sie umgekehrt ihn. Im allerersten Moment wirkte er sogar fast entsetzt. Dann fing er sich wieder, zwang ein unechtes Lächeln auf sein Gesicht und stand auf, um sie zu begrüßen.
»Na, das ist ja vielleicht eine Überraschung«, sagte er. »Was macht ihr denn hier?«

Erics Vater ignorierte seine grüßend ausgestreckte Hand und hob die Schultern. »Ich habe nicht die geringste Ahnung«, sagte er. »Wir haben ein Telegramm bekommen, in dem wir gebeten wurden, um neun hier zu erscheinen. Und du?«
»Bei mir war es dasselbe«, antwortete Astartus. Nicht nur Eric spürte, dass das gelogen war.
Erics Vater warf einen demonstrativen Blick auf die altmodische Standuhr in der Ecke. »Nun, in knapp fünf Minuten werden wir ja mehr wissen.«
Sie nahmen auf den gepolsterten Stühlen Platz, die den Tisch umgaben, und die nächsten fünf Minuten vergingen in unbehaglichem Schweigen. Um Punkt neun ging die Tür auf und ein alter, weißhaariger Mann mit einer in Leder gebundenen Mappe betrat den Raum. Er stellte sich als Doktor Knut Johannsson vor, reichte allen Anwesenden der Reihe nach die Hand und ging dann mit kleinen, mühsam wirkenden Schritten zu seinem Stuhl am Kopfende des großen Tisches und ließ sich hineinfallen.
Als Johannsson die Mappe aufschlug, erschien Chep hinter ihm. Der Cherub überragte den sitzenden Mann um mehr als das Doppelte und er erschien so plötzlich und in einer Explosion aus weißem Licht, dass Eric erschrocken zusammenfuhr. Seine Mutter sah ihn beunruhigt an und Eric schüttelte schnell den Kopf. Alles in Ordnung.
Er wusste ja, dass niemand außer ihm den Engel sehen konnte. Obwohl ... Er war plötzlich nicht mehr ganz sicher, denn Astartus blickte stirnrunzelnd und mit misstrauisch zusammengekniffenen Augen zu der Stelle hinter Johannssons Stuhl hoch, wo der Engel stand. Dann zuckte er die Schultern.
Johannsson raschelte eine Zeit lang emsig mit den Papieren, dann begann er ohne weitere Umschweife: »Ich habe Sie hierher gebeten, um den letzten Willen von Frau Erna Wellstadt-Roblinsky zu verlesen. Wie ich sehe, sind alle in ihrem Testament erwähnten Personen anwesend.«
Eric tauschte einen überraschten Blick mit seiner Mutter. Sollte die Studienrätin ihnen etwas vermacht haben? Sein Vater

sah genauso verblüfft drein wie sie. Nur Astartus lächelte dünn. *Er* wusste anscheinend ziemlich genau, was kam.

»Letzter Wille«, begann Johannsson, den Blick auf das Schriftstück vor sich gesenkt. »Hiermit erkläre ich, Erna Emilia Johanna Mathilde Wellstadt-Roblinsky, im Vollbesitz meiner geistigen und körperlichen Kräfte, folgenden letzten Willen. Ich verfüge, dass Herr Stefan Aspach, mein langjähriger Schüler und späterer guter Freund und Mentor, Folgendes erben soll: meine umfangreiche Sammlung theologischer und okkulter Schriften, mein silbernes Besteck aus dem siebzehnten Jahrhundert, das er stets so bewundert hat, sowie den antiken Schreibtisch aus meinem Arbeitszimmer. Meinen gesamten übrigen Besitz –«

Aspach lächelte selbstgefällig und lehnte sich in seinem Stuhl zurück und Chep drehte sich ein wenig zur Seite, um ihn direkt ansehen zu können, und lächelte ebenfalls. Hätte Eric es nicht besser gewusst, hätte er geschworen, dass sein Lächeln eindeutig schadenfroh war.

»– vermache ich Eric Johannes Classmann«, fuhr Johannsson fort und Eric konnte regelrecht sehen, wie Astartus das Blut aus dem Gesicht wich. Sein Vater sog überrascht die Luft ein und auch seine Mutter sah für einen Moment beinahe entsetzt drein. Eric selbst begriff im ersten Moment nicht einmal richtig, was der Notar gesagt hatte.

»Dieser Besitz«, fuhr Johannsson fort, »umfasst insbesondere die Grundstücke mit der Blattnummer ...« Er begann eine ellenlange Liste katasteramtlicher Bezeichnungen herunterzulesen, von denen Eric nur der Kopf geschwirrt hätte, hätte er sich die Mühe gemacht, hinzuhören. Was er allerdings nicht tat. Er sah seine Eltern an, die immer noch vollkommen fassungslos waren, dann Astartus, der kreidebleich geworden war und mit letzter Kraft um seine Beherrschung kämpfte, und schließlich Chep. Der Cherub hatte sich vorgebeugt und die Unterarme auf die Rückenlehne des Sessels gestützt, auf dem der Notar saß. Er grinste so breit in Astartus' Richtung, dass es schon fast wieder zu einer Grimasse wurde. Eric konn-

te es nicht genau erkennen, aber irgendetwas klebte an seinen Fingerspitzen. Tinte?
»Einen ... einen Moment bitte«, krächzte Astartus schließlich. »Das ... das kann überhaupt nicht stimmen!«
Johannsson warf ihm einen strafenden Blick zu. »Selbstverständlich stimmt es«, sagte er. »Dieses Testament wurde von mir persönlich beglaubigt. Sie bekommen eine Abschrift, sobald wir fertig sind.«
»Aber Frau Wellstadt hat mir zugesichert, dass –«, begann Astartus, brach dann ab und biss sich auf die Unterlippe. Der Blick, den er Eric zuwarf, hätte das komplette Grönlandeis zum Schmelzen gebracht.
Eric nahm ihn kaum zur Kenntnis. Er hatte das Gefühl, dass sich das Zimmer um ihn herum zu drehen begann. Er begriff nur ganz allmählich, was hier überhaupt vorging. Aber er verstand es nicht. *Er* sollte Wellstadt-Roblinskys gesamtes Vermögen erben? *Er*?! Aber er hatte die Lehrerin doch nicht einmal wirklich gekannt!
Johannsson zog eine Grimasse, die deutlich machte, wie sehr er solche Szenen kannte und wie sehr sie ihm zuwider waren. »Ich weiß nicht, was Frau Wellstadt-Roblinsky Ihnen versprochen hat und was nicht, Herr Aspach«, sagte er. »Aber solange Sie kein beglaubigtes Dokument vorlegen können, das diese Behauptung bestätigt und vor allem jüngeren Datums ist, hat dieses Testament Gültigkeit. Kann ich jetzt fortfahren?«
Astartus schwieg und starrte Eric fast hasserfüllt an und Johannsson fuhr fort: »Bis zum Erreichen der Volljährigkeit sollen Erics Eltern das Vermögen zu treuen Händen verwalten.«
»Aha!« Astartus fuhr auf. »Das habt ihr euch ja sauber ausgedacht! Meinen Glückwunsch! Aber damit kommt ihr nicht durch, das verspreche ich!«
»Herr Aspach«, sagte Johannsson scharf. »Mäßigen Sie sich oder ich muss Sie bitten, den Raum zu verlassen.«
Chep, der hinter ihm stand, hatte mittlerweile alle Mühe, nicht vor Lachen laut herauszuplatzen. Seine Schultern bebten so stark, dass sein Gefieder laut raschelte.

Astartus ließ sich wieder zurücksinken, aber seine Augen schickten einen wütenden Blick in die Richtung von Erics Eltern. Der Notar las das Testament zu Ende vor und schloss: »Verfasst und beglaubigt« und mit einem Datum, das gute zwanzig Jahre zurücklag.
Astartus sprang wie von der Tarantel gestochen in die Höhe. »Dachte ich mir doch!«, sagte er triumphierend. »Dieses Testament ist eine Fälschung! An dem Tag, an dem es angeblich verfasst worden ist, war Eric noch nicht einmal geboren!«
Johannsson blinzelte und sah noch einmal auf das Blatt vor sich herab und auch Chep machte ein überraschtes Gesicht, beugte sich vor und blickte über die Schulter des Notars. Er bewegte flüchtig die Hand.
»Tatsächlich«, sagte Johannsson. »Ich bitte um Verzeihung. Ich habe mich versprochen. Das korrekte Datum ist natürlich das von letzter Woche. Hier, sehen Sie selbst.«
Astartus eilte um den Tisch herum, sah auf das Blatt und musterte abwechselnd Eric und seinen Vater. »Die Sache stinkt doch zum Himmel!«, grollte er. »Ich werde dieses so genannte Testament anfechten!«
»Das steht Ihnen selbstverständlich frei«, sagte Johannsson kühl. »Aber im Moment muss ich Sie noch einmal dringend bitten, sich zu mäßigen!«
»Ihr werdet schon sehen!«, sagte Astartus wütend. Dann drehte er sich auf dem Absatz herum und ging. Er knallte die Tür hinter sich zu.
Johannsson blickte ihm kopfschüttelnd nach. »Sie glauben ja nicht, wie oft ich so etwas erlebe.«
»Immerhin geht es um eine Menge Geld«, sagte Eric. »Da kann man schon verstehen, dass er enttäuscht ist.«
»Um sehr viel Geld sogar«, bestätigte Johannsson. »Du bist jetzt ein sehr reicher Junge, Eric – vorausgesetzt, du nimmst das Erbe auch an. Ich muss dich das fragen. Nimmst du es an?«
Und tatsächlich zögerte Eric zwei oder drei Sekunden. Er war noch immer vollkommen schockiert – und er verstand immer

weniger, warum er dieses Grundstück und all die Häuser erben sollte. Aber schließlich nickte er.
»Dann ist es ja gut.« Johannsson klappte seine Mappe zu und stand auf. »Sie bekommen in den nächsten Tagen eine beglaubigte Abschrift des Testaments. Die grundbücherliche Abwicklung dürfte ziemlich kompliziert werden. Ich würde Ihnen raten, einen Rechtsanwalt damit zu beauftragen.«
»Ich bin Anwalt«, sagte Vater verstört.
»Umso besser. Auf Wiedersehen.« Johannsson klemmte sich die Mappe unter den Arm und ging ebenso schnell und kommentarlos, wie er gekommen war, und für einige Sekunden wurde es sehr, sehr still. Der Einzige, der sich bewegte, war Chep. Er versuchte mit wenig Erfolg, die Tintenkleckse von seinen Fingern abzuwischen.
»Das ist ja unglaublich«, sagte Erics Mutter schließlich.
»Wisst ihr, was das bedeutet?«
»Ja«, grollte Vater. »Ärger. Jede Menge Ärger.« Er seufzte. »Könnt ihr euch vorstellen, was Schollkämper sagt, wenn er *das* erfährt?«

Dieselbe Frage stellte Eric Chep, als er eine Stunde später wieder zu Hause und in seinem Zimmer war. Der Engel hob die Schultern und sah ihn ziemlich verständnislos an.
»Warum sollte ihn das interessieren?«, fragte er. »Er ist doch Polizist, oder? Was gehen ihn Erbschaftsangelegenheiten an?«
»Eine ganze Menge, so wie die Dinge liegen«, antwortete Eric erregt. »Ich stehe jetzt auf der Liste seiner Verdächtigen ganz weit oben, ist dir das klar?«
»Da warst du schon immer«, antwortete der Cherub trocken. »Genau genommen warst du sein *einziger* Verdächtiger.«
»Wie tröstlich«, murrte Eric. »Warum hast du das getan?«
»Weil alles sonst Astartus zugefallen wäre«, sagte Chep. »Und das durfte auf keinen Fall geschehen.«
»Warum hast du es dann nicht dem Roten Kreuz vermacht oder der Kirche!«

»Der Kirche, diesen Gierhälsen?«, ächzte Chep. »Bist du irre?«
»Dann meinetwegen Kap Anamur oder der Aktion Sorgenkind!«, antwortete Eric. »Wieso ausgerechnet mir? Weißt du überhaupt, in was für Schwierigkeiten du mich damit bringen kannst?«
Chep sah ihn verwirrt an. »Aber ich dachte, du freust dich«, murmelte er. »Geld ist für euch Menschen doch so wichtig!«
»Nur wenn man keins hat«, antwortete Eric. »Astartus wird Himmel und Hölle in Bewegung setzen, um das Grundstück zurückzubekommen.«
»Nur eines von beidem«, versicherte Chep lächelnd, wurde aber sofort wieder ernst. »Genau das ist der Grund, aus dem ich dafür gesorgt habe, dass *du* das Grundstück erbst und nicht irgendeine gemeinnützige Organisation. Astartus wird gegen das Testament angehen. Er würde vermutlich jeden Prozess gewinnen, aber deinem Vater ist er nicht gewachsen. Ich weiß das und er weiß es auch.«
»Aber was ist denn an diesem Haus nur so besonders?«, fragte Eric.
»Das weißt du«, antwortete Chep.
Natürlich wusste er es. »Der Durchgang«, murmelte er. »Das Tor nach Armageddon. Aber ich verstehe es trotzdem nicht. Selbst Astartus wäre doch nicht so verrückt, sich freiwillig in die Hölle zu begeben, oder?«
»Er ist ein Diener des Bösen«, antwortete Chep. »Aber er ist schlimmer als die meisten. Er wurde nicht vom Bösen überwältigt wie Reichert. Er hat sich ihm freiwillig angeschlossen. Er würde das Tor zur Hölle aufstoßen, hätte er die Möglichkeit dazu.«
Das wiederum traute Eric Astartus ohne weiteres zu. »Und Wellstadt-Roblinsky?«, fragte er. »Was ist ... war mit ihr?«
»Sie war eine seiner treuesten Anhängerinnen«, antwortete Chep. »Für eine Weile.«
»Für eine Weile?«
»Sie hat ihn fast alles gelehrt, was er über Religion und die

Welt der Geister und Engel weiß«, sagte Chep. »Aber als sie gemerkt hat, dass er anfing, sein Wissen zu missbrauchen, da hat sie sich von ihm abgewandt.«
»Und deshalb hat er versucht, ihr das Grundstück wegzunehmen«, vermutete Eric.
»Sie hätte ihr Testament ohnehin geändert«, bestätigte Chep. »Aber sie kam nicht mehr dazu. Ich habe nur nachgeholt, was sie nicht mehr geschafft hat.«
»Was?«, maulte Eric. »Mich und meine Eltern noch tiefer in diese Geschichte hineinzuziehen?«
Chep sah ihn verletzt an. Er sagte nichts mehr, sondern drehte sich mit hängenden Flügeln herum und verschwand.

Erics Vater kam erst spät am Abend nach Hause. Er wirkte erschöpft und abgespannt, sodass Eric ihn gar nicht erst fragte, wie der Tag gewesen war. Obwohl sein Wahlkampf gerade erst begonnen hatte, schien er nicht besonders gut zu laufen.
Als sie zu einem verspäteten Abendessen zusammensaßen, klingelte es an der Tür. Andrea machte auf und nicht nur Vaters Gesicht verfinsterte sich, als niemand anderer als Astartus das Esszimmer betrat. »Was willst –«
»Bevor du jetzt irgendetwas sagst oder mich hinauswirfst«, sagte Astartus rasch, »hör mir nur eine Minute zu! Das bist du mir schuldig, um unserer alten Freundschaft willen!«
»Ich hatte nicht das Gefühl, dass davon noch allzu viel übrig ist«, sagte Vater eisig. »Eine Minute.«
»Ich danke dir.« Astartus setzte sich unaufgefordert und warf einen niedergeschlagenen Blick in die Runde. »Ich bin hier, um mich zu entschuldigen«, sagte er. »Bei dir, bei deiner Frau und vor allem bei Eric. Ich habe mich heute Morgen unmöglich aufgeführt.«
»Ich hätte es nicht besser ausdrücken können«, sagte Vater kühl.
»Es tut mir Leid«, sagte Astartus noch einmal. »Ich war einfach enttäuscht. Dieses Grundstück wäre so wichtig für meine Brüder und mich gewesen! Wir hatten so große Pläne damit

und ich war so sicher, dass wir es bekommen würden. Da ... da habe ich einfach nicht gewusst, was ich sage.«

»Wir haben Ihre Entschuldigung gehört«, sagte Mutter. »Ist die Minute jetzt um?«

»Nur noch einen Moment«, bat Astartus. »Ich würde Ihnen gerne zeigen, was wir auf dem Grundstück vorhatten, damit Sie mich besser verstehen.«

»Darauf legen wir keinen Wert«, sagte Vater, aber Astartus ignorierte seinen Einwurf.

»Es sollte eine Begegnungsstätte werden«, fuhr er unerschütterlich fort. »Ein Platz der Freude und des Friedens. Ein Ort, an dem die Menschen lachen und miteinander glücklich werden können, aber auch ein Haus, in dem die Armen einen Teller Suppe und die Obdachlosen ein Dach über dem Kopf erhalten.«

»Nachdem du dafür gesorgt hast, dass sie ihr eigenes verlieren?«, fragte Vater. Astartus blinzelte und Vater fuhr fort: »Ich habe mich über deine so genannte Glaubensgemeinschaft erkundigt, Stefan.«

»Und ich kann mir gut vorstellen, was du gehört hast«, sagte Astartus traurig. »Seit unsere Bruderschaft gegründet wurde, werden wir verleumdet und in Misskredit gebracht. Man erzählt Lügen über uns, bezichtigt uns der schlimmsten Verbrechen und Gräueltaten und schmäht uns, wo es nur geht.« Er seufzte. »Ich hatte gehofft, dass wenigstens du uns eine Chance geben würdest.«

»Und wie soll diese Chance aussehen?«

»Hör mir einfach nur zu«, sagte Astartus. »Ich verlange nicht mehr, als dass du mich anhörst und dir eine eigene Meinung bildest, statt auf das zu hören, was andere über mich und meine Brüder sagen.« Er schnippte mit den Fingern und einer seiner Bodyguards kam herein. Er trug eine lange Papprolle unter dem linken Arm und einen Aktenkoffer in der anderen Hand. Ohne um Erlaubnis zu fragen begann Astartus das Geschirr zusammenzuschieben, um Platz auf dem Tisch zu schaffen, klappte die Aktentasche auf und nahm eine Anzahl farbiger Hochglanzprospekte heraus, die er auf dem Tisch ausbreitete.

»Das sind Informationen über einige unserer wichtigsten Einrichtungen«, sagte er. »Viele dienen gemeinnützigen oder karitativen Zwecken, wie du sehen wirst.«

Vater warf einen flüchtigen Blick auf die Prospekte. »Papier ist geduldig«, sagte er.

»Sicher«, bestätigte Astartus. »Aber du bist auch ein intelligenter Mann. Du würdest dich nicht von ein paar bunten Bildern täuschen lassen, wenn nichts dahintersteckt. Und selbstverständlich werde ich jede deiner Fragen beantworten und dir einen Einblick in alle Unterlagen gewähren, die du sehen willst. Du bist vermutlich einer der besten Rechtsanwälte dieses Landes. Ich könnte dich nicht täuschen.«

»Das stimmt«, sagte Vater kühl. »Und ich bin auch vollkommen unempfänglich für Schmeicheleien.«

»Es war keine Schmeichelei, sondern die Wahrheit«, sagte Astartus. »Hier – ich zeige dir unsere ersten Entwürfe für die geplante Begegnungsstätte.« Er öffnete die Papprolle, entnahm ihr eine großformatige Blaupause und rollte sie auf dem Tisch aus. Erics Eltern hatten praktisch gar keine Chance, ihn zu stoppen. Während der nächsten halben Stunde redete er sich regelrecht in Rage und erklärte jedes Detail der geplanten *Begegnungsstätte.* Was er erzählte, klang wirklich gut – nach einer Art Freizeitzentrum, das aber nicht auf Profit angelegt war. Es sollte Spielplätze und Kinderhorte beherbergen, eine Kirche und Meditationsräume, aber auch Suppenküchen und Schlafsäle für Obdachlose. Es klang fast zu schön, um wahr zu sein.

»Und?«, fragte er, als er endlich zu Ende gekommen war. Seine Augen leuchteten. »Was sagt ihr?«

»Ich frage mich, wie du dieses Projekt finanzieren willst«, sagte Vater. »Der Spaß wird einen zweistelligen Millionenbetrag kosten.«

»Aus Spenden«, sagte Astartus. »Unsere Gemeinschaft finanziert sich ausschließlich aus Spenden. Die Menschen sind sehr großzügig, wenn man erst einmal den Weg zu ihren Herzen gefunden hat.« Er sah den Zweifel in Vaters Augen und fuhr in verändertem Ton fort: »Du kannst dich selbst überzeugen. Du darfst meine Bücher und Bilanzen einsehen und mit jedem meiner Brüder sprechen.«

»Das ist sehr großzügig«, antwortete Vater, »aber nicht nötig. Ich habe nicht vor, mich in deiner Gemeinschaft zu engagieren.«

»Und wir hätten auch gar keine Zeit dafür«, fügte Mutter hinzu. »Warum zeigen Sie uns das alles?«

»Damit Sie verstehen, was für ein wunderbares Werk wir tun wollen, meine Liebe«, antwortete Astartus. »Es ist wichtig, dass ...« Er stockte, sammelte sich einen Moment und sagte dann gerade heraus: »Ich möchte dieses Grundstück erwerben.«

»Niemals«, sagte Eric.

Astartus sah nicht einmal in seine Richtung. »Ich wäre bereit, einen Preis zu zahlen, der deutlich über dem Marktwert liegt.«

Eric wollte erneut widersprechen, aber sein Vater kam ihm zuvor. »Warum ausgerechnet dieses Grundstück? Wenn Geld keine Rolle spielt, dann kauf doch einfach ein anderes.«

Astartus schüttelte heftig den Kopf. »Unsere ganze Planung ist auf diesen Standort abgestimmt. Er ist ideal – zentral gelegen, verkehrstechnisch gut angebunden, mit einer hinreichenden Infrastruktur in der näheren Umgebung ... außerdem ist es praktisch unmöglich, ein zweites zusammenhängendes Grundstück in dieser Größe zu finden, mitten in der Stadt. Es muss dieses Grundstück sein. Fünfzehn Millionen.«

»Wie bitte?«, fragte Vater überrascht.

»Ich zahle euch fünfzehn Millionen«, sagte Astartus. »Und ich übernehme alle Hypotheken und Altlasten, die es vielleicht noch gibt. So etwas kann ein Fass ohne Boden sein, wie du weißt.«

»Ich weiß, dass dieser Preis ... absurd ist«, sagte Vater. »Das Grundstück ist nicht annähernd so viel wert.«

»Sechzehn«, sagte Astartus. »Wenn du willst, die Hälfte in

bar. Dann erfährt das Finanzamt nichts davon. Sonst nimmt es euch sowieso nur die Erbschaftssteuer weg.«
»Das habe ich nicht gehört«, sagte Vater.
»Zwanzig Millionen«, sagte Astartus, ohne mit der Wimper zu zucken. »Du siehst, es ist mir ernst.«
»Das ist absurd«, sagte Vater noch einmal. Er wirkte erschüttert. Diese Summe war ungeheuerlich.
»Aber leider können wir Ihnen das Grundstück gar nicht verkaufen«, fügte Mutter hinzu. Auch sie war ein bisschen blass geworden. »Selbst wenn wir wollten. Es gehört Eric. Wir sind nur seine Treuhänder. Sie wissen doch, was der Ausdruck *zu treuen Händen* bedeutet?«
Astartus überhörte auch diese Spitze und wandte sich zum ersten Mal an Eric. »Was sagst du dazu, Eric? Du wärst ein sehr, sehr reicher Junge. Du müsstest dir in deinem ganzen Leben keine Sorgen mehr um Geld machen. Wie hört sich das an – zwanzig Millionen?«
Eric sah ihn an. Er suchte nach der Schwärze in Astartus' Augen, die ihm vielleicht bewiesen hätte, dass auch er schon Azazels üblem Einfluss erlegen war, aber da war nichts. Dafür entdeckte er etwas Anderes, vielleicht noch Unheimlicheres, das ihn beinahe noch mehr erschreckte.
»Nicht einmal für zwei*hundert* Millionen«, sagte er.

Natürlich drehten sich ihre Gespräche am ganzen darauf folgenden Tag nur um ein Thema: Astartus' schier unglaubliches Angebot und damit letzten Endes um Geld. Eric rechnete es seinen Eltern hoch an, dass sie mit keiner Silbe versucht hatten, ihn dazu zu überreden, noch einmal über das Angebot des Sektenführers nachzudenken. Aber natürlich sprachen sie darüber und Eric wurde erst nach und nach wirklich klar, wie ungeheuerlich die Summe war, die Astartus ihm für das Grundstück mit einem knappen Dutzend abbruchreifer Häuser darauf geboten hatte. Sie überstieg seinen Wert um das zigfache, das war selbst Eric klar, obwohl er nicht das Geringste von Immobilien oder Grundstückspreisen verstand. Astartus

musste wirklich viel daran gelegen sein, ausgerechnet dieses Stück Land zu erwerben.
Und Eric wusste auch, warum. Unglücklicherweise konnte er es nur niemandem sagen.
Von den wenigen Gesprächen mit seiner Mutter abgesehen, verlief der Tag allerdings ziemlich öde. Chep zeigte sich nicht und Andrea war schon heftig mit Reisevorbereitungen beschäftigt, sodass ihm noch langweiliger war als gestern, und er begann sich allein deswegen allmählich mit dem Gedanken anzufreunden, die nächsten Wochen auf der Karibikinsel zu verbringen. Noch ein paar Tage weiter so, dachte er, und er würde vor Langeweile einfach durchdrehen.
Als es dämmerte, fuhr ein Wagen in die Auffahrt, und noch während Eric zur Tür eilte, hörte er es unten klingeln. Er war enttäuscht. Er hatte sich darauf gefreut, wenigstens mit seinen Eltern zu Abend zu essen, aber die würden wohl kaum klingeln. Trotzdem beschleunigte er seine Schritte, eilte die Treppe hinunter und erreichte die Tür noch vor Andrea, die mit einem Spültuch in der Hand aus der Küche kam. Eric lächelte flüchtig. Trotz der vielen Jahre, die Andrea jetzt in ihrem Haushalt arbeitete, weigerte sie sich immer noch, die Spülmaschine zu benutzen. Sie war der Meinung, dass keine Maschine das Geschirr so sauber abwischen könnte wie sie.
Eric gab ihr mit einem Nicken zu verstehen, dass er sich um den Besuch kümmern würde, legte die letzten Schritte fast rennend zurück und riss die Tür auf. In der nächsten Sekunde wünschte er sich, es nicht getan zu haben.
Draußen stand Kommissar Schollkämper.
»Oh«, sagte Eric.
»Guten Abend, Eric«, sagte Schollkämper. »Sind deine Eltern zu sprechen?«
»Nein«, antwortete Eric. »Sie sind nicht da. Und ich auch nicht. Hier spricht nur der Automat.«
Schollkämper lächelte flüchtig. »Darf ich trotzdem hereinkommen? Ich würde mich gerne einen Moment mit dir unterhalten.«

Eric kniff misstrauisch die Augen zusammen. »Unterhalten?«
»Ganz privat, nur du und ich«, sagte Schollkämper. »Keine Angst – was immer du sagst, bleibt unter uns. Ich bin nicht einmal im Dienst.«
Erics Blicke suchten die Dunkelheit hinter Schollkämper ab. »Wo ist Ihr Kollege?«
»Der sitzt schon zu Hause und genießt seinen Feierabend«, antwortete Schollkämper. »Ich sagte doch: Ich bin ganz privat hier.«
Eric zögerte immer noch, aber dann trat er einen Schritt zurück und machte eine einladende Geste und Schollkämper trat an ihm vorbei ins Haus. »Kann ich Ihnen einen Kaffee anbieten oder sonst etwas?«, fragte Eric.
»Nein, danke«, antwortete Schollkämper. »Ich will dich auch gar nicht lange stören. Eigentlich bin ich auch nur gekommen, um dir zu deiner überraschenden Erbschaft zu gratulieren. Du bist ja jetzt ein gemachter Mann.«
»Das hat sich aber schnell herumgesprochen«, sagte Eric. »Aber wenn Sie mich jetzt fragen, wie ich zu dieser Ehre komme, muss ich Sie enttäuschen. Ich kann es mir genauso wenig erklären wie Sie.«
»Das glaube ich dir sogar«, sagte Schollkämper ernst.
Eric war ehrlich überrascht. »*Sie* glauben mir etwa?«, entfuhr es ihm.
Schollkämper hob die Schultern und seufzte. »Weißt du, mittlerweile bin ich so weit, dass ich überhaupt nicht mehr weiß, was ich glauben soll. Darf ich dir eine Frage stellen?«
»Nur zu«, antwortete Eric. Schollkämpers ungewöhnliche Freundlichkeit begann ihm allmählich Angst zu machen.
»Du warst bei der Testamentseröffnung dabei?«
»Natürlich.«
»Und der Notar – war er hier bei euch oder seid ihr zu ihm gefahren?«
»Wir waren dort«, antwortete Eric. Was sollte das?
»Erinnerst du dich zufällig an die Adresse?«, fragte Schollkämper.

Eric nannte sie ihm und Schollkämper nickte mit eindeutig betrübter Miene.
»Darf ich fragen, weshalb Sie das wissen wollen?«, fragte Eric.
Schollkämper seufzte. »Gleich«, sagte er. »Aber zuvor habe ich eine Bitte an dich. Nur eine Bitte. Du kannst nein sagen. Würdest du mit mir dorthin fahren?«
»Wohin?«, fragte Eric. »Zu Doktor Johannsson?« Schollkämper nickte und Eric fragte: »Aber warum denn? Sein Büro ist doch um diese Zeit ganz bestimmt schon geschlossen!«
»Das wirst du sehen, wenn wir dort sind«, antwortete Schollkämper geheimnisvoll.
Eric überlegte einen Moment angestrengt. Nach allem, was passiert war, sollte er Schollkämper nicht vertrauen. Aber er spürte, dass der Kriminalkommissar innerlich nicht annähernd so ruhig war, wie er sich den Anschein gab. Er war nervös, und es kam Eric beinahe so vor, als ... hätte er Angst vor irgendetwas. Und in seinen Augen war keine Schwärze.
»Also gut«, sagte er widerwillig. »Aber nur, wenn Sie mir erklären, was das alles soll.«
»Das tue ich, sobald wir da sind«, versprach Schollkämper.
Eric ging zur Garderobe, nahm seine Jacke vom Haken und zog sie an. In der rechten Tasche raschelte etwas – das Päckchen, das ihm Andrea gegeben hatte. Er wollte es herausnehmen, aber dann dachte er an das, was er Andrea versprochen hatte, und ließ es, wo es war. Schließlich schadete es ja nicht. Außerdem kam Andrea in diesem Moment aus der Küche und er hatte nun wirklich keine Lust, sich auch noch ihren vorwurfsvollen Blicken auszusetzen.
»Wir sind in einer halben Stunde zurück!«, rief er ihr zu. »Spätestens.«
Sie setzte dazu an, etwas zu sagen, aber Eric war bereits an ihr vorbei und aus dem Haus, sodass Schollkämper sich beeilen musste, um ihm zu folgen. Sie stiegen in seinen Wagen und Schollkämper setzte rückwärts auf die Straße hinaus und fuhr los.
»Also«, begann Eric. »Jetzt bin ich aber gespannt.«

Schollkämper antwortete nicht gleich, sondern tat für lange Sekunden so, als müsse er sich auf den gar nicht vorhandenen Verkehr konzentrieren, ehe er etwas sagte. »Weißt du, ich habe vorhin nicht ganz die Wahrheit gesagt, als ich dir erzählt habe, dass ich nicht im Dienst bin. Oder doch, aber ... anders, als du vielleicht denkst.«
Eric sah ihn fragend an, schwieg aber.
»Tatsächlich wurde mir der Fall entzogen«, fuhr Schollkämper fort. »Oder um noch genauer zu sein: Es gibt keinen Fall mehr.«
»Wie meinen Sie das?«
Schollkämper hob die Schultern. »Eine Anweisung, von ganz oben. Die Ermittlungen sind sofort einzustellen und der Fall zu den Akten zu legen. Ab nun wird dich niemand mehr belästigen.«
»Das ist ... schön«, sagte Eric zögernd. Aber im Grunde war er nur verwirrt. Er hatte damit gerechnet, dass Schollkämper und Breuer erst richtig loslegen würden, sobald sie von der Erbschaft erfuhren, denn immerhin hatten sie jetzt nicht nur einen Verdächtigen, sondern auch ein Motiv. Und was für eines!
»Jemand hat da wohl seine Beziehungen spielen lassen«, sagte Schollkämper.
»Mein Vater –«, begann Eric und Schollkämper unterbrach ihn.
»– war es bestimmt nicht. Dazu reicht sein Einfluss nicht aus und außerdem schätze ich ihn als einen sehr integren Mann, der so etwas niemals täte. Nein, das war jemand, dessen Beziehungen bis ganz oben reichen. Bis *ganz* nach oben.« Er zögerte einen Moment, dann fragte er: »Wie gut kennst du Stefan Aspach?«
»Astartus?« Eric hob die Schultern. »Eigentlich gar nicht. Mein Vater war früher mit ihm befreundet. Aber ich glaube, mittlerweile mag er ihn auch nicht mehr besonders. Der Kerl ist irgendwie ... unheimlich.«
»So wie dieser ganze Fall«, sagte Schollkämper. Er warf Eric

einen flüchtigen Blick zu. »Vielleicht ist es ganz gut, dass ich nicht weiter ermitteln darf. Ich glaube fast, dieser Fall wäre sowieso nicht mehr zu lösen gewesen. Jedenfalls nicht mit herkömmlichen Mitteln.«

»Wie kommen Sie darauf?«, fragte Eric unbehaglich.

Statt zu antworten, stellte Schollkämper seinerseits eine Frage. »Erinnerst du dich mittlerweile, woher du das Schwert und den Schild hast?«

»Nein«, log Eric.

»Unser Laborleiter steht kurz vor einem Nervenzusammenbruch«, sagte Schollkämper. »Er hat immerhin herausgefunden, woraus es besteht.«

»So?«, murmelte Eric. Er fragte sich, ob es nicht doch ein Fehler gewesen war, Schollkämper zu begleiten.

»Es ist Silber«, sagte Schollkämper. »Aber von einer Reinheit, wie es auf diesem Planeten einfach nicht herzustellen ist. Und willst du noch etwas wirklich Verrücktes hören? Silber ist ein relativ weiches Metall, aber dieses Schwert ist härter als die härteste Legierung, die es gibt. Nicht einmal ein Laserstrahl konnte es ankratzen.«

»Dann muss ich wohl doch von Aliens entführt worden sein«, sagte Eric in dem lahmen Versuch, einen Witz zu machen.

»Wenn, dann warst du ziemlich lange unterwegs«, sagte Schollkämper ernst. »Unser Labortechniker schätzt das Alter dieses Schwertes auf etwa dreihunderttausend Jahre.«

»Na, *das* nenne ich eine Antiquität«, murmelte Eric unglücklich.

»Du kannst dich wirklich an nichts erinnern?«, fragte Schollkämper.

Eric zögerte fast eine Minute und dann hörte er sich fast zu seiner eigenen Überraschung sagen: »Doch.«

»Das dachte ich mir«, sagte Schollkämper.

»Aber ich kann es Ihnen nicht sagen«, fuhr Eric fort. »Sie würden es mir nicht glauben. Ich glaube es ja selbst kaum.«

»Auch das dachte ich mir«, sagte Schollkämper. »Du musst mir nichts sagen, wenn du nicht willst. Vielleicht ist es sogar besser, wenn ich möglichst wenig von alledem weiß.«

»Warum fragen Sie dann andauernd?«
Schollkämper lächelte. »Ich kann nun einmal nicht aus meiner Haut. Einmal Polizist, immer Polizist.«
»Ich bin nicht ganz sicher«, sagte Eric, »aber ich glaube, es hat etwas mit Astartus zu tun.«
»Seltsam, aber auch das überrascht mich nicht«, sagte Schollkämper. »Mit dem Kerl stimmt etwas nicht, das habe ich sofort gemerkt.«
»Er hat mir gestern angeboten das Grundstück von Frau Wellstadt-Roblinsky zu kaufen«, sagte Eric. »Für zwanzig Millionen.«
Schollkämper riss ungläubig die Augen auf. »Was?!«
Eric nickte. »In bar. An der Steuer vorbei. Ihm liegt unglaublich viel an diesem Grundstück.« Sein Vater würde nicht glücklich sein, wenn er von diesem Gespräch erfuhr, das war Eric klar. Aber ihm war in den letzten Minuten auch ebenso klar geworden, wie sehr er jemanden brauchte, mit dem er einfach reden und den er ins Vertrauen ziehen konnte. Und irgendetwas sagte ihm, dass Schollkämper genau dieser Jemand war. Jetzt, wo er einmal angefangen hatte zu reden, konnte er im Grunde gar nicht mehr aufhören.
»Hast du angenommen?«, fragte Schollkämper.
»Nein«, antwortete Eric. »Sie glauben doch nicht wirklich, dass er diese Irrsinnssumme bezahlt hätte, oder?«
»Kaum«, sagte Schollkämper nach kurzem Überlegen. »Er hätte das Grundstück bekommen und dann wahrscheinlich irgendeinen Trick gefunden, um nicht bezahlen zu müssen. Oder sich das Geld irgendwie zurückgeholt. Trotzdem: Ihm muss ungeheuer viel daran liegen, dieses Haus zu haben. Kannst du dir vorstellen, warum?«
»Ja«, sagte Eric. »Das kann ich.«
»Und?«
»Sie werden es mir nicht glauben«, sagte Eric.
»Lass es auf einen Versuch ankommen«, schlug Schollkämper vor.
Eric holte tief Luft, dann sagte er: »Weil dort ein Tor ist.«

»Was für ein Tor?« wollte Schollkämper wissen.
»Ein Tor zur Hölle.«
Schollkämper schwieg endlose Sekunden, in denen er mit steinernem Gesicht durch die Windschutzscheibe nach vorne starrte, dann sagte er: »Du hast Recht. Das glaube ich nicht.«
Und das war es. Für den Rest der Fahrt sprachen sie kein Wort mehr miteinander.
Nach gut zehn Minuten bogen sie in die Straße ein, in der das Haus des Notars lag. Eric erkannte sie sofort wieder, obwohl sie im Dunkeln seltsam verändert wirkte. Es brannten nur sehr wenige Straßenlaternen und die Gebäude, die er rechts und links in dem bisschen Licht erkennen konnte, wirkten auf seltsame Weise heruntergekommen und alt; so als wäre mit dem Sonnenlicht auch das Leben aus ihnen gewichen. Hinter den meisten Fenstern brannte kein Licht und ein paar Mal rumpelte Schollkämpers Wagen durch tiefe Schlaglöcher, die Eric am Morgen noch nicht aufgefallen waren. Nicht ein einziges anderes Auto kam ihnen entgegen. Hätte Eric es nicht besser gewusst, hätte er geschworen, dass sie sich mitten in einem Elendsviertel der Stadt aufhielten. Es war unheimlich.
Nach einer kleinen Weile bremste Schollkämper und lenkte den Wagen auf einen Parkplatz. Er drehte den Zündschlüssel herum, ließ die Scheinwerfer aber eingeschaltet, sodass Eric die Fassade des Hauses, vor dem er angehalten hatte, deutlich erkennen konnte.
»Und du bist sicher, dass das die richtige Adresse ist?«, fragte Schollkämper.
Eric starrte das Gebäude an und schwieg. Er erkannte es ganz zweifelsfrei wieder, aber zugleich ...
Nein. Das war doch vollkommen unmöglich!
Schollkämper stieg aus, ging um den Wagen herum und öffnete auch die Tür auf Erics Seite und Eric folgte ihm über die kleine Treppe hinauf zur Tür des Notariats.
»Du hattest Recht«, sagte Schollkämper, während er die Hand hob und eine dicke Staub- und Schmutzschicht von dem kleinen Messingschildchen neben der Tür wischte.

»Das Büro ist geschlossen. Seit über zwanzig Jahren, um genau zu sein.«
Eric hätte ihm gerne widersprochen, aber wie konnte er das? Er weigerte sich immer noch zu glauben, was er sah.
Das Gebäude war eine Ruine. Alter und Verfall hatten überdeutliche Spuren daran hinterlassen. Die Tür, die gestern noch eine prachtvolle Edelholzpforte gewesen war, war nun aufgequollen und verzogen. Der Lack war längst abgeblättert und das Holz darunter von Schwamm und Moder zerfressen. Die marmornen Treppenstufen waren blind und zerschrammt und überall gesprungen und Staub und steinhart verkrusteter Schmutz hatten sich in allen Ecken und Winkeln festgesetzt.
»Aber das ist doch ... unmöglich«, murmelte er.
Schollkämper sah ihn nachdenklich an. »Ich war noch ein ganz junger Polizist, als Doktor Johannsson gestorben ist«, sagte er. »Es war mein erster Fall, weißt du? Er war kein guter Mensch. Er hat etliche von seinen Mandanten betrogen und mehr als einen in den Ruin getrieben. Und einer von ihnen hat dann eines Tages eine Axt genommen und es ihm heimgezahlt.« Er hob die Schultern. »Der Fall war nicht schwer zu lösen, aber wie gesagt, es war mein erster und ich habe ihn nie vergessen. Deshalb ist mir der Name auch sofort aufgefallen.«
»Aber das ... das kann doch nicht sein!«, stammelte Eric. »Wir waren *hier*. Gestern Morgen! Wir haben mit Johannsson gesprochen und ... und auch mit seiner Sekretärin!«
»Sie wurde ebenfalls umgebracht, als sie versucht hat, ihren Chef zu verteidigen«, sagte Schollkämper. »Es war kein schöner Anblick.« Er hob den Arm, legte die Handfläche gegen die Tür und diese schwang mit einem leisen Knarren nach innen. Das Schloss brach aus dem Holz, das so morsch wie nasses Papier geworden war, und fiel polternd zu Boden.
Schollkämper zog eine Taschenlampe hervor und schaltete sie ein. Der bleiche Strahl irrte geisterhaft durch die Dunkelheit hinter der Tür und beleuchtete Details, die den Eindruck von Alter und Verfall, den das Gebäude von außen bot, noch unterstrichen.

»Dürfen wir denn da hinein?«, fragte Eric. Seine Stimme zitterte. Er *wollte* nicht in dieses Haus gehen. Um nichts in der Welt.
»Streng genommen ist es Einbruch«, sagte Schollkämper. Er hielt ihm die Taschenlampe hin. »Willst du vorausgehen?«, fragte er. »Du hast mehr Erfahrung darin als ich.«
Eric sah ihn nur böse an und Schollkämper zuckte mit den Schultern und ging voraus. Hintereinander betraten sie das Haus.
Eric spürte, wie ihm ein kalter Schauer nach dem anderen über den Rücken lief, während Schollkämper den Strahl seiner Taschenlampe langsam im Kreis durch den Raum wandern ließ. Er erkannte alles wieder, aber zugleich hatte es sich auch auf fast Grauen erregende Weise verändert. Der Fußboden, auf dem gestern noch wertvolle Teppiche gelegen hatten, war nun morsch und knarrte hörbar unter ihrem Gewicht. Die kostbaren Wandvertäfelungen waren ebenso ein Raub der Zeit geworden wie die Stuckdecken und der geschnitzte Schreibtisch, hinter dem die Sekretärin gesessen hatte, war in sich zusammengesunken und nur noch ein Haufen aus vermodertem Holz.
»Und hier seid ihr also gestern noch gewesen?«, fragte Schollkämper spöttisch.
»Ja!«, antwortete Eric heftig. »Aber da war hier alles noch in Ordnung!« Er drehte sich herum und deutete nach kurzem Überlegen auf eine der drei Türen, die es außer dem Eingang noch gab. »In diesem Raum. Ich kann Ihnen sagen, wie er aussieht!«
Er tat es, nachdem Schollkämper ihn auffordernd angesehen hatte, und als er fertig war, ging Schollkämper zu der bezeichneten Tür und drückte die Hand dagegen. Sie schwang nicht auf, sondern brach gleich aus den Angeln und fiel mit einem gewaltigen Krachen nach innen. Eine riesige Staubwolke quoll hoch und für einen Moment schien das ganze Haus unter ihren Füßen zu erzittern. Irgendwo im oberen Stockwerk fiel etwas um und zerbrach und sie zogen beide instinktiv die Köpfe ein.

Schollkämper richtete den Strahl seiner Taschenlampe in den Raum, der hinter der zusammengebrochenen Tür lag. Im ersten Moment erkannten sie nur Staub, der in dem gelben Licht tanzte, aber nach ein paar Sekunden sah Eric mehr Einzelheiten. Es *war* das Zimmer, in dem er am vorletzten Morgen gewesen war – allerdings eine über zwanzig Jahre ältere Version davon.

Der große Tisch, an dem sie gesessen hatten, war vollkommen verschwunden, aber zumindest die Reste der zusammengebrochenen Stühle waren noch da, einschließlich des thronähnlichen Sessels, auf dem Johannsson gesessen hatte. An der Wand gegenüber dem Eingang erhob sich ein gefülltes Bücherregal, aber als Schollkämper hinging und einige der Bände mit der Hand berührte, zerfielen sie zu Staub.

Eric hörte ein leises Klicken und als er sich herumdrehte und Schollkämper gleichzeitig den Strahl seiner Taschenlampe in dieselbe Richtung lenkte, sah er etwas, was ihm schon wieder einen eiskalten Schauer über den Rücken laufen ließ: Die uralte Standuhr, die sich in der Ecke neben der Tür erhob, lief noch. Das Zifferblatt war so verrostet, dass man die Zahlen darauf nicht mehr erkennen konnte, aber der Sekundenzeiger bewegte sich!

»Das ist seltsam«, murmelte Schollkämper. Er ging zu der Uhr, hob zögernd die Hand und berührte das Zifferblatt schließlich behutsam mit den Fingerspitzen und kaum hatte er es getan, da brachen die Zeiger ab und ein Teil des Zifferblattes verwandelte sich in braunen Rost, der sogleich zu Boden rieselte. Schollkämper trat einen erschrockenen Schritt zurück.

»Seltsam«, murmelte er noch einmal.

»Seltsam?«, wiederholte Eric. Seine Stimme klang schrill, fast schon ein bisschen hysterisch. »Ich finde es eher unheimlich. Lassen Sie uns von hier verschwinden!«

Schollkämper sah ihn unsicher an, schwenkte seine Taschenlampe noch einmal im Kreis und nickte dann. »Vielleicht hast du Recht«, sagte er. »Gehen wir.«

Sie wandten sich zur Tür und noch bevor sie den ersten Schritt gemacht hatten, hörten sie das Geräusch.
Schollkämper blieb wieder stehen. »Was ist das?«, fragte er alarmiert.
Eric wusste es nicht und um ehrlich zu sein: Er *wollte* es auch gar nicht wissen. Es war ein unheimliches, fast rhythmisches Knarren und Ächzen. Ein Laut, als käme etwas über die morschen Holzdielen heran. Etwas Riesiges, Schweres.
»Was ist das?«, murmelte Schollkämper noch einmal. Dann schaltete er die Taschenlampe aus.
Aber es wurde nicht dunkel. Wenigstens nicht vollkommen.
Im ersten Moment hatte Eric das verrückte Gefühl, dass jemand eine Anzahl dünner, rot glühender Drähte in parallelen Reihen über die ganze Breite des Bodens gespannt hatte, aber er erkannte seinen Irrtum schnell.
Es waren keine leuchtenden Drähte. Es war rotes, düster glühendes Licht, das durch die Ritzen zwischen den Dielen drang. Und es nahm mit jedem Moment an Leuchtkraft zu. Schon nach wenigen Augenblicken war das ganze Zimmer von einem unheimlichen, düsterrot flackernden Schein erfüllt, der durch die Ritzen des Fußbodens drang und immer noch an Intensität zunahm.
»Großer Gott!«, flüsterte Schollkämper. »Was ist das?«
»Wir müssen weg hier!«, keuchte Eric. »Schnell!«
Schollkämper schien seine Worte gar nicht zu hören. Er hatte sich wieder herumgedreht und ging mit langsamen Schritten in den Raum zurück.
Eric sah das Unglück kommen, aber es gab nichts, was er dagegen tun konnte. Sein warnender Schrei kam zu spät. Plötzlich gab der Fußboden unter Schollkämper nach. Die morschen Bretter zerbrachen unter seinem Gewicht und Schollkämper griff mit einem Schrei ins Leere und fiel zur Seite. Eric glaubte schon, es wäre um ihn geschehen, aber Schollkämpers Hände fanden im letzten Moment Halt. Seine Beine waren in dem ausgezackten Loch im Fußboden verschwunden, aus dem loderndes rotes Licht herausstrahlte, aber seine

Arme und sein Oberkörper lagen noch auf den Fußbodenbrettern. Er sah aus wie jemand, der sich auf zu dünnes Eis hinausgewagt hatte und eingebrochen war.
Eric beobachtete aus schreckgeweiteten Augen, wie der Kriminalbeamte Stück für Stück weiter abrutschte. Seine Fingernägel rissen helle Furchen in das morsche Holz des Fußbodens, aber er wurde unaufhaltsam weiter und weiter in die Tiefe gezerrt!
Endlich überwand Eric seine Erstarrung und rannte los. Auf dem letzten Stück warf er sich vor, streckte die Arme aus und schlitterte auf Schollkämper zu. Er bekam seine Handgelenke zu fassen, hielt sie mit aller Kraft fest – und schrie entsetzt auf, als er spürte, wie er zusammen mit Schollkämper weitergezogen wurde!
Seine Kraft reichte nicht aus, ihn zu halten! Eric spannte jeden Muskel im Körper an, aber es nutzte nichts. Schollkämper wurde weiter in das Loch gezerrt und Eric, der seine Handgelenke umklammert hielt, mit ihm!
Schließlich schrie er in höchster Not: »Chep! Hilf uns!«
Hinter ihm strahlte ein mildes weißes Licht auf. Das Rauschen gewaltiger weißer Schwingen erfüllte die Luft und Eric spürte, wie zwei sanfte, aber sehr starke Hände nach seinen Fußgelenken griffen und ihn zurückzogen, und da er noch immer Schollkämpers Arme umklammert hielt, wurde der keuchende Polizeibeamte ebenfalls nach oben und schließlich aus dem von rotem Licht erfüllten Loch im Boden herausgezogen.
Der geflügelte schwarze Dämon, der an *seinen* Fußgelenken hing, allerdings auch.
Eric ächzte, als ihm klar wurde, warum es ihm nicht gelungen war, Schollkämper zu halten. Schollkämper sah hinter sich, riss die Augen auf und stieß einen gellenden Schrei aus und Chep knurrte wütend, ließ Erics Beine los und stürzte sich auf den Dämon. Für einen Moment schienen die beiden zu einem wirren Knäuel aus weißen Federn und schwarzem, peitschendem Leder zu verschmelzen, aber der Kampf dauerte nicht

lange. Offensichtlich handelte es sich nur um einen niederen Dämon, denn es bereitete Chep keine sonderliche Mühe, ihn binnen weniger Augenblicke zu einem handlichen Paket zu verknoten, das er mit einem Fußtritt wieder in den Höllenschlund zurückbeförderte, aus dem er gekommen war.
»Danke«, seufzte Eric.
»Es war mir ein Vergnügen«, antwortete Chep grinsend – und verschwand.
Eric ließ sich ebenso erschöpft wie erleichtert zurücksinken – aber nur für einen Moment, dann durchfuhr ihn schon wieder ein eisiger Schrecken. Schollkämper hatte nämlich nichts Besseres zu tun, als sich auf der Stelle herumzudrehen und auf dem Bauch zu dem Loch zurückzukriechen, aus dem Eric ihn gerade mit Mühe und Not herausgezogen hatte!
Eric stöhnte auf, folgte ihm, um ihn zurückzuhalten, und warf dabei einen Blick in die Tiefe.
Er erstarrte.
Unter ihnen tobte eine apokalyptische Schlacht.
Die Landschaft, auf die sie hinabblickten, war Eric nicht fremd. Es war die Ödnis von Armageddon, in deren Zentrum sich die Schwarze Kathedrale erhob, nur dass er diesmal aus der Vogelperspektive auf sie hinabsah – und dass er endlich erkennen konnte, was die kriechenden Schatten in Wahrheit darstellten.
Es waren zwei gewaltige Heere, die aufeinander prallten. Tausende und Tausende schwarzer, geflügelter Dämonen, die mit einer ebenso großen Anzahl strahlend weißer Engelsgestalten rangen. Die Schlacht tobte am Boden, in der Luft, überall. Nicht wenige der Kämpfer kamen bis in ihre unmittelbare Nähe vor und Schollkämper zog erschrocken die Luft zwischen den Zähnen ein, als ein gewaltiger Engel dicht unter ihnen entlangflog, die riesigen Schwingen weit gespreizt, einen silbernen Schild am linken Arm und ein blitzendes, flammenspeiendes Schwert in der rechten Hand, mit dem er seine Gegner erbarmungslos vor sich her trieb. Eric hatte das Gefühl, dass Schollkämper mehr das Schwert anstarrte als den fliegenden Cherub.

»Was ... was ist das?«, krächzte Schollkämper.
Eric kam nicht dazu, zu antworten, denn in diesem Moment schoss eine weitere geflügelte Schreckensgestalt zu ihnen hoch – ein knapp metergroßer, aber äußerst gefährlich aussehender Dämon, der ein wenig Ähnlichkeit mit einer fliegenden Kröte hatte, aber vier Arme besaß und darüber hinaus nur aus Stacheln und Dornen zu bestehen schien. Mit zwei Armen und schlagenden Flügeln klammerte er sich am Rand des Loches fest und grabschte mit seinen beiden anderen Pfoten nach Schollkämper.
Obwohl er vor Schrecken laut schrie, reagierte Schollkämper erstaunlich kaltblütig. Er holte aus und schlug mit der Taschenlampe nach dem häßlichen schwarzen Krötengesicht, seines Gegners. Der Dämon wehrte den Hieb mit Leichtigkeit ab, riss ihm die Taschenlampe aus der Hand und starrte sie einen Moment stumpfsinnig an.
Dann biss er ungefähr die Hälfte davon ab. Zermahlenes Glas, Kunststoffsplitter, Stücke einer Batterie und eine zerbrochene Feder verschwanden zwischen seinen Zähnen. Der Dämon fuhr sich genießerisch mit einer warzenbedeckten Zunge über die Lippen, fraß dann mit allen Anzeichen offensichtlichen Wohlbefindens auch noch den Rest der Taschenlampe und sah Schollkämper gierig an.
Schollkämper grunzte vor Schreck, griff unter seinen Mantel und zog eine Pistole, die er mit einer gekonnten Bewegung entsicherte und durchlud. »Willst du das auch noch?«, fragte er grimmig.
Er richtete die Pistole auf das hässliche Krötengesicht. Der Dämon riss gierig das Maul auf und Schollkämper drückte zweimal hintereinander ab. Der Dämon wankte ein bisschen, begann aber dann vor Begeisterung zu schnattern wie eine Katze, die eine Fliege entdeckt hat, und riss dem völlig fassungslosen Polizisten die Waffe kurzerhand aus den Fingern. Schollkämpers Augen schienen ein Stück weit aus den Höhlen zu quellen, als er sah, wie das Monstrum den Lauf der Pistole abbiss, einen Moment darauf herumkaute und ihn dann enttäuscht ausspie.

»Weg hier!«, keuchte er. »Nichts wie weg!«
Das ließ sich Eric nicht zweimal sagen. Hastig sprang er auf die Füße, wirbelte herum und rannte dicht hinter Schollkämper zur Tür. Kurz bevor sie sie erreichten, sah er noch einmal über die Schulter zurück. Der Dämon hatte es aufgegeben, an Schollkämpers Dienstwaffe herumzuknabbern, aber irgendwie war es ihm gelungen, das Magazin aus dem Griff zu ziehen. Jetzt fummelte er umständlich die Patronen heraus und schob sich eine nach der anderen zwischen die Zähne, um sie genießerisch zu zermahlen.
»Raus!«, keuchte Schollkämper. »Bevor er auf die Idee kommt, nach dem Reservemagazin zu suchen!«
Sie stürzten aus dem Raum, durchquerten das Vorzimmer und rannten wie von Furien gehetzt weiter, bis sie das Haus verlassen hatten. Schollkämper hechtete regelrecht in den Wagen, stieß die Beifahrertür auf und startete gleichzeitig den Motor. Er fuhr rückwärts los, kaum dass sich Eric in den Sitz geworfen hatte, riss das Lenkrad herum und gab so abrupt Gas, dass der Wagen auf dem von Schlaglöchern übersäten Kopfsteinpflaster ins Schlingern geriet und er um ein Haar die Gewalt über das Lenkrad verloren hätte.
»Mein Gott!«, stöhnte er. »Was war das?!«
Eric drehte sich halb herum und warf einen Blick nach hinten, ehe er antwortete. Das Gebäude war bereits in der Nacht verschwunden und die Straße hinter ihnen war leer. Nichts folgte ihnen.
»Armageddon«, murmelte er.
»Armageddon?« Schollkämper runzelte die Stirn. »Weißt du, was das bedeutet?«
»Irgendein Begriff aus der Bibel«, antwortete Eric.
»Im Alten Testament ist es der Ort, an dem die Armeen von Gut und Böse zur letzten entscheidenden Schlacht antreten«, sagte Schollkämper.
»Ja, ganz danach sah es auch aus«, murmelte Eric. »Sie scheint schon begonnen zu haben.« Er zögerte einen Moment und fragte dann: »Wer hat sie gewonnen?«

»In der Bibel?« Schollkämper sah ihn fast schockiert an. »Was lernt ihr eigentlich heutzutage in der Schule? Die Guten natürlich.«
Eric atmete erleichtert auf und Schollkämper fuhr fort: »Das Problem ist nur, dass die Gewinner eines Krieges sich immer hinterher als die Guten erklären. Wenn du dir die Geschichtsbücher ansiehst, wird dir das klar: Der Sieger hat automatisch Recht.«
»Oh«, machte Eric.
»Jetzt lass dir keine grauen Haare wachsen«, sagte Schollkämper. »Noch ist nichts entschieden. Erzähl mir lieber, was du da geschrien hast, als ich fast abgestürzt wäre. Chep? Was soll das bedeuten?«
Schollkämper hatte Chep nicht gesehen, begriff Eric. Er zuckte die Achseln. »Das würden Sie mir sowieso nicht glauben.«
Schollkämper schnaubte. »Nach dem, was ich gerade gesehen habe, glaube ich alles, mein Junge. Ist dieser Chep einer von diesen ... fliegenden Dingern?«
»Engel«, verbesserte ihn Eric. »Die Weißen nennt man Engel.«
»Das dachte ich mir fast«, seufzte Schollkämper.
»Wieso?«
»Weil es nach Cherub klingt«, antwortete Schollkämper. »Und so werden die biblischen Engel im Alten Testament genannt. Außerdem ist da noch diese Feder, die du in der Tasche hattest. Tja, und dann noch das Schwert ... dieser Chep muss schon ziemlich lange im Dienst sein.«
»Sie sind wirklich ein sehr guter Beobachter«, sagte Eric anerkennend.
»Und bis vor einer Viertelstunde dachte ich auch noch, ich wäre ein sehr guter Polizist«, sagte Schollkämper säuerlich. »Aber wie es aussieht, habe ich so ziemlich alles falsch gemacht, was man nur falsch machen kann.«
»Normalerweise haben Sie es aber auch nicht mit Dämonen und abtrünnigen Engeln zu tun, oder?«, fragte Eric.
»Abtrünnige Engel?«

»Azazel«, antwortete Eric. »Der Schwarze Engel. Aus irgendeinem Grund hat er es auf mich abgesehen. Ich weiß nicht, warum, aber er scheint sich fest vorgenommen zu haben, mich in seine Gewalt zu bringen.«
»Azazel?« Schollkämper runzelte die Stirn. »Das habe ich noch nie gehört. Obwohl ... es klingt ein bisschen nach Azrael, dem biblischen Würgeengel. Aber das spielt jetzt keine Rolle. Wir fahren erst einmal zurück und warten auf deine Eltern.«
»Wozu?«, fragte Eric.
»Zum einen, weil ich mich bei ihnen entschuldigen möchte«, antwortete Schollkämper. »Und zum anderen, weil ich ihnen noch das eine oder andere über ihren Freund Aspach erzählen möchte. Es dürfte speziell deinen Vater interessieren.« Er machte eine Kopfbewegung hinter sich. »Wusstest du, dass das Haus Aspach gehört?«
»Johannssons Notariat?«
Schollkämper nickte. »Er hat es vor fünf Jahren gekauft. Er scheint eine Vorliebe für Gebäude mit zweifelhafter Vergangenheit zu haben.«
»Jetzt ... wird mir einiges klar«, murmelte Eric. »Diese ganze Testamentseröffnung war von Anfang an getürkt! Deshalb war Astartus auch so außer sich. Es war eine abgemachte Sache, dass er das Grundstück erbt!«
»Aber jemand hat ihm die Suppe versalzen«, fügte Schollkämper hinzu. »Und zwar gründlich.«
Eric ignorierte die Frage, die sich in diesen Worten verbarg. »Wie haben Sie das alles nur so schnell herausgefunden?«, fragte er bewundernd.
Schollkämper lächelte. »Ich sagte doch: Ich bin ein guter Polizist.«
Ja, dachte Eric. Das war er wirklich. Aber er war auch noch mehr. Eric schien endlich einen Verbündeten gefunden zu haben.

Sie erreichten das Haus und Eric atmete schon erleichtert auf,

als sie die Auffahrt hinaufrollten und er sah, dass das Garagentor offen stand. Vaters Volvo befand sich darin und daneben stand ein funkelnagelneuer Porsche. Schollkämper hielt genau vor der Garage an und Eric stieg aus und lief neugierig zu dem Sportwagen hin. Im Vorbeigehen legte er die Hand auf die Motorhaube und stellte fest, dass sie noch warm war.
Schollkämper folgte ihm und maß den Wagen mit einem langen, prüfenden Blick. »Schick«, sagte er. Dann sah er auf das Nummernschild. »E. C.«, sagte er. »Die Initialen deiner Mutter.«
Eric war überrascht. Er wusste, dass sich seine Mutter insgeheim immer einen solchen Wagen gewünscht hatte, dass dieser Wunsch aber einfach zu kostspielig gewesen war. Der Carrera war ungefähr dreimal so teuer wie das Mercedes-Cabriolet, das Eric zu Schrott gefahren hatte.
»Ich habe eindeutig den falschen Beruf«, seufzte Schollkämper. Es klang ein kleines bisschen neidisch.
»Da bin ich nicht sicher«, murmelte Eric. Er ging um den Wagen herum, öffnete die Tür und sah, dass jemand eine knallrote Schleife um das Lenkrad gebunden hatte, an der ein kleiner, handgeschriebener Zettel hing. Er hob ihn an und las laut vor: »Eine kleine ›Entschuldigung‹ für die Unannehmlichkeiten, die Sie meinetwegen erdulden mussten. Astartus.«
»Hoppla!«, sagte Schollkämper. »Ich habe offensichtlich auch die falschen Freunde.«
»Nein«, knurrte Eric. »Sie nicht. Aber meine Mutter, falls sie dieses Geschenk annimmt. Ich kann mir allerdings kaum vorstellen, dass sie es tut.«
Schollkämper deutete zur Tür. »Fragen wir sie doch einfach.«
Sie betraten das Haus durch die Garage und das Erste, was Eric auffiel, war die Stille. Überall brannte Licht, aber es war trotzdem fast schon unheimlich still. Irgendetwas stimmte nicht.
Schollkämper schien das ebenfalls zu spüren, denn er legte Eric rasch die Hand auf die Schulter und machte eine Kopfbewegung, zurückzubleiben. Seine andere Hand glitt unter

den Mantel, kam aber leer wieder zum Vorschein. Seine Waffe hatte ja der Dämon gefressen.
Sie gingen den Flur hinab und als sie zum Wohnzimmer gelangten, wurde aus Erics ungutem Gefühl schreckliche Gewissheit. Die Möbel waren umgeworfen und auf dem Teppich glitzerte zerbrochenes Glas. Eine Gardine war halb heruntergerissen. In dem Zimmer hatte ein Kampf stattgefunden.
»Deine Mutter scheint sich ja mächtig über den Wagen gefreut zu haben«, sagte Schollkämper. »Muss eine irre Party gewesen sein.«
»Ich finde das nicht komisch«, sagte Eric.
»Ich auch nicht«, antwortete Schollkämper. »Entschuldige.«
Er ging zum Telefon, hob es ab und lauschte einen Moment in den Hörer.
»Tot«, sagte er. Seinem Gesichtsausdruck nach schien er auch nichts anderes erwartet zu haben. »Ich habe Funk im Wagen. Aber zuerst durchsuche ich das Haus. Du bleibst hier.«
»Prima Idee«, sagte Eric. »Was soll ich tun, wenn einer von den bösen Jungs auftaucht? Laut um Hilfe rufen?«
Schollkämper sah ihn stirnrunzelnd an, aber dann sagte er: »Meinetwegen komm mit. Aber du bleibst immer hinter mir.«
Eric gehorchte und sie durchsuchten schnell, aber sehr gründlich das Erdgeschoss. Sie fanden keine weiteren Kampfspuren, aber auch keinen Menschen. Das Haus schien vollkommen ausgestorben.
Schließlich blieb nur noch der Anbau, in dem Andreas Zimmer lagen. Schollkämper öffnete die Tür, stieß einen Fluch aus, und als Eric ihm folgte, sah er auch, warum. Andrea lag, an Händen und Füßen gefesselt und mit einem Streifen braunem Klebeband über dem Mund, auf der Couch. Als sie sie sah, begann sie zu wimmern und Schollkämper war mit einem Satz bei ihr und riss ihr den Klebestreifen herunter. Andrea stieß einen gedämpften Schmerzenslaut aus, holte tief Luft und überschüttete Schollkämper und Eric dann mit einem wahren Redeschwall in »Patois«, während die beiden sie von ihren Fesseln befreiten.

»Andrea!«, sagte Eric scharf. »Was ist geschehen?«
»Schwarzer Mann gekommen!«, antwortete Andrea hastig. »Viel Streit! Viel Schreien. Er deine Eltern mitgenommen!«
»Schwarzer Mann?«, fragte Schollkämper verständnislos.
»Astartus«, sagte Eric. »Der Reihe nach und langsam, sonst verstehen wir dich nicht.«
Andrea setzte sich umständlich auf und atmete ein paar Mal tief ein und aus, ehe sie begann. »Deine Eltern gekommen, gleich gekommen. Er bringen Geschenk. Auto. Aber deine Mutter nicht wollen nehmen und da er werden böse. Viel Schreien. Dann dein Vater ihn schlagen und schwarzer Mann rufen riesigen Kerl, ihm helfen.«
»Mein Vater hat Astartus geschlagen?«, vergewisserte sich Eric. Das konnte er sich beim besten Willen nicht vorstellen. Sein Vater *hasste* Gewalt.
»Schwarzer Mann viel schreien«, bestätigte Andrea. »Er deinen Vater bedrohen. Er sagen, er ihn ...« Sie suchte nach Worten. »... ruinieren. Dann er bedrohen deine Mutter und dich. Er sagen, er euch beide umbringen, wenn nicht bekommen das Haus.«
»Und da hat dein Vater die Nerven verloren«, sagte Schollkämper. »Das kann ich verstehen.« Er sah Andrea. »Was ist dann passiert?«
»Großer Mann kommen und fesseln beide«, sagte Andrea. »Dann sehen mich und jagen mich hierher. Ich mich gewehrt, aber großer Mann viel stark. Mich fesseln und weggehen.«
»Du hattest keine Chance«, sagte Eric. Er spürte, dass Andrea sich Vorwürfe machte. »Ich habe die Kerle gesehen. King Kong ist ein Schwächling dagegen.«
»Aber Andrea gehört, wo schwarzer Mann mit deinen Eltern hingehen«, sagte Andrea.
»Was?«, fragte Schollkämper. »Wohin?«
»Sagen, zu Haus«, antwortete Andrea. »Sagen, wollen zeigen Grund, warum müssen Haus haben unbedingt.«
»Wellstadt-Roblinskys Haus«, murmelte Schollkämper düster. »Gut, jetzt wissen wir, wo sie sind.« Er sprang auf. »Du

bleibst hier, ich alarmiere die Kollegen und fahre schon einmal los.«
»Fällt mir nicht ein!«, antwortete Eric. »Ich komme mit!«
»Das ist viel zu gefährlich«, widersprach Schollkämper, aber Eric schüttelte heftig den Kopf.
»Wenn er meine Eltern dorthin bringt, wo ich annehme, dann brauchen Sie mich«, beharrte er. »Und wenn schon nicht mich, dann Chep. Es sei denn, Sie haben zufällig eine Spritzpistole mit Weihwasser und eine vom Papst persönlich geweihte Fliegenklatsche dabei.«
Schollkämper starrte ihn an und Eric konnte sehen, wie es hinter seiner Stirn arbeitete. »Also gut«, sagte er schließlich. »Aber es gefällt mir nicht.«
»Glauben Sie etwa, mir?«, murmelte Eric.
»Du sehr vorsichtig sein«, flüsterte Andrea. »Schwarzer Mann gefährlich. Viel böse. Und heute Vollmond. Tür zur Geisterwelt weit offen stehen. Böser Geist heute sehr stark.«
»Sie bleiben hier!«, bestimmte Schollkämper, an Andrea gewandt. »Ich schicke Ihnen ein paar Kollegen, die sich um alles weitere kümmern.«
Sie verließen das Haus durch die Garage, weil dieser Weg kürzer war, und Schollkämper wollte zu seinem Wagen eilen, aber Eric schüttelte den Kopf und deutete auf den Porsche.
»Wir nehmen den«, sagte er. »Er ist schneller.«
Schollkämper zögerte nur eine Sekunde, dann öffnete er die Fahrertür und quetschte sich ächzend in den Wagen hinein.
»Meinetwegen«, sagte er. »So erfüllt die Karre wenigstens einen guten Zweck.«
Aber Eric wusste, dass das nicht der wahre Grund war. Vielmehr war es wohl so, dass Schollkämper genau wie er zu spüren schien, dass es jetzt tatsächlich auf jede Sekunde ankam.

Der Porsche schlitterte auf kreischenden Reifen auf das Haus zu, hüpfte den Bürgersteig hinauf und kam buchstäblich um Haaresbreite vor der Mauer zum Stehen. Schollkämper und

Eric sprangen gleichzeitig aus dem Wagen. Erics Knie zitterten und sein Herz hämmerte bis in seinen Hals hinauf.
Seine schlimmsten Befürchtungen schienen sich zu bestätigen. Die Tür zum ehemaligen Haus der Lehrerin stand sperrangelweit offen und im gesamten Erdgeschoss brannte Licht. Nur ein kleines Stück weit entfernt parkte Astartus' Straßenkreuzer, aber auch seine Türen standen offen und von seinen Insassen war keine Spur zu sehen. Eric konnte sich jedoch lebhaft vorstellen, wo sie waren.
Sie hetzten die Treppe hinauf und Schollkämper stürmte mit kampflustig gesenkten Schultern als Erster durch die Tür. Das Haus war zwar fast taghell erleuchtet, aber allem Anschein nach vollkommen leer. Sie hörten nicht den mindesten Laut. Schollkämper blieb stehen, drehte sich um, wollte dann den Weg zum Wohnzimmer der Lehrerin einschlagen, aber Eric schüttelte nur den Kopf und deutete auf die Treppe.
»Der Keller«, sagte er.
Schon als der Kriminalkommissar die Tür öffnete, schlug ihnen ein rotes, unheimliches Licht entgegen. Hitze drang aus der Tiefe zu ihnen empor, und Schollkämper blieb abermals stehen.
»Brennt es da unten?«, fragte er zögernd.
»Das ist kein Feuer«, antwortete Eric. *Zumindest keines, das die Feuerwehr löschen könnte.*
Die Intensität des roten Lichts nahm zu, je weiter sie in die Tiefe kamen und sie hörten unheimliche, fremde Laute: ein hohles Brausen und Rauschen, wie von Wind oder ferner Meeresbrandung, das aber genauso gut auch entfernter Schlachtlärm sein konnte. Ein Wimmern wie von Millionen gequälter Seelen, die vergebens nach Erlösung schrien, aber auch das Klirren von Metall, das Splittern von Holz und gellende Schmerzens- und Todesschreie. Schollkämpers Schritte wurden langsamer.
Als sie die letzte Stufe hinter sich gebracht hatten und den Keller erreichten, blieben sie stehen.
Der Keller hatte sich auf unheimliche Weise verändert. Der

Raum selbst sah noch genauso aus, wie er gewesen war, ein großer, mit Gerümpel voll gestopfter fensterloser Keller, in dem schon seit Jahrzehnten nur noch Staub, Kellerasseln und Spinnen herrschten, nur dass er jetzt von rotem, flackerndem Licht erfüllt wurde, das alle Konturen seltsam verzerrte und die Schatten mit Bewegung füllte. Die Quelle dieses unheimlichen roten Lichtes war die gegenüberliegende Wand. Sie schien zu glühen, strahlte düsteres Rot und eine nicht sehr starke, aber äußerst unangenehme Hitze aus, und es war Eric nicht möglich, sie auch nur länger als ein paar Sekunden anzublicken, ohne dass ihm übel wurde. Alle Linien und Konturen schienen in ununterbrochener, fließender Bewegung zu sein, die irgendwie ... falsch wirkte, als versuchte er in eine Richtung zu blicken, die es gar nicht gab.

»Was ist das?«, stöhnte Schollkämper. Er zitterte am ganzen Leib. Auch er spürte den Hauch des Bösen, unendlich *Fremden*, der von der rot glühenden Mauer ausging.

Eric hätte seine Frage beantworten können. Er wusste, was hinter der roten, lodernden Wand lag – die Schwarze Kathedrale, das Reich Azazels und eines noch viel grässlicheren, bösartigen Dämons, den Chep den Alten Feind genannt hatte.

Bevor er jedoch etwas sagen konnte, lief eine rasche, wellenförmige Bewegung über die rot glühende Wand und Azazel trat hervor. Schollkämper schnappte hörbar nach Luft und Eric prallte entsetzt zurück. Instinktiv wollte er sich herumdrehen und die Treppe hinaufstürzen, aber auch diese hatte sich auf unheimliche Weise verändert. Sie war noch da, aber das rote Licht schien die hölzernen Stufen durchdrungen zu haben. Sie leuchteten nicht etwa von innen heraus, hatten aber ihre Farbe gewechselt und schienen zu etwas grässlich Lebendigem und Gefährlichem geworden zu sein, das nur darauf wartete, dass er seinen Fuß darauf setzte, um ihm etwas Unaussprechliches anzutun.

»Mein Gott, Eric, was ... was ist das?«, stammelte Schollkämper.

Er meinte Azazel, der mit langsamen Schritten näher gekom-

men war und ein paar Meter vor ihnen angehalten hatte. Das Haupt des Schwarzen Engels schien beinahe die Kellerdecke über ihnen zu berühren und seine Flügel waren halb gespreizt, als wollte er sich jeden Moment auf sie stürzen.
»Azazel«, flüsterte Eric.
Der Schwarze Engel lächelte. Es wirkte wie das Grinsen einer Schlange, die ihre Beute musterte.
»Immerhin erinnerst du dich noch an meinen Namen«, sagte er. Seine Lippen bewegten sich nicht, als er sprach, aber seine Stimme schien trotzdem die gesamte Welt auszufüllen. »Was bist du? Besonders tapfer oder besonders dumm? Hat man dich nicht gewarnt, hierher zu kommen, oder ist deine Sorge um deine Eltern so groß, dass du all diese Warnungen in den Wind geschlagen hast?« Er schüttelte den Kopf. »Wenn, dann war dein Opfer umsonst. Sie gehören mir.«
»Was hast du mit ihnen gemacht?«, fragte Eric mit zitternder Stimme. »Was hast du meinen Eltern angetan, du Ungeheuer?«
»Nichts anderes, als ich dir auch antun werde«, sagte Azazel ernst. Er streckte die Hand aus und wollte auf Eric zutreten und Schollkämper schrie auf und warf sich ihm todesmutig entgegen.
Azazel fegte ihn mit einer beinahe nachlässigen Bewegung zur Seite. Schollkämper wurde durch die Luft geschleudert, prallte gegen die Wand und sank haltlos daran zu Boden.
Eric war mit zwei schnellen Schritten bei ihm, schüttelte ihn und rief ein paar Mal seinen Namen, bekam aber keine Antwort, und als er in Schollkämpers weit offen stehende Augen blickte, durchfuhr ihn ein eisiger Schrecken.
»Er ... er ist tot!«, keuchte er. »Du hast ihn umgebracht«
Azazel schüttelte den Kopf und kam näher. »Niemand, der in mein Reich eingeht, stirbt«, sagte er. »Auch du wirst nicht sterben, hab keine Angst.«
Seine Bewegung war so schnell, dass Eric sie kaum sah und dass er ihr entging, war pures Glück und sonst nichts. Azazels gewaltige Pranken zuckten in seine Richtung. Eric zog den

Kopf ein und entging ihnen um Haaresbreite und Azazels Krallen schlugen Funken aus dem Stein, als sie gegen die Wand prallten. Der Engel zischte wütend.
Eric wälzte sich panikerfüllt herum, sprang auf die Füße und rannte davon. Azazel verfolgte ihn. Der Schwarze Engel bewegte sich nicht besonders schnell, aber durch seine kolossale Größe machte er diesen Nachteil leicht wieder wett. Eric sprang wild hin und her, um den zuschnappenden Pranken Azazels zu entgehen, aber sein Vorsprung schmolz mit jeder Sekunde weiter. Und es gab nur eine einzige Richtung, in die er fliehen konnte – die Treppe!
Er kämpfte seine Furcht nieder, mobilisierte noch einmal alle seine Kräfte und warf sich mit einem verzweifelten Sprung vor. Seine Füße berührten die Treppenstufen kaum, so schnell flog er sie empor, und er hörte, wie Azazel unter ihm vor Enttäuschung und Wut aufheulte. Vielleicht war diese Treppe tatsächlich eine Falle gewesen, die nur nicht so funktionierte, wie es sich der Schwarze Engel vorgestellt hatte.
Etwas berührte seinen Fuß. Eric sah im Rennen nach unten und sah, dass ein dünner, peitschender Faden aus der Treppe herausgewachsen war, kaum stärker als ein Haar und von nasser, fleischiger Farbe. Er hatte sich um sein Fußgelenk gewickelt und zerriss, als er sich von der Stufe abstieß, aber kaum berührte er die nächste Treppenstufe, da wuchs ein ganzer Wald dünner, peitschender Fühler daraus hervor und wickelte sich um seinen Knöchel. Eric wurde mit einem Ruck aus dem Gleichgewicht gerissen, stürzte nach vorne und streckte die Arme aus, um sich abzufangen.
Es gelang ihm, aber er schrie trotzdem gellend auf. Auch aus dieser Stufe wuchsen plötzlich Tausende wie zuckende Nerven peitschender Fäden heraus, die sich blitzschnell um seine Hände wickelten, seine Finger bewegungsunfähig machten und rasch an seinen Armen emporkrochen, um ihn weiter nach unten zu ziehen. Eric stemmte sich mit aller Gewalt gegen die Treppenstufe, aber diese gab nicht nach und zerrte weiter an ihm.

Als sein Gesicht noch wenige Zentimeter davon entfernt war, klaffte in dem, was einmal eine Stufe gewesen war, ein lippenloses Maul auf, in dem Hunderte rasiermesserscharfer Haifischzähne blitzten.
»Nein!«, brüllte Azazel, der hinter ihm die Treppe hinaufgestürmt kam. »Er gehört mir!«
Das tödliche Haifischmaul verschwand und für einen Moment schien sich auch der Griff der peitschenden Tentakel etwas zu lockern. Eric nutzte die Gelegenheit und startete einen neuen Versuch, sich loszureißen. Seine Kraft reichte auch dieses Mal nicht, doch plötzlich griff eine sehr große, sehr starke Hand nach seinem Arm, schloss sich darum und zog ihn ohne die geringste Mühe in die Höhe.
»Nichts da«, sagte Chep. »So weit ist es noch lange nicht.«
Er zog Eric vollends zu sich hinauf, stellte ihn sanft auf die Füße und schob ihn dann schon etwas weniger sanft hinter sich, als Azazel wutschnaubend die Treppe heraufgerannt kam.
»Du schon wieder«, grollte der Schwarze Engel. »Habe ich dir nicht gesagt, dass du mir aus dem Weg gehen sollst?«
»Du wirst diesen Knaben in Ruhe lassen«, sagte Chep. »Ich lasse nicht zu, dass du ihm etwas zu Leide tust!«
Azazel lachte – aber Eric fand, dass es ein ganz klein wenig unsicher klang. »Du Narr!«, sagte er. »Er gehört mir, das ist beschlossene Sache! Geh mir aus dem Weg oder du stirbst! Noch einmal werde ich keine Gnade walten lassen!«
»Niemals!«, sagte Chep und Azazel knurrte: »Ganz wie du willst.«
Eine gleichzeitige Explosion weißen Lichts und vollkommener Schwärze blendete Eric, und als er wieder sehen konnte, waren beide Engel wieder mit Schild und Schwert bewaffnet. Sie gingen sofort aufeinander los.
Eric hob erschrocken die Hand vors Gesicht, als die Schwerter der beiden kämpfenden Engel Funken sprühend aufeinander prallten. Das Haus erbebte unter der Gewalt, mit der die beiden ihre Klingen kreuzten, und Eric glaubte schon nach

den ersten Hieben Anzeichen von deutlicher Überraschung auf Azazels ebenholzschwarzem Gesicht zu erkennen. Ganz offensichtlich hatte der Höllenfürst damit gerechnet, leichtes Spiel mit dem Cherub zu haben.
Die beiden Engel begannen sich zu umkreisen. Nach dem ersten ungestümen Zusammenprall griffen sie beide nicht wieder mit aller Gewalt an, sondern schienen sich eher gegenseitig zu belauern und abzutasten, wie um die Kräfte und möglichen Schwächen des jeweils anderen zu prüfen. Azazel schlug erregt mit beiden Flügeln, während Chep angespannt und mit großer Konzentration kämpfte.
»Verschwinde, Eric«, sagte er. »Bring dich in Sicherheit!«
»Nein«, antwortete Eric. »Ich bleibe hier!« Wohin sollte er auch gehen? Schollkämper war tot. Seine Eltern waren in der Gewalt Azazels und wenn Chep jetzt auch noch fiel, dann war es so oder so um ihn geschehen. Sie würden entweder zusammen siegen oder zusammen untergehen.
Azazel sprang blitzschnell vor und nutzte eine Sekunde der Unaufmerksamkeit, um Chep eine tiefe Wunde am Arm beizubringen. Der Cherub knurrte wütend und revanchierte sich mit einem geraden Stich nach Azazels Oberschenkel, der ebenfalls sein Ziel traf.
Der Höllenfürst lachte nur. »Du weißt, dass du mich nicht schlagen kannst! Selbst wenn du mich besiegst, werde ich am Ende gewinnen!«
»Wer sagt, dass ich dich schlagen will?«, antwortete Chep trotzig. »Vielleicht reicht es mir ja, ein bisschen an dir herumzuschnitzen.« Er versetzte Azazel im selben Moment einen heftig blutenden Schmiss im Gesicht, wie um seine Worte gleich unter Beweis zu stellen.
Azazel brüllte vor Wut, schlug heftig mit den Flügeln und verdoppelte die Wucht seines Angriffs und der Kampf brach richtig los. Funken und Blitze stoben zwischen den aufeinander klirrenden Schwertern und Schilden hoch und die heftig peitschenden Schwingen der Engel fegten Bilder von den Wänden, zertrümmerten Möbelstücke und zerschmetterten

die Lampe unter der Decke. Schließlich brachte Chep einen weiteren Treffer an. Azazel taumelte zurück und Chep half der Bewegung mit einem Fußtritt vor seine Brust nach, der den Schwarzen Engel rücklings durch die Tür ins Wohnzimmer beförderte. Da er dabei die Flügel noch immer weit gespreizt hatte, gingen auch der Türrahmen und ein Teil der Wände zu beiden Seiten zu Bruch. Von weit her hörte Eric ein an- und abschwellendes Heulen und aus den Augenwinkeln sah er ein flackerndes, bläuliches Licht, das durch die zerborstenen Fensterscheiben hereindrang. Aufgeregte Stimmen schrien durcheinander.
Er hatte keine Zeit, darauf zu achten, denn der Kampf der Engel näherte sich seinem Höhepunkt. Azazel stieß mit Schild und Schwert zugleich zu, aber Chep wich dem Angriff mit einer eleganten Drehung aus und brachte seinerseits einen Treffer an, der Azazel einen Teil seiner Schwinge kostete und die Luft mit einer Wolke stiebender schwarzer Federn füllte.
»So gefällst du mir schon besser«, spöttelte Chep. »Hast du etwa vergessen, dass wir in der Welt der Menschen genauso verwundbar und sterblich sind wie sie?«
Azazel brüllte vor Zorn. Sein Schwert zischte durch die Luft, fegte den Kronleuchter von der Decke und setzte einen Teil der zerfetzten Vorhänge in Brand, ehe es mit solcher Gewalt auf Cheps Schild prallte, dass der Cherub keuchend zurücktaumelte und fast das Gleichgewicht verlor.
Eric bückte sich blitzschnell nach einem abgebrochenen Stuhlbein, riss es in die Höhe und schmetterte es dem Höllenfürsten mit solcher Gewalt in die Kniekehle, dass es zerbrach. Azazel knurrte vor Wut, schlug mit den Flügeln und taumelte. Seine unversehrte Schwinge traf Eric mit fürchterlicher Wucht und schleuderte ihn quer durch das verwüstete Zimmer. Ein umgestürzter Sessel bremste seinen Sturz, aber er war trotzdem für einen Moment benommen. Als er sich aufrichten wollte, glitt er hilflos wieder aus und fiel noch einmal zu Boden.
Eric fuhr mit einem Schmerzenslaut hoch, griff in die Jacken-

tasche und zog das in braunes Packpapier eingeschlagene Bündel heraus, das Andrea ihm gegeben hatte. Eine dünne Metallnadel hatte sich durch das Papier gebohrt und ihn schmerzhaft zwischen die Rippen getroffen. Andreas Schutzzauber! Vielleicht war jetzt der Moment, ihn auszuprobieren.

Er blickte noch einmal hastig hoch. Azazel und Chep kämpften noch immer mit ungebrochener Wut und obwohl Chep bisher eindeutig mehr und schwerere Treffer angebracht hatte, begann sich das Blatt langsam zu wenden. Azazel war wie ein Raubtier, das umso gefährlicher zu werden schien, je mehr es in die Enge getrieben wurde und je schwerer es verletzt war.

Eric riss das Papier herunter – und stieß ungläubig die Luft aus.

Andreas Schutzzauber bestand aus braunem Sackleinen, hatte die grobe Form eines Menschen und war etwas größer als seine Hand.

Es war eine Voodoo-Puppe.

Andrea hatte eine schwarze Feder an ihrem Rücken befestigt – er wusste jetzt, wonach sie sich so hastig gebückt hatte, nachdem er von seiner ersten Begegnung mit dem Höllenfürsten zurückgekehrt war – und einen von Mutters Schaschlikspießen zusätzlich geschärft und sein oberes Ende mit bunten Bändern umwickelt. Er war es gewesen, der sich so schmerzhaft in seine Seite gebohrt hatte.

Neben ihm begannen die Flammen immer schneller um sich zu greifen. Die uralten Vorhänge waren zundertrocken und brannten, als wären sie mit Benzin getränkt. Nur noch wenige Minuten und das Haus war nicht mehr zu retten.

Aber so lange würde der Kampf wahrscheinlich gar nicht mehr dauern.

Eric beobachtete entsetzt, dass Azazel jetzt immer schneller die Oberhand gewann. Cheps Kräfte begannen sichtlich zu erlahmen, während die Hiebe und Schwertstöße des Schwarzen Engels immer mehr an Kraft und Entschlossenheit zunahmen und plötzlich stolperte Chep, kämpfte eine halbe Sekunde lang vergeblich mit seinem Gleichgewicht und stürzte schließlich hilflos nach hinten. Azazel schrie triumphierend auf und setzte ihm mit erhobenem Schwert nach und Eric fand, dass jetzt genau der richtige Augenblick gekommen war, um Andreas Schutzzauber auszuprobieren. Ohne noch länger darüber nachzudenken, nahm er den Spieß und stach ihn der Voodoo-Puppe tief in den Fuß.

Das Ergebnis konnte sich sehen lassen.

Azazel brüllte, ließ Schwert und Schild fallen und hüpfte wie wild auf einem Bein herum, damit er den anderen Fuß mit beiden Händen umklammern konnte.

Eric sah ihm einige Sekunden lang dabei zu, zog den Spieß dann heraus und rammte ihn in den anderen Fuß der Voodoo-Puppe und Azazel kreischte wie eine kaputte Motorsäge, riss auch den anderen Fuß in die Höhe und landete prompt auf der Nase.

Etwas strich glühend heiß über Erics Arm und er sprang hastig auf und machte einen Schritt zur Seite. Das Feuer hatte sich weiter ausgebreitet. Es war bereits unangenehm heiß im Zimmer und die Luft war so voller Rauch, dass er husten musste. Außerdem sah er voller Schrecken, dass sich die Flammen mit unheimlicher Schnelligkeit auf die Tür zufraßen. Noch ein paar Minuten und sie waren hoffnungslos in dem brennendem Zimmer gefangen.

Er zog die Nadel aus der Puppe heraus, wartete, bis Azazel sich benommen aufgerichtet hatte, und rammte der Puppe den Schaschlikspieß dann durch die Schulter. Azazel heulte schrill auf, schlug einen halben Salto in der Luft und fiel mit einem Krachen zu Boden, das das gesamte Gebäude in seinen Grundfesten zu erschüttern schien und Eric setzte mit einem todesmutigen Sprung über den gefallenen Engel hinweg und eilte zu Chep. Azazel versuchte nach ihm zu greifen, hörte aber sofort damit auf, als Eric an dem Spieß wackelte, der noch in der Schulter der Voodoo-Puppe steckte.

Eric erschrak, als er Chep sah. Der Engel blutete aus zahlreichen Wunden. Sein Gewand war mehr rot als weiß, und als

Eric ihm half, sich aufzusetzen, da war sein Blick so verschleiert, dass er Eric im ersten Moment nicht einmal zu erkennen schien.
»Chep! Bist du in Ordnung?«
Der Cherub schüttelte benommen sein Gefieder. »Was ist ... passiert?«, murmelte er verständnislos.
Eric hörte, wie Azazel sich hinter ihm bewegte, zog die Nadel aus der Voodoo-Puppe und rammte sie ihr kurz entschlossen in den Oberschenkel. Azazel brüllte vor Schmerz und Wut. Eric stand auf und zog Chep ächzend in die Höhe. Ein hastiger Blick zur Tür zeigte ihm, dass es allerhöchste Zeit wurde, das Zimmer zu verlassen. Die Flammen leckten bereits an einer Seite des Türrahmens.
Chep war so schwach, dass er sich schwer auf Erics Schulter stützen musste. Seine Federn begannen zu schwelen, und als sie endlich aus dem Zimmer heraus waren, musste Eric rasch ein paar Flämmchen ausschlagen, die an seinem Gewand leckten.
Draußen auf dem Flur ließ sich Chep schwer auf eine Treppenstufe sinken. Er winkte ab, als Eric helfend die Hand nach ihm ausstrecken wollte.
»Ich brauche nur einen Moment Ruhe«, murmelte er. »Dann ist alles in Ordnung.«
»Gar nichts ist in Ordnung«, antwortete Eric zornig. »Warum hast du mir nicht gesagt, dass du in unserer Welt sterblich bist, du dummer Kerl?«
»Was hätte das schon geändert?«, fragte Chep mit einem schmerzlichen Lächeln. Dann blickte er auf die Voodoo-Puppe in Erics Händen und schüttelte den Kopf. »Du solltest das nicht tun«, murmelte er. »Es ist nicht gut, schwarze Magie gegen das Böse zu verwenden.«
»Bis jetzt funktioniert es ganz ausgezeichnet«, antwortete Eric und zum Beweis zog er die Nadel aus dem Oberschenkel der Voodoo-Puppe und stieß sie ihr gleich darauf ins rechte Knie. Azazel brüllte im angrenzenden Raum so laut, dass noch einige der bisher übrig gebliebenen Fensterscheiben zerbarsten.

»Bitte tu das nicht«, bat Chep. »Es ist nicht recht. Du musst weg von hier. Das Haus wird niederbrennen.«
»Und meine Eltern? Ich lasse sie nicht im Stich.«
»Du hilfst ihnen nicht, wenn du ums Leben kommst«, antwortete Chep. »Flieh. Ich werde später wieder zu dir kommen.«
Er verschwand, aber diesmal war er nicht einfach weg, wie Eric es schon beinahe gewohnt war. Seine Gestalt verlor an Schärfe und Substanz, begann zu flimmern und löste sich dann ganz langsam auf – als hätte er kaum noch die Kraft, sich auf die geheimnisvolle Weise zu entfernen, auf die er zwischen den Wirklichkeiten wanderte.
Als er verschwunden war, hörte Eric ein dumpfes Stöhnen hinter sich. Er drehte sich herum und gewahrte Azazel, der sich keuchend durch die brennende Tür schleppte. Er zog das linke Bein hinter sich her und seine einst mächtigen Schwingen waren verkohlt und angesengt. Sein Gesicht war eine einzige Grimasse der Qual. Aber alles, was Eric in seinen schwarzen Augen las, war brodelnder, grenzenloser Hass.
Eric drehte sich ganz zu ihm herum, hob die Voodoo-Puppe, die er noch immer in der Hand hielt, und zog die Nadel aus ihrem Knie. Azazel stieß einen Seufzer unendlicher Erleichterung aus, richtete sich auf und wandte sich drohend in seine Richtung, und Eric setzte die Spitze des Schaschlikspießes auf die Stirn der Puppe. Azazel erstarrte.
»Das tust du nicht«, sagte er. »Du hast es selbst gesagt: Du tötest nicht. Nicht einmal mich.«
»Das stimmt«, antwortete Eric. »Aber ich schwöre dir, dass ich dich blende, bevor du mich umbringst. Wie würde es dir gefallen, blind zu sein?«
Azazel starrte ihn zwei, drei Sekunden lang verblüfft an, dann begann er schallend zu lachen. Fast gemächlich streckte er die Hand aus, nahm ihm die Voodoo-Puppe aus den Fingern und zog die schwarze Feder heraus, die Andrea an ihrem Rücken befestigt hatte, und Eric konnte ganz deutlich spüren, wie etwas aus der Puppe wich. Der Zauber war erloschen. Von

einer Sekunde auf die andere war sie nur noch ein Stück Stoff. Azazel ließ sowohl die Feder als auch die Puppe achtlos fallen. Den Schaschlikspieß knüllte er so beiläufig in der Hand zusammen, wie Eric ein Stück Stanniolpapier zerquetscht hätte.
»Du gefällst mir, Knirps«, sagte er. »Du wirst einmal ein guter Soldat in meinen Reihen, denn du bist tapfer.«
»Niemals!«, sagte Eric.
»Deshalb werde ich dir auch das Leben schenken«, fuhr Azazel unbeeindruckt fort. »Für diesmal.«
Er lachte noch einmal, dann verschwand er und Eric blieb allein zurück. Plötzlich spürte er wieder, wie heiß es war. Die Flammen hatten längst ihren Weg aus dem Wohnzimmer heraus hierher gefunden und die Luft war so voller Rauch, dass er kaum noch atmen konnte. Er drehte sich herum, verwarf den Gedanken aber sofort wieder, nach vorne hinauszulaufen. Die Straße wimmelte wahrscheinlich mittlerweile von Polizei und Neugierigen, denen er in die Arme laufen würde.
Aber schließlich kannte er sich ja hier aus.
Eric fuhr auf dem Absatz herum, tastete sich zur Küche vor und verließ das Haus unbehelligt durch die Hintertür.

Es musste fast Mitternacht sein, als er zu Hause ankam. Er hatte keinen Pfennig Geld eingesteckt, als er zusammen mit Schollkämper das Haus verlassen hatte, sodass er kein Taxi nehmen konnte, und in seinem mitgenommenen Zustand wagte er es auch nicht, einen Wagen anzuhalten, und hatte den ganzen Weg zu Fuß zurückgelegt. Und es war ein ziemlich langer Weg. Er war vollkommen erschöpft, als er endlich angekommen war. Trotzdem nahm er den Umweg in Kauf, das weitläufige Grundstück zu umgehen und über die Gartenmauer zu klettern, um sich dem Haus von der Rückseite zu nähern.
Eine Vorsichtsmaßnahme, die sich als keineswegs übertrieben erwies. Das Haus war noch hell erleuchtet, und als er durch den hinteren Eingang hineinschlich, hörte er gedämpfte Stimmen. Eine davon kannte er. Sie gehörte Breuer.

Eric wartete einen günstigen Moment ab, dann tappte er auf Zehenspitzen durch den Flur, eilte die Treppe hinauf und betrat sein Zimmer. Ohne Licht zu machen zog er sich aus, ging ins Bad und wusch sich Ruß und Schmutz aus dem Gesicht, so gut es ging. Dann zog er sich frische Kleider an, versteckte seine angesengte Jacke und die genauso mitgenommene Hose und das Hemd unter der schmutzigen Wäsche und schlich auf Zehenspitzen wieder nach unten. Er ging zur Tür, machte sie leise auf und warf sie dann mit einem Knall wieder ins Schloss.
Nicht einmal eine Sekunde später flog Breuer regelrecht aus dem Wohnzimmer heraus. Er riss die Augen auf, als er ihn sah, eilte aber ohne ein weiteres Wort an ihm vorbei, öffnete die Tür und sah nach draußen.
»Wo ist Kommissar Schollkämper?«, fragte er, nachdem er sich wieder zu ihm umgedreht hatte.
»Ist ... ist er denn nicht hier?«, stotterte Eric. Er hatte lange genug Zeit gehabt, sich auszudenken, welche Geschichte er erzählen sollte, aber er musste das Zittern in seiner Stimme nicht einmal spielen.
»Warum sollte er hier sein?«, fragte Breuer scharf. »Ihr seid doch zusammen weggefahren, oder? Sein Wagen steht ja noch vor der Tür!«
Offensichtlich hatte er mit Andrea gesprochen, aber damit hatte Eric gerechnet. Bereitwillig erzählte er Breuer, wie sie Andrea gefesselt und hilflos in ihrem Zimmer vorgefunden hatten und dann mit Mutters neuem Porsche losgerast waren.
»Vor dem Haus stand Astartus' Wagen«, schloss er. »Ihr Kollege ist hineingelaufen, aber ich sollte im Auto warten. Er ist ziemlich lange geblieben. Ich wollte ihm gerade folgen, aber dann habe ich Schreie gehört und gleich darauf Feuer gesehen. Ich habe es mit der Angst zu tun bekommen und bin weggelaufen.«
Breuer schwieg eine ganze Weile. Er sah ihn scharf und durchdringend an und Eric begann sich unter seinen Blicken immer unwohler zu fühlen, hielt ihnen aber trotzdem stand. Was hat-

te Chep gesagt? Die raffinierteste Lüge ist die, die haarscharf an der Wahrheit vorbeigeht?
»Und danach?«, fragte Breuer. »Wo bist du gewesen?«
»Ich bin weggelaufen«, sagte Eric. »Ich hatte kein Geld bei mir und so musste ich den ganzen Weg zu Fuß gehen.«
»Mir bricht das Herz«, sagte Breuer feindselig. »Wieso hast du nicht einfach die Polizei gerufen?«
»Daran habe ich gar nicht gedacht«, gestand Eric kleinlaut. »Aber was ist denn nun mit Kommissar Schollkämper? Und wo sind meine Eltern?«
»Keine Ahnung«, antwortete Breuer. »Alles, was ich dir sagen kann, ist, dass das Haus lichterloh brennt und das Feuer auch auf die beiden benachbarten Gebäude übergegriffen hat. Mehr weiß ich auch nicht.« Er wedelte ungeduldig mit der Hand. »Setz dich irgendwohin. Und rühr dich bloß nicht von der Stelle! Ich muss ein paar Telefongespräche führen!«
Eric ging gehorsam an ihm vorbei ins Wohnzimmer. Andrea saß auf der Couch und neben der Tür stand ein grünuniformierter Polizist, der Eric mit einem wortlosen, aber durchaus freundlichen Nicken begrüßte, als er eintrat. Andrea fuhr hoch und setzte dazu an, etwas zu sagen, aber Eric warf ihr einen fast beschwörenden Blick zu und zu seiner Erleichterung verstand sie dessen Bedeutung offensichtlich. Statt etwas zu sagen, was ihn vielleicht wirklich in Schwierigkeiten gebracht hätte, ließ sie sich wieder zurücksinken und sagte nur: »Eric! Du wieder zurück! Gut.«
Eric antwortete mit einem wortlosen Nicken darauf und setzte sich auf einen der Sessel. Andrea beherrschte sich hervorragend, aber nach einer Weile drehte sich der Polizist herum und verließ das Zimmer und kaum waren sie allein, da war es mit ihrer Selbstbeherrschung auch schon schlagartig vorbei und sie sprudelte los: »Wo du gewesen? Was passiert? Wo deine Eltern und was mit Polizist? Andrea Polizist erzählen von Feuer!«
Eric brachte ihren Redeschwall mit einer Geste zum Verstummen. »Ich kann dir jetzt nicht alles erklären, Andrea«, sagte er

mit einem hastigen Blick zur Tür hin. »Aber es war furchtbar. Schollkämper ist tot.«
Andrea riss entsetzt die Augen auf und tat, was sie immer in einer solchen Situation tat: Sie bekreuzigte sich.
»Dein Schutzzauber hat jedenfalls hervorragend funktioniert«, fuhr Eric mit gedämpfter Stimme fort. »Aber ich brauche einen neuen. Etwas Stärkeres. Etwas *viel* Stärkeres.«
»Du nicht wissen, was du sagen!«, sagte Andrea erschrocken. Sie bekreuzigte sich schon wieder. »Du –«
»Er hat meine Eltern«, unterbrach sie Eric. »Und Astartus und seine Leibwächter wahrscheinlich auch!«
»Wer?«
Es war nicht Andrea, die diese Frage stellte, sondern Breuer. Eric fuhr entsetzt herum und ein einziger Blick in Breuers Gesicht sagte ihm, dass der Inspektor jedes Wort gehört hatte.
Trotzdem sagte er: »Was meinen Sie?«
»Verkauf mich nicht für dumm, Eric«, sagte Breuer wütend. »Du hast gesagt, Schollkämper ist tot und er hat meine Eltern. Wen meinst du?«
»Astartus«, antwortete Eric. »Ich meinte: Astartus und seine Leibwächter haben meine Eltern.«
»Das hast du *nicht* gesagt!«, antwortete Breuer. Es war ihm anzusehen, dass er ganz kurz davor stand, loszubrüllen. »Ich bin weder taub noch dumm! Du hast gesagt –«
Ein Klingeln an der Haustür unterbrach ihn. Breuer runzelte die Stirn und gab dem anderen Polizeibeamten einen Wink. Dieser ging zur Tür und machte auf.
Eric staunte nicht schlecht, als niemand anderes als Astartus hereinkam. Er schob den Polizisten einfach zur Seite, trat mit schnellen Schritten in die Diele hinein und begann: »Guten Abend. Ich –« Dann sah er Eric, riss die Augen auf und kam mit weit ausgreifenden Schritten auf ihn zu. Der Polizeibeamte wollte ihn zurückhalten, aber Eric sah aus den Augenwinkeln, dass Breuer rasch die Hand hob und fast unmerklich den Kopf schüttelte.

»Eric, gelobt sei der Herr!«, rief Astartus. »Du lebst! Und du bist unverletzt!«
Er eilte mit weit ausgestreckten Armen auf ihn zu und hätte ihn wahrscheinlich glatt umarmt und an sich gedrückt wie ein Vater seinen verlorenen Sohn, wäre Eric nicht aufgesprungen und hätte seine Hände wütend zur Seite geschlagen.
»Rühren Sie mich bloß nicht an!«, zischte er.
Astartus' schauspielerische Leistung war oscarverdächtig. Er trat einen halben Schritt zurück, ließ die Arme sinken und blinzelte verstört. »Aber ... aber was hast du denn bloß?«, murmelte er.
»Das fragen Sie noch?« Eric musste sich beherrschen, um Astartus nicht einfach am Kragen zu packen und wild zu schütteln. »Wo sind meine Eltern? Was haben Sie mit ihnen gemacht?«
»Nichts!«, beteuerte Astartus und Breuer, der unmittelbar hinter ihm stand, sagte ruhig: »Seltsam, Herr Aspach. Miss Andrea hier behauptet etwas vollkommen anderes.«
Astartus Blick folgte der Geste. Eine Sekunde lang sah er Andrea völlig verständnislos an, dann machte sich ein Ausdruck von Betroffenheit auf seinem Gesicht breit. »Oh, ich verstehe«, sagte er. »Es gab da wohl ein kleines Missverständnis.«
»Jemanden zu fesseln und dann gewaltsam aus dem Haus zu schleifen würde ich nicht gerade als Missverständnis bezeichnen«, sagte Breuer.
»Ich war verärgert«, gestand Astartus. »Ich gestehe, dass mein Mitarbeiter meine Verstimmung falsch interpretiert und demzufolge hoffnungslos überreagiert hat. Natürlich habe ich ihn sofort entlassen.«
»Natürlich«, sagte Breuer spöttisch. »Und die Classmanns sind Ihnen dann freiwillig gefolgt, nehme ich an.«
»Auch wenn Sie es nicht glauben, ja«, antwortete Astartus. »Herr Classmann ist ein sehr vernünftiger Mann. Er hat am Ende zugestimmt, mit mir zu dem Haus hinauszufahren.«
»Wozu?«

»Um ihnen vor Ort zu zeigen, was für ein großartiges Werk wir dort im Namen Gottes vollbringen werden«, antwortete Astartus.
»Mitten in der Nacht?« Breuer schnaubte. »Wer soll Ihnen das glauben?«
»Ihr Misstrauen kränkt mich, Inspektor«, sagte Astartus. »Aber ich kann es verstehen. Schließlich ist es Ihr Beruf, misstrauisch zu sein.«
»Mein Beruf ist es, die Wahrheit herauszufinden«, antwortete Breuer düster, aber Astartus lächelte unerschütterlich weiter.
»Dann stehen wir auf derselben Seite«, sagte er. »Auch ich bin auf der Suche nach der Wahrheit. Nur ist die Wahrheit im Angesicht Gottes nicht immer dasselbe, wie wir Menschen zu sehen meinen.«
»Dieser Blödsinn interessiert mich nicht«, sagte Breuer. Er deutete auf Eric: »Ich möchte nur wissen, was auch er gerade gefragt hat: Wo sind seine Eltern?«
»Das weiß ich nicht«, antwortete Astartus. »Ich kam in der Hoffnung hierher, sie hier zu finden. Wir besichtigten gemeinsam das Haus und irgendwann wollten sich die Classmanns einen Raum nochmals ansehen und sind zurückgegangen. Dann brach das Feuer aus. Ich habe sie seither nicht mehr gesehen. Ich habe zu Gott gebetet, dass sie unversehrt geblieben sind, und kam sofort hierher.«
»Und für diese haarsträubende Geschichte haben Sie selbstverständlich Zeugen«, vermutete Breuer, der sich keine Mühe mehr gab, seine Stimme irgendwie anders als höhnisch klingen zu lassen.
»Selbstverständlich«, antwortete Astartus lächelnd. »Jean und Claude, meine beiden Leibwächter. Sie waren die ganze Zeit über in meiner Nähe.«
»Wie praktisch«, sagte Breuer. Er seufzte. »Wissen Sie was, Herr Aspach? Erzählen Sie diesen Quatsch dem Haftrichter. Mir ist meine Zeit zu schade dafür.« Er zog ein paar Handschellen aus der Jacke und ließ sie dem völlig verblüfften Astartus um die Handgelenke schnappen.

»Stefan Aspach, ich verhafte Sie wegen Freiheitsberaubung, Menschenraub und unter dringendem Mordverdacht.« Dann deutete er auf Eric. »Und du«, fügte er in kaum weniger unfreundlichem Ton hinzu, »kommst auch mit.«

Binnen kurzem war es die zweite Nacht, die Eric im Gefängnis verbrachte. Wenn auch diesmal unter völlig anderen Voraussetzungen. Er war nicht wirklich verhaftet und die Tür der Arrestzelle, die Breuer ihm zuwies, war nicht abgeschlossen. Eric war nicht einmal sicher, dass er Breuer wirklich hätte begleiten müssen, wenn er es nicht gewollt hätte. Aber es ging ihm einerseits darum, seinen guten Willen zu beweisen, und auf der anderen Seite war er sicher, hier im Polizeipräsidium zuallererst zu erfahren, wenn sich eine Spur von seinen Eltern fand.

Er wusste ziemlich genau, wo seine Eltern waren. Aber noch am vergangenen Abend war er fest davon überzeugt gewesen, dass auch Astartus ein Gefangener Azazels und der Schwarzen Kathedrale war, und dann hatte Astartus lebend und unversehrt vor ihm gestanden und dieser Umstand hatte ihm noch einmal neue, fast verzweifelte Hoffnung gegeben. Seine Logik und vor allem das, was er selbst gesehen und erlebt hatte, sagte ihm zwar, dass es für diese Hoffnung nicht den mindesten Grund gab, aber solange er nicht den Beweis hatte, dass seine Eltern noch irgendwo dort draußen und am Leben waren, weigerte er sich einfach, irgendetwas anderes zu glauben.

Er hatte zwar selbst nicht damit gerechnet, schlief aber irgendwann im Laufe des Abends schließlich doch ein und begann fast augenblicklich zu träumen.Diesmal sah er nicht die Ebene von Armageddon, sondern das Innere der Schwarzen Kathedrale. Wie schwerelos glitt er zwischen den endlosen schwarzen Bankreihen dahin, schnell und für sehr lange Zeit, aber unheimlicherweise, ohne dass er sich dem blasphemischen Altar an ihrem Ende auch nur um eine Winzigkeit zu nähern schien. Er hörte etwas wie düstere Orgelmusik, doch wie alles hier drinnen war sie auf gräßliche Weise verzerrt und irgendwie ins Gegenteil verkehrt, so dass sie ihm Angst machte, statt ihn zu beruhigen oder ihn mit ihrer Klangfülle zu beeindrucken, wie es klassische Kirchenmusik normalerweise tat.

Er erkannte die geschnitzten Sitzbänke nun deutlicher als bei seinem ersten Besuch in diesem gigantischen Bauwerk. Sie bestanden aus einem Holz, das so tiefschwarz war wie nichts zuvor, was er jemals gesehen hatte. Die Rückenlehnen waren absurd hoch und die Armstützen und Beine waren mit Schnitzereien übersät, die nur auf den allerersten Blick Symbole zeigten, wie man sie in einem Gotteshaus zu finden erwartete. Bei genauerem Hinsehen entpuppten sie sich als barbarische Obszönitäten, die gräßlich verzerrte Gesichter und Leiber zeigten, Dinge, die weder Mensch noch Tier waren, sondern furchteinflößende Spottgeburten irgendwo dazwischen und die auf fürchterliche Weise beinahe zu *leben* schienen.

Und die seine Anwesenheit durchaus bemerkten. Manchmal hackte eine vielfingrige, plumpe Klaue nach ihm. Geschnitzte Schlangenköpfe wandten sich zischelnd in seine Richtung, eine borkige Zunge versuchte ihn zu berühren und blinde Augen starrten ihm voller stummem Hass hinterher.

Nach einer Weile bemerkte er, dass die Sitzbänke nicht leer waren. Am Anfang waren es nur Schemen, die er erkennen konnte, so als hätten die Körper derer, die einst auf diesen Bänken gesessen hatten, ihre Schatten zurückgelassen, aber je mehr er sich dem schwarzen Altar näherte – ohne ihm indes *wirklich* näher zu kommen –, desto deutlicher erkannte er sie. Es waren menschliche Gestalten, aber die meisten boten einen bejammernswerten Anblick. Viele saßen verkrümmt da, in schon fast unnatürlichen Posen. Ihre Gesichter waren zu Grimassen unaussprechlicher Qual geworden und schon bald glaubte er einen Chor wimmernder und wehklagender Stimmen zu hören, der sich in die verzerrte Orgelmusik mischte.

Dann endete seine rasende Fahrt und Eric hätte gellend aufgeschrien, hätte er in diesem Albtraum eine Stimme gehabt.

In der Bankreihe, neben der er angehalten hatte, saßen seine

Mutter, sein Vater und gleich neben ihnen Schollkämper, Albrecht und Wellstadt-Roblinsky. Alle saßen verkrümmt da und er erkannte auch, warum das so war: Aus den Sitzflächen und Lehnen der Bank waren dünne Wurzelstränge herausgewachsen, die sich um ihre Glieder gewickelt hatten, und schlimmer noch, hier und da schienen ihre Körper selbst bereits zu Holz geworden zu sein, so dass sie im wahrsten Sinne des Wortes mit dem Möbelstück verwachsen zu sein schienen. Ihre Gesichter waren zu Grimassen der Pein verzerrt.

Obwohl sich Eric in jeder Sekunde des Umstandes bewusst war, nur zu träumen, war der Anblick fast mehr, als er ertragen konnte. Und das Schlimmste sollte erst noch kommen.

Seine Mutter drehte mühsam den Kopf in seine Richtung. Eine zweifingerstarke Wurzel mit einem filigran geschnitzten Schlangenschädel an ihrem Ende hatte sich um ihren Hals gewunden und auch die Schlange hob das Gesicht in seine Richtung und grinste ihn boshaft an, während aus dem Mund seiner Mutter ein Laut unsagbarer Qual kam.

Und obwohl er in diesem Traum nicht einmal einen Körper hatte, sah sie nicht nur genau in seine Richtung, sondern *sah ihn an* und in ihren Augen erschien ein Ausdruck unendlich tiefer Enttäuschung.

»Eric!«, stöhnte sie. »Warum hast du uns verraten?«

Er wurde sehr früh am nächsten Morgen von einem freundlichen Beamten geweckt, der ihm ein Frühstück brachte und ihn dann bat, ihn zu Inspektor Breuer zu begleiten. Eric ließ sich die Zeit, zu frühstücken. Das Essen schmeckte so, wie er erwartet hatte, dass Gefängnisessen schmeckte, aber Eric verspeiste die beiden dünnen Scheiben Brot mit fader Wurst und etwas, das wie Käse aussah und nach einem Stück aufgeweichtem Pappkarton schmeckte, bis auf den letzten Krümel und sei es nur, um Zeit zu gewinnen. Er fühlte sich aufgewühlt und auf eine Weise erschüttert, die er noch nie kennen gelernt hatte. Der Traum war natürlich nicht mehr als ein Traum gewesen, dessen Grund er sich sogar sehr gut erklären konnte: Auch wenn er wusste, dass es nicht so war, gab er sich trotzdem die Schuld an dem, was seinen Eltern zugestoßen war, und auch an Schollkämpers Tod. Es war nur ein Traum gewesen, mehr nicht. Trotzdem hatte er ihn bis ins Mark erschüttert.

Außerdem sah er der Begegnung mit Breuer mit gemischten Gefühlen entgegen. Vielleicht hatte Breuer ja Neuigkeiten, aber vielleicht hatte er ja auch nur wieder etwas herausgefunden, was ihm half, Eric Schwierigkeiten zu bereiten.

Er hatte Neuigkeiten, aber keine guten.

Breuer saß hinter Schollkämpers Schreibtisch, als Eric das Büro betrat. Er war blass und die dunklen Ringe unter seinen Augen und das leichte Zittern seiner Hände verrieten, dass er wohl die ganze Nacht über wach gewesen war. Obwohl die Fenster weit offen standen, roch die Luft abgestanden, verbraucht und nach kaltem Zigarettenrauch. Breuer machte eine knappe Kopfbewegung, ohne von dem Blatt aufzusehen, auf dem er gerade etwas notierte, und sagte: »Setz dich, Eric.«

Eric gehorchte, und als Breuer weiterschrieb und ihn nicht weiters zur Kenntnis nahm, fragte er: »Gibt es etwas Neues?«

Breuer schrieb in aller Ruhe den Satz zu Ende, schraubte umständlich die Kappe auf den Füllfederhalter und sah dann erst auf.

»Die Feuerwehr war die halbe Nacht damit beschäftigt, den Brand zu löschen«, sagte er. »Sie hatten ihre liebe Mühe damit. Das Feuer ist nämlich immer wieder aufgeflackert. Ich fürchte, von deinem Erbe ist nicht allzu viel übrig geblieben.«

»Das wissen Sie also auch schon«, sagte Eric.

»Es ist mein Beruf, alles zu wissen«, antwortete Breuer. »Aber ich habe auch eine gute Nachricht. Bei dem Feuer ist niemand zu Schaden gekommen. Und zumindest bis jetzt hat die Feuerwehr auch noch keine Leiche gefunden. Weder die von Kommissar Schollkämper noch die deiner Eltern.«

Taktgefühl gehört nicht unbedingt zu Breuers Stärken, dachte Eric. Aber die Worte hätten ihn sowieso nicht erschreckt. Er wusste, dass seine Eltern nicht tot waren.

Was er nicht wusste, war, ob das, was ihnen zugestoßen war, nicht viel *schlimmer* war als der Tod.
»Warst du auch in diesem Keller?«, fragte Breuer unvermittelt.
»Aber ich habe Ihnen doch gesagt, dass –«
»Ich weiß, was du mir gesagt hast«, unterbrach ihn Breuer seufzend. »Aber ich habe mittlerweile ein halbes Dutzend Zeugen gefunden, die gesehen haben, wie du aus dem Haus gekommen bist – nachdem es bereits brannte. Außerdem haben wir im Wäschekorb in deinem Zimmer eine angesengte Jeansjacke und eine Jeanshose voller frischer Rußflecken gefunden. Gib dir also keine Mühe, weiter zu lügen.«
Eric starrte ihn erschrocken an. Er schwieg.
»Also gut«, sagte Breuer. »Dann etwas anderes. Wo waren Schollkämper und du, als ihr das erste Mal weggefahren seid?«
Alles wusste er also auch noch nicht, dachte Eric erleichtert. Breuer hatte schon fast angefangen, ihm unheimlich zu werden. »Ich erinnere mich nicht«, sagte er stur.
Breuer machte ein finsteres Gesicht. »Das hier ist kein Spiel, Eric«, sagte er. »Du machst dir offensichtlich keine Vorstellung davon, in welcher Lage du dich befindest.«
Seltsam – aber die Worte klangen in Erics Ohren nicht wirklich wie eine Drohung oder der Versuch, ihn einzuschüchtern. Eric begann zu begreifen, dass Breuer genau wie Schollkämper im Grunde nur versuchte, ihm zu helfen; bloß, dass er eine ziemlich ruppige Art hatte, das auszudrücken. Aber anders als Schollkämper konnte er Breuer unmöglich ins Vertrauen ziehen. Breuer würde ihm niemals glauben. Und als er das letzte Mal jemandem die Wahrheit gesagt hatte, da hatte dies mit dessen Tod geendet, noch bevor eine Stunde vorbei war. Er schwieg.
Breuer sah ihn kopfschüttelnd an, machte sich eine weitere Notiz auf seinem Zettel und wollte gerade etwas sagen, als das Telefon auf seinem Schreibtisch klingelte. Er hob ab, meldete sich knapp und legte dann überrascht den Füllhalter aus der Hand.

Das Telefonat dauerte mehrere Minuten. Breuer sagte in dieser Zeit nicht viel, aber er wurde immer nervöser und er blickte auch immer öfter in Erics Richtung. Es ging bei diesem einseitigen Gespräch eindeutig um ihn.
»Sehr wohl, Herr Ministerialdirektor«, sagte Breuer schließlich. »Ganz wie Sie wünschen.« Er hängte ein. Seine Hände zitterten nicht mehr, aber er war noch blasser geworden, und als er Eric ansah, stand ein sonderbarer Ausdruck in seinen Augen geschrieben.
»Du kannst gehen.«
Eric war im ersten Moment nicht sicher, ob er ihn richtig verstanden hatte. »Wie?«
»Du kannst gehen«, sagte Breuer noch einmal. »Ich habe gerade die Anweisung erhalten, dich auf freien Fuß zu setzen.« Er seufzte. »Darf ich dir noch einen Rat geben? Ganz privat?«
»Sicher«, sagte Eric.
»Sei sehr, sehr vorsichtig, Eric«, sagte Breuer. »Ich glaube, du weißt gar nicht, mit was für gefährlichen Leuten du dich da eingelassen hast.«
Und ob er das wusste! Nur, dass es keine *Leute* waren.
Eric stand auf, drehte sich zur Tür und wandte sich auf halbem Weg noch einmal um. »Sie geben mir Bescheid, wenn Sie etwas von meinen Eltern hören?«
»Selbstverständlich«, antwortete Breuer. »Und du kannst jederzeit zu mir kommen, wenn du Hilfe brauchst.«
Obwohl Eric nicht vorhatte, dieses Angebot anzunehmen, hörte er es mit einem Gefühl großer Dankbarkeit. Breuer würde ihn wohl niemals in sein Herz schließen. Eric war nicht einmal sicher, ob er ihn wirklich als *Verbündeten* bezeichnen konnte, aber zumindest war er nicht sein Feind, und das war schon mehr, als er mittlerweile von den meisten anderen mit Sicherheit sagen konnte.
Als er sich herumdrehte und zur Tür ging, klingelte das Telefon erneut, und irgendetwas bewog Eric dazu, noch einmal stehen zu bleiben und zu Breuer zurückzusehen.
Der Polizeibeamte hatte abgehoben und hörte einen Moment

schweigend zu. Während er es tat, wandelte sich der Ausdruck auf seinem Gesicht von Verblüffung zu Zweifel und dann zu so großer Erleichterung, dass Eric automatisch wieder einen Schritt zurücktrat und voller Ungeduld darauf wartete, dass Breuer endlich einhängte und mit ihm sprach. Eine verzweifelte, vollkommen unsinnige Hoffnung begann sich in ihm breit zu machen.

Endlich legte Breuer – noch immer, ohne etwas gesagt zu haben – auf und sah Eric an.

»Sie leben!«, sagte er dann.

Eric riss ungläubig die Augen auf. »Was?!«

»Sie sind am Leben«, wiederholte Breuer. »Die Feuerwehr hat deine Eltern im Keller gefunden. Sie haben leichte Verbrennungen und ein paar Kratzer, aber ansonsten sind sie mit dem Schrecken davongekommen. Sie sind bereits auf dem Weg ins Krankenhaus.«

»Und ... Kommissar Schollkämper?«, fragte Eric.

»Er hat eine ziemliche Beule am Kopf«, erklärte Breuer, wobei er nicht ganz verhindern konnte, dass sich ein leicht schadenfroher Unterton in seine Stimme schlich, »aber ansonsten ist er ebenfalls unverletzt. Wie ich ihn kenne, wird er in spätestens einer Stunde hier auftauchen und mich anpfeifen, weil ich an seinem Schreibtisch sitze.«

Eric war erleichtert, das zu hören, zugleich aber verwirrt. Er hatte *gesehen*, wie Azazel Schollkämper getötet hatte!

Dann verscheuchte er den Gedanken und deutete zur Tür. »Ich muss los!«

»Nur keine Hast«, sagte Breuer. »Deine Eltern werden jetzt erst einmal gründlich untersucht und müssen sich auch noch ausruhen. Sie haben eine Menge Aufregung hinter sich. Das Beste wird sein, du gehst nach Hause und wartest dort auf sie.«

»Keine Angst«, antwortete Eric. »Ich werde sie schon nicht überanstrengen.«

Er verließ das Büro und seine Erleichterung wich dem Gefühl, von einem eiskalten, nassen Handtuch ins Gesicht getroffen worden zu sein.

Vor Breuers Büro warteten die beiden Menschen auf ihn, die er im Moment auf der ganzen Welt am allerwenigsten sehen wollte: Stefan Aspach und Maximilian Reichert. Außer ihnen waren noch Astartus' zwei Gorillas und ein weiterer, Eric vollkommen unbekannter Mann anwesend.
Astartus trat Eric mit seinem ewigen, falschen Lächeln entgegen. »Eric! Es tut mir Leid, dass es so lange gedauert hat, aber gegen die Schwerfälligkeit der Bürokratie kommt man nicht einmal mit Gottes Hilfe an!«
Er streckte Eric die Hand entgegen, aber Eric ignorierte sie. »Was wollen Sie hier?«, fragte er. Er sah rasch zu Reichert hin, aber der Psychoanalytiker schwieg wie meistens und paffte an seiner Zigarre. Auch er lächelte, aber in Erics Augen wirkte es eher wie das Grinsen eines Haifischs.
»Was ich hier will?« Astartus machte eine schnelle Handbewegung. »Aber hat Breuer dir denn nichts gesagt? Wir sind hier, um dich abzuholen.«
Eric nahm eine Menge von dem, was er gerade über Breuer gedacht hatte, zurück. »Abholen? Mich? Wieso?«
»Nun, du bist in einer unglücklichen Situation«, antwortete Astartus. »Deine Eltern werden vermisst, du hast keine anderen lebenden Verwandten und du bist gerade erst fünfzehn Jahre alt. Du kannst nicht einfach losspazieren und sehen, was sich ergibt. Aber du brauchst dir keine Sorgen zu machen. Wir werden uns um dich kümmern.«
Die Tür ging auf und Breuer kam heraus. Er runzelte die Stirn, aber nicht vor Überraschung, Astartus und die anderen hier zu sehen, sondern eindeutig missbilligend. »Was tun Sie denn noch hier?«, fragte er. »Vorhin konnten Sie gar nicht schnell genug wegkommen.«
Vorhin? Eric sah überrascht auf die Uhr. Es war noch nicht einmal acht.
»Wir wollen nur sicher gehen«, sagte Astartus, »dass es nicht wieder ein *Missverständnis* gibt. Es soll doch alles seine Richtigkeit haben, nicht wahr?«
Er gab dem grauhaarigen Mann in seiner Begleitung einen

Wink, auf den hin dieser seine Aktentasche aufklappte und Breuer eine Anzahl Papiere aushändigte. Eric konnte nicht erkennen, was darauf stand, aber sie sahen ziemlich amtlich aus. Breuer blätterte sie kurz durch, warf einen raschen Blick in Erics Richtung und gab die Papiere dann zurück. »Sie sehen in Ordnung aus«, sagte er. »Aber im Grunde geht mich das nichts an.«

»Wie so manches andere auch«, fügte Astartus hinzu. Er lächelte immer noch. Allmählich begann sich Eric zu fragen, ob dieses Lächeln möglicherweise anoperiert war. Dann wandte er sich mit einem auffordernden Blick an Eric. »Können wir gehen?«

»Gehen?« Eric rammte trotzig die Hände in die Hosentaschen. »Ich gehe nirgendwo hin. Nicht mit Ihnen!«

»Ich fürchte, das musst du«, mischte sich Reichert ein und machte eine Kopfbewegung auf die Aktentasche des Grauhaarigen, in der die Papiere wieder verschwunden waren. »Das da war eine Vollmacht deiner Eltern. Notariell besiegelt und beglaubigt.«

»Sie haben verfügt, dass Stefan Aspach das Sorgerecht über dich ausüben soll, falls ihnen etwas zustößt, bevor du volljährig geworden bist«, fuhr Breuer fort. Er wandte sich an Astartus.

»Aber ich muss Sie enttäuschen, Sie komischer Heiliger. Erics Eltern sind unversehrt.«

»Wie?«, murmelte Astartus.

»Die Feuerwehr hat sie gefunden«, bestätigte Eric in eindeutig triumphierendem Ton. »Sie sind in spätestens zwei Stunden zu Hause. Dann werden wir ja sehen, was von Ihrer *Vollmacht* zu halten ist!«

Astartus schwieg. Eric hatte selten einen Menschen gesehen, der so erschüttert wirkte wie er in diesem Moment.

»Aber wenn Sie schon einmal hier sind, können Sie Eric auch genauso gut nach Hause bringen«, sagte Breuer. »Als guter Freund der Familie.«

»Kommt nicht in Frage«, sagte Eric impulsiv.

»Natürlich«, murmelte Astartus, der seine Fassung nur langsam wiederfand. »Das ist ... das Mindeste, was ich tun kann.«
Eric wollte auffahren, fing aber in diesem Moment einen warnenden Blick aus Breuers Augen auf und schluckte die wenig freundlichen Worte herunter, die ihm auf der Zunge lagen. Es hatte wenig Sinn, jetzt einen Streit zu provozieren.
»Also gut«, murmelte er. »Aber glauben Sie nicht, dass ich deshalb *nicht* mit meinem Vater rede.«
Breuer grinste, drehte sich um und verschwand kommentarlos in seinem Büro, und Astartus blieb noch einen Moment stehen und sah Eric verstört an. Schließlich machte er eine entsprechende Handbewegung, und sie gingen zum Lift und fuhren nach unten.
Als sie die Eingangshalle betraten, fiel Eric eine schlaksige Gestalt auf, die im Türrahmen lehnte. Der Mann war vielleicht dreißig oder ein paar Jahre weniger alt, nachlässig gekleidet und trug einen großen Fotoapparat in den Händen. Eric erkannte ihn sofort. Es war der aufdringliche Journalist, der sie schon ein paarmal belästigt hatte und auf dessen Konto wahrscheinlich auch die beiden Fotos von Albrecht und ihm gingen!
Als er ihrer gewahr wurde, stieß sich der Journalist von der Wand ab und wollte seine Kamera heben, aber in diesem Moment geschah etwas Merkwürdiges: Astartus machte eine rasche Bewegung mit der Hand und schüttelte fast unmerklich den Kopf und der Journalist drehte sich auf der Stelle herum und ging davon.
Sie durchquerten die Halle, und als sie auf die Straße hinaustraten, fuhr Astartus' riesiger schwarzer Wagen vor. Einer der Bodyguards eilte voraus, um die hintere Tür aufzureißen, und Astartus machte eine einladende Handbewegung. Reichert kletterte hinter ihm herein und nahm auf der gegenüberliegenden Sitzbank Platz, während die beiden Leibwächter sich zum Fahrer in den vorderen, mit einer getönten Glasscheibe abgetrennten Teil des Wagens quetschten. Astartus selbst wechselte noch ein paar Worte mit dem Grauhaarigen, der

daraufhin davonging, und gesellte sich dann ebenfalls zu ihnen. Kaum hatte er die Tür hinter sich zugezogen, da setzte sich der Wagen beinahe lautlos in Bewegung.
»Bringen Sie mich ins Krankenhaus«, verlangte Eric.
Astartus starrte ihn eine Weile so finster an, als würde er ihn stattdessen viel lieber ungefähr zwei Meter tief unter die Erde bringen, aber dann schüttelte er den Kopf und sagte: »Das ist keine gute Idee. Wir bringen dich lieber nach Hause. Jean und Claude werden dableiben und auf dich aufpassen.«
»Die beiden Deppen?«, ächzte Eric. »Wie kommen Sie auf die Idee, dass ich das will?«
»Mir liegt sehr viel daran, dass du in Sicherheit bist«, antwortete Astartus.
»In Sicherheit? Vor wem?«
Astartus seufzte und an seiner Stelle antwortete Reichert. »Du hast anscheinend wirklich keine Ahnung, in welcher Lage du dich befindest, Junge«, sagte er.
»Nein«, grollte Eric. »Aber Sie werden es mir bestimmt gleich verraten.«
»Es gibt nichts, was ich lieber täte«, antwortete Reichert, deutete dann aber auf Astartus. »Da ist etwas, was dir bisher noch niemand erzählt hat, Eric. Ich wünschte mir, die äußeren Umstände wären günstiger, aber ich kann es auch nicht länger verantworten, nichts zu sagen. Erzähle es ihm, Bruder.«
Bruder? Eric starrte abwechselnd Eric und Astartus an. *Bruder*?!
Astartus hatte aufgehört zu lächeln. Einen Moment lang sah er Reichert fast vorwurfsvoll an, aber dann nickte er.
»Es muss wohl sein. Was Doktor Reichert sagen will, ist Folgendes: Nichts von dem, was geschehen ist, war Zufall, mein Junge.«
»Was Sie nicht sagen«, sagte Eric feindselig.
»Nicht einmal deine Geburt«, sagte Astartus.
Eric hätte fast laut aufgelacht – hätten ihn Astartus' Worte nicht mit einem so eisigen Schrecken erfüllt.
»Es wurde vorausgesagt, dass zu einem bestimmten Tag ein

Knabe geboren wird, der einst das Schicksal der Völker verändern soll«, sagte Astartus, ernst und mit fast feierlich klingender Stimme. »Ein ganz normaler Knabe, der ganz normal aufwächst, bis er eines Tages in den uralten Kampf zwischen Licht und Schatten verwickelt werden wird. Er wird schwere Prüfungen erleiden und großen Gefahren und noch größeren Versuchungen ausgesetzt werden, doch am Ende wird er sich für die richtige Seite entscheiden, und sie zum Sieg führen.«
Eric starrte Astartus an. Er suchte vergeblich nach einer Spur von Spott in seinen Augen oder irgendeinem noch so kleinen, verräterischen Zeichen. Da war nichts. Astartus meinte diese Worte tödlich ernst. Natürlich waren sie lächerlich. Eine von jenen Geschichten, die man kleinen Kindern erzählte, um sie zu beeindrucken oder auch zu erschrecken.
Aber warum erfüllte sie ihn dann mit einem so abgrundtiefen Schrecken?
Trotzdem sagte er: »Eine tolle Geschichte. Und warum erzählen Sie sie ausgerechnet mir?«
Er hätte sich für seine eigenen Worte verfluchen können, im selben Moment, in dem er sie aussprach. Denn Astartus sah ihn durchdringend an und antwortete dann: »Weil wir glauben, dass du dieser Junge bist.«

Es wurde der längste Tag seines Lebens. Astartus brachte ihn nach Hause und wartete so deutlich darauf, dass Eric ihn hereinbat, dass es schon fast peinlich war, und Eric machte sich selbstverständlich einen Spaß daraus, ihn eine ganze Weile zappeln zu lassen und ihm dann die Tür vor der Nase zuzuknallen und mit Jean und Claude verfuhr er nicht anders. Sein Mut reichte am Ende doch nicht, um sie vom Grundstück seiner Eltern zu jagen – was er wahrscheinlich gar nicht gedurft hätte –, aber er beharrte darauf, dass sie genauso gut auch vom Garten und der Terrasse aus auf ihn aufpassen konnten. Sollten sie sich doch die Beine in den Bauch stehen, wenn es ihnen Spaß machte!
Eric war so aufgeregt, dass er sich am liebsten sofort ein Taxi

gerufen hätte, um allen gegenteiligen Versprechen zum Trotz doch ins Krankenhaus zu fahren und seine Eltern zu besuchen. Aber natürlich wusste er, dass das nicht besonders klug gewesen wäre. Selbst wenn sie wirklich mit ein paar Schrammen davongekommen waren, wie Breuer behauptet hatte, hatten sie eine Menge durchgemacht und brauchten jetzt wahrscheinlich nichts dringender als ein paar Stunden Ruhe. Und außerdem würde er nur wieder *Bruder Astartus* über den Weg laufen, und das war so ziemlich das Letzte, was er im Moment wollte. Eric war über das, was Astartus versucht hatte, noch immer zutiefst empört. Wäre er mit seiner – zweifellos gefälschten – Vollmacht durchgekommen, dann wäre Eric ihm auf Gedeih und Verderb ausgeliefert gewesen – was in diesem Fall zweifellos mehr *Verderb* bedeutet hätte. Sobald sein Vater zurück war, würden sie ein längeres Gespräch über dieses Thema führen. Astartus würde es noch bitter bereuen, sich mit einem der besten Rechtsanwälte des Landes angelegt zu haben!
Aber das war es nicht allein. Eric saß noch ein zweiter, vielleicht ebenso großer Schrecken in den Gliedern. Natürlich hatte er versucht, das, was Astartus ihm im Wagen erzählt hatte, als blanken Unsinn abzutun. Aber ganz war es ihm nicht gelungen. Die Geschichte war so haarsträubend absurd, dass sie fast schon wieder überzeugend wurde.
Trotzdem: *Er* sollte etwas Besonderes sein? Lächerlich.
Aber vielleicht gab es ja jemanden, der ihm sagen konnte, was wirklich an diesem Unsinn dran war.
Er rief ein paar Mal nach Chep, bekam aber keine Antwort und ging schließlich in sein Zimmer hinauf; allerdings nur, um wenige Augenblicke später wieder ins Erdgeschoss hinunterzugehen und ruhelos durch das Haus zu tigern. Er suchte nach Andrea, aber auch sie war nicht da. Die Tür zu ihrem Zimmer im Anbau war abgeschlossen, als er daran klopfte. Und seit Astartus ihn nach Hause gebracht hatte, war gerade erst eine Stunde vergangen. Wie um alles in der Welt sollte er diesen Tag durchhalten, bis seine Eltern zurückkamen?
Eric war aus purer Langeweile nahe daran, nach draußen zu

gehen, als er ein dumpfes Grollen hörte. Verwirrt sah er sich um, blickte aus dem Fenster und stellte fest, dass sich der Himmel mit dunklen Wolken bedeckt hatte. Am Horizont wetterleuchtete es und das Grollen wiederholte sich. Der noch ferne Donner kündigte ein Sommergewitter an. Nun, wenigstens passte das Wetter zu seiner Stimmung.

Als die ersten Regentropfen fielen, hörte er das Geräusch des Schlüssels und rannte zur Tür, um seine Eltern zu begrüßen. Es war jedoch nur Andrea, die hoch beladen mit Einkaufstüten zurückkam. Jean und Claude standen mit in den Taschen vergrabenen Händen da und sahen teilnahmslos zu, wie sie versuchte, den Schlüssel aus dem Schloss zu ziehen, ohne dabei eine der schätzungsweise zehn Tüten fallen zu lassen, mit denen sie bepackt war, und Eric, der ganz kurz daran gedacht hatte, sie hereinzubitten, sobald es zu regnen begann, schob diesen Gedanken wieder beiseite und freute sich stattdessen darauf, dass die beiden in spätestens zehn Minuten bis auf die Knochen durchnässt sein würden.

Andrea ließ sich von ihm helfen, die Einkäufe in die Küche zu tragen, dann zog sie ihren Mantel aus, drehte sich zu ihm herum und schloss ihn warnungslos und so heftig in die Arme, dass ihm für einen Moment die Luft wegblieb.

»Eric!«, keuchte sie. »Du zurück! Du zurück und gesund! Ich so froh, dich zu sehen!«

Eric hätte gerne geantwortet, aber Andrea schnürte ihm mit ihrer Umarmung einfach die Luft ab. Er machte sich mit schon etwas mehr als sanfter Gewalt los und trat einen Schritt zurück, kam aber auch jetzt nicht dazu, irgendetwas zu sagen, denn Andrea sprudelte los:

»Was passiert? Ich große Angst gehabt! Gestern viele Polizei hier und Reporter und dann schwarzer Mann gekommen und viele Fragen gestellt. Wo du gewesen? Und wo deine Eltern?«

Mit dem schwarzen Mann meinte sie zweifellos Astartus. »Meine Eltern sind im Krankenhaus«, antwortete Eric, bemerkte ihr Erschrecken und fügte hastig hinzu: »Aber keine Angst. Ihnen ist nichts passiert. Sie sind bestimmt bald hier.«

Andrea wurde plötzlich sehr ernst. »Ihr in großer Gefahr«, sagte sie. »Ich spüren. Schlimme Dinge kommen.«
Eric lief bei diesen Worten ein eiskalter Schauer über den Rücken, aber er verscheuchte die Angst, die diesem Schauer folgen wollte. »Ach was«, sagte er gezwungen fröhlich. »Es ist vorbei, Andrea. Und weißt du was? Du hast uns alle gerettet. Meine Eltern, Schollkämper und mich.«
»Ich nichts getan!«, verteidigte sich Andrea in fast schon komischem Schrecken.
»Und ob du etwas getan hast«, behauptete Eric grinsend. »Deine Voodoo-Puppe, Andrea. Sie hat mir das Leben gerettet. Du hättest dabei sein sollen. Wie Azazel rumgehüpft ist, als ich ihm die Nadel in den Fuß gestochen habe, war schon fast komisch.«
»Azazel?«
»Der Schwarze Engel«, antwortete Eric. »Das ist eine sehr lange Geschichte. Ich werde sie dir bei Gelegenheit einmal erzählen.«
Andrea schüttelte erschrocken den Kopf und schlug das Kreuzzeichen. »Ich nicht wollen wissen«, sagte sie. »Andrea nicht wollen zu tun haben mit schwarze Magie. Und du besser auch nicht.«
Von draußen rollte ein schwerer Donnerschlag herein, wie um ihre Worte noch zu unterstreichen, und gleichzeitig wurde der Regen so heftig, dass es nur so gegen die Scheiben klatschte. So rasch, als ließe jemand die Jalousien herunter, begann es in der Küche dunkel zu werden. Andrea ging zum Lichtschalter und schaltete die Lampen ein, ehe sie fortfuhr.
»Du in großer Gefahr, Eric«, sagte sie. »Ich spüren, dass schlimme Dinge kommen. Bald. Ihr alle in großer Gefahr. Andrea sehr froh, dass sie bald nach Hause gehen.«
»Unsinn«, beharrte Eric. »Es ist vorbei. Azazel ist besiegt und was von Astartus noch übrig ist, das frisst mein Vater zum Frühstück, sobald ich ihm erzählt habe, was dieser Kerl heute Morgen versucht hat.«
Andreas Antwort ging in einem gewaltigen Donnerschlag

unter, der das ganze Haus zum Erbeben brachte. Eric fuhr erschrocken zusammen und sah nach draußen.
Der Anblick war geradezu unheimlich. Draußen war es fast so dunkel wie in der tiefsten Nacht. Das wenige Licht, das durch die tiefhängenden Wolken drang, wirkte grau und irgendwie ... falsch und es verlieh den Dingen harte, scherenschnittartige Konturen und schien ihnen zugleich jede Tiefe zu nehmen. Hätte Andrea einen Regisseur beauftragt, eine passende Filmszene zu ihren düsteren Worten zu entwerfen, hätte das Ergebnis wohl kaum anders ausgesehen.
»Wenn alle Stricke reißen, kannst du ja immer noch deinen mächtigen Voodoo-Dämon beschwören«, sagte er. Es sollte ein Scherz sein, um die angespannte Stimmung ein bisschen aufzulockern, aber er sah an der Reaktion auf Andreas Gesicht, dass er das genaue Gegenteil damit erreichte. Sie wirkte nicht mehr erschrocken, sondern regelrecht entsetzt.
»Du machen Scherze über Geister«, flüsterte sie. »Du nicht glauben an sie vielleicht, aber sie glauben an dich! Du nicht sie machen zornig!«
»Entschuldige«, sagte Eric. »Ich wollte mich nicht über dich lustig machen.«
»Du nicht haben Angst um mich«, sagte Andrea. »Besser haben Angst um dich. Du in großer Gefahr und deine Eltern auch.« Sie machte eine Handbewegung, um das Thema abzuschließen. »Jetzt gut. Ich machen Essen.«
Eric verstand. Sie *wollte* nicht mehr über dieses Thema reden. Und Eric auch nicht, wenn er ehrlich war. Obwohl er mit aller Macht versuchte, Andreas Worte als unsinnig abzutun, erfüllten sie ihn mit eisigem Schrecken.
»Ich werde inzwischen in der Klinik anrufen«, sagte er unbehaglich. »Vielleicht können sie mir ja sagen, wann Mutter und Vater nach Hause kommen.«
Andrea nickte schweigend und Eric hatte es plötzlich sehr eilig, ins Wohnzimmer zu kommen und den Telefonhörer abzuheben. Er wählte die Nummer der Auskunft und wartete etliche Sekunden lang vergeblich darauf, dass sich jemand

meldete. Erst dann fiel ihm auf, dass er auch kein Freizeichen bekam, sondern nur ein anhaltendes, knisterndes Rauschen hörte. Wahrscheinlich hatte das Gewitter irgendwo die Telefonleitung unterbrochen.

Er hängte ein, trat ans Fenster und blickte unbehaglich nach draußen. Das Gewitter war mittlerweile mit voller Wucht losgebrochen und der Anblick bot trotzdem eine brutale Schönheit: Der Himmel war nicht mehr grau, sondern schwefelfarben, und Eric sah eigentlich keine richtigen Blitze, sondern nur ein anhaltendes Wetterleuchten und Flackern, als stünde über den Wolken der ganze Himmel in Flammen. Der Garten selbst war nur schemenhaft zu erkennen. Der Regen strömte so heftig über die Scheiben, dass die gesamte Welt draußen wie hinter einer brodelnden Wasserwand verborgen zu liegen schien.

Vielleicht war das auch der Grund, aus dem er die riesige schwarze Gestalt, die reglos im Garten stand und ihn anstarrte, im ersten Moment gar nicht richtig sah ... Sein Blick glitt einfach über sie hinweg und dann wieder zurück und sein Herz machte einen jähen Satz bis in den Hals hinauf und begann dort panisch gegen seine Kehle zu klopfen.

Es war keine Einbildung. Das Gewitter hämmerte den Regen jetzt mit solcher Wucht gegen das Fenster, dass die Scheibe vibrierte und die Bäume im Garten zu einer kompakten dunkelgrünen Masse zu verschwimmen schienen, die sich wie Tang in einer stürmischen Brandung zu bewegen schien. Trotzdem konnte er den Schatten in aller Deutlichkeit erkennen; als stünde er irgendwie ... neben der Wirklichkeit, wie auf einer höheren Ebene, auf der ihm die Gesetze der Natur und Logik nichts mehr anzuhaben vermochten.

Eric blinzelte. Der Schatten blieb.

Es war nicht der Schatten eines Menschen.

Es war Azazel.

Eric wich Schritt für Schritt vom Fenster zurück, unfähig, den Blick von der grässlichen schwarzen Gestalt zu nehmen. Hätte Azazel sich in diesem Moment auf ihn gestürzt, wäre er voll-

kommen hilflos gewesen. Doch der Schwarze Engel stand einfach nur da und starrte ihn an.
Eine Ewigkeit schien auf diese Weise zu vergehen. Dann zuckte ein besonders greller Blitz durch den schwefelgelben Himmel, und als er erlosch, war die Gestalt verschwunden.
Eric atmete erleichtert auf, hörte einen überraschten Laut neben sich und sah in Andreas Gesicht, als er sich herumdrehte. Sie trug ein Tablett mit frisch aufgebrühtem Tee und selbst gebackenen Keksen und sie sah sehr erschrocken drein.
»Eric!«, rief sie. »Was ist mit dir? Du bleich wie Wand!«
Eric wollte antworten, aber er konnte es nicht. Sein Herz hämmerte, als wäre er fünf Kilometer lang gerannt, so schnell er nur konnte. Er starrte Andrea an, suchte nach Worten und blickte dann wieder aus dem Fenster. Azazel war verschwunden und trotzdem hatte er das Gefühl, dass er irgendwie noch da wäre, unsichtbar, aber auf eine fürchterliche Weise präsent.
Andreas Blick folgte seinem und Eric sah aus den Augenwinkeln, dass sie für einen Moment die Stirn runzelte und ein wenig überrascht dreinsah. Hätte sie den Engel ebenfalls gesehen oder auch nur eine entsprechende Andeutung gemacht, hätte er wahrscheinlich laut aufgeschrien oder wäre in Ohnmacht gefallen. Aber dann hob sie die Schultern und trug das Tablett zum Tisch und Eric atmete innerlich erleichtert auf.
Er folgte Andrea zum Tisch, setzte sich und nickte dankbar, als sie ihm Tee einschenkte. Sie erwiderte die Geste, sah aber rasch noch einmal zum Fenster und blickte ihn dann aus misstrauisch zusammengekniffenen Augen an. »Du auch wirklich in Ordnung?«, fragte sie.
»Ja, sicher«, antwortete Eric. Er musste sich mit aller Macht beherrschen, um nicht wieder nervös zum Fenster zu sehen. Azazel war nicht da, hämmerte er sich ein. Und er war auch nicht da gewesen. Die Vision war nur ein schöner Gruß seiner Nerven gewesen, die nach den Ereignissen der vergangenen Tage natürlich am Fußboden schleiften.
»Es ist wirklich alles in Ordnung, Andrea«, versicherte er. »Ich bin einfach ein bisschen übermüdet, das ist alles.«

Andreas Gesichtsausdruck machte klar, was sie von dieser Antwort hielt, aber sie beließ es dabei und ging aus dem Zimmer.
Nur die Nerven, dachte Eric. Es waren nur die Nerven, sonst nichts. Er hatte eine Menge mitgemacht und jedes Recht der Welt, nervös zu sein.
Es gelang ihm auf diese Weise immerhin, sich selbst zu beruhigen, dann hielt er es nicht mehr aus, stand auf und ging zur Hintertür. Ganz egal, was dort draußen auf ihn wartete, nichts konnte schlimmer sein als die Ungewissheit. Wenn doch wenigstens Chep hier wäre! Aber seit gestern Abend hatte er den Cherub nicht mehr gesehen.
Eric nahm all seinen Mut zusammen, drückte die Klinke hinunter und öffnete die Tür. Das Gewitter hatte mittlerweile seine schlimmste Wut verbraucht, trotzdem peitschte ihm der Wind eiskalten Regen mit solcher Wucht ins Gesicht, dass er schützend die Hand vor die Augen hob und einen Schritt weiter ins Haus zurückwich. Er zog die Luft zwischen den Zähnen ein, senkte den Kopf und trat in den strömenden Regen hinaus.
Kaum hatte er es getan, war die riesige Gestalt wieder da.
Eric schüttelte den Kopf, blieb stehen und erwartete natürlich, dass sich die Vision so benahm, wie sich jede halbwegs anständige Vision benehmen sollte, die etwas auf sich hielt, und gefälligst verschwand. Aber sie verschwand nicht. Azazel war eindeutig nicht da und trotzdem ragte er riesig und drohend vor einer der immergrünen Tannen auf, die den Garten säumten.
Eric runzelte die Stirn, starrte den Baum zwei oder drei Sekunden lang an und schaltete das Licht wieder an. Der Umriss blieb.
Er trat mit klopfendem Herzen näher und hob die Hand, zögerte dann aber, fast als hätte er Angst, die Tannennadeln zu berühren. Sie waren verdorrt. Statt des saftigen Grüns der hoch gewachsenen Nordmann-Fichte zeigten die Nadeln ein kränkliches, blasses Braun, hier und da mit einem Stich ins

Rötliche, und als er sie schließlich doch berührte, raschelten sie unter seinen Fingern und rieselten wie trockenes Laub zu Boden. Als Eric eine der Nadeln zwischen den Fingern zerrieb, fühlte es sich fast wie Asche an. Die Nadeln waren regelrecht verbrannt – und das, obwohl es noch immer in Strömen regnete!

Und das Unheimlichste war: Die verbrannte Stelle hatte genau die Form eines menschlichen Körpers. Gerade so, als hätte sich der Schatten irgendjemandes, der vor dem Baum gestanden hatte, in ihn eingebrannt. Der Schatten von etwas Riesigem, Geflügeltem ...

»Eric! Was du machen da?«

Andreas Stimme drang nur gedämpft durch das Rauschen des Regens. Eric blickte den unheimlichen Umriss, der sich in dem Baum eingebrannt hatte, noch einmal an, dann drehte er sich herum und rannte gebückt durch den Regen zum Haus zurück.

Obwohl er nur wenige Minuten draußen gewesen war, war er vollkommen durchnässt, als er wieder ins Haus trat. Andrea starrte ihn an, als zweifle sie an seinem Verstand, aber er gab ihr keine Gelegenheit, eine Frage zu stellen, sondern rannte an ihr vorbei und hinauf in sein Zimmer. Er musste mit Chep sprechen. Jetzt.

Eric warf die Tür hinter sich zu, drehte den Schlüssel herum und rief nach dem Engel, so laut er konnte. Andrea musste seine Stimme selbst unten im Haus hören, aber das war ihm jetzt vollkommen gleich. Immer und immer wieder rief er nach dem Cherub.

Aber er bekam keine Antwort. Der Engel schwieg.

Vielleicht für immer.

Spät am Nachmittag klingelte es unten an der Haustür. Eric saß in seinem Zimmer und sah fern – das hieß, er starrte auf die Mattscheibe, ohne den vorüberflimmernden bunten Bildern irgendeine Bedeutung abgewinnen zu können –, sprang aber sofort hoch, ging zur Tür und öffnete sie. Er konnte Andrea hören, dann eine Männerstimme, die er nicht kannte. Neugierig trat er ans Treppengeländer, beugte sich vor und stellte zu seiner Überraschung fest, dass Andrea mit einem von Astartus' Leibwächtern sprach; Jean oder Claude, die beiden würde er wahrscheinlich nie auseinander halten können.

»Was ist denn los?«, fragte er.

Andrea drehte sich herum und blickte mit schräg gehaltenem Kopf zu ihm hoch, während sie gleichzeitig auf Jean – oder Claude – deutete. Er drängte sich an Andrea vorbei und blieb erst auf halber Strecke zur Treppe wieder stehen, als sie ihm energisch den Weg vertrat. »Ich soll sie aus dem Krankenhaus abholen und ich dachte mir, du hättest vielleicht Lust, mitzukommen.«

»Sie?«, fragte Eric zweifelnd. »Sie sollen sie abholen?«

Der Bodyguard nickte. »Sie hat gerade angerufen. Willst du nun mit oder nicht?«

Eric überlegte nur noch einen kurzen Moment. Er verstand das nicht. Warum sollte sich seine Mutter ausgerechnet Astartus' Leibwächter aussuchen, um aus dem Krankenhaus abgeholt zu werden? Das ergab überhaupt keinen Sinn! Aber die Vorstellung, dass diese Behauptung eine Lüge sein sollte, um ihn aus dem Haus zu locken, ergab ebenso wenig Sinn. Dieser Koloss von Mann hatte es nicht nötig, ihn mit irgendwelchen Tricks aus dem Haus zu locken. Wenn er ihn haben wollte, würde er ihn einfach holen.

»Also gut«, sagte er. »Meinetwegen.«

Der Leibwächter grunzte, als hätte er nichts anderes erwartet, drehte sich auf dem Absatz herum und stampfte aus dem Haus, wobei seine Schuhe deutlich sichtbare nasse Abdrücke auf dem Boden hinterließen. Andrea runzelte viel sagend die Stirn, ersparte sich aber jeden Kommentar. Es wäre sowieso sinnlos gewesen.

Eric nahm seine Jacke vom Haken, schlüpfte hinein und blieb mitten im Schritt stehen, als er sah, welcher Wagen vor der Tür wartete: der dunkelblaue Porsche, den Astartus seiner Mutter geschenkt hatte. Er hatte nicht einmal gemerkt, dass

die beiden Bodyguards ihn aus der Garage geholt hatten. Dann begriff er, was die Anwesenheit dieses Wagens *wirklich* bedeutete: Astartus hatte zum Rückzug geblasen. Seine Männer nahmen den Wagen wieder mit.
Ohne etwas zu sagen, ging er um den Porsche herum, stieg auf den Beifahrersitz und sah voller Schadenfreude zu Astartus' zweitem Leibwächter hinüber, der nur ein paar Schritte abseits noch immer im strömenden Regen stand und mittlerweile aussah wie der berühmte begossene Pudel. Ein wenig plagte ihn bei diesem Anblick auch das schlechte Gewissen – er hätte sich wirklich nichts vergeben, wenn er die beiden hereingelassen hätte, damit sie wenigstens in der Küche sitzen konnten.
»Jean wird sich eine kräftige Erkältung holen«, sagte Claude, während er seine mächtige Gestalt ächzend hinter das Steuer des Sportwagens zwängte und irgendwie versuchte, sich so hinzusetzen, dass seine Knie nicht gegen das Lenkrad stießen.
»Ja«, bestätigte Eric. »Und noch dazu vollkommen sinnlos.«
Claude startete den Motor und fuhr mit kreischenden Reifen los. Er schien nicht besonders gesprächig zu sein, denn er reagierte nicht auf Erics Worte.
»Ich meine«, fuhr Eric fort, nachdem er sich hastig angeschnallt hatte, »es ist doch vollkommen sinnlos, oder? Wozu brauche ich schließlich einen Leibwächter?«
»Keine Ahnung«, knurrte Claude. »Ich werde auch nicht dafür bezahlt, über Astartus' Befehle nachzudenken. Ich führe sie nur aus.«
»Ja«, murmelte Eric. »Das dachte ich mir.«
Claude warf ihm einen schrägen Blick zu, ging aber auch diesmal nicht auf Erics Worte ein, sondern hüllte sich in verbissenes Schweigen, und nach einer Weile versuchte Eric auch nicht mehr, irgendwelche Fragen zu stellen. Er war voll und ganz damit beschäftigt, Angst zu haben.
Claude fuhr – wie man so schön sagt – wie ein Henker.
Eric klammerte sich instinktiv an seinem Sitz fest und warf Claude einen erschrockenen Blick zu, aber dieser gab nur

noch mehr Gas und ließ den Porsche mit kreischenden Reifen in die Autobahnauffahrt schießen. Das Wasser auf dem Asphalt schien ihn nicht besonders zu irritieren.
»Die Kiste hat ganz schön viele PS, wie?«, fragte Eric nervös.
»Die große Maschine«, bestätigte Claude. »Mehr als dreihundert. Astartus lässt sich nicht lumpen.«
Er schaltete, trat das Gaspedal bis zum Boden durch und jagte auf die Autobahn hinauf, ohne in den Rückspiegel zu blicken. Hinter ihnen erscholl ein zorniges Hupen und der Fahrer des Wagens, den Claude abgedrängt hatte, betätigte mehrmals die Lichthupe. Claude sah flüchtig in den Innenspiegel, lächelte abfällig und gab noch mehr Gas. Der Porsche beschleunigte so rasant, dass Eric in den Sitz gepresst wurde und überrascht nach Luft rang.
»Ich ... habe es nicht eilig«, sagte er nervös.
»Aber ich«, knurrte Claude und gab noch mehr Gas. Er grinste. »Ich fahre dir doch nicht zu schnell, oder?«
»Hm«, machte Eric nur. Ein 100-Kilometer-Schild huschte vorüber, während sich die Tachometernadel der 200-Kilometer-Marke näherte. Er schien es wirklich *sehr* eilig zu haben.
»Es stört dich doch nicht, oder?«, fuhr Claude fort. »Jungen in deinem Alter kann es doch nie schnell genug gehen.«
»Wenn Sie Ihren Führerschein nicht mehr brauchen.«
Claude lachte nur knapp und fuhr noch schneller. Sie überholten rücksichtslos rechts, scheuchten langsamere Wagen mit der Lichthupe von der Überholspur und fuhren mehr als einmal so dicht auf, dass Eric das Nummernschild des vorausfahrenden Wagens nicht mehr erkennen konnte.
Und schließlich geschah genau das, was Eric insgeheim die ganze Zeit über erwartet hatte: Ein schwarzer BMW, den sie gerade rücksichtslos zur Seite gedrängt hatten, scherte hinter ihnen wieder aus und der Beifahrer kurbelte die Scheibe hinunter und stellte ein Blinklicht aufs Dach. Claude verdrehte die Augen, murmelte etwas, was sich nach einem ordinären Fluch anhörte, nahm aber den Fuß vom Gas und lenkte den Porsche an den rechten Straßenrand.

Eric deutete auf das Autotelefon. »Soll ich schon einmal ein Taxi rufen?«
Claude schenkte ihm einen giftigen Blick, sagte aber nichts, sondern stieg wortlos aus dem Wagen und ging nach hinten. Eric beobachtete im Rückspiegel, wie er einige Worte mit dem Fahrer der Zivilstreife wechselte und dann zurückkam. Er setzte sich wieder hinter das Steuer, schnallte sich an und fuhr mit durchdrehenden Reifen los.
»Sie ... sie haben Sie einfach ... einfach fahren lassen?«, fragte Eric ungläubig.
Claude grinste. »Es hat schon seine Vorteile, einflussreiche Freunde zu haben«, sagte er. Er gab Gas und fuhr jetzt fast noch schneller als vorhin. Eric sah in den Rückspiegel und stellte fest, dass der BMW längst hinter ihnen zurückgefallen war.
»Einflussreiche Freunde?«, murmelte er.
Claude reagierte nicht darauf, aber Eric musste plötzlich wieder an den Vormittag denken und an das sonderbare Telefonat, das Breuer geführt hatte. Trotzdem: Er hätte nicht damit gerechnet, dass Astartus seinen Einfluss so dreist geltend machte. Und dass sein Einfluss bereits so groß war.
Der Rest der Fahrt verlief schweigend und ohne weitere Zwischenfälle, sah man von den etlichen roten Ampeln, überfahrenen Stopp-Schildern, hupenden Autofahrern und im letzten Moment zur Seite springenden Fußgängern ab. Schließlich raste der Porsche mit quietschenden Reifen in die Tiefgarage des Krankenhauses. Claude steuerte eine Parkbox an und trat so hart auf die Bremse, dass Eric in den Sicherheitsgurt geschleudert wurde und Claude einen giftigen Blick zuwarf, als er aus dem Wagen kletterte.
Claude grinste so breit, dass ihm fast die Sonnenbrille von der Nase gerutscht wäre. »Maßarbeit, wie?«
Statt zu antworten, beugte sich Eric vor und betrachtete die Lücke zwischen der Wand und der vorderen Stoßstange des Porsche. Etwas weniger als zwei Zentimeter, schätzte er. Claudes Gehirn hätte wahrscheinlich bequem dazwischen gepasst. Er sagte nichts.

Sie gingen zum Aufzug. Während sie auf den Lift warteten, sah sich Claude so unauffällig-auffällig in der Runde um, dass er schon fast wie eine Karikatur seiner selbst wirkte, und um das Maß voll zu machen, schob er Eric mit einer Hand beiseite und schob die andere unter seine Jacke, bevor er den Lift betrat. Eric grinste, konnte aber trotzdem nicht verhindern, dass ihn ein sonderbares Gefühl beschlich. Irgendwie amüsierte es ihn, mit einem riesigen Bodyguard unterwegs zu sein, aber es war seltsam: Er hatte – natürlich – niemals einen Leibwächter gebraucht, aber nun, wo er einen hatte, hatte er plötzlich das Gefühl, ihn vielleicht doch nötig zu haben.
Sie fuhren bis in den zweiten Stock, und der Aufzug hielt an. Ein junger Mann in weißer Krankenhauskleidung wollte zu ihnen in die Kabine steigen, aber Claude schüttelte nur den Kopf, streckte die Hand aus und schob ihn kurzerhand aus dem Lift. Der Pfleger protestierte lautstark und Claude drückte den Knopf für das Obergeschoss, in dem die Intensivstation lag. Eric war ein bisschen beunruhigt, sagte sich dann aber selbst, dass dieser Umstand allein nichts zu bedeuten haben musste.
Oben angekommen gingen sie dann allerdings tatsächlich zur Intensivstation. Und Erics Beunruhigung stieg noch weiter, als ihnen Professor Seybling entgegenkam, kaum dass sie die geschlossene Abteilung betreten hatten. Professor Seybling wirkte aber ebenso überrascht wie erfreut, Eric zu sehen. »Das nenne ich schnell«, sagte er. »Deine Mutter hat doch vor kaum zwanzig Minuten erst angerufen, wenn ich mich nicht irre. Guten Tag, Eric.«
Zwanzig Minuten? Ihm war es vorgekommen, wie zwei Stunden. »Was ist passiert?«, fragte er, ohne Seybling zu begrüssen. »Was ist mit meinen Elten?«
»Nichts«, antwortete Professor Seybling und machte eine beruhigende Geste. Er seufzte. »Wenn ich nur Patienten wie dich und deine Eltern hätte, müsste ich wohl bald Arbeitslosenunterstützung beantragen.«
»Wie ... meinen Sie das?«, fragte Eric stockend – obwohl er

das ungute Gefühl hatte, die Antwort auf seine eigene Frage schon zu kennen.
»Immerhin weiß ich jetzt, wieso du scheinbar so unverwundbar bist«, antwortete Seybling mit einem säuerlichen Grinsen. »Du hast diese Zähigkeit geerbt. Von deinen Eltern.«
»Wie?«
Seybling hob die Schultern. »Als Mediziner verweigere ich jeden Kommentar«, sagte er. »Als Freund der Familie kann ich dir sagen, dass deine Eltern heute Morgen ziemlich mitgenommen und vollkommen erschöpft hier eingeliefert wurden. Aber wie gesagt: Das war heute Morgen. Jetzt müsste ich sie schon fesseln und knebeln, um sie hier zu behalten. Eure Familie ist der Ruin unseres ganzen Berufsstandes.« Plötzlich grinste er. »Das ist natürlich nur ein Scherz. Ich freue mich, dass sie so glimpflich davongekommen sind. Und jetzt geh. Deine Mutter wartet in meinem Büro auf dich. Du kennst ja den Weg.«
Das ließ sich Eric nicht zweimal sagen. Er ging so schnell los, dass Claude fast Mühe hatte, ihm zu folgen.
Seine Mutter erwartete ihn im Chefarztbüro, wie Seybling gesagt hatte, und er hatte auch in anderer Hinsicht Recht: Sie sah aus wie das blühende Leben. Als Eric eintrat, sprang sie von ihrem Stuhl auf und Eric lief ihr entgegen und schloss sie mit einem leisen Schrei in die Arme. Ganz egal, was ihm alle gesagt hatten, er war erst jetzt wirklich erleichtert, als er sie unversehrt vor sich sah.
»Gott sei Dank, dass dir nichts passiert ist!«, sagte er schwer atmend, als sie sich wieder voneinander gelöst hatten. »Ich hatte solche Angst!«
Seine Mutter trat noch einen weiteren Schritt zurück, sah ihn ein wenig irritiert an und ordnete mit einer unbewussten Handbewegung ihre Frisur, die Eric mit seiner stürmischen Begrüßung durcheinander gebracht hatte. »Natürlich geht es mir gut«, sagte sie. »Warum auch nicht?«
»Aber Breuer hat gesagt, dass die Feuerwehrleute –«
»Breuer ist ein Dummkopf«, unterbrach ihn seine Mutter.

»Und die Feuerwehrleute waren vielleicht ein bisschen übereifrig. Uns ist nichts passiert.«
»Aber was *ist* denn eigentlich passiert?«, fragte Eric. »Wie seid ihr rausgekommen?«
»Ich habe nicht die geringste Ahnung«, gestand seine Mutter. »Und dein Vater auch nicht.«
»Wie?!«
»Wir waren in diesem Keller«, sagte seine Mutter, »und plötzlich brach das Feuer aus. Wir sind einfach gelaufen, und dann muss irgendetwas eingestürzt sein. Wir waren eingeschlossen, aber uns ist nichts passiert. Heute Morgen hat die Feuerwehr uns dann ausgegraben. Wir hatten ein Riesenglück.«
Eric sah seine Mutter zweifelnd an. So war es nicht gewesen, ganz und gar nicht. Aber er hatte auch nicht das Gefühl, dass sie ihm etwas vormachte. Anscheinend war es so, dass sie sich wirklich nicht an das erinnerte, was ihr zugestoßen war. Wahrscheinlich war es auch gut so.
»Wo ist Vater?«, fragte er.
»Er musste weg«, antwortete seine Mutter. »Im Büro ist eine Menge Arbeit liegen geblieben. Ich soll dich herzlich von ihm grüßen.«
Eric riss ungläubig die Augen auf. »Wie bitte?«, keuchte er. Sein Vater war *ins Büro gefahren*?! Aber das war doch unmöglich! Nicht nach allem, was passiert war! »Er ist... *was*?«
»Er hat viel zu tun«, antwortete seine Mutter. »Vor allem im Moment, das musst du verstehen. Aber ich bin ja hier geblieben, um auf dich zu warten.« Sie deutete zur Tür. »Was hältst du davon, wenn wir jetzt nach Hause fahren. Ich finde es hier nicht besonders gemütlich.«
Eric schüttelte den Kopf. »Aber ich muss mit Vater reden«, sagte er. »Es ist wichtig. Es geht um Astartus. Stefan Aspach.«
»Wir hatten vorhin schon ein längeres Gespräch«, sagte seine Mutter.
»Über Astartus?«
»*Mit* Bruder Astartus«, verbesserte ihn seine Mutter. *Bruder Astartus*? Hatte sie tatsächlich *Bruder Astartus* gesagt?

»Er war hier?«, murmelte Eric.
»Keine halbe Stunde, nachdem wir hergebracht wurden«, bestätigte seine Mutter. Was nichts anderes hieß, als dass er unmittelbar vom Polizeipräsidium aus losgefahren sein musste. »Es war ein sehr langes und interessantes Gespräch.«
»Ich nehme an, *Bruder Maximilian* war auch dabei«, vermutete Eric.
»Max war dabei, ja«, sagte Mutter. »Aber wie gesagt: Lass uns nach Hause fahren und dort in aller Ruhe miteinander reden.«
»Ich wüsste nicht, was ich über Astartus noch reden sollte«, antwortete Eric. Er überlegte einen Moment, ob er seiner Mutter sagen sollte, was heute Morgen im Polizeipräsidium vorgefallen war, entschied sich dann aber dagegen. Diese Überraschung würde er sich aufheben, bis sein Vater nach Hause kam.
»Wie schon gesagt: Wir reden zu Hause darüber«, sagte seine Mutter und diesmal in eindeutig schärferem, fast unwilligem Ton. »Dieser Ort riecht nach Krankheit und Leid. Ich verabscheue das.«
Sie ging zur Tür, trat auf den Flur hinaus und warf ihm einen ungeduldigen Blick über die Schulter zu, als er ihr nicht schnell genug folgte. Claude schloss sich ihnen in zwei Schritten Abstand an. Er hatte draußen vor der Tür gewartet und Eric hatte insgeheim gehofft, dass er verschwunden sein würde, wenn sie aus Seyblings Büro kamen. Aber offensichtlich nahm er seine Aufgabe sehr ernst, denn er folgte ihnen nicht nur auf den Flur hinaus, sondern trat auch mit ihnen in den Lift; natürlich mit der Hand im Jackett.
Seine Anwesenheit hinderte Eric daran, seiner Mutter weitere Fragen zu stellen, während sie in die Tiefgarage hinunterfuhren. Eric hoffte, dass er nicht etwa auf die Idee kam, sie nach Hause zu begleiten ...
Sie stiegen in der Tiefgarage aus, und Mutter steuerte zielsicher den blauen Porsche an, blieb stehen und streckte die Hand aus. Eric keuchte ungläubig, als Claude in die Tasche griff und ihr den Autoschlüssel aushändigte.

»Aber das ... das ist doch ...« Eric verschlug es im wahrsten Sinne des Wortes die Sprache. Sekundenlang stand er einfach mit offenem Mund da, starrte den schnittigen Sportwagen an und suchte nach Worten, ehe er endlich hervorstieß: »Das ... das ist doch nicht dein Ernst, oder?«
Seine Mutter warf ihm einen sonderbaren Blick aus den Augenwinkeln heraus zu. »Das ist der Wagen, den mir Stefan Aspach geschenkt hat«, bestätigte sie. »Ja.«
»Aber du ... du wolltest ihn doch nicht behalten!«
»Wieso nicht?«
»Er kommt von Astartus!«, sagte Eric fast entsetzt.
»Das stimmt«, sagte sie. »Aber dann haben dein Vater und ich überlegt, dass es eigentlich schade darum wäre. Astartus kann es sich durchaus leisten, solche Geschenke zu machen. Darüber hinaus ist es ja zumindest indirekt seine Schuld, dass mein Mercedes ...«
Sie sprach nicht weiter, aber die Worte*: von dir zu Schrott gefahren worden ist*, waren deutlich in ihren Augen zu lesen. Eric schluckte jede mögliche Antwort herunter, ging um den Wagen herum und setzte sich auf den Beifahrersitz. Es kostete ihn fast Überwindung, sich auch nur in den Wagen zu setzen, jetzt wo er nicht mehr von Claude chauffiert wurde. Während er darauf wartete, dass seine Mutter um den Wagen herumkam, sank seine Stimmung. Er fühlte sich, als hätte ihm jemand ins Gesicht geschlagen, ohne Warnung und ohne dass er auch nur wusste, warum. Er hatte sich so darauf gefreut, nach Hause zu kommen, seine Familie wiederzusehen und allmählich wieder in sein normales Leben zurückzukehren und so ziemlich das Erste, was er sah, war dieser verdammte Wagen! Ebenso gut hätte Astartus selbst mit einem breiten Grinsen auf ihn warten können! Aber genau genommen hatte er das ja getan, auf seine ganz spezielle Art und Weise ...
Seine Mutter stieg ein und startete den Motor. So routiniert, als fahre sie diesen Wagen seit Jahren, stieß sie aus der Parkbox heraus und wendete den Porsche mit kreischenden Rei-

fen. Sie sprachen kein Wort miteinander, bis sie zu Hause ankamen.

Der Regen hatte aufgehört und der Himmel war zwar noch immer wolkenverhangen, hatte aber zumindest seine unnatürliche, schwefelgelbe Farbe verloren. Erics Mutter lenkte den Wagen viel zu schnell in die Auffahrt und bremste so hart, dass Jean, der noch immer neben der Haustür stand und vor sich hin tropfte, von dem aufspritzenden Wasser schon wieder durchnässt wurde. Eric sagte nichts dazu, dachte sich aber seinen Teil. Der Fahrstil seiner Mutter hatte sich radikal geändert. Sie fuhr nicht ganz so brutal wie Claude, aber nicht mehr annähernd so umsichtig, wie er es gewohnt war.
Die nächste unangenehme Überraschung kam, als sie das Haus betraten. Seine Mutter schloss auf, drehte sich halb herum und winkte Jean heran. »Es gibt keinen Grund, länger hier draußen im Regen herumzustehen«, sagte sie. An Eric gewandt fügte sie hinzu: »Das war wirklich ziemlich unhöflich von dir.«
»Stimmt«, sagte Eric. Mehr nicht. Er dachte ja nicht daran, sich bei diesem Kerl zu entschuldigen.
Das Stirnrunzeln seiner Mutter vertiefte sich, aber sie sagte nichts mehr, sondern wandte sich an Jean. »Gehen Sie in die Küche. Andrea soll Ihnen einen Kaffee kochen. Vielleicht treiben wir auch irgendwo trockene Sachen für Sie auf ... obwohl ich fürchte, dass niemand in unserer Familie auch nur annähernd Ihre Körpergröße hat.«
Jean nickte nur und ging an ihr vorbei. Seine Mutter schüttelte abermals den Kopf. »Reiß dich ein wenig zusammen, bitte.«
»Wenn du darauf bestehst.«
Seine Mutter drückte die Haustür hinter sich zu, ehe sie antwortete. »Du bist nicht fair, Eric. Diese Männer sind zu unserem Schutz hier.«
»Schutz?«, ächzte Eric. »Sie gehören Astartus! Der Einzige, vor dem wir geschützt werden müssen, ist er! Weißt du, was er heute Morgen getan hat?«

»Nein«, antwortete seine Mutter. »Und ich will es auch gar nicht wissen, denn ich bin sicher, dass du sein Verhalten falsch verstanden hast. Deinem Vater und mir ist es nicht anders ergangen.«
Eric war im wahrsten Sinne des Wortes sprachlos. Er konnte seine Mutter nur anstarren.
Sie gingen ins Wohnzimmer und setzten sich. Eric warf einen nervösen Blick aus dem Fenster. Der Schatten war noch da; eine bizarre, höllische Visitenkarte, die Azazel hinterlassen hatte.
Und vielleicht nicht nur in dieser Tanne ...
»Ich hätte gerne gewartet, bis dein Vater zurück ist, um dieses Gespräch gemeinsam mit ihm und dir zu führen«, begann Mutter. »Aber ich habe das Gefühl, dass wir besser gleich miteinander reden sollten.«
Die Tür ging auf und Andrea kam herein, freudestrahlend und mit einem Tablett voller Kaffee und frisch geschmierter Sandwiches.
Bevor sie auch nur ein Wort sagen konnte, fuhr Mutter sie an: »Jetzt nicht! Sie sehen doch, dass ich mit Eric zu reden habe!«
Andrea wurde kreidebleich. »Aber –«
»Nichts aber«, unterbrach sie Mutter scharf. »Gehen Sie in die Küche. Dort ist jemand, der Ihren Kaffee dringender braucht!«
Andrea starrte sie noch eine halbe Sekunde lang fast entsetzt an, dann fuhr sie auf dem Absatz herum und stürmte aus dem Zimmer. Eric war nicht ganz sicher, aber er hatte den Eindruck, dass sich ihre Augen mit Tränen gefüllt hatten.
»War das nötig?«, fragte er verwirrt.
»Nein«, antwortete seine Mutter. »Es wäre nicht nötig gewesen, wenn sie gleich gehorcht hätte.« Sie seufzte. »Manchmal frage ich mich, ob es nicht gut ist, dass sie wieder nach Hause geht.«
»Aber das ... das kannst du doch nicht ernst meinen!«, entfuhr es Eric. »Andrea ist seit Jahren bei uns!«
»Aber sie kommt aus einer völlig fremden Kultur«, antworte-

te seine Mutter. »Diese Menschen denken nun einmal anders als wir, Eric. Man muss ihnen ihre Grenzen zeigen oder sie tanzen einem auf der Nase herum.« Sie machte eine wegwerfende Geste. »Doch das ist nicht unser Thema. Wir wollten über Astartus sprechen.«

Wir nicht, dachte Eric. Aber er sparte es sich, das laut auszusprechen. Vielleicht sollte er froh sein, dass sie ihn nicht wieder *Bruder* Astartus genannt hatte.

»Dein Vater und ich hatten heute Morgen ein sehr langes und sehr aufschlussreiches Gespräch mit Astartus«, begann sie. »Wir haben ihm Unrecht getan, fürchte ich.«

»Aha«, sagte Eric nur. Er hatte das Gefühl, dass ihn nichts mehr überraschen konnte.

»Ich gebe zu, dass es leicht ist, Astartus und vor allem seine Arbeit falsch zu verstehen«, fuhr sie fort. »Er ist ein guter Mensch, aber er ist nicht sehr geschickt darin, den Menschen dies auch klar zu machen.«

»Er hat eine *Sekte* gegründet«, sagte Eric.

»Eine Religionsgemeinschaft«, verbesserte ihn Mutter. »Man könnte es auch eine Kirche nennen, obgleich Astartus selbst diese Bezeichnung gar nicht so gerne hört. Die ersten Christen im alten Rom wurden gekreuzigt oder bei lebendigem Leibe den Löwen vorgeworfen und heute ist das Christentum die größte Religion der Welt.«

»Findest du diesen Vergleich passend?«, fragte Eric.

»Vielleicht ein bisschen übertrieben«, räumte seine Mutter ein. »Aber du weißt schon, was ich meine. Astartus wird einfach missverstanden. Er hat uns gezeigt, was er und seine Jünger wirklich tun, und vieles davon ist ziemlich gut. Er hat Suppenküchen eingerichtet, kümmert sich um kriminell gewordene oder drogenabhängige Jugendliche, um allein erziehende Mütter und Waisenkinder ...« Sie machte eine Bewegung, die andeutete, dass sie die Aufzählung noch nach Belieben fortsetzen könnte.

»Gestern Abend hast du dich noch ganz anders angehört«, sagte Eric.

»Gestern Abend wusste ich manches nicht«, sagte Mutter ruhig. »Ich erwarte nicht von dir, dass du Astartus jetzt sofort in dein Herz schließt, Eric. Ich würde mich nur freuen, wenn du ihm wenigstens eine Chance gibst. Sei einfach fair und hör dir an, was er zu sagen hat.«
»Und wenn ich das nicht will?«, fragte Eric.
»Dann wäre ich sehr enttäuscht«, antwortete Mutter. »Aber es ist natürlich deine Entscheidung.« Sie sah ihn einen Moment erwartungsvoll an, schien dann aber zu begreifen, dass sie zumindest im Augenblick keine Antwort bekommen würde, und wechselte das Thema. »Übrigens habe ich einen Entschluss gefasst, Eric. Ich werde in meinem alten Beruf als Architektin arbeiten.«
»Um was zu bauen?«, fragte Eric mit einem unguten Gefühl.
»Das steht noch nicht ganz fest«, erwiderte seine Mutter. »Ich muss nur endlich wieder etwas tun. Etwas Richtiges, verstehst du? Nicht irgendwelche Akten, sondern etwas, das ich anfassen und sehen kann. Ich freue mich darauf.« Sie stand auf. »Und deshalb habe ich im Moment auch viel zu tun. Ich hoffe, du hast Verständnis dafür, aber ich muss mit vielen Leuten telefonieren und eine Menge Dinge vorbereiten. Wir erwarten übrigens heute Abend Besuch zum Essen. Dann können wir auch noch einmal und in Ruhe über alles sprechen. Und jetzt geh bitte auf dein Zimmer.«
Eric musste sich für einen Moment mit aller Kraft beherrschen, um nicht in Tränen auszubrechen. Aber er sagte kein Wort, sondern stand gehorsam auf und ging.

Es wurde acht, bis er das Geräusch der Garagentür hörte. Sein Vater war nach Hause gekommen und vor ungefähr einer Stunde hatte ihn seine Mutter extra noch einmal darauf hingewiesen, dass sie Gäste zum Essen erwarteten und er bitte pünktlich erscheinen sollte.
Eric hatte nur mit einem wortlosen Nicken darauf reagiert. Es fiel ihm schwer, seiner Mutter auch nur in die Augen zu sehen, und seine Kehle war wieder wie zugeschnürt gewesen, als sie

das Zimmer betreten hatte. Der Schock über ihr so vollkommen verändertes Verhalten saß noch immer tief. Vielleicht lag es ja an dem, was sie in der vergangenen Nacht erlebt hatte. Er hatte gehört, dass sich Menschen manchmal veränderten, wenn sie nur knapp dem Tode entkommen waren. Möglicherweise war das ihre Art, den Schock der vergangenen Nacht zu verarbeiten.
Er hörte Stimmen, als er ins Erdgeschoss hinunterkam, ging aber trotzdem nicht sofort ins Wohnzimmer, sondern in die Küche, wo Andrea dabei war, das Abendessen vorzubereiten. Sie stand am Herd und wandte nur kurz den Blick, als er hereinkam, nahm sich aber trotzdem Zeit für ein kurzes, dennoch sehr warmes Lächeln.
»Andrea?«, sagte er unbehaglich.
Die Jamaikanerin hörte auf, in einem Topf mit Suppe zu rühren, und drehte sich mit einer fast betont langsamen Bewegung zu ihm herum.
»Wegen vorhin«, begann Eric. Es fiel ihm schwer, die richtigen Worte zu finden. »Ich möchte mich für meine Mutter entschuldigen. Ich weiß auch nicht, was in sie –«
»Deine Mutter gute Frau«, fiel ihm Andrea ins Wort. »Ich nicht böse mit ihr. Das nicht ihre Schuld.«
»Sie ist einfach nur durcheinander und sehr nervös«, sagte Eric. Wenigstens hoffte er, dass es so war.
»Das Böse gekommen in dieses Haus«, sagte Andrea ernst. »Vielleicht ich besser gehen. Vielleicht *du* besser gehen. Schlimme Dinge geschehen. Andrea spüren es.«
Eric sagte nichts dazu, schon weil er sich dann vielleicht hätte eingestehen müssen, dass ihn Andreas Worte mit einem viel größeren Schrecken erfüllten, als ihnen zustand.
»Du bist nicht beleidigt?«, vergewisserte er sich mit einem schüchternen Lächeln.
»Nein«, sagte Andrea. »Ich nicht beleidigt. Aber ich Angst. Angst um dich und Angst um deine Eltern. Deine Mutter ist gute Frau, aber etwas ...«
»Ja?«, fragte Eric, als sie nicht weitersprach. Andrea antwor-

tete jedoch nicht, sondern hob nur die Schultern und machte eine Handbewegung zur Tür.
»Du jetzt besser gehen. Euer Besuch schon da und deine Mutter bestimmt böse, wenn du zu spät zum Essen.«
Eric war ein bisschen beunruhigt am meisten über das, was sie am Schluss *nicht* gesagt hatte. Aber er ahnte auch, dass es wenig Zweck haben würde, sie zu bedrängen. Außerdem hatte sie Recht: Seine Mutter *würde* ärgerlich reagieren, wenn er sie und ihre Gäste noch länger warten ließ.
Es war keine sehr große Gesellschaft: Außer seinem Vater und seiner Mutter saßen Kommissar Schollkämper und Maximilian Reichert an dem festlich gedeckten Tisch und der Anblick des Letzteren stimmte Eric alles andere als fröhlich. Es gab noch ein weiteres Gedeck, aber der dazugehörige Stuhl war leer.
Die Begrüßung war sehr kurz. Schollkämper nickte ihm nur zu, während Reichert ihn fast misstrauisch musterte, und sein Vater stand von seinem Stuhl auf und schloss ihn für einen Augenblick in die Arme. Eric ließ die – für seinen Vater recht ungewöhnliche Begrüßung – schweigend über sich ergehen, schob ihn dann aber auf Armeslänge von sich und deutete auf Reichert.
»Was macht *der* hier?«, fragte er feindselig.
»Eric!«, sagte seine Mutter tadelnd. »Du vergisst dich!«
»Lassen Sie nur«, sagte Reichert. »Ich kann Eric verstehen.«
»Trotzdem«, sagte nun auch sein Vater. »Ein Mindestmaß an gutem Benehmen kann man wohl erwarten.«
Eric ignorierte diesen Tadel, spießte Reichert mit Blicken regelrecht auf und versuchte dann, in Augenkontakt mit Schollkämper zu treten. Es gelang ihm, aber er fand im Blick des Kriminalkommissars nicht, wonach er suchte. Schollkämper lächelte ihm nur zu. Vielleicht ergab sich ja später noch Gelegenheit, unter vier Augen mit ihm zu reden.
Eric deutete anklagend auf Reichert. »Weißt du, dass Astartus und er dicke Freunde sind? Er nennt ihn *Bruder*.«
Sein Vater machte eine zornige Geste. »Lenk nicht ab, Eric.

Ich möchte, dass du dich bei Herrn Reichert entschuldigst.«
»Das ist wirklich nicht nötig«, sagte Reichert. »Ich kann ihn ja verstehen.«
Eric setzte zu einer bissigen Antwort an, aber dann begegnete er dem warnenden Blick seiner Mutter und zog es vor, sich wortlos zu setzen; allerdings ohne Reichert dabei auch nur eine Sekunde aus den Augen zu lassen.
Ein unbehagliches Schweigen begann sich im Raum auszubreiten. Schließlich räusperte sich Schollkämper gekünstelt, wartete, bis Eric in seine Richtung sah, und sagte mit einer entsprechenden Geste auf Reichert: »Ich fürchte, du tust Doktor Reichert wirklich Unrecht, Eric. Auch, wenn du es nicht besser wissen kannst.«
»So?«, fragte Eric kühl.
Sein Vater wollte schon wieder auffahren, aber in diesem Moment bekam Eric Hilfe von einer Seite, von der er sie nicht nur nicht erwartet hätte, sondern eigentlich auch gar nicht *wollte*.
»Der Junge ist einfach durcheinander«, mischte sich Reichert ein. »Das ist nur zu verständlich. Ich an seiner Stelle wäre es wohl auch.« Er sah Eric auf eine so väterlich-vertrauensvolle Art an, dass Eric ihm am liebsten die Zähne eingeschlagen hätte. »Wann erfährt man schon einmal, dass einem das Schicksal eine ganz besondere Rolle zugedacht hat?«
»Blödsinn!«, sagte Eric mit Nachdruck.
»Auch diese Reaktion ist verständlich«, sagte Reichert sanft. »Du brauchst Zeit, um dich an den Gedanken zu gewöhnen.«
»Unabhängig davon ist Max ein guter alter Freund der Familie«, sagte seine Mutter, offensichtlich darum bemüht, den schwelenden Streit zu schlichten. »Warum bist du denn nicht so fair und gibst ihm einen kleinen Vertrauensvorschuss? Wenigstens so lange, bis du alles gehört und vor allem verstanden hast. Max hat Recht, weißt du? Niemand könnte eine solche Neuigkeit so leicht verkraften. Ich würde wahrscheinlich nicht anders reagieren.« Sie lächelte unecht. »Sogar ich habe es im ersten Moment nicht geglaubt.«
»Was?«

»Dass du etwas Besonderes bist.« Wieder dieses unechte Lächeln. »Natürlich ist für eine Mutter ihr Kind immer etwas Besonderes, aber du ...« Sie suchte nach Worten.
»Vielleicht sollten wir jetzt über etwas anderes reden«, sagte Schollkämper. »Es wird einfach zu viel. Eric muss ja schon der Kopf schwirren!«
»So wie Ihnen?«, fragte Eric.
Schollkämper runzelte die Stirn. »Wie meinst du das?«
»Was macht Ihr Hals?«, fragte Eric. »Als ich Sie das letzte Mal gesehen habe, war ich nicht ganz sicher, ob Sie überhaupt noch leben.«
Schollkämpers Gesicht blieb vollkommen unbewegt. »Ich bin hart im Nehmen«, sagte er. »Aber danke, dass du dir Sorgen um mich machst.«
»Wie sind Sie aus dem Haus gekommen?«, fragte Eric. »Es stand doch lichterloh in Flammen.«
»Das weiß ich selbst nicht so genau«, antwortete Schollkämper. »Ich hatte wohl einfach Glück. Ich erinnere mich kaum, weißt du?«
Das muss ansteckend sein, dachte Eric. Er wollte eine entsprechende Bemerkung machen, doch sein Vater kam ihm zuvor. »Wir müssen noch etwas besprechen, Eric.«
»So? Und was?«
»Wie es mit dir weitergeht«, antwortete Vater. »Jetzt, wo die ganze Aufregung gottlob vorbei ist, wird es Zeit, dass du in dein normales Leben zurückkehrst.«
Eric sah aus dem Fenster. Azazels Umriss, der sich in die Tanne eingebrannt hatte, stand wie ein Menetekel draußen und starrte ihn an. Vorbei? O nein. Es war nicht *vorbei*. Mühsam riss er seinen Blick vom Fenster los und sah seinen Vater an.
»Was genau meinst du damit?«
»Es wäre nicht klug, wenn du weiter auf dieselbe Schule gehen würdest«, antwortete sein Vater. »Nicht nach allem, was passiert ist.«
»Ich muss auf eine andere Schule?«, vergewisserte sich Eric.
»Was ist mit Jamaika? Ich sollte doch mit Andrea –«

»Andrea«, unterbrach ihn seine Mutter, »wird uns verlassen, das ist richtig. Aber wir haben unsere Pläne geändert. Es wäre nicht klug, wenn du sie begleitest.«
»Wieso?«
Mutter seufzte tief. »Ich wollte es dir eigentlich nicht sagen, Eric, weil ich weiß, wie sehr du an ihr hängst. Aber Andrea ... du hast zu Mittag erlebt, wie sie sich aufgeführt hat.«
Eric starrte seine Mutter mit offenem Mund an. Die Einzige, die sich *aufgeführt* hatte, wie seine Mutter es nannte, war sie selbst gewesen!
»Ich ... ich glaube, ich verstehe nicht ganz«, murmelte er.
»Niemand von uns versteht, was mit ihr los ist«, sagte sein Vater. »Es tut mir ja auch Leid. Ich habe wirklich lange Nachsicht mit ihr geübt, schon weil sie bereits seit so vielen Jahren bei uns ist. Aber nun geht es nicht mehr. Sie wird immer unzuverlässiger und unverschämt obendrein.« Er schüttelte den Kopf. »Weißt du, dass sie neuerdings ein Huhn in ihrem Zimmer hat? Ich glaube, sie vollzieht irgendwelche heidnischen Rituale.«
»Voodoo«, sagte Eric. »Man nennt es Voodoo.«
»Es ist mir gleich, wie man es nennt«, sagte sein Vater scharf. »Ich dulde so etwas jedenfalls nicht länger in meinem Haus. Wenn sie nicht ohnehin von selbst gehen würde, müsste ich ihr kündigen. Die paar Tage kann sie noch bleiben. Aber nun zurück zum Thema. Du musst wieder zur Schule. Deine Mutter und ich haben eine Lösung gefunden, mit der wir alle zufrieden sein können.«
»Und wie sieht diese Lösung aus?«, hakte Eric nach.
»Wir haben eine Privatschule für dich gefunden«, sagte Mutter. »Du bekommst einen eigenen Lehrer.«
»Eine Privatschule?«, vergewisserte sich Eric. »Könnt ihr euch das denn überhaupt leisten? So etwas ist doch unglaublich teuer!«
Seine Mutter lachte. »Du vergisst immer noch, dass du jetzt ein sehr reicher Junge bist. Wir können uns *alles* leisten.«
»Und das ist auch einer der Gründe, aus denen es nicht beson-

ders klug wäre, wenn du weiter auf eine ganz normale Schule gehen würdest«, fügte Schollkämper hinzu. Er lächelte flüchtig. »Auch wenn du jetzt denkst, dass ich nur ein paranoider Polizist bin – ich kann dir versichern, dass du ein perfektes Entführungsopfer abgeben würdest.«
»Unsinn«, sagte Eric.
»Kein Unsinn«, beharrte Schollkämper. »Ein paar Millionen Lösegeld wären für dich leicht zu bekommen.«
»Aber das ist nicht der hauptsächliche Grund«, sagte seine Mutter. »Letztendlich geht es darum, dir die bestmögliche Ausbildung zu garantieren. Und die ist auf einem normalen Gymnasium nun einmal nicht zu gewährleisten.«
»Eine Privatschule?«, fragte Eric noch einmal. »Ihr meint so eine Art Internat? Hier in der Stadt?«
»Nicht sehr weit entfernt«, antwortete Mutter. »Du könntest jedes Wochenende nach Hause kommen. Aber ich bezweifle, dass du das möchtest, denn es wird dir dort bestimmt sehr gut gefallen.«
Eric sagte nichts dazu. Beinahe nur, um das Thema zu wechseln, deutete er auf das leere Gedeck. »Erwarten wir noch jemanden?«
»Ja«, antwortete sein Vater und sah auf die Uhr. »Eigentlich wollte er längst hier sein.«
»Er?«, fragte Eric.
»Ein Überraschungsgast«, antwortete sein Vater. Er lächelte, aber zugleich schien er plötzlich ein ganz kleines bisschen nervös zu sein, und als Eric den Kopf drehte, fiel ihm der Blick auf, den Reichert mit seiner Mutter tauschte; ein Blick, von dem die beiden ganz bestimmt nicht gewollt hatten, dass er ihn bemerkte. Was hatte Andrea vorhin gesagt? Das Böse ist in diesem Haus?
Es klingelte. Sein Vater stand auf und ging zur Tür, und wieder breitete sich ein unbehagliches Schweigen im Zimmer aus – Eric wäre am liebsten aufgestanden und gegangen, ganz gleich, was seine Eltern dazu sagen mochten. Doch jetzt öffnete sich die Tür und sein Vater kam zurück, begleitet von nie-

mand anderem als seinem alten Studienkollegen Stefan Aspach.
Besser bekannt unter dem Namen Astartus.
Eric sprang so hastig von seinem Stuhl hoch, dass dieser nach hinten kippte und klappernd umfiel. Niemand nahm davon Notiz. Eric starrte Astartus an und für einen Moment war er so schockiert, dass er nicht einmal mehr denken konnte.
»Was ...«, stammelte er. »Was ...«
»Bitte reg dich jetzt nicht auf, Eric«, sagte seine Mutter.
Eric nahm es nicht einmal zur Kenntnis. Er hatte seine Stimme endlich wiedergefunden. »Was soll das?«, fragte er herausfordernd, nahe daran, zu schreien. »Was haben Sie hier zu suchen?«
»Stefan ist hier, weil ich ihn eingeladen habe, Eric«, sagte sein Vater. »Und ich erwarte, dass du dich benimmst und unsere Gäste mit einem Mindestmaß an Respekt behandelst! Worum ich dich im Übrigen gerade schon einmal gebeten habe.«
»Gäste?«, erwiderte Eric erregt. »Dieser Kerl ist kein *Gast*. Er ist ...«
»Das reicht!«, sagte sein Vater scharf. »Du wirst dich sofort wieder hinsetzen und den Mund halten, Eric!«
»Und wenn nicht?«, fragte Eric trotzig. Hinter seiner Stirn jagten sich die Gedanken. Wieso hatte sein Vater Astartus hierher gebracht? Ausgerechnet Astartus, den Mann, dem er es letztendlich zu verdanken hatte, dass all dies überhaupt passiert war!
»Bitte, Eric«, mischte sich seine Mutter ein. »Ich kann deine Reaktion verstehen, aber du solltest ihn wenigstens anhören!«
»Fünf Minuten«, bat Aspach. »Wenn du dann immer noch willst, dass ich gehe, dann werde ich diesen Wunsch respektieren und gehen.«
»Nicht eine Sekunde!«, antwortete Eric wütend. Er fuhr mit einer zornigen Bewegung zu seiner Mutter herum. »Hier ist einer zu viel im Zimmer! Entweder geht er oder ich!«
»Du gehst nirgendwohin«, sagte sein Vater scharf. »Heb deinen Stuhl auf und setz dich hin. *Sofort*!«

Das letzte Wort hatte er tatsächlich geschrien und es wäre wahrscheinlich nicht bei diesem einen Wort geblieben, hätte sich Astartus nicht eingemischt und ihn mit einer Geste zum Schweigen gebracht. Dann kam er mit schnellen Schritten um den Tisch herum, richtete den Stuhl auf, den Eric beim Hochspringen umgeworfen hatte, und machte eine einladende Geste. Eric rührte sich nicht, sondern starrte ihn weiter trotzig-herausfordernd an. Es war unheimlich: Astartus' Anblick erinnerte ihn so sehr an den des Schwarzen Engels in seinem Traum, wie er so vor ihm stand, hoch aufgerichtet, ganz in Schwarz gekleidet und in einem knöchellangen, ebenfalls schwarzen Mantel. Selbst der Ausdruck in seinen Augen, der sein freundliches Lächeln Lügen strafte, schien derselbe zu sein. Eric wäre lieber über glühende Kohlen gerannt, ehe er sich auf den Stuhl gesetzt hätte, den Astartus ihm anbot.
»Setz dich!«, sagte sein Vater noch einmal, etwas leiser zwar, dafür aber in noch schärferem Ton. Er streckte die Hand aus und Eric war fast sicher, dass er ihn tatsächlich an der Schulter gepackt und gewaltsam auf den Stuhl herabgestoßen hätte, wäre Astartus nicht mit einem schnellen Schritt zwischen sie getreten und hätte besänftigend die Arme gehoben.
»Bitte!«, sagte er. »Wir wollen uns doch nicht streiten, oder? Ich kann Erics Reaktion sehr wohl verstehen.«
»Aber ich nicht«, betonte sein Vater. »Ich habe meinen Sohn nicht zur Unhöflichkeit erzogen!«
Astartus wiederholte seine besänftigende Geste, wobei nicht ganz klar wurde, in welche Richtung sie eigentlich ging.
»Bitte setz dich, Eric«, sagte er. »Ich glaube, es ist an der Zeit, dass wir uns einmal unterhalten.«
Etwas Unheimliches geschah: Eric wollte nicht mit Astartus sprechen, weder jetzt noch zu irgendeinem anderen Zeitpunkt, und trotzdem registrierte er fast erstaunt, dass er sich plötzlich den Stuhl heranzog und sich gehorsam darauf niederließ. Auch Astartus setzte sich und schließlich ging auch Erics Vater zu seinem Platz zurück.
»Es tut mir wirklich Leid, dass unser Gespräch mit einem sol-

chen Missklang beginnen musste«, sagte Astartus, »aber manchmal ist ein reinigendes Gewitter ganz hilfreich. Ich kann verstehen, dass du nicht unbedingt begeistert auf mein Erscheinen reagierst, aber ich versichere dir, dass nicht alles so ist, wie du glaubst.«

»Ach?«, machte Eric feindselig.

Astartus tauschte einen langen Blick mit Erics Vater und dann einen etwas kürzeren mit Schollkämper, bevor er mit einem tiefen Seufzer fortfuhr: »Eigentlich hatten wir uns vorgenommen, nie wieder über das zu reden, was passiert ist. Es gibt Dinge, über die sollte man nicht reden. Das Böse ist stark, Eric. Und manchmal wird es allein dadurch stärker, dass man darüber spricht.«

»Ich verstehe im Moment nicht einmal, wovon *Sie* sprechen«, sagte Eric nervös. Er sah seine Mutter an, aber die wich seinem Blick aus.

»Ich glaube doch«, widersprach Astartus sanft. »Es geht nicht um mich, verstehst du? Ich bin unwichtig, nur ein bedeutungsloser Mensch, dem keine wirkliche Rolle im großen Spiel des Schicksals zugedacht ist.«

Das klang so theoretisch und aufgesetzt, dass Eric am liebsten laut aufgelacht hätte. Aber zugleich ließ es ihm auch einen eiskalten Schauer über den Rücken laufen.

»Du bist es, um den es geht«, fuhr Astartus nach einer dramatischen Pause fort. »Erinnerst du dich, was ich dir über dich erzählt habe? Die mentale Kraft, die ich in deiner Nähe spüre?«

»Unsinn«, sagte Eric lahm.

»Es ist nur natürlich, dass du dich gegen diese Erkenntnis wehrst, mein lieber Junge«, sagte Astartus. »Aber tief in dir weißt du, dass ich Recht habe. Du bist etwas Besonderes. Das Schicksal hat dir eine ganz besondere Rolle zugedacht.«

Eric schwieg. Wie gerne hätte er Astartus' Worte als das abgetan, wonach es sich anhörte – als lächerlichen Unsinn nämlich –, aber er konnte es nicht. Er musste plötzlich wieder daran denken, wie seltsam der Engel reagiert hatte, als er erfuhr, wer er wirklich war, und an die eine oder andere Bemerkung, die Chep gemacht hatte. Vielleicht hatte Astartus Recht. Vielleicht hatte ihm das Schicksal wirklich eine ganz besondere Rolle zugedacht, ohne sich darum zu scheren, ob er sie haben wollte oder nicht

»Ich verstehe das alles nicht«, murmelte er hilflos.

»Das kannst du auch nicht«, sagte Astartus. »Noch nicht. Bitte glaub mir einfach, dass ich das, was ich dir angetan habe, nicht aus freien Stücken tat, so wenig wie Doktor Reichert oder irgendein anderer hier im Raum. Dies alles waren nur Versuche des Bösen, Gewalt über dich zu erlangen. Es ist dir gelungen, diesen Angriff abzuwehren, aber du musst weiter auf der Hut sein. Sie werden nicht aufhören, nach deiner Seele zu trachten. Aus diesem Grunde wollte ich mit dir reden. Ich möchte dich beschützen, Eric.«

»Ich glaube, Sie möchten etwas ganz anderes«, sagte Eric. Sogar er selbst konnte hören, wie wenig überzeugend die Feindseligkeit in seiner Stimme noch klang, und Astartus ließ sich davon auch nicht im Geringsten beeindrucken.

»Mir ist klar, wie wenig Sympathie du mir entgegenbringst, und vor allem dem, was ich bin und was ich tue«, sagte er. »Ich habe Fehler gemacht, die ich sehr bedaure und für die ich aufrichtig um Vergebung bitte. Ich kann nicht von dir verlangen, mich zu verstehen, ich kann dich nur bitten, es zu versuchen.« Er breitete die Hände aus. »Als ich dich das erste Mal sah und spürte, welch enorme Kraft in deiner Seele darauf harrt, entfesselt zu werden, da war ich einfach geblendet. Geblendet von der Vorstellung, was diese Kraft für mich und meine Anhänger bewirken könnte! Ich war egoistisch, das gestehe ich. Ich kann dich nur bitten, mir zu verzeihen. Und ich biete dir meinen Schutz an und die einzige Gegenleistung, die ich dafür erwarte, ist deine Freundschaft.«

Eric war so verwirrt, dass er nicht einmal antworten konnte. Natürlich glaubte er Astartus kein Wort – aber zugleich fragte er sich, ob dieses Misstrauen in Wirklichkeit vielleicht nichts anderes als Gewohnheit war. Astartus *hatte* eine Menge

Dinge getan, die er ihm wirklich übel nahm, und wahrscheinlich würde eher die Hölle zufrieren, bevor sie wirklich *Freunde* werden würden. Aber die entwaffnende Offenheit von Astartus' Worten machte es ihm fast unmöglich, noch wirklich objektiv zu sein. Er wusste einfach nicht mehr, was er denken sollte.

Astartus räusperte sich und stand auf. »Ich muss nun wieder gehen«, sagte er. »Ich erwarte nicht sofort eine Entscheidung von dir. Lass dir ruhig Zeit damit. Doch wie immer diese Entscheidung ausfallen wird, ich werde sie akzeptieren.«

Eric versuchte ein letztes Mal, wenigstens so etwas wie Widerstand zu spielen. »Weißt du, was er heute Morgen getan hat?«, fragte er, an seinen Vater gewandt.

»Ja«, sagte sein Vater. »Er hat es mir erzählt.«

»Und ich bedaure es zutiefst«, fügte Astartus hinzu.

»Und das ist ... alles?«, fragte Eric ungläubig. »Er hat dir erzählt, dass er eine Urkunde mit deiner Unterschrift gefälscht hat, und ... und du nimmst es einfach so hin?«

»Es war ein Fehler«, sagte sein Vater. »Ich war nicht begeistert, als ich es erfahren habe, glaub mir. Aber nachdem mir Astartus seine Gründe erklärt hat, kann ich ihn verstehen.«

»Das ... das kann doch nicht dein Ernst sein!«, murmelte Eric fassungslos. Sein Vater war ein Mann, dem Recht und Gerechtigkeit über alles gingen. Und ausgerechnet er tat so etwas wie eine Urkundenfälschung mit einem Achselzucken ab? Unmöglich!

»Astartus hat dieses Dokument gefälscht, um dich zu schützen«, sagte sein Vater. »Aus keinem anderen Grund.«

»Zu schützen?«, ächzte Eric. »Vor wem?«

»Ich dachte, du wärst in meiner Obhut besser aufgehoben als in irgendeinem staatlichen Waisenhaus«, sagte Astartus. »Vielleicht war es etwas übereilt, wie ich nun einsehe. Ich hoffe, du vergibst mir auch diesen Fehler.«

Eric antwortete nicht darauf, aber allein sein Schweigen schien Astartus bereits Zustimmung genug, denn er lächelte

durchaus zufrieden, verabschiedete sich kurz von allen anderen und ging dann ohne weitere Umstände.
Kaum hatte er das Zimmer verlassen, da räusperte sich auch Reichert unbehaglich und sagte: »Für mich wird es auch allmählich Zeit, fürchte ich.«
Er sah Eric bei diesen Worten an, als warte er darauf, von ihm zurückgehalten zu werden, aber diesen Gefallen tat er ihm nicht und so erhob sich auch Reichert und ging. Vermutlich, dachte Eric, um mit Astartus – *Bruder Astartus* – im gleichen Wagen zu fahren.
Als sie und Schollkämper allein waren, ging Eric zur Wohnzimmertür, drückte sie sorgfältig ins Schloss, drehte sich herum und sah seine Mutter, seinen Vater und den Kommissar der Reihe nach an.
»Was geht hier vor?«, fragte er dann geradeheraus.
Seine Mutter zog die Augenbrauen hoch. »Was meinst du damit?«
»Wir sind allein«, antwortete Eric. »Es gibt keinen Grund mehr, so zu tun, als wäre gar nichts passiert. Ich habe euch gestern Abend zum letzten Mal in der Schwarzen Kathedrale gesehen, und jetzt seid ihr ... verändert. Was ist dort passiert?«
»Die Schwarze Kathedrale?«, wiederholte Schollkämper mit einem Stirnrunzeln.
Was hatte er noch zu verlieren? »Als ich Sie das letzte Mal gesehen habe, waren Sie tot, Herr Schollkämper«, sagte er. »Azazel hat ihnen das Genick gebrochen.«
Das Gesicht seines Vaters blieb ausdruckslos, während seine Mutter regelrecht schockiert dreinsah. Schollkämper hingegen lachte laut auf.
»Ich gebe zu, dass es eine Menge Leute gibt, die darauf warten, dass ich mir endlich das Genick breche, aber noch fühle ich mich eigentlich ganz lebendig. Wer soll das sein: Azazel?«
»Der Schwarze Engel«, antwortete Eric. »Ich habe Ihnen doch von ihm erzählt.«
Schollkämper lächelte immer noch, sah ihn nun aber auch mit

einer Spur von Sorge an. »Der Schwarze Engel? Ich weiß wirklich nicht, wovon du sprichst, mein Junge.«
»Lügen Sie nicht!«, fuhr Eric auf. »Wir waren in diesem Notariat. Sie haben die Dämonen gesehen! Die Schlacht um Armageddon und den Dämon, der Ihre Pistolenkugeln gefressen hat! Und Sie haben auch Azazel gesehen! Warum lügen Sie?«
»Eric!«, sagte sein Vater scharf, aber Schollkämper hob rasch die Hand und schüttelte den Kopf.
»Lassen Sie mich reden«, sagte er. »Das interessiert mich. Azazel, sagst du? Das ist ein Name aus dem Alten Testament, nicht wahr. Genau wie Armageddon. Die letzte Schlacht zwischen Gut und Böse, wenn ich mich recht erinnere.«
»Sie haben ihn gesehen«, beharrte Eric. »Ich war dabei.«
Schollkämper seufzte. »Ich glaube dir gerne, dass du wirklich glaubst, was du da sagst, Eric«, sagte er. »Aber ich versichere dir, dass ich nichts von alledem gesehen oder erlebt habe. Du hast eine Menge mitgemacht, mein Junge. Es ist nur zu verständlich, wenn du ein paar Dinge ... durcheinander bringst.«
»Reden Sie nicht wie dieser Gehirnverdreher Reichert!«, fuhr ihn Eric an. »Ich weiß, was ich gesehen habe! Ich bin nicht verrückt.«
»Das hat auch niemand gesagt«, antwortete Schollkämper ruhig. »Aber es gibt keine Engel, Eric. Weder schwarze noch weiße.«
»Und wenn ich es beweisen kann?«, fragte Eric in fast triumphierendem Tonfall. Er wartete die Antwort des Kommissars nicht ab, sondern öffnete die Tür und ging hinaus. Erst als er die Hintertür erreicht hatte, blieb er stehen und wartete darauf, dass Schollkämper und seine Eltern zu ihm aufschlossen. Seine Mutter sah ihn mit unverhohlener Sorge an, während sich das Gesicht seines Vaters noch weiter verdüstert hatte.
»Ich hoffe, du hast eine gute Erklärung für diese Farce«, sagte er.
»Die habe ich«, sagte Eric. »Ich kann beweisen, dass ich die Wahrheit gesagt habe! Hier, seht selbst!« Er riss die Tür auf,

trat in den Garten hinaus und deutete auf den Umriss des Schwarzen Engels, der sich in den Baum gefressen hatte.
»Es gibt also keine Engel, wie?«, fragte er. »Und was ist das?«
Schollkämper und seine Eltern traten hinter ihm ins Freie und der Himmel fing Feuer.
Es begann mit einem hohen, dünnen Pfeifen, das sehr rasch an Intensität zunahm, bis es seinen ganzen Körper zu durchdringen schien. Eric blieb überrascht stehen, hob den Kopf und blinzelte in den Himmel, aber es ging zu schnell, als dass er wirklich noch Einzelheiten erkennen konnte. Ein winziger weißer Punkt war über ihm am Himmel erschienen, als wäre einer der Sterne dort über ihm in Bewegung geraten. Rasend schnell wuchs er heran, flammte plötzlich in unerträglicher Helligkeit auf und verwandelte sich dann in einen Feuerball, der in alle Richtungen zugleich explodierte.
Eric riss instinktiv die Hände vor das Gesicht und presste die Augen zusammen und vielleicht bewahrte ihn diese Reaktion tatsächlich davor, blind zu werden, denn das Licht des explodierenden Sterns war für einen Moment so grell, dass er trotz seiner geschlossenen Lider seine eigenen Hände wie eine Röntgenaufnahme sehen konnte, das Fleisch durchscheinend und in einem unheimlichen, grünen Farbton, die Knochen darin schwarz und mit verschwommenen, unscharfen Rändern. Hinter ihm keuchten Schollkämper und seine Eltern erschrocken auf und Eric sah *durch seine geschlossenen Augenlider und die Hände hindurch*, wie ein unerträglich greller, gezackter weißer Blitz die Wolke spaltete und in den Baum fuhr, in den sich Azazels Abbild hineingebrannt hatte. Die Tanne fing mit einem berstenden Schlag Feuer und brannte binnen einer einzigen Sekunde lichterloh. Dann traf die Schallwelle ein, ein so ungeheures Dröhnen und Krachen, dass die Fensterscheiben klirrten und Eric das Gefühl hatte, seine Trommelfelle müssten platzen. Er taumelte unter dem Geräusch zurück, prallte gegen Schollkämper und wäre vermutlich gestürzt, hätte der Kommissar nicht gedankenschnell zugegriffen und ihn festgehalten.

Der Himmel über der Stadt schien zu brennen. Der gleißende Explosionsblitz hatte sich in eine Kuppel aus brodelnden Flammen verwandelt, die sich von einem Horizont bis zum anderen erstreckte, als hätte das Firmament selbst Feuer gefangen. Der Flammenschein war für einen Moment so grell, dass er die Lichter in der Stadt unter sich einfach auslöschte, und während Eric wie gelähmt dastand und aus aufgerissenen Augen in das Inferno hinaus starrte, war er für zwei oder drei Sekunden lang fest davon überzeugt, dass das Undenkbare wahr geworden war und irgendein Irrsinniger den roten Knopf gedrückt hatte.
Doch statt sich auf die Erde herabzusenken und die Erde mit all ihren Bewohnern zu verzehren, erlosch der Feuerball am Himmel fast so schnell, wie er entstanden war. Die Flammen verblassten, faserten zu dünnen, ineinander geschlungenen Feuerärmchen auseinander und erloschen dann ganz, und nach dem gleißenden Licht schien sich eine umso tiefere Dunkelheit über der Stadt auszubreiten. Das alles geschah in fast unheimlicher Stille. Nach dem ohrenbetäubenden Krachen der Explosion war es absolut ruhig geworden.
Etwas wie ein dünner Nadelstich traf sein Gesicht. Eric hob die Hand und wischte den kleinen Schmerz fort, spürte aber sofort einen weiteren Piekser, diesmal gleich neben dem linken Auge.
Eric blinzelte in den Himmel hinauf. Das Feuer war erloschen, aber die Wolken glühten noch immer wie einem unheimlichen inneren Licht. Was ist das nur?, dachte er schaudernd. Was geht hier vor?
Wieder piekste etwas in sein Gesicht, dann prallte etwas mit einem hellen *Plink*! von der Fensterscheibe neben ihm ab, und eine halbe Sekunde später traf etwas nun wirklich schmerzhaft seine Stirn. Eric hob erschrocken die Hand ans Gesicht. Plötzlich kam Wind auf, der etwas Schmutzigweißes, zum Teil aber auch Rotes und Braunes mit sich herantrug.
Eric griff nach einem dieser sonderbaren Objekte, aber es löste sich in seiner Hand auf, kaum dass er es gefangen hatte.

Trotzdem schien es kein Schnee zu sein, denn es hinterließ eine schmierig-klebrige Schicht auf seiner Haut. Wäre diese unheimliche Farbe nicht gewesen, dann hätte er geglaubt, es wäre ... *Asche*, die vom Himmel fiel.
Aber es war nicht Asche, es war Hagel. Wie der unheimliche Ascheregen war er zum Großteil rot gefärbt und er nahm so schnell an Intensität zu, dass Eric vor Schmerz die Zähne zusammenbiss, als er sein Gesicht traf. Trotzdem war er einfach nicht fähig, die zwei schnellen Schritte ins Haus zurückzuweichen, sondern stand weiter wie gelähmt da, während Regen und Asche auf ihn herunterprasselten und die Hagelkörner wie winzige, schmerzhafte Querschläger vom Boden hochsprangen und seine Beine trafen.
Vermutlich hätte er noch länger so in Regen und Hagel gestanden, hätte nicht Schollkämper schließlich nach seiner Schulter gegriffen und ihn fast gewaltsam ins Haus zurückgezerrt.
Eric taumelte keuchend und nach Luft ringend gegen die Wand. Schollkämper sah kopfschüttelnd auf ihn herab, während sich sein Vater mit der Schulter gegen die Tür gestemmt hatte und sie zuschob. Er brauchte sichtlich all seine Kraft dazu, und Eric hätte sich nicht gewundert, wenn sie dazu nicht ausgereicht hätte. Der Wind war binnen Sekunden zu einem ausgewachsenen Sturm geworden, der an den Grundfesten des Hauses zu rütteln schien und Regen und Hagel fast waagrecht in das Gebäude peitschte.
Mühsam wischte sich Eric das Wasser aus dem Gesicht. Er wollte seinem Vater dabei helfen, die Tür ins Schloss zu drücken, aber Schollkämper kam ihm zuvor und warf sich mit solcher Wucht dagegen, dass das Holz hörbar knackte und das Schloss eine Sekunde später einrastete.
»Was ... was war das?«, murmelte Eric verstört.
»Ein Blitzschlag«, antwortete Schollkämper. »Spektakulär, aber im Grunde harmlos. Meistens«, fügte er mit einem Achselzucken hinzu, als Eric ihn fassungslos anstarrte.
»Harmlos?«, fragte seine Mutter. »Eine Minute später und wir wären nicht mehr am Leben!«

»Aber ein Blitzschlag aus heiterem Himmel?«, murmelte Eric. »Und dann dieser Hagel!«
»So etwas kommt vor«, antwortete Schollkämper. »Es ist ungewöhnlich, aber es kommt vor.«
»Diese Sommergewitter sind dafür berüchtigt, dass sie manchmal völlig warnungslos ausbrechen«, sagte Mutter.
»Und von großer Heftigkeit sein können«, fügte Vater hinzu.
»Geh jetzt nach oben und zieh dich um«, sagte Mutter. »Du holst dir sonst noch eine Erkältung.«
»Aber der Busch!«, sagte Eric. »Ich meine: der Baum. Das Feuer –«
»Darum kümmert sich schon der Regen«, unterbrach ihn Schollkämper. »Deine Mutter hat Recht. Du solltest dir etwas Trockenes anziehen.«
Eric wollte widersprechen, aber seine Eltern schienen bereits jedes Interesse an dem Gespräch verloren zu haben, denn sie drehten sich herum und gingen zusammen mit Schollkämper ins Wohnzimmer zurück und Eric machte sich auf den Weg zur Treppe.
Aber kurz bevor er sie erreicht hatte, blieb er noch einmal stehen und sah zu seinen Eltern hin. Sie standen nebeneinander am Fenster und starrten in den Himmel hinauf, so wie in diesem Moment vermutlich die meisten Einwohner dieser Stadt. Aber es war seltsam: Sie wirkten nicht wirklich erschrocken, ja eigentlich nicht einmal überrascht. Eric konnte ihre Gesichter nur als blasse Spiegelungen in der Fensterscheibe erkennen und wäre der Gedanke nicht einfach zu absurd gewesen, dann hätte er in diesem Moment geschworen, so etwas wie ein zufriedenes Lächeln in ihren Augen zu erkennen.

Der Traum begann wie gewohnt: Eric sah die Schwarze Kathedrale, die gewaltige Ödnis von Armageddon und den brennenden Engel, der sich wieder verzweifelt gegen das schwarze Höllenfeuer stemmte und diesen Kampf auch dieses Mal wieder verlor, um seinen trudelnden Sturz in die Tiefe zu beginnen. Diesmal jedoch endete der Traum nicht, bevor der Sturz zu Ende war. Eric beobachtete voller Entsetzen, wie der Engel schneller und schneller fiel, noch einmal verzweifelt die Flügel ausbreitete, um sich im letzten Moment vielleicht doch noch zu fangen, und schließlich mit grausamer Wucht zwischen den Felsen am Fuße der Kathedrale aufschlug.

Erst in diesem Moment erkannte er ihn.

Es war nicht irgendein Engel. Es war Chep.

Eric hätte aufgeschrien, hätte er in diesem Traum eine Stimme gehabt, aber die hatte er so wenig wie einen Körper. Trotzdem war er in der Lage, seine Position zu verändern, denn kaum hatte er es sich gewünscht, da stürzte er auch schon schnell wie ein angreifender Raubvogel in die Tiefe und fand sich nur einen Augenblick später über dem sterbenden Engel schwebend.

Chep lag mit ausgebreiteten Flügeln zwischen den Felsen. Sein Körper war zerschmettert, aber in seinen offen stehenden Augen war noch ein letzter, erlöschender Lebensfunke und obwohl Eric in dem bizarren Traum nicht einmal einen Körper hatte, spürte er genau, dass der sterbende Cherub ihn ansah und ihn auch erkannte.

Der Anblick brach ihm schier das Herz. Er hätte in diesem Moment alles darum gegeben, dem Engel helfen zu können, aber er war nur ein körperloser Beobachter, der nicht einmal eine Stimme hatte, um dem Cherub Trost zuzusprechen.

Das Leben schwand jetzt immer schneller aus Cheps Augen, aber es waren nicht die furchtbaren Verletzungen des Sturzes, die den Engel töteten. Was ihn vernichtete, waren die schwarzen Energien, die seinen Schutzschild durchdrungen und seine Seele verbrannt hatten. In seinen Augen war jedoch keine Furcht und auch kein Schmerz. Eric fand darin einen stummen Vorwurf, der auf seine Art schlimmer war als alles, was der Cherub hätte sagen oder tun können. Eine Ewigkeit lang, wie es Eric vorkam, lag er da und blickte ihn auf diese traurige und vorwurfsvolle Art an, dann schloss er die Augen und das Leben wich endgültig aus ihm.

Chep war tot, aber Eric war trotzdem nicht allein. Er konnte spüren, dass er beobachtet wurde, sah auf und blickte in die Augen eines hünenhaften, gehörnten schwarzen Engels, der aus der Kathedrale herausgetreten war und auf ihn herabsah. Wie Chep zuvor wusste auch Azazel, dass er da war, und wie in den Augen des Cherubs war auch in denen des Schwarzen Engels ein Ausdruck zu lesen, der deutlicher war als alles, was der Höllenfürst hätte sagen können: Triumph.

Langsam entfernte sich Eric von Azazel, stieg gleichzeitig wieder in die Höhe und drehte sich langsam herum. Noch etwas hatte sich verändert, seit er diesen Traum das letzte Mal geträumt hatte: Zuvor war die Ebene von wimmelnder schwarzer Bewegung erfüllt gewesen, Azazels Heerscharen, die sich zum Sturm auf ihre Feinde versammelten, aber nun ...

... war sie voller Leichen.

Schwarzer Rauch hing über dem verheerten Land. Die Luft roch nach Blut und verbranntem Fleisch und Erdreich und Felsen waren an unzähligen Stellen zu glänzendem schwarzen Glas zusammengeschmolzen, als hätte das Feuer der Hölle selbst hier gewütet und die Erde verbrannt. Hausgroße Felsen waren wie von den Faustschlägen zorniger Titanen zertrümmert und der Boden von gezackten Rissen und Spalten durchzogen, über denen die Luft vor Hitze waberte, und an deren Grund das düstere Rot flüssiger Lava lohte. Und überall zwischen den Spuren entfesselter Urgewalten entdeckte er Tote.

Es waren unzählige: Engel, Menschen, Dämonen und Ungeheuer, geflügelte Geschöpfe, die zerbrechlichen Elfen ähnelten, aber von nachtschwarzer Farbe waren und rasiermesserscharfe Krallen an den Enden ihrer Schwingen trugen, Tiermenschen jener grausigen Art, auf die er bereits einmal gestoßen war, und andere, noch viel bizarrere Kreaturen, deren bloßer Anblick ihm schier den Magen umdrehte. Es war ein gewaltiges Schlachtfeld, über dem er schwebte, und obwohl die Zahl der erschlagenen Monster und Dämonen die der himmlischen Krieger um ein Hundertfaches überstieg, zweifelte Eric keine Sekunde lang daran, dass der Angriff auf

die Schwarze Kathedrale letztendlich fehlgeschlagen war. Er war zurechtgekommen, um Cheps Tod mitzuerleben, und Azazel hatte als Sieger über ihm gestanden und voller Hohn auf ihn herabgesehen.
Die apokalyptische Schlacht schien jedoch nicht zu Ende zu sein. Eric glitt ein Stück weiter in die Höhe und sah noch mehr schwarzen Rauch, der sich unendlich weit entfernt über den Horizont erhob. Er wünschte sich dorthin und die Ebene von Armageddon begann schneller und immer schneller unter ihm hinwegzugleiten. Trotzdem schien eine schiere Ewigkeit zu vergehen, bis er sich der Quelle der schwarzen Qualmwolken näherte, die den Himmel verdunkelten.
Es war kein weiteres Schlachtfeld, sondern eine Stadt. Ein Großteil der Stadtmauer war niedergebrochen und geschleift und mindestens ein Viertel sämtlicher Gebäude stand lichterloh in Flammen oder war bereits zu qualmenden Ruinen zusammengesunken.
Um den Rest der Stadt tobte eine verzweifelte Schlacht. Die Luft schwirrte nur so von schwarzen und weißen Engeln, die mit Schwert und Schild, aber auch mit bloßen Händen gegeneinander kämpften, und die Anzahl der Dämonen und Ungeheuer, die sich wie eine schwarze Flut durch die Stadt wälzten, wagte Eric nicht einmal zu schätzen. Die der Verteidiger war kaum weniger groß und trotzdem genügte ein einziger Blick, um zu erkennen, dass sie einen aussichtslosen Kampf kämpften. Die meisten Verteidiger waren Menschen wie er, die zwar mit dem Mut der Verzweiflung fochten, trotzdem aber fast überall geschlagen wurden, denn bei ihren Feinden handelte es sich um Geschöpfe, die ungleich stärker waren als sie und weder Furcht noch Schmerz kannten. Und dort, wo einer der wenigen Cherubim auftauchte, um den menschlichen Verteidigern beizustehen, stürzten sich die Dämonen zu Dutzenden auf ihn. Der Kampf musste seit Stunden toben und er würde vermutlich auch noch weitere Stunden andauern, aber an seinem Ausgang bestand kein Zweifel. Azazels höllische Heerscharen hatten praktisch schon gewonnen.

Allmählich begann Eric auch die Strategie der Angreifer zu erkennen. Die Hauptmasse der Dämonen hatte sich in vier gewaltige Heerzüge aufgeteilt, die die Verteidiger aus vier verschiedenen Richtungen auf den großen Platz in der Mitte der Stadt zutrieben, um sie zwischen sich zu zermalmen. Jeder dieser Heerzüge wurde von einem Trupp gepanzerter Reiter angeführt, um den sich eine Leibgarde aus besonders kräftigen und grässlichen Dämonen und Tiermenschen scharte. Eric glitt ein wenig näher, um sich einen dieser höllischen Generäle etwas genauer anzusehen.
Der Reiter war riesig. Er ritt ein gewaltiges, mit schwarzen Eisenplatten gepanzertes Schlachtross, dessen Augen in einem düsteren Rot glühten und aus dessen Nüstern tatsächlich kleine Flämmchen züngelten. Seine Hufe hinterließen glühende Spuren im Straßenpflaster. Der Reiter selbst musste mehr als zwei Meter messen. Seine Rüstung war vollkommen schwarz und über und über mit Stacheln und Dornen bedeckt und das heruntergeklappte Visier seines Helmes war einer Furcht einflößenden Dämonenfratze nachgebildet. Seine ebenfalls stahlgepanzerte Hand lag auf dem Griff eines gewaltigen Breitschwertes, der aus seinem Gürtel ragte.
Eric wollte sich gerade abwenden, als die Türen rechts und links der schmalen Straße aufflogen und plötzlich Hunderte von Männern auftauchten, um sich auf das Dämonenheer zu stürzen. Gleichzeitig erschienen Bogenschützen auf den Dächern und in den Fenstern, die einen wahren Hagel tödlicher Geschosse entfesselten. Die Dämonen waren in eine Falle geritten, wie sie perfekter kaum sein konnte.
Schon der erste Ansturm kostete fast die Hälfte aller Dämonen und Tiermenschen das Leben. Die Angreifer waren hervorragend bewaffnet und sie kämpften mit dem Mut und der Entschlossenheit von Menschen, die wussten, dass sie nichts mehr zu verlieren hatten. Die Dämonen, die den Pfeilhagel von den Dächern überlebten, wurden von langen Speeren aufgespießt oder fielen unter den wuchtigen Schwert- und Keulenhieben der Angreifer und die wenigen, die auch dann noch

standen, hätten ihr Heil in der Flucht gesucht – hätte es etwas gegeben, wohin sie fliehen konnten. Sie wurden erbarmungslos verfolgt und niedergemacht. Nur wenige Minuten, nachdem die Falle zugeschnappt war, gab es nur noch den General auf seinem riesigen Schlachtross und seine Leibgarde. Die knapp zwanzig Dämonen bildeten einen dicht geschlossenen Kreis um ihren Herrn. Möglicherweise war Eric gerade rechtzeitig gekommen, um die erste Niederlage der Höllenarmee mitzuerleben.

Der General zumindest zeigte keine Spur von Furcht. Er hatte sein Schwert gezogen und schlug damit über die Köpfe seiner Leibwächter hinweg nach den Angreifern, die ihrerseits versuchten, ihn mit ihren Speeren aus dem Sattel zu stoßen oder Pfeile auf ihn abzuschießen. Sowohl die Geschosse als auch die Speerspitzen prallten jedoch von seiner schwarzen Rüstung ab, ohne auch nur einen Kratzer zu hinterlassen.

Am Ausgang des Kampfes bestand jedoch trotzdem kein Zweifel. Die Dämonen wurden einer nach dem anderen niedergemacht und am Ende fiel auch der General – im wahrsten Sinne des Wortes. Die Waffen der Angreifer vermochten weder seine noch die Panzerung des Pferdes zu durchdringen, aber die heranstürmende Menge riss das Tier am Ende von den Füßen. Das Pferd stürzte mit einem schrillen Wiehern zu Boden und der Reiter wurde im hohen Bogen aus dem Sattel geschleudert, prallte gegen eine Wand und sackte haltlos in sich zusammen. Bevor er wieder auf die Beine kommen konnte, stürzten sich mehr als ein Dutzend Männer auf ihn.

Plötzlich war die Luft vom Schwirren zahlloser Flügel erfüllt und gleichzeitig erscholl ein entsetzter Aufschrei aus Dutzenden von Kehlen. Eric sah hoch und erkannte, dass der Himmel plötzlich voller schwarzer geflügelter Gestalten war – Dämonen, Tiermenschen, aber auch zahlreiche riesige schwarze Engel, die sich unverzüglich auf ihre Opfer stürzten und ein wahres Gemetzel unter ihnen anzurichten begannen. Gegen die Angreifer aus der Luft hatten die Männer keine

Chance. Einige wenige Dämonen wurden von hochgerissenen Speeren aufgespießt, die meisten aber nutzten ihre überlegene Position gnadenlos aus, um ihre Gegner niederzumachen. Manche rissen ihre unglückseligen Opfer gar in die Höhe, um sie hoch oben in der Luft wieder loszulassen, damit sie auf dem Boden zerschmetterten. So eindeutig Eric der Ausgang des Kampfes vorgekommen war, so schnell und radikal wendete sich das Blatt. Obwohl noch immer weit in der Überzahl, wandten sich die überlebenden Stadtbewohner in Panik zur Flucht.

Der schwarze General kam taumelnd wieder auf die Beine, hob sein Schwert auf und ging dann mit schleppenden Schritten auf sein Pferd zu, das sich mittlerweile ebenfalls wieder erhoben hatte. Seine Rüstung war verbeult und zerschlagen und er selbst war mit Sicherheit verletzt – allerdings nicht so schwer, dass er nicht mehr die Kraft gehabt hätte, sich auf den Rücken seines Pferdes hinaufzuziehen. Das Tier tänzelte nervös. Seine Hufe schlugen Funken aus dem Kopfsteinpflaster.

Eric sah sich voller Entsetzen um. Einen Moment lang hatte es ausgesehen, als sollte es den Verteidigern tatsächlich gelingen, den Ansturm der Horden der Finsternis aufzuhalten, doch nun glich die schmale Straße einem Schlachthaus. Nur wenige Männer waren dem Wüten der geflügelten Dämonen entkommen – aber was gab es schon, wohin sie flüchten konnten? Die ganze Stadt war zur Todesfalle geworden. Eric wusste, dass Azazels Heer nicht eher ruhen würde, bis auch die letzte Spur von Leben aus den Mauern dieser Stadt getilgt war.

Für einen Moment glaubte er noch einmal den Ausdruck in den Augen des sterbenden Cherubs zu sehen, und er fragte sich, ob das der Grund für den Vorwurf in Cheps Blick war: weil er ihm sagen wollte, dass das alles hier seine Schuld war. Aber warum?

Der Riese in der schwarzen Rüstung hatte sein Pferd mittlerweile wieder in der Gewalt. Jetzt hob er sein Schwert und deutete mit einer befehlenden Geste auf die gegenüberliegenden Häuser und eine Anzahl Dämonen drang flügelschlagend

durch die offen stehenden Fenster und Türen ein, um Jagd auf die Menschen dort drinnen zu machen.
Langsam schob der General sein Schwert wieder in den Gürtel, hob die Hand an den Helm und klappte sein Visier hoch. Eric konnte sein Gesicht nicht erkennen, aber er konnte zumindest sehen, dass Blut darauf war; eine ziemliche Menge Blut. Ganz ungeschoren war der Reiter wohl doch nicht davongekommen.
Plötzlich erstarrte er. Für einen Augenblick saß er in einer angespannten, nach vorne gebeugten Haltung im Sattel da, dann fuhr er mit einem Ruck herum und blickte Eric an.
Und Eric hatte das Gefühl, sein Herz setze aus. Das Gesicht des Generals war blutüberströmt und zu einer Grimasse aus Hass und Wut verzerrt und trotzdem erkannte Eric ihn sofort. Denn das Gesicht, das unter der Maske aus Blut, Schweiß und Schmutz verborgen war, gehörte seinem eigenen Vater.
Eric schrie auf, riss die Arme in die Höhe und prallte zurück und jemand ergriff ihn an der Schulter und rüttelte ihn so heftig, dass seine Zähne aufeinander schlugen.
»Eric! Wach auf!«
Im ersten Moment erkannte er die Stimme nicht einmal. Aber er hörte zumindest auf zu schreien und um sich zu schlagen, öffnete die Augen und blinzelte ziemlich verständnislos in das Gesicht seiner Mutter, die mit einer Mischung aus Sorge und Verwirrung auf ihn herabsah. Sie hatte das Haar hochgesteckt und trug einen einfachen grauen Kittel, auf dem etliche frische Flecken waren. Auch ihr Gesicht war schmutzig und sie roch leicht nach Farbe oder Reinigungsmitteln.
»Alles in Ordnung?«, fragte sie.
»Ja«, antwortete Eric. »Das heißt: Nein. Ich ...« Er brach verwirrt ab.
»Du hast geträumt«, stellte seine Mutter fest. »Und offenbar nicht besonders gut.« Sie legte die Hand auf seine Stirn und zog die Augenbrauen zusammen: »Kein Wunder. Du hast Fieber.«
»Das ist nicht so schlimm«, antwortete Eric lahm. Er wollte die Hand seiner Mutter zur Seite schieben, aber sie zog den

Arm zurück, bevor er sie berühren konnte, und rutschte gleichzeitig ein kleines Stück von ihm fort.
Eric fand nur allmählich in die Wirklichkeit zurück. Er lag auf dem breiten Bett in seinem Zimmer und trug nur das Handtuch, das er sich nach dem Duschen umgelegt hatte. Das Bettlaken war durchgeschwitzt und sein Herz schlug noch immer so hart, dass er fast Mühe hatte, Luft zu holen. Natürlich wusste er, dass es nur ein Traum gewesen war – aber er war so unglaublich realistisch gewesen! Er glaubte den Kampflärm noch immer zu hören, die Schreie der Verwundeten und Sterbenden, das Klirren der Waffen und das Prasseln der Flammen, die sich unerbittlich weiter in die Stadt hineinfraßen ...
»Alles in Ordnung?«, fragte seine Mutter.
»Es geht schon«, murmelte Eric. »Ich bin nur ... noch nicht richtig wach, das ist alles.«
»Eigentlich solltest du das aber«, sagte Mutter. »Immerhin hast du fast zwölf Stunden geschlafen. Anscheinend hast du dir gestern Abend eine gehörige Erkältung eingehandelt. Aber das kriegen wir schon wieder hin, keine Angst.«
»Gestern Abend?« Eric sah automatisch zum Fenster. Er begriff nur ganz allmählich, dass es schon wieder Morgen war. Der Traum schien die ganze Nacht gedauert zu haben. Draußen schien jedenfalls wieder die Sonne, wie es sich für einen Hochsommertag gehörte.
»Du bist ziemlich blass«, sagte seine Mutter. »Ist auch wirklich alles in Ordnung mit dir?«
»Hundertprozentig«, versicherte Eric. Er stand auf, bückte sich nach den Kleidern, die er am vergangenen Abend ausgezogen und achtlos neben dem Bett auf den Boden geworfen hatte, und schlüpfte hinein. Sie waren noch ein wenig klamm, aber das war ihm egal. »Haben sie irgendetwas im Fernsehen gesagt?«
»Gesagt?«
»Über gestern Abend«, erklärte Eric. »Das Unwetter.«
»Aber warum sollten sie?«, wunderte sich seine Mutter. »Es war doch nur ein ganz normales Sommergewitter.«

Es hatte *Asche* geregnet! Und der Himmel hatte *gebrannt*! Das war alles gewesen, nur kein ganz normales Sommergewitter! Wortlos trat Eric ans Fenster und sah in den Garten hinab. Der Rasen hatte sich in einen aufgeweichten Sumpf verwandelt. Von dem Baum, vor dem Azazel gestanden hatte, war nichts mehr geblieben. Der Blitz hatte ihn regelrecht pulverisiert.
Aber das Unwetter hatte nicht nur diesen Baum vernichtet. Gut ein Drittel der Büsche und Bäume wirkten wie verdorrt und der Rasen hatte überall große braune Flecken.
»Es sieht schlimm aus, nicht wahr?«, sagte seine Mutter, nachdem sie neben ihn getreten war. »Das Gewitter hat ganz schön viel Schaden angerichtet. Ich werde wohl einen Gärtner beauftragen müssen, das alles wieder in Ordnung zu bringen. Aber jetzt muss ich weitermachen. In ein paar Stunden kommt die Spedition.«
»Was für eine Spedition?«, fragte Eric.
»Was glaubst du, warum ich so aussehe?«, erwiderte seine Mutter. »Ich versuche gerade, mein altes Arbeitszimmer wieder auf Vordermann zu bringen. Ich habe dir doch erzählt, dass ich wieder als Architektin arbeiten werde. Das Projekt, das ich angenommen habe, ist ziemlich groß. Eine Herausforderung, auf die ich mich freue.«
»Und was ist es?«, fragte Eric.
»Ich zeige es dir«, antwortete sie. »Das Architekturmodell und alle Unterlagen und Zeichnungen werden wahrscheinlich heute noch geliefert, spätestens morgen. Das alte Architekturbüro ziert sich noch ein wenig, die Unterlagen herauszurücken, aber glücklicherweise bin ich ja so ganz nebenbei nicht nur mit einem Juristen verheiratet, sondern auch selbst Rechtsanwältin.«
»Moment mal«, sagte Eric ungläubig. »Du hast einem Kollegen einen Auftrag weggenommen, mit dem er schon angefangen hat? Hast du nicht immer gesagt, so etwas würdest du nie tun?«
»Das habe ich«, bestätigte Mutter. »Und eigentlich wollte ich

es auch nicht tun. Aber ich habe mir angesehen, was mein Kollege vorgeschlagen hat. Es war eine Katastrophe.« Sie deutete hinter sich. »Was hältst du davon, wenn du jetzt frühstücken gehst und mir anschließend dabei hilfst, aus der Rumpelkammer im Dachboden wieder ein Zimmer zu machen, in das man jemanden hineinlassen kann, ohne sich schämen zu müssen?«

Wie sich zeigte, hatte seine Mutter keineswegs übertrieben, als sie das ausgebaute Dachgeschoss eine Rumpelkammer genannt hatte. Früher hatte ihr der weitläufige Raum als Arbeitszimmer gedient, aber seit sie ihren Beruf als Architektin aufgegeben hatte, um sich ganz der Anwaltskanzlei ihres Mannes zu widmen, hatte der Raum das Schicksal fast jedes Zimmers zu teilen begonnen, das leer stand: Mehr und mehr war er zum Abstellraum für aussortierte Möbel, alte Aktenordner, Kisten mit Büchern und alle möglichen anderen Dinge geworden, die nicht mehr gebraucht wurden, irgendwie aber doch noch zu schade zum Wegwerfen schienen. Zehn Jahre alter Staub und Spinnweben vervollkommneten das Chaos und so war es kein Wunder, dass aus den paar Stunden, die seine Mutter veranschlagt hatte, fast ein ganzer Tag wurde. Eric machte es nichts aus, ganz im Gegenteil. Nach allem, was er erlebt hatte, war diese Arbeit von einer so beruhigenden Normalität, dass er sich mit einem wahren Feuereifer darauf stürzte. Seine Mutter musste ihn gegen Mittag regelrecht zwingen, eine Pause einzulegen, um etwas zu essen, und kaum hatte er seine Mahlzeit hinuntergeschlungen, da ging er auch schon wieder nach oben, um weiterzuarbeiten. Als die Spedition am späten Nachmittag kam, um die bestellten Büromöbel und Computer zu bringen, hatte das Zimmer vielleicht noch den einen oder anderen Farbanstrich und vielleicht einen neuen Teppichboden nötig, blitzte aber ansonsten vor Sauberkeit.
Eric fühlte sich auf eine angenehme Art müde. Er hatte den ganzen Tag über weder an Azazel noch an die unheimliche

Welt von Armageddon gedacht; nicht einmal an Chep. Stattdessen hatte er sich so auf seine Arbeit konzentriert, dass seine Mutter ihm mehr als einmal verwunderte Blicke zugeworfen hatte.
Nun aber, als der Lastwagen von der Spedition vor der Tür parkte und die Männer damit beschäftigt waren, Möbel nach oben zu schleppen, hatte er nichts mehr zu tun. Eric war so müde, dass er am liebsten in sein Zimmer gegangen wäre, um sich für eine oder zwei Stunden aufs Ohr zu hauen – aber nach der vergangenen Nacht hatte er beinahe Angst davor, einzuschlafen. Er war nicht sicher, dass der Traum wiederkehren würde, aber allein die Möglichkeit war schon so schrecklich, dass er sich fragte, ob er wohl jemals würde einschlafen können, ohne Furcht davor zu haben.
Eric versuchte den Gedanken zu verscheuchen, trat ans Wohnzimmerfenster und sah in den Garten hinaus. Der Tag war sehr heiß gewesen und die Sonne hatte den Garten wieder getrocknet. Jetzt sah er allerdings nicht mehr wie ein Sumpf, sondern wie eine verdorrte Wüste aus. Der Boden war aufgerissen und das Gras an vielen Stellen regelrecht verbrannt. Dasselbe galt für ein gut Teil der Büsche und Bäume, die ihr Blattwerk eingebüßt hatten oder wie verkohlt aussahen. Der Anblick erinnerte ihn wieder an den gestrigen Abend und er konnte sich eines eiskalten Schauers nicht erwehren.
Aber es war nicht nur die Erinnerung an dieses unheimliche Gewitter, die ihm zu schaffen machte. Vielleicht etwas, was jemand gesagt hatte ...
Schollkämper.
Da war etwas, was Schollkämper gesagt hatte. Etwas mit dem Alten Testament. Und vor ihm auch schon Reichert.
Unschlüssig trat Eric an das große Bücherregal, das die gesamte Wand gegenüber dem Fenster einnahm, ließ seinen Blick eine ganze Weile über die Bücherrücken schweifen und zog schließlich die Bibel hervor. Es war eine prachtvoll gebundene Replik des Alten Testaments, und zwar der Originalausgabe von 1545, unglücklicherweise allerdings nicht nur mit den

Originalholzschnitten, sondern auch im fast unverständlichen Frühneuhochdeutsch eines Martin Luther. Eric blätterte sie eine Weile durch und stellte fest, dass sich Schollkämper zumindest in einem Punkt getäuscht hatte: Die Offenbarung des Johannes stand nicht im Alten, sondern im Neuen Testament, und zwar ganz am Ende.
Er begann zu lesen und er sah recht schnell ein, dass Reichert nur zu Recht gehabt hatte, als er damals scherzhaft sagte, Johannes wäre ein schwatzhafter alter Knabe gewesen. Er hatte sich seitenweise alles nur Mögliche zusammenprophezeit, vieles davon unheimlich, noch mehr schlichtweg unverständlich und das eine oder andere sogar so unfreiwillig komisch, dass Eric sich ein Lächeln nicht verkneifen konnte. Dann kam er zum letzten Teil der Prophezeiungen, und das Grinsen gefror ihm auf den Lippen.
Er las den Abschnitt mindestens ein halbes Dutzend mal, aber es blieb dabei:

> Und die sieben Engel mit den sieben Posaunen
> hatten sich gebrüstet zu posaunen. Und der
> erste Engel posaunte / und es ward ein Hagel
> und Feuer und Blut gemenget / und fiel
> auf die Erden / und das dritte Teil der
> Bäume verbrandte / und alles grüne Gras
> verbrandte.

Eric starrte die Bibel an, schloss die Augen, zählte in Gedanken bis fünf und las die wenigen Zeilen dann noch einmal. Es blieb dabei. In dieser fast fünfhundert Jahre alten Bibel stand, was gestern Abend hier geschehen war. Seine Hände begannen zu zittern und sein Herz klopfte. Wenn er weiterlas, dann würde er vielleicht erfahren, was –
Nein, er wagte es nicht. Zuerst einmal musste er mit dieser neuerlichen unheimlichen Entdeckung fertig werden. Es konnte ein Zufall sein, aber wenn, dann war es ein geradezu unglaublicher Zufall.

Andererseits, dachte er nervös, wenn es so etwas wie Zufall nicht gäbe, dann hätte man sich sicher nicht die Mühe gemacht, eigens ein Wort dafür zu erfinden ...

Er wollte die Bibel gerade wieder aufschlagen und nachsehen, was dann geschehen würde, wenn der zweite Engel *posaunte*, als er das Geräusch der Haustür hörte. Einen Augenblick später traten sein Vater und Jean ins Zimmer.

Eric legte die Stirn in missbilligende Falten, als er Astartus' Leibwächter erkannte. »Was tut der denn hier?«, fragte er ganz bewusst unfreundlich.

»Jean war so zuvorkommend, mich nach Hause zu fahren«, antwortete sein Vater. »Ich war bei einem Empfang beim Bürgermeister und musste notgedrungen drei Gläser Sekt trinken. Es wäre nicht klug gewesen, danach noch selbst zu fahren.«

»Beim Bürgermeister?«, erkundigte sich Eric. »Was –«

Er brach mitten im Satz ab und starrte seinem Vater ins Gesicht. Sein Herz schien zu stocken. Auf der Stirn seines Vaters prangte ein frisches Pflaster, das gestern Abend noch nicht da gewesen war.

»Was ... was ist mit deiner Stirn passiert?«, stammelte er.

Das weißt du doch ganz genau, antwortete der Blick seines Vaters, genauer gesagt, etwas im Blick seines Vaters, etwas Düsteres, Körperloses und Uraltes, das bisher noch nicht da gewesen war. Laut sagte er: »Nichts. Nur ein Kratzer. Eine kleine Ungeschicklichkeit, an der ich selbst schuld war. Was liest du da?«

Ohne Erics Antwort abzuwarten, streckte er die Hand aus, nahm ihm die Lutherbibel aus den Fingern und klappte sie zu, ohne auch nur einen Blick auf die Seite geworfen zu haben, die Eric aufgeschlagen hatte. Er stellte das Buch an seinen Platz im Regal zurück und sagte: »Du solltest lieber etwas Vernünftiges lesen. Zweitausend Jahre alte Prophezeiungen sind nun wirklich nicht das, was ein Junge in deinem Alter lesen sollte. Ich habe für übermorgen einen Termin in deiner neuen Schule für dich vereinbart. Der Unterricht beginnt nach den

Sommerferien, aber ich dachte mir, dass es ganz gut wäre, wenn du vorher schon einmal reinschnupperst und dich mit der Umgebung vertraut machst.«

»Ich habe mich noch gar nicht entschieden, ob ich überhaupt in dieses Internat will.«

»Und ich kann mich gar nicht daran erinnern, dass ich zugestimmt hätte, dir diese Entscheidung zu überlassen«, sagte sein Vater kühl. »Oder auch nur darüber zu diskutieren. Aber genau um diesen Streit zu vermeiden sollst du dir die Schule ja vorher ansehen.«

»Und wenn ich sie gar nicht sehen will?«, fragte Eric.

»Wie gesagt: Dieser Punkt steht nicht zur Diskussion«, sagte sein Vater. »Außerdem sind jetzt erst einmal die großen Ferien. Bis sie vorbei sind, hast du noch genug Zeit, dich an den Gedanken zu gewöhnen.«

Ausnahmsweise träumte Eric in dieser Nacht nicht, sondern schlief tief und sehr fest, und er erwachte am nächsten Morgen zum ersten Mal seit langer Zeit wirklich ausgeruht und ohne dass sein Herz klopfte oder er in Schweiß gebadet war.

Er war nicht von selbst erwacht. Ein Geräusch hatte ihn geweckt, das er nicht mehr richtig einordnen konnte, das sein Unterbewusstsein aber im Nachhinein in die Kategorie *ungefährlich und vertraut* einordnete.

Er sah auf die Uhr, spielte einen Moment lang mit dem Gedanken, sich noch einmal herumzudrehen und weiterzuschlafen, stand dann aber stattdessen auf und ging ins Bad. Zehn Minuten später schlurfte er, geduscht und halbwegs erfrischt, aber noch immer alles andere als wirklich wach, in die Küche und machte sich über den Kühlschrank her. Andrea war nicht da, aber er hörte seine Mutter oben im Haus rumoren. Es klang, als ob schwere Möbel hin und her geschoben würden.

Das Geräusch veranlasste sein Unterbewusstsein, eine Verbindung zu jenem anderen Laut herzustellen, der ihn geweckt hatte: Er wusste nun, dass es ein Möbelwagen gewesen war.

Seine Mutter gab wirklich Vollgas bei der Neueinrichtung ihres Dachateliers.
Eric frühstückte ausgiebig und beschloss, wieder nach oben zu gehen, um ihr zu helfen, gleichzeitig aber auch, um noch einmal über die Sache mit dem Internat zu reden. Er hatte seinem Vater gestern Abend nicht mehr widersprochen, um ihm keinen Anlass zu geben, schon wieder aus der Haut zu fahren. Mittlerweile war er aber fest davon überzeugt, dass es ihm gelingen würde, seine Eltern umzustimmen. Er würde mit seiner Mutter darüber sprechen.
Zuvor aber ging er noch einmal ins Wohnzimmer, um einen Blick in die Bibel zu werfen. Er hatte noch immer ein wenig Angst vor dem, was er in der Offenbarung des Johannes finden würde, aber seine Neugier war einfach stärker.
Das Buch war nicht mehr da. Wo es gestern gestanden hatte, gähnte eine Lücke. Jemand hatte die Lutherbibel entfernt. Zweifellos war es niemand anderes als sein Vater gewesen – aber warum? Weil er nicht wollte, dass er weiter in der Offenbarung des Johannes las? Das war Unsinn. Eine Bibel aufzutreiben war nun wirklich kein Problem.
Eric beschloss dieses Rätsel später zu ergründen und eilte die Treppe ins Dachgeschoss hinauf. Zu seiner Überraschung fand er die Tür verschlossen vor. Er klopfte, musste sich aber eine geraume Weile gedulden, bis sich schnelle Schritte der Tür näherten und der Schlüssel herumgedreht wurde. Auch das war neu: Bisher hatte es in diesem Haus keine verschlossene Tür gegeben.
Seine Mutter riss die Tür auf und begann in scharfem Ton: »Ich habe doch gesagt, dass –« Sie brach ab. Blinzelte. »Eric? Du bist so früh schon wach?«
»Ich konnte nicht mehr schlafen«, antwortete er. »Und da ich gehört habe, dass du schon wach bist, dachte ich mir, ich könnte dir vielleicht helfen.« Er trat durch die Tür, sodass seine Mutter zur Seite weichen musste, ob sie wollte oder nicht, und für einen Moment war er nicht einmal sicher, dass sie es wirklich tun würde.

»Wenn ich nicht störe, heißt das«, fügte er hinzu.
»Wie kommst du denn auf ...« Seine Mutter machte ein bestürztes Gesicht, dann lachte sie. »Oh, entschuldige. Ich weiß, ich war gerade ziemlich unhöflich. Ich habe gedacht, es wäre Andrea, weißt du? Ich habe ihr strengstens verboten, hierher zu kommen. Diese dumme Person richtet nur Unordnung und Chaos an. Dein Vater hat Recht. Es wird Zeit, dass sie das Haus verlässt.«
Eric sagte nichts dazu, sondern sah sich neugierig in dem Studio um. Es hatte sich vollkommen verändert. Seine Mutter musste die ganze Nacht über gearbeitet haben.
Trotz seiner Größe wirkte das Zimmer sehr beengt, was natürlich daher kam, dass es hoffnungslos voll gestopft war. Es gab drei oder vier Schreibtische, die mit Papieren, Aktenordnern, Zeichenbrettern, Computern und Monitoren beladen waren. An den Wänden hingen Grundrisse, Blaupausen und Zeichnungen in so großer Zahl, dass die Tapeten kaum noch zu erkennen waren, und genau in der Mitte des Zimmers stand ein großer Tisch mit dem Architekturmodell, von dem seine Mutter gesprochen hatte.
»Ich freue mich natürlich, dass du mich besuchst«, sagte seine Mutter, »aber um ganz ehrlich zu sein – ich schätze es nicht besonders, wenn ich hier gestört werde, weißt du? Ich habe eine Menge zu tun und jede Minute zählt.«
Sie kommt wirklich schnell zur Sache, dachte Eric, während er sich zu seiner Mutter herumdrehte. »Ich konnte nicht schlafen«, sagte er. »Es ist einfach zu viel passiert, weißt du?« Er beobachtete seine Mutter genau. Sie war perfekt frisiert, und obwohl sie in der zurückliegenden Nacht wahrscheinlich kein Auge zugetan hatte, war in ihrem Gesicht nicht die geringste Spur von Müdigkeit zu erkennen.
»Außerdem platze ich vor Neugier«, fügte er nach einer kurzen Pause hinzu. »Zeigst du mir deine Pläne?«
Wieder vergingen zwei oder drei Sekunden, ehe seine Mutter reagierte. Sie lächelte zwar noch immer, aber es wirkte nicht echt und ihre Stimme klang ein wenig spröde. »Ich glaube

kaum, dass dir mein Gekritzel etwas sagen würde«, antwortete sie. »Aber ich erkläre dir gerne alles.«
Wahrscheinlich, dachte Eric, ist sie zu dem Schluss gekommen, dass sie mich auf diese Weise am schnellsten wieder loswird. Er machte eine Kopfbewegung auf das Architekturmodell.
»Ist es das?«
Seine Mutter nickte und trat an ihm vorbei an den Tisch. »Ja. Das heißt, das *wird* es, wenn wir den Zeitplan einhalten und uns nicht der Himmel auf den Kopf fällt.«
Eric folgte ihr. Er hatte das Modell beim Hereinkommen nur mit einem flüchtigen Blick gestreift, aber nun unterzog er es einer genaueren Musterung. Die Miniatur erinnerte ihn ein wenig an die Spielzeugstadt seines Vaters. Es war derselbe Maßstab, aber die Modelle waren nicht annähernd so detailliert, sondern glatt und funktionell, wie es Architekturmodelle nun einmal waren. Die meisten Gebäude waren einfache, glatte Würfel, Straßen, Bäume und andere Accessoires nur angedeutet.
»Lass dich nicht beirren«, sagte seine Mutter. »Das ist das Modell meines Vorgängers. Wie gesagt, ich bin nicht damit einverstanden. Ich werde eine Menge ändern, aber im Prinzip wird es so, ungefähr.«
Eric sah genauer hin. Dort, wo sich jetzt noch nichts oder allerhöchstens eine gewaltige Baugrube befand, erhob sich auf dem Modell ein kühn geschwungenes Bauwerk, das zum größten Teil aus Glas und Chrom zu bestehen schien und ihn an irgendetwas erinnerte, ohne dass er sagen konnte, woran. Aber es war keine gute Erinnerung.
»Erklär es mir«, bat er. »Was ist das? Es sieht aus, wie ... eine Kirche.«
»Das kommt durch die beiden Türme«, antwortete Mutter. »Aber so ganz Unrecht hast du gar nicht. Es ist *auch* eine Kirche. Aber nicht nur. Hier.« Sie beugte sich vor und hob das spitze Glasdach des Modells ab und Eric konnte erkennen, dass sich darunter ein weitläufiger Innenhof verbarg, auf dem

winzige Brunnen, Sitzbänke und Grünanlagen angedeutet waren. Eine dreistöckige Galerie zog sich um drei Seiten des Hofes.

»Das hier wird der zentrale Begegnungsplatz«, erklärte seine Mutter. »Rings herum gruppieren sich Freizeiträume, Cafés, Begegnungsstätten.« Sie machte eine vage Geste. »Alles, was man eben so braucht. Es ist ein Kino geplant, mehrere Kindergärten und ein gemeinsamer Essensbereich. In einem der beiden Türme ist die Kirche untergebracht, von der du gerade gesprochen hast, und in dem anderen die Verwaltung, außerdem die Bibliothek und eine Schule. Das Ganze bietet Platz für zweitausend Menschen.«

»Und was ist drunter?«

»Drunter?«

»Im Keller«, erklärte Eric. »Was ist dort?«

Seine Mutter legte den Kopf auf die Seite. Ein misstrauisches Funkeln erschien in ihren Augen. »Genau das«, antwortete sie. »Der Keller eben. Eine Tiefgarage, Räume für die Technik, die notwendig ist, um ein solches Gebäude in Betrieb zu halten, vielleicht ein Schwimmbad, aber das ist noch nicht ganz sicher. Wahrscheinlich bauen wie es erst nachträglich ein.«

»Also doch«, murmelte Eric. »Es ist Astartus' Kirche, habe ich recht?«

»Es wird ein Begegnungszentrum«, korrigierte ihn seine Mutter betont.

»Du meinst, ein Zentrum, in dem Astartus' Anhänger ihrem Herrn begegnen können«, sagte Eric bitter.

Warum war er eigentlich so erschüttert? Nach allem, was seit gestern Morgen passiert war, war es im Grunde nur noch konsequent, dass seine Mutter an diesem Bauwerk arbeitete. Er hatte gehofft, dass es nicht so sein würde, aber wenn er ehrlich zu sich selbst war, dann musste er zugeben, dass es eine ziemlich närrische Hoffnung gewesen war.

Seine Mutter seufzte. »Das ist nicht fair, Eric«, sagte sie. »Es stimmt: Die Kinder des Jüngsten Tages finanzieren dieses Projekt, und zwar zu hundert Prozent. Astartus gibt viele, viele

Millionen für seinen Traum aus. Aber es wird keine Kirche, sondern ein Ort der Begegnung und Freundschaft, der jedem offen steht, ganz gleich, welcher Religion und Nationalität er angehört. Die Armen sind dort ebenso willkommen wie die Reichen, die Gläubigen ebenso wie die Ungläubigen.«

Um ein Haar hätte Eric »Amen« hinzugefügt, denn die Worte seiner Mutter hörten sich tatsächlich wie eine Predigt an. Stattdessen aber drehte er sich nur wieder herum und sah auf das Modell hinab.

»Ich weiß, dass ich vor ein paar Tagen noch ganz anders geredet habe«, fuhr seine Mutter fort. »Ich war im Unrecht, Eric. Es ist nicht leicht, Astartus als das zu erkennen, was er wirklich ist.«

»Der neue Messias?«, fragte Eric böse.

»Nein«, antwortete seine Mutter scharf. »Das ist er nicht und das will er auch nicht sein. Er ist einfach nur ein Mensch, der eine Vision hat und an das Gute glaubt und der den Menschen helfen will. Er zwingt niemandem seinen Glauben auf.«

»Er wirft nur Leute aus ihren Häusern, um sich selbst ein Denkmal zu setzen.« Er deutete auf das Modell. »Das soll doch auf dem Grundstück entstehen, auf das er so scharf war, habe ich Recht? *Meinem* Grundstück, um genau zu sein.«

»Diese Ruinen wären früher oder später sowieso abgerissen worden«, antwortete seine Mutter. »Und Astartus hat höchstpersönlich dafür gesorgt, dass jeder Einzelne eine neue und preiswertere Wohnung bekommen hat. Ich verlange nicht von dir, dass du Astartus in dein Herz schließt, aber sei wenigstens fair zu ihm.«

»*Fair*?« Eric schüttelte zornig den Kopf. »Wer sagt, dass ich das sein will?«

»Ich hatte es gehofft«, antwortete seine Mutter.

»Ich könnte das alles verhindern«, sagte Eric. »Das Grundstück gehört mir, nicht Bruder Astartus. Und auch nicht euch.«

»Aber wir sind deine Eltern und du bist noch nicht volljährig«, antwortete seine Mutter. »Glaub mir, du kannst uns

nicht aufhalten. Aber ich würde mich trotzdem freuen, wenn du auf unserer Seite stehen würdest. Das würde vieles einfacher machen.«
»Für wen?«, fragte Eric. »Für Astartus, oder für euch?«
»Vor allem für dich«, antwortete seine Mutter. Dann seufzte sie. »Ich will nicht drängen, aber ich habe wirklich noch sehr viel zu tun ...«
»Ich verstehe«, sagte Eric, als sie nicht weitersprach, sondern ihn nur auf eine ganz bestimmte Art und Weise ansah. »Es wäre dir lieber, wenn ich gehe.«
»Wir können später zusammen frühstücken«, schlug seine Mutter vor. »Sagen wir, in einer Stunde?«
»Mach dir keine Umstände«, antwortete Eric. »Ich habe schon gefrühstückt und du hast ja eine Menge zu tun. Vielleicht sehen wir uns ja im Laufe des Tages.«
Er wartete vergeblich auf eine Antwort, drehte sich schließlich herum und ging.

Erst als es fast dunkel war, sah er seine Eltern wieder. Seine Mutter hatte sich den ganzen Tag über in ihrem Atelier verbarrikadiert und war nicht einmal zum Mittagessen heruntergekommen und sein Vater erschien erst lange nach acht und auch diesmal wieder in Jeans Begleitung. Eric sparte es sich diesmal, ihn wieder auf diesen Umstand anzusprechen, was ohnehin wieder zu einer Auseinandersetzung geführt hätte.
Trotzdem verlief das Abendessen in einem angespannten, fast aggressiven Schweigen. Erst nachdem Andrea das Geschirr weggeräumt und Kaffee serviert hatte, sagte seine Mutter: »Ich muss nachher noch einmal in die Stadt. Dieses neue Kaufhaus hat doch durchgehend geöffnet?«
»Vierundzwanzig Stunden am Tag«, antwortete sein Vater. »Aber muss es unbedingt heute sein? Es wird gleich dunkel und außerdem sieht es schon wieder nach Regen aus. Und so etwas nennt sich Hochsommer!«
»Ich hatte nicht vor, zu Fuß zu gehen«, antwortete seine Mutter mit sanftem Spott. »Und mein Wagen hat ein Dach. Ich

muss noch das eine oder andere für mein Büro besorgen. Es ist unglaublich, wie viele Kleinigkeiten man braucht, die man gar nicht zur Kenntnis nimmt – so lange man sie hat. Ich möchte morgen früh gleich nach dem Aufstehen anfangen, zu arbeiten.«
»Ich finde es trotzdem nicht gut, wenn du nachts allein in die Stadt fährst«, sagte Vater. »Ich habe selbst noch zu tun und kann dich nicht begleiten. Nimm wenigstens Jean mit. Er kann dich fahren.«
»Ich kann doch mitkommen«, schlug Eric vor.
»Hast du eigentlich gar nicht zugehört?«, gab sein Vater zurück. »Ich möchte nicht, dass du allein aus dem Haus gehst. Es ist viel zu gefährlich.«
»Schollkämper übertreibt«, sagte Eric, erntete damit aber nur ein weiteres, noch energischeres Kopfschütteln.
»Der Meinung bin ich ganz und gar nicht«, sagte sein Vater. Er seufzte, tauschte einen beredten Blick mit seiner Frau und legte beide Hände flach nebeneinander auf die Tischplatte, ehe er mit veränderter Stimme fortfuhr: »Wir hatten gestern Abend eine unschöne Unterhaltung, Eric, die mir im Nachhinein sehr Leid tut. Deine Mutter und ich wollten dich nicht unnötig erschrecken und deshalb haben wir dir nicht alles gesagt, aber das scheint wohl ein Fehler gewesen zu sein.«
»Was habt ihr mir nicht gesagt?«, fragte Eric alarmiert.
»Du erinnerst dich an das, was Kommissar Schollkämper gesagt hat.«
»Schollkämper ist ein bisschen paranoid«, sagte Eric. »Du hast selbst gesagt, dass das die häufigste Berufskrankheit bei Polizisten ist.«
Sein Vater blieb ernst. »In diesem Fall leider nicht«, sagte er. »Alle Details kenne ich selbst nicht, aber ihm liegen gewisse Hinweise darauf vor, dass deine Sicherheit tatsächlich gefährdet ist.«
Wenn du wüsstest, wie Recht du damit hast, dachte Eric. Nur, dass ihm gegen diese ganz spezielle *Gefährdung seiner Sicherheit* alle Polizeibeamten der Welt keinen Schutz bieten konnten.

»Das ist auch der eigentliche Grund, aus dem wir möchten, dass du auf dieses Internat gehst«, fuhr sein Vater fort. »Es ist nicht nur eine exzellente Schule, sondern auch ein sehr sicheres Haus.«
»Du meinst, Astartus kann eine ganze Privatarmee aufbieten, um mich dort festzuhalten«, sagte Eric. Es war kein Versprecher, aber sein Vater ging nicht darauf ein.
»Deine Mutter und ich werden in den nächsten Wochen und Monaten nicht sehr viel Zeit für dich haben, Eric«, sagte er. »Wir beide haben sehr viel zu tun, wie du weißt, und es wird in absehbarer Zeit nicht weniger werden.«
»Das ist mir gleich«, sagte Eric.
»Aber mir nicht und deiner Mutter auch nicht.« Sein Vater hob die Hand, als Eric weitersprechen wollte. »Wir klären das später. Im Moment bestehe ich nur darauf, dass du morgen mit Jean zu diesem Internat hinausfährst und es dir wenigstens ansiehst.«
»Dann wird er mich schon fesseln und knebeln müssen«, sagte Eric.
Sein Vater lächelte humorlos. »Wenn es nötig ist ...«
»Bitte«, sagte Mutter. »Streitet nicht schon wieder. Wir haben wenig Zeit füreinander. Ich möchte nicht, dass wir sie auch noch mit albernen Kabbeleien verschwenden!«
»Ich fürchte, ich habe im Moment nicht einmal dafür Zeit.« Sein Vater stand auf. »Ich muss noch etliche Briefe diktieren.«
»Und ich werde mich auf den Weg in die Stadt machen«, sagte Mutter. »Keine Sorge – Jean kann mich fahren. Und du solltest wirklich auf deinen Vater hören und hier bleiben.«
»Allein?«, fragte Eric spöttisch. »Habt ihr keine Angst, dass mich jemand entführt?«
»Du bist nicht allein«, sagte sein Vater. »Ich bin hier.« Er stand auf, ging zur Tür und blieb noch einmal stehen, bevor er den Raum verließ. Während er es tat, strichen seine Fingerspitzen in einer unbewussten Geste über das Pflaster auf seiner Stirn. »Und du bleibst auch hier. Keine Diskussion.«
»Nimm es ihm nicht übel«, sagte Mutter, nachdem er den

Raum verlassen hatte. »Er steht unter ziemlichem Stress. Wahrscheinlich tun ihm seine eigenen Worte in ein paar Minuten schon wieder Leid.« Sie seufzte tief. »Ich muss jetzt auch los. Soll ich dir irgendetwas aus der Stadt mitbringen?«
Eric sah einen Moment lang zum Bücherregal. »Eine Bibel.«
»Eine Bibel?« Mutter runzelte zweifelnd die Stirn.
»Das Neue Testament«, bestätigte Eric. »Wenn es geht, in einer lesbaren Ausgabe.«
»Aber was willst du denn damit?«, fragte seine Mutter. »Außerdem haben wir –« Sie brach ab, als sie seinem Blick folgte und die Lücke auf dem Regalbrett gewahrte, wo gestern noch die Lutherbibel gestanden hatte.
»Wir hatten«, verbesserte sie Eric. »Jemand hat sie weggenommen.«
»Das war bestimmt wieder Andrea«, sagte Mutter nach kurzem Überlegen. Sie schüttelte den Kopf. »Es wird immer schlimmer mit ihr. Na ja, das hat sich ja bald erledigt. Wenn ich daran denke, bringe ich dir ein solches Buch mit.«
Ein solches Buch, wiederholte Eric in Gedanken. Eine sonderbare Formulierung für eine Bibel. Und er war ziemlich sicher, dass sie nicht daran denken würde; ebenso, wie er sicher war, dass sie ganz genau wusste, *wer* das Buch aus dem Regal genommen hatte. Er sagte jedoch nichts dazu, sondern nickte nur noch einmal und ging dann wortlos in sein Zimmer hinauf.
Eric ließ die Tür offen und lauschte. Er musste sich nicht lange gedulden. Es vergingen nur zwei oder drei Minuten, bis er die Stimme seiner Mutter hörte, die mit Jean sprach. Der Leibwächter antwortete, und beide brachen in ein kurzes, hartes Gelächter aus. Wenn er bedachte, wie seine Mutter noch vorgestern auf den bloßen Anblick der beiden sonnenbrillenbewehrten Leibwächter reagiert hatte, dann benahm sie sich wirklich mehr als seltsam.
Wenige Augenblicke später hörte er, wie in der Garage der Motor des Porsche röhrend zum Leben erwachte.
Und wiederum nur Augenblicke später fiel die Hintertür mit

einem leisen Klicken ins Schloss. Jemand war in den Garten gegangen.
Eric ging zum Fenster, wobei er sich ganz instinktiv und fast ohne es selbst zu merken so bewegte, dass er von außen nicht zu sehen war, und sah nach unten. Sein Vater hatte das Haus verlassen und ging mit langsamen Schritten, fast unschlüssig, wie es schien, über den verbrannten Rasen auf die Stelle zu, an der der verbrannte Baum gestanden hatte. Eine Minute lang blieb er vollkommen reglos dort stehen, dann ließ er sich langsam in die Hocke sinken, nahm eine Hand voll Erde auf und ließ sie durch die Finger rieseln. Sein Verhalten kam Eric seltsam vor – sein Vater war alles andere als ein Gartenfan. Wäre es nach ihm gegangen, dann hätte er den Garten vermutlich zubetonieren und grün anstreichen lassen, um anschließend ein paar hübsche, pflegeleichte Plastikbäume aufzustellen. Außerdem hatte er doch angeblich so viel zu tun, dass er sich nicht einmal Zeit genommen hatte, seinen Kaffee auszutrinken ...
Nach einer Weile stand er wieder auf, drehte sich langsam im Kreis, sodass Eric hastig hinter die Gardine zurückwich, und ging schließlich wieder ins Haus zurück. Eric konnte hören, wie die Tür hinter ihm ins Schloss fiel.
Er war völlig verwirrt. Was hatte sein Vater dort unten getan? Er war ganz bestimmt nicht grundlos hinausgegangen, sondern um etwas Bestimmtes zu tun, nach etwas zu suchen oder sich von etwas zu überzeugen ...
Er musste herausfinden, was es war!
Eric schaltete das Radio ein – gerade so laut, dass man es unten im Haus hören konnte, aber nicht laut genug, Anlass für eine Beschwerde zu geben –, verließ sein Zimmer und schlich auf Zehenspitzen die Treppe hinab. Unter der Tür zum Arbeitszimmer seines Vaters drang Licht hervor und er konnte seine Stimme leise und monoton murmeln hören. Das Zimmer hatte kein Fenster zum Garten hinaus. Trotzdem ging er noch einmal zurück, kramte eine dunkle Jacke aus seinem Schrank und schlüpfte hinein, bevor er endgültig das Haus

verließ. Irgendwie, fand er, gehörte Tarnkleidung dazu, wenn man in geheimer Mission unterwegs war.
Der Gedanke ließ Eric lächeln. Er benahm sich wie ein Kind, das James Bond spielte – dabei war das, womit er es im Moment zu tun hatte, alles andere als ein *Spiel*.
Das Lächeln gefror regelrecht auf seinem Gesicht, als er in den Garten hinaustrat. Es war bitterkalt – nicht kühl, wie man es auch an einem Sommerabend erwarten konnte, sondern *kalt*. Sein Atem bildete kleine Dampfwölkchen vor seinem Gesicht und seine Haut prickelte vor Kälte. Umso bizarrer wirkte der Anblick des Gartens, durch den er ging. Es sah aus, als wäre ein Feuersturm über ihn hinweggerast. Das Gras knisterte unter Erics Schritten und zerbrach wie sprödes Glas und ein leicht säuerlicher, unangenehmer Geruch hing in der Luft.
Er ging zu der Stelle, an der sein Vater gestanden hatte, sah noch einmal zum Haus zurück, um sich davon zu überzeugen, dass ihn auch niemand beobachtete, und ließ sich dann in die Hocke sinken. Schließlich streckte er die Hand aus und tastete mit den Fingerspitzen über den Boden.
Was er fühlte, war keine Erde, sondern ...
Eric hob verwirrt eine Hand voll der graubraunen Krumen auf. Es war Asche. Nicht die seltsame Asche, die gestern mit dem Hagel vom Himmel gefallen war, sondern frische, trockene Asche. Sie war noch warm und als er eine zweite Hand voll aufhob und genauer in Augenschein nahm, gewahrte er eine Anzahl winziger weißer Fetzen mit geschwärzten Rändern darin. Er suchte den größten davon heraus, hielt ihn ins Licht und sah zwei oder drei Buchstaben in altmodischer Sütterlinschrift darauf.
Obwohl es nicht einmal ein ganzes Wort war, wusste er sofort, was er vor sich hatte. Es war ein Stück aus der Lutherbibel, die aus dem Regal verschwunden war, und er glaubte sogar die Textstelle zu erkennen. Die Seite stammte aus der Offenbarung des Johannes, in der er gestern zu lesen begonnen hatte.
So unglaublich ihm der Gedanke auch selbst vorkam, sein

Vater musste sie herausgerissen und verbrannt haben, um die Asche dann hier im Garten zu verstreuen ...
Es gab nur eine Erklärung für diese an sich absurde Vorstellung: Sein Vater wollte verhindern, dass er weiterlas und erfuhr, was sonst noch in der Offenbarung stand. Aber warum nur?
Er musste sich eine Bibel besorgen, auf der Stelle!
Die Frage war nur, wo. Es war fast neun, mit Ausnahme des Kaufhauses im Stadtzentrum, das im Zuge irgendeines Politprojektes vierundzwanzig Stunden am Tag geöffnet hatte, waren alle Geschäfte geschlossen; abgesehen von der Bahnhofsbuchhandlung vielleicht, aber Eric bezweifelte, dass er dort eine Bibel bekommen würde. Der Weg ins Zentrum war entschieden zu weit und außerdem lief er dort Gefahr, seiner Mutter zu begegnen, die wenig begeistert sein würde, wenn er dort auftauchte.
Auf das Nächstliegende kam er ganz am Schluss. Er musste nur in eine Kirche gehen und dort nach einer Bibel fragen – eine etwas ungewöhnliche Uhrzeit für ein solches Unterfangen vielleicht, aber er war sicher, dass ihm schon eine überzeugende Ausrede einfallen würde. Vielleicht etwas in der Art: Hallo, ich bin der neue Messias und möchte nur mal kurz nachlesen, wie mein Vorgänger den Job erledigt hat.
Eric grinste über diesen Gedanken, aber im Grunde fand er ihn nicht besonders komisch. Weder seine Eltern noch er waren eifrige Kirchgänger, aber er hatte sich auch nie über Religion lustig gemacht.
Er verscheuchte diesen Gedanken, sah noch einmal zum Haus zurück, stand dann auf und wischte sich die grauen Aschereflecken von den Händen. Dann ging er tiefer in den Garten hinein, um auf der Rückseite über die Mauer zu steigen.

Eric war kaum fünf Minuten unterwegs, als es zu nieseln begann. Der Wind hatte sich gelegt und der Regen war nicht annähernd so heftig wie am vergangenen Abend und es würde auch ganz bestimmt nicht wieder einen Sturm geben, aber

die Kälte war mittlerweile fast unerträglich. Er senkte den Kopf, versuchte das Gesicht irgendwie aus dem Regen zu drehen und vergrub beide Hände tief in den Jackentaschen, während er weiterging.
Fröstelnd sah er sich um, aber die Straße vor und auch hinter ihm war so leer, dass es schon fast unheimlich wirkte. Und es war still. Viel zu still.
Natürlich gab es eine ganz einfache Erklärung dafür. Es war spät. Er befand sich in einer reinen Wohngegend, in der weder Geschäfte noch Lokale zum Spazierengehen einluden, von dem schlechten Wetter ganz abgesehen. Niemand, der noch alle Tassen im Schrank hatte, würde bei diesem Wetter freiwillig auf die Straße gehen.
Trotzdem: Es war einfach zu still. Er vermisste das seidige Rauschen des Regens, das Geräusch der Blätter, die sich unter den Tropfen bogen, ja selbst seine eigenen Schritte schienen nicht den mindesten Laut zu verursachen, obwohl er mittlerweile durch fast knöcheltiefe Pfützen platschte. Und das vielleicht Unheimlichste war: In keinem einzigen Haus brannte Licht.
Seine Umgebung kam ihm immer unwirklicher vor. Selbst der Wind, der durch die verlassene Straßenschlucht trieb, war vollkommen lautlos. Überall in Türen, Fensternischen und Winkeln hatten sich winzige Schneewehen gebildet und selbst sie blieben vom Wind vollkommen unberührt. Es war, als bewege sich Eric mit jedem Schritt tiefer in eine fremde, unheimliche Welt hinein, die der gewohnten zum Verwechseln ähnlich sah und trotzdem so anders war, wie es nur ging.
Weit vor ihm bog ein Wagen um die Ecke und kam mit aufgeblendeten Scheinwerfern näher, aber er wirkte seltsam deplaciert; wie ein Fremdkörper, der nicht in dieses Bild hineingehörte. Eric vergrub die Hände noch tiefer in den Taschen und versuchte den Gedanken zu ignorieren, dass er sich selbst in diese unheimliche Situation hineingebracht hatte.
Und dann hörte er plötzlich ein Geräusch: ein helles Klappern, wie Metall auf Stein, das mehrfach gebrochen und ver-

zerrt von den Hauswänden widerhallte. Es klang fast wie ... Hufschlag.
Eric sah sich im Gehen um und hätte um ein Haar aufgeschrien.
Es *klang* nicht nur wie Hufschlag. Es *war* Hufschlag.
Hinter ihm, mitten auf der Straße, war ein Reiter erschienen. Im blassen Gegenlicht der Straßenbeleuchtung war er nur als tiefenloser schwarzer Schatten zu erkennen; ein Riese mit einem wehenden schwarzen Mantel, der auf einem fahlen Pferd saß und ihn anblickte.
Eine Sekunde lang starrte Eric die fürchterliche Gestalt wie gelähmt an, dann fuhr er herum und rannte los. Der Reiter folgte ihm. Er ritt nicht besonders schnell, aber er holte trotzdem allmählich auf. Eric schätzte, dass er ihn eingeholt haben würde, noch bevor er das Ende der Straße erreicht hatte.
Der Wagen!
Das Gefährt hatte ihn fast erreicht. Eric hob beide Arme und begann zu winken, aber der Wagen wurde nicht etwa langsamer, sondern schien noch schneller zu werden.
Eric sah über die Schulter zurück. Der Reiter war ebenfalls näher gekommen, aber er war trotzdem ein Schatten geblieben. Ein Dämon, der Dunkelheit und Furcht verströmte.
Eric riss erneut die Arme hoch, gestikulierte wild und sprang kurzerhand auf die Straße hinaus. Der Wagen hupte wild. Der Fahrer versuchte auszuweichen und trat gleichzeitig hart auf die Bremse, sodass der Wagen mit blockierenden Reifen auf ihn zurutschte und ihn mit Schlamm und eiskaltem Wasser bespritzte. Die Tür flog auf und eine Hand streckte sich ihm entgegen.
»Eric! Schnell!«
Eric sah über die Schulter zurück. Der schwarze Reiter war noch näher gekommen, auf eine erschreckend unaufhaltsame Art und Weise. Hastig sprang Eric in den Wagen und zog die Tür ins Schloss und sah mit klopfendem Herzen durch die Windschutzscheibe. Der schwarze Reiter hatte unmittelbar vor dem Wagen angehalten. Das grelle Licht der Scheinwerfer

zeigte deutlich, dass er tatsächlich auf einem Skelettpferd saß. Der Reiter selbst war jedoch noch immer nur als Schatten zu erkennen. Vielleicht, weil er tatsächlich nicht mehr als ein Schatten *war*.

Der Reiter starrte ihn an. Eric konnte sein Gesicht nicht erkennen, aber er spürte den Blick seiner unsichtbaren Augen wie die Berührung einer eisigen Hand, die etwas in seiner Seele erstarren ließ. Unter den Hufen des Skelettpferdes dampfte die Erde und Eric sah, dass das Eis überall um den Reiter herum zu schmelzen begonnen hatte. Selbst hier drinnen im Wagen war es bereits spürbar wärmer geworden.

»Losfahren!«, flüsterte Eric. »Um Gottes willen, fahren Sie los, *schnell*!«

Der schwere Wagen setzte sich fast lautlos in Bewegung. Eric hielt instinktiv den Atem an, aber es geschah genau das, womit er eigentlich auch gerechnet hatte: Als die Limousine losrollte, löste sich der Reiter samt seinem Skelettpferd einfach auf, als wären sie nicht mehr als ein böser Spuk gewesen.

»Was ist los mit dir, mein Junge? Du zitterst ja wie Espenlaub!«

Eric drehte sich zu dem Mann auf dem Sitz neben ihm um und ein ungutes Gefühl begann sich in ihm breit zu machen. Während er den Reiter angesehen hatte, hatte er es nicht bewusst zur Kenntnis genommen – aber Tatsache war, dass der Mann im Wagen seinen Namen genannt hatte!

»Ist alles in Ordnung mit dir?«, fragte Astartus.

Eric starrte ihn an und fragte sich, ob es wirklich klug gewesen war, in den Wagen zu steigen oder ob er nicht vielleicht besser draußen geblieben wäre, um sich dem Reiter auf dem fahlen Pferd zu stellen. Jetzt, im Nachhinein, wurde ihm klar, dass er sowohl den Wagen als auch Astartus' Stimme erkannt hatte. Trotzdem war er für Sekunden vor Entsetzen wie gelähmt.

»Was ... was tun Sie ... hier?«, stammelte er schließlich.

»Im Moment spiele ich den Schutzengel«, sagte Astartus spöttisch. »Und es wäre mir auch wirklich lieb, wenn du mit dem albernen *Sie* aufhören würdest.«

»Sie spionieren mir nach«, stellte Eric fest.
»Keineswegs«, antwortete Astartus. »Ich bin auf dem Weg zu deinem Vater, um noch einige Dinge mit ihm zu besprechen. Rein zufällig habe ich dich gerade dort hinten auf der Straße gesehen. Ich hatte den Eindruck, dass du Hilfe brauchst. Sollte ich mich getäuscht haben? Ich meine, du kannst gerne aussteigen, wenn du lieber zu Fuß nach Hause gehen möchtest.«
Das war albern – der Wagen wurde bereits langsamer, um in die Auffahrt einzubiegen. Eric ersparte sich jede Antwort.
»Du willst nicht darüber reden«, stellte Astartus betrübt fest. »Nun, ich kann dich verstehen, auch wenn ich es bedauere. Aber ich habe es mir wohl selbst zuzuschreiben.«
Sie hielten an. Eric stieg aus, ging mit schnellen Schritten ins Haus und knallte die Tür hinter sich zu, ehe Astartus und sein Ray-Ban-Brillen tragender Schatten ihm folgen konnten. Nur einen Moment später klingelte es und noch bevor Eric verschwinden konnte, ging die Tür zum Arbeitszimmer auf und sein Vater trat heraus. Sein Gesicht verdunkelte sich schlagartig als er sah, in welchem Zustand Eric war.
»Wo kommst du her?«, fragte er. »Ich dachte, ich hätte dir verboten, das Haus zu verlassen?«
»Mir war nach einem kleinen Spaziergang«, antwortete Eric trotzig.
Sein Vater setzte zu einer schärferen Antwort an, aber in diesem Moment klingelte es erneut an der Tür und er ging hin und machte auf.
Astartus kam lächelnd herein. »Da muss dir wohl ein kleines Missgeschick passiert sein«, sagte er, an Eric gewandt.
»Wieso?«, fragte Eric feindselig. »Haben Sie keinen eigenen Schlüssel?«
»Eric!«, sagte sein Vater scharf.
Astartus brachte ihn mit einer besänftigenden Geste zum Schweigen. »Bitte«, sagte er. »Das ist doch kein Grund, schon wieder zu streiten!«
»Ich habe mich sehr deutlich ausgedrückt«, sagte Vater zornig. »Ich hatte ihm verboten, aus dem Haus zu gehen!«

»Und genau das ist der Grund, aus dem ich hier bin«, sagte Astartus seufzend. »Ich habe gerade mit Jean telefoniert und auch mit deiner Frau. Deshalb bin ich auch noch einmal persönlich gekommen, um mit dir zu reden. Ich weiß, dass es mich nichts angeht, und nichts liegt mir ferner, als mich in Familienangelegenheiten zu mischen. Trotzdem bin ich der Meinung, dass du zu streng mich dem Jungen bist.«
»Ich will doch nur, dass ihm nichts passiert!«, antwortete Vater aufgebracht.
»Das weiß ich«, sagte Astartus lächelnd. »Aber das ist die falsche Methode.«
»Ich kann mich nicht daran erinnern, Sie um Hilfe gebeten zu haben«, sagte Eric.
»Es wäre aber besser, wenn du meine Hilfe annehmen würdest«, erwiderte Astartus ruhig. Er deutete auf seinen Bodyguard. »Ich bin hier, um dir einen Vorschlag zu machen. Claude hier wird sich in Zukunft um dich kümmern. Ich bin sicher, dass es deinen Vater beruhigen wird, wenn er ein wenig auf dich Acht gibt.«
»Wie bitte?«, murmelte Eric fassungslos, während sein Vater nickte und sagte: »Das ist eine ausgezeichnete Idee.«
»Das ist lächerlich!«, protestierte Eric.
Astartus seufzte. »Du bist sehr mutig, Eric«, sagte er. »Aber Mut und Leichtsinn gehen manchmal ineinander über, ohne dass man selbst es merkt. Ich weiß nicht, was gerade draußen geschehen ist, aber ich habe das Gefühl, dass etwas geschehen *wäre*, wenn ich nicht zufällig im richtigen Augenblick vorbeigekommen wäre. Habe ich Recht?«
»Draußen? Was ist passiert?«, fragte sein Vater.
Astartus ignorierte ihn und Eric ebenfalls. Er starrte Astartus nur an und schwieg.
»Wenn du es schon nicht um deinetwillen tust, dann um deines Vaters willen und deiner Mutter«, fuhr Astartus nach einer Weile fort. »Es würde sie einfach beruhigen, wenn Claude in deiner Nähe wäre, um dich zu beschützen.«
Beschützen, dachte Eric. Er sah seinen Vater an, dann Astar-

tus und dann wieder seinen Vater und so schrecklich ihm der Gedanke auch selbst vorkam – in diesem Moment hätte er selbst nicht sagen können, vor *wem* er beschützt werden musste.

Claude zog noch am selben Abend ins Gästezimmer und Eric bemühte sich in den darauf folgenden beiden Tagen nach Kräften, ihn zu ignorieren oder auch – je nach Laune – zu drangsalieren. Astartus' – falsch, seit zwei Tagen *sein* – Leibwächter ließ alles mit stoischer Ruhe über sich ergehen, sodass es Eric schließlich einfach zu dumm wurde und er sein kindisches Verhalten aufgab. Außerdem begann er allmählich zu begreifen, dass es gewisse Vorteile hatte, wenn jemand da war, der einem jeden Wunsch von den Augen ablas und klaglos jede noch so lästige Aufgabe übernahm. Claude gehörte nämlich nicht zu jenen Leibwächtern, die man meistens in amerikanischen Gangsterfilmen sieht und die nur wie lebendige Kleiderständer in der Ecke standen und nichts taten, außer finster auszusehen. Ganz im Gegenteil: Er begann sich – wahrscheinlich schon aus Langeweile – im Haus nützlich zu machen, wann immer Eric ihn nicht brauchte, und ein paarmal sah er ihn auch mit Andrea plaudern.
Auch das Thema Internat schien vom Tisch. Sein Vater hatte es mit keinem einzigen Wort mehr erwähnt und Eric nahm an, dass er auch das Astartus zu verdanken hatte. Irgendwie war es eine absurde Situation: Es gab nicht mehr viel, was er Astartus vorwerfen konnte, und gerade deshalb war er fast noch zorniger auf ihn.
Trotzdem: Allmählich kehrte wieder so etwas wie Normalität in Erics Leben ein. Seine Träume waren nicht wiedergekommen, er hatte keinen schwarzen Reiter, keinen finsteren Engel und auch keine anderen Schreckensgestalten mehr gesehen und auch Chep hatte sich nicht mehr gemeldet. Vielleicht war es ja tatsächlich vorbei.
Natürlich war es das nicht.
Das Schicksal legte nur eine Atempause ein. Es war nicht

mehr als die Ruhe vor dem Sturm und er brach am dritten Tag nach Claudes Einzug los, auch wenn er so harmlos begann, dass Eric es zuerst nicht einmal merkte.

Sie hatten gemeinsam gefrühstückt, was in den letzten Tagen keine Selbstverständlichkeit mehr gewesen war, und es hatte ausnahmsweise einmal keinen Streit gegeben. Als er sich vom Frühstückstisch erheben wollte, hielt seine Mutter ihn mit einer entsprechenden Geste zurück.

»Ich möchte dich um einen Gefallen bitten«, sagte sie.

»Jederzeit«, antwortete Eric. »Worum geht es denn?«

Seine Mutter griff in die Tasche und zog einen eng beschriebenen Zettel heraus, den sie auf die Größe einer Briefmarke zusammengefaltet hatte. »Ich war vor ein paar Tagen in diesem neuen Kaufhaus, wie du weißt«, begann sie. »Sie haben eine gut sortierte Computerabteilung dort. Ich habe einige Programme bestellt, die ich dringend für meine Arbeit brauche. Sie haben vorhin angerufen, dass sie da sind, und jetzt suche ich ein Opfer, das sie abholt. Ich habe leider viel zu viel zu tun, um selbst hinzufahren.«

»Kein Problem«, sagte Eric.

»Aber nicht allein«, mischte sich sein Vater ein. »Claude wird dich fahren.«

»Sicher«, seufzte Eric. Er machte ein zerknirschtes Gesicht, aber insgeheim war er ganz froh, den langen Weg bis ins Stadtzentrum nicht mit dem Bus zurücklegen zu müssen.

»Wie gesagt, sie haben eine gut sortierte Computerabteilung«, sagte seine Mutter. »Falls du das eine oder andere findest, was dir für deinen Computer noch fehlt, bring es dir ruhig mit.«

»Danke«, sagte Eric. Er steckte den Zettel ein, verließ das Esszimmer und suchte Claude. Nicht einmal fünf Minuten später saßen sie in Mutters Porsche und fuhren in Richtung Stadtmitte.

Es war noch recht früh. Der Regen, der fast die ganze Nacht über angehalten hatte, hatte zwar aufgehört, aber über der Stadt hing eine dicht geschlossene, graue Wolkendecke und die Luft kam ihm vor wie schmutziges, trübes Wasser. Die

Heizung lief auf vollen Touren und erfüllte den Wagen mit anheimelnder Wärme. Trotzdem lief Eric ein eisiges Frösteln über den Rücken und um ein Haar hätte er nach oben gegriffen, um den Reißverschluss seiner Jacke noch weiter hochzuziehen. Es hätte nichts genutzt. Die Kälte, die ihn frösteln ließ, kam aus ihm selbst, nicht von außen.

Claude hatte seine Reaktion bemerkt und warf ihm einen raschen, aber eindeutig besorgten Blick zu. »Geht es dir gut?«, fragte er. »Ich meine: Wenn du dich nicht wohl fühlst, können wir umkehren.«

»Ich bin völlig okay«, antwortete Eric und Claude sah ihn zweifelnd an. Er runzelte die Stirn. »Du hast dir eine hübsche Erkältung eingefangen.«

Das hatte er. Der schwarze Reiter hatte ihm zwar nichts getan, aber der Regen, der ihn bis auf die Haut durchweicht hatte, hatte seinen Preis gefordert. Er hatte leichtes Fieber und schon seit dem Sommergewitter ein unangenehmes Kratzen im Hals, das zwar nicht schlimmer wurde, aber sich auch hartnäckig weigerte, zu verschwinden. Trotzdem schüttelte er den Kopf und sagte noch einmal: »Mir fehlt wirklich nichts. Ein kleiner Schnupfen, das ist alles. Das ist ja auch kein Sommer, sondern eine Katastrophe. Dort vorne links abbiegen, bitte.«

Claude betätigte den Blinker und nickte zustimmend. »Das Wetter spielt verrückt, das stimmt. Aber nicht nur hier.«

»Wieso?«

»Sie reden die ganze Zeit darüber.« Claude machte eine Kopfbewegung zum Autoradio hin. »Schnee im Juni! Irgendwo an der Küste ist saurer Regen heruntergekommen.«

»Passiert das nicht seit zwanzig Jahren ständig und überall?«

»Nicht *so* sauer«, beharrte Claude. »Es hat ein großes Fischsterben gegeben. Die Meteorologen meinen, es wäre ein außergewöhnliches Phänomen, aber nicht Besorgnis erregend. So was kommt vor.«

Eric *war* beunruhigt. Aber er hatte auch keine Lust, die Diskussion mit Claude weiterzuführen. Nicht *diese* Diskussion. Sie begann in eine Richtung zu gehen, die ihn erschreckte.

Sie fuhren ins Stadtzentrum. Trotz der noch frühen Stunde herrschte bereits reger Verkehr auf den Straßen und auf halbem Wege hatte es wieder zu regnen begonnen, sodass Claude abermals Scheibenwischer und Licht einschaltete und sich voll und ganz auf den Verkehr konzentrieren musste. Trotzdem kamen sie immer langsamer voran. Der Verkehr wurde immer dichter und die Straßen waren voller Menschen, die dick vermummt oder tief unter ihre aufgespannten Schirme gebeugt durcheinander hasteten und mit Tragetaschen beladen waren, obwohl die meisten Geschäfte gerade erst aufgemacht hatten.

»Der Verkehr ist wieder einmal eine Katastrophe«, knurrte Claude. Er machte eine Kopfbewegung nach vorne. »Da ist ein Parkplatz. Was hältst du davon, wenn wir hier anhalten und uns zu Fuß ins Gewühl stürzen?«

Eric nickte und Claude rangierte den Wagen mit erstaunlichem Geschick in eine Parklücke, die Eric nicht einmal groß genug für einen Rollstuhl vorgekommen war. Er wollte aussteigen, aber Claude schüttelte den Kopf, stieg als Erster aus dem Wagen und kam mit schnellen Schritten auf die Beifahrerseite. Ehe er die Tür öffnete, sah er sich rasch und in beide Richtungen um. Eric musste sich beherrschen, um keine bissige Bemerkung zu machen. Claude tat nur seine Arbeit, aber Eric fand sein Benehmen trotzdem ziemlich albern. So ziemlich das Letzte, was er brauchte, war ein *Bodyguard*.

Er stieg aus, warf Claude einen spöttischen Blick zu und schlug den Kragen hoch. Es nutzte nichts. Die Kälte schien nur darauf gewartet zu haben, dass er die Sicherheit des Wagens verließ, um ihn wie ein geduldig lauerndes Raubtier anzuspringen. Und ganz wie ein solches hatte sie Zähne und Klauen, die spielend durch seine Kleider drangen. Schon nach ein paar Sekunden begann er mit den Zähnen zu klappern.

»Ungemütlich, nicht?«, fragte Claude. »Vor allem, wenn es eigentlich Hochsommer ist und die ganze Stadt unter einer Hitzewelle schwitzen sollte. Man könnte meinen, die ganze Welt geht zum Teufel.«

Er deutete auf das Kaufhaus auf der anderen Straßenseite. »Da drüben ist es garantiert wärmer. Komm.«
Eric widersprach nicht. Ihm war noch immer nicht nach einem Einkaufsbummel zumute, aber es war unglaublich *kalt*. Er vergrub die Hände in den Jackentaschen, zog den Kopf zwischen die Schultern und folgte ihm.
Als sie sich im Schneckentempo über die mit Matsch bedeckte Straße zwischen den dahinkriechenden Wagen hindurchschlängelten, fiel sein Blick auf eine kleine Menschenansammlung am unteren Ende der Straße. Irgendetwas an der kleinen Gruppe wollte nicht so recht in das geschäftige Straßenbild passen, aber Eric konnte im ersten Moment nicht genau sagen, was. Es waren sechs oder sieben Männer, deren Alter schwer zu schätzen war, denn sie trugen ausnahmslos Bärte und langes, ungepflegtes Haar und bei genauerem Hinsehen fiel ihm auch auf, dass die übrige Erscheinung der Männer dazu passte. Sie trugen schäbige, größtenteils hoffnungslos altmodische Kleidung, und einige hatten trotz der beißenden Kälte nur Turnschuhe und viel zu dünne Windjacken an. Wahrscheinlich waren es Obdachlose, das, was sein Vater in seiner manchmal etwas zu direkten Art als *Penner* bezeichnet hätte. Bis auf einen trug jeder von ihnen einen Plastikbecher in der Hand, dessen Inhalt in der Kälte dampfte.
Eric blieb stehen, als sie die Straße überquert hatten und auf den Bürgersteig vor dem Kaufhaus hinauftraten. Der Anblick einer Gruppe von Stadtstreichern war mitten in der City nichts Besonderes, aber das halbe Dutzend abgerissener Gestalten hatte sich nicht zufällig ausgerechnet dort versammelt. Wenige Schritte hinter ihnen stand etwas, das Eric an die moderne Version einer altmodischen Gulaschkanone erinnerte, die er ein paar Mal auf Bildern gesehen hatte: ein rechteckiger Karren auf zwei Rädern, aus dem es kräftig herausdampfte und dessen Vorderseite mit einer verwirrenden Sammlung von Knöpfen und blinkenden bunten Lichtern übersät war. Zwei Männer in knöchellangen schwarzen Mänteln standen hinter dem Gefährt und unterhielten sich

lachend und heftig gestikulierend mit den umherstehenden Obdachlosen.
»Astartus' Jünger«, sagte Claude. »Die schwarzen Engel.«
Eric sah ihn fragend an, und Claude wiederholte seine Worte und deutete in dieselbe Richtung, in die Eric gesehen hatte. »Sie haben eine ganze Reihe solcher mobiler Suppenküchen eingerichtet. Jeder, der will, bekommt einen Teller heiße Suppe und ein Stück Brot.«
»Und was verlangen sie dafür?«
»Nichts.«
»Außer, ihnen zuzuhören, damit sie einem das Gehirn mit ihren frommen Sprüchen weich kochen«, vermutete Eric.
Claude lachte. »Nur wenn man will. Außerdem – so, wie die Jungs da drüben aussehen, führen sie bestimmt kein sehr *frommes* Gespräch.« Er vergrub die Hände in den Taschen und zeigte ein demonstratives Frösteln. »Es wird allmählich kalt. Lass uns hineingehen.«
Eric warf noch einen letzten, nachdenklichen Blick zu den Schwarzgekleideten und ihrer Suppenküche hinüber, dann wandte er sich direkt an Claude und sagte: »Sie haben mich nur hierher gebracht, um mir das zu zeigen, habe ich Recht? Glauben Sie wirklich, dass ich alles vergesse, was er mir und meinen Eltern angetan hat, nur weil er ein paar Obdachlosen einen Teller Suppe spendiert? Er kann es sich leisten, wissen Sie, so rücksichtslos, wie er gegen andere vorgeht.«
Er rechnete damit, dass Claude entweder gar nichts sagen, seinen Herrn und Meister vehement verteidigen oder vielleicht auch eine scherzhafte Bemerkung machen würde, aber der Bodyguard tat nichts von alledem, sondern schwieg eine Sekunde, drehte sich dann mit einer betont langsamen Bewegung ganz zu ihm herum und nahm seine Brille ab.
»Es ist nicht meine Aufgabe, Astartus in Schutz zu nehmen, oder ihn gegen dich zu verteidigen. Niemand hat es mir aufgetragen oder mich auch nur darum gebeten. Aber vor ein paar Jahren waren Jean und ich genau wie diese Burschen da drüben – ohne Arbeit, ohne Zukunft und alles andere als bra-

ve Bürger. Wir haben rumgehangen, ein paar Leute beklaut und auch sonst das eine oder andere krumme Ding gedreht. Eines Tages sind wir in eine Villa am Stadtrand eingebrochen.«

»Astartus' Villa«, vermutete Eric. Er fragte sich, warum Claude ihm das erzählte.

»Astartus' Villa«, bestätigte Claude. »Wir dachten, es wäre leicht verdientes Geld, weißt du? Großes Haus mit jeder Menge teurer Klamotten drin, kein Hund, keine Wächter, keine Alarmanlage ...« Er hob die Schultern. »Wir haben uns geirrt. Astartus hat uns auf frischer Tat ertappt. Wir dachten natürlich, es wäre aus: Polizei, Gericht, Knast ... die übliche Prozedur eben. Aber statt uns der Polizei auszuliefern, hat Astartus uns eine Chance gegeben.«

»Ach?«, sagte Eric. »Und seither schlagt ihr für ihn Leute zusammen?«

»Ohne Astartus wären Jean und ich endgültig auf die schiefe Bahn geraten«, fuhr Claude unbeeindruckt fort. »Wahrscheinlich säßen wir jetzt im Gefängnis, vielleicht wären wir sogar schon tot. Er hat uns ein Angebot gemacht: keine krummen Dinger mehr, keine Drogen, keine Gewalttaten und im Gegenzug hat er auf eine Anzeige verzichtet und uns einen Job gegeben.«

»Mir kommen die Tränen«, sagte Eric. »Ich bin richtig gerührt.«

»Das musst du nicht«, antwortete Claude in merklich kühlerem Ton. Er setzte seine Brille wieder auf. »Du solltest dir nur selbst folgende Frage stellen: Ist es nicht eigentlich egal, *warum* Astartus so gehandelt hat? Das Ergebnis zählt.«

Eric wollte antworten, aber Claude ging nun rasch weiter und steuerte die weit offen stehenden Türen an. Eric folgte ihm, blieb dann aber noch einmal stehen und trat an eines der großen Schaufenster. Eine kleine Menschentraube hatte sich davor gebildet, und als Eric näher herantrat, sah er auch, warum. Das Schaufenster zeigte nicht das übliche Angebot an Waren und Schnäppchen, sondern eine kunterbunte Szene, die direkt aus einem Märchen der Gebrüder Grimm hätte stammen können. In einem aufwendig gestalteten Märchenwald tummelten sich Elfen, Feen, Zwerge, Kobolde und alle möglichen anderen Fabelwesen und ein in verschnörkelter Schrift gestaltetes Schild verkündete MÄRCHENWOCHEN.

»Eine Wanderausstellung.« Claude war ihm gefolgt und deutete mit einer Kopfbewegung auf das Schaufenster. »Sie ziehen damit durch das ganze Land. Drinnen sieht es genauso aus. Alle Angestellten sind als Zwerge und Kobolde verkleidet. Ein hübscher Werbegag, wenn du mich fragst.«

»Albern«, sagte Eric. »Ich finde es kindisch.«

»Das finden offensichtlich alle Kinder«, seufzte Claude. »Dafür gefällt es den Erwachsenen umso besser. Gehen wir rein?«

Sie betraten das Kaufhaus und etwas Seltsames geschah: Das gesamte Kaufhaus war tatsächlich in eine Märchenlandschaft verwandelt worden und Eric fand es im ersten Moment tatsächlich albern und kindisch – aber es verfehlte seine Wirkung auf ihn trotzdem nicht. Was alle Vernunft und Logik nicht geschafft hatten, das bewirkten die bunten Lichter und die geschäftige Stimmung im Kaufhaus. Eric wehrte sich am Anfang dagegen, aber es verging nicht einmal eine halbe Stunde und seine niedergeschlagene Stimmung war ebenso weggeblasen wie die düsteren Gedanken. Das Kaufhaus war voller bunter Lichter. Leise Musik drang aus den Lautsprechern und er traf allein im Erdgeschoss ungefähr ein halbes Dutzend als Zwerge verkleidete Verkäufer mit überdicken Bäuchen und angeklebten Wattebärten, die wirklich reichlich albern aussahen, zumal einige dieser Zwerge, die den Kunden einen guten Morgen wünschten und bunte Lutscher und billiges Plastikspielzeug an Kinder verteilten, kaum kleiner als Claude waren. Eric war beinahe beleidigt, als ihm einer dieser Aushilfs-Zwerge einen bunten Lolli in die Hand drückte. Aber dann lachte er, wickelte den Lutscher aus und begann mit großem Spaß daran herumzuknabbern.

Claude und er stromerten eine ganze Weile ziellos durch das große Kaufhaus, ohne irgendetwas zu kaufen. Er hätte es gekonnt. Claude hatte ihm erklärt, dass er eine Kreditkarte mit fast unbegrenztem Limit besaß und seine Eltern nur darum gebeten hatten, dass er nicht gleich das ganze Kaufhaus erwarb. Sie hatten zwar beide herzhaft darüber gelacht, aber ein sonderbares Gefühl war doch zurückgeblieben. Es war niemals die Art seiner Eltern gewesen, mit Geld um sich zu werfen. Ganz im Gegenteil hatten sie ihn finanziell meistens eher knapp gehalten.

Vielleicht war das auch der Grund, aus dem er dann ganz im Gegenteil gar nichts kaufte. Eric machte an diesem Morgen eine Erfahrung, die viele Menschen irgendwann im Leben einmal machten und die man auch nur verstehen konnte, wenn man sie selbst machte: nämlich, dass die meisten Dinge, von denen man glaubte, sie unbedingt haben zu müssen, ihren Reiz verloren, wenn man sie wirklich haben *konnte*. Schlimmer noch: Er wollte sie plötzlich gar nicht mehr. Hätte er Claudes Angebot angenommen und sich kreuz und quer durch die verschiedenen Abteilungen des Kaufhauses gekauft, wäre er sich irgendwie schäbig vorgekommen; als hätte er sich *kaufen* lassen.

Sie gingen in die Computerabteilung, wo Eric die von seiner Mutter bestellte Software abholte. Während er darauf wartete, dass der Verkäufer die verschiedenen Disketten und CDs zusammenstellte, sah er sich mit leuchtenden Augen um, verlangte aber auch jetzt nicht die winzigste Kleinigkeit.

Sein Verhalten fiel schließlich sogar Claude auf. »Manchmal verstehe ich euch reiche Leute nicht«, seufzte er. »Wieso hast du dir nichts ausgesucht?«

»Weil ich noch nichts gefunden habe, was mir gefällt«, antwortete Eric.

»Unsinn«, behauptete Claude. »Ich habe doch dein Gesicht gesehen, gerade eben. Du hättest deinen rechten Arm für diesen Flachmonitor gegeben ... genau wie ich übrigens auch.«

»Warum holen Sie ihn sich dann nicht?«, fragte Eric. Er war

ein bisschen erstaunt, dass sich jemand wie Claude für Computer interessierte. Noch vor ein paar Tagen hätte er geschworen, dass der Bodyguard Mühe hatte, seinen Namen fehlerfrei zu buchstabieren.
»Weil ich ihn mir nicht leisten kann.«
»Kein Problem«, antwortete Eric. »Ich schenke ihn Ihnen.«
»Das kann ich nicht annehmen«, sagte Claude.
»Sehen Sie?«, erwiderte Eric. »Und ich auch nicht. Ich lasse mich nicht kaufen, wissen Sie?«
Claude machte ein betroffenes Gesicht, sagte aber nichts mehr. Sie betraten die Rolltreppe und fuhren hinauf in die Spielwarenabteilung. Hier oben wimmelte es nicht nur von falschen Zwergen, künstlichen Bäumen und Stofftieren, sondern auch von Kindern, die all die ausgestellten Schätze mit leuchtenden Augen betrachteten, und Eric fragte sich einen Moment lang, was er eigentlich hier tat. Er war entschieden zu alt, um sich noch für Spielzeug zu interessieren, und außerdem hatte Claude während der letzten Minuten mehrmals verstohlen auf die Uhr gesehen. Mit Sicherheit hatte er noch mehr zu tun, als ihn durch die Stadt zu begleiten und ihm dabei zuzusehen, wie er *nichts* einkaufte.
»Ich glaube, ich habe keine Lust mehr«, sagte er. »Fahren wir nach Hause.«
»Deine Eltern werden enttäuscht sein, wenn du mit leeren Händen kommst. Deine Mutter wollte dir gerne eine Freude machen«, sagte Claude. Eric überlegte einen Moment, wie diese Worte wohl gemeint sein mochten, hob dann aber nur die Schultern und sagte: »Meine Eltern werden wahrscheinlich nicht einmal merken, dass ich da bin. Schlimmstenfalls kann ich mir ja selbst einen Scheck ausstellen.«
»Du bist ganz schön hart, weißt du das eigentlich?«
»Ja«, knurrte Eric.
Claude sah ihn traurig an, schüttelte dann aber nur den Kopf und deutete auf die nach unten führende Rolltreppe. Eric machte einen Schritt in diese Richtung – und blieb wie vom Donner gerührt stehen.

Keine fünf Schritte von ihm entfernt stand ein riesiger, strahlend weißer Engel mit ausgebreiteten Flügeln.
In der nächsten Sekunde erkannte er seinen Irrtum.
Der Engel war tatsächlich da, aber es war nicht Chep. Es war ein als Engel verkleideter Student oder Arbeitsloser, der an der nach unten führenden Rolltreppe stand und allen Kunden ein »Grüß Gott!« zurief. Sein schulterlanges Haar war aus Watte, die Flügel aus weißer gefalteter Pappe, und das lange weiße Kleid war schon ein bisschen schäbig.
»Was hast du?«, fragte Claude. »Du bist blass geworden.«
»Nichts«, log Eric. »Meine Erkältung sitzt mir noch in den Knochen, das ist alles. Ich möchte nach Hause.«
»Kein Problem«, antwortete Claude.
Eric streifte den Engel mit einem nervösen Blick. Er hatte Chep seit Tagen nicht mehr gesehen und diese Witzfigur dort war ganz bestimmt *kein* richtiger Engel, aber sein Anblick machte ihn über die Maßen nervös. Nein, das stimmte nicht, verbesserte sich Eric in Gedanken. Er machte ihm *Angst*. So, dass er ganz bewusst den Blick senkte und hinter Claude herging, ohne diesen noch einmal anzusehen.
Auf halbem Wege blieb Claude plötzlich stehen und deutete nach links. »He, sieh doch mal!«, sagte er. »Das ist ja großartig! Eine solch riesige Anlage habe ich ja noch nie gesehen!«
Erics Blick folgte seiner ausgestreckten Hand und er konnte Claudes Erstaunen verstehen. Wenige Meter neben der Rolltreppe stand eine riesige Modelleisenbahn. Sie maß mindestens vier mal acht Meter und außer einem wahren Labyrinth von Gleisen, Abzweigungen und Weichen erhob sich darauf eine kunstvoll gebaute Miniaturlandschaft, die das Herz jedes Modelleisenbahners hätte höher schlagen lassen.
»Hast du noch einen Moment Zeit?«, fragte Claude, wartete Erics Antwort aber gar nicht erst ab, sondern stürmte bereits los und beugte sich mit leuchtenden Augen über die Modelleisenbahn.
»Klar«, seufzte Eric. »Kein Problem.«
Er folgte Claude, sah sich dabei aber noch einmal nach dem

Engel an der Rolltreppe um. Dieser hatte sich herumgedreht und sah nun direkt in seine Richtung, und irgendwie spürte Eric ein kurzes, aber heftiges Schaudern. Irgendetwas an diesem Engel war ihm unheimlich, aber er konnte nicht sagen, was.
»Das ist absolut fantastisch«, sagte Claude, als Eric neben ihm angelangt war. »Ich hatte früher auch eine Modelleisenbahn, aber sie war nicht annähernd so großartig. So etwas habe ich noch nie gesehen!«
Eric interessierte sich nicht im Geringsten für Modelleisenbahnen, aber er musste zugeben, dass selbst ihn diese Anlage beeindruckte, wenn es auch weniger die Technik war. Zwischen all den Gleisen, Bahnhöfen und Rangierstrecken ...
... erhob sich eine mittelalterliche Stadt, die von einer fünf Zentimeter hohen Wehrmauer umgeben war. Die Landschaft dahinter war versengt und mit zahllosen dunklen Körpern übersät, über denen sich schwarzer Rauch kräuselte, und die Mauer selbst war an zahllosen Stellen niedergebrochen, die Türme geschleift und verbrannt. Auch ein großer Teil der Stadt lag in Trümmern und zwischen den Häusern bewegten sich unzählige winzige dunkle Umrisse. Sie waren zu klein, um sie zu erkennen, aber trotzdem wusste Eric jenseits aller Zweifel, worum es sich handelte. Es war ...
... nichts als eine Vision, die im selben Moment verschwand, in dem Eric begriff, dass ihm seine Fantasie nur einen bösen Streich gespielt hatte. Von einer Sekunde auf die andere sah er wieder die Modelleisenbahn mit ihren bunten Plastikhäusern, Kunststoffflüssen und Styroporgebirgen. Die einzige Bewegung, die er sah, kam von den emsig kreisenden Eisenbahnen, und der einzige Rauch kräuselte sich aus dem Schornstein einer kleinen Dampflokomotive. Die Modelleisenbahn hatte ihn an die Miniaturstadt seines Vaters erinnert und diese Erinnerung wiederum hatte die Tür für andere, weniger willkommene Erinnerungen aufgestoßen. Alles hatte eine ganz natürliche Erklärung gefunden.
Trotzdem fühlte er sich mit jeder Sekunde weniger wohl in seiner Haut. »Können wir jetzt bitte gehen?«, fragte er.

Claude antwortete nicht. Eric nahm an, dass ihn der Anblick der Modelleisenbahn so fasziniert hatte, dass er seine Worte gar nicht hörte, und sah zu Claude auf, um seine Bitte mit etwas mehr Nachdruck zu wiederholen. Claude sah jedoch nicht die Spielzeugeisenbahn an. Er blickte konzentriert zu zwei Zwergen hinüber, die auf der anderen Seite der Platte standen. Sein Gesichtsausdruck wirkte gezwungen ruhig, aber Eric entging auch nicht, dass seine ganze Haltung mit einem Mal irgendwie angespannt wirkte.
»Was haben Sie?«, fragte er.
»Nichts«, antwortete Claude. »Du hast Recht. Lass uns gehen.« Er drehte sich langsam herum und fügte so leise, dass selbst Eric das Wort kaum hörte, hinzu: »Schnell.«
Eric gehorchte zwar, konnte aber nicht verhindern, dass sein Blick noch einmal zu den beiden Zwergen irrte. Ihre Zahl war mittlerweile auf drei angewachsen und auch sie hatten sich in Bewegung gesetzt und kamen nun aus verschiedenen Richtungen auf sie zu. Aus den Augenwinkeln registrierte er den vierten Zwerg, der sich ihnen von hinten näherte.
»Was ist los?«, flüsterte er. »Stimmt etwas nicht?«
»Keine Ahnung«, murmelte Claude. »Wahrscheinlich ist es nichts. Ich erkläre dir alles, wenn wir draußen sind. Kein Grund, sich Sorgen zu machen.«
Spätestens jetzt *machte* sich Eric Sorgen. Sie hatten die Rolltreppe fast erreicht, aber auch die Zwerge waren näher gekommen. Eine spürbare Anspannung lag plötzlich in der Luft. Erics Herz klopfte.
»Wenn irgendetwas passiert, lauf einfach los«, flüsterte Claude. »Ich finde dich schon.«
Eric kam nicht mehr dazu, Claude zu fragen, was denn *passieren* sollte, denn in diesem Moment passierte es auch schon: Die Zwerge waren bis auf wenige Schritte herangekommen und gerade, als sie die Rolltreppe betreten wollten, streckte der Engel den Arm aus und ergriff Eric so grob am Handgelenk, dass er vor Schmerz aufschrie. In der anderen Hand hielt er einen Wattebausch, den er Eric brutal aufs Gesicht presste.

Sofort wurde ihm schwindlig. Eric hielt instinktiv den Atem an, aber der Wattebausch musste mit Äther oder einem ähnlichen Betäubungsmittel getränkt sein und seine Gedanken begannen sich sofort zu verwirren. In spätestens einer oder zwei Sekunden würde er das Bewusstsein verlieren.
Es kam nicht so weit. Claude sprang blitzartig vor. Seine Handkante fuhr wie eine Axt auf das Handgelenk des Engels herunter. Der weiß gekleidete Angreifer schrie vor Schmerz und Überraschung auf, ließ Eric los und machte einen ungeschickten Schritt zurück – und geriet dabei auf die Rolltreppe, verlor das Gleichgewicht und stürzte mit einem gellenden Schrei in die Tiefe.
Eric taumelte haltlos zur Seite. Alles drehte sich um ihn. Eine wirbelnde Schwärze begann sich in seinem Kopf auszubreiten und seine Beine hatten plötzlich nicht mehr die Kraft, das Gewicht seines Körpers zu tragen. Er fiel auf die Knie, kippte nach vorne und fing seinen Sturz im letzten Moment mit den ausgestreckten Armen ab. Wie von weit her registrierte er, dass sich gleich drei der Zwerge auf Claude stürzten und ihn niederzuringen versuchten, während der vierte in seine Richtung sprintete; wohl um zu Ende zu bringen, was der Engel begonnen hatte. Ringsum wurden Schreie laut. Mütter rissen ihre Kinder zur Seite und Dutzende Menschen begannen in kopfloser Panik durcheinander zu rennen. Alles kam Eric seltsam unwirklich und schwebend vor. Er kämpfte immer noch gegen die Ohnmacht an und hatte Mühe, Wirklichkeit und Halluzination auseinander zu halten.
Ganz und gar wirklich war die Hand, die sich in der nächsten Sekunde grob in sein Haar krallte und ihn auf die Füße riss. Sie steckte in einem weißen Handschuh, der wiederum aus dem Ärmel eines roten Zwergenkostüms ragte. Eric keuchte vor Schmerz, boxte dem Zwerg in den Magen und hatte das Gefühl, in eine Schaumgummiwand geschlagen zu haben – ein Vergleich, der gar nicht so falsch war, denn vermutlich war es genau das, woraus der Bauch des nachgemachten Zwerges bestand. Der Angreifer grunzte unwillig, holte mit

der anderen Hand aus und versetzte Eric eine schallende Ohrfeige.
Obwohl sie gemein wehtat, tat er Eric damit einen Gefallen, denn der Schmerz ließ nicht nur bunte Sterne vor seinen Augen explodieren, sondern vertrieb auch die Benommenheit aus seinem Kopf. Eric griff nach oben, zerrte eine halbe Sekunde vergeblich an der Hand des Zwerges und bog dann mit einem harten Ruck dessen kleinen Finger nach hinten. Gleichzeitig rammte er ihm mit aller Kraft den Absatz auf die Zehen.
Diesmal kreischte der Zwerg vor Schmerz. Er ließ Erics Haare los, hüpfte auf einem Bein zurück und fiel ziemlich unsanft auf die Nase, als er versuchte, seine geprellten Zehen mit der Hand zu umklammern.
Eric sah sich blitzartig um. Von Claude hatte er keine Hilfe zu erwarten. Sein Leibwächter wehrte sich zwar wacker, aber er hatte es immerhin mit einer dreifachen Übermacht zu tun und die Angreifer waren auch nicht gerade zimperlich. Erics einzige Chance bestand darin, genau das zu tun, was Claude ihm gesagt hatte, und wegzulaufen. Es widerstrebte ihm zutiefst, Claude einfach im Stich zu lassen, aber in dieser Situation wäre jede Tapferkeit einfach nur Dummheit gewesen. Er wirbelte herum, sprang auf die Rolltreppe und stöhnte vor Schreck laut auf, als er sah, dass der Engel mittlerweile wieder auf die Beine gekommen war und die Rolltreppe herauflief. Er kam nicht besonders rasch voran: Die Rolltreppe bewegte sich unter seinen Füßen nach unten, und seine weit gespannten Pappmascheeflügel verkanteten sich immer wieder auf der schmalen Rolltreppe und behinderten ihn zusätzlich. Aber langsam oder nicht, der Engel *kam* näher, und die Rolltreppe war die einzige Richtung, in die er fliehen konnte.
Das Kaufhaus hatte sich mittlerweile in einen wahren Hexenkessel verwandelt. Männer, Frauen und Kinder stürzten in kopfloser Flucht durcheinander, rissen Verkaufsstände und Vitrinen um und rannten sich über den Haufen. Und das war nicht einmal das Schlimmste: Unmittelbar unter der Rolltrep-

pe befand sich eine lange Theke mit Porzellan- und Glaswaren, sodass Eric nicht einmal der Ausweg eines verzweifelten Sprunges in die Tiefe blieb.
Ihm blieb auch keine Zeit, länger über seine Lage nachzudenken. Er hatte den Engel jetzt fast erreicht und der verkleidete Angreifer breitete in grimmiger Vorfreude die Arme aus, um ihn in Empfang zu nehmen, und Eric blieb keine andere Wahl mehr. Er setzte alles auf eine Karte, flankte auf das Gummigeländer der Rolltreppe hinauf und schickte ein Stoßgebet zum Himmel, dass es ihm gelingen würde, einfach an dem Angreifer vorbeizuschlittern.
Und beinahe hätte es sogar geklappt.
Der Engel riss ungläubig die Augen auf und machte ein verdutztes Gesicht, als Eric regelrecht auf ihn zuschoss, streckte aber dann doch im letzten Moment die Hände aus und versuchte ihn zu packen. Er griff ins Leere, als Eric blitzartig den Kopf zwischen die Schultern zog, aber die hastige Bewegung brachte Eric aus dem Gleichgewicht. Statt weiter gerade nach unten zu sausen, schlitterte er immer weiter nach rechts und strampelte mit den Beinen. Eine schreckliche halbe Sekunde lang schien er vollkommen schwerelos im Nichts zu schweben, dann kippte er zur Seite und fiel wie ein Stein in die Tiefe.
Eine endlose Sekunde später schlug er mit entsetzlicher Wucht zwischen Blumenvasen, Suppentöpfen, Essgeschirr und bemalten Sammeltellern auf und verwandelte nicht nur sie, sondern gleich auch noch die komplette Verkaufstheke in einen explodierenden Trümmerhaufen. Das Klirren von zerberstendem Porzellan und Glas klang in Erics Ohren ungefähr so laut wie das Geräusch einer zerreißenden Atombombe und er war felsenfest davon überzeugt, dass sich im nächsten Sekundenbruchteil auch noch das Geräusch brechender Knochen hineinmischen musste – und zwar seiner eigenen.
Stattdessen berührte er fast sanft den Boden und richtete sich sofort wieder in eine sitzende Position auf, während rings um

ihn herum Glassplitter und Porzellanscherben zu Boden regneten und dabei in noch kleinere Stücke zerbrachen.
Eric blinzelte verwirrt in die Runde. Er saß in einem wahren Trümmerberg. Im Umkreis von gut fünf Metern glitzerten Tausende von gezackten Scherben auf dem Boden, jede Einzelne so gefährlich und scharf wie ein Skalpell, und die Theke, die er mit seinem Körpergewicht zu Kleinholz verwandelt hatte, hatte aus massiven Spanplatten bestanden, deren Kanten noch dazu mit Metall verstärkt waren. Trotzdem hatte er nicht einen Kratzer abbekommen.
Die Gefahr war jedoch noch keineswegs vorüber. Die Rolltreppe hatte den Engel mittlerweile zu ihrem oberen Ende befördert und ihn dort ziemlich unsanft ausgespuckt und Claude prügelte sich immer noch mit zweien der Zwerge. Der dritte stand an der Brüstung und starrte mit ungläubig aufgerissenen Augen auf Eric herab, aber der vierte Zwerg hatte bereits die Verfolgung aufgenommen. Er musste dazu über den Engel hinwegklettern, dessen Pappflügel noch immer in der Mechanik verheddert waren, was ihn ein wenig aufhielt, aber Eric hatte trotzdem nur wenige Augenblicke. Er sprang hoch, fuhr auf dem Absatz herum und rannte in die erstbeste Richtung los. Einige Sekunden lang hoffte er, einfach in der Menge untertauchen zu können, aber als er sich im Laufen umsah, musste er feststellen, dass der Zwerg ihn fast eingeholt hatte. Eric konnte trotz des Wattebartes und der aufgeklebten buschigen Brauen einen Ausdruck grimmiger Entschlossenheit erkennen, der ihm klar machte, dass er von diesem Mann keine Gnade zu erwarten hatte.
Aber das war nicht alles, was er darauf erkannte ...
Eric verscheuchte den Gedanken und konzentrierte sich aufs Rennen, um nicht noch einmal zu stolpern. Er schlug einen Haken, flankte mit einer Bewegung, die er sich selbst nie zugetraut hätte, über einen Verkaufstisch mit Taschenbüchern hinweg und rannte auf die nächste Rolltreppe zu, änderte dann aber abrupt die Richtung, als er sah, dass der Weg nach unten hoffnungslos verstopft war.

Sein Verfolger war schon wieder näher gekommen. Vorhin, als Eric mit Claude hier heraufgekommen war, war ihm das Kaufhaus riesig vorgekommen. Jetzt hatte es sich in eine Falle verwandelt, aus der es kein Entkommen mehr gab. Vor ihm lag die voll gestopfte Rolltreppe, auf der sich mindestens fünfmal so viele Menschen drängten, als sie eigentlich fassen konnte, und hinter ihm stürmte der Zwerg heran, der schon wieder erschreckend aufgeholt hatte.
Plötzlich entdeckte Eric eine schmale Metalltür, nicht weit entfernt, auf der ein kleines Schild NUR FÜR PERSONAL verkündete. Ohne darüber nachzudenken, rannte er darauf zu, drückte mit beiden Händen die Klinke herunter und rammte die Schulter vor die Tür.
Er hatte Glück. Die Tür war nicht abgeschlossen, sondern schwang mit dem Quietschen viel zu lange nicht mehr geölter Angeln auf und Eric stolperte hindurch und warf die Tür mit aller Kraft hinter sich wieder zu. Einen Moment später erscholl auf der anderen Seite ein dumpfer Knall, gefolgt von einem wütenden Schmerzgebrüll.
Vor Eric lag ein langer, neonbeleuchteter Gang, in dem sich Kartons, Plastikcontainer und Europaletten mit Ware stapelten. Zwanzig oder dreißig Schritte entfernt gab es einen Aufzug, aber die Türen waren geschlossen und er würde niemals Zeit genug haben, um auf die Kabine zu warten. Fast noch einmal so weit entfernt endete der Korridor vor einer in der Mitte geteilten Schwingtür, aber er wusste weder, ob sie offen war, noch, was sich dahinter befand.
Die Tür hinter ihm wurde aufgestoßen und der Zwerg stürmte hindurch. Seine Nase blutete und er brüllte vor Wut und kam mit gesenktem Kopf und vorgereckten Schultern wie ein angreifender Stier heran.
Eric rannte, was das Zeug hielt, aber sein Verfolger war einfach viel schneller als er. Wenn kein Wunder geschah, dann hatte er ihn eingeholt, noch bevor er die Hälfte des Korridors überwunden hatte!
Natürlich gab er trotzdem nicht auf, und als er sich dem Auf-

zug näherte, da schien tatsächlich das Wunder zu geschehen, auf das er gehofft hatte: Ein heller Glockenton erklang und die Aufzugtüren glitten auf.

Die Zeit schien stehen zu bleiben. Aus dem Lift fiel rotes, loderndes Licht in den Korridor hinaus und für einen Moment glaubte er, auf eine endlose graue Ebene hinauszublicken, über der sich ein düsterroter Himmel voller aschefarbener Wolken spannte. Dann verdunkelte ein gewaltiger Schatten die Öffnung und Azazel trat in die Wirklichkeit heraus.

Eric öffnete den Mund zu einem Schrei, aber seine Stimme versagte ihm ebenso den Dienst wie sein Körper. Er wollte sich herumwerfen, aber seine Beine rannten einfach weiter und trugen ihn näher und näher an den Höllenengel heran, der gekommen war, um ihn endgültig zu holen, und –

Die Zeit kehrte mit einem körperlich fühlbaren Ruck zu ihrem normalen Verlauf zurück. Eric stolperte in seiner Hast endgültig und fiel mit haltlos rudernden Armen zu Boden. Gleichzeitig erlosch die furchtbare Vision und der Aufzug war wieder ein Aufzug, und die Gestalt, die heraustrat, kein Höllenengel mehr, sondern nichts als ein ganz normaler Mann in einem bodenlangen schwarzen Mantel. Eric schlitterte wie ein lebendes Geschoss auf ihn zu, traf mit beiden Füßen seine Knöchel und riss den vollkommen überraschten Mann von den Beinen. Als seine Rutschpartie endlich zu Ende war, lag er halbwegs in der Liftkabine und halb unter dem Mann begraben.

Er versuchte sich herumzudrehen, aber der Mann war zu schwer. Nur noch wenige Schritte entfernt stürmte der Zwerg heran. Seine Flucht war endgültig zu Ende.

Die Schwingtür am anderen Ende des Korridors flog auf und drei, dann vier und schließlich fünf Gestalten in wehenden schwarzen Mänteln stürmten hindurch.

Es waren schwarze Engel, Astartus' Jünger, wie er sie vorhin auf der Straße gesehen hatte. Alles an ihnen war schwarz: Ihre Mäntel, ihre Schuhe, ihre Hosen und Hemden und selbst ihr

Haar. Und dasselbe galt für den Mann, den Eric zu Boden gerissen hatte. Er war seinen Verfolgern direkt in die Arme gelaufen!

Die schiere Verzweiflung gab Eric noch einmal neue Kraft. Er warf sich herum, zog die Beine an den Körper und schaffte es irgendwie, den Mann abzuschütteln, der quer über seinen Unterschenkeln lag, und in die Liftkabine zu gelangen. Der Zwerg prallte ungeschickt mit der Schulter gegen die Aufzugstür, taumelte einen halben Schritt zurück und verlor fast das Gleichgewicht und auch die fünf Astartus-Jünger waren nun beinahe heran. Jetzt stemmte sich auch der letzte schwarze Engel in die Höhe und Eric zog ein zweites Mal die Knie an und stieß dem Burschen schräg von unten die Füße gegen die Brust, sodass er mit einem krächzenden Schrei rückwärts und gegen den Zwerg taumelte. Der stürzte gegen die heranstürmenden Astartus-Jünger und das Ergebnis war ein einziges Chaos aus übereinander fallenden Körpern, wütenden Flüchen und Schreien und hoffnungslos ineinander verstrickten Gliedmaßen – und ein leises Summen, mit dem die Aufzugstüren zuzugleiten begannen!

Eric begriff die unglaubliche Chance, die das Schicksal ihm noch einmal geschenkt hatte, sprang in die Höhe und schlug mit der flachen Hand auf alle Knöpfe der Schalttafel gleichzeitig. Die Aufzugtüren hatten sich fast geschlossen, aber sie schienen sich plötzlich nur noch im Schneckentempo zu bewegen und in diesem Moment rappelten sich zwei oder drei der schwarzen Engel schon wieder auf.

»Eric! Um Himmels willen, bleib hier! Wir –«

Die Lifttüren schlossen sich mit einem saugenden Laut und der Aufzug setzte sich zitternd in Bewegung, aber Eric wagte es trotzdem nicht, aufzuatmen. Es war schlimmer, als er geglaubt hatte. Die Kerle kannten sogar seinen Namen und dass einer von ihnen genau in dem Moment aus dem Aufzug getreten war, in dem sich Eric ihm näherte, war bestimmt kein Zufall! Wahrscheinlich wimmelte das ganze Kaufhaus nur so von Astartus' Schergen, die bloß darauf warteten, dass er sich blicken ließ.

Erics Gedanken rasten. Da er in seiner Panik alle Knöpfe gleichzeitig gedrückt hatte, würde der Lift in der nächsten Etage wieder anhalten und Eric hatte eine ziemlich konkrete Vorstellung davon, was ihn dort erwarten würde – genauer gesagt, *wer*.

Kurz entschlossen drückte er den Nothalteknopf und wurde fast von den Füßen gerissen, als der Lift mit einem so harten Ruck zum Stehen kam, dass seine Zähne aufeinander schlugen. Jetzt saß er zwar endgültig in der Falle, aber wenigstens kam niemand zu ihm herein.

Er sah nach oben. Der Lastenaufzug hatte eine vollkommen glatte, kunststoffverkleidete Decke – die obligatorische Luke, durch die man auf die Kabine hinaufklettern konnte, um sich dann an einem ölverschmierten Drahtseil zweiundzwanzig Etagen weit nach oben zu hangeln, gab es offensichtlich nur in amerikanischen Actionfilmen –, aber es gab eine zweite Tür auf der gegenüberliegenden Seite. Eric versuchte die Fingerspitzen in den schmalen Spalt zu quetschen, brach sich zwei Fingernägel ab und trat enttäuscht zurück. Er saß in der Falle. Und das Schlimmste war: Er hatte sich selbst hineinmanövriert.

»Chep!«, rief er.

Keine Antwort.

»Chep!«, rief er noch einmal. »Wo bist du? Hör auf mit dem Versteckspiel! Ich weiß, dass du da bist!«

Er bekam noch immer keine Antwort – aber er war sicher, dass der Cherub ganz in seiner Nähe war. Er hatte einen Sturz aus fünf Metern Höhe auf einen mit Glas und Porzellan beladenen Tisch überstanden, ohne auch nur einen Kratzer zu bekommen, und war anschließend gleich sieben Verfolgern entkommen, die ihn hoffnungslos in die Enge getrieben hatten – eine ganze Verkettung von Wundern, die ohne einen wirklich fähigen Schutzengel einfach nicht vorstellbar gewesen wäre.

Aber der Cherub schwieg.

Dafür rumpelte es unter Erics Füßen. Die Liftkabine zitterte sacht, glitt ein winziges Stückchen in die Tiefe und hielt mit einem Ruck wieder an, als Eric erneut auf den entsprechenden Knopf drückte.

Ein zorniges elektrisches Summen erklang. Die Kabine ruckelte, hielt an, ruckelte noch einmal und setzte ihren Weg schließlich mit unerbittlicher mechanischer Beharrlichkeit fort, obwohl Eric den Knopf mit aller Kraft drückte. Irgendwie hatten es die Verfolger geschafft, die Automatik zu überwinden.

Die Liftkabine hielt noch einmal an. Das Licht flackerte, dann summte der Aufzug wieder nach oben und die Türen glitten mit einem schmatzenden Geräusch auseinander und eine hoch gewachsene Gestalt drängte sich zu ihm herein.

Eric wusste sehr gut, dass er in einer körperlichen Auseinandersetzung mit den schwarzen Engeln keine Chance hatte, aber er wäre nicht er gewesen, wenn er aufgegeben hätte. Noch bevor der Angreifer ganz in der Kabine war, trat er ihm kräftig vor das Schienbein und schoss gleichzeitig einen Boxhieb auf seinen Magen ab. Und noch bevor seine Faust ihr Ziel traf, sah er, dass der Mann vor ihm nicht der war, für den er ihn in seiner Furcht gehalten hatte. Aber es war zu spät.

Claude ächzte, stieß pfeifend die Luft zwischen den Zähnen aus und tat so, als hätte ihn Erics Hieb tatsächlich erschüttert. »Ups«, sagte er. »Du schlägst ganz schön hart zu. In spätestens fünf Jahren möchte ich wirklich keinen Streit mit dir bekommen.« Dann verschwand das Lächeln von seinem Gesicht. »Ist alles in Ordnung mit dir, Eric?«

Eric nickte zwar, aber er antwortete nicht, sondern starrte aus angstgeweiteten Augen auf die drei ganz in Schwarz gekleideten Gestalten, die hinter Claude sichtbar wurden. »Aber –«

Claude drehte sich zu den Astartus-Jüngern um und machte eine ungeduldige Handbewegung. »Habt ihr ihn?«

»Leider nicht«, antwortete einer der Männer. »Der Kerl ist schnell wie –«

»Dann sucht ihn gefälligst!«, unterbrach ihn Claude grob.

»Der Kerl darf auf keinen Fall entkommen! Riegelt meinetwegen das ganze Kaufhaus ab. Ich will ihn haben!«
Die drei entfernten sich in großer Hast und Eric starrte ihnen fassungslos hinterher. »Was bedeutet das?«, murmelte er verstört. »Aber ich dachte, dass ...«
»Dass sie auch hinter dir her wären, ich weiß«, führte Claude den Satz zu Ende. »Es war kaum zu übersehen.« Er seufzte. »Wie gesagt, Eric: Nicht alles, was man sich über die schwarzen Engel erzählt, ist wahr.«
»Und nicht alle tragen schwarze Mäntel, habe ich Recht?«, gab Eric zurück.
Claude lächelte knapp, streckte den Arm aus und drückte den Knopf für die untere Etage.
Sie sprachen kein Wort mehr miteinander, bis sie zu Hause ankamen.

Erics Entschluss stand fest, schon lange bevor der Porsche in die Garage rollte und sich das elektrisch betriebene Tor hinter ihnen schloss. Claude hatte noch aus dem Wagen heraus mehrere Telefonate geführt, eines mit Erics Vater, eines mit Schollkämper und ein drittes wahrscheinlich mit Astartus; in diesem Punkt war Eric nicht ganz sicher, denn Claude hatte den Namen seines Gesprächspartners nicht genannt, ihm aber den einen oder anderen schrägen Blick zugeworfen. So oder so, Claude hatte schon vor ihrer Heimkehr dafür gesorgt, dass nahezu die ganze Stadt von dem Zwischenfall im Kaufhaus wusste, und Eric konnte sich den weiteren Verlauf des Tages lebhaft vorstellen.
So war er zutiefst erleichtert, dass Vaters Wagen noch nicht da war. Der fehlgeschlagene Überfall auf Claude und ihn würde zweifellos Konsequenzen haben und Eric war auch sicher, dass sie nicht besonders lange auf sich warten lassen würden, aber er hatte noch eine kleine Galgenfrist, und er gedachte sie zu nutzen. Er musste mit Chep reden! Und wenn der Engel nicht zu ihm kam, nun, dann würde er eben zu ihm gehen.
Eric warf einen verstohlenen Blick auf die Verbindungstür zur

zweiten Hälfte der großen Doppelgarage, folgte Claude aber trotzdem, als dieser eine auffordernde Geste zum Haus hin machte. Der Bodyguard hatte keinen Zweifel daran gelassen, dass er ihn von nun an keine Sekunde mehr aus den Augen lassen würde, und auch wenn Eric das reichlich albern fand, so nahm er seine Worte doch ernst. Er hatte nur eine einzige Chance und die durfte er nicht leichtfertig verspielen. Früher oder später würde sich schon eine Gelegenheit ergeben, unbemerkt in die Garage zu kommen.
Seine Mutter war natürlich in heller Aufregung, aber es kostete Eric nur ein paar Worte, sie zu beruhigen. Während Claude ihr in allen Einzelheiten erklärte, was vorgefallen war, trollte sich Eric in die Küche, angeblich, um etwas zu trinken, in Wirklichkeit aber, um mit Andrea zu reden. Sie war jedoch nicht da, sodass er nur eine Zeit lang geräuschvoll herumhantierte und schließlich auf Zehenspitzen wieder aus dem Raum schlich. Er hörte seine Mutter im Wohnzimmer telefonieren und aus den wenigen Wortfetzen, die er auffing, konnte er schließen, dass sie jeden Moment mit Vaters Rückkehr rechnete. Es wurde Zeit.
Er schlich in die Garage. Als er an Astartus' Porsche vorbeikam, ertappte er sich dabei, in seinen Taschen nach irgendetwas zu graben, womit er einen möglichst tiefen Kratzer in den Lack machen konnte, verscheuchte den Gedanken aber hastig. Für solche Albernheiten hatte er jetzt wirklich keine Zeit, so verlockend die Vorstellung auch war.
Wie er es nicht anders erwartet hatte, war die Tür zu Vaters Spielzimmer abgeschlossen, aber wozu war das hier eine Garage? Es gab genug Werkzeug und Eric brauchte kaum fünf Minuten, um das einfache Schloss samt dem Schließblech auszubauen. Sein Herz klopfte, als er durch die Tür trat und das Licht einschaltete.
Der Anblick war ihm weder fremd noch kam er unerwartet. Trotzdem traf er ihn wie ein Schlag, sodass er zwei oder drei Sekunden lang wie gelähmt stehen blieb und die Trümmerlandschaft anstarrte, in die sich die Miniaturstadt verwandelt

hatte. Mehr als zwei Drittel der Stadtmauer war geschleift. Hier und da schwelten die Trümmer noch. Die schmalen Straßen, die zur Stadtmitte hin führten, waren mit Schutt, geschwärzten Balken und den Resten niedergebrochener Mauern verstopft. Unter der Platte wogte etwas Düsteres, das nicht genau zu erkennen war, ihn aber mit einer Furcht erfüllte, die fast an Panik grenzte.

Eric versuchte das Gefühl zu unterdrücken, trat mit klopfendem Herzen einen Schritt näher und blieb wieder stehen. Plötzlich schossen ihm tausend Gründe durch den Kopf, warum sein Vorhaben einfach nicht funktionieren konnte. Das hier war nur eine Ansammlung von Holz, Klebstoff, Farbe und Styropor, kein Tor in eine andere Welt. Er würde sich nur zum Narren machen – und sich den Zorn seines Vaters zuziehen. Aber darauf kam es im Grunde wohl kaum noch an.

Eric schloss die Augen, zählte in Gedanken bis drei und stieß sich dann mit aller Kraft ab. Es konnte einfach nicht funktionieren.

Aber es funktionierte trotzdem.

Statt in einem Chaos aus zerberstendem Holz und auseinander splitternden Plastiksplittern landete er auf ausgetretenem Kopfsteinpflaster, rollte sich über die Schulter ab und registrierte aus den Augenwinkeln das Blitzen von Metall. Ohne zu denken warf er sich mitten in der Bewegung herum und zur Seite, verlor endgültig das Gleichgewicht und schlug so schwer auf das Kopfsteinpflaster, dass er einen kurzen Moment lang benommen liegen blieb. Er schmeckte Blut und ein scharfer Schmerz schoss durch seine Handgelenke.

Trotzdem war es wahrscheinlich das kleinere Übel. Das Metall, das er aus den Augenwinkeln gesehen hatte, gehörte zu einem Schwert, dessen Klinge in derselben Sekunde dort Funken aus dem Stein schlug, wo er gerade noch gelegen hatte. Rings um ihn herum erscholl ein höllisches Getöse. Riesige geschuppte, gehörnte, felltragende oder geschweifte Kreaturen kämpften brüllend gegen eine mindestens gleich große Anzahl menschlicher Gegner, die sich größtenteils mit verbis-

sener Wut wehrte, zum Teil aber auch in heller Flucht begriffen schien, als hätte sie allein der Anblick ihrer dämonischen Feinde zu Tode erschreckt und ihnen jeden Kampfesmut genommen. Eric war mitten in einer Schlacht gelandet!
Die Straße brodelte vor Bewegung. Etliche Häuser standen in Flammen, aber sogar inmitten des Feuers wurde gekämpft, und als er den Blick hob, sah er, dass sich die Schlacht auch am Himmel fortsetzte: Dort rangen gewaltige Heerscharen schwarzer und weißer Engel miteinander. Wie es aussah, war er wohl direkt in die Entscheidungsschlacht zwischen Azazels Horden und den Verteidigern der Stadt hineingeplatzt!
Und diesmal war er keineswegs unsichtbar.
Etwas Kleines, ungemein Hässliches, das nur aus Krallen und Zähnen zu bestehen schien, sprang ihn an und verbiss sich keifend in sein rechtes Bein. Eric brüllte vor Schmerz und Überraschung auf, riss das Bein in die Höhe und versuchte das winzige Scheusal abzuschütteln, schaffte es aber erst, als er es mit beiden Händen packte und mit aller Kraft von seiner Wade herunterriss – wobei es einen gut Teil seiner Hose und auch etliche Fetzen Haut mit sich nahm. Eric schleuderte den kaum dackelgroßen Dämon in hohem Bogen von sich, blickte um sich und humpelte schließlich in die Richtung los, in der der Kampf am wenigsten heftig tobte. Mehr als einmal musste er der Attacke eines Tiermenschen oder Dämons ausweichen und einmal kam er wohl nur mit dem Leben davon, weil sich ein hünenhafter Ritter im letzten Moment zwischen ihn und einen gehörnten Dämon warf, der ihn urplötzlich angriff. Mit zwei, drei schnellen Schwerthieben streckte der Ritter den Angreifer nieder, drehte sich dann zu Eric herum und fuhr ihn an: »Was tust du hier? Alle Frauen und Kinder haben sich in die nördliche Bastion zurückgezogen! Willst du dich mit Gewalt umbringen lassen? Mach, dass du hier wegkommst!«
Eric wollte antworten, aber der Ritter gab ihm gar keine Gelegenheit dazu, sondern packte ihn grob an der Schulter und versetzte ihm einen so derben Stoß, dass Eric um ein Haar

schon wieder gefallen wäre, bevor er herumwirbelte und im Kampfgetümmel verschwand.
Eric stolperte blindlings in die Richtung weiter, in die ihn der Ritter gestoßen hatte. Der Kampf tobte hier nicht ganz so heftig und er wurde auch nicht weiter attackiert. Immerhin sah er, dass die Verteidiger allmählich die Oberhand zu gewinnen schienen. Die Front der Dämonen wankte zwar nicht, wich aber im Ganzen Stück für Stück zurück. Offensichtlich hatten sie nicht mit einem so erbitterten Widerstand gerechnet. Vielleicht war diese Schlacht doch noch nicht der letzte Akt des Dramas.
Eric verscheuchte den Gedanken. Er war nicht hierher gekommen, um über den Verlauf des Krieges nachzudenken – der ihn im Grunde nichts anging, so sehr sein Herz auch für die Verteidiger der Stadt schlug –, sondern um Chep zu finden. Er musste hier irgendwo sein!
Wieder sah er sich um und entdeckte zwar nicht Chep, wohl aber einen anderen, riesigen Engel, der in vorderster Linie focht und seine Gegner gleich reihenweise niedermähte. Allein bei dem Gedanken, noch einmal ins Zentrum der Schlacht zurückzukehren, von wo er gerade mit Mühe und Not entkommen war, wurde ihm vor Angst fast schlecht, aber er hatte keine Wahl. Eric raffte das letzte bisschen Mut zusammen, das er noch in sich fand, wirbelte auf dem Absatz herum und rannte im Zickzack auf den kämpfenden Cherub zu.
Der Engel nahm ihn gar nicht zur Kenntnis, sondern drang mit einem heiligen Zorn auf seine Gegner ein, der Eric fast mit Angst erfüllte. Er schrie ein paar Mal, so laut er konnte, riss schließlich die Arme in die Höhe und versuchte durch heftiges Winken die Aufmerksamkeit des Engels zu erregen.
Das Einzige, was geschah, war, dass der Cherub mit den Flügeln schlug und Eric von den Füßen gerissen und zu Boden geschleudert wurde. Er schlug mit dem Hinterkopf auf, sah für einen Moment nur bunte Sterne und kämpfte eine oder zwei Sekunden mit aller Kraft darum, nicht das Bewusstsein zu verlieren.

Als er wieder einigermaßen klar sehen konnte, blickte er in ein Paar kalte, durchdringende Augen, in denen es vor Zorn schier gewitterte. »Was tust du hier?«, herrschte ihn der Engel an. »Willst du dich umbringen?«
»Chep«, murmelte Eric benommen. »Ich muss ... mit Chep reden.« Er versuchte sich benommen in die Höhe zu stemmen, fiel unsicher auf die Knie zurück und kam erst auf die Füße, als der Engel die Hand ausstreckte und ihm half; mit der anderen stach er einen angreifenden Dämon nieder, ohne auch nur hinzusehen.
»Chep?«, wiederholte der Engel. »Wer soll ...« Seine Augen weiteten sich. »Du! Was im Namen des Herrn tust du hier?! Weißt du überhaupt, was –«
»Ich muss mit Chep reden«, fiel ihm Eric ins Wort. »Es ist dringend! Bitte! Du musst mich zu ihm bringen!«
»Aber das geht jetzt nicht«, keuchte der Engel. Er fuhr herum, riss Schwert und Schild gleichzeitig in die Höhe und wehrte den Angriff zweier Tiermenschen ab, die sich auf ihn stürzen wollten. Unverzüglich sprang ihn eine weitere, geschuppte Scheußlichkeit an. Der Engel wehrte sie mit einiger Mühe ab, aber sofort nahm der nächste Angreifer die Stelle des Gefallenen ein.
»Sie haben dich erkannt!«, brüllte der Engel. »Lauf! Bring dich in Sicherheit! Ich versuche sie aufzuhalten!«
Eric taumelte entsetzt zurück. Immer mehr und mehr Dämonen stürzten sich auf den Engel. Der himmlische Krieger mähte die Angreifer nieder, wie sie kamen, aber nicht einmal seine ungeheuren Kräfte reichten, die immer stärker anwachsende Flut der Dämonen zu bändigen. Er wankte, wich Schritt für Schritt zurück und blutete bereits aus mehreren Wunden und Eric erwachte endlich aus seiner Erstarrung und fuhr auf dem Absatz herum.
Doch es schien bereits zu spät.
Noch vor einem Moment hatte Eric geglaubt, dass die Dämonen auf verlorenem Posten kämpften, doch plötzlich wendete sich das Blatt. Wie eine schwarze Flut rasten sie über die Ver-

teidiger hinweg und aus scheinbar allen Richtungen zugleich auf Eric zu.
Eric schlug Haken, steppte nach rechts und links und spürte, wie seine Kräfte nun buchstäblich mit jedem Schritt abnahmen. Irgendwie gelang es ihm trotzdem, den Abstand zu seinen Verfolgern auf diese Weise noch einmal zu vergrößern – und so bizarr es ihm vorkam, vielleicht hatte er tatsächlich eine Chance. Seine Verfolger kannten keine Ermüdung und sie rannten ungleich schneller als er, aber sie waren auch schwerfällig. Und sie waren offensichtlich genauso dämlich wie sie hässlich waren; und sie waren verdammt hässlich. Die meisten Tiermenschen und Dämonen, an denen er vorüberrannte, glotzten ihn einfach nur blöde an. Einige wenige machten einen schwerfälligen Schritt in seine Richtung oder streckten einen Arm oder irgendeine andere Extremität in seine Richtung, aber keiner versuchte ernsthaft, ihn aufzuhalten. Im Gegenteil: Plötzlich teilten sich die Reihen schwarzer, schuppiger, gehörnter oder fellbedeckter Gestalten vor ihm und eine breite Gasse entstand.
An deren Ende ein schattenhafter schwarzer Reiter auf einem Skelettpferd stand.
Eric rannte noch ein paar Schritte weiter, wurde immer langsamer und blieb dann stehen.
Der Reiter bewegte sich nicht, sondern starrte ihn nur an, und auch die meisten Dämonen waren erstarrt. Eric machte noch einen letzten Schritt in Richtung des Reiters, blieb dann endgültig stehen und drehte sich herum.
Eine Sekunde später wünschte er sich, es nicht getan zu haben. Hinter ihm ballte sich die Dunkelheit zusammen. Es war, als wären die Schatten lebendig geworden, hätten sich von denen, zu denen sie eigentlich gehörten, gelöst und kröchen wie kleine, körperlose Tierchen aufeinander zu. Die Dunkelheit wurde immer intensiver, gewann Substanz und Tiefe ... und dann stand Azazel selbst vor ihm, finsterer und bedrohlicher, als er ihn je in Erinnerung gehabt hatte, und die Augen von bösem Triumph erfüllt.

»Du hättest nicht hierher kommen sollen, du Narr«, sagte der Schwarze Engel. »In deiner Welt wärst du sicher vor mir gewesen, aber hier gehörst du mir!«
Eric wich Schritt für Schritt vor dem geflügelten Giganten zurück, blieb aber nach einem Moment wieder stehen. Wohin sollte er fliehen? Rechts und links von ihm ragte die Front der geifernden Dämonen empor, vor ihm stand Azazel selbst und hinter ihm wartete der fahle Reiter.
Es war vorbei. Er hatte viel riskiert – und verloren.
»Komm hierher!«, befahl Azazel.
»Fällt mir nicht ein«, sagte Eric trotzig. »Hol mich doch, wenn du mich willst!«
»Also gut«, grollte Azazel. »Ganz wie du willst.«
Er raste los. Eric spannte sich, aber eine Sekunde, bevor der Schwarze Engel ihn erreichte, teilte sich die Schwärze über ihm und etwas Weißes, Weiches umschloss ihn wie ein schützender Mantel und hob ihn in die Höhe.
Ein wütender Aufschrei aus Hunderten von Kehlen zerriss die Stille. Der schwarze Reiter machte eine zornig-befehlende Geste, die Dämonen stürzten allesamt in einer gemeinsamen Bewegung vor und Azazel stieß sich mit einer gewaltigen Kraftanstrengung ab und versuchte ihn im Sprung zu erreichen, aber Chep hatte sich bereits im Flug wieder herumgeworfen und gewann mit einem einzigen, machtvollen Flügelschlag wieder an Höhe. Mit dem zweiten Schlag seiner mächtigen weißen Schwingen teilte er nicht nur die Dunkelheit, sondern auch die Barriere zwischen den Welten. Schwärze und ein Gefühl von Zeitlosigkeit hüllten Eric ein, dann weißes Licht und Wärme. Dann nichts mehr.

Er schwebte körperlos über der Schwarzen Kathedrale und so weit er auch blickte, erstreckten sich unter ihm die schier endlosen Ebenen von Armageddon. Es war jedoch nur dieselbe Szenerie, nicht derselbe Traum und auch das nur bedingt: Er sah weder den sterbenden Engel noch seinen finsteren Widersacher, der ihn am Ende überwunden hatte. Der schwarze

Rauch, der über der Ebene gehangen hatte, war verschwunden, und die Ödnis war nun vollkommen geworden. Sämtliche Spuren der Schlacht waren verschwunden. Es gab keine Leichname mehr, keine gefallenen Engel und Dämonen, nicht einmal mehr Knochen. In diesem Traum hatte die Schlacht um die Schwarze Kathedrale entweder nie stattgefunden oder sie lag unendlich weit zurück.

Eric begann sich in die Richtung zu bewegen, in der die namenlose Stadt lag. Halbwegs erwartete er, sie in dieser Version seines plötzlich nicht mehr stets gleich bleibenden Traumes gar nicht mehr vorzufinden, aber irgendwann sah er dann doch ihre Türme und Zinnen am Horizont auftauchen. Der schwarze Rauch, der das letzte Mal über der Stadt gehangen hatte, war ebenso verschwunden wie das Feuer, die Schreie und die entsetzlichen Szenen der apokalyptischen Schlacht. Immerhin erkannte er nun, dass er nicht in einer der anderen, sondern nur in einer späteren Version seines unheimlichen Nachtmahrs war. Die Schlacht hatte stattgefunden, aber das musste sehr, sehr lange her sein. Und an ihrem Ausgang bestand nicht der geringste Zweifel. Die Stadt war vollkommen zerstört. Ihre Mauern und Türme waren fast bis auf die Fundamente geschleift und buchstäblich kein einziges Gebäude war der Zerstörung entgangen.

Es war hier wie auf dem Schlachtfeld: Er sah nirgendwo einen von denen, die für dieses Zerstörungswerk verantwortlich waren, und auch keine Spuren der Verteidiger oder der ehemaligen Bewohner der Stadt. Wenn sie nicht alle ihre Toten mitgenommen hatten, dann musste der Kampf schon so lange vorüber sein, dass sie buchstäblich zu Staub zerfallen waren.

Lange Zeit glitt er lautlos und unsichtbar durch die verlassenen Straßen der Ruinenstadt und eine vollkommen neue, unbekannte Art der Furcht begann von ihm Besitz zu ergreifen, umso mehr, als er auch einige der leer stehenden Gebäude inspizierte.

Das Bild hier drinnen war dasselbe wie das draußen auf der Straße. Sogar noch schlimmer: Er fand keinerlei Spuren der

ehemaligen Bewohner. Es gab keine Lebensmittelreste, keine versteinerten Brote, keine schmierig schimmelnden Haufen hinter verschlossenen Türen, keine vermoderten Kleidungsstücke in den Schränken, ja nicht einmal Ungeziefer. Es gab in dieser Stadt nicht mehr die winzigste Spur von Leben.
Und endlich, nach Stunden, wie es ihm vorkam, die er ruhelos durch die Stadt gestreift war, begann Eric zu begreifen, was hier geschehen war.
Es war nicht nur die Schlacht, die diese Stadt auf so furchtbare Weise heimgesucht hatte. Jegliches Leben hatte diese Welt geflohen. Alles hier war grau, braun, schwarz oder staubfarben. Nicht die Dämonen hatten die Menschen besiegt, sondern am Ende der Tod das Leben.
Plötzlich hatte er das Gefühl, angestarrt zu werden, und als er sich herumdrehte, sah er, dass es nicht nur ein Gefühl war. Auf der anderen Seite des großen Platzes, auf dem er sich befand, waren drei Reiter erschienen. Sie waren groß, ganz in schwarze, eiserne Rüstungen gehüllt und saßen auf Pferden, die keine wirklichen Pferde mehr waren, sondern bloß Skelette; was in Ordnung war – schließlich war das alles hier nichts als ein Traum und im Traum gehorchten die Dinge nun einmal ganz anderen, nicht unbedingt logischen Regeln. Der Anblick der Skelettpferde erschreckte ihn daher nicht.
Der der Reiter dafür umso mehr.
Die drei saßen so reglos in ihren Sätteln, als wären auch ihre Rüstungen nicht mehr als leere Hüllen, und obwohl sich ihre Gesichter hinter den geschlossenen Visieren ihrer schwarzen Helme verbargen, war etwas furchtbar Vertrautes an ihrem Anblick. Alle drei starrten ihn an.
Eric wollte nichts mehr, als von hier zu verschwinden, aus diesem grässlichen Traum zu erwachen oder wenigstens diesen Ort zu verlassen, doch stattdessen fühlte er sich wie von einer unsichtbaren Kraft gepackt und langsam, aber unaufhaltsam auf die drei Reiter zugezogen. Keine der drei unheimlichen Gestalten regte sich, aber Eric konnte spüren, wie ihre Blicke an ihm hingen.

Erst als er sich unmittelbar vor ihnen befand, hoben sie die Hände und öffneten die Visiere ihrer Helme. Das Gesicht des ersten Reiters war das seines Vaters, das er schon aus seinem ersten, furchtbaren Traum kannte. Das des zweiten war das einer Frau und Eric war nicht überrascht, es als das seiner Mutter zu erkennen, auch wenn es auf dieselbe schreckliche Weise verändert schien wie das seines Vaters: Ihre Züge waren äußerlich gleich geblieben, aber es schien alles Menschliche aus ihnen verschwunden zu sein, als hätte ihr jemand alle Wärme, jede Spur von Menschlichkeit und Mitleid, alles Liebenswerte, all das, was den Unterschied zwischen bloßem Fleisch und Leben ausmachte, genommen. Sie atmete und ihr Herz schlug, und doch war in ihr nicht mehr Leben als in dem skelettierten Pferd, auf dem sie saß. Wie oft hatte er sich in den letzten Tagen gefragt, ob der Mann und die Frau, die mit ihm in der Wohnung lebten, wie sein Vater und seine Mutter aussahen, sich wie sein Vater und seine Mutter bewegten und wie sein Vater und seine Mutter sprachen, auch wirklich noch sein Vater und seine Mutter waren?
Eric riss sich mit großer Mühe vom Anblick dieses auf furchtbare Weise zugleich so vertrauten wie fremden Gesichts los und sah den dritten Reiter an, und was er unter dem hochgeklappten Visier erblickte, das war so entsetzlich, dass –

Er wusste nicht, ob er bewusstlos gewesen war oder vielleicht in einem Zustand, der sich seinem beschränkten menschlichen Begreifen entzog, aber was immer es auch war, es konnte nicht lange gedauert haben, denn das Nächste, was er bewusst wahrnahm, war, dass Chep ihn behutsam zu Boden gleiten ließ. Es roch nach frischem Heu, verbranntem Holz und Leder und es war sehr warm. Als er die Augen öffnete, konnte er Chep im ersten Moment nur schemenhaft erkennen, denn es war sehr dunkel. In einiger Entfernung fiel Licht in schrägen Bahnen herein, in denen goldene Staubpartikel tanzten. Etwas quiekte jämmerlich, aber Eric schenkte dem Laut in diesem Moment kaum Beachtung.

»Chep«, murmelte er benommen. »Das wurde ja auch wirklich Zeit. Habe ich dir schon gesagt, dass dein Timing manchmal zu wünschen übrig lässt?«

Chep legte den Kopf auf die Seite und zog die linke Augenbraue hoch. Er schwieg. Eric nahm an, dass er mit der plumpen Ironie in seinen Worten nicht viel anfangen konnte.

»Entschuldige«, murmelte er. »Vielen Dank. Das war wirklich Rettung in letzter Sekunde.«

»Was du getan hast, war ziemlich leichtsinnig«, sagte Chep ernst. »Wenn ich nicht gekommen wäre –«

»– dann wäre ich jetzt tot, ich weiß«, fiel ihm Eric ins Wort, aber Chep schüttelte nur den Kopf.

»Wenn es dein Tod wäre, den der Alte Feind will, dann wärst du schon lange nicht mehr am Leben«, sagte er.

»Nicht mein Tod?«, wiederholte Eric verwirrt. Er stand umständlich auf und biss die Zähne zusammen. Jeder einzelne Knochen im Leib tat ihm weh. Spätestens morgen würde er wahrscheinlich den schlimmsten Muskelkater seines Lebens haben. Falls er dann noch am Leben war. »Was hast du damit gemeint?«

Chep ignorierte die Frage und sah ihn nur weiter auf diese sonderbar beunruhigende, ernste Weise an. Vielleicht war es auch Trauer, die Eric in seinem Blick las.

»Wieso hast du dich die ganze Zeit über nicht gezeigt?«, fragte Eric.

»Ich hatte zu tun«, antwortete Chep, aber Eric ließ das nicht gelten.

»Ich dachte immer, Engel können nicht lügen«, sagte er. »Du warst die ganze Zeit über in meiner Nähe.«

»Wie kommst du darauf?«

»Im Kaufhaus«, antwortete Eric. »Ich bin fünf Meter tief auf einen Tisch voller Glas gefallen. Eigentlich müsste ich aussehen wie ein gespickter Hasenbraten, aber ich habe keinen Kratzer abbekommen. Und die Aktion im Fahrstuhl war auch nicht schlecht. Es ist wirklich beruhigend, zu wissen, dass man einen guten Schutzengel hat.«

Chep schüttelte den Kopf. »Ich bin nicht mehr dein Schutzengel«, sagte er.
»Warum hast du mir dann geholfen?«, fragte Eric.
Chep schwieg einen Moment, dann hob er die Schultern und seufzte. »Vielleicht aus alter Freundschaft«, sagte er. »Vielleicht auch nur aus Gewohnheit.«
»Ich verstehe«, murmelte Eric. »Du bist immer noch sauer.«
»Sauer?« Chep runzelte die Stirn. Das Wort sagte ihm offenbar nichts.
»Verärgert«, erklärte Eric. »Wütend auf mich.«
Der Engel bewegte sich unruhig, schloss für einen Moment die Augen und schien einige mögliche Antworten in Gedanken durchzuspielen, antwortete aber dann nach einer Weile und in traurig-verzeihendem Ton: »Es ist nicht deine Schuld, Eric. Ich bin nicht zornig auf dich. Das ist ein Gefühl, das zu empfinden ich gar nicht in der Lage bin. Und wäre ich es, dann würde mein Zorn nur mir selbst gelten, nicht dir. Es war meine Aufgabe, dich zu beschützen und dich auf deine Aufgabe vorzubereiten und ich habe versagt.«
»So wie ich«, murmelte Eric bitter. »Aber ich bin ja auch nur ein Mensch, kein Engel.«
»Ein Engel?« Chep schüttelte traurig den Kopf. Er hatte den ironischen Unterton in Erics Worten nicht verstanden. »Wir sind gar nicht so verschieden von euch. Wieso erwartest du, dass wir *besser* sind?«
»Ich hätte wenigstens erwartet, dass ihr *ehrlich* seid«, antwortete Eric bitter.
Chep schwieg.
»Du ... du hast so getan, als wäre das alles nur Zufall«, sagte Eric. »Dass es nichts zu bedeuten hat, dass Azazel ausgerechnet mich jagt. Einfach nur Pech, wie? Ich war einfach nur im falschen Moment am falschen Platz. Aber das entspricht ja wohl nicht so ganz der Wahrheit.«
»Warum sagst du das?«, fragte Chep.
»Hör auf«, murmelte Eric müde. »Ich habe mit deinen Freunden gesprochen. In der Stadt auf ... der anderen Seite. Sie

waren ziemlich aus dem Häuschen, mich zu sehen. Ich frage mich nur, warum.«

»Du hast nichts verstanden«, sagte Chep traurig. Er seufzte. »Wie auch? Es ist meine Schuld. Es tut mir so Leid.«

»Was?«, fragte Eric. Er erschrak fast selbst über den bitteren Klang seiner Stimme, aber er war nicht in der Lage, irgendetwas daran zu ändern, oder auch seine nächsten Worte zurückzuhalten. »Dass du mich im Stich gelassen hast? Oder dass du mir gezeigt hast, wie himmlische Glückseligkeit wirklich aussieht?«

Erst nachdem er die Worte ausgesprochen hatte, wurde ihm selbst klar, dass sie der wirkliche Grund für seine Verbitterung waren. Chep hatte ihn nicht wirklich im Stich gelassen. Eric wusste, dass er die Schwarze Kathedrale nicht hatte betreten können und wahrscheinlich hatte er sein Leben riskiert, als er Azazel aufgehalten hatte. Der Gedanke, dass all das, was er auf der anderen Seite der Wirklichkeit gesehen und erlebt hatte, wahr sein könnte, war das wirklich Unerträgliche. Er hatte niemals an ein Paradies im biblischen Sinne geglaubt. Die Vorstellung eines Garten Eden, in dem alle von ständiger Glückseligkeit berauscht waren, Manna aßen und Harfe zupften, war kindisch. Er hatte nicht diese Art von Paradies erwartet – aber das, was Chep ihm gezeigt hatte, war die Hölle; eine Welt, die gewalttätiger, erbarmungsloser und schlimmer war als alles, was er jemals in der Welt der Menschen erlebt hatte. Und das sollte es sein, wonach so viele Menschen seit unendlich langer Zeit strebten?

»So ist es nicht«, sagte Chep leise. Er hatte seine Gedanken gelesen.

»Nein?«, fragte Eric bitter. »Was ist es dann? Willst du mir erzählen, dass alles nichts als ein großes Missverständnis war und in Wahrheit die ewige Glückseligkeit auf der anderen Seite auf uns wartet?«

»Aus dir spricht der Schmerz«, sagte Chep sanft. »Dir wurde wehgetan und den Menschen, die du liebst, wurde wehgetan. Nun willst du anderen wehtun, denn das hilft dir, deinen eige-

nen Schmerz zu ertragen. Ein sehr menschliches Verhalten.«
Eric wurde wütend. »Hör mit deinem gönnerhaften Benehmen auf!«, sagte er scharf. »Du musst mir nicht beweisen, dass ich nur ein kleiner dummer Mensch bin, und du ein Engel!«
»Du hast getan, was du glaubtest, tun zu müssen«, sagte Chep traurig. »Der Alte Feind ist verschlagen und listig. Du hast getan, was er von dir erwartet hat, aber du wusstest es nicht besser. Was nun geschieht, liegt nicht mehr in deiner Macht. Und auch nicht in meiner.« Er seufzte. »Du hast Recht, Eric. Ich war es, der in den letzten Tagen über dich gewacht hat. Aber ich werde nicht ständig über dich wachen können.«
»Ich verstehe«, sagte Eric leise. »Ist das die Strafe für meinen Ungehorsam oder braucht ihr mich einfach nicht mehr?«
Er wusste sehr wohl, wie ungerecht dieser Vorwurf war, aber Chep schien ihm auch diesen Angriff nicht übel zu nehmen.
»Es ist keine Strafe, Eric«, sagte er milde. »Aber du begibst dich in Gefahr, in größere, als dir vielleicht selbst bewusst ist, und ich werde vielleicht nicht immer rechtzeitig da sein, um dir zu helfen. Vielleicht ... werde ich irgendwann einmal nicht mehr da sein.«
Eine blitzartige Vision erschien vor Erics innerem Auge: Chep, der mit zerschmetterten Gliedern am Fuße der Schwarzen Kathedrale lag und verblutete.
»Wirst du sterben?«, fragte er gerade heraus. »Ist es das, was ich gesehen habe – die Zukunft? Das, was kommen wird?«
»Was kommen kann«, verbesserte ihn Chep. »Was du gesehen hast, ist eine von unzähligen möglichen Zukünften. Selbst wir wissen nicht, was die Zukunft bringt. Nur sehen wir manche Entwicklung vielleicht etwas klarer voraus als ihr. Was du gesehen hast, ist eine Möglichkeit, mehr nicht. Wir werden alles in unserer Kraft Stehende tun, damit es nicht so weit kommt. Aber ich weiß nicht, ob wir stark genug sein werden.«
»Du sprichst von der Schlacht von Armageddon«, sagte Eric. »Ich habe gesehen, wie sie endet.«
»Wie sie enden könnte«, verbesserte ihn Chep. Er klang fast, als ... hätte er Angst davor, irgendetwas anderes zu sagen. Viel-

leicht war der Unterschied zwischen Chep und ihm gar nicht so groß, wie er bisher angenommen hatte.
»Dann lass mich euch helfen!«, sagte er. »Ich weiß, dass ich einen Fehler gemacht habe, einen schrecklichen Fehler, aber ich werde alles tun, um ihn wieder gutzumachen!«
»Das ist nicht möglich«, antwortete Chep. »Es hat bereits begonnen.«
»*Was* hat begonnen?«, fragte Eric.
Chep antwortete nicht. »Wir können hier nicht lange bleiben«, fuhr er schließlich mit veränderter Stimme fort. »Im Moment ist es hier ruhig, aber das wird nicht mehr lange so bleiben, fürchte ich.«
Eric sah sich zum ersten Mal aufmerksam um. Sie befanden sich auf einem sehr großen und vollkommen leeren Dachboden. Der Geruch nach Staub und moderndem Stroh lag in der Luft und von weit her hörte er ein dumpfes Murmeln und Raunen. Vielleicht Stimmen, vielleicht auch etwas anderes. Nicht weit von ihnen entfernt lag ein schmales, glasloses Fenster. Eric ging hin und sah hinaus. Unter ihm lag ein leicht asymmetrischer, von niedrigen Fachwerk- und Ziegelsteinbauten gesäumter Platz, über den sich ein sonderbar farbloser, düsterer Himmel spannte. Schwarzer Rauch stieg in fast senkrechten Säulen am Horizont in die Höhe und dahinter erhob sich ein zyklopisches schwarzes Gebäude mit spitzen Türmen. Er hatte geahnt, wohin Chep ihn gebracht hatte, nun wusste er es. Als er das letzte Mal hier gewesen war, hatte genau auf diesem Platz, der nun still und menschenleer unter ihm lag, eine verzweifelte Schlacht getobt. Sie hatten nur den Ort gewechselt, nicht die Zeit. Eric fragte sich, ob Chep ihm diesen endgültigen Sieg des Todes über das Leben absichtlich gezeigt hatte, ahnte aber zugleich auch, dass Chep ihm eine entsprechende Frage bestimmt nicht beantworten würde.
»Habt ihr sie besiegt?«, fragte er, ohne sich zu dem Cherub herumzudrehen.
»Es gibt nichts mehr, was du tun könntest.« Chep deutete zum Horizont. »Es war vorherbestimmt, dass es so enden würde.

Es hat begonnen und es liegt nicht mehr in deiner Macht, etwas am Ablauf der Dinge zu ändern. Dieser Krieg ist nicht mehr dein Krieg.«
»Erzähl das Azazel«, sagte Eric, »oder wenigstens Astartus.«
»Du bist verbittert«, sagte Chep. »Und du bist voller Trauer und Zorn. Das alles kann ich verstehen. Aber du darfst nicht mit dem Schicksal hadern.«
»O nein, natürlich nicht!«, sagte Eric böse. »Ich freue mich, dass alles so gekommen ist!« Er drehte sich wütend zu dem Engel um und funkelte ihn an. »Ich sollte geradezu dankbar sein, willst du mir das sagen? Ich meine: Wann erfährt man schon einmal, dass man nicht nur von seinen Feinden benutzt worden ist, sondern auch noch von seinen Freunden? Was bin ich eigentlich für euch? Nur eine Schachfigur, die man nach Belieben hin und her schieben kann und nötigenfalls auch opfert?«
»Manchmal können wir nicht gleich erkennen, welcher Sinn hinter der Entscheidung steckt, die das Schicksal für uns trifft«, antwortete Chep. »Aber es gibt ihn, glaube mir. Nichts, was geschieht, ist sinnlos.«
»Glaubst du das wirklich?«, fragte Eric regelrecht empört. »Die Entscheidungen, die das Schicksal für uns trifft?« Er deutete zornig nach draußen. »Als ich das letzte Mal hier war, sind dort unten Menschen gestorben. Nicht weil das *Schicksal* es so wollte, sondern weil Azazel es entschieden hat, verdammt noch mal! Wenn alles vorbestimmt ist, wie du sagst, warum wehrt ihr euch dann überhaupt noch?!«
»Weil es so vorherbestimmt ist«, antwortete Chep.
»Wie praktisch«, sagte Eric böse. »Dann seid ihr ja alle auch für nichts verantwortlich, wie? Ganz egal, was passiert, es ist nicht eure Schuld, weil ja alles vorherbestimmt ist! Und das glaubst du tatsächlich?«
»Ja«, antwortete Chep ernst.
»Aber ich nicht«, erwiderte Eric. »Ich kann es nicht und weißt du was? Ich will es auch gar nicht! Vielleicht hast du Recht und euer Krieg geht mich nichts an. Aber was meinen Eltern

passiert ist, das geht mich etwas an. Es wäre nicht passiert, wenn du mir von Anfang an die Wahrheit gesagt hättest!«
Chep lächelte verzeihend. »Das durfte ich nicht«, sagte er. »Ich dürfte nicht einmal jetzt mit dir reden.«
»Warum tust du es dann?«, fragte Eric und Chep antwortete ganz ruhig:
»Vielleicht, weil es vorherbestimmt ist. Es ist vorbestimmt, wie alles enden wird, aber die Entscheidung, wieso es so endet, liegt ganz allein bei dir.«
Das war ein so haarsträubender Unsinn, dass Eric sich weigerte, auch nur darüber *nachzudenken*. Und irgendwie hörte es sich an, als würde Chep selbst nicht an das glauben, was er sagte, sondern nur wiederholen, was man ihm immer und immer wieder eingehämmert hatte. *Vorgebetet* wäre vielleicht das treffendere Wort.
»Wenn es so ist, dann habe ich mich zumindest einmal falsch entschieden«, sagte er leise. »Also gut, ich werde tun, was du willst, und mich in Zukunft aus eurem kleinen Krieg heraushalten. Ich verlange nur noch eines von dir.«
»Was?«, fragte Chep, obwohl er die Antwort auf diese Frage schon kennen musste.
»Mein Vater und meine Mutter«, sagte Eric. »Sag mir, wie ich sie befreien kann!«
»Das vermag niemand«, sagte Chep. »Ihre Seelen gehören dem Alten Feind. Um sie ihm zu entreißen, müsstest du den Herrn der Schwarzen Kathedrale selbst besiegen.«
»Und wie kann ich das?«
Bevor er antwortete, trat Chep so dicht neben Eric, dass ihn einer seiner weißen Flügel streifte, und blickte sekundenlang schweigend und mit unbewegtem Gesicht dorthin, wo sich die Schwarze Kathedrale wie ein steingewordenes schwarzes Fanal über den Horizont erhob.
»Der Tag ist nicht mehr fern«, murmelte er. »Die letzte Schlacht steht unmittelbar bevor und nur eine der beiden Seiten kann siegen. Sind wir es, so werden die Seelen derer, die der Alte Feind gefangen hält, befreit.«

Er sprach nicht weiter und Eric dachte plötzlich an seinen Traum und jeder Zorn auf Chep war verflogen. Denn ganz gleich, wie die letzte Schlacht ausgehen mochte, Chep würde ihr Ende nicht mehr erleben.

»Der dritte Reiter«, sagte Eric leise.

»Wovon sprichst du?«, wollte Chep wissen.

»Das weißt du ganz genau!«, antwortete Eric. Er wurde wieder wütend, aber wie schon einmal war es ihm auch jetzt nicht möglich, diesen Zorn ganz auf den Engel zu richten. »Der Reiter auf dem fahlen Pferd. Sie sind zu dritt, Chep. Die drei Reiter der Apokalypse. Der Alte Feind braucht sie, damit sie die Offenbarungen erfüllen und die Apokalypse losbrechen kann. Sie werden an der Spitze seines Heeres reiten und sie werden euch schlagen.«

Er drehte sich mit einem Ruck zu Chep herum und sah dem Engel in die Augen und was er nie und nimmer für möglich gehalten hätte, geschah: Nach ein paar Augenblicken war es Chep, der den Blick senkte und das stumme Duell verloren gab.

»Der dritte Reiter bin ich«, sagte Eric. »Nicht wahr? Deshalb war der Engel vorhin auch so entsetzt, als er mich erkannt hat.«

»Solange du in deiner Welt bleibst, kann er dir nichts tun«, antwortete Chep, ohne damit wirklich zu antworten. »Es ist selbst dem Alten Feind verboten, direkt in das Geschehen einzugreifen.«

»Dafür tut er es indirekt umso mehr!«, sagte Eric erregt. »Ich kann nicht einfach zusehen, wie er meine Eltern in seine Sklaven verwandelt!«

»Aber das hat er doch schon längst«, sagte Chep traurig. »Glaub mir, Eric, ich gäbe mein Leben, könnte ich sie retten, aber das ist unmöglich. Alles muss so geschehen, wie es vorherbestimmt ist. Aber ich werde versuchen, dir zu helfen, wenn du in Not gerätst.«

»Das wirst du nicht«, antwortete Eric hart. »Du wirst tot sein, Chep. Ich habe es gesehen.«

Chep lächelte traurig und hob die Hand und der Dachboden und die unheimliche Realität der Gegenwelt verblassten und begannen der kaum weniger unheimlichen Realität seines Zimmers im Haus seiner Eltern Platz zu machen.

»Nein!«, sagte Eric erschrocken. »Nicht! Ich habe noch –«

Es war zu spät. Chep war verschwunden, ebenso wie der staubige Dachboden, und als Eric einen erschrockenen Schritt auf den Engel zu tat, stolperte er über die Kante seines eigenen Bettes und schlug lang hin.

Noch bevor er sich wieder aufrappeln konnte, wurde die Tür aufgerissen und Claude und seine Mutter stürmten herein.

»Was ist passiert?«, fragte Mutter und Claude fügte hinzu: »Wo bist du gewesen?«

»Nichts«, antwortete Eric. Er stand mühsam auf. »Ich war ein bisschen ungeschickt, das ist alles.« Er wandte sich an Claude. »Und ich war die ganze Zeit über hier.«

Statt zu antworten, griff Claude unter sein Jackett, zog eine Pistole hervor und begann das Zimmer methodisch zu durchsuchen: Er sah ins Bad, blickte in jeden Schrank und lugte sogar unters Bett.

»Wir suchen dich seit einer halben Stunde«, sagte Mutter stirnrunzelnd. »Claude war zweimal hier oben.«

»Dann hat er wohl nicht aufmerksam genug nachgesehen«, antwortete Eric. »Ich habe im Bett gelegen und geschlafen.«

»Geschlafen, so?« Seine Mutter machte ein zweifelndes Gesicht. »Was ist mit deinem Bein passiert?«

Eric sah an sich herab. Sein Hosenbein hing in Fetzen und die Haut darunter war zerschunden und blutig. Jetzt, wo er die Wunden sah, begannen sie auch wieder zu schmerzen. Traumwelt oder nicht, ihre Bewohner hatten ziemlich spitze Zähne.

»Nichts«, sagte er noch einmal. »Wie gesagt: Ich war ein bisschen ungeschickt. Es sieht schlimmer aus, als es ist.«

»Dann mach dich sauber und zieh eine frische Hose an«, sagte seine Mutter achselzuckend. »Und beeil dich. Dein Vater und Kommissar Schollkämper sind da und warten auf dich.«

Sie ging. Eric sah ihr stirnrunzelnd nach, sagte aber nichts mehr und nach ein paar Sekunden steckte auch Claude seine Waffe wieder ein und verließ das Zimmer. Aber bevor er die

Tür hinter sich schloss, drehte er sich noch einmal zu Eric herum und knurrte: »Und du warst *nicht* hier.«

Er fand nicht nur seinen Vater und Schollkämper, sondern auch seine Mutter im Wohnzimmer vor.
»Ah, Eric, da bist du ja«, sagte sie, als sie Eric sah. »Dein Vater und Kommissar Schollkämper sind gekommen, so schnell sie konnten, aber du weißt ja: der Verkehr.«
»Und der eine oder andere wichtige Termin, ja, ja«, murmelte Eric, wohlweislich aber so leise, dass die anderen die Worte nicht hören konnten.
»Astartus wird auch gleich hier sein«, sagte Schollkämper. »Ich glaube, ich habe seinen Wagen gesehen, als wir von der Autobahn abgebogen sind.«
»Aspach?«, fragte Eric alarmiert. »Was macht der denn hier?«
»Dies ist immer noch unsere Wohnung, junger Mann«, sagte sein Vater streng. »Ich möchte keine Wiederholung der peinlichen Szene von gestern Abend. Und ich möchte auch nicht –«
»Eric ist bestimmt nur nervös«, mischte sich Schollkämper ein. »Nach allem, was er durchgemacht hat, ist das ja auch verständlich.« Er trat einen Schritt auf Eric zu, blieb wieder stehen und runzelte die Stirn. »Was ist das? Man hatte mir gesagt, du wärst nicht verletzt.«
Eric sah an sich herab und bemerkte erst jetzt, dass sein Hosenbein über der rechten Wade schon wieder durchgeblutet war. Er hatte einen Verband angelegt, aber gar nicht gemerkt, wie heftig die winzigen Bisswunden noch bluteten. Sein Bein tat jetzt auch wieder weh.
»Das hat damit nichts zu tun«, sagte er hastig. »Ich war ungeschickt. Meine Schuld.«
»Genau genommen war es *meine* Schuld und *ich* war ungeschickt.« Claude schloss die Tür hinter sich und nickte Schollkämper und Vater nacheinander zu. »Aber Eric hat Recht: Es hat nichts mit der Sache von heute Vormittag zu tun. Ich sollte auf ihn aufpassen, aber ich war nicht aufmerksam genug.«
Eric war ein bisschen verwirrt. Für *dieses* Ungeschick konnte

Claude nun ganz und gar nichts. Wieso war er so versessen darauf, die Schuld auf sich zu nehmen?
Bevor Claude fortfahren konnte, hob Vater die Hand und sagte: »Vielleicht sollten wir warten, bis Bruder Astartus hier ist. So müssen wir uns die Geschichte nicht zweimal anhören.«
»Ein vernünftiger Vorschlag«, stimmte ihm Mutter zu. »Warum setzen wir uns nicht? Claude ist doch bestimmt so freundlich und kocht uns einen Kaffee.«
»Selbstverständlich«, antwortete Claude. »Und du, Eric?«
»Ein Glas Milch«, antwortete Eric automatisch. Claude ging und Eric wandte sich stirnrunzelnd an seine Mutter. »Wieso tut Andrea das nicht?«
»Andrea ist in ihrem Zimmer«, antwortete Mutter. »Wir haben sie beurlauben müssen. Aber sie kann natürlich hier bleiben, bis ihr Flieger geht.«
»Ihr habt *was*?«, keuchte Eric fassungslos.
»Das spielt jetzt wirklich keine Rolle«, mischte sich Vater ein. »Wir haben Wichtigeres zu besprechen. Setz dich, Eric.«
»Dein Vater hat Recht«, seufzte Schollkämper. »Ich fürchte, wir haben im Moment wirklich andere Probleme.«
Astartus kam. Er machte sich nicht die Mühe, zu klingeln, sondern erschien urplötzlich in der Tür und Eric registrierte, dass Astartus ganz offensichtlich schon einen eigenen Haustürschlüssel hatte.
Eric starrte Astartus an und etwas Unheimliches geschah: Für einen Moment schien sich sein schwarzer Mantel zu bauschen, obwohl hier drinnen ganz bestimmt kein Wind wehte, und für einen noch kürzeren Moment schien er gänzlich zu einem bloßen Schatten zu werden.
Eric blinzelte und Astartus war wieder der, der er immer gewesen war. Er wurde Eric dadurch nicht sehr viel weniger unheimlich, aber wenigstens sah er aus wie ein Mensch.
Astartus setzte sich. »Also? Ich hoffe, es ist wichtig. Es hat mich große Mühe gekostet, so schnell hierher zu kommen.«
»Sie waren sicher gerade heftig damit beschäftigt, Gutes zu tun«, vermutete Eric bissig.

Sein Vater warf ihm einen mahnenden Blick zu und Eric schluckte die nächste, noch spöttischere Bemerkung hinunter, die ihm auf der Zunge lag. Ein wenig wunderte er sich über sich selbst. Astartus war nicht sein Freund und würde es niemals werden, aber er begriff selber nicht mehr so ganz, wieso er stets *so* gereizt reagierte, wenn Astartus auch nur in der Nähe war. Etwas an der bloßen Anwesenheit Stefan Aspachs machte ihn wütend und ängstlich zugleich.

Claude kam herein und brachte Kaffee und das Glas Milch, um das Eric gebeten hatte. Auf einen Wink Astartus' hin setzte er sich und begann zu erzählen, was sich am Morgen zugetragen hatte. Er brauchte nur wenige Minuten dazu. Den Teil, in dem Eric gleich fünf von Astartus' schwarzen Engeln überrumpelt hatte, ließ er weg.

»Und das ist jetzt alles?«, fragte Astartus. Mit Ausnahme seines zweiten Bodyguards war er der Einzige im Raum, der sich nicht gesetzt hatte, sondern mit nervösen kleinen Schritten im Zimmer auf und ab ging. Sein Mantel flatterte dabei hinter ihm her wie ein Paar dunkler Schwingen.

»Das ist alles«, bestätigte Claude.

Irgendwie klingt er nervös, dacht Eric.

»Was ist mit den Kidnappern?«, fragte Astartus. »Sie haben sie doch gefangen genommen, oder?«

»Ich fürchte ...«, begann Claude.

»Oder wenigstens einen Einzigen?« Astartus' Stimme wurde schärfer. Sie klang nicht wie die Stimme eines Mannes, der ein *nein* als Antwort akzeptieren würde.

»Es war nicht seine Schuld«, mischte sich Eric ein. »Er hat getan, was er konnte, aber sie sind zu viert über ihn hergefallen.«

Und wer hat dich um deine Meinung gefragt? blitzte es in Astartus' Augen auf. Aber laut sagte er: »Claude ist Träger des schwarzen Gürtels in mehreren fernöstlichen Kampftechniken, Eric. Er ist dafür ausgebildet, auch mit einigen Angreifern zugleich fertig zu werden. Außerdem war er nicht allein. Ich hatte mindestens ein Dutzend Männer im Gebäude. Diese Verbrecher hätten nicht entkommen dürfen.«

»Das werden sie auch nicht«, mischte sich Schollkämper ein. »Meine Leute arbeiten bereits mit Hochdruck an dem Fall. Wir werden die Burschen kriegen.« Er machte eine Kopfbewegung in Erics Richtung. »Aber Eric hat Recht. Es war nicht Claudes Schuld. So wie die Burschen vorgegangen sind, waren es Profis. Wir können froh sein, dass es so glimpflich ausgegangen ist. Trotzdem müssen wir etwas unternehmen. Wir werden die Burschen schon kriegen; aber das ändert nichts an der Situation.«

»Welcher Situation?«, fragte Eric.

Schollkämper seufzte. »Ich spiele nicht gerne den Rechthaber, aber ich habe genau das prophezeit, weißt du noch? Diese Burschen wussten offenbar genau, was sie tun, und selbst wenn wir sie kriegen, bedeutet das nicht, dass andere nicht dasselbe versuchen werden.«

»*Was* versuchen?!«, beharrte Eric.

»Dich zu entführen, Eric«, sagte Astartus, »um ein Lösegeld zu erpressen. Oder vielleicht etwas anderes.«

»Aber das ist doch Unsinn!«, protestierte Eric. »Das ist vollkommen verrückt!«

»Das mag sein – aber die Welt ist auch leider voller Verrückter«, sagte Schollkämper. »Glaub mir, ich weiß, wovon ich rede. Schließlich habe ich jeden Tag mit ihnen zu tun.«

»Wir müssen etwas unternehmen«, bestätigte Astartus. Er begann mit kleinen, nervösen Schritten im Zimmer auf und ab zu gehen. »Du bist hier nicht mehr sicher.«

Eric trank einen Schluck Milch – und hätte um ein Haar sein Glas fallen lassen. Gerade, als er den ersten Schluck genommen hatte, war die Milch eiskalt gewesen, direkt aus dem Kühlschrank. Jetzt war sie so heiß, dass er sich fast die Zunge verbrannt hätte. So ruhig wie er konnte stellte er das Glas auf den Tisch zurück, drehte sich auf seinem Stuhl herum und stellte ohne Überraschung fest, dass Astartus unmittelbar hinter ihm stand.

»Und was genau soll das heißen?«, fragte er.

»Das, was Astartus gesagt hat«, antwortete seine Mutter. »Du bist hier nicht mehr sicher. Wir müssen einen anderen Aufenthaltsort für dich finden.«

Das klang in Erics Ohren irgendwie so, als rede sie über ein Auto oder einen Kühlschrank.

»He!«, protestierte er. »Ich weiß, worauf das hinausläuft! Ich gehe nicht in dieses Internat und wenn ihr euch auf den Kopf stellt! Ich dachte, das hätten wir geklärt!«

»Das war *vor* heute Morgen«, sagte Schollkämper.

»Und das war ganz offensichtlich ein Fehler«, fügte sein Vater hinzu. »Bitte versteh uns nicht falsch. Wir wollen dich auf keinen Fall loswerden, oder irgendwie abschieben, aber du hast erlebt, was geschehen ist. Diese Leute sind verrückt! Heute hast du Glück gehabt, aber das muss nicht jedes Mal so sein.«

»Soll ich mich für den Rest meines Lebens verstecken?«, fragte Eric.

»Natürlich nicht«, sagte sein Vater. »Nur für ein paar Monate.«

»Lass mich raten«, sagte Eric. »Ihr wisst auch schon wo.«

Er bekam keine Antwort. Der Reihe nach sah er seinen Vater, seine Mutter und auch Astartus an, dann drehte er sich auf seinem Stuhl herum und wandte sich direkt an Schollkämper.

»Ich will jetzt die Wahrheit wissen«, sagte er. »Ihr verschweigt mir doch etwas. Diese Männer heute – die waren nicht auf ein Lösegeld aus, habe ich Recht?«

»Nein«, gestand Schollkämper. Er hob rasch die Hand, als Erics Vater etwas sagen wollte. »Es stimmt. Es geht um ... etwas anderes.«

»Etwas anderes?«

»Du weißt sehr gut, was ich meine«, sagte Astartus ernst, aber nicht wirklich unfreundlich. »Vielleicht sind unsere Sorgen übertrieben, aber vielleicht auch nicht. Nach dem, was heute Morgen passiert ist, fürchte ich eher nicht. Es wäre wirklich besser, wenn du an einem Ort wärst, an dem wir besser für deine Sicherheit garantieren können.«

»Schwebt Ihnen dabei ein gewisses Internat in der Nähe vor, das rein zufällig Ihnen gehört?«, fragte Eric spitz.

»Das war unsere erste Idee«, gestand Mutter, »aber Herr

Schollkämper ist dagegen. Ein Internat ist kein Ort, an dem wir wirklich auf dich aufpassen können. Dort sind zu viele Leute. Es herrscht ein ständiges Kommen und Gehen. Es wäre vollkommen unmöglich, es zu überwachen.«

»Ich verstehe«, sagte Eric böse. »Lass mich raten – Bruder Astartus leitet nicht zufällig noch ein privates Gefängnis?«

»Eric!«, sagte Vater scharf. »Jetzt reicht es!«

»Wirklich«, bestätigte Eric aufgebracht. »Versteht denn hier keiner, dass das Ganze ein abgekartetes Spiel ist?«

»Was soll das heißen?«, fragte sein Vater. Astartus runzelte die Stirn, schwieg aber und Schollkämper sah plötzlich sehr aufmerksam drein.

»Versteht ihr denn nicht?«, fuhr Eric erregt fort. »Zuerst soll ich unbedingt in dieses Internat, das rein zufällig von ihm geleitet wird! Und kaum ist das vom Tisch, da werde ich rein zufällig überfallen und um ein Haar entführt. Soll ich euch was sagen? Ich habe einen der Kerle erkannt!«

»Wer war es?«, schnappte Schollkämper.

»Ich kenne seinen Namen nicht, aber er arbeitet für Astartus«, antwortete Eric. »Es ist dieser Journalist, der hier dauernd rumlungert. Er war verkleidet, aber ich habe ihn genau erkannt! Das Ganze ist ein abgefeimtes Spiel!«

»Das ist absurd«, sagte sein Vater. »Ich verbiete dir, weiter einen solchen Unsinn zu reden!« Er drehte sich zu Astartus um. »Bitte entschuldige das Benehmen meines Sohnes, Bruder.«

»Schon vergessen«, sagte Astartus mit einem verzeihenden Lächeln. »Er ist erregt, und das ist ja auch nur zu verständlich, nach allem, was er durchgemacht hat. Ich bin ihm nicht böse.«

»Dieser sichere Ort, von dem du gesprochen hast«, sagte Erics Vater, »wann könnte er dorthin gebracht werden?«

»Von mir aus sofort«, sagte Astartus. »Ich habe den Wagen draußen und alles ist vorbereitet.«

»He!«, sagte Eric. »Ich gehe nicht dorthin, habe ich das nicht klar genug ausgedrückt?«

Niemand nahm auch nur Notiz von seinem Protest. Eric

blickte fassungslos von seinem Vater zu seiner Mutter und dann schrie er fast: »Ich gehe nicht dorthin! Ihr könnt mich nicht zwingen!«
»Ich fürchte, wir könnten es«, erwiderte Astartus. »Aber es wäre mir lieber, wenn du es nicht so weit kommen lassen würdest, mein lieber Junge.«
»Ich bin nicht Ihr *lieber Junge*!« Eric sprang hoch. »Und ich gehe nirgendwohin!«
Astartus seufzte. Erics Vater nickte fast unmerklich und Astartus machte eine kaum sichtbare Handbewegung zu Claude, der dicht hinter Erics Stuhl stand. Eric warf sich zur Seite, entging Claudes blitzschnell zupackenden Händen aber trotzdem nicht mehr.
»Es tut mir Leid, Eric«, sagte seine Mutter. »Aber es ist wirklich nur zu deinem Besten.«
Eric wehrte sich verzweifelt und mit aller Kraft, die er noch aufbringen konnte. Aber natürlich hatte er gegen den hünenhaften Bodyguard nicht die geringste Chance.

Das Haus war groß, in freundlichen, hellen Farben gehalten und alle Fenster im oberen Stockwerk waren vergittert. Es lag ein gutes Stück außerhalb der Stadt und so tief in einem kleinen Wäldchen verborgen, dass es von der Straße aus praktisch unsichtbar war. Selbst die Einfahrt war so gut getarnt, dass Eric wahrscheinlich glatt daran vorbeigefahren wäre, und so schmal, dass der riesige Straßenkreuzer zweimal hatte rangieren müssen, bis er in den schmalen Waldweg hineingerollt war. Büsche und tiefhängende Äste waren wie die Krallen erstarrter Wächter über Scheiben und Lack geschrammt und kurz nach der Einmündung war der Weg so schlecht geworden, dass Eric ein paar Mal ernsthaft gefürchtet hatte, sie würden stecken bleiben. Wer immer in diesem Haus wohnte, legte keinen besonderen Wert darauf, entdeckt zu werden.
Wobei *Haus* eigentlich nicht das richtige Wort ist, dachte Eric unbehaglich. Auf dem Weg hierher waren sie an einem schweren schmiedeeisernen Tor vorbeigekommen, das zu einem

ebensolchen Zaun gehörte, der sich durch den Wald um das gesamte Anwesen ersteckte. Das Gebäude hatte die Abmessungen eines schon nicht mehr ganz so kleinen Schlosses und irgendetwas daran war trotz der hellen Farben und der großzügigen Architektur so abweisend, dass Eric die Bezeichnung *Burg* vorgezogen hätte, hätte es ein paar Mauern und Wehrtürme gegeben. Er hatte das Gefühl, dass sie da waren, auch wenn man sie nicht sehen konnte.
Der Wagen rollte langsam vor die großzügig angelegte Eingangspforte, und Eric fragte schaudernd: »Was ist das?«
»*Haus Sonnentau*«, antwortete Reichert. Seine Anwesenheit war eine weitere, vielleicht noch unangenehmere Überraschung für Eric gewesen. Er hatte draußen in Astartus' Wagen gewartet. Der Ausgang des Gespräches im elterlichen Wohnzimmer hatte offensichtlich schon festgestanden, bevor es überhaupt begonnen hatte.
Eric sah ihn misstrauisch an. Sie hatten auf dem Weg hierher nur noch sehr wenig miteinander gesprochen, aber er hatte immerhin zweimal gefragt, wohin sie eigentlich fuhren, aber immer nur dieselbe, nichts sagende Antwort erhalten: an einen Ort, an dem er sicher war. Sicher vor wem?
»Das klingt nach einem Altenheim«, sagte er.
Reichert zeigte ihm eines seiner seltenen Lächeln. »Wir haben den einen oder anderen Patienten, der sich schon im fortgeschrittenen Alter befindet«, sagte er, »aber ich kann dir versichern, dass es alles andere als ein Altenheim ist.«
Einer von Astartus' Bodyguards öffnete den Wagenschlag und Eric stieg aus. Er legte den Kopf in den Nacken und sah schaudernd an der Fassade des weiß gestrichenen Gebäudes empor. *Haus Sonnentau*? Ihm kam es eher vor wie Haus Sonnen*untergang*.
»Und was ist es dann?«, fragte er.
Er kannte die Antwort. Eric war kein bisschen überrascht, als Reichert hinter ihm aus dem Wagen stieg und sagte: »Ein Sanatorium. *Mein* Sanatorium, um genau zu sein. Ich leite es.«
»Eine Klapsmühle«, sagte Eric. »Also doch!«

Reichert blickte ihn eindeutig wütend an, aber Astartus, der hinter Reichert aus dem Wagen stieg, lachte herzhaft.
»Da tust du unserem armen Doktor Unrecht«, sagte er. »*Haus Sonnentau* ist keine Irrenanstalt. Du wirst hier niemanden finden, der sich für Napoleon hält oder jeden Morgen mit seinem vor zwanzig Jahren verstorbenen Bruder frühstückt. *Sonnentau* ist ein Ort der Erholung und Besinnung, mehr nicht.«
»Deshalb auch die Gitter an den Fenstern.«
Astartus nickte anerkennend. »Du bist ein guter Beobachter. Es gibt hier in der Tat den einen oder anderen Patienten, der zu seinem eigenen Schutz unter Verschluss gehalten werden muss. Aber mach dir keine Sorgen. Du wirst sie nicht einmal zu Gesicht bekommen. Für dich ist dies hier nichts als ein sicherer Ort.« Er blinzelte Eric zu. »Ein ganz besonders luxuriöses Ferienlager, wenn du so willst.«
»Und wenn ich nicht will?«, fragte Eric.
Astartus schien amüsiert. »Dann auch«, sagte er.
Eric resignierte – allerdings nur äußerlich. Er tat so, als füge er sich in das Unvermeidliche, aber innerlich war er fest entschlossen, nicht einmal vierundzwanzig Stunden in diesem *Ferienlager* zu verbringen, selbst wenn die Türklinken und die Klosettschüsseln hier vergoldet sein sollten.
Astartus machte eine einladende Handbewegung auf die Tür, und Eric schrak aus seinen Gedanken hoch. Rasch setzte er sich in Bewegung und betrat das Gebäude noch vor Reichert und Astartus.
Sein Innneres entsprach genau dem äußeren Eindruck: Die große Eingangshalle war hell und nur spärlich, aber sehr erlesen möbliert. Nichts erinnerte an ein Krankenhaus oder gar an das, was Eric mit dem flapsigen Wort »Klapsmühle« bezeichnet hatte. Hinter einer schmalen Theke neben dem Eingang saß eine junge Frau in einem schicken Kostüm, die an einem Computer arbeitete. Die Art, auf die sie Astartus begrüßte, ließ erkennen, dass er hier kein Unbekannter war. Erics Meinung nach gehörte er sowieso hierher – und zwar als Patient in die obere Etage, die mit den vergitterten Fenstern.

Er drehte sich herausfordernd einmal im Kreis und fragte dann: »Und jetzt?«
»Jetzt zeigen wir dir dein Zimmer«, sagte Reichert. Er warf der jungen Frau hinter der Theke einen kurzen Blick zu, worauf diese einen verborgenen Knopf drückte. Ein junger Mann in Jeans, weißem Hemd und Lederweste erschien. Eric war ein bisschen erleichtert, dass es nicht der typische Krankenpfleger in weißen Kleidern und Turnschuhen war, betrachtete ihn aber trotzdem mit einer gewissen Skepsis. Hier war ihm alles ein wenig zu freundlich. Wie das gesamte Haus umgab auch den jungen Burschen eine Aura von Gefahr, die er nicht richtig greifen konnte. Er wusste nur, dass er nicht Erics Freund war, so nett er sich auch geben mochte.
»Martin zeigt dir dein Zimmer«, sagte Astartus, als Eric zögerte. »Wenn du irgendetwas brauchst, sagst du es ihm. Er ist für dich verantwortlich.«
»Wird er erschossen, wenn ich fliehe?«, fragte Eric.
»Nur ein bisschen ausgepeitscht«, antwortete Martin. »Aber man gewöhnt sich daran.« Er winkte Eric. »Kommst du?«
Eric reagierte aus Prinzip nicht sofort, setzte sich aber schließlich doch in Bewegung und folgte Martin. Es machte keinen Spaß, bockig zu sein, wenn sich niemand darüber ärgerte.
Sie gingen die Treppe in die erste Etage hinauf, wo sie ein langer Flur aufnahm, von dem zahlreiche Türen abzweigten.
Martin führte ihn zu einer Tür ganz am Ende des Korridors. Dahinter lag kein Zimmer, sondern eine komplette, großzügig ausgestattete Wohnung, in der sich vom Großbildfernseher über einen supermodernen PC bis hin zum Bad mit Whirlpool und Saunakabine alles befand, was man sich nur wünschen konnte. Eric hatte damit gerechnet, dass Astartus versuchen würde, ihm seinen Aufenthalt zu versüßen, aber das hier ließ ihn trotzdem vor Staunen Mund und Augen aufreißen.
»Bist du sicher, dass das ... mein Zimmer ist?«, fragte er.
Martin nickte heftig. In seinen Augen war ein Glitzern, das Eric verriet, dass er genau diese Reaktion erwartet hatte. »Sieh dich in aller Ruhe um«, sagte er. »Ich habe noch zu tun, aber

wenn du mich brauchst, dann klingle einfach. Ich komme dann sofort. Fehlt dir im Moment noch irgendetwas?«
»Eine Eisensäge und eine Strickleiter«, sagte Eric ernst.
»Das ist nicht nötig«, antwortete Martin in ebenso ernsthaftem Ton. »Die Fenster kann man aufmachen und außen an der Wand ist ein Rosengitter angebracht, an dem du bequem hinunterklettern kannst. Aber es würde dir nichts nutzen. Der Zaun draußen steht unter Strom und im Wald leben Trolle, die jeden in Stücke reißen, der zu fliehen versucht.« Er grinste, blinzelte Eric noch einmal zu und drehte sich dann zur Tür, und während er es tat, schien er sich für einen Moment auf unheimliche Weise zu verändern. Mit einem Mal war er klein, bucklig und hatte ein von Narben und Warzen entstelltes Gesicht. Seine Kleider waren graue, zerfetzte Lumpen und seine blutunterlaufenen Augen waren entzündet und taxierten Eric voller tückischer Gier. Die dunklen Ränder unter seinen langen Fingernägeln sahen weniger aus wie Schmutz als wie eingetrocknetes Blut und irgendetwas sagte Eric, dass es nicht sein eigenes war.
Eric blinzelte und Martin war wieder er selbst. Mit schnellen Schritten verließ er das Zimmer und zog die Tür hinter sich zu. Ein hörbares Klicken erscholl und Eric folgte ihm beunruhigt und drückte die Klinke hinunter, beinahe davon überzeugt, dass er nun eingeschlossen war. Aber die Tür ließ sich problemlos öffnen.
Er trat einen halben Schritt auf den Flur hinaus. Martin war bereits verschwunden, obwohl er erst vor zwei oder drei Sekunden gegangen war. Aber wahrscheinlich war er einfach in einem anderen Zimmer.
Er trat zurück und blickte sich noch einmal in aller Ruhe um. Wenn man bedachte, dass er am Morgen noch in einer Gefängniszelle aufgewacht war, konnte er sich eigentlich nicht beschweren. Jedenfalls würde ihm hier nicht langweilig werden.
»Verdammt noch mal, ich muss hier weg!«, murmelte er. So luxuriös dieses Appartement auch sein mochte, war es letztendlich doch nur eine Gefängniszelle.

Urplötzlich stand Reichert vor ihm, der zusammen mit Martin das Zimmer betreten hatte. Er trug jetzt einen weißen Kittel und er sah Eric mit schräg gehaltenem Kopf und einem Ausdruck großer Sorge im Gesicht an.
»Aber du bist doch gerade erst angekommen? Wieso willst du denn schon wieder fort?«
»Wie?«, fragte Eric – nicht besonders intelligent, aber es war auch das Einzige, was ihm auf die Schnelle einfiel.
»Mit wem hast du gesprochen?«, fragte Reichert. Martin schloss die Tür hinter ihm und stellte sich an seine Seite.
»Mit meinem Schutzengel«, antwortete Eric patzig. »Ich wollte, dass er mich hier herausfliegt, aber die himmlischen Fluglotsen streiken wohl gerade.«
»So, so«, sagte Reichert. »Du sprichst öfter mit deinem Schutzengel, wie? Ich nehme an, außer dir kann ihn niemand sehen oder hören?«
Hinter Erics Stirn begann eine Alarmglocke zu schrillen. Aber ihn ritt im Moment auch der Teufel und so fuhr er mit einem Nicken fort: »Ganz genau. Er steht im Moment übrigens direkt hinter Ihnen. Sie sollten sich also gut überlegen, was Sie sagen. Er hat nicht besonders viel Humor.«
Reichert rührte sich nicht, aber Martin sah sich rasch und erschrocken um und wirkte plötzlich ein bisschen nervös.
»Erzähl mir von diesem Engel«, bat Reichert. »Wie sieht er aus und wann ist er dir das letzte Mal erschienen?«
»He, he!«, protestierte Eric. »Das war ein Scherz!«
»Sicher«, sagte Reichert. Er griff in die Kitteltasche und zog ein schmales, silbernes Etui heraus, mit dem er zu spielen begann. »Du hast schon öfter mit ihm gesprochen?«
»Ich sagte: Es war ein Scherz!«, wiederholte Eric scharf.
Reichert fuhr unbeirrt fort: »Manchmal reagieren wir Menschen so, wenn wir etwas erleben, womit wir nicht fertig werden. Manche ziehen sich in sich selbst zurück und reden gar nicht mehr. Andere erschaffen sich ihre eigenen Wirklichkeiten. Und manche erfinden sich einen Freund, dem sie alles anvertrauen können. Zum Beispiel einen Engel.«

»Oder einen großen weißen Hasen namens Harvey, wie?«, grollte Eric. »Ich bin nicht verrückt! Ich habe einen Scherz gemacht, verdammt noch mal!«
»Wenn man einsieht, dass es sich dabei um eine Täuschung handelt, ist das schon der erste Schritt auf dem Weg zur Besserung«, fuhr Reichert ungerührt fort. Er klappte das Etui auf und Eric sah erschrocken, dass es weder eine Brille noch Zigarren enthielt, sondern eine verchromte Spritze mit einer langen, gefährlich aussehenden Nadel.
»Was soll das?«, fragte er.
»Du hast in letzter Zeit wirklich viel Schlimmes mitgemacht«, sagte Reichert. »Mehr, als irgendjemand verkraften könnte, glaub mir. Es ist nur normal, wenn du gewisse Reaktionen zeigst.« Er nahm die Spritze aus dem Etui. »Das hier wird dir helfen, ein wenig zur Ruhe zu kommen.«
»Kommt nicht in Frage!« Eric konnte im letzten Moment den Impuls unterdrücken, einen Schritt zurückzuweichen. Er wollte Reichert seine Furcht nicht zu deutlich zeigen.
»Es ist nur ein leichtes Beruhigungsmittel«, versicherte Reichert. Martin bewegte sich unauffällig – wie Eric meinte – ein Stück zur Seite und nahm schräg hinter Eric Aufstellung. »Es wird dir nicht schaden, aber dir helfen, die Dinge in einem ... etwas anderen Licht zu sehen.«
»Das kann ich mir vorstellen«, sagte Eric grimmig. »Aber Sie werden mich ganz bestimmt nicht mit Drogen voll pumpen! Ich habe keine Lust, mich in einen Zombie verwandeln zu lassen!«
Reichert seufzte. »Martin.«
Obwohl Eric gewusst hatte, was kam, war er nicht schnell genug. Martin packte ihn, drehte ihm den Arm herum und streifte seinen Ärmel hoch. Aber so leicht gab Eric nicht auf. Als Reichert mit der Spritze in der Hand auf ihn zutreten wollte, versetzte er ihm einen Tritt vor das Schienbein, der ihn vor Schmerz aufschreien ließ. Martin fuhr erschrocken zusammen und war für eine halbe Sekunde unschlüssig, ob er Eric weiter festhalten oder lieber seinem Chef zu Hilfe kommen sollte, und Eric nutzte die Chance, sich loszureißen und ihm einen

kräftigen Fausthieb auf die Nase zu versetzen. Martin grunzte vor Schmerz und Eric wirbelte auf dem Absatz herum und rannte davon.
Er kam nur zwei Schritte weit. Reichert stellte ihm ein Bein und Eric stolperte und fiel der Länge nach auf den Teppich. Sofort landete Martin auf seinem Rücken, krallte die Hand in sein Haar und knallte seine Stirn mit solcher Wucht auf den Boden, dass er Sterne sah.
Es tat sehr weh, aber der Schmerz erfüllte ihn auch mit einer solchen Wut, dass er Martin einfach abschüttelte und sich auf den Rücken wälzte. Sofort war Martin wieder über ihm, aber Martin war jetzt nicht mehr Martin sondern wieder der Bucklige, eine abscheuliche Gestalt, gegen die der Glöckner von Notre-Dame wie Mister Universum ausgesehen hätte.
Der Anblick lähmte Eric so sehr, dass er sich kaum noch wehrte. Es gab nur noch ein kurzes Gerangel, dann lag er hilflos auf dem Rücken und der Bucklige hockte wie eine missgestaltete Kröte auf seiner Brust und hielt seine Arme nieder.
»Halt ihn fest!«, befahl Reichert. Nur um sicherzugehen, trat er ihm auf die rechte Hand, während er sich vorbeugte und ihm die Spritze in den rechten Oberarm rammte.
Eric bekam eine Vorstellung davon, wie sich Azazel gefühlt haben musste, als er die Nadel in die Voodoo-Puppe gestochen hatte. Er schrie vor Schmerz und bäumte sich auf, aber Reichert kannte kein Erbarmen, sondern jagte ihm den Inhalt der Nadel rasch in den Muskel. Es tat furchtbar weh, aber nur für einen kurzen Moment – dann machte sich ein wohltuendes Prickeln in Erics Schulter breit. Er fühlte sich warm und ein wenig schläfrig und das Verrückte war, dass er ganz genau wusste, dass es nur die betäubende Wirkung der Droge war und ihm dieses Wissen nicht das Geringste ausmachte. Reichert und Martin zwangen ihm zwar ihren Willen auf, aber was machte das schon? Und auch, dass Martin ihm ein bisschen ins Gesicht geschlagen hatte, änderte nichts daran, dass er eigentlich ein netter Kerl war.
Reichert stand auf und gab dem Buckligen ein Zeichen. Mar-

tin, der sich inzwischen wieder in einen ganz normalen, durchschnittlich aussehenden jungen Mann verwandelt hatte, sprang von Erics Brust und zerrte ihn grob in die Höhe.
»Sei in den ersten Minuten ein bisschen vorsichtig«, sagte Reichert. »Du bist das Mittel nicht gewöhnt. Es könnte sein, dass dir ein wenig schwindelig wird. Wie fühlst du dich?«
»Wunderbar«, antwortete Eric wahrheitsgemäß. »Als würde ich auf Wolken schweben.«
»Die Dosis war wohl zu hoch«, sagte Reichert. »Nach und nach finden wir schon die richtige heraus, keine Sorge.«

Der Vorgang wiederholte sich am frühen Abend, nur dass Eric diesmal gar nicht erst versuchte, Widerstand zu leisten. Im Gegenteil – er verstand selbst nicht mehr so genau, warum er Reichert solche Schwierigkeiten gemacht hatte. Er hatte es schließlich nur gut gemeint und Eric hatte es ihm gedankt, indem er ihm Ärger machte, ja ihn sogar angegriffen hatte.
Dabei hatte ihm Reichert *wirklich* geholfen. Er hatte sich seit Tagen nicht mehr so wohl gefühlt, sowohl körperlich als auch geistig. Er war auf eine sehr wohltuende Art und Weise matt und seine Angst war sogar vollkommen verschwunden. Er hatte nichts von allem vergessen, was in den letzten Tagen geschehen war, aber Reichert hatte vollkommen Recht gehabt: Die Injektion ließ ihn vieles in einem anderen Licht sehen. Seine Eltern hatten sich zwar verändert, aber so schlimm war es nicht. Und auch dass Astartus sie ganz offensichtlich dazu bewogen hatte, ihn hier einzusperren und sein Gehirn mit Drogen langsam weich zu kochen, machte nicht viel aus, denn eigentlich war Astartus doch ein ganz netter Mensch. Die ganze Welt bestand überhaupt nur aus netten Menschen und sie war so ein wunderbarer Ort.
Gegen Abend ließ Erics Euphorie ein wenig nach und in die Hochstimmung, die von ihm Besitz ergriffen hatte, begannen sich erste, nagende Zweifel zu mischen. Aber noch bevor sie so stark werden konnten, dass sie den rosaroten Vorhang vor seinen Sinnen wirklich durchbrechen konnten, kam Reichert

und verabreichte ihm eine weitere Injektion und die Welt war wieder gut.
Dasselbe wiederholte sich am nächsten Morgen. Reichert kam in sein Zimmer, kaum dass er die Augen aufgeschlagen hatte und ins Bad und wieder zurück geschlurft war, und diesmal streckte ihm Eric schon freiwillig den Arm entgegen.
Reichert schüttelte jedoch den Kopf. »Du bekommst keine Spritzen mehr.«
»Nein?«, sagte Eric fast enttäuscht. Er war mit schlimmen Kopfschmerzen aufgewacht, die immer stärker zu werden schienen, und er fühlte sich auch im Allgemeinen nicht besonders wohl.
»Keine Sorge.« Reichert griff in die Tasche und zog ein kleines Fläschchen heraus, aus dem er zwei rote Kapseln auf seine Handfläche schüttete. »Dieses Mittel hat dieselbe Wirkung. Es ist nur nicht so stark, aber es reicht allemal aus, dir deine Sorgen und Ängste zu nehmen. Die Injektionen waren nur am Anfang nötig. Aber sie haben gewisse Nebenwirkungen, die ich verhindern möchte. Du willst doch nicht in deinem Alter schon an der Nadel hängen, oder?«
»Warum nicht?«, fragte Eric fröhlich. »Wenn es Spaß macht.«
Reichert zog die Augenbrauen zusammen. »Siehst du, genau das habe ich gemeint. Nimm deine Tabletten.«
Eric gehorchte. Es dauerte nur wenige Augenblicke, bis das Mittel zu wirken begann. Seine Kopfschmerzen klangen allmählich ab und er begann sich wieder besser zu fühlen, wenn seine Hochstimmung auch nicht mehr dieselben Ausmaße wie gestern erreichte.
»Besser?«, fragte Reichert.
Eric nickte.
»Gut. Ich lasse dich nachher abholen, um dich gründlich zu untersuchen.«
»Ich bin nicht krank.«
»Das weiß ich«, sagte Reichert. »Aber das ist nun einmal Vorschrift bei uns. Jeder neue Patient muss auf Herz und Nieren untersucht werden. Reine Routine, keine Angst.«

»Patient?«, fragte Eric. »Wieso Patient?«
»Das ist pro forma«, sagte Reichert beruhigend. »Astartus kommt heute Nachmittag hierher. Er wird dir alles erklären.« Er drehte sich um. »Martin bringt dir gleich dein Frühstück und danach lasse ich dich abholen.«
Genauso kam es. Eric fand gerade genug Zeit, sich anzuziehen, da kam Martin auch schon und brachte ihm ein reichhaltiges Frühstück und danach führte er ihn nach oben in die zweite Etage, wo sich die Untersuchungsräume befanden, und Eric wurde zum zweiten Mal binnen kurzer Zeit auf Herz und Nieren überprüft. Reichert sagte kein Wort, aber er schien mit den Ergebnissen mehr als zufrieden zu sein.
Kurz nach dem Mittagessen kam Astartus. Eric freute sich regelrecht, ihn zu sehen. Er konnte überhaupt nicht verstehen, dass er Astartus jemals misstraut hatte, wo er doch so ein netter Mensch war.
»Hallo, Eric!«, begrüßte ihn Astartus. »Wie fühlst du dich?«
»Fantastisch«, sagte Eric. »Ich könnte Bäume ausreißen.«
»Freut mich«, sagte Astartus. »Wie gefällt dir dein Zimmer?«
»Es ist fantastisch«, sagte Eric und Astartus lächelte beinahe geschmeichelt.
»Das will ich hoffen«, sagte er. »Ich bewohne es normalerweise selbst, wenn ich hier bin – was leider viel zu selten der Fall ist. Meine Arbeit im Namen des Herrn lässt mir einfach zu wenig Zeit zur Entspannung. Aber das ist ein geringer Preis, den ich gerne zahle. Und in Zukunft werde ich öfter hier sein können. Täglich, wie ich hoffe.«
»So?«, fragte Eric.
Astartus nickte heftig. »Ich werde dich unterrichten«, sagte er. »Wer könnte wohl besser dazu geeignet sein als ich? Immerhin wirst du eines Tages mein Nachfolger werden.«
»Ihr Nachfolger?«, sagte Eric. »Das verstehe ich nicht.«
»*Dein* Nachfolger«, verbesserte ihn Astartus. »Wir sind doch Freunde, oder?« Eric nickte und Astartus fuhr mit einem zufriedenen Lächeln fort: »Ich habe ein gewaltiges Werk begonnen, Eric. Ein wunderbares, aber auch gewaltiges Werk.

Viel zu gewaltig, um es in der kurzen Lebenszeit eines Menschen vollenden zu können. Ich hoffe zwar, dass mir noch viel Zeit bleibt, aber irgendwann einmal werde ich unserem Herrn gegenübertreten müssen und dann muss jemand da sein, der fortführt, was ich begonnen habe.«
»Und Sie glauben –« Eric verbesserte sich: »Du glaubst, ich wäre der Richtige dafür? Und was sagen meine Eltern dazu?«
»Ich weiß es«, antwortete Astartus. »Und deine Eltern sind damit einverstanden. Noch mag dich die Größe dieser Aufgabe erschrecken, aber du wirst dich daran gewöhnen. Ich werde dich alles lehren, was ich weiß, und eines Tages werde ich mein Werk in deine Hände legen und du wirst all die Brüder und Schwestern, die mir vertrauen, ins Heil führen.«
»Das kann ich nicht«, sagte Eric. Er war nicht einmal sicher, ob er es wollte.
Astartus lächelte. »Noch nicht«, sagte er. »Das kommt daher, dass du deinen eigenen Kräften nicht vertraust. Ein Mensch wächst an seinen Aufgaben, weißt du? Jeder ist nur so stark, wie er es sich zutraut. Aber das hat noch Zeit. Für die nächsten Tage kannst du dich noch ausruhen.« Er nahm die Sonnenbrille ab und deutete damit in die Richtung des Schreibtisches. »Hast du den Computer schon ausprobiert? Der Mann, der ihn mir verkauft hat, hat behauptet, es wäre das modernste System, das im Moment auf dem Markt ist.«
»Wenn es länger als ein halbes Jahr her ist, ist die Kiste schon veraltet«, sagte Eric grinsend.
Astartus lachte. »Wir werden uns doch gut verstehen, das sehe ich schon«, sagte er. »Ich muss jetzt leider gehen, aber wir sehen uns bald schon wieder.«
»Ich freue mich darauf«, sagte Eric, und das war ehrlich gemeint.
Astartus ging. Martin kam wenige Augenblicke später und brachte ihm sein Mittagessen; außerdem zwei kleine rote Pillen, die er einnehmen musste, worauf Martin streng achtete, und nachdem er zu Ende gegessen hatte, setzte sich Eric an den Schreibtisch und schaltete den Computer ein.

Astartus hatte nicht übertrieben. Das System bootete so schnell hoch, dass der Bildschirm nur einmal kurz flackerte, ehe sich der Computer auch schon betriebsbereit meldete.
Eric kam aus dem Staunen nicht mehr heraus, als er sich den Inhalt der Festplatte ansah. Sie hatte eine geradezu unvorstellbare Speicherkapazität und er fand nicht nur zahllose Nutzprogramme, sondern auch einen Ordner mit gleich Dutzenden von Spielen. Ein großer Teil der Dateien ließ sich nicht aufrufen, sondern verlangte stets ein Passwort, aber das verwunderte Eric nicht. Wenn dies hier Astartus' Zimmer war, dann war es auch Astartus' Computer, auf dem sich bestimmt eine Menge Dateien befanden, die nicht für alle neugierigen Augen bestimmt waren.
Außerdem interessierten ihn die Spiele sowieso viel mehr. Es waren ausschließlich Strategie- und Simulationsspiele, von Schach über SimCity bis hin zu Warcraft, Command and Conquer oder Railroad Tycoon. In allen Spielen ging es entweder darum, eine florierende Wirtschaft aufzubauen oder seine Spielfiguren oder manchmal auch ganze Armeen davon zum Sieg über seine Feinde zu führen.
Nicht, dass er keinen Spaß daran hatte. Bis Martin kam und ihm das Abendessen brachte – und seine zwei roten Pillen natürlich –, hatte er ein halbes Dutzend Wirtschaftsimperien aufgebaut, drei gewaltige Schlachten gewonnen und die Belagerung Jerichos erfolgreich zu Ende geführt und er spielte auch nach dem Abendessen noch weiter, bis ihm vor Müdigkeit die Augen zufielen und er sich gerade noch bis zu seinem Bett schleppen konnte, bevor er am Schreibtisch einschlief.
Fast sofort begann er zu träumen. Jedenfalls dachte er das im ersten Moment, denn anders als bei den allermeisten Träumen hatte er ja stets *gewusst,* dass er träumte. Diesmal aber war es anders. Er nahm ein paar konfuse, vollkommen sinn- und bedeutungslose Bilder wahr, Geräusche und Laute, die ihm etwas sagen sollten, sich aber hartnäckig weigerten, es wirklich zu tun, und spürte Schmerz, wenn auch keinen sehr heftigen. Im ersten Moment glaubte er sogar, dass er aufgewacht

wäre, denn er fand sich unversehens in seinem Bett in Astartus' Zimmer liegend wieder. Das Licht brannte und Reichert, Astartus und Martin standen neben ihm. Dann aber sah er die vierte, düstere Gestalt, die riesig und geflügelt hinter ihnen emporragte, und begriff, dass er immer noch träumte. Es musste wohl tatsächlich so sein, wie Reichert gesagt hatte: Wenn die Wirklichkeit einen Schrecken erreichte, der nicht mehr zu ertragen war, dann erschuf man sich eben eine neue.
»Das ist nicht gut«, sagte Astartus. »Du hast die Dosis zu hoch angesetzt, Bruder Maximilian.«
»Unmöglich!«, widersprach Reichert. In seiner Stimme schwang ein nervöser Unterton von Furcht mit. »Ich benutze das Mittel seit Jahren! Es hat noch nie Probleme gegeben!«
»Du hattest auch noch nie einen Patienten wie ihn«, widersprach Astartus. »Er ist nicht wie die anderen! Du musst die Dosis herabsetzen.«
»Dann könnte er erwachen«, antwortete Reichert. »Er ist noch nicht so weit, dass wir ihm trauen können. Noch lange nicht!«
»Dem Knaben darf nichts geschehen«, sagte Azazel mit seiner tiefen, dröhnenden Stimme. »Er ist zu wichtig für uns.«
»Das weiß ich selbst!«, fuhr Astartus auf, zuckte dann sichtbar zusammen und senkte demütig das Haupt. »Verzeiht, Herr.«
Azazel schwieg. Er bewegte nur sacht den Flügel und eine Woge unsichtbarer Schwärze schien durch das Zimmer zu fluten.
»Vielleicht ist es der Engel«, sagte Martin.
Astartus und Reichert starrten ihn verständnislos an. »Welcher Engel?«, fragte Astartus nach einer Sekunde.
»Er war hier«, beharrte Martin. Für einen ganz kurzen Moment verwandelte sich seine Silhouette in die des Buckligen, auch wenn sein Gesicht und seine Gestalt unverändert blieben. »Ich habe es ganz deutlich gefühlt!«
Azazel bewegte sich raschelnd. »Er spricht die Wahrheit«, grollte er. »Ich werde dafür sorgen, dass er diesen Ort nicht mehr betreten kann. Aber ihr seid mir für den Knaben ver-

antwortlich. Wenn ihm etwas zustößt, dann wisst ihr, welche Strafe euch erwartet!«
Weder Reichert noch Astartus antworteten und nach einer weiteren Sekunde verschwand Azazel einfach.
Chep war hier gewesen?, dachte Eric. Er selbst hatte ihn weder gesehen noch gehört, aber er gestattete sich einfach nicht, an Martins Worten zu zweifeln. Wenn Chep hier war, dann war vielleicht noch nicht alles verloren!
Astartus atmete hörbar auf. »Du hast ihn gehört, Bruder«, seufzte er. »Wir müssen sehr, sehr vorsichtig sein.«
»Ich weiß«, sagte Reichert. Er war auf jeden Fall sehr, sehr nervös. Mit einer fahrigen Bewegung griff er in die Kitteltasche, zog das silberne Spritzenetui heraus und klappte es auf. »Ich gebe ihm jetzt noch einmal eine Injektion. Das stellt ihn auf jeden Fall bis morgen früh ruhig. Und danach ... müssen wir eine andere Lösung finden.«
»Ich hoffe es«, murmelte Astartus. »Für uns beide, Bruder.«
Eric fühlte einen dünnen Schmerz im linken Oberarm, aber der Traum endete, noch bevor Reichert die Nadel wieder aus seinem Fleisch zog.

Er erwachte am nächsten Morgen nicht von selbst, sondern erst, als ihn jemand sacht, aber sehr ausdauernd an der Schulter rüttelte. Noch bevor er die Augen aufschlug, kam die Erinnerung an seinen Traum zurück – an beide Teile des Traumes, die jeder auf seine Art gleich unwirklich und erschreckend gewesen waren. Unsicher hob er die Lider, darauf gefasst, irgendeine der Schreckensgestalten aus seinem Traum zu erblicken.
Aber es war nur Martin, der auf ihn herabgrinste. »Na, Schlafmütze«, feixte er. »Endlich wach? Es ist fast Mittag.«
Eric fuhr erschrocken hoch und sah auf die Uhr. Martin sagte die Wahrheit. Es war nach elf.
»Aber ... aber warum hast du mich denn nicht geweckt?«, fragte Eric.
Martin grinste noch breiter. »Du hast so süß wie ein Baby

geschlafen, da wollte ich dich nicht stören. Aber nun ist es gut. dein Frühstück habe ich gegessen. Kann ich dein Mittagessen auch haben oder willst du es lieber selbst?«

Eric spürte plötzlich, wie hungrig er war. »Kommt überhaupt nicht in Frage«, grollte er. »Das esse ich schon. Aber zuerst muss ich ins Bad.«

Er schwang die Beine vom Bett, schlurfte ins Bad und benutzte die Toilette. Danach ging er zum Waschbecken, drehte den Wasserhahn auf und blinzelte sein Spiegelbild an. Was er sah, gefiel ihm ganz und gar nicht. Sein Gesicht war so bleich wie die sprichwörtliche Wand. Unter seinen Augen lagen Ringe, die beinahe schwarz aussahen, und in seinem Gesicht zuckten ein paar Nerven, ohne dass er etwas dagegen tun konnte. Dieser verdammte Traum hatte ihm ganz schön zugesetzt!

Er wusch sich flüchtig, schüttete sich anschließend zwei Hände voll eiskaltem Wasser in den Nacken und sah sein Spiegelbild abermals an. Das kalte Wasser hatte sein Gesicht rot werden lassen, aber auch nicht wesentlich hübscher gemacht. Außerdem juckte sein linker Oberarm.

Eric wollte sich kratzen – und erstarrte.

Auf seinem linken Oberarm – genau dort, wo Reichert ihm im Traum die Spritze gegeben hatte – war ein winziger Einstich zu sehen.

Ich gebe ihm jetzt noch einmal eine Injektion. Das stellt ihn auf jeden Fall bis morgen früh ruhig.

Es war kein Traum gewesen!

Eric starrte den winzigen roten Punkt gut eine Minute lang vollkommen schockiert an und seine Gedanken schienen in dieser Zeit einfach auszusetzen.

Aber als er schließlich den Wasserhahn abdrehte und das Bad verließ, war er vollkommen ruhig. Und er wusste auch, was er zu tun hatte.

Ohne sich irgendetwas anmerken zu lassen, aß er die Mahlzeit, die Martin ihm mitgebracht hatte. Als er fertig war, öffnete Martin eine winzige weiße Plastikschachtel, die bisher am Rande des Tabletts gelegen hatte, und Eric erblickte

eine der gewohnten roten und eine etwas kleinere, blaue Pille. »Öfter mal was Neues?«, fragte er scherzend.
Martin hob die Schultern und lächelte, aber seine Augen blieben dabei so ausdruckslos wie bemalte Glasmurmeln. »Das musst du Doktor Reichert fragen«, sagte er.
Eric hob die Schultern. Er nahm die Pille in den Mund, griff nach dem Wasserglas und ließ die beiden Kapseln unauffällig unter seiner Zunge verschwinden, ehe er einen großen Schluck Wasser nahm.
Martin lächelte zufrieden. »Jetzt die schlechte Nachricht«, sagte er, während er ihm das Wasserglas aus der Hand nahm. »Astartus wollte eigentlich heute Nachmittag kommen, aber leider haben sich ein paar unaufschiebbare Termine ergeben.«
Klar, dachte Eric. Er muss ein paar Stunden Nachtschlaf nachholen, die er versäumt hat. Und wahrscheinlich hat er ein ziemlich unangenehmes Gespräch mit seinem Chef.
Laut sagte er: »Schade. Ich hatte mich schon so darauf gefreut. Er wollte bald mit dem Unterricht beginnen.«
»Da kann man nichts machen«, sagte Martin. Er stand auf und hob das Tablett auf. »Du hast ja genug Computerspiele. Und wenn du etwas brauchst, dann klingle einfach.«
Er ging. Kaum hatte er den Raum verlassen, da nahm Eric die Tabletten aus dem Mund, ging ins Bad und spülte sie in der Toilette hinunter. Nachdem er zurück war, schloss er die Tür ab, ging in die Mitte des Zimmers und rief laut Cheps Namen. Er bekam keine Antwort.
Eric rief noch einmal nach dem Engel, mit demselben Ergebnis, dann noch einmal und schließlich gab er es auf.
Also war auch dieser Teil seines Traumes kein Traum gewesen. Azazel war wirklich hier gewesen und er hatte tatsächlich irgendwie dafür gesorgt, dass Chep diesen Ort nicht mehr betreten konnte. Er war nun völlig auf sich allein gestellt.
Aber das bedeutete nicht, dass er verloren hatte oder gar aufgab. Ganz im Gegenteil.
Er stand auf, trat ans Fenster und sah hinaus und plötzlich wurde ihm klar, dass er das während der vergangenen beiden

Tage noch nicht ein einziges Mal bewusst getan hatte. Aber er war während der vergangenen beiden Tage ja im Grunde auch nicht wirklich bei Bewusstsein gewesen, sondern hatte auf einer rosaroten Wolke geschwebt, auf die ihn Reicherts Drogen befördert hatten.
Genau genommen war er jetzt sogar im Vorteil. Solange Reichert und Astartus nicht wussten, dass er die Wahrheit kannte, konnte er sich relativ sicher fühlen. Was im Klartext nichts anderes hieß, als dass er Pläne für seine Flucht schmieden konnte. Er hatte zwar noch keine Ahnung, wie, aber er würde von hier verschwinden. Allerdings erst, wenn es dunkel geworden war.
Ein einziger Blick aus dem Fenster zeigte ihm, wie sinnlos jeder Fluchtversuch bei Tage sein musste. Die Fenster waren tatsächlich nicht verschlossen, genau wie Martin gesagt hatte, und als er sie aufmachte und sich vorbeugte, da entdeckte er sogar das Rosengitter, an dem herabklettern zu können er sich ohne Probleme zutraute.
Damit hörten die guten Nachrichten dann auch auf. Zwischen dem Haus und dem Waldrand befand sich ein gut dreißig Meter langer, zum Teil mit Kies bestreuter und zum anderen Teil grasbewachsener Streifen, auf dem sich nicht einmal eine Maus hätte verstecken können, und als Eric sich weiter vorbeugte und mit verdrehtem Hals an der Fassade emporsah, erblickte er etwas, was ihn noch viel mehr beunruhigte: Versteckt zwischen Kletterpflanzen und Rosen spähte eine Anzahl Videokameras in die Runde. Sein allererster Eindruck, was dieses Gebäude anging, war nicht vollkommen falsch gewesen. Es war eine Festung, nur dass ihre Mauern unsichtbar und die Verteidigungsanlagen nach innen gerichtet waren. Er würde bis nach Einbruch der Dunkelheit warten müssen, um von hier zu entkommen.
So schaltete er den Computer ein, spielte Warcraft auf der höchsten Schwierigkeitsstufe und hatte die Festung der Orcs binnen zwei Stunden erstürmt und mit Mann und Maus niedergemacht. Aber er empfand nicht die geringste Befriedi-

gung dabei. Es war nur ein blöder Computer, dessen Taktik noch so raffiniert sein konnte – sie blieb durchschaubar. Es war schon so, wie Azazel gesagt hatte: Es machte keinen Spaß, einen Gegner zu besiegen, der keine wirkliche Herausforderung darstellte.
Eric beendete das Spiel, stöberte ein bisschen auf der Festplatte herum und gelangte schließlich wieder zu der Sektion, die nach Astartus' Passwort verlangte. Ohne große Hoffnung probierte er ein paar nahe liegende Kombinationen aus. Der Computer verlangte stur immer wieder nach der Eingabe des richtigen Passwortes und warf ihn nach dem fünften vergeblichen Versuch aus dem Programm. Eric war nun einmal kein Hacker. So etwas hatte ihn nie interessiert.
Er wollte gerade abschalten, als ein leiser Glockenton erklang und auf dem Monitor das Symbol eines Briefkastens erschien, der auf- und zuging. Der Computer hatte eine E-Mail empfangen. Beinahe automatisch klickte Eric das Briefkastensymbol an und staunte nicht schlecht, als der Computer das Textprogramm startete und er eine kleine Notiz auf dem Monitor las:

Probiere es doch einmal mit Gottesland.

Chep

Eric starrte verdutzt auf das letzte, einzeln abgesetzte Wort. Chep? Der Cherub hatte ihm eine *E-Mail geschickt*?
Aber warum eigentlich nicht? Nur weil Chep ein Engel war, musste das ja nicht bedeuten, dass er die moderne Technik nicht nutzte oder sich nicht zu helfen verstand. Eric musste plötzlich grinsen. Azazel hatte möglicherweise dafür gesorgt, dass Chep dieses Haus nicht mehr betreten konnte, aber er hatte ganz offensichtlich vergessen, die Telefonleitung des Computers zu kappen. Neben allem anderem aber freute Eric an dieser himmlischen E-Mail eines ganz besonders: Ganz gleich, was Chep bei ihrem letzten Treffen auch gesagt hatte, er hatte sich offensichtlich doch entschlossen, ihm weiterzuhelfen ...

Er rief noch einmal Astartus' Sektion auf, tippte *Gottesland* ein, als der Rechner nach dem Passwort verlangte – und wurde belohnt. Der Bildschirm wurde schwarz und nach einer Sekunde erschien ein vollkommen neues Hauptmenü.
Eric war plötzlich sehr aufgeregt. Jetzt hatte er Zugang zu Astartus' geheimsten Daten! Auf dem Bildschirm vor ihm rollten buchstäblich Hunderte von Dateien ab. Er fand endlose Briefe und noch endlosere Statistiken, die ihm allesamt nichts sagten – und schließlich einen Ordner, der mit *Sonnentau* beschriftet war.
Er öffnete ihn und hier fand er etwas, was ihm vielleicht *wirklich* weiterhelfen konnte. Es gab auch hier endlose öde Zahlenkolonnen und Aufstellungen, die ihn nicht die Bohne interessierten, aber endlich fand er, wonach er so lange gesucht hatte: einen Grundriss des Gebäudes. Er rief ihn auf, studierte ihn aufmerksam und sein Mut sank mit jeder Minute.
Auf den Plänen waren nicht nur die genaue räumliche Aufteilung des Gebäudes zu erkennen, sondern auch die Sicherheitsvorkehrungen – und die waren gewaltig. Es gab Videokameras zuhauf, Infrarot- und Ultraschallsensoren, Nachtsichtgeräte und Bewegungsmelder und dazu an jeder Tür und jedem Fenster Sensoren, die sofort Alarm schlugen, wenn sie geöffnet wurden.
Und dazu in jedem Zimmer mindestens eine Überwachungskamera.
Eric erstarrte schier vor Entsetzen, als er eines der entsprechenden Symbole anklickte und plötzlich aus einer Position unter der Decke in eines der Zimmer hineinsah. Und es wurde noch schlimmer: Er klickte sich wild durch die Dateien und dann sah er sich selbst, wie er genau in diesem Moment am Schreibtisch saß und fassungslos auf den Monitor starrte.
Er wurde überwacht! Kein Wunder, dass Reichert in der vergangenen Nacht so prompt aufgetaucht war, als er sich im Schlaf herumgeworfen und geschrien hatte. Und viel schlimmer noch – Reichert hatte vermutlich jedes Wort gehört, das er mit Chep gewechselt hatte! Und dass er nicht gesehen hat-

te, wie er die Tabletten ins Klo gespuckt hatte, war schon ein kleines Wunder, denn es gab auch dort eine Überwachungskamera, wie Eric nach kurzem Suchen herausfand. Er konnte in der ganzen Wohnung buchstäblich keinen Schritt tun, ohne dabei beobachtet zu werden. Jetzt fehlte nur noch, dass sie alles auf ein Band aufzeichneten!

Und die schlechteste Neuigkeit in dieser langen Liste wirklich schlechter Nachrichten wurde Eric überhaupt erst nach einer Weile klar. Nämlich die, dass er praktisch keine Chance hatte, von hier zu entkommen. Die Überwachungssensoren würden wie ein Chor von Klageweibern durchs ganze Haus tönen, sobald er auch nur einen Fuß vor die Tür setzte. Aus den Unterlagen, die er eingesehen hatte, wusste er, dass sich der Gitterzaun durch den gesamten Wald zog und das Grundstück vollkommen einschloss – und tatsächlich unter Strom stand, genau wie Martin behauptet hatte. Es war keine tödliche Spannung, aber sie war garantiert hoch genug, um ein Übersteigen des Zauns unmöglich zu machen.

Er war rettungslos gefangen.

Es sei denn, er schaltete die ganze Anlage kurzerhand ab.

Vermutlich konnte er es. Immerhin saß er an Astartus' Computer, dem Master-Control-System, sozusagen. Auch ohne ein Softwarespezialist zu sein, konnte man die gesamte Anlage von hier aus vermutlich mit einem einzigen Tastendruck lahmlegen.

Unglückseligerweise war ihm auch klar, dass diese Aktion nicht unbemerkt bleiben würde. Also musste er auch sie bis nach Einbruch der Dunkelheit verschieben.

So oder so, dachte Eric. Es würde auf jeden Fall eine aufregende Nacht werden.

Gegen Abend kam Martin und brachte ihm etwas zum Essen und seine tägliche Ration an bunten Pillen. Eric, der sich mittlerweile ganz gut im Dschungel des Computersystems auskannte, sah ihn frühzeitig über die Überwachungskamera im Flur kommen und startete ein Computerspiel, kaum dass

Martin seine Tür ansteuerte. Er unterhielt sich eine Weile mit seinem freundlichen Kerkermeister, vertilgte sein Abendessen bis auf den letzten Krümel und tat danach so, als nehme er gehorsam seine Tabletten.

Nachdem Martin die Tür hinter sich geschlossen hatte, vertrieb sich Eric die Zeit wieder mit Computerspielen, bis es völlig Nacht geworden war. Dann überlegte er ein paar Sekunden, ging zum Bett und knuffte sein Kissen so zurecht, dass es für einen nicht besonders aufmerksamen Beobachter, noch dazu im Dunkeln und auf der grobkörnigen Darstellung der Schwarzweißkamera, so aussehen musste, als läge er noch in seinem Bett, und huschte dann rasch aus dem Aufnahmebereich des Video-Spions.

An der Tür blieb er stehen und zählte in Gedanken langsam bis hundert, ehe er die Klinke herunterdrückte und auf den Flur hinaustrat. Er warf einen Blick in die Runde, wandte sich dann nach rechts und begann geduckt und in sinnlos erscheinenden Schlangenlinien über den Flur zu huschen. Er hatte sich jede Position der Kameras in den Decken gemerkt und er hatte schon nach kurzem Nachdenken herausgefunden, dass es relativ leicht war, das System auszutricksen und sich so im toten Winkel der Kameras zu bewegen, dass er allerhöchstens einmal für eine halbe Sekunde oder weniger auf einem Monitor sichtbar war – der noch dazu in genau diesem Moment auch eingeschaltet sein musste. Das System lebte davon, dass niemand von seiner Existenz wusste.

Eric lief, lautlos betend, dass ihn sein Glück nicht im Stich lassen möge, die zwei Treppen in die vierte Etage hinauf – und fand sich vor einer verschlossenen und äußerst massiv aussehenden Tür wieder. Sie hatte kein Schloss, sondern einen kleinen Schaltkasten mit einer Tastatur. Eric zögerte einen Moment, dann tippte er *Gottesland* ein. Die Tür sprang mit einem leisen Summen auf und durch den Spalt drangen düster flackerndes rotes Licht und ein Chor geradezu unheimlicher Laute.

Eric zog die Tür rasch weiter auf, schob sie hinter sich wieder

ins Schloss und sah sich um. Er war allein und seine Umgebung wirkte geradezu gespenstisch.
Die Luft war von flackerndem rotem Licht erfüllt, das von einem Dutzend heftig blakender Fackeln stammte, die in geschmiedeten Halterungen an der Wand brannten. Die Wände selbst bestanden aus metergroßen, wuchtigen Felsquadern, die mit großer Kunstfertigkeit aufeinander gesetzt waren, und der Boden war mit unregelmäßigen Bruchsteinen gefliest. Der Gang hätte ebenso gut zu den Verliesen einer mittelalterlichen Burg führen können.
Er hörte ein Geräusch, fuhr erschrocken zusammen und huschte rasch in eine der Nischen, die sich überall an den Wänden befanden. Es war ein erbärmliches Versteck und es hätte ihn keine Sekunde lang verborgen, wäre wirklich jemand den Korridor heruntergekommen. Es kam jedoch niemand. Was er gehört hatte, waren keine Schritte, sondern eine Folge dumpfer, rhythmischer Schläge, denen ein sonderbarer, seufzender Laut folgte, der Eric einen eiskalten Schauer über den Rücken laufen ließ.
Sekundenlang blieb er mit angehaltenem Atem und klopfendem Herzen dicht an die Wand gepresst stehen, aber die Geräusche wiederholten sich nicht und schließlich wagte er es, seine Deckung zu verlassen. Er hörte jetzt etwas wie fernes Stimmengemurmel. Vorsichtig setzte er sich in die entsprechende Richtung in Bewegung.
Der Gang musste sich über die gesamte Länge des Gebäudes erstrecken. Hätte Eric nicht gewusst, dass es vollkommen unmöglich war, dann hätte er sogar geschworen, dass er wesentlich länger sein musste.
Das Geräusch der Stimmen war nun deutlicher geworden. Eric folgte ihm und gelangte zu einer Tür, die nur angelehnt war. Was er dahinter erblickte, sah wie das Labor eines mittelalterlichen Hexenmeisters aus: Auf langen, aus groben Balken zusammengefügten Tischen standen metallene Tiegel und Töpfe, gläserne Kolben und gewundene Röhren, in denen es dampfte und sprudelte, zischte, kochte und blubberte. Män-

ner in schwarzen Seidenroben bewegten sich dazwischen und sprachen mit gedämpften Stimmen miteinander. Sie erinnerten ihn an die schwarzen Engel, die er in der Stadt gesehen hatte, boten zugleich aber einen noch viel seltsameren, unwirklichen Anblick – zumal sie sich nahezu lautlos bewegten und nur selten und wenn, dann sehr leise miteinander sprachen. Sie waren so vollkommen in Schwarz gekleidet, dass sie wie Bewohner einer fremden Welt zu wirken schienen, einer Welt, in der Farben unbekannt und Licht etwas Verbotenes waren. Aber nicht nur die Roben hatten die Farbe der Nacht, sondern auch alles andere.

Eric war klar, dass er hier so etwas wie die Kommandozentrale von *Haus Sonnentau* gefunden hatte, auch wenn ihm dieser Ausdruck angesichts dieser unheimlichen Alchemistenküche sehr unpassend erschien.

Lautlos zog er sich wieder zurück, sah einen Moment in die Richtung, aus der er gekommen war, und setzte seinen Weg dann fort.

Wieder hörte er einen klatschenden Schlag, dem aber diesmal kein seufzender Laut folgte, sondern ein keuchender Schrei, der in etwas wie ein Wimmern überging. Eric sah erschrocken hoch. Das Geräusch war hinter einer Tür ganz am Ende des Korridors hervorgedrungen. Nach einem letzten, sichernden Blick hinter sich ging Eric hin, stellte fest, dass auch diese Tür nicht ganz geschlossen war, und lugte neugierig durch den Spalt.

Es war wie ein Blick in die Hölle.

Hinter der schweren Holztür lag eine Folterkammer, die aus dem tiefsten Mittelalter zu stammen schien. An den Wänden hingen schrecklich anzusehende Marterinstrumente und das rote, flackernde Licht von Pechfackeln und glitzernden Kohlebecken erfüllte den Raum. Unweit der Tür erhob sich eine Streckbank und an der gegenüberliegenden Wand stand eine eiserne Jungfrau, deren Anblick allein schon ausreichte, um Eric einen eisigen Schauer über den Rücken laufen zu lassen.

Und dieser schreckliche Raum war keineswegs ein Museum

oder ein besonders morbides Schaustück in dieser nachgebauten Raubritterburg.
Er wurde benutzt!
Nur ein kleines Stück neben der eisernen Jungfrau war ein Mann an die Wand gekettet. Die roten Striemen auf seinem Rücken machten Eric schlagartig klar, was die Ursache der klatschenden Geräusche gewesen war. Martin – beziehungsweise der Bucklige, in den er sich wieder verwandelt hatte – stand zwei Meter hinter ihm und schwang eine Peitsche, die er in diesem Moment erneut auf den Rücken seines wehrlosen Opfers herabsausen ließ. Der Mann stöhnte.
Eric schlug erschrocken die Hände vor den Mund, um nicht erschrocken aufzuschreien. Trotzdem hatte er vielleicht ein verräterisches Geräusch gemacht, denn der Bucklige holte zwar zu einem weiteren Schlag aus, führte die Bewegung aber nicht zu Ende, sondern drehte misstrauisch den Kopf hin und her und sog dann hörbar die Luft durch die Nase ein, wie ein Hund, der Witterung aufnimmt. Langsam drehte er sich herum und schnüffelte dabei erneut und lauter. Eric war ziemlich sicher, dass er ihn hinter dem schmalen Türspalt nicht sehen konnte – aber als sich der Blick seiner blutunterlaufenen Triefaugen auf ihn richtete, hielt er es einfach nicht mehr aus.
Er fuhr herum, raste wie von Furien gehetzt den Gang hinunter und hielt erst an, als er die Ausgangstür erreichte. Hier gab es keine Schalttafel, sondern gottlob nur eine ganz normale Klinke. Eric drückte sie hinunter, riss die Tür auf und rannte hindurch, ohne sich auch nur ein einziges Mal umzusehen, ob er entdeckt worden war oder gar verfolgt wurde.
Ohne langsamer zu werden, jagte er die Treppe hinunter, lief in Schlangenlinien über den Flur – er konnte nur hoffen, dass er sich in seiner Aufregung noch an die genauen Positionen der Überwachungskameras unter der Decke erinnerte – und erreichte völlig außer Atem sein Zimmer. Er knallte die Tür hinter sich zu, riss sich noch im Laufen die Kleider vom Leib und schlüpfte unter seine Bettdecke. Sein Herz hämmerte laut und er zitterte am ganzen Leib. Er war fest davon überzeugt,

dass man ihn gesehen hatte. Himmel Herrgott, der Bucklige hatte ihn *gewittert*! Aber vielleicht hatte er Glück gehabt.
Seine Hoffnung erfüllte sich nicht. Es vergingen ein paar Minuten, aber dann hörte er, wie die Tür zu seinem Appartement geöffnet wurde. Für einen Moment fiel bleiches Licht vom Flur herein und dann konnte er einen gedrungenen, irgendwie verzerrt wirkenden Schatten sehen, der sich davon abhob. Dann fiel die Tür wieder zu und schlurfende Schritte näherten sich seinem Bett.
Eric wagte es nicht, die Augen auch nur einen Spalt breit zu öffnen, aber er konnte ganz deutlich hören, wie der Bucklige näher kam und neben seinem Bett stehen blieb. Er schnüffelte und abermals musste Eric an einen Hund denken, der Witterung aufnahm. Er konnte regelrecht spüren, wie der Bucklige sich über ihn beugte und die Hand nach ihm ausstreckte, ihn aber dann doch nicht berührte.
Er stand eine ganze Weile so da, reglos und ganz offensichtlich unschlüssig, was er tun sollte, aber schließlich richtete er sich wieder auf, drehte sich herum und schlurfte hinaus.
Eric war aus dem Bett, kaum dass die Tür ins Schloss gefallen war. Mit zwei schnellen Schritten war er bei der Tür, schloss sie ab und lief dann zum Schreibtisch, um den Monitor einzuschalten. Vielleicht war es besser, wenn er noch eine kleine Sicherheitsmaßnahme traf. Wie sein Vater immer sagte: Es konnte nie schaden, sich noch eine Hintertür offen zu halten.
Er rief das Master-Control-Programm auf, atmete noch einmal tief ein, zog die Unterlippe zwischen die Zähne und begann dann zu tippen. Sein Vorhaben erwies sich als weit schwieriger, als er befürchtet hatte. Er hatte so etwas erst ein einziges Mal gemacht und er erinnerte sich nicht mehr genau daran. Als er auf die Uhr sah, erschrak er. Er hatte eine gute halbe Stunde gebraucht, um das simple Programm zu schreiben und irgendwo in dem Wust von Daten auf Astartus' Festplatte zu verstecken.
Eric nahm all seinen Mut zusammen und tippte den Befehl ein, der die gesamte Videoanlage außer Betrieb setzte.

In den ersten zehn Sekunden geschah nichts. Dann flackerte der Monitor kurz, und als Eric versuchte, die Überwachungskamera in seinem eigenen Zimmer zu aktivieren, blieb der Bildschirm schwarz.

Jetzt hieß es schnell zu sein. Eric lief zum Fenster, riss es auf und schwang sich mit einer entschlossenen Bewegung auf die Brüstung. Das dünne Holz des Rosengitters knackte verdächtig, als er einen Fuß darauf setzte und es dann vorsichtig mit seinem ganzen Körpergewicht belastete, und ihm wurde ziemlich unangenehm bewusst, wie hoch er sich über dem Boden befand. Hand über Hand und mit zusammengebissenen Zähnen kletterte er an dem Rosengitter in die Tiefe. Die hölzerne Konstruktion knarrte und zitterte bedenklich und Eric handelte sich eine Reihe schmerzhafter Kratzer an Händen, Armen und dem Gesicht ein. Als er endlich wieder festen Boden unter den Füßen hatte, war er vollkommen außer Atem.

»Beeindruckend«, sagte eine Stimme hinter ihm. »Eine reife Leistung. Ich bin nicht sicher, ob ich es geschafft hätte.«

Eric fuhr mit einem unterdrückten Keuchen herum. Martin stand – in seiner menschlichen Gestalt – hinter ihm und klatschte spöttisch Beifall und Reichert stand neben ihm und blickte finster auf Eric herab. Darüber hinaus befanden sich noch mindestens ein halbes Dutzend Gestalten in schwarzen Roben in ihrer unmittelbaren Nähe. Eric vergaß jeden Gedanken an Flucht. Er war unendlich enttäuscht.

»Hat es wenigstens Spaß gemacht?«, grollte er. »Wie lange beobachtet ihr mich schon?«

»Seit du aus dem Fenster geklettert bist«, sagte Martin grinsend. »Ich dachte mir, dass du es auf diesem Weg versuchen würdest. Ich hätte es genauso gemacht.«

»Genug«, sagte Reichert scharf. »Bring ihn hinein.«

Eric unternahm nicht einmal den Versuch, sich zu wehren. Trotzdem wurde er von zwei der Männer in den schwarzen Roben an den Armen gepackt und grob ins Haus zurück- und die Treppe nach oben geschleift. Erst als sie sein Zimmer

erreichten, ließen sie ihn los, aber dafür ergriff ihn Martin, zerrte ihn derb vorwärts und versetzte ihm schließlich einen Stoß, der ihn aufs Bett schleuderte.
Die Wachen gingen und nachdem Martin die Tür geschlossen hatte, blieb Eric allein mit ihm und Reichert zurück. Ächzend wälzte er sich auf den Rücken und richtete sich auf, wagte es aber nicht ganz, aufzustehen, als Martin drohend näher kam.
»Ich bin tief enttäuscht von dir, Eric«, sagte Reichert. »Aber ich bin auch neugierig. Woher hast du gewusst, dass die Videoanlage ausgefallen ist?«
Eric war so überrascht, dass er sich gerade noch beherrschen konnte, nicht einen Blick zu Astartus' Schreibtisch und dem Computer darauf zu werfen. Reichert hatte offensichtlich keine Ahnung, was wirklich passiert war!
»Welche Videoanlage?«, fragte er.
»Der Kerl lügt«, sagte Martin. »Er war oben in der vierten Etage und hat dort herumgeschnüffelt. Er muss genau wissen, wo die Kameras hängen, sonst wäre er nie ungesehen dorthin gekommen.«
»Das finden wir heraus«, sagte Reichert, während er sein Spritzenetui aus der Kitteltasche zog. Eric fuhr erschrocken zusammen, aber Martin schüttelte rasch den Kopf und legte Reichert die Hand auf den Arm.
»Damit sollten wir vielleicht warten, bis Bruder Astartus hier ist«, sagte er. »Es mag sein, dass er ihn bei klarem Verstand verhören will.«
Reichert sah ihn feindselig an, nickte aber dann widerwillig und ließ das Etui wieder in der Kitteltasche verschwinden. Trotzdem sagte er: »Astartus wird Antworten von uns erwarten.«
»Die bekomme ich schon«, sagte Martin mit einem bösen Lächeln. Er ballte die Fäuste und Eric wurde heiß und kalt bei der Vorstellung, *wie* Martin die Antworten auf seine Fragen zu bekommen gedachte.
Diesmal jedoch kam ihm Reichert zu Hilfe. »Nein«, sagte er. »Noch nicht. Warten wir, bis Bruder Astartus hier ist. Er soll entscheiden, was mit ihm zu geschehen hat.«

Er bemerkte Erics Erleichterung und runzelte die Stirn. »Du solltest dich nicht zu sehr darauf freuen, mein Junge«, sagte er. »Astartus ist schrecklich in seinem Zorn. Glaub mir, Martin wäre das kleinere Übel.« Er gab Martin einen Wink. »Gehen wir. Du haftest mir mit deinem Leben dafür, dass er nicht noch einmal davonläuft.«

Sie verließen das Zimmer. Nachdem die Tür zugefallen war, konnte Eric hören, wie Martin sich dagegen lehnte. Er würde dort draußen stehen bleiben und sich nicht mehr von der Stelle rühren, bis Astartus eingetroffen war, und wahrscheinlich nur darauf warten, dass Eric irgendwie versuchte, an ihm vorbeizukommen.

Ohne große Hoffnung ging Eric zum Fenster und sah hinaus. Er erblickte genau das, was er erwartet hatte: Direkt unter seinem Fenster standen zwei Gestalten in schwarzen Roben. Dann und wann hob einer der Männer den Blick und sah zu ihm herauf; nur für den Fall, dass er etwa verrückt genug sein sollte, an dem Rosengitter entlang bis zur Ecke des Gebäudes zu klettern, um auf der anderen Seite ungesehen nach unten zu gelangen.

Eric war verzweifelt. Wäre wenigstens Chep da gewesen! Der Engel hatte sich nicht immer als der zuverlässige Verbündete, den er sich gewünscht hätte, erwiesen, aber er fühlte sich doch im Moment so furchtbar allein und verloren wie noch niemals zuvor im Leben.

Dann riss er ungläubig die Augen auf. Chep hatte ihm doch bereits einen Weg gezeigt, wie er Hilfe herbeirufen konnte! Er war bisher nur zu dumm gewesen, ihn zu sehen – und das, obwohl er ihn die ganze Zeit über wortwörtlich vor Augen gehabt hatte!

Eric fuhr wie von der Tarantel gestochen herum, schaltete den Computer ein und wartete voller Ungeduld, bis das System sich betriebsbereit gemeldet hatte. Diesmal kamen ihm die wenigen Sekunden wie eine Ewigkeit vor.

Er öffnete das Internet-System, startete eine der großen Suchmaschinen und wurde belohnt: Inspektor Thomas Breuer hatte gleich zwei E-Mail-Adressen, eine private und eine in seinem Büro im Polizeipräsidium. Eric klickte sie beide an und verbrachte gute zehn Minuten damit, eine Nachricht an ihn zu verfassen, die er mit höchster Priorität abschickte. Danach löschte er sowohl die Nachricht als auch sämtliche Sicherheitskopien und um ganz sicherzugehen, warf er den gesamten Ordner mit der Bezeichnung Internet in den virtuellen Papierkorb und leerte ihn anschließend. Jetzt konnte Astartus suchen, bis er schwarz wurde, ohne herauszufinden, dass er eine Nachricht abgeschickt hatte, oder gar, an wen.

Astartus kam keine fünf Minuten, nachdem Eric den Computer abgeschaltet hatte und ans Fenster getreten war. Schon bald erschien ein weißes Scheinwerferpaar im Wald und nur einen Augenblick später rollte Astartus' riesiger schwarzer Straßenkreuzer auf den Vorplatz des Hauses. Eric beobachtete, wie der ganz in Schwarz gekleidete Sektenführer aus dem Wagen stieg und aus seinem Sichtfeld verschwand und schon die Art, auf die Astartus sich bewegte, machte ihm klar, dass er nicht besonders gut gelaunt war.
Gleich darauf tauchte er in Reicherts Begleitung in seinem Zimmer auf. Martin hechelte hinter ihnen her. Die drei mussten die Treppe regelrecht herauf*geflogen* sein.
»Hallo, Eric«, begrüßte ihn Astartus eisig. »Wie ich sehe, geht es dir ja schon wieder ganz gut.«
Eric sah ihn nur an und schwieg.
»Bruder Maximilian sagte mir, dass du uns verlassen wolltest?«, fuhr Astartus fort. »Darf ich fragen, warum? Gefällt es dir hier nicht?«
Eric schwieg beharrlich weiter und Astartus drehte sich mit einer zornigen Bewegung zu Reichert herum. »Hast du ihm etwas gegeben?«
»Überhaupt nichts!«, versicherte Reichert hastig.
»Er ist stur«, sagte Martin.
»Das werden wir sehen«, sagte Astartus. Er maß Eric mit einem langen Blick, unter dem Eric sich immer unwohler zu

fühlen begann. »Du wolltest also fliehen«, sagte er. »Und das rein zufällig, als gerade die Überwachungsanlage ausgefallen ist. Wieso?«
»Sie haben es selbst gesagt«, sagte Eric stur. »Rein zufällig.«
Astartus nickte. »Und wie bist du in die vierte Etage gekommen? Auch rein zufällig?«
»Martin hat die Tür offen gelassen«, behauptete Eric. Martin wurde bleich und setzte dazu an, sich zu verteidigen, aber Astartus schüttelte nur den Kopf.
»Das glaube ich dir nicht«, sagte er und seufzte tief. Dann drehte er sich um und unterzog das Zimmer einer eingehenden Inspektion. Eric war nicht besonders überrascht, als sein Blick auf dem PC auf dem Schreibtisch hängen blieb.
Ohne ein weiteres Wort trat Astartus an das Gerät heran, schaltete es ein und machte sich eine kleine Weile daran zu schaffen. Dann stieß er einen unflätigen Fluch aus, bei dem Eric normalerweise rote Ohren bekommen hätte. Mit einer schlangenhaften Bewegung fuhr er herum und fragte in scharfem Ton: »Wer hat dir mein Passwort verraten?«
»Martin«, antwortete Eric ganz automatisch.
Astartus blickte ihn eine Sekunde lang fast hasserfüllt an, dann fuhr er herum, winkte Martin zu sich heran und schlug ihm warnungslos die Faust ins Gesicht. Martin keuchte und taumelte zurück und Astartus versetzte ihm einen zweiten, noch härteren Fausthieb, der ihn sich krümmen und dann zusammenbrechen ließ. Astartus trat ihm in die Seite, vor den Hals und ins Gesicht und er hörte erst damit auf, als Eric aufschrie und die Hände ausstreckte, wie um ihn zurückzuhalten.
»Nicht!«, schrie er. »Hören Sie auf!«
»Aber warum denn?«, fragte Astartus böse und versetzte Martin noch einen Fußtritt. »So gehen wir hier mit Verrätern um!«
»Aber er war es doch gar nicht!«, sagte Eric. »Er hat mir nichts verraten! Das ... das habe ich nur so gesagt!«
»Ich weiß«, sagte Astartus. Er versetzte Martin noch einen Tritt und drehte sich erst dann wieder zu Eric herum. Er atmete schwer.

»Aber ...« Eric starrte Martin an, der am Boden lag und sich wimmernd und qualvoll nach Luft ringend krümmte. »Aber warum haben Sie es dann getan?«
»So sind nun einmal unsere Regeln«, sagte Astartus. »Wir bestrafen nicht immer nur die Schuldigen, sondern manchmal auch einen Unbeteiligten.«
»Aber wieso denn?«, murmelte Eric entsetzt.
»Im Laufe der Zeit wirst du das schon begreifen«, sagte Astartus.
Eric begriff es im Grunde jetzt schon. Er blickte auf Martin herab, der sich mühsam und mit blutüberströmtem Gesicht in die Höhe arbeitete. Er hatte noch immer Mühe, zu atmen, und als Eric den Hass in seinen Augen sah, wusste er, was Astartus gemeint hatte.
Astartus trat wieder an den Computer heran, machte sich eine Zeit lang daran zu schaffen und fluchte erneut, wenn auch nicht mehr ganz so laut wie zuvor. »Ihr völlig verblödeten Idioten«, sagte er. »Wer von euch hat ihm gestattet, den Computer nach seinem Fluchtversuch weiter zu benutzen?«
»Ich«, gestand Reichert. »Ich habe mir nichts dabei gedacht. Was konnte er denn noch tun, nachdem wir ihn erwischt haben?« Er klang nervös.
Astartus seufzte. »Manchmal frage ich mich, wie du die Grundschule geschafft hast, Bruder Maximilian«, sagte er abfällig. »Unser junger Freund hier hat nicht nur versucht, das ganze System zu zerstören ...« Er grinste Eric auf eine Art an, die jede weitere Erklärung überflüssig machte: Seine Sabotageakte waren nicht besonders erfolgreich gewesen. »... er hat auch eine E-Mail abgeschickt. Würdest du mir freundlicherweise verraten, an wen, Eric?«
»Nein«, sagte Eric ruhig. Er sah aus den Augenwinkeln, dass Martin zusammenfuhr und noch blasser wurde, aber Astartus seufzte nur.
»Du machst es dir nur unnötig schwer, mein Freund«, sagte er. »Was immer du auch tust, kann mir nicht schaden.« Er sah nachdenklich auf den Bildschirm. »Ich bin richtig stolz auf

dich«, fuhr er fort. »Du bist klüger, als ich gehofft habe. Sobald du erst einmal begriffen hast, wer deine wirklichen Freunde sind, werden wir beide hervorragend miteinander auskommen.«

»Nicht mehr in diesem Leben«, sagte Eric.

Astartus lachte. »Wem hast du die E-Mail geschickt?«

Eric schüttelte wortlos den Kopf und Martin trat ebenso wortlos auf ihn zu und schlug ihm die Faust in den Leib. Eric taumelte einen halben Schritt zurück.

»Und?«, fragte er patzig. »Was wollen Sie tun? Mich umbringen?« Er lachte. »Sie hätten mir nicht sagen sollen, wie wichtig ich für Sie bin, Astartus. Sie können mir aus diesem Grund nichts antun.«

»Das stimmt«, sagte Astartus zornig. Dann drehte er sich zu Martin. »Such dir einen der Patienten heraus und gib ihm zwanzig Peitschenhiebe – oder sagen wir dreißig. Aber gib Acht, dass du ihn nicht umbringst. Der Papierkrieg hinterher ist immer sehr lästig.«

Er wartete, bis Martin gegangen war, dann bückte er sich, zog das Netzkabel aus dem Computer und verstaute es sorgfältig in seiner Manteltasche.

»Ich sage es Ihnen«, sagte Eric.

»Was?«

»An wen ich die E-Mail geschickt habe und was darin stand«, sagte Eric. »Es ist nicht notwendig, dass Sie Unschuldige bestrafen lassen.«

»Zu spät«, antwortete Astartus kalt. »Ich will es gar nicht mehr wissen. Demnächst wirst du dir vorher überlegen, was du tust.«

Reichert zog sein Spritzenetui aus der Tasche. »Ich könnte es herausfinden.«

»Nein«, bestimmte Astartus. »Keine Drogen mehr. Warten wir ab, was passiert. Es sollte mich nicht überraschen, wenn wir morgen Besuch bekommen.« Er deutete auf Eric. »Er hat sich den schwereren Weg ausgesucht. Nun soll er ihn auch zu Ende gehen.«

Eric machte in dieser Nacht kein Auge mehr zu; schon weil er fest damit rechnete, dass Astartus noch einmal zurückkommen würde oder vielleicht auch Martin, der seinen Rachedurst an ihm stillen wollte.
Er wurde jedoch nicht gestört. Martin erschien erst am nächsten Morgen, knallte ihm wortlos ein Tablett mit seinem Frühstück auf den Tisch und ging dann ebenso wortlos wieder. Er brachte keine Tabletten. Eric fiel aber auf, dass er leicht humpelte und sein Gesicht deutlich geschwollen war.
Dasselbe wiederholte sich zum Mittagessen. Martin wechselte kein Wort mit ihm, weder als er das Tablett brachte noch eine halbe Stunde später, als er es wieder abholte, und sein beharrliches Schweigen verunsicherte Eric allmählich mehr, als hätte er ihn beschimpft oder auch Drohungen ausgestoßen.
Kurz bevor die Sonne unterging, rollten zwei Polizeiwagen auf den Vorplatz und Breuer und ein halbes Dutzend Beamte stieg aus. Eric atmete innerlich auf. Er war gerettet. Er hatte Breuer nicht nur um Hilfe gebeten, sondern ihm auch detailliert beschrieben, was er im oberen Stockwerk des vermeintlichen Sanatoriums finden würde.
Bis dahin aber wurde seine Geduld noch auf eine harte Probe gestellt. Eine gute halbe Stunde verging, ohne dass sich irgendetwas tat, und Eric begann schon wieder nervös zu werden. Endlich ging die Tür auf und Breuer, Astartus und Reichert kamen herein, dicht gefolgt von Martin und zwei Polizeibeamten in grünen Uniformen. Eric eilte ihnen mit einem erleichterten Aufatmen entgegen, verhielt dann aber mitten im Schritt, als er sah, mit welch finsterem Gesichtsausdruck Breuer ihn anstarrte.
»Hallo, Eric«, sagte er kühl. »Wie geht es dir?«
»Gut«, antwortete Eric. »Das heißt, jetzt, wo Sie da sind.«
Breuer sah ihn nur ausdruckslos an und Astartus lächelte sein gewohntes, unechtes Lächeln. Aber in seinen Augen war ein schwaches, fast triumphierendes Glitzern und auch Reichert sah nicht annähernd so nervös aus, wie Eric erwartet hätte. Was ging hier vor?

Breuer redete nicht lange um den heißen Brei herum, sondern griff in die Innentasche seines Mantels und zog ein mehrfach gefaltetes Blatt heraus. »Hast du mir diese E-Mail geschickt?«, fragte er.
»Ja«, antwortete Eric aufgeregt. »Hier werden –«
»Ich bin in der Lage, zu lesen«, unterbrach ihn Breuer. Sein Gesicht war wie Stein, aber in seiner Stimme war ein ganz leichtes Zittern. »Man hält dich also gegen deinen Willen gefangen und du wirst unter bewusstseinsverändernde Drogen gesetzt, um deinen Willen zu brechen?«
»Genau«, sagte Eric.
Breuer wandte sich mit steinernem Gesicht an Reichert. »Ist das wahr?«
Es war Astartus, der antwortete, nicht Reichert. »Selbstverständlich hat Eric Medikamente bekommen, als er hier eingeliefert wurde. Der arme Junge befand sich in einem bedauernswerten Zustand. Doktor Reichert hat nur getan, was notwendig war.«
»Aber das ist doch –«, begann Eric erregt, wurde aber sofort von Breuer unterbrochen:
»In der vierten Etage befindet sich also eine Art geheimer Kommandozentrale und außerdem eine Folterkammer, in der Menschen gequält werden.«
»Ja«, antwortete Eric, wobei er den Blick fest auf Astartus gerichtet hielt. »Ich habe sie selbst gesehen. Gestern Abend.«
»Dann kannst du sie mir ja bestimmt auch zeigen«, sagte Breuer. Mit einem fragenden Blick in Astartus' Richtung fügte er hinzu: »Sie haben doch nichts dagegen?«
»Nicht das Geringste«, antwortete Astartus. Er drehte sich herum, machte eine einladende Geste und fragte: »Eric, möchtest du vorausgehen?«
Er bluffte hervorragend, dachte Eric. Aber vielleicht täte er ganz gut daran, sich nicht zu sicher zu fühlen. Seine Männer und er hatten viele Stunden Zeit gehabt, alle Spuren ihres Tuns zu verwischen, aber Eric wusste auch, dass Breuer ein verdammt guter Polizist war, den man besser nicht unter-

schätzte. Er warf Astartus einen schon fast herausfordernden Blick zu und trat stolz erhobenen Hauptes auf den Flur hinaus. An der Spitze der kleinen Gruppe marschierte er den Korridor entlang und dann die beiden Treppen bis zum vierten Stock hinauf. Die stabile Eisentür am Ende des letzten Treppenabsatzes stand offen und der Gang dahinter –

war nicht mehr der Gang, an den er sich erinnerte.

Die Wände waren weiß getüncht und bis in einer Höhe von knapp anderthalb Metern mit Kunststoff verkleidet. Es gab zahlreiche gleichförmige Türen aus cremefarbenem Kunststoff, in die in Kopfhöhe kleine Gucklöcher eingelassen waren. Schlichte Neonröhren unter der Decke unterstrichen noch den klinischen, fast sterilen Eindruck und auf dem Boden lag ein geriffelter PVC-Belag. Es gab nirgendwo Steine, kein Mauerwerk, keine Türen aus uralten Eichenbohlen, und Eric blieb mitten im Schritt stehen.

»Das ... das muss die falsche Etage sein«, stammelte er.

»Über uns ist nur noch das Dach«, sagte Reichert. »Du kannst dich gerne selbst davon überzeugen.«

»Warum zeigst du uns nicht die ›Alchemistenküche‹?«, fragte Breuer.

Eric sah ihn unsicher an und eilte dann von Tür zu Tür. Die meisten waren verschlossen, und als er einen Blick durch eines der Gucklöcher warf, erblickte er einen winzigen Raum mit einem vergitterten Fenster und Wänden, die mit dicken Schaumstoffmatten gepolstert waren.

»Das sind unsere Isolierzellen«, sagte Reichert. »Gottlob brauchen wir sie nur sehr selten. Im Moment stehen sie alle leer.«

Breuer schwieg, aber er warf Eric einen Blick zu, als könne er sich einen Aspiranten für diese Gummizellen gut vorstellen.

Sie gingen weiter und endlich fand Eric, wonach er gesucht hatte.

Aber der Raum hatte sich ebenso verändert wie alles hier oben. Er war jetzt deutlich kleiner. Statt Dutzenden von Computern und Monitoren entdeckte Eric gerade mal drei armselige PCs und vier kleine Überwachungsmonitore, auf denen

das Äußere des Geländes und der Korridor vor den Isolierzellen zu erkennen war, und die Männer, die hier drinnen arbeiteten, trugen auch keine schwarzen Roben, sondern Jeans, Turnschuhe und ganz normale Freizeithemden.
»Von hier aus kann also jedes einzelne Zimmer eingesehen werden«, sagte Breuer.
Eric nickte, aber Astartus schüttelte den Kopf und sagte lächelnd: »Selbstverständlich nicht. Das wäre eine Verletzung der Privatsphäre unserer Patienten und so etwas würden wir niemals tun.«
»Aber das ist vollkommen unmöglich!«, protestierte Eric. »Ich habe es selbst gesehen! Das ... das ist ein Trick!«
»Der arme Junge«, seufzte Astartus. »Sie dürfen es ihm nicht übel nehmen, Herr Breuer. Er glaubt das alles wirklich.«
»Ich *weiß* es!« Eric schrie fast. »Ich weiß nicht, wie Sie es gemacht haben, aber das hier ist nichts als ein Trick! Ich bin doch nicht verrückt!«
Niemand antwortete, doch nach einer Weile sagte Breuer: »Da wäre dann nur noch diese ominöse Folterkammer. Mir ist natürlich klar, dass es Unsinn ist, aber wenn wir schon einmal hier sind ...«
Er machte eine einladende Handbewegung und Eric fuhr auf dem Absatz herum, stürmte aus dem Raum und riss die Tür ganz am Ende des Korridors auf.
Wo sich in der vergangenen Nacht eine mittelalterliche Folterkammer erstreckt hatte, da befand sich nun ein moderner, vor Sauberkeit blitzender Behandlungsraum, der einem Krankenhaus zur Ehre gereicht hätte. Breuer seufzte.
»Aber das ... das kann doch nicht sein!«, stammelte Eric, den Tränen nahe. »Ich habe es doch ganz genau gesehen! Der Bucklige hat einen Mann ausgepeitscht, vor meinen Augen!«
»Welcher Bucklige?«, fragte Breuer.
Reichert deutete auf Martin. »Aus irgendeinem Grund nennt er ihn so. Eric ist dem Pflegepersonal gegenüber leider sehr aggressiv. Dabei ist Martin einer unserer fähigsten Mitarbeiter.«

Breuer betrachtete Martins grün und blau geschlagenes Gesicht einige Sekunden lang nachdenklich. »War er das?«, fragte er dann.
»Ja«, antwortete Martin. »Aber es sieht schlimmer aus, als es ist. Ist nicht das erste Mal, dass mir das passiert.«
Das zumindest glaubte Eric ihm. Seine Augen füllten sich mit Tränen der Hilflosigkeit und Wut. »Das ist alles nicht wahr«, murmelte er. »Ich bin nicht verrückt.«
»Das hat auch niemand gesagt, mein lieber Junge«, sagte Astartus sanft. »Du bist nur ein bisschen verwirrt.« Er hob die Hand und versuchte Eric über den Kopf zu streicheln. Eric schlug seinen Arm wütend zur Seite und Astartus seufzte, lächelte unerschütterlich weiter und wandte sich an Breuer.
»Sie dürfen es ihm nicht übel nehmen, Herr Inspektor«, sagte er. »Eric ist total verwirrt. Er leidet unter schweren Halluzinationen. Er hat nicht gelogen, verstehen Sie? Er glaubt jedes Wort von dem, was er erzählt.«
»Ich bin nicht verrückt«, schluchzte Eric.
»Wenn Sie mir bitte folgen würden«, sagte Reichert.
Sie verließen die *Folterkammer* und gingen in den Raum mit den Überwachungsmonitoren zurück. Reichert gab einem der Männer ein Zeichen und dieser legte eine Videokassette ein.
Eric gefror vor Entsetzen schier das Blut in den Adern, als er sich plötzlich selbst auf einem der Monitore sah. Er stand mitten im Zimmer, gestikulierte wild mit beiden Händen und sprach mit jemandem, der gar nicht da war.
»So geht es jeden Tag«, sagte Reichert. »Er glaubt, mit einem Engel zu sprechen.«
Breuer seufzte tief. »Ich verstehe«, murmelte er. Dann wandte er sich mit einer erzwungen wirkenden Bewegung an Astartus. »Ich kann mich nur in aller Form bei Ihnen entschuldigen, Herr Aspach.«
»Ich bitte Sie«, wehrte Astartus ab. »Ich bin es, der sich entschuldigen muss. Meine Mitarbeiter waren nachlässig. Sie hätten Eric niemals erlauben dürfen, an einen Computer mit Internet-Anschluss heranzukommen, aber sie haben seinen

Erfindungsreichtum wohl unterschätzt. Es tut mir Leid, dass Sie sich solche Umstände gemacht haben und noch dazu vollkommen umsonst.«

»Aber das ist alles nicht wahr!«, schrie Eric und wandte sich an Breuer. »Sie müssen mir glauben! Bitte! Ich bin nicht verrückt!«

»Glauben?«, fragte Breuer. »Ich *habe* dir geglaubt, Eric. Viel zu sehr. Ich Idiot habe nämlich deine E-Mail für bare Münze genommen und daraufhin einen Durchsuchungsbefehl beantragt und auch bekommen. Und weißt du, was ich jetzt bekommen werde? Schwierigkeiten! Verdammt große Schwierigkeiten sogar! Kannst du dir ungefähr vorstellen, was Schollkämper davon hält, dass ich ihn so übergangen habe?«

»Aber nicht meinetwegen«, sagte Astartus. »Ich nehme Ihnen Ihren Besuch nicht übel, Herr Breuer. Im Gegenteil – ich wünschte mir, alle unsere Beamten würden ihre Pflichten so ernst nehmen, wie Sie es offensichtlich tun.«

»Danke«, sagte Breuer freudlos. »Ich fürchte nur, meine Vorgesetzten sehen das etwas anders.«

»Keine Angst«, versicherte Astartus großzügig. »Ich werde mit Ihren Vorgesetzten reden und ein gutes Wort für Sie einlegen.« Er lächelte dünn. »Ich kenne Kommissar Schollkämper recht gut, wie Sie ja wissen.«

Breuer antwortete nicht darauf. Er hob nur die Schultern und gab dann den beiden Polizisten in seiner Begleitung einen Wink. Ohne ein weiteres Wort verließen sie den Raum.

Nachdem sie die Tür hinter sich geschlossen hatten, ließ Astartus gute dreißig Sekunden verstreichen, dann seufzte er tief, wandte sich an Eric und lächelte sanft.

»Du siehst: All deine Anstrengungen sind vollkommen sinnlos«, sagte er. »Du wirst zweifellos weiter versuchen, uns zu diskreditieren und uns zu schaden. Es wird dir nicht gelingen. Und wenn du am Ende eingesehen hast, dass ich nicht zu besiegen bin, dann können wir vielleicht anfangen, vernünftig miteinander zu reden.«

»So viel also zu Ihren großen Sprüchen und Versprechun-

gen«, sagte Eric bitter. »Sie wollen nur meine Freundschaft, wie? Sie bedauern die Fehler, die Sie gemacht haben, nicht wahr? Sie werden nie wieder versuchen, mich irgendwie unter Druck zu setzen – waren das nicht ungefähr Ihre Worte?«
Astartus nickte. »Tja, da habe ich wohl gelogen.« Er gab Martin einen Wink. »Bring ihn in sein Zimmer.«
Eric gab Martin keinen Anlass, grob zu werden, sondern drehte sich nach einem hasserfüllten Blick auf Astartus herum und verließ gehorsam den Raum. Martin folgte ihm in kaum einem Schritt Abstand, berührte ihn aber kein einziges Mal, sondern begleitete ihn bis zu seinem Appartement und schloss dann die Tür hinter ihm ab.
Eric trat mit langsamen Schritten ans Fenster und sah hinaus. Die beiden Polizeiwagen standen noch immer vor dem Haus, aber er sah sie kaum. Er war so enttäuscht und zornig, dass es fast körperlich wehtat. Er hatte auf ganzer Linie verloren, und das so gründlich, wie es überhaupt nur ging. Breuer würde ihm für die nächsten zehn- oder auch zwanzigtausend Jahre kein Wort mehr glauben und Astartus war nicht nur unbeschadet aus der Sache herausgekommen, sondern hatte im Gegenteil noch Pluspunkte gemacht! Er würde sich einen Spaß daraus machen, mit Breuers Vorgesetzten zu telefonieren, damit dieser keine Schwierigkeiten bekam, und auch Breuer würde in Zukunft in seiner Schuld stehen.
Er konnte es drehen und wenden, wie er wollte – Astartus hatte gewonnen. Es gab nichts mehr, was er noch gegen ihn unternehmen konnte. Warum also nicht aufgeben und versuchen, das Beste aus der Situation zu machen.
Weil du dann nicht nur dich aufgibst, sondern auch alle, die auf dich vertrauen. Deren letzte verzweifelte Hoffnung du bist.
Es dauerte einen Moment, bis er begriff, dass dieser Gedanke nicht aus ihm selbst heraus gekommen war.
Eric sah sich fast erschrocken im Zimmer um. War Chep zurückgekommen, um ihm im Moment der höchsten Not doch noch beizustehen?
Aber er war allein.

Eric drehte sich ein zweites Mal im Kreis, wobei er diesmal alle Schatten und Winkel genau in Augenschein nahm, dann trat er ans Fenster und sah hinaus und er entdeckte den Engel dicht am Waldrand. Er stand hoch aufgerichtet und fast reglos zwischen den ersten Büschen und Licht und Schatten übten einen eigenartigen Effekt aus. Im hellen Licht der Morgensonne war Cheps normalerweise strahlende Aura nicht mehr zu erkennen. Je nachdem, wie das Licht auf seine Gestalt fiel, wirkte er fast schwarz.
Aber natürlich war es Chep. Azazel hatte es ihm unmöglich gemacht, das Haus zu betreten, aber er war trotzdem gekommen und wartete dort draußen. Nicht sehr weit, vielleicht dreißig, vierzig Meter. Er musste es nur bis dorthin schaffen.
Heute Nacht, dachte Eric. Er hatte noch eine winzige Chance, aber dazu musste er warten, bis es dunkel geworden war.
Und hoffen, dass er alles richtig gemacht hatte.

Der Tag nahm kein Ende. Martin brachte ihm schweigend sein Mittagessen und ungefähr eine Million Jahre danach das Abendbrot und Eric tat jedes Mal so, als studiere er verbissen die Aussicht aus seinem Fenster, was Martin mit offensichtlicher Zufriedenheit zur Kenntnis nahm.
Endlich wurde es dunkel, wie es um diese Jahreszeit üblich war, erst gegen zehn. Jetzt musste er noch ungefähr zwei Stunden abwarten, möglicherweise auch drei.
Er ging zu Bett, löschte das Licht und begann die Sekunden zu zählen, um nicht einzuschlafen, und irgendwann, nach hundertundeiner Ewigkeit, berührten sich die beiden leuchtenden Zeiger seiner Armbanduhr auf der Zwölf.
Nichts geschah.
Eric mahnte sich in Gedanken zur Ruhe. Er konnte nicht erwarten, dass alles auf die Sekunde pünktlich geschah. Er musste Geduld haben.
Es wurde Viertel nach zwölf, dann halb eins und es passierte immer noch nichts. Eric begann allmählich *wirklich* unruhig zu werden. Vielleicht hatte er etwas falsch gemacht. Vielleicht

hatte Astartus seine kleine Manipulation auch entdeckt und er konnte hier bis zum Jüngsten Tag liegen und warten, ohne dass etwas geschah. Gerade als Eric begann, sich mit dieser unangenehmsten aller Möglichkeiten zu beschäftigen, ertönte irgendwo über ihm ein dumpfer Knall und er glaubte weit entfernte, aber sehr aufgeregte Stimmen zu hören. Nur einen Augenblick später ging das Licht in seinem Zimmer an, erlosch eine Sekunde später und begann dann zu flackern.

Eric richtete sich mit einem Seufzer unendlicher Erleichterung auf. Es hatte ein wenig gedauert, aber der Virus, den er in Astartus' Master Control System eingespielt hatte, begann allmählich zu arbeiten.

Und wie er arbeitete!

Eric ließ sich wieder zurücksinken und zog die Decke halb über den Kopf, aber er konnte das schadenfrohe Grinsen nicht unterdrücken, das sich auf seinem Gesicht breit machte. Während der nächsten zehn Minuten flackerte das Licht in seinem Zimmer nicht nur immer hektischer, er hörte auch immer mehr Lärm: Schreie, Schritte, aufgeregtes Rufen, ein lang anhaltendes Poltern und Rumpeln, und einmal begann eine Alarmsirene zu heulen und verstummte einen Moment später mit einem klagenden Laut wieder. Eric hätte am liebsten laut losgelacht. Der Computervirus, den er installiert hatte, war einer von der besonders bösartigen Art: Er begnügte sich nicht damit, das gesamte Computersystem zu zerstören. Das tat er erst zum Schluss. Zuvor aber sorgte er dafür, dass das System total durchdrehte. Eric hatte gehofft, dass ganz *Haus Sonnentau* von einem einzigen Zentralrechner gesteuert wurde, und diese Hoffnung schien sich zu erfüllen. Er hörte überall Türen auffliegen und wieder zuknallen, die Aufzüge bewegten sich wie irrsinnig auf und ab, das Licht flackerte wild und wahrscheinlich war es in anderen Teilen des Gebäudes noch viel schlimmer. Buchstäblich jedes einzelne elektrische Gerät in dem ganzen gewaltigen Gebäude, lief in diesem Moment Amok.

Die Tür flog auf und Martin stürmte herein. »Was hast du getan?«, fragte er wütend.

Eric arbeitete sich grummelnd unter der Decke hervor, hob den Kopf vom Kissen und blinzelte verschlafen zur Tür. »Was ist los?«, nuschelte er. »Lass mich schlafen. Was soll überhaupt dieser Lärm?«
Martins Augen wurden vor Misstrauen zu schmalen Schlitzen und für einen Moment schimmerte das hässliche Antlitz des Buckligen durch seine menschlichen Züge hindurch. Er sah sich wild im Zimmer um, ging dann zum Fenster und überprüfte sorgfältig, ob es auch sicher verschlossen war.
»Rühr dich nicht von der Stelle!«, knurrte er.
»Warum sollte ich?« Eric setze sich auf und gähnte ungeniert. »Dann würde ich doch den ganzen Spaß verpassen.«
Martin durchbohrte ihn schier mit Blicken, drehte sich dann aber wortlos herum und stürmte hinaus. Als er die Tür öffnete, sah Eric, dass auch draußen auf dem Flur das Licht flackerte, aber er sah auch, dass der Korridor voller rennender Menschen war.
Er wartete gute zwanzig Sekunden ab, dann sprang er auf, hob den Schreibtischstuhl hoch und schmetterte ihn mit aller Kraft gegen das Fenster. Die Scheibe ging mit einem gewaltigen Klirren zu Bruch. Glasscherben und Holzsplitter regneten auf Eric herab und garantiert begann jetzt irgendwo in der Computerzentrale zwei Etagen über ihm ein rotes Warnlicht zu blinken. Aber das befand sich in guter Gesellschaft. Niemand würde es im Moment bemerken.
Eric eilte zur Tür, nahm einen zweiten Stuhl und stellte ihn schräg unter die Klinke. Selbst Martins Alter Ego würde nun seine liebe Mühe haben, die Tür aufzubekommen, und er brauchte wahrscheinlich nicht mehr als drei oder vier Minuten Vorsprung. Er rannte zurück zum Fenster, schnippte die letzten Glasscherben aus dem Rahmen und beugte sich vor.
Es war nicht leicht, draußen irgendetwas zu erkennen, denn auch die Außenbeleuchtung des Hauses war außer Funktion gesetzt. Die großen Flutscheinwerfer flammten auf und erloschen, drehten sich wild im Kreis und gingen in hektischer Folge an und aus, sodass das Gelände zwischen dem Haus und

dem Waldrand wie im aufblitzenden Licht eines Gewitters dalag. Er glaubte eine helle, schemenhafte Gestalt am Waldrand wahrzunehmen, war aber nicht sicher. In dem flackernden Licht sah man noch weniger als bei völliger Dunkelheit.
Besser konnte er es sich gar nicht wünschen.
Eric schwang sich mit einer entschlossenen Bewegung aus dem Fenster, griff nach dem Rosengitter und kletterte ein Stück weit daran in die Höhe, bis er einen guten Meter über dem Fenster angelangt war. Dann wartete er.
Er musste sich nicht lange gedulden. Wie sich zeigte, hatte er Martin vollkommen richtig eingeschätzt. Es vergingen nur wenige Minuten, dann hörte er eine Reihe dumpfer Schläge, die die Tür seines Zimmers trafen, danach ein dumpfes Splittern und Krachen und nur einen Moment später erschien Martin im Fenster, blickte nach unten, dann nach rechts und links und stieß einen wütenden Fluch aus. In der nächsten Sekunde verschwand er wieder. Eric hörte seine hastigen Schritte im Zimmer unter sich leiser werden.
Er wartete noch eine Minute ab, dann kletterte er ins Zimmer zurück und eilte zur Tür. Martin hatte sie hinter sich nicht wieder geschlossen und das konnte er auch nicht, denn er hatte sie kurzerhand eingeschlagen, um hineinzukommen. Eric musste über die Reste des zertrümmerten Stuhls und einen Berg von zersplittertem Holz hinwegklettern, um auf den Flur hinauszugelangen.
Im ersten Moment war er fast hilflos. In dem flackernden Licht erkannte er mindestens ein Dutzend Gestalten, die ziel- und orientierungslos durcheinander irrten. Die meisten trugen nur Schlafanzüge oder Morgenmäntel; die Insassen von *Haus Sonnentau*, die aus ihren Zimmern gekommen waren, um nach der Ursache des Lärms und der Aufregung zu sehen. Eric wandte sich nach links, rannte in Richtung Treppe und wäre um ein Haar mit einem alten Mann zusammengestoßen, der wie aus dem Nichts vor ihm auftauchte. Im letzten Moment steppte er zur Seite, hetzte weiter und rannte die Treppe hinunter.

Unter ihm lag nun die große Eingangshalle des Sanatoriums und sie war voller Menschen, von denen die meisten keine Schlafanzüge und Morgenmäntel trugen, sondern schwarze Roben aus schimmernder Seide. Reichert und der Bucklige standen inmitten des Chaos. Reichert wirkte einfach nur erschüttert und hilflos, aber der Bucklige gestikulierte wild mit beiden Armen und schrie mit einer schrillen, unangenehmen Stimme Befehle. Eine ganze Armee Gestalten in schwarzen Roben fuhr herum, um sie auszufüllen. Die meisten verschwanden durch das offen stehende Portal nach draußen und Eric atmete innerlich auf. Wenn er wirklich durch das Fenster geklettert wäre, hätte er keine Chance gehabt.
Die Frage war nur, ob er sie hier drinnen hatte.
Vorsichtig zog er sich von der Treppe zurück. Er brauchte ein Versteck, und zwar schnell! Sein Blick huschte mit wachsender Panik über die zahlreichen Türen zu beiden Seiten und blieb schließlich an einer Tür hängen, auf der ein Treppensymbol abgebildet war, direkt unter einem kleinen Schildchen, auf dem *Nur für Personal* stand.
Eric lief hin, öffnete die Tür – sie hatte ein Zahlenschloss, das aber von seinem Computervirus offenbar genauso außer Gefecht gesetzt worden war wie alles andere hier –, schlüpfte hindurch und fand sich in einem schmalen, steil in die Tiefe führenden Treppenschacht mit unverkleideten Wänden wieder, der höchstwahrscheinlich in den Keller hinunterführte. Wenn er hier irgendwo einen Ort fand, an dem er sich zuverlässig verstecken konnte, dann dort. Er machte sich auf den Weg.
Eric hatte kaum ein halbes Dutzend Stufen hinter sich gebracht, als die Tür über ihm aufging und ein triumphierendes Krächzen erscholl. Erschrocken fuhr er herum und sah eine Gestalt in einer schwarzen Robe in der offenen Tür auftauchen. Er war zu langsam gewesen!
Der Mann machte einen Schritt, und als sein Fuß die erste Stufe berührte, geschah etwas Seltsames:
Sie verschwand.
Der Fuß des Mannes stieß ins Leere. Er stieß einen über-

raschten Schrei aus und ruderte hilflos mit den Armen, kippte dann aber nach vorne und stürzte kopfüber die Treppe hinunter. Eric wich ihm mit einer hastigen Bewegung aus, als er an ihm vorüberkugelte, und er griff sogar nach ihm und versuchte ihn festzuhalten, erreichte damit aber nicht mehr, als dass er um ein Haar selbst mit in die Tiefe gerissen wurde, hätte er nicht im letzten Moment wieder losgelassen. Der Mann stürzte bis zum Ende der Treppe und blieb dort stöhnend liegen.
Eric eilte ihm nach und drehte ihn hastig auf den Rücken. Der Mann stöhnte erneut. Seine Augen waren geöffnet, aber trüb, aber immerhin war er am Leben.
Es gab nichts, was Eric für ihn tun konnte – aber dann begriff Eric plötzlich, dass es umgekehrt sehr wohl etwas gab, was der Verletzte für ihn tun konnte; wenn auch nicht ganz freiwillig. Er hatte kein besonders gutes Gefühl dabei, aber er beeilte sich trotzdem, den Mann – so behutsam er konnte – aus seiner schwarzen Robe zu schälen. Eric verstand einfach nicht, was mit der Treppenstufe passiert war, aber er zog es auch vor, nicht zu genau darüber nachzudenken. Das Schicksal hatte ihm eine überraschende Chance geboten und er fragte nicht lange, wieso. Hastig schlüpfte er in den Umhang, eilte die Treppe wieder hinauf und trat auf den Flur hinaus.
Das Durcheinander schien größer geworden zu sein. Eric wandte sich nach links, eilte den Flur entlang und die Treppe hinunter und zu seinem Schrecken sah er sowohl Reichert als auch den Buckligen noch immer in der Eingangshalle stehen. Aber die große Halle war auch nach wie vor voller Männer in schwarzen Roben. Er senkte den Kopf und lief mit raschen, aber nicht zu schnellen Schritten die Treppe hinunter.
Auf seinem Weg zur Tür musste er weit dichter an dem Buckligen vorbei, als ihm lieb war. Er blickte stur auf seine Füße und ging so schnell, wie er gerade noch konnte, ohne aufzufallen, und für zwei oder drei Sekunden hatte er das grässliche Gefühl, dass Martins Alter Ego ihn direkt anstarrte. Doch der Moment verging und Eric näherte sich unbehelligt der Tür und verließ schließlich das Haus. Er atmete unter seiner Robe

auf, wagte es aber immer noch nicht, den Kopf zu heben. Er war keineswegs in Sicherheit. Auch auf dem Vorplatz herrschte ein reges Treiben. Dutzende von Männern in schwarzen Roben liefen wie ein aufgescheuchter Hühnerhof durcheinander, sodass Eric es nicht besonders schwer fiel, sich unauffällig in Richtung Waldrand zu bewegen.

Auch hier wimmelte es von Schwarzgekleideten. Sie durchsuchten die Büsche, bogen Zweige und Äste zur Seite und einige kletterten sogar ein Stück weit an Baumstämmen in die Höhe, um nachzusehen, ob er sich etwa in den Baumkronen versteckt hatte. Aber etwas war seltsam: Eric fiel auch auf, dass keiner der Männer tiefer als vielleicht zehn oder zwölf Meter in den Wald vordrang. Fast als wären sie vollkommen sicher, dass der, nach dem sie suchten, nicht dort war.

Oder als gäbe es in diesem Wald etwas, das sie noch mehr fürchteten als Astartus' Zorn ...

»He, du da!«

Eric erstarrte innerlich, als er die unangenehme, krächzende Stimme erkannte. »Warte doch mal!«

Er tat so, als hätte er die Worte des Buckligen gar nicht gehört, gebückt und scheinbar konzentriert damit beschäftigt, die Büsche vor sich zu durchsuchen. Aus den Augenwinkeln sah er allerdings, dass sich die Männer rechts und links von ihm erschrocken aufrichteten und hinter sich sahen.

»He, du!«, rief der Bucklige. »Ja, genau dich meine ich, Blödmann! Bleib gefälligst stehen, wenn ich mit dir rede!«

Eric bewegte sich emsig im Gebüsch wühlend und weit nach vorne gebeugt weiter. Unglücklicherweise war er der Einzige, der sich noch bewegte.

Alle anderen Robenträger waren stehen geblieben und hatten sich herumgedreht – so weit sie nicht stirnrunzelnd in seine Richtung blickten, hieß das ...

»Das ist er!«, brüllte der Bucklige. »Packt ihn!«

Eric rannte los. Eine Hand streckte sich nach ihm aus und verfehlte ihn um Haaresbreite und jemand versuchte ihm ein Bein zu stellen. Eric drang im Zickzack in den Wald ein. Weit hinter

sich hörte er den Buckligen außer sich vor Wut brüllen und er wurde von drei oder vier Gestalten in schwarzen Roben verfolgt. Aber sein Vorsprung wuchs. Die Männer liefen nicht annähernd so schnell, wie sie gekonnt hätten, und sie sahen zwar in seine Richtung, warfen aber auch immer wieder schnelle, gehetzte Blicke nach rechts und links in den Wald; als hätten sie panische Angst vor irgendetwas, das hier drinnen in den Schatten lauerte.
Plötzlich erscholl ein überraschtes Keuchen und einer der Männer, die ihn verfolgt hatten, war einfach verschwunden.
Es ging so schnell, dass Eric im ersten Augenblick dachte, er hätte sich getäuscht. Aber dann riss ein zweiter Mann die Arme in die Höhe und war ebenfalls weg, noch ehe er auch nur Zeit fand, einen Schreckensschrei auszustoßen, und Eric wurde klar, dass er sich das unheimliche Geschehen keineswegs bloß eingebildet hatte.
Da war etwas, was Martin gesagt hatte, ganz am Anfang, gleich nachdem Eric hier angekommen war, aber er hatte es nicht ernst genommen und nun hatte er Mühe, sich zu erinnern. Er hatte gesagt, dass hier im Wald –
Ein tief hängender Ast peitschte in sein Gesicht und hätte ihn fast von den Beinen gerissen. Eric stolperte, fand mit ein paar hastigen Schritten sein Gleichgewicht wieder und konzentrierte sich darauf, seinen Weg durch den stockdunklen Wald zu finden, statt über irgendwelchen Unsinn nachzudenken, den Martin erzählt hatte.
Nach ein paar Schritten sah er noch einmal über die Schulter zurück. Von seinen Verfolgern war nichts mehr zu sehen, und er konnte auch *Haus Sonnentau* nur noch daran erkennen, dass ein Teil des Himmels hinter ihm in flackerndes blasses Licht getaucht war; die Beleuchtungsanlage des Sanatoriums spielte offensichtlich noch immer verrückt.
Unter seinen hastigen Schritten zersplitterten ununterbrochen Äste und Zweige, er brach rücksichtslos durch dünnes Geäst und Büsche und unter all diesen Geräuschen waren plötzlich immer mehr andere, unheimliche Laute zu vernehmen. Ein

Laut wie von Klauen, die über Baumstämme schrammten, etwas wie ein meckerndes, bösartiges Lachen. Das Trappeln klauenbesetzter Pfoten auf dem Waldboden und ein schweres, hechelndes Atmen. Etwas schlich sich an ihn heran. Etwas Kleines, Schnelles.
Und dann griff eine Hand aus dem Gebüsch und zerrte ihn so grob herum, dass Eric gellend aufschrie.
»Noch ein bisschen lauter, bitte«, sagte Chep kopfschüttelnd. »Es könnte sein, dass es im Umkreis von zwei Kilometern noch jemanden gibt, der dich noch nicht gehört hat.«
Eric atmete voll unendlicher Erleichterung auf. »Chep!«
»In voller Größe«, antwortete der Cherub mit einer angedeuteten Verbeugung. »Stets zu Diensten.«
»Wo ... wo warst du die ganze Zeit?«, fragte Eric stockend. Er sah sich hastig um. Der Wald war an dieser Stelle so dicht, dass er sie wie eine Mauer zu umgeben schien. Dürre Äste streckten sich wie versteinerte Spinnenfinger in ihre Richtung und in den pechschwarzen Schatten dazwischen schien es ununterbrochen zu rascheln und sich zu bewegen und zu regen.
»Du weißt, dass es mir nicht immer möglich ist, zu dir zu kommen«, antwortete der Cherub.
»Ja, ich erinnere mich«, sagte Eric. »Aber ich bin so froh, dich zu sehen, Chep. Ich habe kaum noch damit gerechnet, dass du wiederkommst, nach unserem letzten Gespräch.«
»Eigentlich dürfte ich es auch nicht«, sagte der Engel ernst. »Ich werde dafür zur Rechenschaft gezogen werden.«
»Warum tust du es dann trotzdem?«, fragte Eric.
Chep antwortete nicht gleich. Er sah ihn nur zwei oder drei Sekunden lang auf sonderbare Art und Weise an, dann seufzte er tief und sagte: »Ich habe über das nachgedacht, was du gesagt hast, Eric. Vielleicht hast du Recht und es ist doch nicht alles vorausbestimmt.» Plötzlich grinste er. »Und selbst wenn nicht: Was habe ich schließlich zu verlieren?«
»Nichts«, bestätigte Eric. »Aber eine Menge zu gewinnen.« Er machte eine entsprechende Geste. »Was hältst du davon, wenn wir jetzt von hier verschwinden?«

»Eine hervorragende Idee«, antwortete Chep. »Dieser Ort ist mir nicht geheuer. Gehen wir.«
»Gehen?«, wiederholte Eric verdutzt. Die Tatsache, dass ein Engel gesagt hatte, dass ihm dieser Ort nicht geheuer war, nahm er lieber erst gar nicht zur Kenntnis. Die Konsequenzen, die sich aus diesem Gedanken ergaben, waren ihm einfach zu unangenehm ...
»Gehen«, bestätigte Chep betrübt.
»Aber ... aber Moment mal!«, sagte Eric. »Ich dachte, dass wir uns von hier wegbeamen oder ... oder wenigstens fliegen!«
»Ich fürchte, dazu reichen meine Kräfte nicht mehr.«
»Was ... soll das heißen?«, fragte Eric alarmiert.
»Ich habe gegen die Regeln verstoßen«, erwiderte Chep. »Es ist uns nicht gestattet, uns gegen den vorbestimmten Lauf der Dinge zu wehren.«
»Das ist nicht dein Ernst!«, sagte Eric ungläubig.
»Das Schicksal bestraft diejenigen, die versuchen, sich ihm in den Weg zu stellen«, antwortete Chep. »Euch ist es erlaubt, eure Zukunft selbst zu gestalten. Uns nicht.«
»Oh«, murmelte Eric. Offensichtlich gab es zwischen Menschen und Engeln doch noch den einen oder anderen Unterschied, der ihm bisher nicht bewusst gewesen war.
»Soll das heißen, du ... du bist jetzt kein ... kein Engel mehr?«, fragte er stockend.
»Nein«, sagte Chep fast hastig. »Das endgültige Urteil ist noch nicht gefällt. Doch mir wurde bereits ein großer Teil meiner Kräfte genommen.«
»Ich verstehe«, grollte Eric. »Damit du nicht auf die Idee kommst, dem Schicksal noch mehr Knüppel zwischen die Beine zu werfen, wie? Nicht, dass es am Ende noch anders kommt, als es *geschrieben steht.*«
Chep ignorierte den beißenden Spott in seiner Stimme. »Keine Angst, ich bringe dich schon sicher hier heraus.«
Nach wenigen Minuten erreichten sie eine Stelle, an der das Unterholz wie abgeschnitten aufhörte. Vor ihnen lag ein zehn, zwölf Schritte breiter, vollkommen leerer Waldboden. Dahinter

erhob sich ein gut drei Meter hoher schmiedeeiserner Zaun. Eric hörte ein leises, dunkles Summen und dann und wann blitzte es flüchtig vor ihnen auf. Insekten, die dem elektrisch geladenen Zaun zu nahe gekommen waren und daran verbrannten.
»Mist!«, sagte er.
»Was?«, fragte Chep.
Eric deutete nach vorne. »Der Zaun. Er ist elektrisch geladen. Wenn ich ihn berühre, werde ich gebraten.«
Chep hob die Schultern und seine riesigen Flügel bewegten sich raschelnd. »Wenn das alles ist ...«, sagte er –
und im selben Moment schien der gesamte Wald rings um sie herum zu unheimlichem Leben zu erwachen!
Eric erstarrte schier vor Schrecken, als er sah, wie die Kreaturen aussahen. Sie hatten winzige, zerbrechlich wirkende Körper, dafür aber grotesk große Köpfe mit riesigen Glubschaugen und noch riesigeren Mäulern, die nur so mit Zähnen gespickt waren, und dazu feuerrotes, orangegelbes und auch neongrünes Haar. Auch ihre Hände und Füße waren geradezu lächerlich groß und mit scharfen Krallen bewehrt. Martin hatte ihm ja gesagt, dass im Wald gefährliche Trolle lebten, die über jeden herfielen, der ihr Gebiet betrat, aber Eric hatte bisher geglaubt, dass Trolle große, plumpe Geschöpfe seien. Diese hier waren das genaue Gegenteil: klein und wieselflink und dabei so hässlich, dass sie schon fast komisch wirkten.
Und sie waren brandgefährlich.
Eric schrie vor Schmerz und Überraschung auf, als eines der kleinen Biester mit affenartiger Geschwindigkeit an seinem Bein hinaufkletterte und ihn dann kräftig in die Hand biss. Er schleuderte den Troll davon, aber sofort stürzten sich zwei, drei, vier weitere der kleinen Scheusale auf ihn und schon ihre schiere Masse drohte ihn aus dem Gleichgewicht zu bringen. Er schüttelte auch diese Angreifer ab und warf einen raschen Blick zu Chep hin.
Der Engel versuchte in seine Richtung zu laufen, hatte aber gewisse Schwierigkeiten, denn an den Enden seiner langen Flügel hingen buchstäblich Dutzende der kleinen Scheusale,

die emsig an ihm emporkletterten und nach einer Stelle suchten, in die sie ihre Zähne schlagen konnten. Schließlich richtete sich Chep mit einem wütenden Schrei auf, schlug heftig mit den Flügeln und schüttelte die Plagegeister gleich zu Dutzenden ab. Sie flogen im hohen Bogen davon – und einige von ihnen landeten genau in dem elektrisch geladenen Gitterzaun! Das Ergebnis war ein wahres Feuerwerk aus blauen Blitzen und grellen, bis in die Baumwipfel hinaufstiebenden Funken – und ein dumpfer Knall, der aus der Richtung des Sanatoriums zu ihnen herüberwehte. Eric drehte sich herum und sah, dass die flackernde Helligkeit am Himmel erloschen war. Vermutlich waren in *Haus Sonnentau* schlagartig sämtliche Sicherungen herausgeflogen.

Die Trolle hatten ihren Angriff für einen Moment eingestellt. Aber als Eric einen Blick in die Runde warf, lief ihm ein eisiger Schauer den Rücken hinab.

Chep und er befanden sich genau im Mittelpunkt eines vielleicht zehn Meter durchmessenden Halbkreises, der von Hunderten der kleinen, geifernden Trolle gebildet wurde! Zahllose Augenpaare starrten sie voller boshafter Vorfreude an, Klauen und Krallen wurden gierig in ihre Richtung gestreckt und er hörte einen Laut wie das Aneinanderschlagen trockener Knochensplitter, den er erst nach einigen Sekunden als das meckernde Lachen aus zahllosen winzigen Trollkehlen identifizierte. Und er begriff: Wenn diese Armee winziger Scheusale gemeinsam über Chep und ihn herfiel, dann waren sie verloren!

Chep schien das wohl ebenso zu sehen wie er, denn der Engel sprang plötzlich in die Höhe, schrie aus Leibeskräften Erics Namen und wirbelte dann zu ihm herum und für die Trolle musste das das endgültige Signal zum Angriff sein, denn sie rannten wie ein Mann los.

Chep sprang auf ihn zu, spreizte die Flügel und griff mit weit vorgestrecken Armen nach Eric und sofort begann sich der Belagerungskreis der Trolle mit schier unglaublicher Geschwindigkeit zusammenzuziehen. Chep riss Eric hoch und gewann gleichzeitig mit einem machtvollen Flügelschlag selbst an Höhe und Eric spürte, wie er den Boden unter den Füßen verlor und fast im selben Moment die Armee der Trolle unter ihm zusammenkrachte. Dutzende der winzigen, geifernden Geschöpfe sprangen mit wütendem Kreischen unter ihm in die Höhe und nur zu viele krallten sich mit ihren spitzen Klauen in seine Beine oder in Cheps Gefieder.

Chep strengte all seine Kräfte an und schlug mit den Flügeln und ein Schauer kleiner, erdfarbener Gestalten prasselte zu Boden, ins Gebüsch und gegen den Gitterzaun. Ungefähr so elegant wie ein startender Albatros gewann Chep an Höhe, bis an die Grenzen seiner Leistungsfähigkeit belastet durch Erics Gewicht und das der Trolle. Jeder seiner Flügelschläge schüttelte mehr der winzigen Angreifer ab, aber sie gaben nicht auf. Die, die noch an ihm und Eric hingen, kratzten, bissen und kniffen, was das Zeug hielt, und etliche der kleinen Biester kletterten in Windeseile an Baumstämmen oder auch am Gitterzaun hinauf, um sich mit todesmutigen Sprüngen auf ihre Opfer zu werfen.

Chep arbeitete sich schnaubend vor Anstrengung weiter in die Höhe. Sie hatten jetzt beinahe die mit spitzen Metalldornen besetzte Oberkante des Zaunes erreicht und Eric erblickte eine neue Gefahr. Mindestens drei oder vier Dutzend Trolle hatten den Zaun erklommen, balancierten wackelig auf der obersten Stange oder hielten sich an den Spitzen fest. Einige von ihnen schwangen winzige Knüppel oder auch Steine und alle geiferten voller Vorfreude. Chep geriet in seinem taumelnden Flug immer dichter an den Zaun heran. Wenn all diese Trolle auf sie herabsprangen, dann würde sie allein ihr Gewicht wie ein Stein zu Boden stürzen lassen.

»Chep!«, schrie Eric verzweifelt. »Pass auf! Nicht so nahe!«

Auch der Cherub hatte die Gefahr erkannt und versuchte mit einem mühsamen Flügelschlag seinen Kurs zu korrigieren und wahrscheinlich wäre es ihm sogar gelungen, hätte sich nicht in diesem Moment ein Troll aus den Baumwipfeln fallen lassen, um genau in seinem Nacken zu landen. Chep ächzte, sackte einen guten halben Meter in die Tiefe und geriet noch ein Stück näher an den Zaun heran. Die versammelte Trollbande auf der oberen Stange johlte begeistert und in diesem Moment musste wohl jemand in *Haus Sonnentau* den richtigen Schalter gefunden haben. Der Himmel über dem Wald hinter ihnen wurde hell und der Zaun stand auf einmal wieder unter Strom. Die Trolle wurden plötzlich in ein irrlichterndes Gewitter greller blauer Blitze und Funken getaucht, flogen in alle Richtungen davon oder verschwanden wie kleine, Funken sprühende Feuerwerkskörper im Nachthimmel. Eric war nicht ganz sicher, aber er glaubte sogar zu sehen, wie zwei oder drei von ihnen explodierten und sich in grellbunten Funkenschauer auflösten.

Die Hauptsicherung des Sanatoriums knallte sofort wieder heraus, aber die kurze Atempause war alles, was sie gebraucht hatten. Chep sammelte noch einmal all seine Kräfte und gewann mit einem machtvollen Flügelschlag an Höhe und Eric zog hastig die Beine an, als sie weniger als eine Handbreit über den gefährlichen Eisenspitzen des Zaunes dahinglitten.

Cheps Kräfte waren damit endgültig erschöpft. Er stürzte zwar nicht ab, aber als Landung konnte man das, was er auf der anderen Seite tat, auch nicht unbedingt bezeichnen. Eric brauchte eine gute Minute, um sich unter seinen Flügeln herauszuarbeiten, und wieder einmal war er es, der dem Engel auf die Beine half, und nicht umgekehrt.

»Danke«, murmelte Chep, pflückte einen Troll aus seinem Haar und warf ihn zu Boden. Sofort wollte sich der Troll wieder auf ihn stürzen und Chep hob den Fuß und stampfte ihn regelrecht in den weichen Waldboden.

»Das war knapp«, seufzte Chep. »Ich dachte schon, ich schaffe es nicht mehr. Ich bin nicht mehr im Training.«

Sein rechter Fuß bewegte sich, als der Troll mit aller Kraft versuchte, sich darunter hervorzuarbeiten. Eric machte eine entsetzte Geste. »Du bringst ihn ja um!«

»Kaum«, antwortete Chep. Er bückte sich, pulte den heftig zappelnden Troll unter seinem Fuß heraus und hob ihn in die

Höhe. »Sie leben nicht wirklich«, sagte er. »Nur Lehm und Erdreich. Es ist die Macht des Bösen, die sie beseelt. Siehst du?«
Er zerkrümelte den Troll zwischen den Fingern. Alles, was zu Boden rieselte, war ein wenig trockener Staub und Erdreich.
»Komm«, sagte er. »Lass uns gehen. Wir haben noch einen ziemlich langen Weg vor uns. Ich hoffe, du bist gut zu Fuß.«
Es dauerte eine gute halbe Stunde, bis sie die Straße erreichten, und es gab noch einmal einen gefährlichen Moment, als sie aus dem Wald heraustraten und Eric plötzlich ein unheimliches, rasend schnell näher kommendes Dröhnen und Brausen hörte. Noch bevor er es identifizieren konnte, riss Chep ihn mit einer groben Bewegung ins Gebüsch zurück und eine Sekunde später wurden die Straße und der Waldrand in gleißende Helligkeit getaucht. Etwas Riesiges jagte mit höllischem Getöse über sie hinweg und ein wahrer Sturmwind peitschte durch die Baumwipfel.
»Was war das?«, fragte Chep erschrocken.
»Ein Hubschrauber«, antwortete Eric überrascht. »Astartus scheint es ziemlich eilig zu haben.«
Der Cherub sah stirnrunzelnd in die Richtung, in der der Helikopter verschwunden war. »Ein Hubschrauber? Eine sonderbare Konstruktion.«
»Aber ziemlich praktisch«, sagte Eric besorgt. »Sie können sehr tief fliegen, und sehr langsam. Wenn wir auf der Straße bleiben, können sie uns mit Leichtigkeit damit aufspüren.« Er seufzte. »Du bist sicher, dass du nicht fliegen kannst?«
»Nicht mit deinem zusätzlichen Gewicht«, antwortete Chep kopfschüttelnd. »Ich bin nicht einmal sicher, ob ich allein fliegen könnte. Der Angriff der Trolle hat mich eine Menge Kraft gekostet.«
Eric seufzte. »Also gut, dann laufen wir eben«, sagte er resigniert. »Es sind ja allerhöchstens zehn Kilometer.«
»Fünfundzwanzig«, verbesserte ihn Chep. »Wenn wir querfeldein gehen. Wenn wir der Straße folgen, etwa vierzig.«
»Oh«, sagte Eric. Er sah noch einmal in die Richtung, in der

der Hubschrauber verschwunden war, dann seufzte er abermals und wandte sich nach links.
Chep rührte sich nicht.
»Worauf wartest du?«, fragte Eric.
»In diese Richtung ist es erheblich weiter«, antwortete der Engel. »Ich würde vorschlagen, wir gehen dort entlang.« Er machte eine Kopfbewegung nach rechts und Eric warf ihm noch einen bösen Blick zu, marschierte dann aber ohne ein weiteres Wort und in scharfem Tempo los.
Sie marschierten eine Stunde, dann fragte Eric: »Wie weit ist es noch?«
»Sechsunddreißig Kilometer«, antwortete Chep.
Nach einer weiteren Stunde sagte Eric: »Ich nehme an, jetzt sind es noch zweiunddreißig?«
»Dreiunddreißigeinhalb«, sagte Chep ruhig. »Du bist langsamer geworden.«
»Oh«, sagte Eric und marschierte eine weitere Stunde schweigend neben dem Engel her. Gerade als er Chep abermals nach der verbliebenen Entfernung fragen wollte, sah er ein Licht. Es tauchte weit vor ihnen am Ende der Straße auf und wuchs rasch zu einem leuchtenden Scheinwerferpaar heran. Eric atmete erleichtert auf, trat mitten auf die Straße hinaus und hob beide Arme, um zu winken.
»Hältst du das für eine besonders gute Idee?«, fragte Chep. »Du weißt doch noch gar nicht, wer in diesem Wagen sitzt.«
»Nein«, murmelte Eric. »Aber es ist mir auch egal. Bevor ich noch weitere dreißig Kilometer zu Fuß gehe –«
»Einunddreißigeinhalb«, unterbrach ihn Chep. »Du bist in der letzten Stunde wieder ein bisschen langsamer geworden.«
Eric sah dem herankommenden Scheinwerferpaar einige Sekunden lang schweigend entgegen, dann zählte er in Gedanken gezwungen ruhig bis fünf und sagte mit gepresster, nur noch mühsam beherrschter Stimme: »Es gibt schon noch einiges, was du nicht über uns Menschen weißt, oder?«
»Und was zum Beispiel?«, erkundigte sich Chep.
»Zum Beispiel, dass die meisten von uns nicht besonders viel

Humor haben, wenn sie mit ihren Kräften am Ende sind«, murmelte Eric.
»Wieso Humor?«, fragte Chep. »Ich habe keinen Witz gemacht, sondern dir nur eine präzise Auskunft gegeben, das ist alles. Darüber hinaus haben die meisten von euch auch nicht besonders viel Humor, wenn sie in bester körperlicher Verfassung sind. Genau genommen habe ich die Erfahrung gemacht, dass die allermeisten Menschen selbst dann –«
»*Chep*!«
Der Engel verstummte und Eric trat wie zum Trotz noch einen halben Schritt weiter auf die Straße hinaus und hob die Arme noch höher. Das Scheinwerferpaar näherte sich rasch und wie es normal war, schien es immer schneller zu werden, je näher es kam. Dabei hatte der Fahrer die Scheinwerfer voll aufgeblendet. Eigentlich hätte er ihn längst sehen müssen.
»Vielleicht sieht er dich nicht, weil du immer noch den schwarzen Mantel trägst«, sagte Chep ruhig.
Eric blickte erschrocken an sich herab. In der ganzen Aufregung hatte er gar nicht mehr daran gedacht, dass er ja noch immer die schwarze Robe trug, die ihm letztendlich die Flucht aus dem Sanatorium ermöglicht hatte.
Jetzt bedeutete sie möglicherweise sein Todesurteil, denn in dem schwarzen Kleidungsstück war er so gut wie unsichtbar.
Eric stand wie gelähmt und mit noch immer halb erhobenen Armen mitten auf der Straße. Das Scheinwerferpaar sprang ihn regelrecht an; wie die glühenden Augen eines Raubtiers, das sich gierig auf seine Beute stürzte.
Dann, endlich, quietschten Bremsen, Reifen kreischten blockierend auf dem feuchten Asphalt und fünf Meter entfernt kam der Wagen mit heulendem Motor und qualmenden Reifen zum Stehen. Die beiden vorderen Türen flogen auf und Eric hörte hastige Schritte.
Er atmete hörbar aus, öffnete vorsichtig die Augen und erstarrte gleich darauf zum zweiten Mal.
Die Männer waren gut doppelt so groß wie er, trugen schwarze Anzüge und auf Hochglanz polierte Schuhe, weiße

Hemden und dazu schwarze Krawatten. Ihre Haare waren streichholzkurz geschnitten und sie trugen trotz der Dunkelheit schwarze Ray-Ban-Sonnenbrillen.
Außerdem kannte Eric die beiden nur zu gut. Es waren Astartus' Bodyguards, Jean und Claude. Verdammt!
»Na, wen haben wir denn da?«, grinste Jean.
»Wenn das nicht unser kleiner Ausbrecherkönig ist«, fügte Claude feixend hinzu.
»Das ist aber nett, dass er uns entgegenkommt«, sagte Jean.
»Auf diese Weise sparen wir uns eine Menge lästiges Herumgesuche.«
»Ähmmm ...«, machte Eric.
»Und er kann sogar sprechen!«, sagte Claude fröhlich.
»Aber die Frage ist, was machen wir jetzt mit ihm?«, meinte Jean.
»Wo er doch immer wegläuft«, vervollständigte Claude den Satz.
Eric sah die beiden mit einer Mischung aus Schrecken und wachsender Verwirrung an.
»Ich schlage vor«, sagte Jean, »wir brechen ihm ein Bein. Dann kann er nicht mehr so schnell laufen.«
»Wie?«, murmelte Eric.
»Oder aber einen Arm«, sagte Claude nachdenklich. »Dann kriegt er die Türen nicht mehr so gut auf.«
»Was?«, ächzte Eric.
»Auch wieder wahr«, sagte Jean. »Ich wäre trotzdem für ein Bein. Das ist sicherer.«
Eine schemenhafte weiße Gestalt, die selbst die beiden Gorillas noch um mehr als Haupteslänge überragte, erschien hinter ihnen. Chep blickte stirnrunzelnd auf sie herab und hob langsam die Arme.
»Also gut«, sagte Claude. »Aber wir sollten ihn knebeln, damit er uns nicht die ganze Zeit im Wagen die Ohren volljammert.«
»Wir machen einfach das Radio lauter«, erwiderte Jean und Chep schüttelte den Kopf, seufzte tief und schlug die beiden

Gorillas wuchtig mit den Köpfen aneinander. Die Gläser der schwarzen Sonnenbrillen zersprangen klirrend und Jean und Claude fielen stocksteif nach hinten und blieben reglos auf der Straße liegen.
Eric betrachtete sie schockiert. »Also das ... das war jetzt ein bisschen übertrieben, meinst du nicht?«, fragte er.
»Wieso?«, erkundigte sich Chep. »Du hast doch gehört, was sie gesagt haben.«
»Natürlich habe ich es gehört«, antwortete Eric. »Aber sie haben es doch nicht so gemeint!«
»Und ob sie es so gemeint haben«, versicherte Chep. »Ich habe ihre Gedanken gelesen.«
»Oh«, sagte Eric. »Aber Claude war ... ich meine, als er bei uns war, da dachte ich –«
»Dass er eigentlich gar kein so übler Kerl ist?« Chep schüttelte den Kopf. »Genau das solltest du denken.«
»Oh«, sagte Eric noch einmal.
»Keine Sorge«, sagte Chep. »Ihnen ist nichts passiert. Die Kerle haben die reinsten Betonschädel. Sie werden nur gewaltige Kopfschmerzen haben, wenn sie aufwachen.« Er deutete auf den Wagen, der noch immer mit laufendem Motor quer auf der Straße stand. »Glaubst du, dass du das Ding fahren kannst?«
»Warum nicht?«, murmelte Eric. Er war noch vollkommen schockiert. Die beiden Bodyguards hatten das *ernst* gemeint?!
Chep lächelte. »Ich meine eigentlich: Glaubst du, dass du ihn *anhalten* kannst, ohne dass wir eine Mauer dazu brauchen?«
Eric starrte den Engel eine Sekunde lang finster an, sagte aber kein Wort, sondern ging dann zum Wagen hinüber.

Erics zweiter Versuch, einen Wagen zu chauffieren, endete zumindest nicht in einer Katastrophe – woran allerdings der Wagen mehr Anteil hatte als Eric selbst. Es war ein Automatik, sodass Eric im Grunde nur das Lenkrad festhalten und den Tempomaten auf die gewünschte Geschwindigkeit einstellen musste. Sie brachten die letzten fünfundzwanzig Kilo-

meter bis zum Stadtrand in einer guten halben Stunde hinter sich, aber kaum tauchten die ersten Häuser am Stadtrand vor ihnen auf, da lenkte Eric den Straßenkreuzer an die Bordsteinkante und schaltete den Motor aus.
»Endstation«, verkündete er. »Von hier aus gehen wir zu Fuß weiter.« Er warf Chep einen halb erwartungsvollen Blick zu, aber statt ihm anzubieten das letzte Stück auf seinen Flügeln zurückzulegen, hob dieser nur die Schultern und kletterte mit einiger Mühe aus dem Wagen; für seine Schulterbreite und die noch viel gewaltigeren Schwingen war selbst die große Tür fast zu schmal.
Eric schaltete gewissenhaft das Licht aus und öffnete das Handschuhfach, bevor auch er ausstieg. Er wurde belohnt, denn er fand nicht nur jede Menge Papiere, sondern auch die Brieftasche eines der Bodyguards, in der sich eine ansehnliche Summe Bargeld befand, und darüber hinaus eine großkalibrige Pistole. Eine Sekunde lang spielte er ernsthaft mit dem Gedanken, sie mitzunehmen, entschied sich aber dann dagegen und nahm sich auch aus der Brieftasche nur so viel Geld, wie er für ein Taxi nach Hause benötigte. Dann streifte er die schwarze Robe ab und folgte Chep.
»Was willst du eigentlich bei dir zu Hause?«, fragte Chep nach einer Weile. »Dir ist schon klar, dass sie dich dort zuerst suchen werden, oder? Und dass du von deinen Eltern keine Hilfe zu erwarten hast.«
»Das sind nicht mehr meine Eltern«, antwortete Eric impulsiv. »Es sind nur noch zwei Leute, die zufällig so aussehen wie mein Vater und meine Mutter.«
»Und was willst du dann dort?«
Eric ignorierte Cheps Frage ganz bewusst. »Ich brauche andere Kleider«, sagte er. »Und noch ... ein paar andere Dinge.«
Chep nickte. Dann fragte er: »Was für Dinge?«
»Du weißt es doch sowieso«, sagte Eric trotzig. »Also warum fragst du dann?«
»Weil ich es aus deinem Mund hören will«, antwortete Chep. »Manchmal ist es nötig, die Dinge auszusprechen, um sie

selbst richtig zu erkennen. Dort, wo du dir Hilfe erhoffst, wirst du keine bekommen, glaube mir.«
»Dann hilf du mir doch!«, antwortete Eric zornig. »Und jetzt komm mir bloß nicht wieder damit, dass du es nicht *darfst*!«
»Ich kann es nicht«, antwortete Chep traurig.
»Und wenn du es könntest, würdest du es nicht tun!«, behauptete Eric. Er spürte selbst, dass er auf dem besten Weg war, den Zorn über seine Enttäuschungen und alle Frustrationen, die er in den letzten Tagen und Wochen erlitten hatte, auf den Engel abzuladen. Er war ungerecht – aber er konnte in diesem Moment einfach nicht anders.
Und Chep schien das auch zu spüren, denn er lächelte nur verzeihend und schüttelte dann sanft den Kopf. »Ich kann dich verstehen, Eric. Du bist verzweifelt und du machst dir Vorwürfe, weil du glaubst, dass das, was deinen Eltern zugestoßen ist, deine Schuld wäre. Aber das ist es nicht, glaub mir.«
»Worte«, sagte Eric verächtlich. »Ich dachte, du wärst mein Schutzengel. Ist das dein ganzer *Schutz*?«
Chep lächelte unerschütterlich weiter und für einen ganz kurzen Moment erinnerte er ihn an Astartus, der auch immer gelassener zu werden schien, je mehr man ihn beleidigte. »Es gehört auch zu meinen Aufgaben, dich vor dir selbst zu beschützen, Eric.«
Eric drehte sich mit einem wütenden Ruck herum und ging, und als er sich nach ein paar Sekunden noch einmal herumdrehte, war der Engel verschwunden.

Fast eine Stunde später erreichte er sein Zuhause und er war sehr froh, nicht mit einem Taxi gekommen zu sein, oder gar mit dem gestohlenen Wagen. Er ging nicht direkt zum Haus, sondern bog in die Seitenstraße ein und kletterte wieder einmal über die Gartenmauer. Mittlerweile hatte er darin ja einige Übung.
Eric näherte sich dem Haus aber auch dann nicht direkt, sondern nutzte die Bäume und das dichte Gebüsch im hinteren Teil des Gartens als Deckung.

Seine Vorsicht war keineswegs unbegründet. Er blieb im Schutz eines wuchernden Brombeerstrauches stehen, um das Haus noch einmal zu beobachten, und er hatte kaum eine Minute so dagestanden, als er eine Bewegung hinter einem der Fenster im oberen Stockwerk wahrnahm.
Eric starrte bestimmt zwei Minuten lang konzentriert zu dem Fenster hinauf. Als alles ruhig blieb, setzte er alles auf eine Karte, trat aus dem Gebüsch und legte einen rasanten Spurt zur Garage ein; der einzige Punkt im gesamten Garten, der von keinem der Fenster auf der Rückseite des Hauses aus einzusehen war. Er wartete, bis sich sein Pulsschlag wieder einigermaßen beruhigt hatte, dann öffnete er die hintere Tür der Garage und schlüpfte hindurch.
Nach dem grellen Licht, mit dem die Morgensonne den Garten überschüttet hatte, war er im ersten Moment nahezu blind. Er sah nur Schatten und zwei klobige, unterschiedlich große Umrisse, die erst nach ein paar Sekunden zu Konturen gerannen. Es waren Vaters Volvo – und der dunkelblaue Porsche, den Astartus seiner Mutter zum Geschenk gemacht hatte.
Der Anblick des Sportwagens weckte wieder den altbekannten Zorn in Eric, aber er alarmierte ihn auch. Wenn beide Wagen hier waren, bedeutete das auch, dass seine *Eltern* im Haus waren – besser gesagt die Wesen, die die Stelle seiner Eltern eingenommen hatten –, und ihnen wollte er im Moment zuallerletzt begegnen. Er musste mit Andrea reden, und zwar *bevor* seine Eltern seine Anwesenheit entdeckten. Eric war ohnehin erstaunt, dass er unbehelligt so weit gekommen war. Er hätte seine rechte Hand darauf verwettet, dass Astartus bereits hier angerufen und von seiner Flucht berichtet hatte. Andererseits war es an sich nicht besonders logisch, dass Eric ausgerechnet *hier* auftauchte.
Er machte einen Schritt auf die Verbindungstür zum Haus hin, und als wäre sein Gedanke von eben ein Stichwort gewesen, hörte er ein klapperndes Geräusch aus dem angrenzenden Raum; Vaters *Spielzimmer.*
Eric blieb stehen, lauschte eine Sekunde mit angehaltenem

Atem und drehte sich dann ganz langsam in die Richtung, aus der der Laut gekommen war. Das Geräusch wiederholte sich nicht, aber er war sicher, es sich nicht nur eingebildet zu haben. Jemand – *etwas?* – war dort. Vorsichtig schlich er hin, tastete mit spitzen Fingern über die Tür und stellte fest, dass das Schloss, das er vor ein paar Tagen demoliert hatte, noch nicht ersetzt worden war. Sein Herz klopfte heftig, als er die gespreizten Finger der rechten Hand auf die Tür legte und sie so behutsam aufdrückte, wie es nur ging.
Um nicht das geringste Risiko einzugehen, schloss Eric die Tür hinter sich und tastete einen Moment in vollkommener Dunkelheit nach dem Schalter, bevor er ihn fand und damit die beiden Neonleuchten unter der Decke aktivierte.
Noch während das Licht in der ersten Sekunde flackerte, bevor es noch ganz anging, sah er, dass er sich nicht geirrt hatte. Die Stadtminiatur seines Vaters hatte sich abermals verändert.
Dort, wo bisher ein naturgetreues Modell des Häuserblocks gestanden hatte, dessen wenig stolzer Besitzer er seit einigen Tagen war, grinste ihn noch immer ein ebenso naturgetreues Modell einer brandgeschwärzten Ruine an. Er konnte deutlich Rauch riechen, und als er sich vorbeugte, glaubte er sogar einen schwachen Hauch trockener Wärme zu spüren, der über sein Gesicht strich. Schatten bewegten sich über die Spielzeugstadt und er hatte das unheimliche Gefühl, dass das Modell voller huschender Bewegung war, die er aber aus irgendeinem Grund nicht wirklich sehen konnte. Das Schlimmste aber war das, was sich dort erhob, wo bisher das Gegenstück zu Wellstadt-Roblinskys Häuserblock gestanden hatte, dort, wo seine Mutter Astartus' »Begegnungsstätte« errichten wollte: eine schwarze Monstrosität, deren Anblick Eric mit einer Furcht erfüllte, die an Panik grenzte.
Es war ein detailgetreuer Nachbau der Schwarzen Kathedrale von Armageddon.
Eric trat mit klopfendem Herzen näher, wobei er es bewusst vermied, das unheimliche dunkle Wogen unter der hölzernen

Platte anzusehen, stützte die Hände auf die Tischkante und beugte sich vor, um die furchtbare Miniatur genauer in Augenschein zu nehmen, und er begriff einen Sekundenbruchteil zu spät, dass er damit einen vielleicht nicht wieder gutzumachenden Fehler begangen hatte.
Die Wirklichkeit zerbarst wie eine Glasscheibe, durch die er mit der Wucht einer Kanonenkugel hindurchgestoßen wurde. Die Garage, das Haus, die ganze *Welt* rings um ihn herum wurden unwirklich und verblassten und er spürte, wie er von einer fast unwiderstehlichen Kraft in die unheimliche Welt Armageddons hineingesogen wurde Plötzlich erfüllten Schreie die Luft, das Klirren von Waffen und das dumpfe Brodeln einer Schlacht, die sich ihrem endgültigen Höhepunkt näherte, und durch den Nebel der Zwischenwelt hindurch sah er eine ganze Horde tierköpfiger Scheußlichkeiten und Ungeheuer auf sich zukommen. Wenn er in die Gegenwelt geriet, war er verloren.
Eric sprang mit einem Satz zurück, rannte zur Tür und stürmte ins Haus.
»Eric!«
Eric fuhr herum, als er seinen Namen hörte. Ganz am Ende des Flurs hatte sich eine Tür geöffnet und Andrea war halb herausgetreten, hatte die Hand aber auf dem Türgriff liegen lassen. Eric erkannte sie im ersten Augenblick kaum wieder.
»Komm schnell her!«, sagte sie, wobei sie heftig mit der freien Hand winkte. »Hier du in Sicherheit!«
Eric reagierte sofort. Er lief los und blieb erst stehen, als er sich in der Mitte ihres Wohnzimmers befand. Andrea schlug die Tür hinter ihm zu und drehte den Schlüssel herum.
»Hier du sicher«, sagte sie noch einmal. Als Eric sich zu ihr herumdrehte, deutete sie auf die Tür. »Mächtiger Schutzzauber. Böser Geist nicht können hier herein.«
Die Tür hatte sich in ein kunterbuntes Durcheinander aus Federn, vielfarbigen Holzperlen und bunten Kreidestrichen verwandelt. Eric zweifelte keinen Augenblick daran, dass das, was wie ein sinnloses Durcheinander aussah, tatsächlich ein

wirkungsvoller Schutzzauber war. Schließlich hatte er schon einmal erlebt, dass Andreas Zauber alles andere als Hokuspokus war.
»Wir müssen hier weg!«, sagte er. »Schnell! Wo sind meine Eltern! Sie dürfen mich nicht –«
»Deine Eltern nicht hier«, unterbrach ihn Andrea. »Sie schon ein paar Stunden fort. Männer gekommen, auf dich zu warten.«
»Und ... du?«, murmelte Eric. Astartus *hatte* das ganze Haus in eine Falle verwandelt. »Wieso ... wieso bist du überhaupt noch hier?«, fragte er stockend. »Dein Flugzeug ist doch schon vor ein paar Tagen gegangen!«
»Ich warten auf dich«, antwortete Andrea ernst. »Ich wissen, du kommen zurück.«
Tatsächlich hatte Eric genau darauf gehofft. Er hatte sogar seinen ganzen verzweifelten Plan auf diese Hoffnung gesetzt. Andrea war vielleicht der einzige Mensch auf der ganzen Welt, der ihm jetzt noch helfen konnte. Er redete nicht lange um den heißen Brei herum.
»Ich brauche deine Hilfe«, sagte er.
»Ich wissen«, antwortete Andrea. »Ich haben neue Flugtickets. Wir fliegen zusammen in meine Heimat. Dort du in Sicherheit. Böser Geist dich dort nicht finden.«
»Er würde mich überall finden«, antwortete Eric leise. »Ich kann hier nicht weg. Der böse Geist, von dem ich dir erzählt habe – er hat meine Eltern.«
»Deine Eltern –«, begann Andrea, aber Eric unterbrach sie: »Das sind nicht meine Eltern, Andrea. Sie sehen nur so aus. Ich bin nicht einmal sicher, ob sie überhaupt noch Menschen sind.«
Andrea sah ihn zweifelnd an, aber sie wirkte zugleich eigentlich nicht *wirklich* überrascht. Erschrocken ja, aber nicht überrascht.
»Ich kann es dir jetzt nicht erklären, aber meine *wirklichen* Eltern sind nicht mehr hier«, fuhr er fort. »Azazel hat sie. Ich muss sie retten. Aber das schaffe ich nicht allein. Ich brauche einen Verbündeten. Einen *mächtigen* Verbündeten.«

Andrea erbleichte, als ihr klar wurde, was Eric von ihr erwartete. »Nein!«, sagte sie. »Das ich nicht tun! Niemals!«
»Es ist meine einzige Chance! Allein kann ich meinen Eltern nicht helfen. Ich bin nicht stark genug, um es mit Azazel aufzunehmen. Auch Chep ist das nicht«, beharrte Eric.
»Deinen Eltern niemand kann helfen«, sagte Andrea traurig. »Sie verloren.«
»Sie leben noch«, behauptete Eric. »Ich weiß es. Sie haben mich um Hilfe gebeten und ich werde sie nicht im Stich lassen.«
»Niemand kann gehen an den Ort, an dem sie jetzt sind«, sagte Andrea. »Niemand wissen den Weg dorthin. Und niemand, der ihn gefunden, jemals zurückgekommen.«
»Ich kenne den Weg«, antwortete Eric. »Ich weiß, wie ich in die Schwarze Kathedrale komme. Ich war schon einmal dort. Und ich werde auf jeden Fall dorthin gehen, ob du mir nun hilfst oder nicht.«
»Das dein Tod«, sagte Andrea leise.
»Ich weiß«, antwortete Eric. »Aber ich muss es versuchen.«
Andrea schwieg lange Zeit, und als sie weitersprach, war ihre Stimme kaum mehr als ein leises, tonloses Flüstern, und obwohl sie ihn direkt ansah, schien ihr Blick irgendwo ins Leere gerichtet zu sein.
»Wenn ich dir helfen, dann dein Schicksal viel schlimmer als der Tod«, sagte sie. »Viel, viel schlimmer. Du machen Geschäft mit Bösem, dann du *gehören* Bösem. Für immer.«
»Ich weiß«, antwortete Eric leise. »Aber wenn ich es nicht versuche, dann müsste ich mit dem Wissen weiterleben, meine Eltern verraten zu haben. Das ist schlimmer als der Tod.«
»Du nicht verstehen«, sagte Andrea. »Du bereit, dich zu opfern? Vielleicht nicht nur dein Leben, sondern mehr? Vielleicht Opfer größer, als du dir vorstellen kannst.«
»Das ist mir gleich«, antwortete Eric und meinte es bitter ernst. »Egal, wie groß das Opfer ist – ich bin bereit dazu.«
Andrea schwieg. Eine Minute. Zwei. Drei. Dann sagte sie leise: »Du sehr tapferer Junge. Du nicht wissen, wovon du reden, aber du sehr, sehr tapfer. Ich dir helfen.«

»Du tust es?«, wiederholte Eric überrascht. Er hatte nicht mehr damit gerechnet. »Andrea, das –«
Andrea hob die Hand, unterbrach ihn. »Vielleicht du mich werden hassen für das, was ich tun«, sagte sie. »Vielleicht ich mich selber hassen. Aber ich keine Wahl. Ich dir helfen.«
»Dann lass uns anfangen«, sagte Eric aufgeregt, aber Andrea schüttelte nur den Kopf.
»Nicht jetzt«, sagte sie. »Ich brauchen Kraft des Mondes für Zauber. Zeit für Zeremonie. Warte.« Sie drehte sich herum, verschwand im benachbarten Zimmer und kam nach wenigen Augenblicken zurück. Sie erklärte ihm mit wenigen, aber sehr präzisen Worten, was er zu tun hatte – und vor allem, was er auf gar keinen Fall tun durfte! –, und deutete dann zur Tür.
»Du jetzt gehen«, sagte sie. »Dich verstecken, bis Mitternacht. Dann ich bereit.«

Es war ein weiterer Tag, der kein Ende nehmen wollte. Er hatte das Haus auf demselben Weg verlassen, auf dem er es betreten hatte – zwar nicht durch die Garage, wohl aber durch den Garten. In der vergangenen Nacht hatte er nicht eine Sekunde geschlafen und die Natur forderte nun allmählich ihr Recht, sodass er sich auf die Suche nach einem Platz machte, an dem er einige Stunden schlafen konnte, was sich als gar nicht so einfach erwies. Er durfte um gar keinen Preis auffallen. Wenn ihn die Polizei aufgriff, dann war es nicht nur um ihn geschehen, sondern auch um seine Eltern und vermutlich auch um Andrea.
Schließlich kam er auf eine Idee, die ihm im ersten Moment selbst verrückt erschien, die aber funktionierte: Er löste sich eine Karte für das Freibad, suchte sich einen Liegestuhl und ein schattiges Plätzchen und wachte erst am späten Nachmittag wieder auf, als sich das Bad immer mehr zu füllen begann und es laut um ihn herum wurde.
Den Rest des Tages war er ziellos durch die Stadt gestreift und hatte darauf gewartet, dass es endlich dunkel wurde, und erst

als die Nacht hereingebrochen war, machte er sich auf den Weg zu seinem eigentlichen Ziel.
Eric näherte sich dem ausgebrannten Gebäude auf Umwegen und mit großer Vorsicht. Es waren noch immer zwei Stunden bis Mitternacht, aber der Verkehr hatte in diesem Teil der Stadt schon so weit abgenommen, dass ein einzelner Fußgänger auffiel, und es fuhren auch nur sehr wenige Wagen auf der Straße. Aber Eric wollte kein Risiko eingehen und ging auf eines der leer stehenden Häuser zu. Sämtliche Türen und Fenster waren vernagelt, aber er hatte keine großen Schwierigkeiten, sich gewaltsam Zutritt zu verschaffen. Offensichtlich bekam er allmählich Übung darin, sich als Einbrecher zu betätigen.
Er fand sich in einem leeren, muffig riechenden Hausflur wieder, in dem fast vollkommene Dunkelheit herrschte. Es war völlig still, und daran änderte sich auch nichts, als er mehrere Minuten lang stehen blieb und angestrengt lauschte. Das Haus war verlassen.
Eric tastete sich im Dunkeln zur Treppe vor und stieg bis zum oberen Geschoss hinauf. Er brauchte mehrere Minuten, um den Weg zum Dachboden hinauf zu finden, aber nachdem er es endlich geschafft hatte, konnte er wieder besser sehen. Durch einige große Fenster und zahlreiche Löcher im Dach fiel hinlänglich Licht, sodass er seine Umgebung schemenhaft erkennen konnte.
Auf jeden Fall deutlich genug, um auch seine letzte Hoffnung zunichte zu machen. Die Giebelwand des großen Dachbodens bestand aus massivem Mauerwerk. Es gab keine Verbindungstür zum Nachbarhaus.
Eric seufzte resignierend, öffnete eines der Dachfenster und kletterte nach einem letzten, kurzen Zögern hinaus. Das Dach war nicht besonders abschüssig und es hatte auch seit Tagen nicht mehr geregnet, sodass seine Hände und Knie hinlänglich Halt fanden. Trotzdem schwindelte ihm im ersten Moment, als er sah, wie tief die Straße unter ihm lag.
Vorsichtig machte er sich auf den Weg. Sein Vorankommen wurde zusätzlich dadurch erschwert, dass er nicht einmal auf

Händen und Knien kriechen konnte, um nicht von unten aus doch noch gesehen zu werden, sondern buchstäblich auf dem Bauch kriechen musste.

Auf diese Weise brauchte er eine Ewigkeit, um die verkohlte Ruine des Dachstuhls zu erreichen. Er blieb einige Minuten lang reglos liegen, um wieder zu Kräften zu kommen, dann begann er den anstrengendsten und zugleich auch gefährlichsten Teil seines Weges: den Abstieg in die verbrannten Dachsparren. Mehr als einer der brandgeschwärzten Balken ächzte bedrohlich unter seinem Gewicht. Eric zitterte am ganzen Leib, als er endlich wieder festen Boden unter den Füßen hatte. Die vom Feuer verheerten Dielen knarrten ebenso protestierend unter seinen Schritten wie die verkohlte Treppe. Eric starb innerlich tausend Tode, bis er endlich das Erdgeschoss erreicht hatte.

Er hatte noch viel Zeit. Ihm war es vorgekommen, als hätte seine Expedition über das Dach mehrere Stunden in Anspruch genommen, aber in Wirklichkeit waren es nicht einmal zwanzig Minuten gewesen. So war das nun einmal mit der Zeit – sie schien prinzipiell langsamer zu vergehen, je ungeduldiger man darauf wartete, dass sie es tat.

Er sah die Kellertreppe hinunter, schauderte bei dem bloßen Gedanken, was dort unten auf ihn wartete, und stieg dann vorsichtig über Trümmer und Schutt hinweg in das ausgebrannte Wohnzimmer. Mit einiger Mühe fand er einen Platz, an den er sich setzen und wo er die restliche Zeit – noch über eine Stunde – abwarten konnte.

Und schlief ein, kaum dass er es getan hatte. Irgendwann erwachte er mit einem Ruck, sein Herz klopfte und für einen Moment war er regelrecht wütend auf sich selbst, dass er eingeschlafen war. Erschrocken blickte er auf die Uhr und lief dann auf die Kellertreppe zu. Er hatte keine besonders guten Erinnerungen an die Treppe, aber er musste tun, was er sich vorgenommen hatte.

Als er den Keller erreichte, blieb er mitten im Schritt stehen und erstarrte.

Der Raum war von mildem weißem Licht erfüllt, das von einer riesigen Engelsgestalt ausging, die an der gegenüberliegenden Wand stand und ihm traurig entgegenblickte.
Eric machte einen weiteren Schritt, blieb dann aber plötzlich stehen und sah zur Treppe zurück. Er hatte sich eingebildet, ein Geräusch zu hören. Astartus' Bodyguards? Doch es blieb still. Und als er sich wieder zu Chep herumdrehte, deutete dieser nur ein Kopfschütteln an. Zumindest was Astartus' Männer anging, war er wohl in Sicherheit.
Langsam trat er auf den Engel zu. Ein einziger Blick in die Augen des Cherubs machte jedes Wort überflüssig.
Trotzdem fragte er: »Bist du gekommen, um mir zu helfen oder um mich aufzuhalten?«
»Weder das eine noch das andere«, sagte Chep leise. »Ich kann dir dort nicht beistehen, wo du hingehen willst. Und es liegt nicht in meiner Macht, dich aufzuhalten. Ich kann dich nur bitten, es nicht zu tun.«
»Danke für diesen freundlichen Rat«, sagte Eric böse. »Kannst du mir vielleicht auch verraten, was ich stattdessen tun soll, um meinen Eltern zu helfen?«
»Niemand kann ihnen helfen, mein kleiner Freund«, sagte Chep sanft. »Ihre Seelen sind verloren. Keiner, der jemals in der Schwarzen Kathedrale von Armageddon gefangen gehalten wurde, ist bisher zurückgekommen.«
»Dann wird es Zeit, dass es zum ersten Mal geschieht, findest du nicht?« Eric trat mit entschlossenem Schritt auf den Engel zu, aber Chep machte keine Anstalten, den Weg freizugeben.
»Verwechsle nicht Verzweiflung mit Heldenmut«, sagte der Engel. »Du glaubst jetzt, es gäbe keinen Ausweg mehr für dich, aber man hat immer die Wahl.«
»Die, mir von Reichert das Gehirn weich kochen zu lassen und den Rest meines Lebens als Astartus' Zombie zu verbringen?« Eric schüttelte wütend den Kopf. »Danke! Dann sterbe ich lieber!«
»Was dich erwartet, könnte schlimmer sein als der Tod«, sag-

te der Engel ernst. »Selbst wenn du siegen solltest, könnte sich der Preis als zu hoch erweisen.« Er seufzte. »Es gibt Dinge, die du dir nicht einmal vorstellen kannst.«

»Das spielt jetzt keine Rolle mehr«, sagte Eric. »Hilf mir oder geh mir aus dem Weg.«

Chep zögerte noch eine allerletzte Sekunde, dann trat er mit einem angedeuteten Kopfschütteln zur Seite, rief Eric jedoch noch einmal zurück, als der an ihm vorbeitreten wollte.

»Ich kann dich nicht begleiten, Eric«, sagte er. »Ich wäre verloren, würde ich diesen Ort auch nur betreten. Aber nimm wenigstens dies.«

Er reichte Eric einen weißen Schild und ein Schwert, das fast so lang wie er selbst war. »Und verlier es nicht wieder«, fügte er lächelnd hinzu. »Sie sind nicht ganz so leicht zu ersetzen, wie du annehmen magst.«

Eric griff nach den angebotenen Waffen. Trotz seiner harschen Worte empfand er eine tiefe Dankbarkeit. Auch wenn er es getan hatte, er warf dem Engel nicht wirklich Feigheit vor. Chep war anders als die Engelskrieger, die er in der anderen Welt getroffen hatte. Er war fest davon überzeugt, dass der Cherub ohne Zögern sein eigenes Leben geopfert hätte, um ihm zu helfen. Wenn er es nicht tat, dann aus dem einzigen Grund, dass dieses Opfer vollkommen sinnlos gewesen wäre.

Er wollte nicht im Streit von dem Engel scheiden und so blieb er nach zwei Schritten noch einmal stehen, um sich zu Chep herumzudrehen. Aber dieser war bereits verschwunden. Der Keller war leer, aber jetzt tauchte am Fuß der Treppe der tanzende Lichtschein einer Taschenlampe auf und Eric hörte hastige Schritte die Treppe herunterpoltern. Nachdem der Engel gegangen war, hatte die Zeit ihre Macht über diesen Ort zurückerlangt.

Eric wandte sich rasch wieder um und ging weiter. Nachdem der Engel nicht mehr hier war, herrschte wieder vollkommene Dunkelheit, aber von Schwert und Schild ging ein unwirkliches Leuchten aus, ein blasser Schein, der unter normalen Umständen kaum sichtbar gewesen wäre. In der völligen Fins-

ternis reichte er jedoch, zumindest die nächsten zwei Schritte erkennen zu lassen.
Und der Weg war nicht mehr weit. Noch bevor seine Verfolger den Keller erreichten, stand Eric vor dem Mauerdurchbruch, der ins benachbarte Gebäude führte.
Und für ihn in die Schwarze Kathedrale. Vielleicht auch in die Hölle. Aber vielleicht war das auch gar kein Unterschied.
Es war genau wie das erste Mal, als er hier gewesen war, und zugleich auch so anders, wie es nur sein konnte. Eric hatte sich mit all seinen Sinnen auf den Übergang zwischen den Welten konzentriert, aber genau wie die Male zuvor hatte er nicht das Geringste gespürt – er hatte einfach einen Schritt gemacht und war aus der Welt des Normalen und Begreiflichen in das Universum der Schwarzen Kathedrale getreten; so einfach, als ginge er in ein anderes Zimmer.
Eric sah sich mit klopfendem Herzen um. Auf den ersten Blick schien sich nichts verändert zu haben. Er war unmittelbar hinter der Statue des riesigen schwarzen Engels hervorgetreten, und obwohl er wusste, dass es nichts als eine Figur aus schwarzem Stein war, erschrak er im ersten Moment zutiefst, war doch irgendetwas in ihm gegen jede Logik und jedes bessere Wissen hundertprozentig davon überzeugt, Azazel selbst gegenüberzustehen, der in der nächsten Sekunde aus seiner Starre erwachen und die Arme nach ihm ausstrecken musste, um ihm die Seele zu entreißen.
Natürlich geschah das nicht. Alles blieb, wie es beim ersten Mal gewesen war – die riesige, von gewaltigen gotischen Spitzbögen getragene Decke, die bunten Glasfenster, die blasphemische Szenen und unaussprechliche Scheußlichkeiten zeigten, die mannshohen Nischen in den Wänden, in denen bizarre Skulpturen und gotteslästerliche Monstrositäten standen, und schließlich die endlosen schwarzen Bankreihen, die sich so weit vor ihm hintereinander reihten, bis sie zu grauen Schatten zu verschmelzen schienen.
Aber es waren nur *Bilder*, die gleich geblieben waren. Was er fühlte, war vollkommen anders.

Auch beim ersten Mal hatte er Angst gehabt, aber er war vor allem erstaunt gewesen und trotz der Furcht vor allem neugierig. Jetzt empfand er ein Grauen, das sich mit Worten kaum noch beschreiben ließ.
Er war nicht allein.
Etwas war mit ihm hier, etwas unvorstellbar Böses, Uraltes und Mächtiges. Etwas, das ihn belauerte und anstarrte und dessen Krallen in lautloser Gier über die schwarzen Fliesen scharrten. Erics Herz hämmerte bis zum Hals und seine Hände und Knie begannen zu zittern. Er konnte kaum noch atmen und für etliche Sekunden reichte all seine Willenskraft nicht aus, um auch nur einen einzigen Schritt zu machen.
Sein Blick heftete sich auf das andere Ende der Kathedrale. Etwas hatte sich verändert. Als er das erste Mal hier gewesen war, hatte er dort hinten so etwas wie einen blasphemischen schwarzen Altar gesehen. Jetzt erkannte er dort nur Schatten und ein unheimliches graues und schwarzes Wogen, das nichts, aber auch alles bedeuten konnte. Trotzdem war der Anblick dieser Schatten fast schlimmer als das, was er seinerzeit dort hinten gesehen hatte. Wahrscheinlich waren es wirklich nur Schatten, aber allein die Vorstellung, was sich in diesem Ungeformten alles verbergen konnte, war entsetzlicher als das, was er vielleicht gesehen hätte. Alles in ihm schrie danach, auf der Stelle herumzufahren und davonzurennen, so schnell er nur konnte.
Stattdessen raffte er all seinen Mut zusammen und zwang sich, einen Schritt zu machen, und so schwer es ihm auch fiel, es war, als hätte er damit die Ketten gesprengt, die ihn bisher gefesselt hatten. Sein Herz hämmerte noch immer bis in den Hals hinauf und er hatte immer noch entsetzliche Angst. Aber er konnte sich wieder bewegen. Dem ersten Schritt folgte ein zweiter, dritter und vierter. Eric schloss die Hand um den Griff des Schwertes, das Chep ihm gegeben hatte, und es war, als ob das silberne Metall ihm auf geheimnisvolle Weise neue Kraft einflößte. Er hatte die Warnung des Engels nicht vergessen: Weder dieses Schwert noch der Schild würden ihn

wirklich schützen, wenn er auf Azazel traf oder gar jenes andere, unheimliche Etwas, das in den Schatten dieses Gebäudes hauste: der Alte Feind.
Vielleicht hätte er diesen Gedanken besser nicht gedacht, denn der nächste, daraus folgende war: Wenn schon Azazel ein so schrecklicher Feind war, wie konnte Eric dann auch nur im Geringsten daran denken, sich einem Geschöpf zu stellen, das mächtig genug war, selbst dem Schwarzen Engel Befehle zu erteilen?
Erics Schritte erzeugten unheimliche, hallende Echos zwischen den Bankreihen und Eric musste in jedem Moment mehr gegen die erschreckende Vorstellung ankämpfen, dass die schwarze Engelsstatue hinter ihm aus ihrer Starre erwacht war und ihm folgte und das vermeintliche Echo seiner eigenen Schritte gar kein Echo war, sondern das Geräusch *ihrer* Schritte.
Er widerstand der Versuchung, in die Richtung zurückzublicken, aus der er gekommen war, sondern sah stattdessen auf die Uhr. Beinahe wie er erwartet hatte rührte sich der Sekundenzeiger nicht mehr. Die Uhr war im selben Moment stehen geblieben, in dem er die unheimliche Welt betreten hatte, vielleicht auch schon vorher, als er Chep begegnet war und dieser die Zeit angehalten hatte, damit seine Verfolger nicht aufholten. Sie zeigte elf Minuten vor Mitternacht an.
Wie lange war er schon hier? Eine Minute, zehn, oder vielleicht auch schon eine Stunde? Er wusste es nicht. Sowenig wie seine Uhr funktionierte hatte die Zeit hier irgendeine Bedeutung. Vielleicht stand sie an diesem unheimlichen Ort auch tatsächlich still.
Andrea hatte ihn eindringlich gewarnt, ihre Hilfe nicht vor Mitternacht in Anspruch zu nehmen. Wenn er es täte, könnten die Folgen schrecklich sein. Aber dieses Risiko musste er einfach eingehen. Nichts konnte schlimmer sein als das, was ihm bereits zugestoßen war.
Er verscheuchte auch diesen Gedanken, schloss die Hände fester um Schwert und Schild und versuchte schneller zu gehen. Er war nicht ganz sicher, dass es ihm gelang, aber

während er sich zwischen den Bankreihen hindurchbewegte, blickte er aufmerksam nach rechts und links. Am Anfang seiner Wanderung waren die schweren, aus schwarzem Holz geschnitzten Bänke vollkommen leer. Nicht einmal Staub hatte sich auf dem glänzend polierten Holz niedergelassen. Aber das war nur am Anfang so.

Nach und nach begann er Schatten zu erkennen, konturlose zuerst, die aber bald an Substanz und Form zuzunehmen begannen. Sie wurden nicht wirklich zu fassbaren Gebilden, sondern blieben halb transparente, rauchige Schemen, deren Zahl sich ständig mehrte, sodass er schließlich das Gefühl hatte, sich inmitten einer Versammlung unheimlicher Gespenster zu befinden, die hier zusammengekommen waren, um zum Herrn dieser düsteren Kathedrale zu beten. Seine Umgebung begann sich mehr und mehr in die des grässlichen Albtraums zu verwandeln, in dem er seine Eltern gesehen hatte – und der natürlich gar kein Albtraum gewesen war, sondern ein verzweifelter Hilfeschrei derer, die an diesem höllischen Ort gefangen gehalten wurden.

Und plötzlich wusste er, wer all diese geisterhaften Gestalten waren. Es *waren* Gespenster, aber keine, die er fürchten musste, sondern die ganz im Gegenteil sein Mitleid verdienten, denn es waren nicht die Anhänger Azazels, die gekommen waren, um ihren finsteren Herrn anzubeten, sondern seine *Opfer*. Die verblassenden Schemen, die ihn umgaben, waren alles, was dieser unheimliche Ort von ihnen übrig gelassen hatte, und am Ende würden selbst sie nicht mehr da sein, denn die Schwarze Kathedrale verzehrte nicht nur ihre Seelen, sondern am Schluss auch ihre Körper, um sie zu einem Teil ihrer selbst zu machen. Eric erschauerte bis ins Innerste, als ihm klar wurde, dass dieses zyklopische schwarze Gebäude buchstäblich aus dem Schmerz und dem Leid gepeinigter Seelen erbaut worden war.

Je mehr er sich dem anderen Ende des Kirchenschiffs näherte, desto mehr gewannen die Gestalten, die auf den schwarzen Bänken saßen, an Substanz. Aber Eric hätte sich fast gewünscht, es wäre nicht so, denn je deutlicher er sie erkennen konnte, desto größer wurde sein Schrecken.

Es waren keine wirklichen Menschen. Jedenfalls nicht mehr. Manche von ihnen glichen bizarren Gebilden aus Wurzeln und borkigen Ästen, die sich nur zufällig zu einer vage menschlichen Form vereinigt hatten, andere zu geschnitzten Statuen aus rissigem Holz, deren Erschaffer keinen besonderen Wert auf Details oder gar Ansehnlichkeit gelegt hatte.

Und schließlich gelangte er zu der Bank, die er in seinem Traum gesehen hatte.

Erics Schritte wurden immer langsamer, je näher er dem Ort kam, wo seine Mutter und sein Vater saßen. Schollkämper saß neben ihm und Albrecht und schließlich Wellstadt-Roblinsky. Neben der Lehrerin saßen noch andere Männer und Frauen, deren Gesichter Eric unbekannt waren, und sie alle boten denselben furchtbaren Anblick: dünne Wurzelstränge und Ranken waren aus der Bank hervorgewachsen und fesselten ihre wehrlosen Opfer an das schwarze Holz. Anders als in seinem Traum waren sie nicht wirklich mit den Bänken verwachsen, aber das Ergebnis war dasselbe: Keiner dieser Männer und Frauen – einschließlich seiner Eltern – war in der Lage, sich aus dieser teuflischen Falle zu befreien.

Eric schrie auf, ließ Cheps Schwert und Schild fallen und war mit einem Satz bei seinem Vater, der den ersten Platz in der Bankreihe innehatte. Mit aller Kraft riss und zerrte er an den dünnen Wurzeln, die sich wie kleinfingerdicke Seile um dessen Körper, seine Arme und Beine und sogar um sein Gesicht geschlungen hatten, aber es gelang ihm nicht, auch nur eine einzige davon zu lockern. Sie sahen zerbrechlich aus, aber sie waren so fest, als wären sie aus Stahl gegossen.

Eric riss und zerrte weiter mit aller Gewalt an den Wurzelsträngen, gab es schließlich auf, bückte sich und hob das Schwert auf.

Er wagte es nicht, mit der Waffe zuzuschlagen, weil er Angst hatte, seinen Vater dabei zu verletzen. Stattdessen schob er die Klinge möglichst behutsam zwischen dessen Arm und die

Bank, verkantete sie vorsichtig und versuchte den Wurzelstrang durchzusägen. Er erwies sich als noch zäher, als er erwartet hatte, aber die Klinge war auch härter als jeder Stahl und schärfer als jedes Skalpell. Nachdem er sie vier- oder fünfmal hin und her bewegt hatte, war es ihm gelungen, die Hälfte des zähen Wurzelstranges durchzuschneiden. Eine schwarze, unangenehm riechende Flüssigkeit sickerte hervor und begann am Arm seines Vaters hinunterzulaufen; fast wie Blut. Aber sie musste wohl ätzend sein, denn dünner grauer Rauch kräuselte sich empor und der Stoff der Anzugjacke sah aus wie versengt.

Eric fluchte lautlos, verdoppelte seine Anstrengungen und säbelte den Strang behutsam weiter durch. Mit der Spitze des Schwertes bog er die abgeschnittenen Enden der Wurzel zur Seite, damit der Pflanzensaft seinen Vater nicht verletzte.

Ein dunkler, fast stöhnender Laut erklang. Eric fuhr erschrocken hoch und sah sich um. Das Wogen in den schwarzen Schatten am Ende der Kathedrale hatte sich verstärkt und ihm war, als ob ab und zu etwas wie ein Umriss darin aufblitzte, etwas Riesiges, sich Windendes, mit langen peitschenden Armen und Klauen.

Doch selbst wenn es existierte – es war nicht der Grund des unheimlichen Lautes, den er gehört hatte. Das dumpfe Stöhnen kam aus der entgegengesetzten Richtung, von dort, woher er gekommen war. Eric drehte sich herum – und schrie ein zweites Mal und jetzt vor Schrecken auf.

Die schwarze Engelsstatue vor dem Eingang war erwacht! Die gewaltigen steinernen Flügel bewegten sich, der gehörnte Schädel mit dem engelhaft schönen Gesicht hob sich und der Blick schwarzer, abgrundtief böser Augen bohrte sich in den Erics. Der Engel machte einen ersten, mühsamen Schritt, eine Bewegung, die von einem Geräusch wie mahlendem Stein begleitet wurde.

Eric fuhr herum, hob das Schwert und schlug mit aller Kraft zu. Das Risiko, seinen Vater damit zu verletzen, war gewaltig, aber er hatte keine Wahl mehr. Er musste einfach darauf ver-

trauen, dass die Waffe des Engels von selbst ihr Ziel fand und keinen Unschuldigen verletzte.
Die Klinge durchtrennte ein halbes Dutzend der dünnen Wurzelstränge. Schwarzes Pflanzenblut spritzte hervor, hinterließ zwei oder drei winzige Brandflecken im Gesicht seines Vaters und fraß ein fast handgroßes Loch in das schwarze Holz der Bank, dicht neben seiner Hand. Sein Vater gab endlich ein Lebenszeichen von sich. Er stöhnte, hob mühsam den Kopf und öffnete die Augen. Aber sein Blick war leer. Obwohl er Eric direkt ins Gesicht sah, war Eric sicher, dass er ihn in diesem Moment nicht einmal erkannte.
Eric unterdrückte den Impuls, zu Azazel zurückzublicken, und schlug ein zweites und drittes und viertes Mal zu. Wäre das Schwert in seinen Händen eine von Menschen geschaffene Waffe gewesen, hätte er seinen Vater zweifellos schwer verletzt, wenn nicht gar getötet, aber es war so, wie er gehofft hatte: Die Klinge traf fast ohne sein Zutun ihr Ziel. Obwohl er am Schluss kaum mehr hinsah, sondern sich fast ausschließlich darauf konzentrierte, möglichst viel Kraft in seine Hiebe zu legen, berührte die Klinge die Haut seines Vaters nicht einmal. Dafür zertrennte sie mehr und mehr der zähen Ranken, die ihn auf der Bank fesselten.
Schließlich kippte sein Vater mit einem hilflosen Stöhnen zur Seite. Eric ließ sein Schwert fallen und sprang hastig vor, um seinen Vater aufzufangen, bevor er in die Pfütze aus ätzendem schwarzem Pflanzensaft fallen konnte, die sich unter ihm gebildet hatte.
Mit der schieren Kraft der Verzweiflung schleifte er ihn dann ein Stück weit fort, wälzte ihn auf den Rücken und überzeugte sich davon, dass ihm das schwarze Pflanzenblut auch wirklich keinen Schaden zugefügt hatte.
Sein Vater versuchte sich hochzustemmen, war aber noch immer so benommen, dass er die Bewegung nicht zu Ende brachte. Immerhin begann sich sein Blick allmählich zu klären.
»Eric ...?«, murmelte er. »Aber was ... Wie kommst du hierher? Wo sind ... wir?«

Statt zu antworten sprang Eric hoch und riss sein Schwert in die Höhe. Der Schwarze Engel hatte schon mehr als die Hälfte der Strecke hinter sich gebracht, und er wurde *schneller*! Erics Zeit würde kaum ausreichen, auch noch seine Mutter und die anderen zu befreien.
Trotzdem versuchte er es. Rücksichtslos ließ er die silberne Klinge heruntersausen und durchtrennte mit einem einzigen Hieb nahezu die Hälfte der Stränge, die seine Mutter an die Bank fesselten.
Als er zum dritten Mal ausholte, hörte er hinter sich einen keuchenden Laut, gefolgt von einem dumpfen Aufprall und einem schmerzhaften Stöhnen. Er fuhr herum und der Anblick, der sich ihm bot, ließ ihm schier das Blut in den Adern gerinnen.
Azazel hatte die Bank erreicht und sein Vater musste seine Benommenheit wohl weit genug überwunden haben, um sich wenigstens in die Höhe zu stemmen. Azazel hatte ihn gepackt und zu Boden geschleudert. Mit gespreizten Beinen und weit ausgebreiteten Flügeln stand er über ihm und streckte die schrecklichen Klauen nach Erics Vater aus.
»*Nein*!«, schrie Eric. »*Lass ihn in Ruhe, du Monstrum*!«
Azazel reagierte nicht einmal auf seine Stimme, sondern beugte sich weiter vor, und Eric sprang mit einer verzweifelten Bewegung los und schwang sein Schwert. Er war viel zu weit entfernt. Die Klinge streifte nur flüchtig die Flügelspitze des Schwarzen Engels und ließ eine oder zwei abgetrennte Federn davonwirbeln, aber das Ergebnis war trotzdem erstaunlich: Funken stoben auf, als hätte er tatsächlich gegen Stein geschlagen. Azazel brüllte vor Wut und Schmerz, taumelte zurück und hätte um ein Haar das Gleichgewicht verloren, und Eric wurde vom Schwung seiner eigenen Bewegung nach vorne gerissen, machte einen ungeschickten Schritt und verlor tatsächlich das Gleichgewicht. Er fiel, sprang blitzschnell wieder in die Höhe und raffte Cheps Schild auf.
Als er zu dem Schwarzen Engel herumfuhr, hatte Azazel seine Balance wiedergefunden, und auch er hielt nun Schild und

Schwert. Dort, wo Erics Klinge seinen Flügel berührt hatte, kräuselte sich grauer Rauch in die Höhe.
»Du bist wirklich tapfer, Eric«, grollte er. »Aber dumm. Hat Chep dir nicht gesagt, dass dies hier das Zentrum meiner Macht ist?«
»Hör auf zu reden«, sagte Eric gepresst. »Kämpfe mit mir!«
Er griff unverzüglich an. Trotz seiner Warnung schien seine Attacke Azazel vollkommen zu überraschen, denn es gelang dem Schwarzen Engel nur noch mit letzter Mühe, seinen Schild hochzureißen und Erics Schwerthieb damit abzufangen. Eric setzte unverzüglich nach, trieb Azazel mit wuchtigen Stichen vor sich her und drängte ihn fast ohne Mühe zwischen zwei der Bänke. Wie beim ersten Mal, als er Cheps Waffen benutzt hatte, war es eigentlich gar nicht er, der kämpfte, sondern vielmehr Schwert und Schild, die *ihm* zeigten, was er zu tun hatte. Binnen weniger Augenblicke hatte er den Schwarzen Engel so hoffnungslos in die Enge gedrängt, dass es ihm vermutlich ein Leichtes gewesen wäre, ihn zu töten.
Stattdessen schmetterte er Azazels Schwert mit seinem Schild zur Seite, tauchte unter dem hochgerissenen Schild des Schwarzen Engels hindurch und führte einen wuchtigen Hieb gegen seine Schläfe, wobei er das Engelsschwert aber im letzten Moment drehte, sodass die Klinge den Schwarzen Engel mit der Breitseite traf. Azazel keuchte, verdrehte die Augen und ließ seine Waffen fallen. Einen Moment lang stand er stocksteif da, dann kippte er einfach nach hinten und brach über der Bank zusammen. Noch bevor er auf dem Boden aufschlug, fuhr Eric herum und lief zu seinem Vater zurück.
Sein Vater richtete sich bereits wieder mühsam auf. »Aber wie ... wie ist das möglich?«, murmelte er. »Was war das? Wo ... wo sind wir hier?«
Eric schüttelte hastig den Kopf. »Jetzt nicht«, sagte er rasch. »Bist du verletzt?«
Sein Vater schüttelte benommen den Kopf und starrte ihn und dann wieder den gestürzten Engel an. »Nein«, murmelte er. »Aber –«

»Nicht jetzt«, sagte Eric noch einmal. Er stand hastig auf und eilte zu der Bank zurück, von der sein Vater gestürzt war. Diesmal schlug er gleich mit aller Gewalt zu und zertrennte die Stränge, die seine Mutter fesselten. Er zielte nicht mehr, sondern überließ es ganz dem Schwert, die unheimlichen Gebilde zu treffen. Sie zersprangen mit einem Geräusch wie ein zu straff gespanntes Gummiband und wieder spritzte ätzender schwarzer Pflanzensaft in alle Richtungen. Einige Tropfen trafen auch Arm und Hals seiner Mutter und fügten ihr winzige rote Brandflecken zu und das hatte auch einen positiven Effekt: Der brennende Schmerz weckte seine Mutter aus ihrer Benommenheit. Sie öffnete stöhnend die Augen, schüttelte die letzten Pflanzenfasern ab und setzte dazu an, dieselben Fragen zu stellen wie sein Vater zuvor.

Eric gab ihr gar keine Chance, irgendetwas zu sagen, sondern zog sie unsanft in die Höhe, bugsierte sie an sich vorbei und schwang Cheps Schwert, um auch Schollkämper zu befreien. Als er zum ersten Hieb ausholte, erklang hinter ihm ein schriller Schrei.

Eric fuhr mitten in der Bewegung herum und gewahrte Azazel, der sich wieder aufgerichtet hatte und mit weit gespreizten Flügeln am Eingang der Bankreihe stand. Der Blick seiner schwarzen Augen bohrte sich in den Erics, und eine Art von Triumph glomm darin auf, die Eric schaudern ließ.

Es ist zu leicht gewesen, dacht Eric erschrocken. Er hatte Azazel viel zu leicht besiegt. Irgendetwas stimmte hier nicht. Trotzdem war seiner Stimme keine Spur von Furcht anzumerken, als er an seiner Mutter vorbei und dem Schwarzen Engel entgegentrat. »Verschwinde!«

»Das war sehr dumm von dir, Eric«, sagte Azazel. »Du hättest mich töten sollen, als du die Gelegenheit dazu hattest. Eine weitere Chance werde ich dir nicht geben.«

»Wer sagt, dass *ich* sie *dir* gebe?«, fragte Eric. Er hob drohend das silberne Schwert. »Ich habe zwar gesagt, dass ich niemals jemanden töten würde, aber vielleicht mache ich bei dir ja eine Ausnahme.«

Azazel schüttelte den Kopf. »Gib dir keine Mühe«, sagte er. »Es ist ziemlich schwierig, den Erfinder der Lüge belügen zu wollen. Du hast nicht die Kraft, mich zu töten. Nicht einmal, wenn dein eigenes Leben davon abhängt.«
»Aber vielleicht das meiner Eltern«, sagte Eric, und obwohl er innerlich vor Angst fast zu sterben schien, war in seiner Stimme eine Entschlossenheit zu hören, die selbst Azazel für einen Moment zu verunsichern schien. Und vielleicht war das ja alles, was er brauchte.
Eric sprang mit einem Schrei vor, stieß mit dem Schwert zu und duckte sich blitzschnell, als Azazel mit einem wütenden Knurren zur Seite trat und gleichzeitig mit der Faust nach seinem Gesicht schlug. Der Schwarze Engel war schnell, aber Eric hatte damit gerechnet, sodass es ihm nicht schwer fiel, sich unter den wütenden Schwingen hindurchzuducken und gleichzeitig das Schwert in die Höhe zu reißen. Azazel handelte sich auf diese Weise eine tiefe, heftig blutende Schnittwunde im Unterarm ein. Er taumelte mit einem wütenden Brüllen zurück und Eric setzte ihm nach und brachte ihm noch eine wahrscheinlich ungefährliche, aber mit Sicherheit verdammt schmerzhafte Wunde im Oberschenkel bei. Azazel hatte Recht mit dem, was er gesagt hatte: Er konnte niemanden töten, nicht einmal den Höllenfürsten. Aber vielleicht gelang es ihm ja, ihn schwer genug zu verwunden, dass er und die anderen eine Chance zur Flucht bekamen.
Er setzte dem Schwarzen Engel abermals nach und stieß mit dem Schwert nach ihm, aber diesmal wich Azazel der Attacke aus und hätte ihm beinahe das Schwert aus der Hand gerissen.
»Du bist gut«, grollte Azazel. »Dieser Dummkopf Chep hat dir viel beigebracht. Aber ich fürchte trotzdem –« Azazel machte einen Schritt nach vorne, wartete, bis Eric nach seinem Arm schlug und entriss ihm dann mit einer fast spielerisch anmutenden Bewegung das Schwert »– nicht genug.«
Eric starrte eine Sekunde lang verdattert auf seine plötzlich leere Hand. Azazels Bewegung war so schnell gewesen, dass er sie nicht einmal *gesehen* hatte.

Der Schwarze Engel lachte böse. »Du Narr«, sagte er. »Du hättest deine Chance nutzen sollen.«
Er schleuderte das Schwert davon und streckte die Hand nach Eric aus und Eric schlug mit dem Schild nach ihm. Er traf, aber Azazel zuckte nicht einmal mit der Wimper, sondern riss ihn von den Füßen, wirbelte ihn herum und schleuderte ihn zwischen die Bänke. Eric blieb benommen liegen, aber trotzdem war ihm eines mit unerschütterlicher Sicherheit klar: Es *war* zu leicht gewesen. Azazel hatte die ganze Zeit über nur mit ihm gespielt. Aus irgendeinem Grund hatte der Schwarze Engel *gewollt*, dass er ihn tötete.
Er wollte sich hochstemmen, aber er war viel zu langsam. Azazel stürzte sich mit einem Schrei auf ihn, riss ihn mit der linken Hand in die Höhe und schlug ihm mit der anderen so hart ins Gesicht, dass er nun wirklich fast das Bewusstsein verlor.
»Du verdammter Narr!«, brüllte er. »Hast du wirklich gedacht, du könntest mich herausfordern? Hier? In meinem eigenen Reich?!«
Er schlug abermals zu. Eric taumelte gegen eine Bank, streckte instinktiv die Hand aus und griff ins Leere. Bevor er stürzen konnte, packte Azazel ihn erneut und schlug ihm so hart in den Leib, dass ihm die Luft aus den Lungen getrieben wurde. Aus seinem Schrei wurde ein ersticktes Keuchen. Die gesamte Kathedrale begann sich vor seinen Augen zu drehen.
»Du hättest mich töten sollen, als du die Gelegenheit dazu hattest«, sagte Azazel zum wiederholten Male.
»Aber ... warum?«, murmelte Eric. Er war halb bewusstlos. In seinem Kopf drehte sich alles. Er versuchte, die Hand zu heben und in seine Tasche zu greifen, aber sein Arm schien plötzlich eine Tonne zu wiegen. Selbst das Sprechen bereitete ihm unsägliche Mühe.
»Du wolltest es, nicht wahr?«, brachte er mühsam hervor. »Ich ... sollte dich ... töten.«
»Aus keinem anderen Grund habe ich dir gestattet, so weit zu kommen«, bestätigte Azazel.
»Aber ... warum?«, murmelte Eric verständnislos. Er versuch-

te es erneut. Sein Arm wog immer noch Zentner, aber irgendwie schaffte er es, die Hand Zentimeter für Zentimeter zu bewegen.
»Wenn ich dich töte, dann ... dann trete ich an deine Stelle.«
»Chep hat dir also doch das eine oder andere gesagt«, sagte Azazel. »Ja, so war es geplant. Aber nun ist es zu spät. Dein Opfer war umsonst, Eric. Deine Eltern werden sterben und du mit ihnen. Ihr gehört mir, so oder so!«
»Aber das ergibt doch überhaupt keinen Sinn!«, keuchte Eric. Er hatte die Hand weit genug gehoben, um in die Jackentasche zu greifen, und nun drohten seine Kräfte endgültig zu versagen. Es war, als sauge Azazels Berührung allein jedes bisschen Kraft aus seinem Körper. Er musste Zeit gewinnen, irgendwie. »Ich bin viel zu schwach. Du bist hundertmal stärker als ich! Warum willst du, dass ich an deine Stelle trete?«
Azazel lachte leise. »Ich sehe, Chep hat dir doch nicht alles gesagt.«
Erics Hand schloss sich um den glatten Hühnerknochen, den er in der rechten Jackentasche trug. Er versuchte ihn zu zerbrechen, aber seine Kraft reichte nicht. Er fühlte sich mit jeder Sekunde schwächer. Hätte Azazel ihn nicht festgehalten, hätten seine Beine einfach unter dem Gewicht seines eigenen Körpers nachgegeben.
»Was gesagt?«, murmelte er kraftlos.
»Du hast keine Ahnung, welche Rolle dir in diesem Spiel zugedacht war, wie?«, fragte Azazel spöttisch. »Und ich fürchte, du wirst es auch nie erfahren, denn nun werde ich –«
Er brach ab. Seine Augen wurden groß und füllten sich mit einem Ausdruck fassungsloser Überraschung und einem grenzenlosen, nie gekannten Schmerz. Er gab einen sonderbaren, halb stöhnenden, halb seufzenden Laut von sich, ließ Eric endlich los und hob beide Hände an die Brust. Aus seinem schwarzen Gewand ragte die Spitze eines silberfarbenen Schwertes.
Eric taumelte zwei Schritte rückwärts, prallte gegen eine Bank und nahm irgendwoher die Kraft, sich daran festzuklammern

und nicht zu stürzen. Kaum weniger fassungslos als Azazel selbst sah er zu, wie der Schwarze Engel in die Knie brach und dann langsam nach vorne fiel. Erics Vater stand hinter ihm. Das blutige Schwert, mit dem er Azazel niedergestochen hatte, hielt er noch in beiden Händen. Der Ausdruck auf seinem Gesicht war pures Entsetzen.

Aber nur für eine Sekunde. Dann machte er einer grimmigen Entschlossenheit Platz und er hob die Klinge, um noch einmal zuzustechen.

»*Nein*!«, schrie Eric entsetzt. Die Angst um seinen Vater gab ihm noch einmal neue Kraft. Er riss erschrocken die Arme in die Höhe, war mit einem Satz zwischen ihm und dem gestürzten Höllenfürsten und sprudelte atemlos hervor: »Um Gottes willen, tu es nicht! Wenn du ihn tötest, sind wir alle verloren!«

Sein Vater sah ihn vollkommen verständnislos an, ließ das Schwert aber trotzdem sinken und Eric beugte sich rasch zu Azazel hinab und tastete nach seinem Hals. Er fühlte keinen Puls und er wusste ja nicht einmal, ob Engel überhaupt so etwas wie einen Pulsschlag hatten, aber als er ihn berührte, da gab Azazel ein leises Stöhnen von sich und seine Flügel bewegten sich raschelnd. Er lebte und er würde auch weiterleben, trotz seiner schrecklichen Verletzung. Die Cherubim sahen vielleicht aus wie Menschen, aber sie waren ungleich zäher.

Eric richtete sich hastig auf und nahm seinem Vater wortlos das Schwert aus der Hand. Noch immer ohne etwas zu sagen eilte er zur Bank zurück und schlug drei- oder viermal rasch hintereinander zu, um Schollkämper zu befreien. Der Kommissar kippte haltlos nach vorne und fiel zu Boden und noch während er sich stöhnend zu regen begann, machte sich Eric daran, auch Albrecht und schließlich Wellstadt-Roblinsky zu befreien. Er benötigte nur wenige Augenblicke dazu, aber ihm kam es vor, als vergingen Stunden. Das Schwert schien bei jedem Hieb schwerer zu werden, und obwohl die Klinge scharf genug war, um ein Haar der Länge nach zu spalten,

brauchte er all seine Kraft, um die zähen Ranken zu durchtrennen. Sie waren deutlich dicker als die, die seine Eltern und die beiden anderen gefesselt hatten, und auch ihre Anzahl war weitaus größer. Eric vermied es fast krampfhaft, die Gestalt anzusehen, die neben Wellstadt-Roblinsky saß. Er hatte sie noch nie zuvor gesehen. Es war eine junge Frau und sie war ohne Bewusstsein wie Wellstadt-Roblinsky und die anderen zuvor. Trotzdem hatte er das Gefühl, dass sie ihn vorwurfsvoll anstarrte, als er sich zu der Lehrerin hinunterbeugte und ihren linken Arm um seine Schulter legte. Er konnte diese Frau nicht retten, so wenig wie all die anderen, die reglos auf den schwarzen Bänken saßen.
Er versuchte den Gedanken zu verscheuchen, aber ganz gelang es ihm nicht. Was waren fünf Leben, die er rettete, gegen die unzähligen, die er einem Schicksal überließ, das schlimmer war als der Tod?
Fünf mehr, als du retten würdest, würdest du es gar nicht versuchen.
Cheps Stimme klang für einen Moment so deutlich hinter seiner Stirn, dass Eric überrascht hochfuhr und sich umsah. Aber der Engel war nicht da. Und es war auch nicht Cheps Stimme gewesen, die er gehört hatte, sondern seine eigene. Es war nichts als ein vergeblicher Versuch seiner selbst gewesen, sich irgendwie zu beruhigen. Und er verfehlte sein Ziel kläglich. Auch wenn der Gedanke richtig war, so hatten Mathematik und Menschenleben doch rein gar nichts miteinander zu schaffen.
Wellstadt-Roblinsky war überraschend schwer. Obwohl sie Eric kaum bis zur Schulter reichte und von schlankem Wuchs war, überstieg es fast seine Kräfte, sie bis zum Mittelgang zu schleifen. Gottlob war mittlerweile auch Schollkämper wieder weit genug bei sich, um ihm auf den letzten Schritten helfen zu können. Der Kommissar wirkte ebenso hilflos und verstört, wie es Erics Eltern gewesen waren, aber er stellte keine einzige Frage, sondern griff wortlos nach Wellstadt-Roblinskys anderem Arm und half Eric dabei, sie bis zum Ende der Bank-

reihe zu bringen. Er wollte sie behutsam wieder auf die Bank sinken lassen, aber Eric schüttelte hastig den Kopf.
»Keine Zeit«, sagte er knapp. »Wir müssen weg!«
Schollkämper sagte auch jetzt nichts, sondern nickte nur und legte sich den Arm der Lehrerin so um die Schulter, dass er sie allein stützen konnte, und Eric atmete erleichtert auf. Nachdem er sich rasch davon überzeugt hatte, dass nun auch Doktor Albrecht allmählich wieder zu sich kam, eilte er zu seinen Eltern.
Seine Mutter hatte sich mittlerweile wieder aufgerichtet und tupfte sich mit einem Taschentuch das Blut aus dem Gesicht. Azazel hatte sie niedergeschlagen, aber Eric sah auch gleich, dass es nur eine harmlose Platzwunde war. Trotzdem fragte er in erschrockenem Ton: »Wie geht es dir? Kannst du gehen?«
»Natürlich«, antwortete seine Mutter. »Aber was ist das hier? Was ist das für ein ... unheimlicher Ort?«
Offensichtlich hat sie keine Erinnerung daran, wie sie hierher gekommen ist, dachte Eric. Wahrscheinlich war es auch besser so. Statt zu antworten hob er nur hilflos die Schultern und drehte sich zu seinem Vater herum. Der stand immer noch an derselben Stelle und starrte den gefallenen Engel an, als wäre die Zeit für ihn einfach stehen geblieben.
»Wir müssen weg«, sagte Eric eindringlich. »Ich erkläre dir alles später, aber nicht jetzt. Wir müssen weg hier – *bevor er wieder aufwacht*!«
Seine letzten Worte zeigten Wirkung. Sein Vater fuhr wie unter einem elektrischen Schlag zusammen, riss seinen Blick endlich von dem Schwarzen Engel los und starrte ihn an. Seine Augen weiteten sich.
»Bevor er *aufwacht*?!«, keuchte er.
Statt noch mehr Zeit mit Reden zu verschwenden, ging er zu den anderen zurück. Auch Albrecht war mittlerweile vollkommen zu sich gekommen und starrte seine Umgebung mit der gleichen Mischung aus Fassungslosigkeit und Entsetzen an wie alle anderen, nur Wellstadt-Roblinsky wirkte noch immer benommen, wie eine Schlafwandlerin. Aber schließlich

war sie dem unheimlichen Einfluss der Schwarzen Kathedrale ja auch am längsten ausgeliefert gewesen.
Schollkämper und Doktor Albrecht nahmen die Lehrerin in die Mitte und sie liefen los, so schnell es ging. Eric erschrak regelrecht, als er sah, wie weit sie von der Rückwand und damit dem Ausgang entfernt waren. Sie würden mindestens fünf Minuten brauchen, um dorthin zu gelangen, wenn nicht länger. Eine Ewigkeit.
Als sie die Hälfte der Strecke hinter sich gebracht hatten, warf Eric einen Blick über die Schulter zurück. Er konnte Azazel nicht mehr sehen, doch dafür sah er etwas, das ihn mindestens genauso erschreckte, als hätte sich der Schwarze Engel plötzlich zwischen den Bankreihen aufgerichtet.
Die Schatten über dem schwarzen Altar bewegten sich stärker. Etwas regte sich darin, etwas Großes und Düsteres, und Eric konnte spüren, wie ihn unsichtbare, uralte Augen voller unstillbarer Bosheit und Hass anstarrten.
»Was hast du?«, fragte seine Mutter, die unmittelbar neben ihm ging. Offenbar konnte man sein Erschrecken deutlich auf seinem Gesicht ablesen.
»Nichts«, antwortete Eric hastig. »Beeilen wir uns.«
Niemand hatte Einwände dagegen, und da nun endlich auch Wellstadt-Roblinsky langsam wieder zu sich kam, konnten sie ihr Tempo tatsächlich noch ein wenig steigern; auch wenn sie nicht annähernd so schnell vorankamen, wie Eric es sich gewünscht hätte.
Er sah ganz bewusst nicht wieder zu dem schwarzen Altar zurück, aber ihm entging trotzdem nicht, dass das Wogen und Tasten in den Schatten stärker geworden war, denn es war keine Bewegung, die sich auf die Dimension des Sichtbaren beschränkte.
Was er spürte, war der Alte Feind, Beherrscher und Schöpfer dieses unheimlichen Ortes. Das Wesen beobachtete ihn, starrte ihn an, belauerte ihn und registrierte jede seiner Bewegungen. Es hatte von Anfang an gewusst, dass er hier war, und wahrscheinlich hatte es auch gewusst, dass er kam und weshalb.

Warum also ließ es ihn einfach wieder gehen? Eric hatte nicht einmal eine *Vorstellung* davon, wer oder was dieses Geschöpf wirklich war, aber ihm war zumindest klar, dass seine Macht nahezu grenzenlos sein musste. Es gab einfach keinen *Grund*, aus dem es tatenlos zusehen sollte, wie seine Opfer entkamen. Es war zu leicht.

Trotzdem erreichten sie das rückwärtige Ende der Kathedrale unbehelligt. Nichts hatte sich verändert, abgesehen davon, dass die schwarze Engelsstatue verschwunden war.

»Dort hinaus.« Eric deutete schwer atmend auf den unregelmäßigen Durchbruch in der verzierten Wand. Der gewaltsam geschaffene Tunnel dahinter war kaum einen Meter lang, wie Eric wusste. Trotzdem war der Raum auf der anderen Seite nicht zu erkennen. Eric sah nichts als Schwärze. Es war, als hörte die Wirklichkeit eine Handbreit jenseits der Wand einfach auf. Der Anblick war fast unheimlicher als alles, was ihm bisher passiert war.

Er schien nicht der Einzige zu sein, dem es so erging. Seine Mutter, die der Öffnung am nächsten stand, hatte mitten im Schritt Halt gemacht und sah unschlüssig in die lichtverzehrende Finsternis hinein.

»Wohin ... führt dieser Weg?«, fragte sie unsicher.

»Nach Hause«, antwortete Eric. »Bitte – *geh*!«

Seine Mutter nickte zwar, aber sie rührte sich trotzdem nicht von der Stelle, sondern sah nur unsicher abwechselnd ihn und die unheimliche Schwärze jenseits des Mauerdurchbruchs an. Dann fiel ihr Blick auf irgendetwas hinter Eric und ihre Augen weiteten sich in purem Entsetzen.

Eric fuhr herum, für den Moment fest davon überzeugt, dass die Dunkelheit über dem Altar sich aufgetan und der Alte Feind persönlich hervorgetreten sei. Stattdessen jedoch gewahrte er Azazel, der sich zwischen den Bankreihen aufgerichtet hatte und mühsam mit den Flügeln schlug. Er wankte leicht hin und her und obwohl die Entfernung dazu eigentlich viel zu groß war, konnte Eric den lodernden Hass sehen, der seine Augen erfüllte ...

»Lauft!«, schrie er.
Seine Warnung wäre gar nicht mehr nötig gewesen. Alle hatten den Schwarzen Engel gesehen und sein Anblick war wohl schlimmer als alle vorstellbaren Schrecken, die sich in der Dunkelheit des Tunnels verbergen mochten. Angeführt von Erics Mutter stürzte die kleine Gruppe hintereinander in den Mauerdurchbruch hinein. Die Schwärze im Inneren des Tunnels schien sie aufzusaugen, kaum dass sie mit ihr in Berührung kamen.
Eric sah mit klopfendem Herzen zu Azazel zurück. Der Schwarze Engel hatte die Schwingen noch weiter gespreizt, riss jetzt mit einem wütenden Brüllen die Arme in die Höhe und katapultierte sich dann geradezu in seine Richtung. Er bewegte sich schneller als irgendetwas, was Eric jemals zuvor gesehen hatte.
Trotzdem war er nicht schnell genug. Eric warf sich unmittelbar hinter Albrecht in den Mauerdurchbruch –
und prallte so wuchtig gegen den Gymnasiallehrer, dass er um ein Haar das Gleichgewicht verloren hätte und rücklings gegen die Wand neben dem Durchbruch taumelte.
Es *war* zu leicht gewesen.
Sie waren wieder zurück in der Wirklichkeit. Rings um ihn herum erstreckte sich nicht mehr die Albtraumrealität der Schwarzen Kathedrale, sondern der Keller des niedergebrannten Hauses und Doktor Albrecht war nicht der Einzige, der abrupt stehen geblieben war. Auch Wellstadt-Roblinsky, Schollkämper und seine Eltern waren erschrocken zurückgeprallt und starrten den riesigen schwarzen Engel an, der ihnen mit weit gespreizten Flügeln und drohend erhobenem Schwert den Weg verstellte.
Es war Azazel. Nicht irgendein schwarzer Engel, kein Mitglied seiner höllischen Heerscharen, das er zu Hilfe gerufen hatte, sondern Azazel selbst. Sein Gewand war nass und schwer von seinem eigenen Blut und in seinen schwarzen Augen loderte ein Hass, der mit Worten nicht mehr zu beschreiben war.

Eric hatte sich zu früh in Sicherheit gewähnt und er hatte etwas vergessen, etwas, das ungeheuer wichtig war und das er schon einmal mit eigenen Augen gesehen hatte, nämlich, dass Engel in der Lage waren, *durchaus an zwei verschiedenen Orten zugleich zu sein*! Azazel befand sich noch immer in der Schwarzen Kathedrale von Armageddon, aber er stand auch gleichzeitig vor ihnen!

»Hast du wirklich geglaubt, du könntest mir entkommen, du dummes Kind?«, fragte er grollend. »Du Narr! Du hast nicht nur dein Leben verwirkt, sondern auch das derer, die du retten wolltest!«

Und damit sprang er vor und stieß mit dem Schwert nach Albrecht. Die Bewegung war so schnell, dass Albrecht nicht die geringste Chance gehabt hätte, ihr auszuweichen, aber Eric hatte den Angriff auf fast magische Weise vorausgesehen und war im selben Moment wie der Schwarze Engel vorgesprungen, und wozu er nicht fähig war, das taten wieder Cheps Schild und Schwert für ihn.

Es gelang ihm nicht mehr ganz, den Angriff abzufangen. Sein Schild prallte gegen Azazels Schwert und lenkte es weit genug ab, dass die Klinge nicht Albrechts Brust durchbohrte, sondern ihm nur eine tiefe Wunde im Oberarm zufügte. Der Lehrer brach mit einem Schmerzensschrei zusammen und Eric sprang vor und versetzte Azazel einen Hieb, der ihm das Schwert aus der Hand prellte.

Der Engel knurrte wütend, schleuderte auch seinen Schild davon und schlug mit der flachen Hand nach Eric. Der Hieb wirkte fast beiläufig; eine Bewegung, mit der ein Mensch eine lästige Fliege aus der Luft gewischt hätte. Trotzdem traf er Erics Brust mit der Wucht eines Hammerschlags, schmetterte ihn zu Boden und ließ ihn meterweit davonschlittern. Schild und Schwert entglitten seinen plötzlich kraftlosen Fingern und Eric konnte nicht mehr atmen.

Trotzdem sah er, dass Schollkämper und sein Vater ihre Erstarrung ebenfalls überwunden hatten und den Schwarzen Engel gleichzeitig angriffen.

Sie hatten nicht die Spur einer Chance. Azazel packte Schollkämper mit der linken und seinen Vater mit der rechten Hand, hob die beiden ohne die geringste Mühe in die Höhe und schmetterte sie wuchtig gegen die drei Meter entfernte Wand. Schollkämper verlor auf der Stelle das Bewusstsein, während Erics Vater sich stöhnend krümmte.
Auch Eric hatte alle Mühe, nicht das Bewusstsein zu verlieren. Er konnte wieder atmen, aber jedes Mal, wenn er Luft holte, schien sich eine dünne Messerklinge tief in seine Brust zu bohren. Azazels beiläufiger Schlag musste ihm eine Rippe gebrochen haben, wenn nicht mehr.
Azazel drehte sich mit einer zornigen Bewegung in seine Richtung. Er schlug mit den Flügeln wie ein riesiger, wütender Raubvogel. Erics Mutter warf sich ihm todesmutig in den Weg, wurde aber ebenso mühelos beiseite gefegt wie er zuvor und Azazel machte einen weiteren Schritt in Erics Richtung.
Eric kämpfte noch immer verzweifelt um sein Bewusstsein. Alles drehte sich um ihn. Er hatte furchtbare Schmerzen beim Luftholen und er registrierte fast verwundert, dass seine rechte Hand in seine Jackentasche kroch und dort etwas Kleines, Glattes umklammerte. Er hatte noch eine Chance. Wenn ihm Zeit genug blieb, die Hand aus der Tasche zu ziehen und die Worte zu sprechen, die Andrea ihm eingeschärft hatte, dann kamen sie vielleicht doch noch mit dem Leben davon.
Als hätte er seine Gedanken gelesen, trat Azazel mit zwei gewaltigen Schritten auf ihn zu, beugte sich vor und streckte den Arm aus, um ihn in die Höhe zu reißen.
»*Lass ihn in Ruhe, du Scheusal*!«
Azazel erstarrte mitten in der Bewegung. Er blinzelte, richtete sich wieder auf und drehte sich stirnrunzelnd herum. Sein Blick tastete fast verwirrt über das schmale Gesicht Wellstadt-Roblinskys, die ihm gefolgt war und nun herausfordernd zu ihm hochsah. »... Was?«, fragte er verwirrt.
»Du hast mich verstanden, Azazel«, antwortete Wellstadt-Roblinsky scharf. »Rühr ihn nicht an! Wenn du mit jemandem kämpfen willst, dann kämpfe mit mir!«

Das klang geradezu lächerlich, fand Eric. Azazel überragte die grauhaarige, schlanke Frau fast um das Doppelte. Er musste vier- oder fünfmal so viel wiegen wie sie und bestand nur aus Muskeln und Klauen – und trotzdem erblickte Eric für einen Moment einen Ausdruck auf seinem Gesicht, der beinahe Furcht zu sein schien.

»Misch dich nicht ein«, antwortete er grollend. Seine Stimme war machtvoll und dröhnend wie immer, aber Eric hörte auch ein sachtes, unsicheres Beben darin. »Das hier geht dich nichts an!«

»Es geht mich etwas an«, widersprach Wellstadt-Roblinsky. »Ich werde nicht zulassen, dass du diesem Jungen etwas zu Leide tust.« Sie deutete auf Eric. »Wenn du ihm etwas antun willst, dann musst du zuerst mich töten.«

»Du weißt, dass ich das könnte«, sagte Azazel ernst. »Du bist nicht stark genug für mich. Willst du, dass ich dich vernichte?«

Wellstadt-Roblinsky antwortete nicht mehr. Aber etwas fast Unheimliches geschah: Sie ... *veränderte* sich.

Es war, als wäre sie plötzlich von einer Aura unsichtbarer, knisternder Energie umgeben, einer Macht, die so gewaltig war, dass man fast meinte, sie anfassen zu können. Dann begann ihre Gestalt in einem milden weißen Licht zu glühen; ein Strahlen wie das, das Chep manchmal umgab, nur weicher, gütiger.

Azazel wich mit einem ebenso überraschten wie erschrockenem Keuchen zurück und hob die Arme und Eric riss sich fast gewaltsam von dem unheimlichen Anblick los. Was oder wer Wellstadt-Roblinsky auch immer war, er wusste, dass sie dem Schwarzen Engel nicht gewachsen sein würde. Sie konnte ihn aufhalten, aber niemals besiegen.

Eric zog die Hand aus der Tasche und öffnete die Finger. Auf seiner Handfläche lag ein kleiner, sorgsam polierter Hühnerknochen, in den mit großer Kunstfertigkeit eine Anzahl winziger Symbole eingraviert worden waren. Es wäre leicht. Andrea hatte alles vorbereitet und sie hatte ihm genau gesagt, was er zu tun hatte. Und trotzdem zögerte er noch einen letzten Moment. Er hatte Cheps Warnung nicht vergessen und er spürte trotz allem die düstere Bedrohung, die von dem so harmlos aussehenden Stück Knochen auf seiner Handfläche ausging. Vielleicht gab es Dinge, die schlimmer waren als das, was Azazel und sein finsterer Herr ihm antun konnten.

Aber dann blickte er wieder auf. Azazel und Wellstadt-Roblinsky hatten ihren Kampf begonnen. Es war kein körperlicher Kampf. Die beiden ungleichen Gegner standen sich einfach reglos und hoch aufgerichtet gegenüber und schienen sich ruhig anzusehen. Es gab keine Blitze, keine lodernden Energien, die aufeinander prallten, aber trotzdem spürte er die ungeheuren Kräfte, die lautlos und unsichtbar miteinander rangen.

Und er spürte fast sofort, dass Wellstadt-Roblinsky unterliegen musste. Ihre Kräfte waren gewaltig und doch waren sie nichts gegen die ungeheuren destruktiven Energien, die der Schwarze Engel entfesselte. Sie würde unterliegen. Azazel würde zuerst sie, dann ihn und anschließend seine Eltern und die beiden anderen töten.

Eric atmete tief ein, schloss die Augen und begann fast leise die Worte zu murmeln, die Andrea ihm eingehämmert hatte.

Andrea hatte ihm die wenigen Sätze so oft vorgesprochen, bis er sie auswendig aufsagen konnte – drei oder vier Sätze in »*Patois*«, der jamaikanischen Heimatsprache, die eine Mischung aus Englisch, Französisch und einem halben Dutzend unbekannter karibischer Dialekte bestand und außerhalb Jamaikas von praktisch niemandem verstanden wurde geschweige denn *gesprochen*. Er konnte nur hoffen und beten, dass er sich nicht nur richtig an die Worte erinnerte, sondern sie auch richtig aussprach.

Währenddessen hatte Wellstadt-Roblinsky zu taumeln begonnen. Ihre leuchtende Aura war blasser geworden und hatte Flecken bekommen und ihr ehedem steinerner Gesichtsausdruck war zu einer Grimasse der Qual geworden. Sie schien Mühe zu haben, sich überhaupt auf den Beinen zu halten. Der

ungleiche Kampf würde in wenigen Augenblicken vorüber sein.
Eric hatte den letzten Satz der Beschwörungsformel ausgesprochen, schloss die Augen und ballte die rechte Hand dann mit einem Ruck zur Faust. Der Hühnerknochen zersprang mit einem trockenen Knacken und Eric spürte, wie sich die scharfen Enden der Knochensplitter tief in seine Haut gruben.
»Pela-Tongo«, keuchte er atemlos, »Herr der Finsternis! Ich befehle dir, zu erscheinen!«
Er öffnete die Faust und ließ Knochensplitter und Blutstropfen zu Boden fallen. Wie von weit her hörte er, wie Wellstadt-Roblinsky wie unter Schmerzen aufschrie und Azazel mit einem wütenden Knurren herumfuhr.
Nichts geschah. Der Dämon erschien nicht. Vielleicht hatte Eric zu lange gewartet. Vielleicht wirkte der Zauber nicht mehr, oder Andrea hatte bei der Beschwörung einen Fehler gemacht ... gleichwie, es geschah *nichts*.
»Nein!«, keuchte Wellstadt-Roblinsky. »Gütiger Herr, *was hast du getan*?!«
Eric starrte sie nur verständnislos an. Wie es aussah, hatte er überhaupt nichts getan. Vor ihm lag eine Hand voll winziger Knochensplitter und das war alles. Pela-Tongo, der Herr der Finsternis, den Andrea mit ihrem Voodoo-Zauber beschwören wollte, erschien nicht.
»Du Dummkopf!«, brüllte Azazel. »Was tust du?! Du spielst mit Gewalten, die du dir nicht einmal vorstellen kannst!« Er verlor schlagartig jedes Interesse an seiner Gegnerin, fuhr zu Eric herum und streckte die Hand aus und aus dem Nichts heraus erschien ein gigantischer Schatten und schleuderte den Schwarzen Engel davon.
Eric sprang hoch und rannte zu seinen Eltern hinüber. Hinter sich hörte er Azazel brüllen, dann eine Anzahl dumpfer, klatschender Schläge und schließlich ein Knurren, das ihm fast das Blut in den Adern gerinnen ließ.
Er widerstand der Versuchung, sich zu dem Schwarzen Engel herumzudrehen, sondern beugte sich zu seiner Mutter hinab.

Sie war bei Bewusstsein, aber ihre Augen wirkten glasig, und ihr Gesicht begann bereits anzuschwellen, wo Azazel sie geschlagen hatte. Eric überzeugte sich hastig davon, dass sie zumindest äußerlich nicht schwerer verletzt war, dann hastete er zu seinem Vater hin, der sich soeben stöhnend hochrappelte.
»Bist du verletzt?«, fragte er erschrocken.
Das Gesicht seines Vaters war schmerzverzerrt und von kaltem Schweiß bedeckt. »Meine Schulter ist gebrochen«, sagte er gepresst. »Großer Gott, was ... was ist das?!«
Die Frage galt etwas hinter Eric und er drehte sich nun doch herum.
Er hatte sich getäuscht. Pela-Tongo war doch erschienen, und er war hundertmal schrecklicher, als Eric sich jemals vorgestellt hätte.
Die Kreatur war mit Worten kaum zu beschreiben. Sie hatte einen Körper, Arme, Beine und einen Kopf, aber damit hörte jede Ähnlichkeit mit einem Menschen auch schon auf. Sie war gigantisch – selbst Azazel wirkte gegen sie wie ein Zwerg – und schien nur aus Krallen, Dornen, Stacheln und fürchterlichen Zähnen zu bestehen. Wie ihr Gegner hatte sie Flügel, die jedoch viel mehr denen einer Fledermaus als eines Vogels glichen.
Und Azazel hatte nicht die geringste Chance gegen den geschuppten Koloss. Der Schwarze Engel wehrte sich mit all seiner gewaltigen Kraft, aber im Vergleich zu Pela-Tongo war er kaum mehr als ein Kind, das gegen einen Berufsboxer antrat. Es konnte nur noch Augenblicke dauern, bis der Dämon ihn regelrecht in Stücke gerissen hatte.
Und Eric war ganz und gar nicht sicher, dass der Blutdurst des Dämons damit gestillt war ...
»Raus hier!« Eric sprang auf. »Nichts wie weg, solange sie noch miteinander beschäftigt sind.«
Sein Vater nickte. Er versuchte aufzustehen, schaffte es aber nur mit Erics Hilfe. »Hilf deiner Mutter«, sagte er gepresst. »Ich kann es nicht.«
Eric warf einen hastigen Blick in die Runde. Auch Schollkäm-

per war mittlerweile wieder zu sich gekommen und starrte aus hervorquellenden Augen dorthin, wo Azazel und der Voodoo-Dämon miteinander kämpften. Aber er schien den Ernst der Situation viel rascher begriffen zu haben als Erics Vater, denn er stemmte sich hastig in die Höhe und versuchte dann, Albrecht auf die Beine zu helfen. Der Lehrer war bleich wie die sprichwörtliche Wand und presste die Hand gegen seine heftig blutende Schulter, gab aber keinen Laut von sich.

Während hinter ihnen der Kampf der Giganten weitertobte, wankten sie nebeneinander zur Treppe. Eric musste seine Mutter nur bei den ersten Schritten helfen, dann machte sie sich mühsam aus seinem Griff los, stützte sich an der Mauer ab und deutete mit einem Kopfschütteln auf Wellstadt-Roblinsky. Die Lehrerin war äußerlich unverletzt, aber sie schien kaum noch die Kraft zu haben, einen Fuß vor den anderen zu setzen. Eric eilte rasch zu ihr und griff nach ihrem Arm. Sie seufzte erleichtert und ließ sich so schwer gegen seine Schulter sinken, dass Eric strauchelte und um ein Haar das Gleichgewicht verloren hätte. Ihr Blick flackerte, als sie Eric ansah, und in ihren Augen war ein Ausdruck, der ihn schaudern ließ.

»Es tut mir Leid«, murmelte sie. »Ich habe es versucht, aber ... ich war nicht stark genug.«

»Sie haben uns alle gerettet«, antwortete Eric. »Ohne Sie hätten wir es alle nicht geschafft.«

Sie wollte antworten, aber Eric schnitt ihr mit einem Kopfschütteln das Wort ab und beschleunigte seine Schritte. Er sah nicht zurück, aber er hörte, dass der Kampf der Titanen hinter ihm immer noch tobte, aber bereits deutlich leiser geworden war. Und im Grunde spielte es nicht einmal eine Rolle, wer diesen Kampf gewann. Wenn sie noch in diesem Keller waren, sobald einer der beiden Gegner gesiegt hatte, dann war es um sie geschehen.

Aber sie kamen zur Treppe und diesem ersten Wunder folgte ein weiteres: Der Kampf zwischen Azazel und Pela-Tongo hielt an, während sie die Treppe hinaufeilten, und sie erreich-

ten das Erdgeschoss, ohne verfolgt oder gar angegriffen zu werden.
Helles Sonnenlicht schlug ihnen durch das eingestürzte Dach entgegen, aber Eric bemerkte es im ersten Moment kaum. Er war vollkommen erschöpft. Auf dem letzten Stück hatten Wellstadt-Roblinsky zusehends die Kräfte verlassen, sodass Eric sie mehr getragen als gestützt hatte. Bei jedem Atemzug schien sich eine glühende Messerklinge tief in seine Brust zu bohren und das ganze Haus drehte sich um ihn.
Auch die anderen waren sichtlich am Ende ihrer Kräfte, und es lag nicht nur an den körperlichen Anstrengungen, die ihnen die Flucht abverlangt hatte. Schon der bloße Aufenthalt in der düsteren Welt von Armageddon hatte an ihrer Lebenskraft gezehrt.
Aber ihre Flucht war noch nicht zu Ende. Aus dem Keller drangen noch immer die Geräusche des apokalyptischen Kampfes, und irgendwo am Rande seiner Erinnerung kratzte das Bild zweier muskelbepackter Riesen in schwarzen Anzügen und altmodischen Sonnenbrillen: Astartus' Schergen, die möglicherweise noch immer hier herumschlichen.
»Wieso ... ist es hell?«, fragte Schollkämper stirnrunzelnd. »Wir waren doch nur ...« Er brach ab, starrte aus aufgerissenen Augen in den strahlend blauen Himmel und wandte sich dann zu Eric um. »Großer Gott, wie ... wie lange waren wir dort unten?«
Eric hob die Schultern und machte eine Kopfbewegung zum Ausgang. Jetzt war nicht der Moment, Schollkämper – und vor allem seinen Eltern! – zu erklären, dass sie annähernd eine Woche verschwunden gewesen waren.
Aus dem Keller drang plötzlich ein dumpfer Schlag, gefolgt von einem Schrei, der Eric fast das Blut in den Adern gerinnen ließ, und dann ein Augenblick vollkommener Stille. Der Kampf war vorbei.
Aber es war noch nicht vorüber. Etwas kam die Treppe herauf, unsichtbar, lautlos und rasend schnell.
Eric fuhr herum, warf sich Wellstadt-Roblinsky kurzerhand

über die Schulter und rannte los, dicht gefolgt von den anderen, die die Gefahr ebenso zu spüren schienen wie er. Die Dunkelheit raste hinter ihnen die Treppe herauf, als hätte die Nacht ihre Pforten geöffnet, um das Licht des Tages zu verschlingen, und Eric wusste einfach, dass etwas Unvorstellbares passieren würde, wenn sie sie einholte.
Es waren nur wenige Schritte bis zur Tür, aber Eric war bis zum letzten Moment nicht sicher, dass er es schaffen würde. Er taumelte die letzten beiden Schritte mehr, als er lief, stieß die verkohlte Tür mit dem freien Arm auf und torkelte auf die Straße hinaus. Das Tageslicht war so grell, dass er im ersten Moment fast blind war. Eric stolperte noch zwei Schritte weiter, verlor endgültig die Balance und drohte zu stürzen. Irgendwie gelang es ihm, sich auf den Beinen zu halten, doch wurde ihm für einen Moment schwarz vor Augen.
Es konnte allerdings kaum mehr als eine Sekunde gewesen sein, denn als er mühsam den Kopf hob, stürmten die anderen gerade durch die Tür ins Freie. Hinter ihnen raste eine Mauer aus Gestalt gewordener Schwärze heran. Eric schrie gellend auf, als er sah, wie seine Mutter genau wie er zuvor ins Stolpern geriet und fiel, wobei sie die anderen mit von den Füßen riss.
Für Eric war es ihrer aller Todesurteil. Seine Eltern, Schollkämper und Albrecht stürzten in einem wirren Durcheinander aus Armen, Beinen, Köpfen und Leibern übereinander und die Düsternis hatte die Tür erreicht und gerann zu einer gigantischen geflügelten Gestalt –
und hinter Eric flammte eine Explosion strahlend weißer Helligkeit auf, die das Licht der Sonne einfach auslöschte, alle Farben aus dem Tag vertrieb und die schwarze Höllengestalt entsetzt zurückprallen ließ.
Cheps Gestalt erstrahlte in einer Helligkeit, wie Eric es noch nie zuvor gesehen hatte. Wäre es normales Licht gewesen, hätte es ihn und die anderen auf der Stelle erblinden lassen und ihre Körper zu Asche verbrannt. So aber blendete es ihre Augen nicht einmal und die intensive Hitze, die sie alle ein-

hüllte, wirkte nicht zerstörerisch, sondern wie ein beschützender warmer Mantel.
Ganz anders bei Azazel. Der Höllenengel schrie wie unter Schmerzen auf, riss die Arme vor das Gesicht und taumelte zurück. Millionen winziger blauweißer Flämmchen huschten über seine Gestalt. Er krümmte sich, fiel auf die Knie und stemmte sich mit einem wütenden Brüllen wieder in die Höhe. Noch einmal rannte er mit seiner ganzen urgewaltigen Kraft gegen die unsichtbare Barriere an und noch einmal wurde er zurückgeschleudert, diesmal mit solcher Gewalt, dass das ganze Haus erbebte. Steintrümmer und verkohltes Holz regneten rings um sie herum zu Boden und ein Teil des ohnehin vom Feuer verheerten Dachstuhls brach krachend zusammen. Azazel brüllte vor Wut und warf sich zum dritten Mal gegen die unsichtbare Wand.
»Gib es auf, Azazel«, sagte Chep. »Es ist vorbei und du weißt es auch. Du hast verloren.«
»Niemals!«, brüllte Azazel. Er hatte sich verändert. Alles an ihm wirkte größer, gewalttätiger und irgendwie ... unfertig. Eric konnte den Unterschied nicht wirklich in Worte fassen, aber er hatte plötzlich mehr als alles andere das Gefühl, einer wilden Bestie gegenüberzustehen, einem Ungeheuer, das nur zum Töten und Verheeren geschaffen war und zu nichts anderem. Azazel war kein Fürst der Hölle mehr, sondern nur noch ein Dämon, der seine Wut herausheulte.
»Mein Gott!«, stammelte Schollkämper. »Was ... was ist das?!«
Im ersten Augenblick dachte Eric, dass er von Azazel sprach, aber dann sah er, dass Schollkämper aus aufgerissenen Augen in die entgegengesetzte Richtung starrte.
Er sah Chep an – und er *erkannte ihn*.
Und nicht nur er. Auch Erics Eltern starrten den strahlend weißen Cherub an. Chep war nicht länger unsichtbar. Erics Mutter öffnete den Mund, um etwas zu sagen, brachte aber nur ein fast erstickt klingendes Keuchen zustande, während sein Vater und Schollkämper vor Fassungslosigkeit einfach

erstarrt zu sein schienen. Einzig Wellstadt-Roblinsky begann sich zu regen. Sie straffte sich und trat dann mit langsamen, aber sehr festen Schritten neben den Cherub. Auch von ihrer Gestalt ging plötzlich ein mildes, aber sehr helles Leuchten aus, das sich mit dem strahlenden Glanz des Engels verband. Azazel keuchte vor Wut und Enttäuschung immer lauter und warf sich mit immer größerer Wucht gegen die unsichtbare Mauer, die ihn am Verlassen des Gebäudes hinderte. Aber den vereinten Kräften der beiden Lichtwesen war nicht einmal er gewachsen.
Eric fragte sich nur, wie lange noch. Das Wüten des Dämons schien mit jedem Moment an Kraft zu gewinnen, während das milde Strahlen, das Chep und Wellstadt-Roblinsky umgab, bereits ein winziges bisschen von seinem Glanz eingebüßt zu haben schien. Eric war nicht sicher. Vielleicht war es auch nur seine Angst, die ihn dies glauben ließ – aber war da nicht ein ganz sachtes Flackern von Furcht oder zumindest Unsicherheit in Cheps Augen?
Gehetzt sah er sich um. Die Straße schien vollkommen verlassen zu sein, aber das war nur sein allererster Eindruck. Sie war nicht verlassen, sondern *erstarrt*. Er sah eine Hand voll Autos und ein gutes Dutzend Passanten, aber nirgendwo war auch nur die geringste Bewegung zu erkennen. Es war, als hätte rings um sie herum die Zeit einfach angehalten.
»Gib es auf, Azazel«, sagte Chep noch einmal. Eric konnte das Zittern in seiner Stimme deutlich hören. »Es ist vorüber. Du hast verloren. Aber noch ist es nicht zu spät. Sage dich von deinem Herrn los und komm zu uns!«
»Niemals!«, brüllte Azazel. Er bäumte sich auf, zertrümmerte mit einem einzigen Schlag seiner gewaltigen Schwingen nicht nur die Reste der Tür, sondern auch ein gut Teil des Mauerwerks rechts und links und heulte vor Schmerz, als wieder weiße und blaue Flammen über seine Gestalt huschten und an seinen Flügeln zehrten.
Aber es waren weniger geworden. Die Barriere, die Chep und Wellstadt-Roblinsky errichtet hatten, hatte an Stärke verlo-

ren. Eric sah erschrocken zu den beiden Engeln hin. Chep wankte ganz leicht und Wellstadt-Roblinskys Gesicht hatte sich zu einer Grimasse der Anstrengung verzerrt. Sie taumelte, drohte für einen Moment das Gleichgewicht zu verlieren und fand ihre Balance im letzten Augenblick wieder. Aber wie oft noch? Eric begriff plötzlich und mit entsetzlicher Klarheit, dass der Höllenfürst den magischen Kampf gewinnen würde.

Und als hätte er seine Gedanken gelesen, brüllte Azazel noch lauter auf und warf sich abermals und mit noch größerer Wucht gegen die Barriere. Im selben Moment tauchte etwas Riesiges, Finsteres hinter ihm auf, eine lebendig gewordene Schwärze, die die Ruine des Hauses so vollkommen ausfüllte, als wäre die Wirklichkeit dort drinnen einfach erloschen.

Im Schutze dieser biblischen Finsternis kroch etwas Gigantisches heran. Es hatte keinen Körper, keine Gestalt, sondern schien nur aus Substanz gewordener Bosheit zu bestehen, ein ungeheuerliches, uraltes Ding, das seit Anbeginn der Zeiten existierte und nur aus Hass und verheerendem Zorn bestand. Der Alte Feind war aus seinem düsteren Verlies in der Schwarzen Kathedrale von Armageddon emporgestiegen, um die Sache zu Ende zu bringen.

Wenn auch auf vollkommen andere Art, als Eric jemals erwartet hätte.

Azazel brüllte erneut und versuchte herumzuwirbeln, aber seine Bewegung, obwohl so schnell, dass das menschliche Auge ihr kaum noch zu folgen vermochte, wirkte plötzlich fast lächerlich langsam. Etwas wie ein riesiger, rauchiger Arm griff aus der brodelnden Schwärze heraus, hüllte den Todesengel ein und zerrte ihn mit unwiderstehlicher Kraft zurück. Azazels Schreie verstummten abrupt und im gleichen Moment war auch die unheimliche Finsternis im Inneren des Gebäudes verschwunden.

Eric hörte ein erschöpftes Seufzen hinter sich und fuhr herum. Geräusche und Bewegungen schlugen wie eine Woge über ihm zusammen, als die Magie des Augenblicks endgültig

erlosch und die Zeit wieder weiterlief, aber Eric nahm es kaum zur Kenntnis.
Cheps Licht begann zu verblassen. Für die Dauer eines Lidschlages schien seine Gestalt zu flackern, und dann war er von einem Augenblick zum anderen einfach verschwunden. Wellstadt-Roblinsky seufzte, machte einen taumelnden Schritt zur Seite und Eric konnte gerade noch hinzuspringen und sie auffangen, als sie das Bewusstsein verlor und zusammenbrach.

Es war sehr still auf dem hell erleuchteten Krankenhausflur. Als sie hierher gekommen waren, war es kurz vor Mittag gewesen. Jetzt näherte sich der Stundenzeiger der großen Uhr über der Tür bereits der Sechs und Eric hatte das seltsame Gefühl, dass er in all diesen Stunden nicht den mindesten Laut gehört hatte.
Was natürlich nicht stimmte. Seit man sie hierher gebracht hatte, hatten weder er noch seine Eltern oder gar Schollkämper eine ruhige Minute gehabt. Kommissar Schollkämper hatte nach Kräften versucht, sie vor allem vor seinen übereifrigen Kollegen abzuschirmen, aber diese Bemühungen waren nicht von besonders viel Erfolg gekrönt gewesen. Die gute Viertelstunde, die Eric nun in dem kleinen Warteraum saß, war im Grunde die einzige Zeit gewesen, in der niemand auf ihn eingeredet, ihm Fragen gestellt oder ihn von allen Seiten untersucht oder auf irgendeine andere Art und Weise malträtiert hatte.
Trotzdem kam es ihm vor, als wäre er die ganze Zeit über allein gewesen. Nichts von dem, was er in diesen Stunden erlebt, gehört oder gesagt hatte, schien real gewesen zu sein. Die Zeit war zu ihrem normalen Ablauf zurückgekehrt, als Chep verschwunden war, aber es kam ihm so vor, als wäre seine subjektive Zeit immer noch stehen geblieben. Er hatte einen Blick in ein anderes, vollkommen fremdes und erschreckendes Universum geworfen und er würde die Welt vielleicht nie wieder mit den gleichen Augen sehen können wie zuvor.

Aber vielleicht war ja alles, was wirklich zählte, das: Es war vorbei.
Er hörte Schritte und schrak aus seinen Gedanken hoch, aber es war nur eine Krankenschwester, die mit schnellen Schritten an der offen stehenden Tür des Warteraums vorbeiging und ihm ein berufsmäßiges Lächeln zuwarf. Eric stand auf, ging zur Tür und sah nach rechts und links in den Gang hinein. Er war vollkommen leer. Die Schwester war bereits hinter einer der zahlreichen Türen verschwunden und es war wieder unheimlich still. Man hätte meinen können, dass das ganze Krankenhaus ausgestorben wäre. Vielleicht hatte auch eine unheimliche Macht nach ihm gegriffen und es irgendwie aus der Welt des Lebenden und Bewegten herausgerissen.
Die wirkliche Erklärung war allerdings viel simpler. Als Eric den Kopf wieder nach links drehte, erkannte er einen verzerrten Schatten auf der anderen Seite der Milchglastür, die den Flur abschloss; einer der beiden Polizeibeamten, die diesen Teil der Klinik abriegelten. Schollkämper hatte kurzerhand die gesamte Station räumen lassen und außer ihnen, Professor Seybling und zwei oder drei Krankenschwestern war tatsächlich niemand mehr hier. Trotzdem konnte Eric einen eisigen Schauer nicht unterdrücken. Natürliche Erklärung oder nicht, es war allein dieser *Gedanke*, der ihm Angst machte. Er hatte einen Blick hinter die scheinbar so massiven Mauern der Wirklichkeit getan und er fragte sich, ob er für den Rest seines Lebens jemals wieder ohne Angst sein würde.
Niedergeschlagen drehte er sich herum und blickte einen Moment lang verständnislos in das Gesicht Breuers, der unter der Tür stand und ihn stirnrunzelnd ansah. Er hatte nicht einmal gehört, dass der junge Inspektor hereingekommen war. Eric fragte sich, wie lange er wohl schon so dastand und ihn ansah, ersparte es sich aber, diese Frage laut auszusprechen.
»Wie geht es dir?«, fragte Breuer.
»Gut«, antwortete Eric ausweichend. »Ich war nur ...« Er ließ den Satz unbeendet und rettete sich in ein Achselzucken. Breuer trat mit einem Schritt vollkommen in den Raum.

»Ich habe dich gesucht.«
»So?«, fragte Eric. »Warum?«
»Um mit dir zu reden«, antwortete Breuer. »Fühlst du dich in der Lage, mir ein paar Fragen zu beantworten?«
Eric war ziemlich sicher, dass es keine Rolle spielte, ob er mit ja oder nein antwortete; also sagte er gar nichts.
»Professor Seybling hat mir gesagt, dass du drei gebrochene Rippen hast«, begann Breuer, »und außerdem genug blaue Flecken, um eine gesamte Rugby-Mannschaft zu beeindrucken. Muss ein höllischer Kampf gewesen sein.«
Eric gemahnte sich in Gedanken zur Vorsicht. Chep hatte ihm zwar gesagt, dass es vorbei war, aber das betraf ganz bestimmt nicht Breuer. »Kampf? Ich weiß nicht, was Sie meinen, Herr Breuer. Ich bin gestolpert und hingefallen, das ist alles. Professor Seybling übertreibt, wie alle Ärzte.«
Um seine Worte zu bestätigen, streifte er sein Hemd hoch und wickelte kurzerhand den Verband ab, den ihm die Krankenschwester erst vor einer knappen Stunde angelegt hatte. Die Haut darunter war unversehrt. Cheps letztes Geschenk hatte nicht nur seine Rippen geheilt, sondern auch alle anderen Spuren des Kampfes verschwinden lassen.
»Das scheint mir auch so«, sagte Breuer in leicht verwirrtem Tonfall. »Du hast mehr Glück gehabt als die anderen. Doktor Albrecht hat eine üble Stichwunde davongetragen ... Professor Seybling meint, dass es ein sehr großes Messer gewesen sein muss. Vielleicht sogar ein Schwert. Sagt dir das zufällig irgendetwas?«
»Nein«, antwortete Eric eine Spur zu schnell. Mit einem nervösen Lächeln fügte er hinzu: »Sollte es?«
Breuer starrte ihn durchdringend an. »Wer hat dir gesagt, dass du nicht mit mir sprechen sollst?«, fragte er. »Dein Vater? Oder Schollkämper?«
»Ich weiß nicht, wovon Sie reden«, behauptete Eric.
»Das solltest du aber«, sagte Breuer sanft. »Es ist erst ein paar Tage her, da hast du mich um Hilfe gebeten, Eric. Ich habe versucht, dir zu helfen, und mir eine Menge Ärger damit ein-

gehandelt. Meinst du nicht, dass du mir jetzt ein paar Antworten schuldig bist?«

»Ich würde Ihnen ja gerne antworten, aber ich weiß wirklich nicht –«

»Lüg mich nicht an!«, unterbrach ihn Breuer ärgerlich. »Du bist vor drei Tagen aus Reicherts so genanntem Sanatorium geflohen und jetzt tauchst du wie aus dem Nichts wieder auf, bringst fünf Menschen mit, von denen zwei seit Wochen vermisst werden und von denen einer offensichtlich mit einem Schwert niedergestochen wurde und der andere die Nacht vermutlich nicht überleben wird, und du willst mir erzählen, du kannst dich an nichts erinnern?«

»Wie bitte?«, keuchte Eric erschrocken. »Was haben Sie gesagt?«

»Du warst drei Tage lang wie vom Erdboden verschluckt«, wiederholte Breuer, aber Eric schüttelte hastig den Kopf.

»Das meine ich nicht. Was soll das heißen: Einer wird die Nacht nicht überstehen?«

»Frau Doktor Wellstadt-Roblinsky«, antwortete Breuer. »Ihr Zustand ist sehr ernst.« Plötzlich wirkte er betroffen. »Hat man dir das denn nicht gesagt?«

Nein, das hatte ihm niemand gesagt – aber er hätte es eigentlich wissen müssen. Er hatte ja selbst gesehen, in welchem Zustand sie gewesen war, als sie den Keller verließen! Mit einem einzigen Schritt war er an Breuer vorbei und wollte das Zimmer verlassen, aber der Inspektor hielt ihn mit einem Griff am Arm zurück.

»Lassen Sie mich los!«, sagte Eric. »Ich muss zu ihr!«

»Nicht jetzt«, sagte Breuer. »Der Arzt ist bei ihr – und außerdem wirst du mir erst noch ein paar Fragen beantworten.«

»Das glaube ich kaum.« Kommissar Schollkämper betrat den Raum und maß seinen Kollegen mit einem eisigen Blick. »Ich dachte, ich hätte mich unmissverständlich ausgedrückt. Aber ich kann auch gerne deutlicher werden, wenn Sie das wünschen.«

»Bitte verzeihen Sie«, sagte Breuer kühl. »Aber ...«

»Bitte!« Eric machte seinen Arm los und trat mit einem raschen Schritt zwischen Schollkämper und Breuer, um den Blickkontakt zwischen den beiden zu unterbrechen. Er war dankbar für Schollkämpers Hilfe, aber ihn überraschte die Heftigkeit, mit der Schollkämper seinen Kollegen attackierte. »Er hat es bestimmt nicht böse gemeint.«
»Übereifer und böse Absicht haben manchmal dasselbe Ergebnis«, antwortete Schollkämper. »Ich habe eine Anweisung erteilt und ich erwarte, dass sie befolgt wird.«
Breuer setzte zu einer Antwort an, aber dann überlegte er es sich doch anders und beließ es bei einem trotzigen Blick und Eric verließ rasch das Zimmer und ging davon, bevor die beiden erneut in Streit gerieten. Im Grunde hatte Schollkämper genau richtig gehandelt, indem er nicht nur Eric, sondern auch allen anderen schon auf dem Weg hierher eingeschärft hatte, mit niemandem zu reden, bis sie sich auf eine gemeinsame, glaubhafte Geschichte geeinigt hatten. So wenig Eric der Gedanke gefiel, sie *konnten* die Wahrheit einfach nicht erzählen. Es würde ihnen niemand glauben.
Er ging bis zum Ende des Korridors und betrat ohne anzuklopfen das Zimmer, in dem man Wellstadt-Roblinsky untergebracht hatte. Er hatte damit gerechnet, sie allein vorzufinden, doch stattdessen standen Doktor Seybling und eine Krankenschwester an ihrem Bett. Als sie das Geräusch der Tür hörten, drehte sich die Schwester zu ihm herum und setzte sichtlich dazu an, ihn auf der Stelle wieder fortzuscheuchen, doch Doktor Seybling hielt sie mit einer raschen Bewegung zurück.
»Hallo, Eric«, sagte er. »Ich habe schon damit gerechnet, dass du kommst. Ich habe keine guten Nachrichten für dich.«
Das leichte Zögern in Seyblings Worten erschreckte Eric fast mehr als das, *was* er sagte. »Ich weiß«, antwortete er leise. Plötzlich hatte er fast Mühe, zu sprechen. In seinem Hals war ein bitterer, harter Knoten. Seine Knie zitterten, als er an Seybling und der Schwester vorbeiging und an das Bett herantrat. Die Studienrätin schlief. Ihr Gesicht war so bleich, dass es sich

kaum von der Farbe der Bettwäsche abhob, und ihr Atem so flach, dass er kaum noch zu sehen war.
»Darf ich einen Moment mit ihr allein sein?«, fragte er.
Seybling zögerte, dann aber nickte er. »Warum nicht? Aber du solltest dir keine zu großen Hoffnungen machen. Ich glaube nicht, dass sie noch einmal aufwacht.« Er nickte der Schwester zu. »Fünf Minuten werden wohl nicht schaden, denke ich.«
Eric wartete, bis sie das Krankenzimmer verlassen hatten, dann trat er näher an das Bett heran und streckte den Arm aus. Er hatte fast Angst, die Hand der alten Frau zu berühren. Sie wirkte plötzlich so zerbrechlich. Und sie fühlte sich so kalt an.
»Es tut mir so Leid«, murmelte er. »Es ist einfach nicht *fair.*«
Wellstadt-Roblinsky seufzte im Schlaf. Wahrscheinlich war es nur eine unbewusste Reaktion auf seine Berührung, vielleicht auch nur ein Zufall, aber für Eric stellte dieser winzige Seufzer doch einen Hoffnungsschimmer dar. Er berührte sie nun auch mit der anderen Hand und klammerte sich mit aller Macht an den völlig absurden Gedanken, ihr auf diese Weise etwas von der Lebenskraft zurückgeben zu können, die sie bei ihrem Kampf mit Azazel verbraucht hatte. »Sie dürfen nicht sterben«, murmelte er. »Das darf einfach nicht sein. Chep! Hilf ihr! Das bist du mir schuldig!«
Den letzten Satz hatte er fast geschrien. Aber er bekam keine Antwort. Das Zimmer blieb still und auch durch seine Hände floss kein Strom geheimnisvoller Kraft, um den erlöschenden Lebensfunken in ihr noch einmal neu aufflammen zu lassen.
Doch als er Wellstadt-Roblinsky wieder anblickte, hatte sie die Augen geöffnet und sah ihn an.
»Er kann mir nicht helfen, Eric«, sagte sie leise. »Und ich möchte es auch nicht. Es ist gut so, wie es ist.«
»Aber es ist nicht richtig!«, protestierte Eric. Er war kein bisschen überrascht, dass sie aufgewacht war, ganz im Gegenteil. Irgendwie wusste er, dass er nicht zufällig hierher gekommen war. Es war fast, als hätte sie ihn gerufen. »Keiner von uns wäre noch am Leben ohne Sie!«
»Keiner von euch wäre in diese schreckliche Gefahr geraten,

ohne mich«, antwortete Wellstadt-Roblinsky mit einem müden Lächeln. »Alles ist so gekommen, wie es vorausbestimmt war. Sei nicht traurig. Auch wenn ich jetzt gehen muss.« Sie schloss die Finger fester um seine Hand. »Ich werde viele meiner Freunde wiedersehen. Du musst nicht um mich trauern, Eric. Der Tod ist nicht das Ende aller Dinge, sondern nur ein Wechsel. Nichts hört jemals wirklich auf.«

»Es ist trotzdem nicht richtig!«, beharrte Eric. »Es kann doch nicht alles umsonst gewesen sein!«

»Nichts, was jemals geschieht oder ist, ist umsonst«, belehrte ihn Wellstadt-Roblinsky. »Alles erfüllt seinen Zweck im Großen Plan, Eric. Selbst das Böse. Auch wenn wir es nicht immer gleich erkennen können.« Sie versuchte zu lächeln, aber selbst dazu fehlte ihr mittlerweile die Kraft. »Alles hat seinen Sinn, auch deine vermeintliche Niederlage. Hadere nicht mit dem Schicksal. Deine schwerste Prüfung steht dir noch bevor.«

»Niederlage?«, murmelte Eric verstört. »Was ... heißt das? Und von welcher Prüfung sprechen Sie? Azazel?«

»Das Leben«, antwortete Wellstadt-Roblinsky. »Du glaubst, du hättest einen Krieg gewonnen, aber es war nur eine Schlacht. Das Böse lauert überall. Sei ... auf der Hut ... Eric.«

»Das verstehe ich nicht«, sagte Eric.

»Du wirst es verstehen«, antwortete Wellstadt-Roblinsky mit leiser werdender, brechender Stimm. »Bald. Aber ich ... muss jetzt gehen. Wir werden uns wiedersehen, das verspreche ich dir. Vielleicht nicht in dieser Welt, aber irgendwann.«

»Warten Sie!«, sagte Eric verzweifelt. »Gehen Sie noch nicht! Ich habe noch so viele Fragen!«

Aber diese Worte hörte sie schon nicht mehr. Sie schloss die Augen und Eric konnte körperlich fühlen, wie das Leben aus ihr wich; leise, undramatisch, aber sehr schnell.

Auf dem Instrumentenpult neben ihrem Bett begannen zwei oder drei Lämpchen zu blinken und Eric hörte durch die geschlossene Tür hindurch, wie draußen auf dem Flur eine Klingel zu schrillen begann. Langsam löste er seine Finger aus denen der alten Frau, drehte sich herum und verließ das Zimmer. Seybling und zwei Krankenschwestern kamen ihm im Laufschritt entgegen, aber er bemerkte sie kaum. Er fühlte sich sehr, sehr allein.

Die Beerdigung fand am darauf folgenden Mittwoch statt. Obwohl sich der Sommer mit Riesenschritten seinem Höhepunkt näherte, war es ein kalter, regnerischer Tag. Schon vor Sonnenaufgang hatte es zu regnen begonnen und im Laufe des Vormittags war noch ein schneidender Wind hinzugekommen, der die Regenschleier fast waagrecht vor sich hertrieb und erbarmungslos durch sämtliche Kleidungsstücke drang. Eric fror. Der Friedhof war voller Menschen, aber er fühlte sich trotzdem so allein, als wäre er der einzige lebende Mensch auf der ganzen Welt. Das Gefühl hatte von ihm Besitz ergriffen, als er das Zimmer verlassen hatte, in dem die Lehrerin gestorben war, und er war es in den zurückliegenden drei Tagen nicht mehr für eine Sekunde losgeworden. Mit ihr und dem Cherub war etwas aus seinem Leben gewichen, was vielleicht nie wieder zurückkehren würde.
Weder sein Vater noch seine Mutter geschweige denn Albrecht oder Schollkämper hatten bisher auch nur eine einzige Bemerkung über das, was sie erlebt hatten, gemacht oder auch nur eine diesbezügliche Frage gestellt, doch ein einziger Blick in ihre Augen hatte Eric gereicht, um zu erkennen, dass sie sich sehr wohl erinnerten. Vielleicht nicht an Details. Vielleicht nicht einmal daran, wo sie gewesen waren; aber in ihren Augen war etwas, das ihm sagte, dass ihre Gefangenschaft in der Schwarzen Kathedrale nicht an ihnen vorübergegangen war, ohne Spuren zu hinterlassen. Sie brauchten einfach Zeit, um das Erlebte so weit zu verarbeiten, dass sie in der Lage waren, darüber zu reden. Irgendwann würde der Moment kommen und bis es so weit war, würde sich Eric eben in Geduld fassen.
Eric verscheuchte den Gedanken und zwang sich selbst aus der Erinnerung an eine düstere Vergangenheit in eine kaum

weniger düstere Gegenwart zurück. Der Friedhof war voller Menschen; zweihundert, schätzte Eric, wenn nicht mehr. Seine Eltern, Schollkämper und er selbst hatten sich ein wenig von der übrigen Trauergemeinde entfernt, was sich als gar nicht so einfach erwiesen hatte. Eric hatte eine Beisetzung im kleinsten Kreis erwartet, denn schließlich wusste er ja, dass Wellstadt-Roblinsky keine lebenden Verwandten mehr besessen hatte und auch so gut wie keine Freunde, aber das genaue Gegenteil war der Fall: Die kleine Friedhofskapelle hatte nicht einmal annähernd ausgereicht, um die Trauergemeinde aufzunehmen. Mit Ausnahme Doktor Albrechts, der sich noch immer im Krankenhaus befand, waren sämtliche Lehrer der Schule gekommen und dazu mehr als hundert Schüler aus ihrer eigenen und etlichen Parallelklassen. Für jemanden, der im Leben scheinbar niemanden interessiert hatte, ein wahrlich beeindruckender Abschied.
Eric schlug fröstelnd den Jackenkragen hoch und vergrub die Hände in den Taschen. Irgendwo, wie es ihm vorkam, fast am anderen Ende des Friedhofes, hatte die Spitze des Trauerzuges das Grab erreicht und kam zum Stehen, aber es dauerte noch eine geraume Weile, bis die Bewegung auch das andere Ende der langen Menschenschlange erreicht hatte und auch sie anhielt. Der Pfarrer hielt eine kurze Rede, von der weder Eric noch seine Eltern auch nur ein Wort mitbekamen, dann begannen die Trauergäste einer nach dem anderen an dem offenen Grab vorbeizugehen, um einen kurzen Moment davor zu verharren und einen Blumenstrauß oder auch nur einen Tannenzweig hineinzuwerfen und dann schnell weiterzugehen. Da sie sich ganz am Ende des Trauerzuges befanden, würde es wahrscheinlich eine halbe Stunde dauern, wenn nicht länger, bevor die Reihe an sie kam.
Keiner von ihnen sprach während dieser Zeit auch nur ein einziges Wort. Eric war bis auf die Haut durchnässt, als er endlich das offene Grab erreichte, aber er war fast froh darüber. So konnte er sich wenigstens selbst einreden, dass er nur vor Kälte am ganzen Leib zitterte.

Obwohl er wahrlich Zeit genug gehabt hatte, sich vorzubereiten, fand er kaum noch die Kraft, die letzten Schritte zu tun. Sein Herz begann zu klopfen, als er an dem offenen Grab stand und auf den Sarg hinunterblickte, der vor lauter Blumen und Tannenzweigen kaum noch zu sehen war.
Eine Hand legte sich auf Erics Schulter, und als er den Kopf hob und aufsah, blickte er ins Gesicht Inspektor Breuers. Der junge Polizeibeamte lächelte aufmunternd, aber es war ein Lächeln, das auf sonderbare Weise seine Augen ausließ. Sie wirkten sehr ernst und von Sorge erfüllt.
»Hallo, Eric«, sagte Breuer schließlich, obwohl der Moment für eine Begrüßung eigentlich schon längst vorbei war. Er wirkte ein wenig verlegen. »Ich weiß, es ist eine abgedroschene Frage, aber trotzdem: Wie geht es dir?«
»Mir fehlt nichts, wenn Sie das meinen«, sagte Eric.
Breuer nahm endlich die Hand von seiner Schulter und trat einen halben Schritt zurück. Seine Verlegenheit war nicht mehr zu übersehen. »Ich würde mich gerne ein bisschen mit dir unterhalten, Eric«, sagte er. »Natürlich nur, wenn du dich dazu in der Lage fühlst.«
»Unterhalten?« Eric sah ihn verwirrt an. In den zurückliegenden drei Tagen hatten sie sich stundenlang *unterhalten.* Dann begriff er.
»Allein, meinen Sie.«
»Ja«, bestätigte Breuer. Er sah an Eric vorbei in die Richtung, in der sich seine Eltern und Schollkämper entfernt hatten.
»Also?«, fragte Eric.
»Nicht hier«, antwortete Breuer, ohne die Lippen zu bewegen. Für Schollkämper und alle anderen musste es aussehen, als stünde er reglos neben Eric und blickte in das Grab hinab. »Treffen wir uns in fünf Minuten, in der Kapelle?«
»Allein?«, fragte Eric.
»Allein«, bestätigte Breuer. Dann ging er, schnell, ohne auch nur noch einmal in Erics Richtung zu sehen, und hoch aufgerichtet. Eric drehte sich langsam herum und ging zu seinen Eltern zurück.

»Was wollte er?«, fragte Schollkämper geradeheraus.
»Wer?«, erwiderte Eric. »Breuer?«
»Ja«, antwortete Schollkämper. »Du brauchst keine Hemmungen zu haben, Eric. Wenn er versucht, dich irgendwie unter Druck zu setzen, dann sag es mir. Breuer ist ein fähiger junger Mann, aber er neigt zum Übertreiben wie die meisten jungen Leute.«
»Er wollte wirklich nichts von mir«, sagte Eric noch einmal. »Bitte, ich ... möchte einfach einen Moment allein sein, das ist alles.«
»Wie du willst.« Schollkämper glaubte ihm kein Wort und er gab sich nicht einmal große Mühe, das zu verhehlen, aber er drang auch nicht weiter in ihn, sondern wandte sich an Erics Vater. »Für mich wird es ohnehin Zeit. Im Büro wartet eine Menge Arbeit auf mich. Auf Wiedersehen.«
Er ging und Erics Eltern wandten sich ebenfalls um, um den Friedhof zu verlassen. »Das Lehrerkollegium hat eine kleine Trauerfeier organisiert«, sagte sein Vater. »Ich weiß, was du von solchen Festen hältst, aber es wäre sehr unhöflich, wenn wir nicht daran teilnehmen würden.«
»Gleich«, sagte Eric. »Ich möchte nur noch einen Moment bleiben. Allein«, fügte er hinzu.
Sein Vater runzelte die Stirn und setzte dazu an, zu widersprechen, aber Mutter legte ihm rasch die Hand auf den Unterarm und schüttelte den Kopf. »Das geht in Ordnung«, sagte sie schnell. »Lass ihn ruhig alleine Abschied nehmen, wenn er das möchte.«
»Also gut«, sagte Vater widerwillig. »Aber mach nicht mehr zu lange. Du holst dir sonst noch eine Lungenentzündung bei dem Wetter.«
Eric wartete, bis sich seine Eltern endlich herumgedreht hatten und gegangen waren, und er blieb auch noch ein paar Sekunden reglos im Regen stehen und blickte in das Grab hinab, das sich langsam mit schlammigem Wasser zu füllen begann. Er fühlte sich immer noch ... sonderbar. Ein Empfinden von Unwirklichkeit hatte von ihm Besitz ergriffen, die er

nicht richtig einzuordnen vermochte, die aber mit jedem Moment stärker zu werden schien. Als wäre dies alles hier nicht ... *echt*.

Schaudernd sah er sich um. Jetzt, da der offizielle Teil der Beisetzung vorüber war, begann sich die Trauergemeinde rasch aufzulösen, sodass er vollkommen allein am Grab des gefallenen Engels stand. Niemand war in seiner Nähe. Niemand blickte auch nur in seine Richtung. Und trotzdem hatte er das Gefühl, beobachtet zu werden, und das auf eine unangenehme, auf furchtbare Weise *vertraute* Art, als spüre er die Nähe einer Gegenwart, die –

Schluss! Eric zwang sich, den Gedanken nicht zu Ende zu verfolgen. Es war vorbei. Chep hatte keinen Zweifel daran gelassen, dass alles, was sich weiter in der Welt der Engel und der Schwarzen Kathedrale zutrug, nicht mehr seine Sache war. Was er zu spüren glaubte, war nichts als kindische Enttäuschung. Er hatte ein gewaltiges Abenteuer erlebt und er hatte es überstanden, aber er war nicht als *Sieger* aus diesem Kampf hervorgegangen, sondern allerhöchstens als Nicht-Besiegter. Und das war wahrscheinlich schon viel, viel mehr, als er realistisch betrachtet erwarten konnte. Was um alles in der Welt bildete er sich eigentlich ein? Dass er den Teufel selbst zum Zweikampf herausfordern und besiegen konnte? Lächerlich! Er war am Leben und dafür sollte er verdammt dankbar sein. Und jetzt würde er zum vereinbarten Treffpunkt gehen, mit Breuer reden und diese ganze verrückte Geschichte danach einfach vergessen. Er drehte sich mit einem Ruck herum, drehte das Gesicht aus dem Wind und ging mit schnellen Schritten zur Kapelle.

Breuer erwartete ihn bereits. Als Eric die Tür hinter sich schloss, entdeckte er ihn am anderen Ende des spärlich möblierten Raumes, wo er nachdenklich das große Holzkreuz mit der geschnitzten Jesusfigur betrachtete, das den einzigen Wandschmuck des kahlen Raumes bildete. Er musste Erics Schritte gehört haben, drehte sich aber trotzdem nicht sofort zu ihm herum, sondern blieb mit dem Rücken zu ihm stehen

und fragte dann nach einer ganzen Weile: »Glaubst du eigentlich an Gott, Eric?«
Eric war nicht ganz sicher, was Breuer mit dieser Frage bezweckte. »Wenn Sie einen alten Mann mit weißen Haaren und einem langen Bart meinen, der auf einer Wolke sitzt und Harfe spielt, dann heißt die Antwort nein. War es das, was Sie hören wollten?«
Breuer drehte sich nun doch zu ihm herum. »Und wenn das nicht der Sinn meiner Frage war?«
»Ich glaube nicht, dass die Welt so einfach ist, wie ich es mir vielleicht vorstelle«, antwortete Eric ausweichend. »Oder sonst irgendein Mensch ... warum fragen Sie das?«
»Weil ich in den letzten Tagen eine Menge Dinge erlebt und gesehen habe, die ich mir nicht erklären kann«, erwiderte Breuer. »Vielleicht hatte ich gehofft, dass du mir da weiterhelfen könntest.«
»Das kann ich nicht«, behauptete Eric. »Und wenn ich es könnte, dürfte ich es wahrscheinlich nicht.« Er runzelte die Stirn. »Sie haben mich doch nicht hierher bestellt, um mit mir über Gott und den Sinn des Lebens zu philosophieren, oder?«
»Nein«, gestand Breuer lächelnd. »Obwohl es wirklich ein interessantes Thema wäre. Ist dir jemand gefolgt?«
»Ich glaube nicht«, antwortete Eric. »Meine Eltern sind schon zum Wagen gegangen, und Schollkämper ist ins Büro zurückgefahren – falls es das ist, was Sie wissen wollen. Was wollen Sie von mir?«
Statt direkt zu antworten, sah ihn Breuer wieder einige Sekunden lang auf diese sonderbare Weise an, dann seufzte er tief. »Ich bin nicht untätig gewesen in der Zwischenzeit. Das Dezernat für Wirtschaftskriminalität ist hinter die Geschäftsgeheimnisse der Kinder der Letzten Tage gekommen. Wenn ich die Zündschnur anstecke, dann reicht sie wahrscheinlich, um Astartus' gesamtes kleines Wirtschaftsimperium in die Luft zu sprengen.«
»Warum tun Sie es dann nicht?«, fragte Eric. »Sie verhaften doch so gerne Leute. Wie wäre es denn, wenn Sie zur

Abwechslung einmal jemandem Handschellen anlegen, der sie verdient hat?«
Wenn Breuer die Spitze überhaupt hörte, dann ließ er es sich jedenfalls nicht anmerken. »Es gäbe nichts, was ich lieber täte«, sagte er. »Ich würde dich sogar einladen, damit du dabei sein kannst. Aber leider darf ich es nicht.«
»Wieso?«, fragte Eric. »Jetzt erzählen Sie mir bloß nicht, diese Beweise wären wertlos, weil ich sie gestohlen habe.«
»Nein«, antwortete Breuer lächelnd. »Gott sei Dank leben wir nicht in Amerika, wo man sich mit solchen juristischen Spitzfindigkeiten aus der Affäre ziehen kann.«
»Was hindert Sie dann?«, wollte Eric wissen.
»Kommissar Schollkämper«, antwortete Breuer. »Zusammen mit deinem Vater.«
Zwei, drei Sekunden lang starrte Eric ihn nur an und weigerte sich einfach zu glauben, was er hörte.
»Was ... soll das heißen?«, krächzte er schließlich.
»Ich hatte gehofft, dass *du* mir das beantworten kannst«, sagte Breuer traurig. »Ich habe einen großen Fehler gemacht, fürchte ich. Denn statt mit diesen Informationen sofort zur Staatsanwaltschaft zu gehen, habe ich sie zuerst Schollkämper gezeigt. Und seit ich es getan habe, legt man mir nur Steine in den Weg. Astartus hat eine ganze Armee windiger Rechtsverdreher aufgeboten, die mit allen möglichen Tricks versuchen meine Arbeit zu blockieren. Heute Morgen wurden mir sogar die Untersuchungen in diesem Fall offiziell entzogen und in einer Stunde darf ich mich beim Polizeipräsidenten persönlich melden. Ich kann mir ungefähr vorstellen, worum es geht.«
»Und was hat mein Vater damit zu tun?«, fragte Eric.
Breuer antwortete nicht und nach weiteren Sekunden des Schweigens sagte Eric ganz leise: »Oh. Ich verstehe. Sie meinen, er ... er ist einer dieser *windigen Rechtsverdreher*, von denen Sie gesprochen haben.«
»Ich hätte es anders ausgedrückt, aber wenn du es schon selbst sagst«, murmelte Breuer.

»Aber das ist unmöglich!«, protestierte Eric. »Ich meine: Mein Vater und Astartus sind ...«
»Offensichtlich hat er es dir nicht gesagt«, fiel ihm Breuer ins Wort, »aber die Kanzlei deines Vaters hat gestern Nachmittag offiziell Stefan Aspachs Vertretung übernommen.«
»Das glaube ich nicht!«, sagte Eric impulsiv. »Das ist vollkommen unmöglich!«
»Gestern Abend wurde Doktor Maximilian Reichert verhaftet, als er mit einem Flugzeug das Land verlassen wollte. Ich habe ihn selbst am Flughafen abgeholt und ins Polizeipräsidium gebracht, um ihn zu verhören. Eine Stunde später erschien Kommissar Schollkämper, um das Verhör fortzusetzen, und eine weitere halbe Stunde später hat Doktor Reichert als freier Mann das Präsidium verlassen.« Er sah auf die Armbanduhr. »Ich schätze, dass er jetzt schon in Rio de Janeiro ist oder vielleicht auch in Acapulco.«
»Aber das kann doch nicht sein!«, murmelte Eric verstört. »Das ... das ist doch vollkommen unmöglich!« *Was hatte Chep gesagt? Du hast nur ihre Körper gerettet, nicht ihre Seelen?* Es konnte doch nicht *alles umsonst gewesen sein!*
»Es tut mir wirklich Leid, dass ich dir das alles sagen muss«, sagte Breuer. »Aber ich bin trotzdem froh, dass du so reagierst. Ich brauche deine Hilfe, Eric. Astartus ist einflussreicher und gefährlicher als zuvor. Wir müssen ihn aufhalten, ganz egal wie, bevor er sich diese ganze Stadt einverleibt.«
Diese ganze Stadt?! Eric hätte fast laut aufgelacht. Breuer hatte ja keine Ahnung, wovon er da sprach. Es ging nicht um eine *Stadt.* Es ging um –
»Ich muss wissen, wo ihr gewesen seid, Eric«, drang Breuers Stimme in seine Gedanken. »Erzähl mir nicht, dass du dich nicht erinnern könntest. Ich weiß, dass du es kannst. Du musst es mir sagen! Vielleicht ist es die einzige Möglichkeit, diesen ganzen Irrsinn noch aufzuhalten!«
»Sie würden mir nicht glauben«, sagte Eric.
»Ich bin mittlerweile so weit, einfach *alles* zu glauben«, erwiderte Breuer heftig. »Wo seid ihr gewesen? Hat Aspach euch

entführt? Erpresst er dich? Du kannst es mir sagen. Ich verspreche dir, dass dir nichts geschehen wird, ganz egal, was er auch gegen dich in der Hand hat!«
Eric wollte antworten, aber in diesem Moment flog die Tür in seinem Rücken auf und Astartus und seine beiden Leibwächter kamen herein, begleitet von einem Schwall eisiger Luft, Regen und Kommissar Schollkämper. Eric fuhr mit einem krächzenden Schrei herum und taumelte zwei Schritte zurück und auch Breuer zuckte erschrocken zusammen und hob instinktiv die Hand zur Manteltasche, erstarrte aber dann mitten in der Bewegung, als einer von Astartus' Leibwächtern eine drohende Geste machte.
Schollkämper schob die Tür mit dem Fuß hinter sich zu und wischte sich mit dem Handrücken das Wasser aus dem Gesicht. »Breuer, Breuer, Breuer«, sagte er tadelnd. »Wie oft habe ich Ihnen gesagt, dass Sie nicht über meinen Kopf hinweg ermitteln sollen? Sie sind einfach übereifrig. Eines Tages wird das noch Ihr Verderben sein.«
»Und vielleicht ist dieser Tag ja heute«, fügte Astartus hinzu.
»Was ... was bedeutet das?«, murmelte Eric verstört. Sein Blick irrte hilflos zwischen Schollkämper und Aspach hin und her und er las die Antwort auf seine Frage deutlich in Astartus' Augen. Aber er weigerte sich einfach, sie zu glauben.
Schollkämper sah traurig auf ihn herab. »Es tut mir wirklich Leid, mein lieber Junge«, sagte er. »Deine Eltern und ich hätten dir diese Enttäuschung gerne erspart, aber dieser übereifrige junge Narr da musste ja unbedingt mit dem Kopf durch die Wand.«
»Es ist also wahr«, sagte Eric bitter. »Sie sind gar nicht Sie, so wenig wie meine Eltern. Es war alles umsonst. Der Alte Feind hat gewonnen.«
»Alles wird so kommen, wie es geschrieben steht«, antwortete Astartus. »Es ist sinnlos, sich gegen das Schicksal zu wehren, mein Freund. Am Ende kommt es doch, wie es vorausbestimmt ist.«
»Das werden wir ja sehen!«, sagte Breuer.

Eric sah das Unglück kommen und fuhr auf dem Absatz herum, um Breuer zurückzuhalten, aber es war zu spät: Der junge Polizist duckte sich, machte gleichzeitig einen halben Schritt zur Seite und griff mit geradezu unglaublicher Schnelligkeit in die Manteltasche – aber so schnell er auch war, Jean und Claude waren schneller. Eric sah aus den Augenwinkeln, wie Jean zurücktaumelte und nach seiner verletzten Schulter griff. Doch noch im Zusammenbrechen drückte auch er ab und seine Kugel traf mit derselben tödlichen Präzision ins Ziel wie die seines Kumpans. Die beiden Schüsse krachten so rasch hintereinander, dass sie fast wie eine einzige Explosion klangen. Breuer wurde zurückgeworfen, prallte mit weit ausgebreiteten Armen gegen die Wand direkt unter dem Kruzifix und sank reglos daran herab.
Eric reagierte, ohne wirklich zu denken. Noch bevor Breuers lebloser Körper den Boden berührte, wirbelte er herum, duckte sich blitzschnell zwischen Schollkämper und Astartus hindurch und war mit einem Satz bei der Tür. Astartus schrie erschrocken auf und versuchte nach ihm zu greifen und einer seiner beiden Leibwächter fuhr auf dem Absatz herum und zielte mit seiner Waffe in Erics Richtung.
Die Kugel verfehlte ihn so knapp, dass er den heißen Luftzug im Gesicht spüren konnte, und fuhr mit einem splitternden Laut unmittelbar neben ihm in den Türrahmen.
»Nicht!«, brüllte Astartus fast entsetzt. »Hört auf zu schießen, ihr Idioten! Dem Jungen darf nichts geschehen!«
Eric war bereits aus der Kapelle heraus, steppte blindlings nach rechts und links, um kein Ziel zu bieten, falls Jean oder Claude vielleicht zu dämlich sein sollten, um die Befehle ihres Herrn und Meisters sofort zu verstehen, und versuchte sich zu orientieren. Hinter ihm schrie Astartus, als würde er bei lebendigem Leibe gehäutet: »Hinterher, ihr Idioten! Fangt ihn ein! Ich bringe euch persönlich um, wenn ihr ohne ihn zurückkommt!«
Der Regen strömte mittlerweile so dicht wie ein Wasserfall vom Himmel und machte selbst das Luftholen schwer. Es war

so kalt geworden, dass Erics Atem zu kleinen Dampfwolken vor seinem Gesicht wurde. Seine Hände zitterten. Bei jedem Atemzug jagte ein stechender Schmerz durch seine Brust und wenn er zu lange auf eine bestimmte Stelle sah, wurde ihm schwindelig.

Eric schloss die Augen, zählte in Gedanken bis fünf und versuchte sich mit aller Macht zur Ruhe zu zwingen. Seine Hände hörten zwar ein wenig auf zu zittern, aber sein Atem ging noch immer schnell und seine überreizten Nerven gaukelten ihm inmitten des strömenden Regens tanzende Schatten vor, die nicht da waren. Sein einziger Trost war, dass Jean und Claude in dieser Waschküche wohl ebenso wenig sahen wie er.

Leider war es nur ein wirklich *schwacher* Trost. Der Friedhof war groß, aber nicht *so* groß, dass er sich ernsthaft einbilden konnte, ihnen auf Dauer einfach davonlaufen zu können. Außerdem war da auch noch Breuer, der schwer verletzt sein musste und für den es wahrscheinlich auf jede Minute ankam, wenn nicht auf jede Sekunde. Er musste Hilfe holen, und das *schnell.*

Eric stürmte los.

Der sintflutartige Wolkenbruch hatte aus dem Weg fast so etwas wie Sumpf gemacht, sodass Eric das Gefühl hatte, kaum mehr von der Stelle zu kommen. Er sank bei jedem Schritt weiter ein und es schien ihn jedes Mal mehr Kraft zu kosten, seine Füße aus dem klebrigen Schlamm zu ziehen.

Jetzt mischte sich ein dumpfes Grollen und Rumpeln in das Geräusch des niederprasselnden Regens und für eine halbe Sekunde schien der ganze Himmel in einem grellen, fast schmerzhaft intensiven Weiß aufzuleuchten. Ein Gewitter zog auf.

Das Geräusch des Donners näherte sich mit unheimlicher Schnelligkeit und die Blitze folgten immer schneller und schneller aufeinander. Der Regen ließ zwar ein wenig nach, aber am Himmel wetterleuchtete und loderte es dafür jetzt so grell, dass Eric fast blind war und nicht schneller laufen konn-

te, sondern im Gegenteil noch langsamer von der Stelle kam. Dann traf ein Blitz einen Baum ganz in seiner Nähe.
Eric schrie vor Schrecken gellend auf und riss die Arme vor das Gesicht, aber das Licht des Blitzschlags war so grell, dass es durch seine geschlossenen Lider drang und ihn für zwei oder drei Sekunden fast blind machte. Trotz des strömenden Regens brannte der Baum rechts neben ihm so lichterloh wie eine benzingetränkte Fackel und die Hitze war so intensiv, dass sie auf der Haut wehtat. Eric wandte mit einem Stöhnen das Gesicht ab und versuchte aus dem Bereich der atemraubenden Hitze herauszukommen.
Da fuhr ein zweiter Blitz mit einem hässlichen Zischen vom Himmel, spaltete eine mächtige Eiche auf der anderen Seite des Weges und erfüllte die Luft mit Elektrizität. Schreiend taumelte Eric zurück und verlor auf dem schlammigen Untergrund beinahe den Halt. Ein dritter Blitz spaltete den Himmel und hämmerte nur wenige Meter neben ihm in den Boden, so dicht, dass sich Erics Haare knisternd aufrichteten und kleine blaue Flämmchen aus seinen Fingerspitzen sprühten. Er keuchte vor Schrecken, taumelte rückwärts und schrie ein weiteres Mal gellend auf, als eine Hand mit brutaler Kraft nach seiner Schulter griff. Eric wirbelte herum und versuchte sich loszureißen, erreichte aber damit nicht mehr, als dass sich der Griff um seine Schulter noch verstärkte.
Es war niemand anderer als Jean. Der Bodyguard schüttelte Eric so wild, dass seine Zähne schmerzhaft aufeinander schlugen, und schrie irgendetwas, das im Krachen des Donners und dem Zischen der Blitze unterging. Eric schlug zwei-, dreimal vergeblich nach der Hand, mit der Jean ihn gepackt hatte, änderte dann seine Taktik und schoss einen wütenden Fausthieb nach Jeans linkem Oberarm ab, genau dorthin, wo ihn Breuers Pistolenkugel getroffen hatte.
Das wirkte. Jean quietschte wie ein Hundewelpe, dem jemand versehentlich auf den Schwanz getreten hat, ließ Erics Schulter los und Eric setzte blitzschnell nach und stieß ihm beide Hände vor die Brust, sodass Jean nun nach hinten stolperte

und in den Morast stürzte. Eric wirbelte auf dem Absatz herum.
Und damit war seine Glückssträhne dann auch schon wieder zu Ende.
Jeans sonnenbrillentragendes Gegenstück stand nur einen Schritt hinter ihm und allein die Art, auf die er mit verschränkten Armen dastand und ihn angrinste, machte Eric klar, dass er die ganze Zeit über da gewesen sein musste. Wahrscheinlich hatte er sich beim Anblick der Rangelei zwischen Eric und seinem Kollegen köstlich amüsiert.
Was ihn nicht daran hinderte, Eric jetzt mit der linken Hand zu ergreifen und ihm mit der anderen eine Ohrfeige zu versetzen, die ihn an den Rand der Bewusstlosigkeit brachte.
Stöhnend brach er in den Armen des breitschultrigen Riesen zusammen. Alles drehte sich um ihn. Sein Gesicht tat furchtbar weh und er kämpfte sekundenlang mit aller Macht gegen den schwarzen Griff einer Bewusstlosigkeit, dann klärten sich sein Sinne weit genug, dass er seine Umgebung wenigstens schemenhaft wieder wahrnehmen konnte.
Der Himmel über der Stadt war jetzt nicht mehr dunkel, sondern *schwarz,* und die kochenden Wolken, deren Bäuche fast die Bäume zu berühren schienen, von einer Farbe, wie er sie noch nie zuvor gesehen hatte, und die ihn fast zu Tode erschreckte. Ununterbrochen zuckten Blitze herab und aus den einzelnen Donnerschlägen war ein einziges, ungeheures Dröhnen zu hören, ein Geräusch, als stürzten irgendwo hinter dem Horizont gewaltige Berge zusammen. Überall auf dem Friedhof brannte es.
»Was zum Teufel ist das?!«, brüllte Claude über den Höllenlärm des Gewitters hinweg. »Das ist doch nicht normal!«
»Zerbrich dir später den Kopf darüber!«, antwortete Jean, der sich mittlerweile stöhnend und mit schmerzverzerrtem Gesicht wieder in die Höhe gearbeitet hatte. Er hatte die linke Hand auf den rechten Oberarm gepresst und Eric sah, dass dunkelrotes Blut zwischen seinen Fingern hindurchquoll. Seine Sonnenbrille war zu Boden gefallen und irgendwo im

Morast verschwunden. Als er Eric ansah, glitzerte die pure Mordlust in seinen Augen. Eric war kein bisschen überrascht, als Jean ihm warnungslos so hart mit dem Handrücken ins Gesicht schlug, dass er schon wieder fast das Bewusstsein verlor.

»Lass das!«, sagte Claude. »Astartus hat gesagt –«

»Astartus kann mich mal!«, unterbrach ihn Jean wütend. »Die kleine Ratte teilt gerne aus, da kann sie auch lernen, einzustecken!«

Ein paar Sekunden sah es so aus, als ob Jean wirklich tun würde, was er gesagt hatte. Aber schließlich griffen Jean und Claude unter seine Arme und schleiften ihn einfach durch den Morast zwischen sich her. Eric hatte nicht mehr die Kraft, zu gehen. Alles drehte sich um ihn. Er fragte sich, ob das vielleicht der Tod war, und für einen ganz kurzen Moment *wünschte* er es sich fast.

Dann aber wurde ihm klar, dass der Tod eben *nicht* das Ende aller Dinge war, wie so viele Menschen annahmen. Und dass er bereits einen Blick in die Welt geworfen hatte, die auf der anderen Seite lag, und er bäumte sich noch einmal gegen die Dunkelheit auf, die sein Bewusstsein umschließen wollte. Er durfte noch nicht aufgeben. Selbst wenn er keine Chance mehr hatte, heil aus dieser Geschichte herauszukommen, so gab es doch noch mindestens zwei Menschen, die er retten musste. Er wusste nicht, wie. Er konnte sich nicht einmal erklären, warum, aber irgendwie waren seine Eltern und vermutlich auch Schollkämper und Albrecht noch immer Gefangene der Schwarzen Kathedrale von Armageddon und wenn schon nicht er, dann hatten *sie* doch wenigstens ein Recht, aus einem Kampf herausgehalten zu werden, der nicht der ihre war.

Die brodelnden schwarzen Wolken, aus denen immer heftigere Blitze auf den Boden niederfuhren, berührten jetzt wirklich hier und da die Baumwipfel, und inmitten des kochenden Chaos, das den Himmel verschlungen hatte, glaubte Eric eine Bewegung zu erkennen. Dinge mit ledrigen Flügeln und Kral-

len, die flatterten und zuckten, blasphemische Scheußlichkeiten, die zum letzten Sturm auf die Wirklichkeit ansetzten. Seine Sinne begannen sich wohl zu verwirren. Er begann Dinge zu sehen, die nicht da, sondern nur aus seiner eigenen Angst geboren waren.
Plötzlich blieb Claude stehen und hob mit einem Ruck den Kopf. »Großer Gott!«, murmelte er. »Was ist denn *das*?«
Auch Jean sah nach oben, runzelte die Stirn und zuckte dann mit den Schultern. »Was?«
»Nichts«, antwortete Claude mit einem nervösen Lachen. »Ich ... habe mich wohl getäuscht.« Er schüttelte den Kopf. »Ich fange schon an, Gespenster zu sehen.«
»Ist ja auch kein Wunder, bei diesem Sauwetter!«, fügte Jean grimmig hinzu. »Das ist ja, als würde die Welt untergehen.«
Und endlich begriff Eric.
Es war kein Gewitter.
Es war das, was Chep vorausgesagt hatte.
Es hatte begonnen ...
»Nein!«, keuchte Eric. Und schrie dann mit aller Lautstärke: *»NEIN!«*
Das Entsetzen über das, was er in diesem Moment begriff, war so gewaltig, dass es ihm noch einmal genug Kraft verlieh, um sich aus dem Griff der beiden Bodyguards loszureißen. Claude packte ihn sofort wieder bei den Schultern und schüttelte ihn, aber Eric hörte nicht auf, wie von Sinnen zu schreien: »Nein! Versteht ihr denn nicht? Begreift ihr denn nicht, was hier geschieht?!«
»Hör doch auf, verdammt noch mal!«, brüllte Claude. Er musste schreien, um sich über das Toben des Weltuntergangsgewitters hinweg überhaupt verständlich zu machen. »Was ist denn in dich gefahren?«
»Aber ihr versteht nicht!«, keuchte Eric. »Das ist kein Gewitter! Das ist der Weltuntergang! Es beginnt! Die Offenbarung des Johannes! Der Weltuntergang – *IST HEUTE!«*
»Jetzt ist er völlig übergeschnappt«, sagte Jean kopfschüttelnd, und Claude fügte hinzu: »Das scheint mir auch –«

Was er vielleicht sonst noch hatte sagen wollen, ging in einem sonderbaren, keuchenden Laut unter. Er ließ Erics Schulter los, taumelte einen Schritt zurück und stand eine Sekunde lang einfach reglos da. Dann nahm er mit einer fast grotesk wirkenden Geste die Sonnenbrille ab, sah an sich herab und ließ einen weiteren, seufzenden Laut hören. Erst als er langsam nach vorne zu kippen begann, sah Eric die dreieckige Schwertspitze, die dicht unterhalb des Herzens aus seiner Brust ragte ...

Hinter ihm war eine riesige Gestalt auf einem knochenweißen Pferd erschienen. Der Reiter trug eine schwarze, vollkommen geschlossene Rüstung aus gehämmertem Eisen und zu dem Schwert in seiner Rechten, mit dem er den Bodyguard niedergestochen hatte, einen riesigen, gleichfarbigen Schild in der anderen Hand. Das Visier seines Helms war heruntergeklappt, sodass Eric die Augen nicht erkennen konnte, aber er glaubte zu wissen, wem er gegenüberstand.

»Was –?!«, keuchte Jean entsetzt, starrte den schwarzen Reiter eine halbe Sekunde lang aus hervorquellenden Augen an und wandte sich zur Flucht.

Er kam nur einen Schritt weit.

Die niederprasselnden Regenschleier teilten sich und ein zweiter, ebenso düsterer Reiter erschien wie aus dem Nichts und so schnell, daß Jean nicht die geringste Chance hatte. Er rannte in vollem Lauf in das vorgestreckte Schwert des apokalyptischen Reiters hinein und spießte sich selbst auf. Mit einem letzten, seufzenden Laut sank er zu Boden und blieb reglos im Morast liegen.

Eric taumelte einen Schritt zur Seite und blieb wieder stehen. Verzweifelt sah er sich um, aber es gab keinen Fluchtweg mehr. Hinter ihm erhob sich die Mauer aus brennenden Bäumen und Gebüsch, in die immer noch in ununterbrochener Folge Blitze hämmerten, die das Höllenfeuer noch weiter anfachten, rechts und links von ihm befanden sich die beiden riesigen schwarz gepanzerten Reiter auf ihren schrecklichen Knochenpferden und vor ihm, dort, wo sich Buschwerk und

Bäume nur noch als verschwimmende Schemen hinter dem niederprasselnden Regen abzeichneten, begann etwas noch viel Schrecklicheres, Düstereres Gestalt anzunehmen, etwas, das er nicht erkennen konnte und auch nicht wollte und von dem er doch ganz genau wusste, was es war ...
»Nein!«, flüsterte er. »Nein, bitte ...«
»Hab keine Furcht«, sagte einer der Reiter. »Niemand wird dir etwas antun.«
»Das lassen wir nicht zu«, fügte der zweite Reiter hinzu. Seine Stimme war heller als die des ersten, sie klang eindeutig weiblich. Eric wusste nur zu gut, welches Gesicht sich hinter dem heruntergeklappten schwarzen Visier verbarg.
»Nein«, flüsterte er noch einmal. »Bitte nicht! Das ... das darf nicht sein. Ich habe euch befreit! Ich habe den Bann gebrochen!«
Der erste Reiter lachte leise. »Hast du denn überhaupt nicht verstanden, was dir dein Freund, der Engel, erzählt hat?« Er steckte sein Schwert in die Scheide, griff mit der linken Hand nach oben und schob das Helmvisier hoch und nun blickte Eric in das Gesicht seines Vaters, der zugleich der General von Azazels schwarzen Horden war – und einer der drei Reiter der Apokalypse.
»Niemand, der je in die Gewalt des Alten Feindes gerät, kann ihm je wieder entkommen«, sagte der zweite Reiter der Apokalypse. Auch er schob sein Schwert in die Scheide und öffnete seinen Helm und das Gesicht, das zum Vorschein kam, war das seiner Mutter. Sie lächelte.
»Hör auf, dich gegen das Unausweichliche zu wehren, mein Sohn«, sagte sie. »Komm zu uns, an unsere Seite ... wohin du gehörst.«
Sie streckte die Hand aus und Eric schrie wie unter Schmerzen auf und prallte so weit zurück, bis ihn die Hitze der brennenden Bäume hinter seinem Rücken aufhielt.
»Niemals!«, keuchte er. »Nein! Das darf nicht geschehen! Das könnt ihr doch nicht wollen! Wehrt euch! Ihr ... ihr müsst dagegen ankämpfen!«

»Das können wir nicht«, sagte sein Vater, in leisem, fast bedauerndem Ton. »So wenig wie du. Komm zu uns. Es ist sinnlos, sich zu wehren.«
Eric rührte sich nicht, aber seine Mutter hob den Arm und machte eine befehlende Geste und ein letzter, unvorstellbar gleißender Blitz zuckte vom Himmel und löschte das Friedhofsgelände auf der anderen Seite des Weges aus. Gleichzeitig hörte es auf zu regnen und eine unheimliche, beängstigende Stille begann sich über die Welt zu senken.
Eric stöhnte vor Entsetzen. Wo sich gerade noch gepflegte Bäume, sorgsam gestutzte Büsche und liebevoll hergerichtete Gräber befunden hatten, da erstreckte sich jetzt eine gewaltige, rauchverhangene Ödnis, die bis ans Ende der Welt und vielleicht darüber hinaus zu reichen schien. Ein roter, krank wirkender Himmel spannte sich über dieser hoffnungslosen Ebene und weit, unendlich weit entfernt am Horizont erhob sich etwas, das wie die bösartige Karikatur aller Gotteshäuser aussah, die Menschen jemals erschaffen hatten.
Vor ihm stand ein drittes Skelettpferd. Der Sattel war leer, aber etwas wie ein Schatten schien sich darüber zu erheben, ein düsteres *Ding*, das darauf wartete, Wirklichkeit zu werden.
»Dein Freund, der Engel, hat die Wahrheit gesagt, mein Sohn«, sagte sein Vater leise. »Es hat begonnen. Du kannst das Schicksal nicht aufhalten.«
»Nein«, stöhnte Eric. »Ich ... ich will das nicht.« Aber tief in sich spürte er, dass die Gestalt, die die Stelle seines Vaters eingenommen hatte, die Wahrheit sprach. Wer war er, sich gegen Mächte stellen zu wollen, die das Schicksal eines ganzen *Universums* kontrollierten?
Trotzdem drehte er sich noch einmal herum und sah in das Gesicht seiner Mutter unter dem schwarzen Visier. »Warum tut ihr das?«, flüsterte er. »Ganz egal, was der Alte Feind mit euch gemacht hat, ihr ... ihr seid doch noch immer *ihr.* Irgendetwas Menschliches *muss* doch noch in euch sein. Ihr könnt doch nicht wollen, *dass das Böse über die Welt siegt!*«
»O Eric«, murmelte seine Mutter. »Du hast immer noch nicht

verstanden. Es ist nicht unsere Aufgabe, zu richten. Nicht wir entscheiden, welche Seite am Ende gewinnen wird. Dieser Kampf ist weder der unsere noch der deine. Wir sind es nur, die ihn beginnen. Wie er endet, weiß niemand.«

»Steht das nicht irgendwo *geschrieben?«*, fragte Eric bitter.

»Nein«, sagte sein Vater. »Niemand weiß, wer diesen Tag überleben wird. Und nun komm. Es ist Zeit.«

Eric starrte seinen Vater an, dann seine Mutter, dann wieder das reiterlose Knochenpferd und er wollte etwas sagen, aber er konnte es nicht. Eine tiefe, fast körperlich quälende Mutlosigkeit begann sich in ihm auszubreiten. Es war vorbei. Jetzt endlich, als es zu spät war und die Dinge begonnen hatten, *seine* Handlungen zu bestimmen statt er *ihren* Verlauf, begriff er endgültig, was all diese verwirrenden und schrecklichen Erlebnisse bedeuteten, die er in den letzten Wochen gehabt hatte. Die Schlacht von Armageddon, der Sturm auf die Stadt, der Sieg von Azazels Legionen, ja, selbst Cheps Tod – nichts von alledem war bisher wirklich geschehen. Es waren Dinge, die hätten werden können, so wie Chep es ihm erklärt hatte.

Nein. Er verbesserte sich in Gedanken. Nicht Dinge, die hätten werden können.

Dinge, die er *hätte verhindern können.*

Aber er hatte es nicht getan. Stattdessen hatte er versagt und Azazel und mit ihm seinem düsteren Herrn die Seelen derer in die Hand gespielt, die sie brauchten, um ihren schrecklichen Kriegszug zu beginnen.

Eric sah noch einmal zur Kapelle zurück – jetzt, wo es aufgehört hatte, zu regnen, konnte er sie wieder sehen: ein winziges, verlorenes Gebäude, das sich nur wenige Dutzend Schritte entfernt erhob und das doch so unendlich weit fort schien wie eine fremde Galaxie –, dann drehte er sich herum und ging auf das reiterlose Pferd zu und –

im selben Moment erschien eine gewaltige, strahlend weiße Gestalt über ihm am Himmel und stürzte sich mit weit ausgebreiteten Flügeln auf den apokalyptischen Reiter, der sein Vater war!

»Lauf!« schrie Chep. *»Bring dich in Sicherheit, Eric!«*
Mit einem ungeheuren Krachen prallte er gegen den schwarzen Reiter. Der Reiter, der fast so groß war wie er selbst und ihm in seiner schwarzen Eisenrüstung vermutlich sogar überlegen, wurde von der puren Wucht des Anpralls nach hinten geschleudert. Irgendwie hielt er sich halbwegs im Sattel, aber sein Pferd bäumte sich mit einem schrillen Wiehern auf, schlug mit den Vorderhufen in die Luft und brach zusammen. Chep, das Pferd und der apokalyptische Reiter stürzten ineinander verkrallt zu Boden und in derselben Sekunde stieß seine Mutter einen zornigen Schrei aus, riss ihr Schwert aus dem Gürtel und sprengte los.
So schnell sie war, Chep war schneller. Er sprang hoch, breitete die Flügel aus und befreite sich mit einer gewaltigen Kraftanstrengung aus dem Knäuel aus Leibern, Gliedmaßen und schwarzen Rüstungsteilen, in das er sich verstrickt hatte. Noch während er herumwirbelte, erschienen Schwert und Schild in seinen Händen.
»Was tust du, du Narr?«, keuchte Erics Mutter. »Du weißt nicht, welche Kräfte du herausforderst. Es ist dir nicht erlaubt, dem Schicksal die Stirn zu bieten!«
Ihr Schwert sauste herab. Chep riss den Schild in die Höhe, um den Hieb zu parieren, aber die schwarze Klinge zerteilte das silberne Metall so mühelos, als wäre es gar nicht da. Chep taumelte mit einem Schmerzensschrei zurück. Sein Schild klirrte nutzlos zu Boden und sein linker Arm sank blutend und gelähmt an seinem Körper herab.
»Lauf!«, schrie er. *»Eric, lauf weg! Ich halte sie auf!«*
Eric rannte auch tatsächlich los. Hinter sich hörte er Schreie, ein dumpfes Krachen und Bersten und andere, noch schrecklichere Laute. Er wagte es nicht, sich herumzudrehen, aber die fürchterlichen Geräusche, die er hörte, sagten ihm genug: er ahnte, dass der Engel dieses Mal seinen Meister gefunden hatte. Nicht einmal Cheps übermenschliche Kräfte reichten aus, die beiden unheimlichen Geschöpfe zu besiegen; er würde sie vielleicht für einen Augenblick aufhalten können, aber mehr

auch nicht. Und über den Preis, den der Engel dafür würde zahlen müssen, wagte er erst gar nicht nachzudenken.
Blindlings rannte er auf die kleine Friedhofskapelle am Ende des schlammigen Weges zu. Von allen Orten auf der Welt erschien ihm dieses kleine Gotteshaus im Augenblick als der sicherste; darüber hinaus war Breuer dort – vielleicht von allen Menschen auf der Welt der Einzige, dem er wirklich noch trauen konnte. Falls er noch am Leben war, hieß das.
»Nein!«, schrie Chep. »Nicht dorthin!«
Eric verlangsamte seine Schritte kein bisschen, drehte aber im Rennen den Kopf und sah, dass sich auch der zweite Reiter der Apokalypse wieder erhoben hatte und den Cherub angriff. Chep wehrte sich mit verzweifelter Kraft, aber es war nur zu deutlich, dass er nur noch wenige Augenblicke lang standhalten würde; er blutete bereits aus zahlreichen tiefen Schnitt- und Stichwunden und seine Bewegungen hatten deutlich an Kraft und Schnelligkeit verloren. Eric wurde mit schrecklicher Gewissheit klar, dass der Engel gewusst haben musste, wie aussichtslos ein Angriff auf die beiden apokalyptischen Reiter war – was nicht weniger bedeutete, als dass Chep sein Leben zu opfern bereit war, um ihn zu retten.
Und vielleicht war dieses Opfer sogar vergebens ... Eric rannte wie niemals zuvor in seinem Leben, doch die wenigen Schritte bis zur Kapelle schienen kein Ende zu nehmen. Noch bevor er auch nur die Hälfte der Strecke hinter sich gebracht hatte, hörte er einen halblauten Schrei, und als er sich erneut im Rennen umsah, erkannte er voller Entsetzen, dass Chep sich kaum mehr auf den Beinen halten konnte. Selbst einer seiner beiden unheimlichen Gegner war nun mehr als ausreichend, um ihn mühelos vor sich her zu treiben; der zweite hatte sein schreckliches Knochenpferd herumgerissen und sprengte hinter Eric her. Eric schaffte es tatsächlich irgendwie, noch schneller zu werden, und warf sich mit einer verzweifelten Kraftanstrengung gegen die Tür der Kapelle, die nach innen aufflog.
Mit wild rudernden Armen taumelte Eric durch die Tür, stol-

perte gegen Astartus, der bei dem dumpfen Knall erschrocken herumgefahren war, und riss ihn mit sich zu Boden. Während der selbst ernannte Weltenretter auf die Fliesen plumpste, torkelte Eric weiter und entging Schollkämpers zupackenden Händen nur, weil er in diesem Moment endgültig das Gleichgewicht verlor und stürzte.

Hinter ihm fiel die Tür mit einem dumpfen Krachen zu. Es war nicht der Laut, mit dem die Tür einer kleinen Friedhofskapelle zugeschlagen wäre. Es war auch nicht das Geräusch, mit dem das Portal einer größeren *Kirche* zugefallen wäre, sondern ein dumpfer, lang nachvibrierender Schlag, als fiele das Tor einer *Stadtmauer* ins Schloss – oder das Portal einer gigantischen Kathedrale ...

Eric war offenbar nicht der Einzige, dem diese unheimliche Tatsache bewusst wurde. Astartus war noch damit beschäftigt, sich benommen hochzurappeln, aber Schollkämper runzelte verwirrt die Stirn, sah misstrauisch auf Eric hinab und drehte sich dann herum, um zur Tür zurückzugehen.

»Nein!«, keuchte Eric entsetzt. »Nicht! Öffnen Sie nicht die Tür!«

Tatsächlich zögerte Schollkämper noch einen Moment, verzog aber dann nur abfällig die Lippen und drückte die Türklinke hinunter. Für den Bruchteil einer Sekunde schien sich der Raum mit Schatten zu füllen, die mehr waren als nur Bereiche, in die kein Licht fiel, aber als die Tür ganz aufschwang, waren draußen weder die Ödnis von Armageddon noch einer der beiden apokalyptischen Reiter zu sehen, sondern nur der gewundene Weg, der zwischen den Gräbern hindurchging und sich nach wenigen Schritten in Dunst und niederprasselnden Regenschleiern verlor. Keine apokalyptischen Reiter. Kein Feuer. Wenn die Welt unterging, dann nicht dort draußen, sondern an einem anderen Ort. Vielleicht in einer anderen Wirklichkeit. Eric war vollkommen verwirrt.

»Na, das nenne ich eine Überraschung«, ächzte Astartus, nachdem er wieder auf eigenen Beinen stand. »Wenn das nicht unser Ausreißer ist. Das finde ich aber nett, dass du frei-

willig zurückkommst. Wo sind diese beiden Trottel, die dich suchen sollten?«
»Tot«, murmelte Eric automatisch. Erst jetzt bemerkte er, dass er nur einen halben Schritt neben Breuer zu Boden gestürzt war. Der junge Polizeibeamte lag reglos auf dem Rücken. Er schien das Bewusstsein verloren zu haben, war aber gottlob wenigstens noch am Leben. Wenn man ganz genau hinsah, konnte man erkennen, dass sich seine Brust sacht hob und senkte.
»Tot?« Astartus riss ungläubig die Augen auf. »Aber – «
»Die Reiter«, sagte Eric. Er war noch immer wie betäubt, nicht fähig, auch nur einen einzigen klaren Gedanken zu fassen, und antwortete, ohne auch nur nachzudenken. »Die apokalyptischen Reiter haben sie erschlagen.«
»Die apokalyptischen –« Astartus riss die Augen auf und sprach nicht weiter, aber Schollkämper schüttelte den Kopf, drückte die Tür wieder ins Schloss und kam näher.
»Anscheinend ist er auf den Kopf gefallen«, sagte er abfällig.
»Lassen Sie ihn reden«, sagte Astartus scharf. »Was hast du damit gemeint, die apokalyptischen Reiter?«
»Das, was ich gesagt habe«, antwortete Eric. »Sie sind draußen. Sie warten auf mich.«
»Dort draußen ist absolut niemand«, sagte Schollkämper grollend. Er warf Astartus einen verächtlichen Seitenblick zu. »Außer Ihren beiden Idioten vielleicht. Wahrscheinlich haben sie sich im Regen verlaufen und trauen sich jetzt nicht, mit leeren Händen zurückzukommen.«
Eric ignorierte ihn und sah Astartus an. Stefan Aspachs Gesicht war bleich geworden und jetzt erschien ein Ausdruck von abgrundtiefem Schrecken in seinen Augen.
»Sie wissen, dass ich Recht habe, nicht wahr?«, fragte Eric leise. Astartus schwieg.
»Hat er Ihnen das nicht gesagt?«, fuhr Eric fort. Astartus schwieg weiter und Eric schüttelte den Kopf, um seine eigene Frage zu beantworten. »Nein, offensichtlich nicht. Warum soll es Ihnen auch besser gehen als mir? Auch der Che-

rub hat mir nicht gesagt, wer ich wirklich bin – oder werden soll.«
»Was soll der Unsinn?«, beschwerte sich Schollkämper scharf. »Für diesen Kinderkram haben wir wirklich im Moment keine Zeit. Wir sollten machen, dass wir von hier wegkommen!«
»Was ... was meinst du damit?«, fragte Astartus unsicher. »Was hat er mir nicht gesagt?«
»Azazel«, antwortete Eric. Er versuchte zu lachen, aber es wurde ein bitterer Laut daraus. »Was hat er Ihnen versprochen, Astartus? Die Herrschaft über die Welt? Unsterblichkeit? Ewige Macht? Er hat Sie belogen. Genauso wie Chep mich.«
Astartus sagte auch dazu nichts, aber Eric konnte sehen, wie es hinter seiner Stirn zu arbeiten begann. Fünf, zehn Sekunden lang starrte er Eric einfach nur an, dann fuhr er auf dem Absatz herum, ging mit schnellen Schritten zur Tür und riss sie auf. Eric hielt den Atem an. Aber der Anblick draußen hatte sich nicht verändert. Nur der Regen schien in den wenigen Sekunden noch einmal zugenommen zu haben.
»Sie glauben diesen Quatsch doch wohl nicht etwa?«, fragte Schollkämper, nachdem Astartus sich wieder herumgedreht und die Tür geschlossen hatte. »Der Junge redet Unsinn. Hat vor lauter Angst wohl den Verstand verloren.«
»Natürlich nicht.« Astartus lachte nervös. »Ich dachte nur, ich ... ich hätte etwas gehört.«
»Sie werden etwas *sehen*, wenn Sie hinausgehen«, sagte Eric. »Hier drinnen sind wir in Sicherheit. Ich vermute, sie können nicht hier herein. Aber sobald wir die Kapelle verlassen –«
»– bringen wir dich dorthin, wo du hingehörst, mein Junge«, unterbrach ihn Schollkämper, »nämlich in eine Klapsmühle. Und diesmal werde ich höchstpersönlich dafür sorgen, dass du nicht mehr entkommst.«
Astartus deutete auf Breuer. »Was machen wir mit ihm?«
»Keine Ahnung«, sagte Schollkämper achselzuckend. »Wir können ihn nicht einfach verschwinden lassen. Wie ich diesen übereifrigen jungen Trottel kenne, hat er deinen Leuten

erzählt, was er vorhat. Wenn man ihn mit einer Kugel im Bauch findet, wird man Fragen stellen.« Er sah Astartus an. »Das Einfachste wäre, wenn wir auch den dazu passenden Revolver hätten. Und den Mann, dem er gehört.«
»Jean oder Claude«, sagte Astartus. »Suchen Sie sich einen aus, Kommissar. Ich brauche die beiden Dummköpfe sowieso nicht mehr.«
»Das werden sie aber gar nicht gerne hören«, sagte Breuer. Er stand auf, griff noch in der Bewegung unter den Mantel und zog eine zweite Pistole hervor, die er offensichtlich darunter verborgen gehabt hatte.
»Aber –«, murmelte Schollkämper fassungslos.
Breuer grinste, wenn es auch ein bisschen schmerzverzerrt aussah. »Sie kennen mich anscheinend doch nicht so gut, wie Sie geglaubt haben, Herr Schollkämper. Ich höre nämlich auf gute Ratschläge, die man mir gibt. Sie selbst haben mir oft genug gesagt, ich soll kein überflüssiges Risiko eingehen.« Er schlug sich leicht mit der flachen Hand gegen die Brust. »Ich *bin* kein Risiko eingegangen und habe eine kugelsichere Weste angezogen, bevor ich hierher gekommen bin. Es tut zwar trotzdem ziemlich weh, aber ich werde es überstehen.«
»Clever«, sagte Schollkämper düster. »Ich habe Sie wohl unterschätzt.«
»Ich habe sogar noch ein Übriges getan und ein Tonbandgerät eingeschaltet«, fügte Breuer in jetzt fast fröhlichem Ton hinzu. Er zog mit der freien Hand einen kleinen Walkman aus der Manteltasche. »Ich bin sicher, dass das, was darauf zu hören ist, unsere gemeinsamen Vorgesetzten brennend interessieren wird – meinen Sie nicht auch?«
»Freuen Sie sich nur nicht zu früh«, grollte Schollkämper. Er blickte Breuer fast trotzig an. »Was haben Sie jetzt vor? Mich erschießen?«
»Wenn es sein muss«, antwortete Breuer ernst. »Aber ich denke, eine Pistolenkugel im Bein dürfte Sie auch davon abhalten, allzu große Dummheiten zu begehen. Zwingen Sie mich nicht, es unter Beweis zu stellen. Herr Schollkämper, Herr Aspach,

ich erkläre Sie beide für vorläufig festgenommen. Sie haben das Recht, zu schweigen – aber das kennen Sie ja.« Er winkte in Erics Richtung. »Eric, komm zu mir.«
Aber Eric rührte sich nicht. Sein Blick hatte sich an dem hölzernen Kruzifix festgeheftet, das hinter Breuer an der Wand hing; genauer gesagt, an der lebensgroßen, geschnitzten Jesusfigur daran.
Oder dem, was einmal eine hölzerne Figur gewesen war.
Jetzt begann sie sich auf grauenhafte Weise zu verändern ...
Die Gestalt schien zu wachsen und gleichzeitig auf eine nicht in Worte zu fassende Weise ihre Farbe zu verlieren. So schnell und lautlos wie ein Löschblatt schwarze Tinte aufsaugen mochte, füllte sich die geschnitzte Statue mit Düsternis, die auf grässliche Weise *lebendig* zu sein schien, und zugleich wuchs hinter ihren Schultern etwas Großes, Formlos-Dunkles heran. Ein helles Knirschen erscholl, als die Gestalt ihre Muskeln anspannte, um ihre Hände loszureißen, die mit langen, rostigen Metalldornen an das Kreuz genagelt waren. Eric wollte vor Entsetzen aufschreien, aber er brachte nur ein atemloses Krächzen hervor.
»Gib dir keine Mühe«, sagte Schollkämper abfällig. »Auf den alten Trick falle ich nicht herein.«
»Großer Gott!«, keuchte Astartus. Er hatte sich halb herumgedreht und sah, was Eric das Blut aus dem Gesicht weichen ließ. Instinktiv machte er einen halben Schritt zurück und blieb dann wieder stehen, als hätte ihn der bloße Anblick gelähmt.
»Ganz im Gegenteil, mein Freund.« Azazel riss seine linke Hand mit einem letzten, unwillig wirkenden Ruck los und sprang mit ausgebreiteten Schwingen vom Kruzifix herunter. Dort, wo seine Hände an das Kreuz genagelt gewesen waren, stieg grauer Rauch empor, als das Holz unter der Berührung seines Blutes verbrannte. Er betrachtete stirnrunzelnd die blutenden Wunden in seinen Handflächen, fuhr dann flüchtig mit dem Daumen darüber und die Wunden schlossen sich augenblicklich. Erst dann hob er fast gelangweilt den Kopf

und sah auf Astartus hinab. »Ganz im Gegenteil«, sagte er noch einmal.
»Was zum Teufel –?«, begann Schollkämper zornig, drehte sich nun doch herum und brach mitten im Wort und mit einem krächzenden Schrei ab. Eric hatte noch nie im Leben einen Menschen gesehen, der so schlagartig erbleichte.
»Das ist eindeutig zu viel der Ehre«, sagte Azazel in beinahe fröhlichem Ton, »aber Sie kommen der Wahrheit doch eindeutig näher als Ihr gutgläubiger Freund.«
Schollkämper keuchte irgendetwas, das vielleicht eine Antwort sein sollte, wahrscheinlich aber nur ein Ausdruck seines Schreckens war. Azazel beachtete aber weder ihn noch Astartus, sondern faltete die Schwingen hinter dem Rücken zusammen und trat mit einem gemessenen Schritt zwischen Astartus und dem Polizeibeamten hindurch auf Eric zu.
»Du hättest auf deinen Freund hören und nicht hierher kommen sollen«, sagte er kopfschüttelnd. »Nun ist es zu spät.«
»Aber ... aber das hier ist ... eine Kirche!«, keuchte Eric. »Das ist unmöglich! Du hast hier keine Macht!«
Das war närrisch und es war ihm sogar selbst klar. Eric stand hier und redete mit einem leibhaftigen Höllenfürsten und er versuchte ihm zu erklären, dass er nicht hier sein durfte?
»Es ist ein Haus, das von Menschen gebaut wurde«, belehrte ihn Azazel lächelnd. »Und *für* Menschen. Wie kommst du darauf, dass eure Regeln für uns gelten?« Er machte eine Handbewegung. »Aber das spielt keine Rolle mehr. Es hätte auch nichts geändert, wenn du nicht hierher gekommen wärst.«
Er machte einen weiteren Schritt in Erics Richtung und Eric wich zurück, dann noch einen Schritt und noch einen, bis er gegen die Wand neben der Tür prallte und stehen blieb.
Azazel seufzte. »Mach es dir doch nicht noch unnötig schwer, mein Freund. Alles ist entschieden. Das Schicksal wird seinen vorbestimmten Verlauf nehmen, und es gibt nichts mehr, was du noch daran ändern könntest.«
»Niemals!«, keuchte Eric. »Du bekommst mich nie!«

»Aber ich habe dich doch schon«, sagte Azazel fast sanft. Er streckte die Hand in Erics Richtung aus und machte eine Bewegung, als wolle er auf ihn zutreten, führte sie zu Erics Erstaunen aber dann nicht zu Ende, sondern sagte: »Komm zu mir.«
»Was ... was ist ... das?«, stammelte Breuer, den Eric in den letzten Sekunden glatt vergessen hatte. Er war bis an die gegenüberliegende Wand der Kapelle zurückgewichen und auf seinem Gesicht stand das pure Entsetzen. Die Pistole in seiner rechten Hand wirkte irgendwie lächerlich, fand Eric. Doch trotz Breuers unübersehbarer Furcht zitterte die Waffe nicht, sondern zielte direkt auf Azazel.
Da war irgendetwas, was Eric vergessen hatte. Etwas, das Chep ihm gesagt hatte, und vielleicht sogar Azazel selbst. Etwas ungeheuer *Wichtiges.* Aber er konnte sich einfach nicht daran erinnern, so sehr er es auch versuchte!
Azazel beachtete Breuer nicht, sondern streckte erneut und fordernd die Hand nach Eric aus. »Komm zu mir!«, befahl er. »Du kannst mir nicht mehr entkommen!«
Warum holt er mich dann nicht? dachte Eric. Wenn Azazel die Wahrheit sprach und es nichts mehr gab, wohin Eric fliehen konnte, keinen Ort auf der Welt, an dem er sicher war, warum tat er dann nicht diesen einen letzten Schritt und nahm ihn sich mit Gewalt?
»Weil du es nicht kannst«, murmelte er.
Azazels Augen wurden schmal. »Was sagst du da?«
»Das ist es«, sagte Eric. »Das ist euer großes Geheimnis, nicht wahr? Das war es von Anfang an. Du kannst mich nicht mit Gewalt auf deine Seite zwingen! Chep hat das gewusst und der Alte Feind auch. Deshalb hat er dir auch verboten, mir irgendetwas zu Leide zu tun.«
Azazel schwieg. Seine Augen sprühten vor Hass.
»Ihr braucht mich«, fuhr Eric fort. »Aber ich muss *freiwillig* zu euch kommen. Weißt du was? Darauf kannst du warten, bis du schwarz bist!«
Azazel knurrte wütend und setzte dazu an, sich auf ihn zu

stürzen, und Breuer trat mit einem raschen Schritt zwischen ihn und Eric und hob drohend seine Waffe.
»Keinen Schritt weiter!«, sagte er. »Ich weiß zwar nicht, wer oder was Sie sind, aber ich lasse nicht zu, dass Sie Eric auch nur nahe kommen!«
Der Schwarze Engel blickte ihn an, als zweifle er an Breuers Verstand, schüttelte seufzend den Kopf und schlug ihm dann mit einer blitzartigen Bewegung die Waffe aus der Hand. Noch bevor die Pistole zu Boden fiel, packte er Breuer mit beiden Händen, hob ihn in die Höhe und schmetterte ihn so wuchtig gegen die Wand, dass Breuer auf der Stelle das Bewusstsein verlor. Die Pistole prallte klappernd von den Fliesen ab und schoss wie eine Billardkugel direkt auf Eric zu. Sofort bückte er sich danach, hob sie auf und richtete sie auf den Schwarzen Engel.
»Mach dich nicht lächerlich«, sagte Azazel ruhig.
»Keine Sorge«, antwortete Eric. »Das mache ich nicht. Hast du schon vergessen, was du mir selbst erzählt hast? Solange du in der Welt der Menschen bist, bist du verwundbar und sterblich wie wir.«
»Das stimmt«, antwortete Azazel ruhig. »Und? Was wirst du tun? Mich töten?«
»Wenn es sein muss«, antwortete Eric. Seine Stimme brach fast und er zitterte so heftig, dass er Mühe hatte, die Pistole überhaupt zu halten. Insgeheim betete er, dass die Waffe entsichert war. Er wusste nicht einmal, wie er *das* hätte tun sollen.
»Nein«, sagte Azazel. »Das wirst du nicht tun.«
»Bist ... du da so ... so sicher?«, fragte Eric stockend.
»Du würdest niemals töten«, sagte Azazel. »Nicht einmal, um dein eigenes Leben zu retten. Nicht einmal mich. Nimm ihm die Waffe ab.«
Die letzten Worte galten Astartus, der fassungslos dabeistand und abwechselnd Eric, Azazel und den bewusstlosen Breuer anstarrte. Tatsächlich machte Astartus einen Schritt in Erics Richtung, blieb aber sofort wieder stehen, als dieser die Pistole nun auf ihn richtete.

»Keinen Schritt weiter!«, sagte Eric drohend.
»Er wird nicht schießen«, sagte Azazel.
»Und ... und wenn doch?«, fragte Astartus nervös.
»Nimm ihm die Waffe ab!«, befahl Azazel noch einmal. »Gehorche oder ich töte dich!«
»Das wird er sowieso«, sagte Eric. »Glauben Sie ihm nicht. Er wird Sie umbringen, Schollkämper, mich ... jeden einzelnen Menschen auf der Welt. Verstehen Sie nicht? Es ist der Weltuntergang, den er mit meiner Hilfe heraufbeschwören will!«
»Ist ... ist das ... wahr?«, murmelte Astartus stockend.
»Du Narr!«, antwortete Azazel abfällig. »Was hast du geglaubt? Dass du dich meiner Macht bedienen kannst, ohne den Preis dafür zu zahlen?«
»Aber ... aber dieser Preis ist ... ist zu hoch«, stammelte Astartus. »Du hast mir nicht gesagt, dass –«
»Genug!«, donnerte Azazel. Er schlug wütend mit den Flügeln, sodass die Stühle und die stehen gebliebene Dekoration der Beerdigung durcheinander stürzten. Zwei oder drei Scheiben gingen zu Bruch und selbst das mannsgroße Holzkreuz an der Wand erzitterte sichtbar. Ohne ein weiteres Wort sprang Azazel vor, packte Astartus und schleuderte ihn so heftig gegen Eric, dass dieser gegen die Wand geworfen wurde und die Waffe fallen ließ. Bevor er sich danach bücken konnte, kickte Azazel sie mit einem Fußtritt davon und beugte sich drohend über ihn.
»Du bist tapfer«, sagte er im Tonfall deutlicher Bewunderung. »Eine Eigenschaft von euch Menschen, die ich immer geschätzt habe: Selbst wenn die Lage aussichtslos scheint, gebt ihr nicht auf. Aber dein Widerstand ist sinnlos. Du kannst nicht ewig hier drinnen bleiben und du weißt, wer dort draußen auf dich wartet.«
Die bloße Nähe des Schwarzen Engels ließ Eric vor Entsetzen laut aufstöhnen. Er krümmte sich wie unter Schmerzen, hob schützend die Hände vor das Gesicht und wimmerte vor Angst und schließlich richtete sich Azazel wieder auf und trat einen halben Schritt zurück.

»Also gut«, sagte er. »Wie du willst. Ich wollte es dir leichter machen.«
Er machte eine Handbewegung und die Welt erlosch.
Für einen Moment war es, als stürze Eric durch ein gewaltiges, von eisiger Kälte erfülltes Nichts, in dem es weder oben noch unten, vorne noch hinten, keine Richtungen, keine Zeit, keine Dimensionen und keinen Raum mehr gab. Als sich die Welt rings um ihn herum wieder zu materialisieren begann, schien sich im ersten Moment nichts verändert zu haben. Er lag noch immer auf dem Boden, Azazel stand noch immer drohend über ihn gebeugt da und sie befanden sich noch immer in einem Gotteshaus.
Nur dass es nicht mehr die kleine Friedhofskapelle war ...
Eric spürte es, noch bevor er den Kopf hob, an dem Schwarzen Engel vorbeisah und die endlosen Bankreihen erblickte, die sich hinter ihm scheinbar bis in die Ewigkeit erstreckten; gleichförmig und buckelig, aufgereiht unter einem aus schwarzem Stein gemeißelten und von gewaltigen gotischen Spitzbögen getragenen Himmel.
Sie waren in der Schwarzen Kathedrale. Und der Herr dieses unheimlichen Ortes war auf dem Weg zu ihnen. Die Dunkelheit jenseits der endlosen Bankreihen war in Bewegung geraten. Etwas *kam.*
Neben ihm begann sich Breuer stöhnend zu regen. Eric kroch auf ihn zu, drehte ihn behutsam auf den Rücken und hätte um ein Haar aufgeschrien, als er sah, wie schwer der junge Polizeibeamte verletzt war.
»Bewegen Sie sich nicht«, sagte er leise. »Keine Angst. Alles wird wieder gut.«
»Nein, mein kleiner, dummer Freund«, sagte Azazel hinter ihm. »Das wird es nicht, und das weißt du auch. Warum belügst du ihn«
»Weil es manchmal barmherziger ist, nicht die Wahrheit zu sagen«, antwortete Eric.
»Ich verstehe euch Menschen nicht«, sagte Azazel. »Ich habe noch nie gelogen.«

»Was ... was ist das?«, murmelte Breuer mit kaum noch verständlicher Stimme. »Wo sind wir hier?«
Eric antwortete nicht. Wahrscheinlich sah Breuer nicht einmal mehr genau, auf welch unheimliche Weise sich ihre Umgebung verändert hatte. Irgendwie schienen die Dimensionen durcheinander gekommen zu sein, zumindest dort, wo Breuer, er und die beiden anderen waren. Ihre unmittelbare Umgebung, vielleicht drei, vier Meter in jeder Richtung, bot sich noch immer als die vertraute kleine Friedhofskapelle dar. Nur die Wand hinter dem Schwarzen Engel war verschwunden und hatte der höllischen Unwirklichkeit der Schwarzen Kathedrale Platz gemacht. Eric bedauerte, dorthin geblickt zu haben. Die lebendig gewordene Schwärze war jetzt fast heran. Nur noch wenige Augenblicke und er würde dem Alten Feind ins Antlitz blicken.
»Lass es nicht so weit kommen, mein Freund«, sagte Azazel. »Mein Herr ist niemand, der Widerstand vergibt. Du würdest es bereuen, ihn herausgefordert zu haben.«
Eric starrte den Schwarzen Engel an. »Du kannst mir keine Angst mehr machen«, sagte er. »Ich habe nichts mehr zu verlieren.« Er sah sich um, streckte den Arm aus und hob Breuers Pistole wieder auf. Azazel versuchte nicht einmal, ihn daran zu hindern.
»Das hat keinen Sinn«, sagte er nur. »Diese Waffe kann mich hier nicht verletzen.«
»Ich weiß«, sagte Eric. Er betrachtete die Pistole und fand nach kurzem Suchen den winzigen Hebel auf der linken Seite. Er war nach unten geklappt und darunter war ein kleiner roter Punkt zum Vorschein gekommen. Die Waffe war entsichert.
Für eine Sekunde verlor Azazel die Kontrolle über sein Gesicht und ein Ausdruck abgrundtiefen Erschreckens machte sich darauf breit. Schon im nächsten Augenblick hatte er sich wieder in der Gewalt, aber dieser Moment hatte Eric bewiesen, dass er auf dem richtigen Weg war. Azazel starrte ihn zwei, drei Sekunden lang mit steinernem Gesicht an, dann

stieß er ein wütendes Knurren aus und sprang mit weit ausgebreiteten Armen vor. Erics Finger krümmten sich um den Abzug.
»RÜHR IHN NICHT AN!«
Die Stimme war wie das Brüllen eines zornigen Gottes. Sie erscholl aus allen Richtungen zugleich, war rings um ihn herum, *in ihm*, ließ die Welt in ihren Grundfesten erbeben und schleuderte Azazel allein durch ihre pure Gewalt zurück. Der Schwarze Engel stürzte zu Boden und nun war auf seinem Gesicht Angst zu erkennen.
Erics Herz jagte. Die lebendige Schwärze raste heran, ragte nun unmittelbar vor ihm empor und wurde zu ... *Etwas,* das er noch immer nicht genau erkennen konnte, obwohl es nun fast zum Greifen nahe war. Noch einen Augenblick und der Alte Feind war *da.*
Die Gegenwart dieses uralten, unvorstellbar *feindseligen* Geschöpfes bereitete ihm unerträgliche Qual. Er wusste, dass er sterben würde, im selben Moment, in dem er das Wesen auch nur *erblickte*, das über diesen grauenhaften Ort herrschte, allein weil sein Anblick, seine bloße *Nähe* mehr war, als ein sterbliches Wesen zu ertragen vermochte, und der Gedanke fegte alles andere davon – seine Angst, die Erinnerung an seine Eltern, an das, was draußen auf ihn wartete, das Schicksal der gesamten Welt. Nichts zählte mehr außer dem Entsetzen, mit dem ihn die Nähe des Alten Feindes erfüllte.
Eric schrie auf, wirbelte auf der Stelle herum und raste auf die Tür zu. Er konnte es nicht schaffen. Es war unmöglich. Das Wesen, das ihn verfolgte, war älter als die Zeit, es *beherrschte* die Zeit, und es war einfach nicht möglich, vor ihm davonzulaufen –
aber er schaffte es.
Den Bruchteil einer Sekunde, bevor der Fürst der Hölle ihn erreichte, warf sich Eric gegen die Tür, sprengte sie mit der Schulter auf und taumelte aus der Kapelle.
Rotes Licht umgab ihn. Er spürte Weite, eine unendliche *Leere,* die sich in alle Richtungen zugleich erstreckte und doch

nirgendwo endete, dann prallte er gegen etwas Hartes, das seinem Lauf ein abruptes Ende setzte, taumelte zurück und wäre fast zu Boden gestürzt.
Noch bevor die Schmerzblitze vor seinen Augen ganz verblasst waren und er wieder halbwegs atmen konnte, begriff er, wie grausam er getäuscht worden war.
Er war nicht auf dem Friedhof und das Gebäude hinter ihm war nicht die kleine Kapelle. Vor ihm breitete sich das Schlachtfeld von Armageddon aus, noch unberührt, aber bereit, die letzte Auseinandersetzung zwischen den Mächten des Lichts und der Dunkelheit zu empfangen. Die beiden Armeen standen sich gegenüber, Tausende und Tausende und Tausende dämonische Krieger auf der einen und eine nicht weniger gewaltige Anzahl menschlicher Verteidiger auf der anderen Seite und die Spannung – die *Gewalt!* –, die in der Luft lag, war fast greifbar. Aber noch war das Zeichen zum endgültigen Angriff nicht gegeben.
Dies zu tun war *seine* Aufgabe.
Gegen jedes Wissen fuhr Eric auf dem Absatz herum und versuchte, sich wieder ins Innere des Gebäudes zu flüchten, aber natürlich gelang es ihm nicht. Hinter ihm war nicht mehr die Tür der Friedhofskapelle, sondern das gewaltige, aus schwarzem Stahl geschmiedete Portal der Schwarzen Kathedrale, das sich im selben Moment mit einem dumpfen Krachen schloss. Eric schrie vor Verzweiflung auf, warf sich dagegen und hämmerte so lange vergebens mit den Fäusten gegen das schwarze Eisen, bis seine Finger zu bluten begannen.
»Warum quälst du dich so?«, fragte eine sanfte Stimme hinter ihm. Weißes Licht umgab ihn und für einen Moment durchströmte ihn noch einmal das Gefühl von Wärme und Geborgenheit, das er so lange und so schmerzlich vermisst hatte. Erschöpft ließ er die Arme sinken, drehte sich herum und sah in Cheps Gesicht.
Der Engel sah müde aus. Er blutete aus zahlreichen Wunden und seine ehemals weißen Schwingen waren blutbesudelt und zerfetzt. Er schien kaum mehr die Kraft zu haben, sich auf den

Beinen zu halten. Trotzdem lächelte er, als er auf Eric herabsah.
»Das ist eine Eigenschaft, die ich an euch Menschen niemals verstanden habe«, sagte Chep. »Aber ich habe sie auch stets bewundert ... ihr gebt niemals auf, selbst wenn die Lage noch so aussichtslos erscheint.«
»Chep«, murmelte Eric matt. »Du lebst.«
»Es ist nicht die Aufgabe der schwarzen Reiter, zu töten«, antwortete der Cherub.
»Ich verstehe«, murmelte Eric. »Sie haben dich verschont, damit du dich gleich niedermetzeln lassen kannst.«
Er hob müde den Kopf, sah an Chep und den beiden unheimlichen, schwarz gepanzerten Reitern vorbei, die hinter ihm aufgetaucht waren und ein drittes – noch – reiterloses Pferd zwischen sich führten, und ließ seinen Blick über die schier endlosen Reihen der Krieger schweifen, die die Ebene bis zum Horizont füllten.
»Wie viele sind es?«, fragte er.
»Alle«, antwortete Chep.
»Und keiner von ihnen wird diesen Tag überleben, nicht wahr?«, fragte Eric bitter. Chep antwortete nicht.
Eric sah den Engel traurig an und ging an ihm vorbei auf die beiden Reiter der Apokalypse zu. Die unheimlichen Wesen, die in die Gestalten seines Vaters und seiner Mutter geschlüpft waren, sahen aus ausdruckslosen Augen auf ihn herab. Eric entdeckte kein Mitleid darin, kein Verständnis oder Schmerz, aber auch keinen Hass und keinen Zorn. Sie kannten keines all dieser Gefühle. Sie erfüllten ihre Aufgabe, das war alles.
Als er stehen blieb, hob einer der apokalyptischen Reiter die Hand und das dritte Pferd setzte sich in Bewegung und kam mit langsamen Schritten auf Eric zu. Eric griff nach dem Zügel. Ein Gefühl eisiger Kälte begann sich in ihm breit zu machen, als er ihn berührte, aber es war eine Kälte, die aus seinem Inneren kam. Noch einmal drehte er sich herum und sah, dass sich das Portal der Schwarzen Kathedrale lautlos wieder geöffnet hatte. Azazel war herausgekommen und neben Chep

getreten. Er trug jetzt Schild und Schwert und auch Chep war nun wieder mit seinen silbernen Waffen ausgerüstet. Wahrscheinlich werden die beiden die Ersten sein, die aufeinander losgehen, dachte Eric.
»Worauf wartest du?«, fragte Azazel.
Eric ignorierte ihn und blickte unverwandt Chep an. »Warum hast du mich belogen?«, fragte er leise.
»Belogen?« Chep schüttelte den Kopf. »Engel können nicht lügen.«
»Du hättest mir sagen müssen, welche Rolle mir zugedacht war«, beharrte Eric.
»Das durfte ich nicht«, antwortete Chep. »Und selbst wenn – du hättest mir nicht geglaubt.«
Eric nickte, schluckte ein paar Mal, um den bitteren Geschmack der Angst loszuwerden, der plötzlich in seinem Mund war, und drehte sich dann zu Azazel um.
»Dann wird es wohl Zeit«, sagte er.
»Ja«, antwortete Azazel, »das wird es.«
Eric nickte noch einmal, löste die Hand vom Zügel des Knochenpferdes und schloss beide Hände um den Griff der Pistole, die er noch immer in der Linken hielt.
»Was tust du?!«, keuchte Chep.
»Das Einzige, was mir noch bleibt«, antwortete Eric traurig. Sein Blick war unverwandt in Azazels schwarze Augen gerichtet, während er sprach. »Die drei Reiter der Apokalypse beginnen die Schlacht von Armageddon. Sie wird nicht stattfinden, wenn einer fehlt.«
»Eric, versündige dich nicht!«, keuchte Chep. »Sich selbst das Leben zu nehmen ist eine Todsünde! Deine Seele wird verdammt sein, wenn du es tust!«
»Das ist ein kleiner Preis gegen das, was passiert, wenn ich es nicht tue«, antwortete Eric. Sein Finger krümmte sich um den Abzug. Er konnte spüren, wie sich der metallene Hebel Millimeter für Millimeter bewegte.
»Du Narr!«, schrie Azazel. »Du kannst das Schicksal nicht aufhalten! Du wirst es nicht tun. Du kannst es gar nicht.«

»Bist du da so sicher?«, fragte Eric.
»Das bin ich«, antwortete Azazel abfällig. »Du kannst nicht töten. Du bist nicht in der Lage, ein Leben zu nehmen. Deshalb wurdest du ausgesucht.«
»Ich weiß«, flüsterte Eric. »Das macht es ja so schwer.« Er hatte furchtbare Angst.
Und damit drückte er ab.
»Neiiiiiiiin!«, kreischte Azazel. *»Das darfst du nicht!!!«*
Es war zu spät. Der Engel stürzte vor, doch nicht einmal seine unvorstellbare Schnelligkeit reichte aus, um Eric zurückzuhalten. Sein Finger riss den Abzug durch –
und nichts geschah.
Die Waffe versagte. Der Hammer schlug klickend auf das Ende der Patrone, aber der Schuss löste sich nicht.
Eric ließ die Pistole sinken, starrte sie fassungslos an, hob die Hand dann noch einmal, führte die Bewegung aber nicht zu Ende, als er Cheps Blick begegnete. Der Engel hatte sein Schwert fallen lassen und die freie Hand in Erics Richtung ausgestreckt. Chep hatte die Zeit und damit auch die Pistolenkugel angehalten, mit der Eric seinem Leben ein Ende hatte bereiten wollen.
»Warum?«, flüsterte Eric mit brechender Stimme. Alle Kraft wich aus ihm. Er ließ den Arm sinken und die nutzlose Waffe fallen und mit einem Mal fühlte er sich so elend, dass er am liebsten laut losgeheult hätte. Es war alles vorbei. Er war bereit gewesen, das größte aller nur denkbaren Opfer zu bringen, und Chep – ausgerechnet *Chep!* – hatte ihm diesen letzten verzweifelten Ausweg verwehrt!
Aber es war seltsam – auch Azazel war stehen geblieben und starrte auf eine Art auf ihn herab, die Eric einfach nicht richtig deuten konnte. Der Schwarze Engel wirkte ... *entsetzt?*
Plötzlich scheute das Pferd, das noch immer neben ihm stand. Eric wandte den Blick und erkannte erstaunt, dass das Tier sich von ihm abgewandt hatte und immer schneller werdend davongaloppierte.
»Was ...?«, murmelte er.

»Es ist nicht nötig, dass du dein Leben gibst«, sagte Chep. Seine Stimme klang sanft und verständnisvoll wie immer, aber es war auch noch etwas Neues darin ... *Triumph?*

»Du ... du verdammter ... Narr«, keuchte Azazel stockend. »Was hast du getan? *Was hast du getan?!*«

Statt zu antworten drehte sich Eric noch einmal zu den beiden Reitern der Apokalypse um. Sie starrten ihn auf dieselbe, ausdruckslos-undeutbare Art an wie zuvor, aber nur noch für einige Augenblicke, dann wendeten sie ihre Pferde und begannen langsam davonzureiten.

Und im selben Moment begannen sich auch die beiden gewaltigen Heere aufzulösen, die auf dem Schlachtfeld hinter ihnen Aufstellung genommen hatten ...

»Es ist vorbei, Azazel«, sagte Chep ruhig. »Geh zu deinem Herrn und berichte ihm, wie du versagt hast.«

Azazel begann vor Zorn am ganzen Leib zu zittern. Für einen Moment war Eric fast sicher, dass er sich nun auf Chep stürzen würde, um zu Ende zu bringen, was er schon ein paar Mal vergeblich begonnen hatte, aber dann verzog er nur das Gesicht und sagte hasserfüllt:

»Triumphiere nicht zu früh, Michael. Du hast mich betrogen. Für diesmal hast du mich geschlagen, aber das nächste Mal werde ich vorbereitet sein.«

»Betrogen?« Chep machte ein unschuldiges Gesicht, dann deutete er auf Eric. »*Du* hast ihn ausgesucht, nicht ich.«

»Ja«, antwortete Azazel wütend, »aber du –« Er schluckte den Rest dessen, was er hatte sagen wollen, herunter und sah Eric und den Engel aus Augen an, die vor Zorn loderten.

»Freut euch nicht zu früh«, grollte er. »Das Schicksal lässt sich nicht aufhalten. Alles wird so kommen, wie es geschrieben steht. Irgendwann.«

»Vielleicht«, bestätigte Chep. »Aber nicht heute.« Und dann gewahrte Eric etwas auf dem Gesicht des Engels, das er niemals auch nur für *möglich* gehalten hätte: unverhohlene Schadenfreude. »Es wird Zeit für dich, zu gehen, Azazel. Ich glaube, dort drinnen wartet jemand, der dir etwas zu sagen hat.«

Azazel starrte ihn noch eine weitere Sekunde hasserfüllt an, dann drehte er sich mit einem Ruck herum und ging auf das offen stehende Tor der Schwarzen Kathedrale zu. Das gewaltige Portal schloss sich mit einem dröhnenden Schlag hinter ihm.

Eric legte den Kopf auf die Seite und sah Chep an. »Michael?«

Der Engel hob die Schultern. »Ein Name ist so gut wie der andere, oder?«

»Engel können also doch lügen«, sagte Eric.

Chep – Michael – grinste. »Nur wenn es sein muss. Und natürlich werden wir hart dafür bestraft.« Dann wurde er schlagartig wieder ernst. »Das war unvorstellbar tapfer von dir, Eric.«

»Ich hatte unvorstellbare *Angst*«, verbesserte ihn Eric, aber der Erzengel schüttelte nur abermals den Kopf.

»Es ist kein Zeichen von Mut, etwas zu tun, bei dem man keine Angst empfindet«, sagte er. »Ich wusste, dass ich mich nicht in dir getäuscht habe.«

»Aha«, sagte Eric. »Du hast nach einem Feigling Ausschau gehalten.«

»Nach einem Menschen, der am Ende bereit ist, das Richtige zu tun«, sagte Chep – oder wie immer er auch wirklich heißen mochte – ernst.

»Du hättest es mir trotzdem sagen müssen«, sagte Eric. »Es hätte vieles leichter gemacht.«

»Was?«, fragte der Engel. »Dass ich am Ende erwarte, dass du dein Leben opferst?« Er schüttelte den Kopf. »Wie konnte ich das? Und wie konnte ich es erwarten? Es war deine Entscheidung. Du warst bereit, ein Schicksal zu akzeptieren, das tausendmal schlimmer ist als der Tod, um die zu retten, die du liebst. Eine Seele von solcher Kraft vermögen nicht einmal die Mächte der Hölle selbst zu verderben.«

»Und was passiert jetzt mit mir?«, fragte Eric. »Ich war bereit, eine Todsünde zu begehen.«

»Och, wer ist das nicht, dann und wann?«, fragte Michael augenzwinkernd. »Es wird sicher tadelnd vermerkt werden,

aber ich werde ein gutes Wort für dich einlegen, keine Angst. Immerhin hast du den Weltuntergang aufgehalten. Zwar nicht für lange – ich schätze, allerhöchstens für ein paar Millionen Jahre –, aber das dürfte für mildernde Umstände sorgen.«
»Nur tausend Jahre Fegefeuer?«, fragte Eric schüchtern.
Michael runzelte übertrieben tadelnd die Stirn. »Jetzt werde aber mal nicht gleich unverschämt«, grollte er. Dann lachte er laut. »Lass uns von hier verschwinden. Ich finde diesen Ort nicht besonders gemütlich.«
Er schnippte mit den Fingern und noch bevor der Laut vollends verklungen war, befanden sie sich wieder in der Kapelle auf dem Friedhof. Alles war, wie es gewesen war, bevor Azazel erschien: Das hölzerne Kruzifix hing unberührt an seiner angestammten Stelle und die Wand dahinter war eine ganz normale Wand, nicht mehr das Tor zur Hölle. Breuer lag bewusstlos unter dem Kruzifix und Schollkämper hockte mit angezogenen Knien neben der Tür auf dem Boden und starrte ins Leere; ebenso wie Astartus, der mit dem Rücken an die Wand gepresst dastand und ununterbrochen irgendwelches krauses Zeug stammelte.
»Was ist mit ihnen?«, fragte Eric.
»Sie haben in die Hölle geschaut«, antwortete Michael ernst. »Nicht jeder ist so stark wie du, diesen Anblick zu ertragen, Eric.«
»Soll das heißen, sie –«
»Sie würden ganz gute Kunden für deinen Freund Reichert abgeben, wenn er wieder aus dem Gefängnis kommt – so in zehn bis fünfzehn Jahren, ja«, bestätigte Michael. »Aber keine Angst.« Er trat auf Schollkämper zu, berührte ihn flüchtig und dann Astartus. Beide sackten auf der Stelle zusammen.
»Sie werden sich an nichts erinnern, sobald sie aufwachen«, sagte der Engel. »Und dasselbe gilt für deine Eltern. Obwohl ich gestehen muss, dass Astartus es eigentlich verdient hätte.«
»Ich wusste gar nicht, dass Engel so nachtragend sein können«, sagte Eric.

»Ich habe niemals behauptet, dass wir unfehlbar sind«, erwiderte Michael. »Das habt *ihr* immer gesagt. Außerdem bin ich nicht sicher, dass ich Astartus wirklich einen Gefallen getan habe. Er wird den Rest seines Lebens im Gefängnis verbringen.«
»Vermutest du.«
»Ich *weiß* es«, verbesserte ihn Michael. »Ich kann in die Zukunft blicken, schon vergessen?« Er lachte leise. »Ich könnte dir sagen, wie dein Leben verläuft, und –«
»Das will ich gar nicht wissen«, unterbrach ihn Eric hastig. »Die Lottozahlen vom nächsten Samstag wären mir schon genug.«
»Die wiederum *darf* ich dir nicht sagen«, antwortete Michael grinsend. »Aber so viel kann ich dir verraten: Du wirst kein großes Vermögen nötig haben, um ein glückliches Leben zu führen. Ein sehr glückliches Leben – und ein sehr langes.«
Eric lachte, aber dann hörte er ein leises Stöhnen, drehte sich herum und sah auf Breuer herab und das Lachen auf seinem Gesicht erlosch.
»Er stirbt«, sagte er.
Michael nickte. »Ja. Azazels letztes Opfer. Für sehr lange Zeit.«
»Aber das darf nicht sein«, widersprach Eric. »Er hat nichts damit zu tun. Er ist unschuldig.«
»Das sind viele, die dem Fürsten der Hölle zum Opfer fielen«, erwiderte Michael traurig. »Es liegt nicht in meiner Macht –«
»Das tut es doch«, unterbrach ihn Eric. »Ich weiß, dass du es kannst. Heile ihn!«
»Ich darf das nicht«, sagte Michael traurig. »Bitte versteh doch, dass –«
»Nein«, fiel ihm Eric scharf ins Wort. »Das verstehe ich nicht und ich will es auch nicht verstehen. Er kann nichts dafür. Er ist in einen Krieg hineingezogen worden, der ihn nichts angeht. Ich verlange, dass du ihn rettest!«
Michael schwieg. Er sah Eric nur an.
»Du bist es mir schuldig!«, beharrte Eric.

Michael seufzte. »Du weißt, was du da verlangst«, sagte er leise. »Vielleicht *bin* ich dir etwas schuldig, aber wenn ich sein Leben rette, dann ist meine Schuld beglichen. Ich werde vielleicht nie wieder da sein, wenn du mich brauchst. Wir sind nicht so großzügig, wie du vielleicht glaubst.«
»Dann verlange ich drei Leben von dir!«, sagte Eric herausfordernd. »Schließlich habt ihr mich benutzt. Ich habe getan, was ihr von mir erwartet habt, und jetzt verlange ich etwas dafür!«
»*Drei* Leben?«, vergewisserte sich Michael.
»Drei«, bestätigte Eric. »Breuer – und die beiden, die die Reiter der Apokalypse getötet haben.«
»Astartus' Leibwächter?«, fragte Michael ungläubig. »Du ... du willst, dass ich sie *rette?* Du bist bereit, alles hinzugeben, was ich dir schulde, um das Leben zweier Männer zu retten, die dich ohne zu zögern getötet hätten?!«
»Ja«, sagte Eric. »Das bin ich.«
Michael seufzte. »Ich habe mich wirklich nicht in dir getäuscht«, sagte er. »Also gut. So sei es.«
Er ging zu Breuer, beugte sich zu ihm herab und berührte ihn flüchtig an der Stirn. Breuer hörte auf zu stöhnen, sank zurück und atmete plötzlich ruhiger. Ohne ein weiteres Wort oder auch nur noch einen Blick in Erics Richtung zu werfen, richtete sich der Engel wieder auf und ging zur Tür, aber gerade als er sie geöffnet hatte und hinausgehen wollte, rief Eric ihn noch einmal zurück.
»Chep!«
Er benutzte ganz bewusst den Namen, unter dem er den Engel die meiste Zeit über gekannt hatte, und als der Engel stehen blieb und sich noch einmal zu ihm herumdrehte, da *war* er Chep, der liebenswerte, manchmal etwas unbeholfen wirkende Cherub, nicht mehr der edle, strahlend weiße Erzengel.
»Ja?«
»Du gehst jetzt, nicht?«
»Ich gehe und tue, was ich dir versprochen habe«, antwortete Chep.

»Das habe ich nicht gemeint«, erwiderte Eric. »Ich meine ... für immer. Wir werden uns nicht wieder sehen.«
Chep zögerte einen Moment. »Nicht mehr so wie jetzt«, sagte er. »Aber hab keine Angst. Irgendwann sehen wir uns bestimmt wieder.«
»In dieser Welt?«, fragte Eric.
»Vielleicht«, antwortete Chep. »Vielleicht auch nicht. Wer weiß das schon?« Und plötzlich lächelte er wieder und blinzelte Eric fast verschwörerisch zu. »Aber ich will dir zum Abschied noch ein Geheimnis verraten, mein kleiner Freund. Der Unterschied ist nicht so groß, wie die meisten Menschen glauben.«